我们的思想、情感和艺术

——2016—2021的文学状况

孟繁华 著

北方联合出版传媒(集团)股份有限公司
春风文艺出版社
·沈阳·

图书在版编目（CIP）数据

我们的思想、情感和艺术：2016-2021的文学状况 /
孟繁华著 . —沈阳：春风文艺出版社，2022.11
ISBN 978 - 7 - 5313 - 6299 - 9

Ⅰ . ①我… Ⅱ . ①孟… Ⅲ . ①中国文学 — 当代文学 —
文学研究 Ⅳ . ①I206.7

中国版本图书馆CIP数据核字（2022）第144950号

北方联合出版传媒（集团）股份有限公司
春风文艺出版社出版发行
http://www.chunfengwenyi.com
沈阳市和平区十一纬路25号　邮编：110003
辽宁鼎籍数码科技有限公司印刷

责任编辑：韩　喆		责任校对：张华伟	
封面设计：黄　宇		幅面尺寸：175mm × 250mm	
字　　数：438千字		印　　张：23	
版　　次：2022年11月第1版		印　　次：2022年11月第1次	
书　　号：ISBN 978-7-5313-6299-9		定　　价：85.00元	

序："我的"当代文学

洪子诚

　　我认识孟繁华是二十世纪八十年代中期，他当时是我的领导，所以我一直尊称他为老孟，都不敢称呼他的名字。当时他担任中央电大一些课程的负责人，我和张钟老师是主讲教师。在他的带领下，我们编写过教学大纲、教材，后来还录制了教学视频。1987年在黄山，1989年在洛阳，他组织了令我至今都很难忘的两次电大的当代文学教学讨论会。后来他到北大访学以及在谢冕先生那里读博，我跟他一直有很多的联系。

　　和孟繁华一起，他常对我说的一句话是"为什么不呢？"这是句无所畏惧的话。它让我学会了喝酒、抽烟，也让我在学术研究和为人处事上增加了勇气。1993年秋天，我从日本回到北京，他和谢老师主持"百年中国文学总系"的集体科研项目，计划分给我"1956"这个年份。我说可能难以承担，因为材料等一点都没有准备。1999年重庆当代文学年会，他和张燕玲策划"当代文学关键词"的集体写作，也让我参加。我说许多学者我都不认识，和他们完全没有交往，约稿可能很难办到。这些顾虑都是他给打消的，让我这些项目得以完成。他的热情进取让我那种有点消极、虚无的情绪有所缓解、有所抑制。

　　他的文集有几百万字，有的以前读过，有的还来不及读。我想讲两点感想。第一，他选择从事的工作，比起我做的要困难得多。从学术研究上，他涉及的领域很广泛，有文学理论、文学史、文化研究和现状批评等方面。他的第一本书《文学与现实》，就是讨论文学理论问题的。推测老孟可能觉得这本书不是很成熟，文集里面没有收录。在他有关文艺学的研究中，《中国当代文艺学学术史》值得重视，可以说是最早系统提出并讨论当代前30年学术体制和大学文艺学教学的著作。他的当代文学史研究也成就卓著，《中国当代文学史论》《中国当代文学通论》，特别是他和程光炜教授合著的《中国当代文学发展史》，得到了学界极高的评价，多次修订再版，被很多学校作为当代文学课的教材。自然，大家都会认为孟繁华贡献、影响最大的是对九十年代以来中国文学现状的勘查。1997年，他出版了评述九十年代文化现象的著作《众神狂欢》，共时态地对那个时期的复杂文化现象做出具体而深入的分析。而在近期出版的三卷本的《新世纪文学论稿》中，他对近二十年的文学思潮、文学现象和作家作品做出了近距离的考察。"当下中国文学状况"——这不仅是他一组文章的总题目，而且是他三十年来写作、研究的主题。

对文学批评、研究工作情况有所了解的人都会意识到，选择这样的研究对象和工作方式，是需要很大的魄力和勇气的。有效地、持续地关注文学现场和作家作品，做出有说服力的分析，需要有广泛的阅读所形成的充足的文学记忆，需要对语言、形式的敏感，同时更需要责任心以及大量阅读所需的精神和体力。好在孟繁华基本上属于山东的大汉，他能够承担这样的压力。

说起现状批评和时期文学现象的评述方式和文体形态，相信对中国现当代文学有了解的人都不陌生。不过，说它是俄苏文学和中国现当代文学的一种特别的批评传统，恐怕也不是妄言。从文学史的角度，这也许可以上溯到十九世纪三四十年代别林斯基的文学概评的写作。在那个时代，别林斯基以十二篇文章，奠定了普希金在俄国文学中的地位。从1841年开始，他以每年一篇的长文对俄国文学的状况做年度评述，一直持续到1948年去世。这种近距离的文学概评的写作和动机，正如别林斯基所说的，根源于批评家对民族文学建构的希望和焦虑；它当时要回答的问题是俄国"有没有文学"，俄国文学"是不是存在"，以及俄国文学能否也像法国文学、德国文学那样成为"世界性文学"的问题，是为了推动文学成为"民族精神和生活的表现"。这种别林斯基式的责任心，也构成了孟繁华阅读、写作的驱动力。我有时想，在当代文学研究上，我和他的区别是，我认为"当代文学"就是当代文学，既不是你的，也不是我的，而孟繁华内心真是热爱这个对象，在他的心里，"当代文学"就是"我的"文学。

第二点感想，在孟繁华那里，文学批评不可能在纯粹美学操作中远离"现实"。甚至在某种程度上可以说，它是体现完整世界观的手段。他的批评有一贯的理念支撑；他曾提倡的"新理想主义"，体现了他对二十世纪八十年代启蒙精神在反省基础上的承继和展开。九十年代初，人文精神讨论的时候，我见识了他那种深切的忧虑，听过他对现状峻切的言辞。他的关注、批评，可以说从一个侧面传达了九十年代以来，那些仍怀抱理想精神的知识分子在价值转换中的痛苦，以及一直试图战胜意识衰颓所做出的努力。1996年，苏珊·桑塔格为她写于六十年代的《反对阐释》一书的西班牙版写了序言《三十年后……》，里面谈道，在二十世纪六十年代，说那个时代的特征是没有怀旧的色彩，而到了九十年代，"我们不再生活在一个乌托邦的时代，而是生活在一个每种理想都被体验为终结——更确切地说，已越过终结点——的时代"，一个"甚嚣尘上的消费资本主义价值促进了——实际上是加强了——文化的混合"的"虚无主义"的时代。桑塔格说，她希望她写于六十年代的这本书，"有助于堂吉诃德的任务"，就是维护这些文章所依据的那些价值。桑塔格描述的这个状况和我们现在的处境有些相像，所以我们要向老孟学习，濡染他的乐观精神，也来一堂重启乌托邦想象的课程。

目　录

第一辑　理论的建构

第二辑　小说的新变

第三辑　公器的风采

第一辑

理论的建构

我们的文学传统与世界性

——近年来中国文学创作的价值取向及其问题

近年来，无论是主流意识形态还是文学界，弘扬传统文化，重新认识本土文化／文学资源倡导和实践，成为一个引人注目的思想文化潮流。这个潮流的形成，与近年来中国社会生活的巨大变化有直接关系。或者说，四十年来欧风美雨的再次东渐，使我们有可能更深刻地认识和感知了欧美文化的性质和价值观，让我们对世界的历史和今天有了新的认识和了解。对世界的认识和了解，也进一步加深了我们对本土文化传统的认识和了解。在这种情况下，我们才有可能明确我们自己的文化身份以及在世界文化格局中的位置。这时，我们强调弘扬传统文化，强调本土文化资源的重要性，就不再是"唯我独尊"的心态，而是一种对他人、对自己都了然于心的文化自觉。这方面，近年来中国文学创作的价值取向证实了这一点，文学创作向本土文化汲取资源创作的大量丰富、生动的作品，不仅深刻表达了传统文化资源经过现代转化，仍然可以有效地传承；同时，中外文化／文学交流的日益频繁和相互融汇，也使中国文学不可避免地具有了可以通约的世界性。在我看来，我们所说的"传统文化"，不应该仅仅指我们的古代文化，或者说，不应该仅仅指经史子集——那些具有中国本土元话语性质的文化。传统文化应该是一个不断构建、不断丰富的文化。如果是这样的话，那么它应该包括中国本土文化、二十世纪新文化运动以来创造的现代文化以及西方介绍到中国的优秀文化。这三种文化的合流构成了我们所说的"传统文化"。这是我们对"传统文化"的一个基本认识和理解。

一、文化自觉与文学传统

传统文化浩如烟海博大精深。因此，每当我们提出"弘扬传统文化"的时候，我们也往往似是而非云里雾里。丰富驳杂的传统文化，要弘扬的究竟是什么，我们并不是言之凿凿。因此，当费孝通先生在1997年提出"文化自觉"说之后，他为我们对待传统文化提出了另一条思路。费先生认为：所谓文化自觉，是指生活在一定文化历史圈子的人对其文化有"自知之明"，并对其发展历程和未来有充分的认识。换言之，是文化的自我觉醒，自我反省，自我创建。费先生说：文化自觉是一个艰巨的过程，只有在认识自己的文化，理解并接触到多种文化的基础上，才有条件在这个正在形成的多元文化的世界里确立自己的位置，然后经过自主的适应，和其他文化一起，取长补短，共同建立一个有共同认可的基本秩序和一套多种文化都能和平共处、各抒所长、联手发展的共处原则。费先生在后来的一系列文章中系统阐释了他对"文化自觉"的看法。他认为：

> "文化自觉"指生活在一定文化中的人对其文化有"自知之明"，明白它的来历、形成过程、所具有的特色和它发展的趋向，不带任何"文化回归"的意思，不是要"复旧"，同时也不主张"全盘西化"或"全盘他化"。自知之明是为了加强对文化转型的自主能力，取得决定适应新环境、新时代文化选择的自主地位。①
>
> 文化自觉是一个艰巨的过程，首先要认识自己的文化，理解所接触到的多种文化，才有条件在这个正在形成中的多元文化的世界里确立自己的位置，经过自主的适应，和其他文化一起，取长补短，建立一个有共同认可的基本秩序和一套各种文化都能和平共处、各抒所长、联手发展的共处条件。②

费孝通先生的"文化自觉"说，对我们理解传统文化、创造新文化，有极大的启发性。对中国新文学来说，从诞生的那天起，它的本土性与世界性就是并存的。

2010年4月，高等教育出版社出版了严家炎先生主编的《二十世纪中国文学史》上卷。这部著作的出版，改写了中国现代文学发生的历史年限："像过去那样，现代文学史就从五四文学革命写起，如今的学者恐怕已多不赞成。相当多的学者认为，中国的现代文学史或二十世纪文学史，应该从戊戌变法也就是十九世纪末年写起。但实际上，这些年陆续发现的一些史料证明，现代文学的源头，似乎还应

---

① 费孝通：《对文化的历史性和社会性的思考》，《思想战线》2004年第2期。
② 费孝通：《对文化的历史性和社会性的思考》，《思想战线》2004年第2期。

该从戊戌变法向前推进十年，即从十九世纪八十年代末、九十年代初算起。"①严家炎先生从多个方面论证了他的这一观点。其中重要的一条就是陈季同在1890年发表了长篇小说《黄衫客传奇》，成为中国作家创作的第一部具有现代意义的小说作品。在严先生看来，陈季同的更大贡献，还在于他在十九世纪八九十年代，就已经形成或接受了"世界的文学"这样的观念。在陈季同看来：首先该责怪的是中国的"妄自尊大，自命为独一无二的文学之邦"，不求进步，老是对小说戏曲这些很有生命力的文学品种"鄙夷不屑"。其次，陈季同也谴责西方一些文学家的不公平，他们没有读过几本好的中国文学作品甚至连中文都不太懂，就对中国文学说三道四，轻率粗暴地否定，真要"活活把你气死"，这同样是一种傲慢、偏见加无知。陈季同在这里进行了双重的反抗：既反抗西方某些人那种看不起中国文学、认为中国除了诗就没有文学的偏见，也反抗中国士大夫历来鄙视小说戏曲、认为它们"不登大雅之堂"的陈腐观念。他提醒中国同行们一定要看到大时代在一日千里地飞速发展，一定要追踪"世界的文学"，参加到"世界的文学"中去，要"提倡大规模的翻译"，而且是双向的翻译："不但他们的名作要多译进来，我们的重要作品，也需全译出去"，这样才能真正去除隔膜和避免误会，才能取得进步。正是在陈季同的传授和指点下，曾朴在后来的二三十年中才先后译出了五十多部法国文学作品，成为郁达夫所说的"中国新旧文学交替时代的这一道大桥梁"。（郁达夫：《记曾孟朴先生》）事实上，当《红楼梦》经过著名翻译家李治华和他的法国夫人雅歌再加上法国汉学家安德烈·铎尔孟三个人合作翻译了整整二十七年（1954—1981）终于译成法文，我们才真正体会到陈季同这篇谈话意义的深刻和正确。可以说，陈季同作为先驱者，正是在参与文学上的维新运动，并为"五四"新文学的发展预先扫清道路。

根据唐传奇《霍小玉传》改写的《黄衫客传奇》，内容毫无疑问是"中国"的。1890年法国《图书年鉴》曾发表评论说："这是一本既充满想象力，又具有独特文学色彩的小说。通过阅读这本书，我们会以为自己来到了中国。作者以一种清晰而富于想象力的方式描绘了他的同胞的生活习俗。"②但是，在表现方法上，它无疑又是现代的。爱情悲剧的浪漫性，人物塑造的方法、结构以及许多具体表达方式，都有西方现代小说影响的痕迹。正是在这个意义上我们说，中国现代文学在发生时就有"民族""世界"的双重性，或者说，也正是因为有这双重性质，《黄衫客

① 严家炎：《二十世纪中国文学史》（上册），高等教育出版社2010年，7页。
② 见《黄衫客传奇》附录一，李华川译，人民文学出版社2010年，118页。

传奇》才在西方世界好评如潮。法国《图书年鉴》称："通过几部非常值得称道的论述中国风俗的著作，陈季同将军已经名闻遐迩。"这些评价已经说明了中国现代文学发端之际的"世界性"影响。因此，晚清—五四时代，中国文学已经找到了自己的方向。这个方向就是在保持民族文化独特性的同时，以开放的眼光吸收世界所有的先进文化。这种吸收不是全盘照搬，它是在坚持民族文化主体性的基础上的吸收和学习。也只有这样，民族文化才有了"世界性"通约的可能。这一点，在陈季同的时代已经证明了。除了他的《黄衫客传奇》获得承认和好评之外，陈季同的演讲也达到了同样的效果。他在巴黎曾不止一次地操流利的法语做学术演讲，倾倒了许多法国听众。罗曼·罗兰在1889年2月18日的日记中写道：

> 在索邦大学的阶梯教室里，在阿里昂斯法语学校的课堂上，一位中国将军——陈季同在讲演。他身着紫袍，高雅地端坐椅上，年轻饱满的面庞充溢着幸福。他声音洪亮，低沉而清晰。他的演讲妙趣横生，非常之法国化，却更具中国味，这是一个高等人和高级种族在讲演。透过那些微笑和恭维话，我感受到的却是一颗轻蔑之心：他自觉高于我们，将法国公众视作孩童……他说，他所做的一切，都是在努力缩小地球两端的差距，缩小世上两个最文明的民族间的差距……着迷的听众，被他的花言巧语所蛊惑，报之以疯狂的掌声。[①]

这里，罗曼·罗兰的"非常之法国化，却更具中国味"已经道出了"民族的"与"世界的"关系。也正因为如此，才有了"这是一个高等人和高级种族在讲演"的赞誉。当然这里的问题远要复杂得多。除了民族的独特性和与他者交流的通约性之外，相互熟悉和了解更为重要。这也就是当年陈季同先生看到的重重"隔膜"和"误会"，正是中国文学不为西方理解或曲解的根本原因。因此，《黄衫客传奇》既是中国的又是现代的，在人的心理、情感、自我理解、自我认同等这样的内部空间，获得了鲜明的形象、语言、观念和理论。正是从《黄衫客传奇》开始——中国现代文学的发端，中国文学就找到了正确的方向。在这个意义上，"中国"不仅仅是一个现代民族国家，它同时也是一个"历史时间"概念。或者说，从先秦开始、特别是晚清以降，"中国"的形象正是在不断变化中被塑造出来。就像传统是不断

---

① 见《罗曼·罗兰高师日记》，孟华译。见孟华为李华川著《晚清一个外交官的文化历程》一书所写的前言，2004年北京大学出版社出版。转引自严家炎：《二十世纪中国文学史》（上册），高等教育出版社2010年，9—10页。

发展变化、不断被丰富的情况一样。严家炎先生关于新文学肇始于陈季同的《黄衫客传奇》的观点，可能还没有获得学界普遍认同。但作为有理有据的一家之说，是没有问题的。

二、现实主义与文学的活力

可以认为，如果陈季同没有出使法国，或者没有接触西方文学，《黄衫客传奇》是不可能完成的。因此我们也可以说，中外文化／文学交流，是形成新文学传统重要的条件。甚至可以说，如果没有"盗火"于西方，我们新文学传统的建构是不可能的。另一方面，我们也必须看到，由于中国特殊的历史语境，即百年中国内忧外患的状况，使中国文学逐渐形成了创作方法上具有中国特点的主流，即现实主义文学。无论是知识界的启蒙诉求，还是中国共产党希望能够通过文学艺术实现民族全员动员，建立现代民族国家的文学观念，文学与现实的密切关系几乎没有疏离过。即便是二十世纪八十年代，现代派文学、后现代主义文学风起云涌风靡一时——试图用形式的意识形态打破"一体化"的文学场域，建立多元的中国文学，但是，当这一期许实现之后，诸多先锋文学作家，还是重新回到了现实主义的文学立场。余华、格非等是最典型的例证。

近年来，小说用现实主义的方法表达普通人，特别是底层人生活方面，取得了令人瞩目的成就。许多作品超越了"底层写作"时期专述苦难泪水涟涟的路数，而是将关注的焦点指向人性的纵深处，写出更丰富、更复杂的人性。陈彦的《装台》、贾平凹的《极花》、周大新的《曲终人在》、迟子建的《群山之巅》、张炜的《独药师》、格非的《望春风》、晓航的《被声音打扰的时光》等，集中代表了近年来长篇小说的创作成就。

《装台》是一部写生活末端的小说，是一部充满了人间烟火气的小说，说它是民间写作、底层写作都未尝不可。"装台"作为一个行当过去闻所未闻，可见人世间学问之大之深。因此，当看到刁顺子和围绕着他相继出现的刁菊花、韩梅、蔡素芬、刁大军、疤子叔、三皮等一干人物的时候，既感到似曾相识又想不起在哪见过——这就是过去的老话：熟悉的陌生人。以刁顺子为首的这帮人，他们不是西京丐帮，也不是西部响马，当然也不是有组织有纪律正规的团体，他们是一个"临时共同体"。但这也是一群有情有义有苦有乐有爱有痛的人群。他们装台糊口没日没夜，靠几个散碎钞票勉强度日。在正经的大戏开戏之前，这个处在艺术生产链条最末端的环节，上演的是自己的戏，是自己人生苦辣酸甜的戏。《红楼梦》是琼楼玉宇，是高处不胜寒。在高处望断天涯路不易，那里的生活大多隐秘，普通人难以想象无从知晓；而陈彦则从人间烟火处看到虚无虚空，看到了与《好了歌》相似的内容，这更需世事洞明和文学慧眼。

官场小说应该是九十年代以来图书市场上具有核心地位的小说类型。但是，多年过去之后，在这个小说类型中，我们还没有发现具有大气象的作品。这里原因无论多么复杂，有一点是没有问题的，这就是"官场小说"过于注重市场诉求，过于关注对阴谋、厚黑、权术以及以权力为中心的交易，而忽略了对人性丰富性和复杂性的理解和发掘。周大新的长篇小说《曲终人在》的出版，无论在哪个意义上都注定了它无可避免的引人注目：一方面，毁誉参半的官场小说风行了几十年，面对过去的官场小说，他是跟着说、接着说，还是另起一行独辟蹊径；一方面，"反腐"已经成为这个时代的关键词或日常生活的一部分，那些惴惴不安的贪腐官员如履薄冰夜不能寐早已耳熟能详。这时，周大新将会用怎样的态度对待他要书写的历史大舞台上的主角，而且——这是一个省级大员。如果这些说法成立的话，那么，我们就可以指认《曲终人在》确实是一部"官场小说"；但是，小说表达的关于欧阳万彤的隐秘人生与复杂人性，他的日常生活以及各种身份和关系，显然又不是"官场小说"能够概括的。因此，在我看来，这是一部面对今日中国的忧患之作，是一位政治家修齐治平的简史，是一位农家子弟的成长史和情感史，是一部面对现实的批判之作，也是主人公欧阳万彤捍卫灵魂深处尊严、隐忍挣扎的悲苦人生。

迟子建的《群山之巅》以两个家族相互交织的当下生活为主要内容：这两个家族因历史原因而成为两个截然不同的家庭。一个凭空想象决定了"辛开溜"的命名和命运。"英雄"与"逃兵"的对立关系，在小说中是一个难解的矛盾关系，也是小说内部结构的基本线索。小说中那些温暖的部分虽然还不能构成主体，却感人至深。比如辛开溜对日本女人的不变的深情，虽然辛七杂也未必是辛开溜亲生的，因为秋山爱子当时还同两个男人有关系，但辛开溜似乎并不介意。日本战败，秋山爱子突然失踪，"辛开溜再没找过女人，他对秋山爱子难以忘怀，尤其是她的体息，一经回味，总会落泪。秋山爱子留下的每件东西，他都视作宝贝"；秋山爱子对丈夫的寻找和深爱以及最后的失踪，让我们看到了一个日本女人内心永未平息的巨大伤痛，她的失踪是个秘密，但她没有言说的苦痛却也能够被我们深切感知或体悟；还有法警安平和理容师李素贞的爱情等，都写得如杜鹃啼血山高水长，那是小说最为感人的片段。甚至辛开溜为辛欣来送给养的情节，虽然在情理之间有巨大的矛盾，却使人物性格愈加鲜活生动。

《望春风》书写的是记忆中的乡村，是作者以自己的城市生活经验照亮的乡村记忆。格非的上海、北京生活经验对他书写他的乡村非常重要。如果格非没有他的城市生活经验，他是不能完成《望春风》的写作的。小说虽然也写到当下乡村的变革，但他没有因乡村的变迁表现出情感的矛盾，格非对当下乡村变革的评价持有非常谨慎的态度，这与他的历史感有关。我们知道，包括乡村变革的中国变革，它的整体塑型还远远没有完成。如果说那是一个漫长的链条的话，当下的状况只是这个链条中的一环。如果把一个环节当作整体，显然是缺乏历史感的。这也正如恩格斯在《自然辩证法·导言》中所说：预定的目的和达到的结果之间还总是存在着非常大的出入。不能预见的作用占据优势，未能控制的力量比有计划运用的力量强大得多。只要人的最重要的历史活动，使人从动物界上升到人类并构成人的其他一切活动的物质基础的历史活动，即人的生活必需品的生产，也就是今天的社会生产，还被未能控制的力量的意外的作用所左右，而人所期望的目的只是作为例外才能实现，而且往往适得其反，那么情况就不能不是这样。作为学者型作家的格非，除了有发达敏锐的感性触角，他还有清楚的理性思考制约他的感性表达。

三、传统文化资源的再发现与新文体

本土文化资源不同于文化传统或文学传统。如前所述，文化或文学传统是一个不断变化、流动的脉流，是一个不断构建的过程；本土文化资源是指中国特有的、原生于本土的文化之根。这一文化像血液一样流淌在我们的血管里，它不能剔除也难以置换。它是我们与生俱来如影随形的文化身份和文化属性。只有传承这一文化，我们才会葆有我们的文化辨识性。因此，当欧风美雨刮过之后，有眼光的作家纷纷转过头来，将目光投向了我们本土的文化资源，并将其做了现代转化的处理，创作出了具有本土文化标记的作品。这方面，李敬泽、李舫、李修文的散文探索和创作实践，尤其是值得谈论的。

李敬泽是著名文学批评家，他的文学批评、散文创作的阅读和取资范围，与学院出身的批评家、作家有极大的不同。学院批评家大多读专业书籍，理论、作品专注经典一路。这是专家的训练方法。李敬泽的《青鸟故事集》是一部"故事集"，说它是随笔、散文、文化评论都未尝不可。这一"无可无不可"，也从一个方面表明李敬泽"作品"的特殊性：它是"文无定法"的产物，是一个作家随心所欲、获得写作自由的产物。看《青鸟故事集》方知李敬泽读书的"方法"，他是"读无定

法"。李敬泽读书应该是兴之所至，古今中外无所不读。但是，如果认为《青鸟故事集》就是读杂书读出来的那也未必。那里显然隐含着他通过当下的比照，重新认知了历史或过去。他说："那些发生于前台，被历史剧的灯光照亮的事件和人物其实并不重要，在百年、千年的尺度上，真正重要的是浩大人群在黑暗中无意识的涌动，是无数无名个人的平凡生活：他们的衣食住行，他们的信念、智慧、勇气和灵感，当然还有他们的贪婪和愚蠢。历史的面貌、历史的秘密就在这些最微小的基因中被编定，一切都由此形成，引人注目的人与事不过是水上浮沫。"[1]于是，在蛛丝马迹、断简残章中他有了一个大发现，这就是：思想观念不是生活观念，生活观念要远远大于思想观念。历史舞台刀光剑影江山易主，但百姓的生活习性、习俗，风情风物没有变。生活观念远比我们想象的顽固。在《静看鱼忙？》中，他写一个葡萄牙人，这人不看桂林山水，专看鱼鹰捕鱼。几百年过去了，现在去桂林还可看见鱼鹰捕鱼。在《布谢的银树》中，他写丝绸是一种比金子还金贵的精神，"它教会了罗马人很多东西，他们由此体会着什么是轻，什么是细，什么是柔，什么是华丽，什么是梦一般、烟雨一般的颓废。通过丝绸，他们接受了一种生活情调和生活哲学，他们对此心醉神迷"。罗马人心醉神迷的显然不是中世纪帝国的王权和后宫。类似的细节在《青鸟故事集》中俯拾皆是。李敬泽通过历史的细节发现了大历史书写之外的另一条路径——历史也可以这样叙述。这一如法拉第在《蜡烛的化学史》中说，不管你观察什么，只要你观察得足够仔细，你就会涉及整个宇宙。

如果说李敬泽散文涉及的内容几乎无所不在，没有系谱可言的话，那么李舫的散文取资则相对集中。她纵横于中国古代社会立马横刀任意驰骋。从先秦诸子百家一直到大清王朝，古今事，笑谈间，她对史料的把握和文学性的处理，独具匠心别具一格。在历史散文的汪洋大海中，仍见她的桅杆高高矗立，在波涛中起伏自如游刃有余。她有一名篇《春秋时代的春与秋》，是专述孔子与老子的篇什。春秋时代是一个伟大的时代，锦绣瑰丽巨人辈出。它如诗如画气象万千，又如远在云端魅力无边。那个时代，是我们民族的元话语时代，民族的思想瑰宝钻石般地光耀千秋万代。因为有了那样的时代，中国文化才可以在世界民族之林中被尊重被敬慕——

在雅斯贝尔斯提到的古代文明中，有两个中国文化巨人，一个是孔子，一个是老子。孔子专注文化典籍的整理与传承，老子侧重文化体系的

---

① 李敬泽：《青鸟故事集·跋》，译林出版社2017年，360页。

创新和发展。一部《论语》，11705字，一部《道德经》，5284字，两部经典，统共16989字，按今天的报纸排版，不过三个版面容量。然而，两者所代表的相互交锋又相互融合的价值取向，激荡着中国文化延绵不绝、无限繁茂的多元和多样。

李舫援引黑格尔的话说："一个民族有一群仰望星空的人，他们才有希望。"而两千五百年前的长夜里，老子与孔子就是两位仰望星空的智者，他们刚刚结束一场人类历史上的伟大对话，旋即坚定地奔向各自的未来——一个怀抱"至智"的讥诮，"绝圣弃智""绝仁弃义""绝巧弃利"；一个满腹"至善"的温良，惶惶不可终日，"累累若丧家之狗"。在那个风起云涌、命如草芥的时代，他们孜孜矻矻，奔突以求，终于用冷峻包藏了宽柔，从渺小拓展着宏阔，由卑微抵达至伟岸，正是因为有他们的秉烛探幽，才有了中国文化的纵横捭阖、博大精深。

这是李舫的想象，也是李舫站在今天向伟大先贤的致敬。《千古斯文道场》，写的是稷下学宫的流变。稷下学宫，又称稷下之学，战国时期田齐的官办高等学府，始建于齐桓公田午。稷下学宫是世界上第一所由官方举办、私家主持的特殊形式的高等学府。中国学术思想史上这场不可多见、蔚为壮观的"百家争鸣"，是以齐国稷下学宫为中心展开的。它作为当时百家学术争鸣的中心园地，有力地促成了天下学术争鸣局面的形成。当然，那也可以看作整个民族的启蒙之学。这样一段浪漫而伟大的历史，为一个现代知识分子提供无限想象和驰骋的空间。于是李舫眼前出现了这样一个历史场景——

这样一群人轰轰烈烈，衔命而出，他们用自己的智慧、立场、观点、方法，去观察，去思索，去判断，他们带来了人类文明的道道霞光，点燃了激情岁月的想象和期盼。当时，凡到稷下学宫的文人学者、知识分子，无论其学术派别、思想观点、政治倾向，以及国别、年龄、资历等如何，都可以自由发表自己的学术见解，从而使稷下学宫成为当时各学派荟萃的中心。这些学者们互相争辩、诘难、吸收，成为真正体现春秋战国"百家争鸣"的典型。

当然，"稷下学宫荟萃了天下名流。稷下先生并非走马兰台，你方唱罢我登场，争鸣一番，批评一通，绝大多数先生学者耐得住寂寞，忍得住凄凉，静心整理各家的言论。他们在稷山之侧，合力书写这本叫作'社稷'的大书"。因此，与其说李舫在写稷下之学，毋宁说她在面对当下。如果没有当下学界的诸多弊端，稷下之学照亮的或许还是两千三百年前的夜空。

李敬泽、李舫的散文，大多是徜徉在古代文化典籍或稗史杂书中萌发灵感、生发联想的。"70后"李修文的散文创作则是另起一行另辟蹊径。他的《山河袈裟》，不只证明了李修文自我超越的期许与能力，同时，他的写作理念和实践，也为我们提出了新的理论命题。在《山河袈裟》的自序中他说："是的，人民，我一边写作，一边在寻找和赞美这个久违的词。就是这个词，让我重新做人，长出了新的筋骨和关节。"于是，与人民有关，就是李修文的情怀。人民不是别人，人民是你和我的同伴们和亲人们，是你和我的汇集，"在'人民'这个概念之下，我觉得这一个一个的个体，在相当程度上是团队的，是完整的集体，而今天我们各种各样的东西都是粉碎的，碎裂的，烟消云散的。正因为提到人民，才给我一个强大的依靠感，一个背靠感"。

文学与人民的关系、文学的人民性，既是新文学的一个重要传统，也是我们一直讨论又经常莫衷一是的老问题。过去，我们常常陷入一个怪圈：当文学政治性不够的时候，人民这个词就会被强调；当文学苍白的时候，艺术性又会被强调。我们似乎永远不能与那个理想的文学相遇。李修文的情怀以及他对人民的理解和写作实践，既远离了民粹主义，又使"人民"有了具体的所指。他的文字能够触动、打动我们，与他对"人民"理解的诚恳和由衷有关。因此，李修文十年磨的这一剑，锋利难当。

李修文的气质、气象，是在他的语言中表达的。这个气质、气象，就是胸中的"山河之气"，是在困顿、迷茫乃至绝望中看到希望，体悟温暖、发现美与善的修辞，美丽无比，动人无比。我看到，在李修文的文字中，中国传统的诗、词、文、戏曲等，构成了著文炼句重要的资源。特别是那些豪放、有浩然之气的作品，是李修文修炼气质、提升气象的秘方良药。他的文字方正、凛然，有高贵的文化血统。

我们都知道，散文是最古老的文体，几乎人人可以写。但要想写好散文真不是一件容易的事。一个散文作者的修养、阅历、情怀、趣味、格局以及文字功夫，在散文作品中几乎一览无余。所谓"文如其人"，说散文是最合适的。但有趣的是，散文作为最古老的文体形式，却偏偏没有什么理论。那些"文章作法"之类的教科书，最终也没说出个所以然。按照这些教科书大概也写不出什么好散文。曹丕《典论》中说，文章乃经国之大业，不朽之盛事，说的是文章之学，不是文学。这文章之学指的就是散文。当然，那是曹丕在他的时代对书、论、奏等诸文体的理解。白话散文经过百年的演变，仍然长盛不衰，关键在于老树不断抽新枝。

四、类型、人物和青春

近年来的文学创作，在关注现实、重视发掘传统文化资源等方面，确实做出了巨大的努力并取得了令人鼓舞的成果，引起广泛关注和反响的作品不时出现。但是，当下文学创作现状也确实存在很大的问题。这些问题概括起来可能是这样的：

一、"类型化"的隐忧。我们经常批评大众文化和网络文学的类型化，是因为类型化是大众文化本身的要求。娱乐文化必须用大众熟悉的形式、节奏、高潮乃至结局，才能被大众广泛接受。因此，大众文化不是一个接受先锋、允许实验的领地。也因为如此，大众文化和网络文学才被文学"精英集团"所诟病和不待见；但是，就在文学"精英集团"批评大众文化和网络文学类型化的同时，我们当下的文学创作也正无意识地陷入类型化的窠臼。比如，我们多年沿袭的乡土文学、城市文学、军事文学、知识分子文学等，在题材的意义上是成立的。但是，如果深究这种划分方式，它和类型没有什么区别。我们知道，无论文学写什么题材，它的核心要义还是写人。"文学是人学"的命题是不能改变的。因此，文学批评过于强调题材，就有陷于类型化的危险，它有意无意地会削弱文学对人的思考和塑造。

二、文学人物的缺失。我曾在不同的场合表达过，新世纪以来，我们文学已经不再关注人物的塑造。文学史一再证实，任何一个能在文学史上存留下来并对后来的文学产生影响的文学现象，首先是创造了独特的文学人物，特别是那些"共名"的文学人物。比如法国的"局外人"、英国的"漂泊者"、俄国的"当代英雄""床上的废物"、日本的"逃遁者"、中国现代的"零余者"、美国的"遁世少年"等人物，代表了不同时期文学成就。如果没有这些人物，西方文学的巨大影响就无从谈起。当代中国"十七年文学"，如果没有梁生宝、萧长春、高大泉这些人物，不仅难以建构起社会主义革命和建设时期的文化空间，甚至也难以建构起文学中的社会主义价值系统；新时期以来，如果没有知青文学、"右派文学"中的受难者形象，以隋抱朴、白嘉轩为代表的农民形象，现代派文学中的反抗者形象，高加林这样个人冒险家的形象，"新写实文学"中的小人物形象，以庄之蝶为代表的知识分子形象，王朔的"顽主"等，也就没有新时期文学的万千气象。但是，当下文学虽然数量巨大，我们却只见作品不见人物。"底层写作"、"打工文学"、城市文学等，整体上产生了巨大的社会效应，但它的影响基本是文学之外的原因，是现代性过程中产生的社会问题。我们还难以从中发现有代表性的文学人物。因此，如何回到恩格斯的"典型人物"，塑造让读者过目不忘的文学人物，仍然是当下文学创作应该优先考虑的重要问题。

三、当下问题没有"青春"。新文学自诞生始，一直站立着一个"青春"的形象。这个"青春"是《新青年》，是"呐喊"和"彷徨"，是站在地球边放号的"天狗"，是面目一新的"大春哥""二黑哥""当红军的哥哥"，是犹疑不决的蒋纯祖，是"组织部新来的年轻人"，是梁生宝、萧长春，是林道静和欧阳海，是"回答""致橡树"和"一代人"，是高加林、孙少平，是返城的"知青"、平反的"右派"，是优雅的南珊、优越的李淮平，是大院出来的"顽主"，当然还有"一个人的战争"等等。二十世纪九十年代以后，或者说自《一地鸡毛》的林震出现之后，当代文学的青春形象逐渐隐退以致面目模糊。青春文学的变异，是当下文学被关注程度不断跌落的重要原因之一，也是当下文学逐渐丧失活力和生机的重要原因。那么，青春形象对文学来说究竟意味着什么，是什么原因和力量改变了文学的青春，今天重建文学的青春形象有怎样的意义，这是我们要讨论的问题。

近年来，文学创作在价值取向上呈现了令人乐观的景象。我们的文学传统被更多的作家经过现代转化重新再创造，本土元素日益凸显；外来优秀文学作品使我们更广泛地了解了世界文学图景，在参照和比较中，也进一步认识了我们自己的文学。如果能够尽可能地修正我们文学存在的问题，未来的文学我们完全有理由可以乐观期待。

《扬子江文学评论》2018年第1期

建构当代中国的文学经验和学术话语

——中国当代文学史研究七十年

　　"当代文学"的概念，按照洪子诚先生的看法，是1960年召开的第三次文代会上，周扬在题为《我国社会主义文学艺术的道路》报告中确定的。[①]但是，当代文学的"前史"早已展开。这个"前史"，不只是指毛泽东的《新民主主义论》《在延安文艺座谈会上的讲话》等具有中国当代文学"元理论""元话语"性质的著作，同时也包括"当代"不同时期具体的关于文学现象、文学思潮和文学作品的评论：包括自王瑶的《中国新文学史稿》出版以来刘绶松、张毕来、丁易等的现代文学史著作表达的历史观和讲述方法，甚至也包括季莫菲耶夫的《文学原理》、毕达科夫的《文艺学引论》等苏联文艺理论著作对我们文学观的深刻影响。这个"前史"不仅是二十世纪八十年代中期以后当代文学史研究的重要参照，同时它也是当代文学史研究重要的依据和组成部分。如果没有这个"前史"，当代文学史后来的研究和"问题"就是空穴来风。

　　当然，七十年来，不同的历史语境，那些含有内在力量的、有生气的、有潜力的存在，以不同的方式控制或影响当代文学史的书写。因此，当代文学史在七十年不同历史时期的内涵并不完全相同。用洪子诚先生的观点，"当代文学"的概念是"被构造出来"的[②]，"当代文学史"当然也是被构造出来的，任何一种历史都是"被构造"出来的。七十年不同的历史时期，由于不同历史语境的规约，当代文学史大体可以概括为三种不同的形态，即社会主义文化空间的构造，文学史观念的对话与建构，当代中国文学经验和学术话语的整合。三种不同的文学史形态，与不同的场域或历史语境有直接关系，这一点与现代中国对"五四"的阐释不同。贺桂梅

---

① 见洪子诚《当代文学的概念》，北京大学出版社2010年，62页。
② 见洪子诚《当代文学的概念》，北京大学出版社2010年，48页。

曾分析说："1949年前的现代中国时期，主要形成了五四传统的三种阐释方式。其一是孙中山、蒋介石等国民党政治力量确立的文化保守主义阐释，强调五四学生运动的爱国主义面向，但对新文化运动持否定态度；其二是毛泽东等共产党力量，主要凸显'五四'的政治运动面向，将其阐释为'无产阶级登上历史舞台'的标志；第三种则是知识分子群体的启蒙阐释，强调'民主''科学'等现代观念和思想在中国的塑造，并力图与政党政治实践保持一种文化的张力和距离。这三种不同阐释主体分别凸显了'五四'的不同面向，也说明五四运动的历史阐释与现代中国的政治文化实践紧密相关。"① 对"五四"的三种阐释是共存于同一时空的平行关系，那里隐含着阐释者不同的理解和诉求；但是，对当代文学史三种不同的"构造"，是一种条线性的关系。当代文学史与不同历史语境无论是同构还是错位，可以肯定的是，中国当代文学研究的历史，都是一部带有"不确定性"、不断"试错"、不断从外部走向内部、不断从社会政治走向探寻"文学历史真相"的历史。因此也是更加合理化、更加学术化的历史。因此，这三种文学史研究形态，都是构建当代中国文学经验和学术话语的一部分。如果是这样的话，那么，当代文学史形态的变化，也恰恰从一个方面表达了当代中国社会文化场域的变化。

一、文学史与社会主义文化空间的建构

当代文学的"前史"，在"十七年"规约了当代文学发展的历史趋向和要表达的具体内容。这个趋向和具体内容，在后来书写的各种当代文学史中有更加具体的表达。一方面是对文学"异端"的清场，一方面是对具有社会主义性质文学的树立和保卫。后来的文学史对"十七年文学"经典"三红一创保山青林"的归纳最有代表性，其中最典型的是柳青的《创业史》。《创业史》受到肯定最重要的原因，就是塑造了梁生宝这个崭新的中国农民形象。这个"崭新"的形象，既不同于鲁迅、茅盾等笔下的麻木、愚昧、贫困、愁苦的旧农民形象，也不同于赵树理笔下的小二黑、小芹、李有才等民间新人。梁生宝是一个天然的中国农村"新人"，他对新中国、新社会、新制度的认同几乎是与生俱来的。于是，他就成了"蛤蟆滩"合作化运动天然的实践者和领导者。他通过高产稻种增产丰收，证实了集体生产的优越性，证实了走社会主义道路的优越性。梁生宝不是集合了传统中国农民的性格特征

---

① 贺桂梅：《五四与当代中国——三个时期三种阐释》，新加坡《联合早报》2019年5月3日。

的人物，他不是那种盲目、蛮干、仇恨又无所作为一筹莫展的农民英雄，他是一个健康、明朗、朝气勃勃、成竹在胸、年轻成熟的崭新农民。在解决一个个矛盾的过程中，《创业史》完成了对中国新型农民的想象和塑造。

但评论界对小说人物的评价并不一致。不同的看法是，梁三老汉这个形象比梁生宝更有血肉，更生动和成功。1960年12月，邵荃麟在《文艺报》的一次会议上说："《创业史》中梁三老汉比梁生宝写得好，概括了中国几千年来个体农民的精神负担。但很少人去分析梁三老汉这个人物，因此，对这部作品分析不够深。仅仅用两条路线斗争和新人物来分析描写农村的作品（如《创业史》、李準的小说）是不够的。"①在大连农村题材短篇小说创作座谈会上，他又说："我觉得梁生宝不是最成功的，作为典型人物，在很多作品中都可以找到。梁三老汉是不是典型人物呢？我看是很高的典型人物。"②邵荃麟的观点不只是对一个具体人物和一部小说的评价，事实上他还是从维护文学创作内在规律的角度看待梁三老汉的。

这些材料公开之前，严家炎对《创业史》做了系统的分析和评价，他连续发表了四篇文章，对作品的主要成就提出了不同看法。在他看来，《创业史》的成就主要是塑造了梁三老汉这个人物，这一观点与邵荃麟不谋而合。邵荃麟、严家炎则从中国农民的精神传统考虑，认为作品真实地传达了普通农民在变革时期的矛盾、犹疑、彷徨甚至自发的反对变革。梁三老汉在艺术上的丰满以及他与中国传统农民在精神上的联系，是这部小说取得的最大成就。这一看法在当时是不能被接受的，当时的社会主义价值观不需要那些犹豫彷徨的人物。梁三老汉符合人性和人物性格，但与建构的社会主义价值观不符。因此，这一评价没有成为主流声音。在对《创业史》激烈的争论中，柳青也终于站出来说话。③但是，柳青的自述，并没有超出批评家赞赏的基本思路。

对《创业史》人物的争论，后来演化为文学界的一个重大文学事件。这就是"中间人物论"的肇始。二十世纪八十年代以后，关于《创业史》的讨论再次展开。肯定的意见认为："柳青……笔下的梁生宝，不管带不带所谓的'理念化'，都不可否认是社会主义革命文学中最早出现的社会主义英雄人物的成功形象。尽管有同志认为梁生宝的形象不如他的父亲梁三老汉的形象那样丰满，但是，在文学史上

---

① 《关于"写中间人物"的材料》，《文艺报》1964年第8、9期合刊。
② 《关于"写中间人物"的材料》，《文艺报》1964年第8、9期合刊。
③ 《文艺报》1964年第11、12期合刊。

诞生一个梁生宝，要比诞生一个梁三老汉困难得多，意义重大得多"。①八十年代末，上海学者拉开了雄心勃勃的"重写文学史"的序幕，其中重评《创业史》的文章对其做了如下评价："柳青把表现这种农民落后和狭隘心理的细节统统集中在梁三老汉身上，这就表达了他对历史发展的乐观情绪。在他看来，老一代农民身上的落后和狭隘才是富于典型性的，而新一代农民则已经摆脱历史的阴影了。但实际情况是，正因为梁三老汉这个人物比较全面准确地概括了中国农民贫困屈辱的历史，以及因为这种贫困屈辱而形成的落后狭隘、裹足不前的性格侧面，同时又表现了中国农民勤劳、朴实的性格侧面，他反而成为《创业史》中概括变革中农民心理的复杂变化过程最生动、最典型的形象。"②后一种看法并没有超出当年严家炎先生的评价。

随着文化场域的不断变化，对《创业史》的评价也越来越接近小说真正的价值和意义。在新一代学者看来：

> 《创业史》从"社会主义革命"的高度来理解和表现农村合作化运动，意味着柳青不仅仅将农村合作化运动视为一场经济运动，即如赵树理的《三里湾》那样从经济、技术、管理的社会化角度强调合作化的必要性，也不仅仅将其视为一场社会运动，即如《山乡巨变》或《艳阳天》那样强调阶级群体的关系变动和矛盾冲突，而更强调其同时作为一场文化运动（革命）的意义，更注重人的"思想的和心理的"变化过程。它将经济、社会和文化这三个层面融合起来，试图表现的是"这个制度的新生活"，一种新的"世界"形态。梁生宝带领蛤蟆滩的村民们走合作化道路，从来就不仅仅是一场经济运动或社会运动，而被柳青更自觉地看作是一个创造"新世界"的过程。③

贺桂梅对《创业史》的这一评价更切合小说的实际。那是一个有"总体性"的时代，她道出了那一时代文学建构社会主义文化价值观的本质。这时我们就会理解，为什么严家炎先生等对《创业史》的另一种解读难以成为主流。严家炎先生是

①阎纲：《函致〈创业史〉及农村题材创作讨论会》，阎纲著《文坛徜徉录》（下），人民文学出版社1984年，611页。

②宋炳辉：《"柳青现象"的启示——重评长篇小说〈创业史〉》，《上海文论》1988年第4期。

③贺桂梅：《"总体性世界"的文学书写：重读〈创业史〉》，《文艺争鸣》2018年第1期。

从文学创作的尺度评价小说，从人物性格的角度评价成败得失，在这个意义上严家炎先生是正确的。梁三老汉作为文学人物，他的性格更丰满，更符合人性的逻辑。但是，在构建社会主义价值观的时代，那些更具有先进思想的人物才有可能走向历史的前台，因此历史选择了梁生宝。更重要的是，几十年过去之后，柳青文学道路的继承者仍"络绎不绝"。执着学习柳青的路遥的《平凡的世界》受到读者特别是青年读者的热烈欢迎；关仁山的长篇小说《金谷银山》中的主人公范少山的口袋里一直揣着《创业史》。更有批评家认为："'文革'结束之后，一些当代文学批评家仅仅因为政策的变化，因为现行政策否定了集体化，因此，根据这种政策的变化来否定《创业史》等农业合作化题材小说，根本谈不上文学批评"。[①] 由此可见，对《创业史》等小说的认识和评价还远远没有结束。

　　与柳青命运完全不同的是赵树理。在二十世纪文学的历史叙述中，赵树理是一个非常独特的现象：一方面，他是成功实践《讲话》、遵循"革命现实主义"创作原则的作家，"赵树理的方向"被肯定为所有作家都应该学习和坚持的方向；一方面，新中国成立后他又屡屡遭到批评／肯定的反复过程。这个看似矛盾的现象，对赵树理本人来讲是痛苦和不幸的，但对于中国当代文学的发展过程而言，赵树理的遭遇恰恰从一个方面反映了当代中国文学的复杂性、矛盾性和不确定性。从四十年代走向文坛开始，赵树理的写作就一直注意与农村、农民和现实的关系，注意对民间文艺传统的借鉴和改造，注意按照《讲话》的要求为"工农兵"服务。并且因他的内容和形式，也明显地区别于其他农村题材写作的作家。赵树理是毛泽东文艺思想哺育成长的有代表性的作家。从《小二黑结婚》开始，赵树理成为实践《讲话》精神的楷模，是"方向"和"旗帜"，是一位"人民艺术家"。他的作品被视为人民文艺的"经典"。当然，也正是从赵树理开始，在中国现代文学史上才第一次出现了活泼、朗健、正面的中国农民形象，中国最底层的民众才真正成为书写的主体对象。

　　但是，进入新中国之后，对赵树理创作的评价开始发生了分歧和反复。1955年1月，《三里湾》在《人民文学》杂志连载，5月出版单行本。这是第一部反映农业合作化运动的长篇小说。也被认为是"我国最早和较大规模地反映农业社会主义改造的一部优秀作品"[②]。小说发表之后，批评者大多沿着相同的路线斗争的思路，认为小说对"当前农村生活中最主要的矛盾，即无比复杂和尖锐的两条路线的斗争"没有得到应有的处理，"看不到富农以及被没收土地后的地主分子的破坏活动"，而

---

① 旷新年：《由史料热谈治史方法》，《文艺争鸣》2019年第3期
② 中国科学院文学研究所《十年来的新中国文学》编写组：《十年来的新中国文学》，作家出版社1963年，45页。

且三里湾党的领导者王金生对蜕化分子范登高表现得软弱，"没有流露出应有的愤慨的心情"等。① 赵树理针对批评发表了《〈三里湾〉写作前后》一文。这篇文章既可以看作是一个"答辩"，也可以看作是一种"检讨"。他陈述了写作经过之后，也谈了作品的"几个缺点"。他说自己在抗日战争初期是做农村宣传动员工作的，后来"职业"写作只能说是"专业"，做这种工作中来的作者，"往往都要求配合当前政治宣传任务，而且要求速效。这本来是正当的，是优点"。但他还是检讨了三个缺点，其中"对旧人旧事了解得深，对新人新事了解得浅，所以写旧人旧事容易生活化，而写新人新事有些免不了概念化"。他接着解释说："这一切都只能说是在创作之前的准备不充分，为了迅速地配合当前政治任务，固然应该快一点写，但在写作之前准备得不充分的时候，正确的做法是赶紧把不充分的地方补充准备一下然后再写，而不是就在那不充分的条件下写起来。"②

但事实上赵树理对上述批评是不接受的，这不仅表现在赵树理在处理农村矛盾和人际关系时，仍然限定于乡村的伦理秩序允许的范畴之中，同时他也清楚地认识到，即便是农村的党员干部，也不可能因为社会主义的到来，其思想和精神就达到了与时代同步的水准。因此，在批评他的文章发表不到一年，在一次"双百方针"的座谈会上，他说出了自己真实的想法："我感到创作上常有些套子束缚着作家……有人批评我在《三里湾》里没写地主的捣乱，好像凡是写农村的作品，都非写地主捣乱不可。"③ 但赵树理这一内心压抑刚刚释放不久，对他新的质疑已经酝酿在急剧变化的形势中。对赵树理的再批评，是五十年代后期提出来的。这次批评的缘起主要是短篇小说《锻炼锻炼》的发表。对赵树理评价的变化和反复，主要分歧是塑造什么样"人物"。当代文学批评中经常使用的"英雄人物""正面人物""中间人物""反面人物"等，已经将"人物"做了等级和类型化的划分。创造英雄人物或正面人物的理论依据，来自毛泽东的《讲话》。毛泽东要求文艺工作者创造出"新的人物新的世界"。周扬在第一次文代会上的报告，有专门论述"新的人物"一节，"新的人物"在这里已解释为"各种英雄模范人物"。他说："我们是处在这样一个充满了斗争和行动的时代，我们亲眼看见了人民中的各种英雄模范人物，他们是如此平凡，而又如此伟大，他们正凭着自己的血和汗英勇地勤恳地创造着历史的奇迹。对于他们，这些世界历史的真正主人，我们除了以全副热情去歌颂去表扬之

---

① 俞林：《〈三里湾〉读后》，《人民文学》1955年第7期。

② 赵树理：《〈三里湾〉写作前后》，《文艺报》1955年第19期。

③ 赵树理：《不要有套子——在中国作家协会创作委员会小说组"百花齐放、百家争鸣"座谈会上的发言》，《作家通讯》1956年第6期，《赵树理全集》第四卷。

外，还能有什么别的表示呢?"①第二次文代会上，周扬在报告中又提出："当前文艺创作的最重要的、最中心的任务：表现新的人物和新的思想，同时反对人民的敌人，反对人民内部的一切落后的现象。"②不久，冯雪峰发表了题为《英雄和群众及其它》的文章，他在论证了"创造正面的、新人物的艺术形象，现在已成为一个非常迫切的要求，十分尖锐地提在我们面前"之后，也提出了如何塑造"否定人物的艺术形象"的问题："从文学的社会教育的人物来说，描写各种各样的否定人物所代表的社会势力，是为了使读者认识并鼓舞的斗争，是不能不在描写正面人物的同时也描写否定人物的。对于读者，不仅正面人物的艺术形象是教育和鼓舞的工具。一切否定人物的艺术形象也同样是教育和鼓舞的工具。"③

1962年，政治、经济的激进主义逐渐退潮后，文学界"现实主义深化"的问题也被提出。同年8月，中国作家协会在大连召开了农村题材短篇小说创作座谈会。会议主持人邵荃麟发表了讲话。他分析当时的创作情况时认为，主要问题还是"人物创作问题"。因为"作品是通过人物来表现的"，"英雄人物是反映我们时代的精神的，但整个说来，反映中间状态的人物比较少，广大的各阶层是中间的，描写他们是很重要的。矛盾点往往集中在这些人身上"。"茅公提出'两头小，中间大'，英雄人物与落后人物是两头，中间状态的人物是大多数，文艺主要教育的对象是中间人物，写英雄是树立典型，但也应该注意写中间状态的人物。"④这一观念的提出，对赵树理的评价又发生了变化。康濯在《试论近年间的短篇小说》中说："赵树理在我们老一辈作家群里，应该说是近二十年来最杰出也最扎实的一位短篇大师。但批评界对他这几年的成就却使人感到有点评价不足似的，我认为这主要是对他作品中思想和艺术分量的扎实性估计不充分。事实上他的作品在我们文学中应该说是现实主义最为牢固，深厚的生活基础真如铁打的一般。"⑤这样的评价在"文革"前又被否定，"中间人物论"也被作为一种"修正主义"的文学观念遭到清算。因此，多年来文学观念的"不确定性"，是评价作家矛盾和犹疑的根本原因。

---

① 周扬：《新的人民文艺》，《周扬文集》第一卷，人民文学出版社1984年，516页。
② 周扬：《为创造更多的优秀的文学艺术作品而奋斗——一九五三年九月二十四日在中国文学艺术工作者第二次代表大会上的报告》，《周扬文集》第二卷，人民文学出版社1985年，251页。
③ 冯雪峰：《英雄和群众及其它》，《冯雪峰文集》（下），人民文学出版社1981年，74-75页。
④ 邵荃麟：《在大连"农村题材短篇小说创作座谈会"上的讲话》，洪子诚编《20世纪中国小说理论资料》，北京大学出版社1997年，429页、437页。
⑤ 康濯：《试论近年间的短篇小说》，《文学评论》1962年第5期。

就像柳青在新一代作家那里有"络绎不绝"的继承者一样，赵树理在新一代作家那里同样不乏"络绎不绝"的继承者，甚至他的"矛盾中纠结、苦恼着①"的心态，也在同情中给予了欣赏和肯定。

文学创作要建构社会主义价值观，文学史的编纂同样负有这样的使命。王瑶的《中国新文学史稿》的出版和命运，是最具代表性的。现代文学作为一个完整的学科，其建立的标志是1951年王瑶先生的《中国新文学史稿》上册的出版。虽然现代文学的"历史"已经"过去"，但于王瑶写作的年代来说，它仍然是切近的文学历史，它并没有为作者提供充分的考察距离。但王瑶先生仍以他史家的训练和学识，对现代文学进行了"史无前例"的学科化、系统化整合，为现代文学奠定了第一块基石。在王瑶先生写作《中国新文学史稿》的同时，全国高等教育会议通过了"高等学校文法两学院各系课程草案"，其中规定了"中国新文学史"的讲授内容：运用新观点、新方法，讲述"五四"时代到现在的中国新文学的发展史，着重在各阶段的文艺思想斗争和其发展状况，以及散文、诗歌、戏剧、小说等著名作家和作品的评述。王瑶先生称："这也正是著者编著教材时的依据和方向。"由此可见，现代文学史的研究内容，从学科建立之初就已经有了规范，并成为学术体制的一部分。王瑶先生以他对现代文学的认识以及对历史语境的认识，概括出了"鲁郭茅巴老曹"的现代中国主流作家，而没有将张爱玲、沈从文、钱锺书等作为重要作家对待，已经显示出了他卓越的文学史眼光。但是，这仍然不够，他还没有达到时代要求的高度。这一状况在1952年8月30日下午《文艺报》组织的"《中国新文学史稿（上册）》座谈会记录"上得到了反映。王瑶在《读〈中国新文学史稿〉（上册）座谈会记录》（实际是检讨）一文中也坦白承认："这门课的内容很难办。"②文学史观和研究方法的变化，并不是学者在研究中主动的选择，而是在批判"资产阶级学术思想"的语境下必须做出的选择，或者说，这是建构社会主义文化空间和价值观的需要。

---

① 赵勇：《在文学场域内外——赵树理三重身份的认同、撕裂与缝合》，《文艺争鸣》2017年第9期。

② 王瑶在文中说：我错误地肯定了许多反动的作品，把毒草当作香花，起了很坏的影响。胡风分子的作品，我大都是加以肯定的，还特别立了一节谈《七月诗丛》，究竟我肯定这些作品的什么东西呢？翻开我的书，不外是"情感丰富"之类的词句，而脱离了作品的思想内容和政治倾向……我还肯定过丁玲的反党作品《在医院中》和《我在霞村的时候》，冯雪峰的《灵山歌》和《乡风与市风》等杂文集；对这些毒草的内容我毫无批判，而是当作香花来肯定了，这除了说明我的立场和思想感情上有和他们共同的地方以外，是很难用其他原因解释的。《王瑶文集》第7卷，北岳出版社1995年，557—558页。

无论是文学创作还是文学史书写，时代期待的是"风卷红旗过大关"，但是，风卷红旗过后，却是"万花纷谢一时稀"。或者说，在梁生宝、萧长春、高大泉的道路上，中国共产党和广大的中国人民并没有找到希望找到的东西。1980年前后，在改革开放的思想的环境下，出现了古华的《芙蓉镇》、周克芹的《许茂和他的女儿们》等新乡土文学作品。在这些作品中，我们看到的"豆腐西施"胡玉音、工作组长李国香、乡村流氓无产者王秋赦以及老许茂和他的女儿们的吃食、衣着、目光、肤色等，与阿Q、祥林嫂、华老栓、老通宝等相比没有任何变化。也就是说，真正的革命并没有在广大的中国乡村发生。这是中国共产党改革开放思想战略的现实基础，如果不实行改革开放，广大的中国还将处于贫困之中，僵化的思想和情感方式还将持续蔓延。是改革开放思想战略的实行，使中国的社会环境和思想领域发生了根本性的变化。这个变化在当代文学史领域的反映，就是文学史观念的变革和对话。

二、"二十世纪中国文学"的整体观与文学史的"当代性"

二十世纪八十年代，对于中国当代文学来说是重要的年代。文学界经过"人道主义""西方现代派""寻根文学"以及"先锋文学"的讨论，虽然乱花迷眼，却也极大地拓展了中国文学界的视野，无论参与者持有怎样的观点，有怎样不同的身份和背景，可以肯定的是，文学界看到了更多的可能性。更重要的是，在那个给所有人以希望的大时代，预示了中国文学走向"现代"的坚定信念和决心。文学史观念的变化，离不开这个时代的整体氛围。因此，对四十多年的中国当代文学研究来说，八十年代是一个走向新的开始的年代。

1985年10月29日，唐弢先生在《文汇报》上发表了《当代文学不宜写史》一文。他主张用"《当代文学述评》"代替"《当代文学史》"，这样做，"对于正在探索的问题，对于尚未成熟的想法，对于不断演变着的当代文学本身的发展过程，都会产生催化或者推动的作用"。

唐弢先生的看法除了少数支持者，反对者的声音更大，更言之凿凿。唐弢先生提出的文学史分期问题固然是制约当代文学史写作的一个方面。现代文学史的写作，可能从一个方面质疑了唐弢先生"当代文学不宜写史"的观点，因为毕竟有这么多的"现代文学史"著作的出版；但也从一个方面证实了唐弢先生"当代文学不宜写史"观点的正确。现、当代文学史的写作受到各方面条件的制约限制，切近的历史很难把握在著史者的手中。每个人对切进历史的不同理解，使任何一部中国"当代文学史"都不免议论纷纷难成共识。虽然古代文学史也在不断建构的过程中，但是，经过历史化和经典化的古代文学史，无论怎样建构，它的基本作家作品、流派、现象等，大体没有歧义，其他的只是具体评价问题了。现、当代文学史的情况于古代文学史截然不同，上述现代文学史写作的巨大差异和不同评论证明，这段文学历史的讲述，确有"评述"性质。

唐弢先生是一位著名的文学史家。他主编的《中国现代文学史》，是二十世纪八十年代以来最重要的文学史著作之一，他对具体作家作品的评价今天看来也未免周全。但是，我们只要看看樊骏先生的《编撰〈中国现代文学史〉的若干背景材料》、严家炎先生的《求实集·序》等，就知道那个时代从事文学史写作是多么困难。时事政治的变化，意识形态的风吹草动，甚至某个人的主观意志，都会干扰和影响到文学史的写作，都会为文学史的写作带来意想不到的后果。唐弢先生后来曾经深刻检讨过他主编的《中国现代文学史》中的一些问题，比如说对左翼作家联盟的评论，对在《新月》杂志上撰稿的作者以及某些所谓"第三种人"的评价，对郁达夫、老舍、沈从文、徐志摩、钱锺书、杨绛等的评价，对周作人、李金髮、戴望舒等人的评价，他多有检讨并"深怀歉疚"。但是，唐弢先生是有自己写作现代文学史想法的，比如"论从史出""以文学社团为主来写，写流派和风格"等，但都无法实现。因此，唐弢先生提出的"当代文学不宜写史"，就不能简单地理解为唐弢先生对当代文学或当代文学史的撰写怀有偏见，他的《中国现代文学史》，从某种意义上，也恰是一部"当代文学史"，他是通过自己的文学史写作实践，通过处理各种与文学史写作没有关系的各种问题才表达这一观点的。他是有切肤之痛的体会才说出这番话的。反对者很可能没有完全理解或忽略了唐弢先生的初衷或苦衷。

与唐弢先生提出"当代文学不宜写史"的同时，黄子平、陈平原、钱理群发表了《论"二十世纪中国文学"》一文。文章一出反响巨大。文章认为，提出这一概念的目的"并不单是为了把目前存在着的'近代文学''现代文学'和'当代文学'这样的研究格局加以打通，也不只是研究领域的扩大，而是要把二十世纪中国文学作为一个不可分割的有机整体来把握"。提出这一概念的理由是：二十世纪中国文学，"是由上世纪末本世纪初开始的至今仍在继续的一个文学进程，一个由古代中国文学向现代中国文学转变、过渡并最终完成的进程，一个中国文学走向并汇入'世界文学'总体格局的进程，一个在东西方文化的大撞击、大交流中从文学方面（与政治、道德等诸多方面一道）形成现代民族意识（包括审美意识）的进程，一个通过语言的艺术来折射并表现古老的中华民族及其灵魂在新旧嬗替的大时代中获得新生并崛起的进程"。在论述这些"进程"的时候，它涉及的问题是"走向'世界文学'的中国文学；以'改造民族的灵魂'为总主题的文学；以'悲凉'为基本核心的现代美感特征；由文学语言结构表现出来的艺术思维的现代化进程"以及"由这一概念涉及的文学史研究的方法论问题"等。他们强调："'二十世纪中国文学'这一概念首先意味着文学史从社会政治史的简单比附中独立出来，意味着把文学自身发生发展的阶段完整性作为研究的主要对象。"它的方法论特征就是强烈的"整体意识"。① 《文学评论》在发表这篇文章的时候说："《论'二十世纪中国文学'》阐发的是一种相当新颖的'文学史观'，它从整体上把握时代，文学以及两者关系的思辨，应当说，是对我们传统文学观念的一次有益突破。"在"二十世纪中国文学"概念提出的同时，陈思和、王晓明等上海青年批评家也在思考着同样问题。特别是陈思和"中国新文学的整体观"的提出，与"二十世纪中国文学"如出一辙。他们在《上海文论》主持的《重写文学史》专栏，是文学史研究的另一引人注目之举。这两个与文学史有关事件的思路不完全相同，《论"二十世纪中国文学"》提出的是一个关于百年中国文学史的整体观念和思路，"重写文学史"更注重于具体的评价实践。

这两个文学史观念，在后来的研究者那里几乎是石破天惊的大事。但是，现在看来可能都被夸大了。黄子平后来说，"二十世纪中国文学"是一个相当粗糙的文学史叙述框架。更重要的是，自以为来到了一个新时期，才使构思文学史"新剧本"有了可能。② 在讨论中，提出的问题也不外乎打通百年中国文学格局，突破文学史分期，以及如何看待百年中国文学的总主题或美学特征等；而反对者的有些看法诸如："从一个抽象的'世界文学'的模式出发，忽视和贬低了我国解放区文艺的思想和艺术价值"、强调"悲凉"、缺少"民族特色"、"走向世界的中国大众文学"才是一个"真实的文学进程"等，就更加肤浅和表面。陈思和在谈到开设《重写文学史》专栏的目的时说："希望能刺激文学批评气氛的活跃，冲击那些似乎已成定论的文学史结论，并且在这个过程中激起人们重新思考昨天的兴趣和热情。……从新文学史研究来看，它绝非仅仅是单纯编年式'史'的材料罗列，也包含了审美层次上对文学作品的阐发评判，渗入了批评家的主体性。研究者精神世界的无限丰富性，必然导致文学史研究的多元化态势。文学史的重写就像其他历史一样，是一种必然的过程。这个过程的无限性，不仅表现了'史'的当代性，也使'史'的面貌最终越来越接近历史的真实。"王晓明也指出："在正常情况下，文学史研究本来是不可能互相'复写'的，因为每个研究者对具体作品的感受都不同。

---

① 《二十世纪中国文学三人谈》，人民文学出版社1988年。
② 黄子平、徐勇：《并不"边缘"的"边缘阅读"——黄子平教授访谈录》，《当代文坛》2019年第3期。

只要真正从自己的阅读体验出发，那就不管你是否自觉到，你必然只能够'重写'文学史。"① 在他们的积极倡导下，该专栏已先后发出多篇重新认识已成"定论"的作家的文章，在文坛上引起注意。毋庸讳言，"重写文学史"的提出，显然受到了夏志清的《中国现代小说史》的影响。陈思和曾回忆说：

> 二十世纪八十年代初，他大学毕业不久看到了《中国现代小说史》的中译本。一阅之下，感到"轰溃"。在此之前，陈思和阅读了大量国内出版的文学史著作。"这些文学史的作者虽然不一样，但对作家的评判和选择标准却差不多，缺少个性。"陈思和说，"夏志清的文学史当然也有意识形态的印记，但他的主要标准还是艺术性和文学性，是对作品的审美。"正是受到了《中国现代小说史》的"刺激"，陈思和才去读了沈从文、张爱玲的作品。②

夏志清的《中国现代小说史》构成了二十世纪八十年代以来"重写文学史"的重要的参照。它魅惑了"重写文学史"运动。它以对张爱玲、沈从文和钱锺书等人的发现和推崇，确定了重写文学史另外的标准和尺度。夏志清的《中国现代小说史》是一部毁誉参半的文学史著作。这部小说史用"世界文学"的视点评价中国现代作家作品，对张爱玲、沈从文和钱锺书给予了极高的评价，同时也相对贬低了鲁迅等在现代小说史上的地位。因此，夏志清小说史的"世界视野"和中国文学史家的感同身受，本身就是难以对接的。"重写文学史"对柳青的《创业史》、茅盾的《子夜》、赵树理方向、丁玲的小说等重新做出了评价并引起了广泛争议，明显受到夏志清文学史观的影响。但是，考量一个作家的文学史地位，不能离开具体的场域或历史语境。沈从文、钱锺书、张爱玲等人的创作，在五十年代不被王瑶先生看重，王瑶先生是正确的。"百年忧患"是知识分子的思想传统，也深刻地影响了百年中国文学，知识分子对中国社会生活的介入和拥抱，是一种合乎历史要求的选择。沈从文、钱锺书、张爱玲等没有选择这样的道路，他们被王瑶的文学史所忽略，其命运是符合历史逻辑的。而介入生活写作的传统前赴后继"络绎不绝"，同样是我们考量文学史写作的重要参照。

现在看来，八十年代中期以来的关于文学史观的讨论，并没有多么高深的理

---

① 见《上海文论》1988年第4期。
② 陈思和：《批评的追求》，《上海文学》1986年第2期。

论，也未见得多么深刻。但是，那个时代学人的心境、气势和纯粹的学术追求，给中国学界带来的焕然一新的面貌，是我们只能想象难再经历的。他们整体面貌的昙花一现，是后来"八十年代研究"的内驱力。他们无意中构建中国学术话语的努力，更为后来的文学史写作提供了深入开展的巨大空间和可能。那些集中争论的焦点问题，也恰恰是当代文学史研究的核心问题。但是，我们后来发现，文学史确实不仅仅是一个观念的问题，它更是一个实践的问题。比如，强调"二十世纪中国文学"观念的钱理群和新文学"整体观"的陈思和，他们在文学史写作实践中，并没有践行他们的观念和理论。钱理群参与的文学史写作是《中国现代文学三十年》；陈思和主编的文学史是《中国当代文学史教程》。他们并没有实践"二十世纪中国文学"史的"整体观"，而是仍然用断代的方式书写文学史，他们当然有各自的理由。倒是对"二十世纪中国文学"观念有所保留的严家炎先生主编了《二十世纪中国文学》。这样相互矛盾的文学史写作实践行为看似难以理解，其实恰恰从一个方面证明了文学史观念和理论不能替代文学史写作实践。理论与实践的难题并没有在八十年代以来的争论中得到解决。而且实践也表明现行学科划分制度的难以超越，起码在二十世纪中国文学史的写作方面是不存在的。

另一方面，即便是同一个人，在不同的历史时期，思想、情感和观念也在发生变化。如果是个普通读者，他的改变是个人成长史或精神变迁史的一部分；如果他是个文学史家，事情可能要复杂得多。洪子诚先生在《我的阅读史》的序言中说，阅读不只是阅读主体客观的审美活动，它先受制于一定时代、时期文学观念的支配和控制。以诗人郭小川为例，洪子诚先生说：回想起来，这十多年中，除了编写文学史，诗史有所涉及之外，我只是在《望星空》的重读活动中，写过一篇几百字的短文；我自己不清楚还有哪些重要问题可能提出。有时便会有这样的想法，这位诗人的写作，是否已失去在新的视角下被重新谈论的可能？但是，《郭小川全集》的出版，纠正了我的这一想法。由于大量的背景材料和诗人传记材料的披露，作为当代诗人、知识分子的郭小川的精神历程的研究价值得以凸现，也使其诗歌创作的阐释空间可能得以拓展。洪子诚在这里看到了郭小川内心的矛盾、痛苦和犹豫不决，他有真诚的忏悔和反省，这与他的人格没有关系。洪子诚阅读史透露的信息还告知我们，当代文学除了文学观念的不确定性之外，文学史家还受制于个人有限性的制约——由于各种原因，当代文学的材料不可能像古代文学呈现的那样充分，当代文学的材料是逐渐被"公开""披露"或发掘出来的。这些情况告知我们，当代文学史的写作不仅受"外部"观念的控制支配，同时也受制于个人"内部"的变化。这一现象从另一个方面表明中国当代文学史的"当代性"特征，或者说，"当代文学"就是一个没有休止的言说。"当代性"的魅力是有无限可能性；它的困惑是永难完成。但是，八十年代中期关于文学史观的讨论，无论多么"粗糙"，但它确实为后来文学史研究的进一步发展，奠定了起步的基础——当代文学史逐渐走向了学术之路。

三、当代中国的文学经验与学术话语的建构

自二十世纪八十年代开始，中国当代文学评价的国际语境已经形成，这个语境越来越深刻地影响着当代文学创作和文学史研究。2014年10月24日，北京师范大学国际写作中心主办了"讲述中国与世界对话：莫言与中国当代文学"国际学术研讨会。这是大学正常的国际学术交流活动。但是，当法国汉学家杜特莱，日本汉学家藤井省三、吉田富夫，意大利汉学家李莎，德国汉学家郝穆天，荷兰汉学家马苏菲，韩国汉学家朴宰雨以及国内诸多著名批评家和现当代文学研究者齐聚会议时，一个不曾言说的事实也突然来到我们面前：莫言获得"诺奖"是一个庞大的国际团队一起努力的结果。如果没有这个国际团队的共同努力，莫言获奖几乎是不可能的。这个庞大的团队还包括没有莅临会议的葛浩文、马悦然、陈安娜等著名汉学家。因此，当莫言获奖时，极度兴奋的不仅是中国文学界，同时还有这个国际团队的所有成员。冷战结束后，中国文学悄然进入了世界的"文学联合国"。在这样一个联合国，文学家不仅相互沟通交流文学信息，相互了解和借鉴文学观念和艺术方法，还要共同处理国际文学事务。这个"文学共同体"的形成，是一个不断相互认同也不断相互妥协的过程。比如文学弱势地区对本土性的强调和文学强势地区对文学普遍价值坚守的承诺，其中有相通的方面，因为本土性不构成对人类普遍价值的对立和挑战；但在强调文学本土性的表述里，显然潜隐着某种没有言说的意识形态诉求。但是，在"文学联合国"共同掌控和管理文学事务的时代，任何一种"单边要求"或对地缘、地域的特殊强调，都是难以成立的。这是文学面临的全新的国际语境决定的。这种文学的国际语境，就是我们今天切实的文学大环境。[①]因此，无论是中国当代的文学经验还是文学史的专业性——学术话语，既有国内同行的对话，也包括同国外汉学家以及国外文学创作的比较和对话。

世纪之交，集中出版了一批中国当代文学史著作。其中影响较大的有：谢冕、

---

① 孟繁华：《中国当代文学经典化的国际化语境——以莫言为例》，《文艺研究》2015年第4期。

孟繁华主编的《百年中国文学总系》（1998年5月山东教育出版社，2017年3月人民文学出版社再版）；洪子诚的《中国当代文学史》（1999年8月北京大学出版社）；陈思和的《中国当代文学史教程》（1999年9月复旦大学出版社）；孟繁华、程光炜的《中国当代文学发展史》（2004年1月人民文学出版社）；董建、丁帆、王彬彬的《中国当代文学史新稿》（2005年8月人民文学出版社）；陈晓明的《中国当代文学主潮》（2009年4月）；等等。此间还有包括中国当代文学部分的、以《二十世纪中国文学》形式出版的多种文学史著作以及不同的文体史，比如散文史、诗歌史、批评史等等。这些文学史著作集中代表了这一时代中国当代文学史的研究水平。

从时间的角度看，《百年中国文学总系》出版较早。谢冕先生曾说，丛书主要是受《万历十五年》《十九世纪文学主潮》的启发，通过一个人物、一个事件、一个时段的透视，来把握一个时代的整体精神，从而区别于传统的文学史著作。总系贯彻了主编谢冕的总体构想，但并不强调整齐划一，并不把他的想法强加给每个人，而是充分尊重作者的独立性，充分发挥每个人的学术专长，让他们在总体构想的范畴内自由而充分地体现学术个性。因此，这些学术作品并不是线性地建构了"文学史"，并不是为了给百年文学一个整体"说法"，而是以散点透视的形式试图解决其间的具体问题，以"特写镜头"的方式深入研究了文学史制度视野不及或有意忽略的一些问题。但"百年文学"作为一个新的概念和总体构想，显然又是这些具体问题的整体背景。这一构想的实现，为百年中国文学的研究提供了新的参照和生长点。《百年中国文学总系》的文学史观念和具体写法，在学界引起了很大反响。二十年后人民文学出版社重印了这套书系。

代表中国当代文学史领域最高成就的，还是洪子诚先生。他的《中国当代文学史》1999年8月出版后，不仅是国内高校使用最多的教材，而且已有英文、日文、俄文、哈萨克文、吉尔吉斯文等译本，韩国文、意大利文正在翻译当中。洪子诚是一位致力于中国当代文学史研究的学者，从八十年代中期的《中国当代文学的艺术问题》，到后来的《作家姿态与自我意识》《中国当代诗歌史》《1956：百花时代》等，都保持了他对当代文学史的一贯思考。及至《中国当代文学概说》的出版，应该说，洪子诚已经形成了他比较成熟的、个性独具的中国当代文学史研究风格。在那本只有一百七十页的著作中，他纲要性地揭示了当代中国文学发生发展的历史过程，不仅第一次以个人著作的形式实现了中国当代文学史的写作，同时也突破了制度化的文学史写作模式。由于是港版著作，它的影响力还仅限于为数不多的学者之内。从已发表的评论中得到证实，洪子诚的研究引起了广泛的注意，他作为第一流的中国当代文学史研究者的地位得以确立。

洪子诚的《中国当代文学史》延续了他《中国当代文学概说》的思路，但比后者更丰富、有更广阔的学术视野和问题意识。他没有从传统的一九四九年十月或七月写起，而是从"文学的'转折'"写起，其中隐含的思路是：当代文学的发生并不起源于某个具体社会历史事件，它的性质已经隐含于历史发展的过程中，不同的是，从具体的社会历史事件开始，它的合法性得到了确立和强化，并形成了我们熟知的文学规范和环境。这样，他叙述的虽然是中国当代文学史，但他的视野显然延伸到了新文学的整体过程。而对"转折"的强调，则突出表现了洪子诚的学术眼光，或者说，过去作为诸种潮流之一种的文学选择，是如何演变为唯一具有合法性或支配性的文学方向的。从而当代文学发展过程中的"问题"，要远比对具体作家作品位置的排定重要得多。而对这"问题"的揭示，才真正显示了一位文学史家对"史实"的辨析能力。他对"中心作家"文化性格、分歧性质、题材的分类和等级、非主流文学、激进文学的发生过程、"红色经典"的构造以及文学世界分裂的揭示等，是此前同类著作所不曾触及或更加深刻的。这也正如旷新年所说，孟子说："观水有术，必观其澜。"观史亦然，须从波澜壮阔处着眼。浩浩长江，波涛万里，须能把握住它的几个大转折处，就能把长江说个大概；读史也须能把握历史的变化处，才能把历史发展说个大概。①

对洪子诚的中国当代文学史研究，普遍关注的除了他的《中国当代文学史》之外，还有《问题与方法——中国当代文学史研究讲稿》（2010）和《材料与注释》（2016）。这两本著作当然非常重要，甚至代表了洪子诚中国当代文学史研究的水准。但是，在我看来，他的《当代文学的概念》可能更为重要。这本只有十八万字的书，除了《中国当代文学纪事》外，集中选编了十四篇他关于当代文学史观念的文章。通过这些文章我们才有可能深入了解洪子诚对中国当代文学的理解，以及他为什么会写成现在的当代文学史。他的"关于五十至七十年代的中国文学""'当代文学'的概念""当代文学的'一体化'""中国当代的'文学经典'问题"等，是他对中国当代文学研究的核心思想；他对"左翼文学与'现代派'""《中国现代文学三十年》"的思考，是他对当代文学"前史"思考的一部分，或者说，在书写当代文学史的时候，这个"前史"已经在他的视野之内。即便如此，他的《中国当代文学史》仍是一部备受诟病的文学史。当然，尤其对"中国当代文学史"来说，不可能有一部没有"问题"的文学史或"理想的文学史"。洪子诚的《中国当代文学史》出版之后，同样也有各种批评。郜元宝撰文批评说：

---

① 旷新年：《由史料热谈治史方法》，《文艺争鸣》2019年第3期。

相比之下，洪子诚这辈学者及其学术上的追随者们走得更远些，他们不满足于在所谓文学史内部谈论文学的历史发展过程（这也谈不清楚），而试图走出文学研究者自我设置或被他人所规定的藩篱，努力去触碰那些可能对文学起"决定性影响"的"外部因素"，也就是以往相对自足封闭的文学史进程之外的那些和文学息息相关的"大历史"的问题。"文学制度和生产方式"之所以受到特别的重视，就因为这是"文学史"和"大历史"之间最重要的中介。"中国现当代文学史研究"在"史学"方向上取得真正的突破，并非首先发生在一向具有"学科优势"的"现代文学史"研究领域，而是势不可挡地发生于一向比较贫弱的"当代文学史"研究领域，这似乎有点令人感到意外，其实也在情理之中：一方面当代文学史研究者们有更多接触当代文学史之外的"大历史"的热忱与材料，另一方面，不同于现代文学史研究者们长期饱受更具"学科优势"的"现代史"的压力，二十世纪九十年代以后当代文学史研究者们并不觉得"当代史"有什么压迫性的"学科优势"，许多当代文学史研究者掌握的当代大历史的材料未必逊色于研究当代中国其他领域的"专史"学者，因此他们可以真正"出入文史"，一举克服黄修己先生所谓"新文学史的文史双重性格"带来的问题。[①]

郜元宝的批评有一定的道理。但是，他对文学史写作的理想化想象，几乎是不可能满足的。这就像当年的周扬，当文学艺术性得到凸显时，他要求文学要加强政治性；当文学的政治性得到强化而艺术苍白时，他又要强调文学的艺术性。因此，郜元宝的文学史研究的"内部""外部"的二元对立，在思维模式上，还是周扬政治／艺术二元对立的当下版本。与郜元宝思维相似的是陈剑晖，他说：

> 洪著尚未能完全摆脱自王瑶以来的意识形态叙述，这样必然导致"十七年文学"与"新时期文学"在叙述上存在着某些割裂现象，而他将台港等地区的文学排斥于"中国当代文学"之外，则体现出该著在学术视野上还不够开阔圆通。二是经典的缺席。洪著虽然挖掘出一些过往被掩蔽的作

① 郜元宝：《"中国现当代文学研究"的"史学化"趋势》，《中国现代文学研究丛刊》2017年第2期。

家作品和文学现象，但在这本文学史著作中见不到经典与大家也是一个事实。造成"经典缺失"自然有诸多原因。但一方面秉持"价值中立"的立场；一方面面对优秀作家作品时又过分谨慎、权衡与犹豫，不敢大胆地行使文学史家的权利，为当代文学经典命名认定，恐怕是更为主要的原因。这样，在《中国当代文学史》中，我们既看不到经典作家，也看不到经典作品，甚至连"精品"都踪影难寻。①

这个批评的问题是，一是与事实不符。洪著文学史上编，不仅有统一文学现象的梳理描摹，而且重要作品有专节讨论。至于"经典作品""精品"，按照什么尺度确定，是否急于确定，不同的文学史家有不同的处理方法也在情理之中。洪子诚对"经典"处理的审慎，可能是这部文学史的经验之一。二是按陈剑晖的思路，如果言之凿凿确立了"经典作家""经典作品"，那么他还会提出理论概括不够等问题。郜元宝和陈剑晖的问题是，他们提出问题的方法是一个周扬式的"怪圈"，也是一个他们自己不能解决的自相矛盾"原地打转"的方法。

"中国当代文学史"，不可能是一部没有"问题"的文学史或"理想的文学史"。洪子诚的《中国当代文学史》肯定存在某些"问题"，这是"中国当代文学史"不能超越的宿命。比如，他试图对"十七年文学"进行概括时，使用的是"一体化"概念，但其中又有"被压抑的小说""非主流文学"以及"异端"的存在。如果是"一体化"，这些"主流之外"的文学就难以存在。他们虽然不同程度地受到了清理，但是他们能够出现已经说明这个"一体化"是有可疑之处的。如前所述，对柳青、赵树理评价的分歧，更使这个"一体化"捉襟见肘。另一方面，文学形态和相应的文学规范，凭借其力量而体制化，可以成为唯一合法存在的形态和规范，在逻辑上没有问题，但是文学内在规律，特别是从现代文学进入共和国门槛的作家比如路翎等的小说，以及五十年代中期出现的青年作家如宗璞、王蒙、邓友梅等的小说，并不在这个"一体化"的范畴里，现代文学对共和国初期文学潜移默化的影响，表明文学内在规律的影响力，无意间构成了与文学规范的"对峙"。不然我们就难以理解，为什么到五十年代中期还有王蒙、宗璞等人的小说出现。这些方面洪子诚的当代文学史还没有做出"合理化"的处理或"缝合"。

但是，只要我们看看他的"我们为何犹豫不决"，不仅会理解他对"正在发生"的文学现场的熟悉，更有他治文学史过程中遇到问题的坦诚。他的"犹豫不

---

① 陈剑晖：《当代文学学科建构与文学史写作》，《文学评论》2018年第4期。

决"，不仅是个人性格使然，更多的是他治当代文学史的切实感受。他欣赏的孙歌在一篇文章中说的："在一个没有危机感的时代里，文学的方式比知识的方式更容易暴露思想的平庸"，"知识"尚可以掩盖那本源性的"第一文本"的缺乏，而文学家则"两手空空之后最容易暴露问题意识的贫乏与肤浅"。①也正是他"矛盾、犹豫不决"的自我注释。这是洪子诚的诚恳和坦白，他因此也比那些言之凿凿的批评家和文学史家更值得尊重和信任。我们发现，恰恰是那些最有价值的文学史著作，受到的诟病最多，讨论的水平也更高。对夏志清《中国现代小说史》的批评，对严家炎《二十世纪中国文学史》起始时间的争论，对唐小兵《再解读》的批评，对陈思和文学史中的"民间""潜在写作"的不同看法，包括郜元宝、陈剑晖对洪子诚《中国当代文学史》的批评，恰恰是通过文学史建构中国文学经验和学术话语的重要形式和过程。在这些"值得"对话的文学史著作中"发现"或看到的"问题"，反映了一个"真实"的文学中国。

四、余论

新世纪以后，当代文学史研究有了新的趋向和路径。这个趋向和路径就是对当代文学史史料的重视。我曾在《中国当代文学研究的"乾嘉学派"》一文中表达我的基本看法。新世纪以来，关注史料、研究史料已蔚然成风。我曾把这一现象概括为"中国当代文学研究的'乾嘉学派'"②，这当然是一种比喻。当代文学研究，既有当下的文学批评，同时也有对历史材料的关注，这样才构成了当代文学研究的完整格局，才会将当代文学做成一门学问。当代文学史研究的转向，应该始于九十年代之初。"思想家淡出，学问家凸显"，是李泽厚对当时学界现象的一种描述，李泽厚认为他并没做价值判断，没有说这是好是坏。当时的情况是，1989年后，流行钻故纸堆，避开政治思想，一些人提倡"乾嘉学术"，认为那才是真正的学问。同时，陈寅恪、王国维、钱锺书被抬得极高，一些人对胡适、鲁迅、陈独秀这批人的评价和研究也就没多大兴趣了。这现象有其客观原因。那场讨论我们记忆犹新，后来文化市场和知识分子集团的一部分改变了问题的路径，使这一学术现象原有的意义被彻底覆盖。

当然，当代中国的文学创作和文学研究，一般来说是没有"流派"和"学派"

---

① 孙歌：《把握进入历史的瞬间》，贺照田、赵汀阳主编《学术思想评论》第二辑，辽宁大学出版社1997年，26页。

② 孟繁华：《当代中国研究的"乾嘉学派"》，《文艺争鸣》2018年第2期。

的，这是我们的文化环境决定的。即便当代文学史上已有"定论"的"山药蛋派""荷花淀派"等，细究起来也勉为其难。它们只有风格学意义上的差异。因此，这里将近年来研究当代文学的一种新潮流概括为"中国当代文学研究的'乾嘉学派'"，不过是一种比附而已。乾嘉学派已成过去，二十世纪九十年代关于"思想家淡出，学问家凸显"的讨论也早已烟消云散。但是，乾嘉学派百余年间大批饱学之士刻苦钻研中国传统文化，对于研究、总结、保存传统典籍起到的积极作用却没有成为过去。这时，我们在期待当代文学研究在不断有新声新见的同时，也能不断回到"过去"，发现未被发现的"历史"，就超越了那种学术政治或学术的意识形态，而有了构建当代文学研究合理格局的崭新意义。

另一方面，任何事物都过犹不及。在当代文学史的研究中，不知从什么时候开始，关于"史料"崇拜、关于当代文学的"历史化"，逐渐被神化。似乎只有讨论和发掘史料，做"历史化"的工作，当代文学才是学问，现场的批评和观念的讨论远没有"史料"重要，而"历史化"的方法更是不能超越的。这个貌似正确又几乎没有人质疑的问题，高调地占领了当代文学史研究的"学术高地"，好像还是"学术伦理高地"。但事情远不这样简单。有学者指出："如果说，史料的拓展构成文学史发展的基础，那么，史观的演进则对它起着主导作用。文学史研究不仅要凭借史料，亦须立足于某种观点，因为历史从来就不是什么纯客观的存在，而是同观照着它的主体相联系的，在不同的历史观念烛照下，史料的组合会呈现出不同的风貌。"[①] "孤立的、碎片化的史料是没有意义的，史料只有在历史的脉络上才能获得理解，只有在历史整体中才具有生命。尤其是过分依赖秘密材料，对公开的材料视而不见，不能导向正确的结论，只能产生片面的观点。秘密材料并不那么重要，在通常情况下，根据公开的材料就足以得出正确的结论，秘密材料只能起到辅助的作用，起到印证的作用。"[②] 这些文学史家或批评家对史料的看法非常具有启发性。那些唯"史料"是举的，死抱着史料不放的"研究者"，应该从这些看法和文学史写作实践中有所觉悟。

关于当代文学的历史化，应该是一直正在进行时的文学史方案，因此也是一项永远没有完成的方案。当代中国哲学家赵汀阳有文章指出[③]：历史是最接近时间的哲学问题，在这个意义上，历史哲学不只是一种"关于历史的哲学"，同时也是一

---

① 陈伯海：《中国文学史学史刍议》，董乃斌、薛天纬、石昌渝主编《中国古典文学学术史研究》，新疆人民出版社1997年，6页。

② 旷新年：《由史料热谈治史方法》，《文艺争鸣》2019年第3期。

③ 赵汀阳：《历史之道：意义链和问题链》，《哲学研究》2019年第1期。

种关于无穷意识的形而上学，即关于无限性问题的形而上学。人的时间蕴含着多种可能生活的维度，内含在无数方向上展开的可能性，所以历史是一个多维时间的概念，不可能表达为线性时间，历史也就没有既定规律，这正是历史的神秘之处。没有历史哲学的历史只是故事，只是表达了生活片段的史实。如果故事不被安置在某种意义框架或问题线索内，本身并无意义。历史的意义在于思想，不是信息登记簿。历史哲学试图揭示历史的历史性，即赋予时间以意义从而化时间为历史的时间组织方式，同时也意味着一种文明的生长方式，也就是历史之道。历史基于时间，却始于讲述，或者说，讲述开创历史。历史的生命就是讲述，历史是用来说的，历史是说出来的，历史在言说中存在，不被说的就不存在。在行为造事的意义上说，人是历史的创造者，所以，人是历史的主体，但在述事而建立精神索引的意义上，历史的主体是语言。如果是过去所做的事情，那么历史的主体是人；如果是所说的过去事情，历史的主体是语言——被说的历史已经转化为一个文明甚至人类共享的精神世界，不再属于个人行为或记忆。……总之，历史承载了可共同分享的故事，这些故事又成为解释生活的精神传统。正是通过历史，一种文明才得以确认其传统和精神。

赵汀阳的历史哲学给我们以极大的启示。这就是历史与时间的关系，历史与言说的关系，历史与文明生死的关系。当代的事物由于其当下性，似乎与历史难以建立关系。但是"中国当代文学"不一样，"中国当代文学"是一个有着七十年或者更长时间的文学历史学科。另一方面，当代文学是否与历史建立联系，都构成了我们巨大的焦虑——学界普遍的看法是，没有历史就没有学问；有了历史就有了另外的麻烦——历史化的问题。现在，历史化的问题终于被当作当代文学史最大的问题提出来了。但是，这是一个并不存在的问题。最直接也最简单的答案克罗齐早就告诉了我们：一切历史都是当代史。或者说，历史的形态是过去式的，但历史的讲述是现在进行时的。现在的讲述，就是"历史化"过程的一部分。如果这个逻辑成立的话，那么，所有的历史就都永远处在"历史化"的过程中。

比如，我看到一些作家、诗人、文学史家在表达他们对某些作家或诗人的看法。欧阳江河说："对米沃什的阅读，已经差不多三十几年，米沃什已经成为中国诗人、成为我本人诗歌意识、诗歌立场、诗歌定义的一部分。这一点和很多诗人都不太一样，中国翻译了很多很多杰出的诗人，但大部分对我来讲都只是一种风格的辨认而已，或者最多是一种借鉴，他没有可能进入我的诗歌意识深处，成为一种带有支撑性质、源头性质的诗歌理念、诗歌精神、诗歌立场的一部分。米沃什这样的诗人，是少数能够进入到中国当代诗人，尤其是我本人的诗歌创作的源头式的诗人。"然后欧阳江河分析了米沃什这样的大诗人为什么特别迷人，就在于他身上有一些是来自威尔诺那个小地方的东西，但是它跟欧洲精神里面最重要的原处，整个欧洲大陆是相通的，广阔无边，像宇宙一样在那旋转。[①]不久前，这些中国著名的诗人还在谈论曼德尔施塔姆，谈论俄罗斯白银时代这位最卓越的天才诗人，谈论他创立了阿克梅派并成为其中最著名的诗人之一；他们也谈论茨维塔耶娃和阿赫马托娃。而现在，这些被谈论过的诗人仍然重要，但在米沃什面前，他们似乎已经稍逊一筹。还有李洱，这个略带天真气质的小说家，在作品中，又充分展示了他世事洞察的练达。在成熟和天真的罅隙里，是李洱作为小说家对于这个世界的深层态度。李洱还有另外一部分，属于学识和洞见。比如人们谈到纳博科夫，常只谈《洛丽塔》那惊世骇俗的主题和眼花缭乱的技巧，李洱却说，要更好地理解纳博科夫，应该去看他后期的《普宁》。小说写主人公在美国电视上看到沙俄阅兵式，忽然热泪盈眶，他居然如此深爱这个他逃离了的国家——只有伟大的作家才能洞察最幽深的内心。他提醒那些试图模仿加缪《局外人》的人，不要只模仿小说写奔丧的第一部分，真正厉害的是第二部分，所有的故事都在第二部分重新讲过，借由审判，文明的基础、人类的知识，都获得了重新审视。1999年库切以《耻》获得布克奖，2002年中文版的《耻》，已经被李洱密密麻麻折角无数。关于这部作品，李洱没有谈及库切显在的关于种族问题的思考，而是深深体味着一个细节的处理，即卢里后来驱车前往（与其发生性关系的）女学生家中道歉，见到了女学生的妹妹，这个时候，卢里再次被引发的情欲击中。"这就是彻底的小说，是库切远远甩开普通作家的地方。"[②]

"80后"作家蔡东的一篇文章——《短小说的技艺——从〈河的第三条岸〉谈起》，她说：

> 那天，父亲订的船到了，他对世界没有任何解释，他上了船，从此，漫无目的地漂荡在河流上。
>
> 他始终不再上岸。
>
> 这就是《河的第三条岸》的故事，没有小径分岔，没有多视角叙事，骨感，近于嶙峋，周身无赘肉，通篇无闲笔，每个词语都卡好了位置，每个细节都淋漓地发挥作用，抵达了预定的艺术效果。我钟爱《河的第三条

① 欧阳江河：《欧阳江河：米沃什是进入我的诗歌创作的源头式的诗人》，《花城》2019年第2期。

② 樊晓哲：《苹果树下的李洱》，《文汇报》2019年3月5日。

岸》，它是梦想中的短篇小说，空灵又厚重，凝练而繁复，线条极简的高贵感，切近生命终极问题的大格局，不局限于一时一地的超越性和穿透力。①

《河的第三条岸》是巴西作家罗萨写的短篇小说。蔡东对小说的艺术分析，具体而透彻。这是当下批评家很少注意的视角。这样的例子还有很多，比如对捷克作家的评价或追捧，先是卡夫卡，然后是昆德拉，然后是赫拉巴尔，现在有伊凡·克里玛。从阅读来说，"见异思迁"是一个非常常见的现象，而这种"见异思迁"本身，就是文学"历史化"的一种形式。文学史的"历史化"也相似到了这样的程度。

洪子诚老师写了《保尔·艾吕雅的〈宵禁〉及其他》的文章。保尔·艾吕雅是法国战斗诗人，他的诗作还被台湾花莲诗人陈义芝模仿过。洪老师还在文章中分析了他们艺术上的得失。当然，我更关心的还不是这些，而是两年前洪老师还沉浸在辛波丝卡的诗情画意之中，甚至将台湾刚刚去世的诗人周梦蝶与辛波丝卡相提并论。1996年辛波丝卡获诺贝尔文学奖，她是第三位获诺奖的女诗人。瑞典文学院给予辛波丝卡的授奖词是，通过精确地嘲讽将生物法则和历史活动展示在人类现实的片段中。她的作品对世界既全力投入，又保持适当距离，清楚地印证了她的基本理念：看似单纯的问题，其实最富有意义。由这样的观点出发，她的诗意往往展现出一种特色——形式上力求琢磨挑剔，视野上却又变化多端，开阔无垠。通过这一评价我们知道，辛波丝卡的诗与保尔·艾吕雅是非常不同的。那么，洪老师的趣味从辛波丝卡到保尔·艾吕雅，这里到底发生了什么？

欧阳江河对米沃什的高度评价、李洱对库切的评价、蔡东对罗萨的情有独钟和洪老师对艾吕雅的褒扬，如果孤立地看，是他们个人的兴趣。但是，如果将这些不同代际（洪老师是"30后"，欧阳江河是"50后"，李洱是"60后"，蔡东是"80后"）作家的个人兴趣同中国文学与世界文学的关系联系起来看，事情可能就远不那么简单了。赵汀阳在同一篇文章中说：当代史学……发现了"语境"，使之成为解释事件的新坐标。一个事件所发生的语境决定了这个事件的作用和影响，即语境性的意义，相当于说，每个语境自身都是一本查对意义的辞典。当代史学非常看重语境化的意义，通常认为语境能够如实解释一个事件的意义，因此，要理解一个事件就只能在其发生的语境里去定位。回到语境去，固然是如实理解事件的一个重要条件，可是，如实描述语境却是一个可疑的想象，至今似乎尚不足以忽视克罗齐命题的历史知识论。另外，我们也不能忘记还有"时过境迁"的问题。"境迁"不在

---

① 蔡东：《短小说的技艺——从〈河的第三条岸〉谈起》，《名作欣赏》2014年第22期。

于质疑是否真的能够如实回到当时的语境去，也不是质疑语境的重要性，而是提醒，每个语境都有着不确定性和非封闭性，或者说，语境总是不稳定或未定型的，总是处于连续变化的状态，因此难以确定一个独立有效的语境，可见，语境并不是一个能够从历史过程中孤立切割出来的一个自足事态，也不是一个已经勘探完毕的历史空间，而是一个无边界的动态连续体，因此不存在任何"封场语境"，而只有"再生语境"。

作家对自己心仪对象的不断变化，酷似当代文学史的写作。所谓重写文学史，就是将当代文学不断历史化的过程化。我们之所以要重写当代文学史，就是因为对此时的文学史不满意。重写，就是重新历史化，就是我们要不断应对新的问题。在赵汀阳看来："语言、思想和反思三者的起源是同一个创世性的事件，都始于否定词（不，not）的发明。否定词的创世魔法在于它摆脱了必然性而开启了可能性，使人拥有了一个由复数可能性构成的意识世界。发明否定词是一件人类创世纪的大事，在此之前，意识只是服从生物本能以及重复性的经验，却意识不到在此外的可能性，因此没有产生出不同意见，没有不同意见就没有不同的生活。当否定词启动了复数的可能性，使不存在的事情变成意识中的存在，于是意识就共时地拥有了无数可能世界，也使语言成为一个包含多维时间的世界，在理论上包含了所有可能世界，也就包含了所有时间维度，每个人的时间、许多人的时间、古人的时间、今人的时间、未来的时间，都同时存在于语言的时间里，于是古往今来的事件被组织为一个共时的意识对象。"[1]我们知道，这个历史化，有两个重要的参照，就是"时间"和"逻辑"。这两个参照的概念互为表里，与文学史家要描述和构建的文学史诉求有直接关系。时间的起点是描述性的，逻辑的起点是构建性的。还有一个问题，就是中国当代文学的历史化与中国当代文学史的历史化，是一个问题的不同表述。我们在试图把当代文学不断历史化的同时，其实就是不断地重写文学史。这是一个未竟的方案，因此也应该是一个开放的探索之地。七十年来，在这个领域集中表达了中国当代文学建构中国文学经验和学术话语的努力和取得的成果。连同它的问题一起，构成了"中国的"当代文学的面相。它是中国当代文学最沉潜和稳健的领域，同时，也是最活跃的领域，它取得的成就，不断整合的中国文学经验和学术话语，整体地代表了中国当代文学的研究水准。

原载《文学评论》2019年第5期

---

① 赵汀阳：《历史之道：意义链和问题链》，《哲学研究》2019年第1期。

治史传统与当代经验

——谢冕、洪子诚的文学史研究

近些年来，关于当代文学史研究的话题又活跃了起来。但是这种"活跃"与二十世纪八十年代关于文学史观的讨论并不完全一样。现在的"活跃"，似乎更多的是关于当代文学史料建设，当代文学的历史化、经典化等问题。这些问题当然重要，任何文学史没有史料是不可想象的，不经过历史化、经典化，文学史的叙述是难以完成的。话又说回来，哪个时代的文学史是没有史料写出来的？现在大谈史料，一方面是当代文学史研究深化的要求；另一方面，谈论史料是一个永远正确也绝对安全的话题。文学史观尽管是一个专业范畴，但毕竟不可避免地要涉及社会政治和意识形态。因此，当下关于文学史料的讨论，有鲜明的时代场域特征。我从来没有反对过对当代文学史料的发掘和研究，但我反对史料至上，或者只有治史料才是学问的偏执观念。事实也的确如此，纵观百年文学史的发展变化，究竟是文学史观的推动还是史料的推动？答案非常清楚。但是，如果只从史观与史料哪个更重要的立场讨论问题，既没什么价值也说不清楚。就像空泛的理论只管面对云端说话，非常正确就是不解决问题一样。因此，我想从两位具体的文学史家的文学史研究说起，或许能从一个方面把问题说清楚。这两位文学史家，一位是谢冕先生，一位是洪子诚先生。他们是中国当代文学著名学者，也是享誉国内外的著名文学批评家。

北京大学是中国最早讲授文学史的大学。学校创办六年后的1904年，京师大学堂国文教习林传甲借用日本笹川种郎的思路，依照《奏定大学堂章程》中规定的文学研究法的基本框架，写出中国最早的文学史——《中国文学史》。林传甲的文学史不仅开启了中国文学史的先河，也开启了北大文学史研究的传统。如果说林传甲是治中国文学史的第一人，那么，胡适就是治白话文学史的第一人。他的《白话文学史》虽然是"半部论语"，却开一代新风，用文学史的写作方式积极回应了包括他本人在内倡导的文学革命，在文学史的叙述中向传统的正统文学提出了挑战。其治文学史的现代观念终于获得了正统地位。他认为一千多年的中国文学史是古文文学的末路史，是白话文学的发达史。因此他把正统文学视为边缘的民间歌谣放到重要的位置，实施了一次有声有色的"正本清源"的革命。当然，值得注意的是，也正是胡适的这一革命，开了文学史写作实用目的的先河，他要用"文学史"来证实文学革命的合理性，服务于五四新文化运动。他的"白话正宗说"有力地支持了陈独秀的"三大主义"、周作人的"平民文学"和他自己的"八不"主张。其后是林庚先生1947年出版的《中国文学史》。1954年林庚先生运用马克思主义的文学研究观点和现实主义、浪漫主义的文艺观重新编写了《中国文学简史》。林庚先生的《中国文学简史》是一部充满了主体意识的文学史，是一部"我注六经"的、洋溢着创造激情的文学史。它的章节设置和命名也别具一格，诸如"苦难的呼声""诗国高潮"等，蕴藏了历史叙述者深刻的体悟和主体性。朱自清在评价他的时候指出，他写的是史，但同时也是文学，也是创作。他的散文笔法和充满诗性的语言，使这部文学史充满了可读性。当然，它显然也反映了那一时代林庚作为著史者自由的心态和独立的思想。王瑶先生似乎对于《中国文学简史》的治学方式不以为然；朱自清先生也曾提到，林庚先生"虽然也叙述史实"，"可是发挥的地方更多"。然而于我看来，这正如同魏晋史研究中的田余庆与陈寅恪两位先生：田先生专注于历史细节的考证与梳理，却给不出一个历史发展，即便只是政治史发展的终极原因；而陈寅恪先生大开大合，极具气魄，跨越时段绵长，却难免有细节论断的疏漏之处，如将早已成为皇权代表的曹氏父子判定为宦官阶级。《中国文学简史》中的林庚先生，无疑更接近后一种。

1951年王瑶先生的《中国新文学史稿》上册出版。这是奠定现代文学学科、具有标志性的文学史著作。现代文学的"历史"被认为已经"过去"，但于王瑶写作的年代来说，它仍然是切近的文学历史。它并没有为作者提供充分的考察距离，但王瑶先生仍以他史家的训练和学识，对现代文学进行了"史无前例"的学科化、系统化整合，为现代文学奠定了第一块基石。在王瑶先生写作《中国新文学史稿》的同时，全国高等教育会议通过了"高等学校文法两学院各系课程草案"，其中规定了"中国新文学史"的讲授内容：运用新观点、新方法，讲述"五四"时代到现在的中国新文学的发展史，着重在各阶段的文艺思想斗争和其发展状况，以及散文、诗歌、戏剧、小说等著名作家和作品的评述。王瑶先生称："这也正是著者编著教材时的依据和方向。"由此可见，现代文学史的研究内容，从学科建立之初就已经被规范了，并成为学术体制的一部分。1958年国庆节前出版了北大55级编写的两卷本的"红皮文学史"。成为全国文教战线"大跃进"的标志性产物，接替陈丹晨担任55级党支部书记的费振刚代表年级出席了全国建设社会主义积极分子会议。在《读书》1959年第19期上，费振刚撰文《关于新版中国文学史》说：北京大学中文系文学专门化1955级集体编著的《中国文学史》改写本，正当举国欢庆新中国成立十周年的日子，又以新的面貌和广大读者见面了。这部书去年国庆出版以后，马上受到了学术界和读者们的重视和欢迎，它在学术批判运动中，在对资产阶级学术思想斗争中起了一定的作用。

北大中文系55级学生编写的文学史，不仅开启了文学史集体写作的先河，同时也开启了以阶级斗争观念认识文学史的先河，并用二元对立的方法评价不同的作家和作品。任何作家作品都可以纳入"现实主义与反现实主义""人民的进步文学与反人民的反动文学"的框架内予以讨论，并由此定于一尊。这一文学史观和研究方法也不同程度地影响到了游国恩等先生主编的四卷本文学史和余冠英主编的三卷本文学史。这两本文学史出版之前，周扬曾有一篇《对〈中国文学史〉编写组的讲话》，他说："编写文学史的目的是探索规律，但不要企图探索一次就搞清楚。有事实材料，没有一点规律不好，这等于一个人没有灵魂。我们的书是教科书，还要给学生一些文学知识，历史知识，规律性的东西当然要有，但不要期望过多、过高，还是要从我们已有的认识出发。"[1]何其芳也在1959年6月17日由中国作协和中国社会科学院文学研究所召开的文学史问题讨论会上，提出了他关于中国文学史规律问题的看法。他分析一种观点时指出："现实主义和反现实主义的斗争虽然并不一定贯穿整个文学史，但我们找不到别的更好的公式来代替它，就不如还是用这个公式。我的看法不同。与其要一个不合乎事实的不正确的公式，我觉得还不如暂时不要公式。"[2]周扬和何其芳作为文艺界的领导，他们的上述看法对两部文学史的编写当然会产生影响。但世风或主流话语的影响是巨大的，阶级分析的方法仍然是这两部文学史主要的理论方法。游国恩等主编的文学史在概说中指出："文学艺术是现实生活通过人们头脑的反映，在阶级社会中又是阶级意识形态的形象的表现，它不可能超阶级而存在。但上古时代的社会还未分裂为两个对抗性阶级，所以那时的文学艺术没有阶级性。到了阶级社会形成以后，一切文学艺术就不可能不打下阶级的烙印，同时也揭开了两种文化斗争的序幕。"[3]这些看法同游国恩先生过去论证的《"楚辞"女性中心说》，《楚辞》是一种"富于民族性的文学"等观点已相去甚远

---

①《周扬文集》第四卷，人民文学出版社1991年，67页。

②《关于文学史讨论的几个问题》，《何其芳选集》第2卷，四川人民出版社1979年，351页。

③ 游国恩等：《中国文学史》（一），人民文学出版社1983年，5页。

了。过去游先生选择的是"性别""民族"的概念，而在这部文学史中则使用了"阶级"的概念。

北大著文学史的传统一直没有中断。但观水有术，必观其澜。文学史的写作，特别在当代中国，受各种文学观念的影响，几经大的变化和周折，直到二十世纪八十年代以后才逐渐走向了相对学术化的轨道。1979年，严家炎先生和唐弢先生一起主编了《中国现代文学史》，重新探索了中国现代文学史的叙述方式和内容；1980年，由张钟、洪子诚等编写的《当代文学概观》出版；1985年，黄子平、陈平原、钱理群在《文学评论》第5期上发表了《论"二十世纪中国文学"》，极大地改变了百年中国文学历史叙述的观念和格局；1987年，钱理群等出版了《中国现代文学三十年》，将现代文学史的结构及讲述方法提高到了一个新的水准；1989年，葛晓音出版了《八代史诗》，陈平原出版了《二十世纪中国小说史》（第一卷）；2005年高等教育出版社出版了袁行霈主编的《中国文学史》；2009年1月，高等教育出版社出版了严家炎主编的《二十世纪中国文学》；等等。这当然是一份远不完备的北大文学史著述的书单，但从这份文学史的书单中我们可以看到，文学史的研究和编写，一直是北大的一个传统，这个传统自然延续到当代文学史的编写中。值得注意的是，当代文学史的编写不仅延续光大了北大的文学史写作传统，更重要的是构建和积累了当代学术话语和经验。

谢冕和洪子诚，是中国当代文学研究的奠基者或开拓者。他们是上下届同学，大学学习期间，曾共同参与过《中国新诗发展概况》的编写。这是他们进入当代文学史写作的最初训练。除了专业训练之外，他们学习和亲历的历史以及北大文学史编写的历史，是他们理解中国当代文学的隐形资本或"暗功夫"。谢冕在毕业40周年聚会的发言中说，"我们所有人的心灵都留下了创伤，也学会了对时间留下的一切进行有效的处理，包括'某种有意的疏忽和悬置'，[①]向心力或凝聚力，皆来自这种处理历史经验的能力"。值得注意的是，当他们重新获得学术研究权力的时候，历史的"创伤记忆"并没有让他们的文学眼光陷入暗区。谢冕为新时期文学以及他个人赢得巨大荣誉的事件，是1980年5月7日《光明日报》发表的《在新的崛起面前》一文。这是一篇支持新潮诗歌的理论宣言。可以说，那时的一切都刚刚开始，一切都不明朗。如果没有历史记忆作为对话对象、没有对未来坚定的信念，谢冕的胆识从何而来。于是我们也理解了谢冕先生处理"创伤记忆"的方式和能力。他八

---

① 《北大中文55级：校长说决不向专以压服不以理说服的批判者们投降》，《新闻周刊》2019年3月26日。

十年代陆续出版的《共和国的星光》《文学的绿色革命》等著作，看似与文学史无关，但那里贯穿的历史感几乎呼之欲出。当然，最能代表谢冕作为文学史家的著作，应该是他主编的《百年中国文学总系》。这套书1998年由山东教育出版社出版后，在国内外引起了巨大反响，出版社也曾多次印刷。二十年后，2017年，人民文学出版社重新出版了这套书。百年中国文学，在谢冕先生看来——

> 　　中国近、现代百年来的文学，忧患是它永久的主题，悲凉是它基本的情调。如梁启超的文学思想与政治理想紧紧相连。文学揳入人生、社会，有它沉重的负载，是疗救社会的"药"。在从改造社会到改造国民性中起到直接作用。原本"无用"的文学，似乎立竿见影地"有用"起来，成为社会人生的一面镜子，传达着中国实际生活的欢乐与悲哀。文学不再是可有可无之物，也不再是小摆设或仅仅是茶余饭后的消遣，而是一种刀剑、一种血泪、一种与民众生死攸关的非常具体的事物。文学在这样做的时候，是注意到了它的形象性、可感性，即文学的特殊性。但这种特殊性只是达到目的的手段，文学的目的在别处。再到后来，不断强调文学为现实的政治或中心运动服务，是以忽视或抛弃它的审美为代价的：文学变成了急功近利而且相当轻视它的艺术表现的随意行为。大致表现在三方面：尊群体而斥个体，重功利而轻审美，扬理念而抑性情。既拒绝游戏，又放逐抒情。久而久之，中国正统的文学观念就因之失去了它的宽泛性，而渐趋单调和专执。文学的直接功利性目的，使作家不断把他关心的目标和兴趣集中于一处。导致最终把文学的价值作主流和非主流、正确和非正确、健康和消极等非此即彼的区分。被认为正确的一端往往受到主流意识形态的嘉许和支持，自发地生发出严重的排他性。中国文学就这样在文学与非文学、纯文学与泛文学、文学的教化作用与更广泛的审美愉悦之间处境尴尬，更由此引发了无穷无尽的纷争。①

　　这是谢冕先生关于百年中国文学的基本观念。这套书第一次在"百年中国文学"的整体性框架内思考文学的发展变化，是一个学术群体共同完成的成果。谢冕先生在年代选择、丛书设想、可行性等方面也得到了严家炎、洪子诚、钱理群等先生的热情肯定和支持。其中洪子诚先生、钱理群先生还亲自参与了撰写。丛书以代

---

① 谢冕：《百年中国文学总系·总序》，人民文学出版社2017年。

表性的年份为核心，通过一个人物、一个事件、一个时段的透视，串联起百年中国文学的发展历史，把握时代的整体精神。写法上是回到历史现场，把文学史和思想史、社会发展史放在一起，呈现文学现象背后的原生态历史细节。原本晦涩的学术著作由此变得鲜活易读，原本平面刻板的文学史知识也由此变得生动立体。全套书共十二册，从1998年初版以来，在海内外获得了巨大的反响。谢冕先生用十二个具体的年代，以相互关联的方式贯穿连接起百年中国文学。后来，我在为人民文学出版社版写的序言中说明了谢冕先生作为主编与作者的关系：

> 谢先生有他整体性的构想，但他更强调作者个人的主体性，并且希望尽可能保有作者个人的想法甚至风格。现在看来，书系在写作风格和具体结构方面并不完全一致，比如，谢先生的《1898：百年忧患》，从"昆明湖的石舫"写起，那艘永远无法启动的石舫意味深长；钱理群先生的《1948：天地玄黄》，广泛涉及了日记、演出、校园文化等；李书磊的《1942：走向民间》则从"两座城"和"两个人"入手；洪子诚的《1956：百花时代》，则直接入题正面强攻。如此等等，既贯彻了主编的整体意图，又充分彰显了作者的个人长处。自由的学术风气和独立的思想，就这样弥漫在这个群体每个人的心灵深处。于是我想，学术理想、学术气氛和学术信念，可能远比那些与学术无关的事物更有感召力和感染力。这种力量就源于学人内心的纯净或淡然而与功利无关。我这样说，并不意味着这套书系有多么了不起、如何"经典"。需要强调的是，它经受了近二十年的检验，它还需要经历更长时间的检验。如今，书系的作者之一的程文超教授已经去世多年，很多先生也已退休，但是，我们曾经共同拥有的过去，将是值得我们永远怀念和珍惜的人生风景。[1]

谢冕先生说他一生只做了一件事，这件事就是对中国新诗的研究。这当然是他的自谦。我经历了谢先生百年中国文学总系从酝酿到出版的全过程，他对百年中国文学的了解、熟悉以及他的文学史观，都深刻地影响了我们。但是，谢冕成就最大的，当然还是他的百年新诗研究。狷狂和才气逼人的孙绍振先生称谢冕先生为"中国诗歌元首"，虽然是戏称，但也从一个方面表现了谢先生在当代中国诗歌界的权威地位。2012年6月22日，我们曾在北大聚会，祝贺谢先生文集的出版。会后不

---

① 孟繁华：《百年中国文学总系·序》，人民文学出版社2017年版。

久，我曾编辑出版了《谢冕的意义》一书。在那本书里，学界和谢先生的朋友、学生对谢先生的学术贡献、学术地位和人格魅力做了翔实公允的论述。当然，"谢冕的意义"没有，也不会终止在《谢冕编年文集》中。我们讨论和学习《中国新诗史略》，同样是在讨论谢冕的意义。《中国新诗史略》高屋建瓴，论述了中国新诗发生、发展的状况，虽然是抒情的笔致，但言必有据，敢下断语。既有严格的史家眼光，又有可以意会的宽容。宽容，是体现他史家眼光的一部分。胡适说，宽容比自由更重要。尤其是史家，在讲述历史时，宽容和同情有时甚至比轻视和批判更为困难。《中国新诗史略》中，谢先生对郭沫若地位的评价以及二十世纪九十年代出现的"下半身"写作入史的选择，都与众不同。《中国新诗史略》，很容易让我想起林庚的《中国文学简史》、黄仁宇的《万历十五年》、李泽厚的《美的历程》等著作，无论是文学史观还是汪洋恣肆的表达方式，他们应该在一个谱系当中。

如果说谢冕先生是唐诗，洪子诚先生就是宋诗。他们一个高亢，一个沉稳。他们唯一具有的相似性，就是学术气质的纯粹和高贵。洪子诚二十世纪五十年代读大学时也参加了《新诗发展概况》的编写。后来留校任教。洪子诚是当代文学最杰出的文学史家。1977年，北大中文系成立当代文学教研室，洪子诚参与合作编写当代文学史，也就是后来的《当代文学概观》（1986年再版改名《当代中国文学概观》）。从这时开始，他虽然也从事文学评论写作，但中国当代文学史研究是他主要的学术工作。他先后出版的《当代中国文学的艺术问题》（北京大学出版社1986年）、《作家的姿态与自我意识》（陕西人民教育出版社1990年）、《当代中国文学概观》（与张钟等合著，1979初版，1986修订版，北京大学出版社）、《中国当代新诗史》（1993年，与刘登翰合著，人民文学出版社；修订版，2005年，北京大学出版社）、《中国当代文学概说》（香港青文书屋1997年）、《1956：百花时代》（山东教育出版社1998年）、《中国当代文学史》（北京大学出版社1999年）、《问题与方法——中国当代文学史讲稿》（三联书店2002年）、《当代文学的概念》（北京大学出版社2010年）、《我的阅读史》（北京大学出版社2011年）、《材料与注释》（北京大学出版社2016年）等，几乎都与中国当代文学史有关，它们确实从一个方面展现了洪子诚一直坚持的学术道路。学界普遍关注的是他的《中国当代文学史》和《问题与方法——中国当代文学史讲稿》，这两本著作当然重要，甚至可以看作洪子诚的代表作。但我认为他的《当代文学的概念》和《中国当代文学概说》同样重要。《当代文学的概念》这本只有十八万字的书，除了《中国当代文学纪事》外，集中选编了十四篇他关于当代文学史观念的文章。通过这些文章我们才有可能深入了解洪子诚对中国当代文学的理解，以及他为什么会写成现在的当代文学史。他的"关于五十至七十年代的中国文学""'当代文学'的概念""当代文学的'一体化'"
"中国当代的'文学经典'问题"等，是他对中国当代文学研究的核心思想；他对
"左翼文学与'现代派'""《中国现代文学三十年》"的思考，是他对当代文学"前
史"思考的一部分，或者说，在书写当代文学史的时候，这个"前史"已经他的视
野之内。香港青文书屋出版了洪子诚的《中国当代文学概说》，这是洪子诚《中国
当代文学史》的前身或缩写本。甚至陈平原评价说，"概说"比《中国当代文学
史》更好。洪子诚说他"自己也比较喜欢这本小书"。这本著作因为香港在出版，
知道的人很少。后来洪子诚老师说，只有孟繁华一篇评论发在香港岭南大学学
报上。

　　《中国当代文学概说》的特点大致可以概括为如下几个方面。首先是它的"问
题意识"。《概说》不列具体的作家作品章节，而是把不同时期文学发展的普遍性问
题加以概括，在当代中国现代性追求的具体问题中阐发它的发生发展过程，并在问
题中揭示其矛盾性。比如毛泽东关于建设新文化的努力，它一方面体现了毛泽东对
中国文化现代性发展的构想和追求，但同时因其明确的政治功利性，而使文学发展
长期处于进退维谷的境地，它左右了文学理论、政策的制定和实施。于是，当代文
学便出现了一个无力解决的"怪圈"：当文学创作过于概念化、苍白无力时，文学
界便会呼吁强调它的艺术性；当文艺创作无可避免地涉及人性人情时，又要被批评
为艺术至上或非政治化倾向。这一矛盾在"十七年"的文学界始终是存在的。这种
建设新文化的努力，早在延安时代已经开始。王富仁曾指出，延安文艺座谈会以后
的文学发展的"逆向性"特征，不是先有了赵树理、《白毛女》等作家作品，才有
了《讲话》，而是先有了《讲话》之后才有了这些作家作品。这一"逆向性"的特
征，一直延续到当代中国。所谓"非主流文学"，不间断的批判运动，都是因为背
离了毛泽东对新文化建设的理解。而毛泽东的"新文化建设"的内在矛盾却从未得
到揭示。《概说》中这一问题的提出，使中国当代文学的内在矛盾，一开始就明确
地展示在特定的历史情境中，它是当代中国文学所有话题生成的基本依据。

　　其次，是这一问题意识所带动的基本框架。《概说》的基本框架实际上是对当
代中国文学史的一次重估和重写。在流行的当代文学史著作中，一些已被认定的
"重要作家"都要列进专章或专节，这一框架不仅仅是确定某个作家的历史地位，
同时它还具有一种荣誉的性质。事实上，一旦历史发生某种变动，对一些作家的评
价就会非常不同，在并不漫长的历史中要确定一个作家的地位是非常困难的，它的
依据是十分脆弱的。这也是当代文学同其他历史著作最大的不同。洪子诚放弃了这
样的框架，而是把每个作家置于共同的历史处境中，把他们的特征及其局限同具体

的历史处境联系起来。这样，便会从中发现共性的问题。"十七年"可以概括出一个"总体风格""主流"与"非主流文学"，也从一个侧面表达了那一时代作家和社会的总体风貌。

第三，是"大文化"的视野。过去，我们曾片面地强调意识形态对文学的统治和压抑，这有部分的合理性，但问题又并不这样简单。比如，仅就理论论争而言，现在看来它还含有内部对话的成分。大家都宣称是马克思主义，都援引马列的经典论述。而事实上，大家都部分地拥有马克思主义，只是立场不同，而关怀目标并无多大差异，论争的双方，都试图推动当代中国文学的现代化进程；另一方面，主流意识形态在许多作家那里也逐渐成了一种自觉的追随，他们甚至有得心应手之感。因此，制约中国当代文学发展的因素肯定是多方面的。洪子诚分析了毛泽东时代的文学规范及控制策略，同时也分析了作家的文化性格、社会地位、经济收入，甚至分析了他们出身的地缘状况。这些长久被我们忽略的问题，一俟澄清，确实给人耳目一新之感。在二十世纪八十年代末期，洪子诚就发表过关于作家的文学传统和精神地位的论文，从那时起，作家的精神地位就进入了他的学术视野。他分析了作家类似古代文人的"清客"地位及依附的文化心理。《概说》则进一步分析了作家的经济来源及其社会性的荣誉职务，在多大程度制约了作家的独立性。薪俸制不可避免地要为作家带来"职能人员"的味道，后一的组织虽然是"社会团体"的名义，但各级作协及文化团体早已官方化，并纳入了行政级别。这些制度化的建制和管理方式，都会给作家的心理留下不同的投影，从而影响或重塑了他们的文化性格。因此，在一种"大文化"的视野下分析当代中国文学的发展，就为这一学科的建设提供了新的经验。在文学史越来越长又不尽如人意的时代，这本只有一百七十页的著作，却以简约的笔墨实现了对中国当代文学的历史叙述，它给我们的启示显然是多方面的。洪子诚的《中国当代文学史》《问题与方法》《材料与注释》等文学史研究著作，已多有讨论，学界已有共识，这里不再赘述。

谢冕先生和洪子诚先生他们毕业于北大，然后一生在这里任教。他们是我的业师，也是我人生和学术的楷模。他们的学问和为人，正大而高贵。他们的学术，无论是高亢还是沉潜，无论是引吭高歌还是浅吟低唱，或如大江东去，或如春风化雨，都令人赏心悦目心向往之，他们的学术舞姿是如此优雅和曼妙，在当下学界几成绝唱。

原载《东北师大学报》2020年第2期

史识、史料与文学史的写作实践

——从洪子诚钩沉的两则文学史料说起

我读博士研究生的北京大学和毕业后工作的中国社会科学院文学研究所，都有文学史写作的悠久传统，并且都有令人瞩目的成就。北京大学是中国最早开设中国文学史课程、最早编写中国文学史著作的大学。我曾在其他文章中梳理过北大中文系的治文学史传统，[①] 这里不再赘述。中国社会科学院文学研究所也是一个有编撰文学史传统的学术机构。比如毛星主编的《十年来的新中国文学》[②]，余冠英主编的《中国文学史》，唐弢主编的《中国现代文学史》，朱寨主编的《中国当代文学思潮史》，张炯、邓绍基、郎樱主编的《中国文学通史》系列，张炯、邓绍基、樊俊主编的《中华文学通史》，杜书瀛、钱竞主编的《20世纪中国文艺学学术史》，吕微主编的《中国民间文学史》，以及我与人合主编的《共和国文学50年》、与程光炜合主编的《中国当代文学发展史》等文学史著作。由于这种学习和工作关系，潜移默化地形成我对文学史理论研究和实践的兴趣，也多少有了一些关于中国当代文学史写作的感性认识和体会，因此也比较关注近年来与中国当代文学史研究的一些话题。特别是近年来关于当代文学史料研究的话题。比如程光炜、吴俊、张均、李建立等，都做了非常扎实、系统的工作，对于推动中国当代文学的史料研究做出了具体实际的贡献。我也注意到，很多机构召开了关于当代文学史料研究的一些会议，很多研究者发表了关于当代文学史料研究的看法及方法。这当然都很重要，对学科建设都有重要的价值和意义。但是，文学史料的研究、整理，和文学史的写作都有一个重要的共性，这就是，它们不只是一个理论或观念的问题，更重要的还是一个实践的问题。如果文学史理论再好，不能诉诸文学史实践，也只是一个空头的理论，

---

① 孟繁华：《治史传统与当代经验——谢冕、洪子诚的文学史研究》，《东北师大学报》（哲学社会科学版）2020年第1期。

② 本书署名中国社会科学院文学研究所《十年来的新中国文学》编写组。编者注。

只有"正确的理论"是不够的；文学史料的研究也是同样的道理，理论、重要性说得再好，对文学史写作实践于事无补，某一史料无论被强调得多重要，如果不能改变文学史的基本判断，不能改变对一个作家或一部作品的评价，最大的价值也就是"锦上添花"，或者也只是一个史料而已。因此，对于片面强调史料无比重要的说法，我一直是怀疑的。文学史写作或编撰，史料是基础，没有史料就是无米之炊。这是人尽皆知的常识。但是，我们也必须清楚，百年来，推动文学发展的主要力量，不是文学史料，而是文学观念。观念的讨论、争论，甚至博弈，是推动文学发展和文学史写作的内动力；另一方面，不同时代有不同的文学史，如果是这样的话，那么，文学史就是一个历史的范畴，它自然会受到不同历史时期文学观念的影响，一般来说，当代（这个"当代"未必是指我们当代文学的当代）文学批评是体现文学观念的重要领域，因此，当代的文学批评间接地参与了文学史的写作或编撰。这时，我们就不能将批评与史料研究对立起来，他们是不同的研究领域，而不应该是，当然也不是一个等级关系。

这时，我便想起了洪子诚先生的文学史研究与史料关系的处理。洪子诚治当代文学史，向来以严谨扎实著称。他甚至被认为是当代文学研究材料派的"代表"。但是，洪子诚文学史研究成就之所以取得领先地位，是因为他很好地处理了文学史观念与史料的关系。这方面，他的《材料与注释》最有代表性。但是，在这部著作的自序中，洪子诚说："收入本书的是近年来写的一组资料性文章。最初的想法是，尝试以材料编排为主要方式的文学史叙述的可能性，尽可能让材料本身说话，围绕某一时间、问题，提取不同人，和同一个人在不同时间、情境下的叙述，让它们形成参照、对话的关系，以展现'历史'的多面性和复杂性……因为材料掌握上的限制，也因为对这一写作方式的合理、有效性产生怀疑，就不想再继续下去。"①在我们看来，这是一部非常重要的著作，为我们提供了那么多并不了解或语焉不详的文学史材料，他为什么会"对这一写作方式的合理、有效性产生怀疑，就不想再继续下去"了？这就是洪老师的性格，一方面，他对当代文学以及自己的研究，经常处于"犹豫不决"的状态；一方面，他又敢于坦言自己的"犹豫不决"。这与许多学者选择了一条道路就信誓旦旦、真理在握大相径庭。事实也的确如此，"史料"是客观的，但是，"史料"是怎样成为史料，怎样被选择组织进文学史、成为文学史的"事实"，却是主观的。也正是在这样的意义上，我们说包括文学史在内的所有历史，是历史学家的历史。这也是历史具有"虚构"性质的一个方面。

---

① 洪子诚：《材料与注释·自序》，北京大学出版社2016年。

《中国当代文学史》《材料与注释》以及洪老师其他文学史著作，从一个方面表达了洪子诚作为文学史家的学术地位和个人风格。但有些人并不了解洪子诚是怎样理解"材料"与"史观"关系的。他后来曾回忆参加《当代文学概观》的写作："这本教材是按体裁的体例写的，分诗、短篇小说、长篇小说、戏剧几个部分。分配我的是诗歌和短篇小说。那几年读了大量作品和评论，逐年翻阅《人民文学》《文艺报》《译文》《诗刊》，以及北京、上海、西安、广州等地方重要文学刊物。1991年到1993年我在东京大学教养学部任教，资料室有全部的《人民日报》，没有人看，积满灰尘，也逐年搬回去翻。我其实没有什么特别'强烈'的史料意识，只是一种类乎常识的想法：不这样做，怎么编写文学史呢？特别是'当代'文学史当时尚属'草创'。现在回想，有些做法可能太'笨'，后悔很多时间是在做'无用功'。大量的摘录在纸片和笔记本上的材料后来都用不着。"① 他又说——

  在"史"与"论"关系问题上，倒是一个深刻的教训。那个时候，我们其实也读不少材料，从北大图书馆、北京图书馆（现在的国家图书馆）和中国作协资料室借出几百部诗集。但那个时代提倡的是"以论带史"（实际是以论"代"史），将材料删削、肢解，纳入预先确立的唯物主义与唯心主义、无产阶级和资产阶级、现实主义和反现实主义斗争的框架中。1967年春天，在北京灯市西口中国作协宿舍，和严家炎、谢冕等先生一起参加《文艺战线两条道路斗争大事记》编写，也是读了不少材料，但同样是将它们删削肢解，牵强附会地纳入由当代"政治—文学激进派"所设定的框架之中。我生活的不少时候，立场、派别远比观看、事实重要。所以后来这方面多少有了警惕。②

作为最杰出的当代文学史家，洪子诚从文学史写作实践中总结的经验，远比那些试图将"当代文学史史料"另起一行，建立另一个关于当代文学史分支的想法更切合建构文学史写作实践。因此，文学史更是一个实践的范畴，有些文学史理论看起来似乎没有问题，但进入写作实践才知道是难以实现的。（比如，关于"海外文学""台港澳文学""少数民族文学"等，为什么没有写到文学史中，几乎是所有的

---

① 王贺：《当代文学史料的整理、研究及问题——北京大学洪子诚教授访谈》，《新文学史料》2019年第2期。

② 王贺：《当代文学史料的整理、研究及问题——北京大学洪子诚教授访谈》，《新文学史料》2019年第2期。

当代文学史遭到诟病的重要问题。这确实是一个问题，但是，在文学史中如何处理，至今仍然没有找到合适的方式也是事实。这是另外一个问题，这里不再讨论。）另一方面，近年来洪子诚确实仍在扎扎实实地做史料的发掘工作。他发掘的史料不是某些人死抱着不放的"材料"，比如他近期整理的《可爱的燕子，或蝙蝠——50年前西方左翼关于现实主义边界的争论》等具有考据性的文章。正是这些不被注意的边缘性的史料，显示了洪子诚作为当代文学史家的眼光。

国际政治的全部复杂性并没有被我们认知。对一些事件的历史还原的重要性，其价值可能还不只是"不会让那段诡异、'辛酸而苍凉'的历史完全从记忆中消失、湮灭"。它提醒我们注意的是，当代中国文学在世界文学整体格局中的地位，有一个强大的国际语境，这个国际语境交织着不同的政治意识形态和国家利益。它支配着所有文学艺术的国际交往和相互认同。如果仅仅关注我们自己文学艺术的发展，把中国当代文学史当作一个"自足"或封闭的事物，我们是不能看清楚的。

2019年第5期的《现代中文学刊》，发表了洪子诚的《可爱的燕子，或蝙蝠——50年前西方左翼关于现实主义边界的争论》一文。文章钩沉的是1963年前后，欧洲左翼文学界和苏联曾发生的关于现实主义边界的争论。主角加洛蒂是法国文艺理论家，曾任法共政治局委员。他的理论著述显示了他开放的理论眼光和气度。这个大讨论由三个部分组成。分别是《论无边的现实主义》的出版、"颓废"问题讨论和关于卡夫卡"异化"的讨论。其基本主题是：是否应该开放现实主义的"边界"，确立现实主义的"新尺度"，让现实主义与"非现实主义"文艺对话。现实主义的问题是经典马克思主义文艺的重要话题，它关切的不是文艺的"手法"或者"技艺"本身，它涉及的是如何认识世界的问题。如何突破教条主义的限制，加洛蒂为代表的马克思主义者选择了向人道主义、基督教、现代派等理论资源保持开放态度。应该说这是二十世纪留给这样的文学理论的遗产。

当代中国文学的发展，与苏联文学息息相关，这与我们把苏联作为社会主义的成功范本是联系在一起的，早期共产党人就是把俄国人的道路作为梦想去追随的。社会主义苏联首先创造了具有社会主义典范意义的文艺和理论，在文艺创作和理论上向苏联学习，就是一种合乎逻辑的选择。新中国成立后，对苏联文学和理论的介绍，更显示出了空前的热情。短短几年的时间，就有上千种苏联文学作品介绍到我国，《青年近卫军》《真正的人》《早年的欢乐》《水泥》《不平凡的夏天》等，迅速被我国读者所熟知，特别是后来的《卓娅和舒拉的故事》《钢铁是怎样炼成的》等具有鲜明社会主义文学特征的作品，在我国广为流传，它们被关注和熟知的程度，几乎超过了任何一部当代中国文学作品。高尔基、法捷耶夫、费定、奥斯特洛夫斯基成了最有影响的文化英雄，保尔·柯察金、丹娘、马特洛索夫、奥列格成了青年无可争议的楷模和典范。同时，从1950年到1962年的十二年间，我国还翻译出版了苏联文艺理论、美学教材及有关著作十一种，翻译出版了普列汉诺夫、列宁、斯大林、高尔基、卢那察尔斯基等论述文学艺术的著作七种。1955年，苏联一个不知名的学者毕达可夫还来华讲学，在北京大学开设了文艺学的研究生班，直接传授了苏联多年来形成的社会主义文艺学，培育了中国文艺学教学和研究的骨干力量。所有这些，都对当代中国文艺学产生了直接而深远的影响。甚至可以说，一直到今天，还没有任何一个国家的文艺学像苏联文艺学那样，给我们留下了如此不能磨灭的深刻记忆。

但是，由于苏联文学一开始就具有鲜明的意识形态色彩，一开始就规范为无产阶级革命事业的一部分，因此，在它表达了无产阶级和社会主义文学的特征、服务于这个总体目标的同时，也伴随了关于文学若干重大问题的论争与讨论，它自身所隐含的矛盾伴随着发展的全过程。而在我们认同与接受苏联文学的时代，事实上也不可避免地遭遇了苏联文学所含有的矛盾。于是我们发现，在当代中国文学发展过程中，不仅我们使用的概念、关注的焦点，甚至面临的问题与苏联几乎都是相同的。它与高涨的理想主义热情和残酷的政治压抑相伴相生。过去，我们只看到高尔基作为一代文学宗师的权威地位，却难以想象他内心的全部痛苦和无奈。罗曼·罗兰在五十年后才公开发表的《莫斯科日记》，部分地揭露了斯大林时代的文化专制，也部分地揭示了高尔基在那一时代的矛盾心理和精神苦痛；我们只看到法捷耶夫《毁灭》《青年近卫军》的经典意义和他作为苏共中央委员、作协总书记的荣耀，却难以想象他用子弹将自己置于血泊中，而此时正是史称"解冻"的时代。当然，还要包括对托洛茨基、布哈林充满仇视的理论批判，对左琴科、阿赫玛托娃等人的清洗，对索尔仁尼琴、帕斯捷尔纳克的迫害，以及对各种"非无产阶级文学"流派和潮流的批判等，而我们也都曾部分地经历过。

不同的是，苏联与欧洲传统的密切联系以及19世纪以来俄罗斯丰富的文学和理论遗产，作为潜流和已成为民族精神一部分的影响，始终在产生着作用。赫尔岑、别林斯基、车尔尼雪夫斯基、杜勃罗留波夫、普列汉诺夫、托洛茨基、布哈林等大师的理论，总会成为生长点，有可能在理论危机的时代填补稀缺的理论空间，并暗中给人们以思想的支援。而我们在接受苏联文艺学的时代，更注重的是理论的实用性和意识形态的意义，而不是包括俄罗斯文化精神在内的全部苏联文艺理论。这种情况自然有民族传统的制约，有民族主体性要求的考虑，但它也同时隐含了追随中疏离的危机。也就是说，当民族主体性和意识形态要求与追随对象发生分歧时，疏离甚至反目就会成为新的选择。而事实也是如此，我们正是经历了对苏联文艺学的接受、对抗、选择的全过程。即便如此，苏联文艺学对我们的影响仍然是巨大的，抛开文学的意识形态性，十九世纪的俄罗斯文学及理论、二十世纪的苏联文学的世界意义仍值得我们格外重视。而七十年的苏联文学的经验与教训，对我们说来其意义更是不同寻常。

当然，遭遇六十年代加洛蒂的讨论之前，中国在五十年代已经展开了关于现实主义的大讨论。胡风、秦朝阳、周勃等都发表了文章，呼应了西蒙诺夫在第二次苏联作家代表大会的补充报告中主张删去社会主义现实主义"定义"中的这段话："同时，艺术描写的真实性和历史具体性必须与用社会主义精神从思想上改造和教育劳动人民的任务结合起来。"当然，这场讨论后来的命运是可想而知的。

如前所述，加洛蒂是法国文艺理论家，曾任法共政治局委员。他的理论著述显示了他开放的理论眼光和气度。历史真是有极大的相似性。八十年代初期，我们再次经历了关于"异化"和人道主义、现实主义的大讨论。讨论的内容虽然不是与贝克特、乔伊斯、卡夫卡有直接关系，但是，那场讨论不久我们便与包括贝克特、乔伊斯、卡夫卡等西方现代主义文学不期而遇。这当然是后话了。洪子诚钩沉的西方左翼关于现实主义的大讨论，表面上与我们没有关系。但是，如前所述，中国当代文学的国际化语境一直或隐或显地存在。有时直接作用于我们的文学观念，有时则潜移默化地起着作用。因此，一个有历史感的文学史家，其眼光的深邃，就在于他不仅仅拘泥于本土文学生产的状况，在国际政治、文化和文学背景日益复杂的当代文学研究必须对周边和上游的所有学问都要有所了解甚至深入的研究。对文学史家来说，这样的要求可能更加严格。洪子诚的文学史之所以受到学界的高度评价和普遍认同，就在于他对于中国当代文学史有关的所有问题的兴趣和孜孜以求的探寻。因此，他的"史料"发掘，是真正具有专业感文学史家眼光的发掘。这些史料未必一定要写进中国当代文学史中，但它对于我们理解中国当代文学史发展的全部复杂性、包括国际语境，是非常重要的。

原载《中国当代文学研究》2020年第2期

历史化：一个虚妄的文学史方案

——当代文学史的理论想象与实践

我们一直在讨论某些貌似正确，几乎没有人质疑的问题，比如"中国当代文学的历史化问题"就是其中之一。这个问题已经被说了很久，对它的质疑却从来没有开始。没有被质疑，就越来越有自明性甚至正当性。但事情远不这样简单。在我看来，当代文学的历史化，是一直正在进行时的文学史方案，因此也是一项永远未竟的方案。当代中国哲学家赵汀阳在《历史之道：意义链和问题链》①一文中指出：历史是最接近时间的哲学问题，在这个意义上，历史哲学不只是一种"关于历史的哲学"，同时也是一种关于无穷意识的形而上学，即关于无限性问题的形而上学。人的时间蕴含着多种可能生活的维度，内含在无数方向上展开的可能性，所以历史是一个多维时间的概念，不可能表达为线性时间，历史也就没有既定规律，这正是历史的神秘之处。没有历史哲学的历史只是故事，只是表达了生活片段的史实。如果故事不被安置在某种意义框架或问题线索内，本身并无意义。历史的意义在于思想，不是信息登记簿。历史哲学试图揭示历史的历史性，即赋予时间以意义从而化时间为历史的时间组织方式，同时也意味着一种文明的生长方式，也就是历史之道。

历史基于时间，却始于讲述，或者说，讲述开创历史。历史的生命就是讲述，历史是用来说的，历史是说出来的，历史在言说中存在，不被说的就不存在。在行为造事的意义上说，人是历史的创造者，所以，人是历史的主体，但在叙事而建立精神索引的意义上，历史的主体是语言。如果是过去所做的事情，那么历史的主体是人；如果是所说的过去事情，历史的主体是语言——被说的历史已经转化为一个文明甚至人类共享的精神世界，不再属于个人行为或记忆。那

① 赵汀阳：《历史之道：意义链和问题链》，《哲学研究》2019年第1期。

么，什么是历史的选择标准，或淘汰标准？作为现实的年轮，历史关心的是：什么往事需要一直保存？什么精神可以成为遗产？什么制度是现实的根据？什么问题始终具有当代性？显然，历史具有共有性和共享性，因此，在理论上说（实践上或有偏差），历史记载的是值得一个集体去追忆的事情或需要继续保值的经验，正是历史叙事创造了集体经验和集体记忆，也就是一个文明的生命事迹，既包括辉煌成就也包括苦难教训。如前所论，历史做不到如实，甚至人们也不愿意历史完全如实，而更重视拥有精神和思想附加值的历史，因此，历史总是创造性的叙事，是文明基因的生长形式，它给每一代人解释了"我们"从哪里来、是什么样的、有什么伟大事迹或有哪些愚蠢的失败，它塑造了可以共同分享的经验、一致默会的忠告、不言而喻的共同情感和作为共同话题的记忆，总之，历史承载了可共同分享的故事，这些故事又成为解释生活的精神传统。正是通过历史，一种文明才得以确认其传统和精神。

我曾在《建构当代中国的文学经验和学术话语》一文中提到：赵汀阳的历史哲学给我们以极大的启示。这就是历史与时间的关系，历史与言说的关系，历史与文明生死的关系。当代的事物由于其当下性，似乎与历史难以建立关系。但是"中国当代文学"不一样，"中国当代文学"是一个有着七十年或者更长时间历史的学科。另一方面，当代文学是否与历史建立联系，都构成了我们巨大的焦虑——学界普遍的看法是，没有历史就没有学问；有了历史就有了另外的麻烦——历史化的问题。现在，历史化的问题终于被当作当代文学史最大的问题提出来了。但是，这是一个并不存在的问题。最直接也最简单的答案克罗齐早就告诉了我们：一切历史都是当代史。或者说，历史的形态是过去式的，但历史的讲述是现在进行时的。现在的讲述，就是"历史化"过程的一部分。如果这个逻辑成立的话，那么，所有的历史就都永远处在"历史化"的过程中。

最近，我看到或听到一些作家、诗人、文学史家在表达他们对某些作家或诗人的看法。欧阳江河说：我对米沃什的阅读，已经差不多三十九年，米沃什已经成为中国诗人、成为我本人诗歌意识、诗歌立场、诗歌定义的一部分。这一点和很多诗人都不太一样，中国翻译了很多很多杰出的诗人，但大部分对我来讲都只是一种风格的辨认而已，或者最多是一种借鉴，他没有可能进入我的诗歌意识深处，成为一种带有支撑性质、源头性质的诗歌理念、诗歌精神、诗歌立场的一部分。米沃什这样的诗人，是少数能够进入中国当代诗人，尤其是我本人的诗歌创作的源头式的诗人。然后欧阳江河分析了米沃什这样的大诗人为什么特别迷人？就在于他身上有一些是来自威尔诺那个小地方的东西，但是它跟欧洲精神里面最重要的原处，整个欧洲大陆是相通的，广阔无边，像宇宙一样在那旋转。①

记得不久前，这些中国著名的诗人还在谈论曼德尔施塔姆，谈论俄罗斯白银时代这位最卓越的天才诗人，谈论他创立了阿克梅派并成为其中最著名的诗人之一；他们也谈论茨维塔耶娃和阿赫马托娃。而现在，这些被谈论过的诗人仍然重要，但在米沃什面前，他们似乎已经稍逊一筹。还有李洱，这个略带天真气质的小说家，在作品中，又充分展示了他世事洞察的练达。在成熟和天真的罅隙里，是李洱作为小说家对于这个世界的深层态度。李洱还有另外一部分，属于学识和洞见。比如人们谈到纳博科夫，常只谈《洛丽塔》那惊世骇俗的主题和眼花缭乱的技巧，李洱却说，要更好地理解纳博科夫，应该去看他后期的《普宁》。小说写主人公在美国电视上看到沙俄阅兵式，忽然热泪盈眶，他居然如此深爱这个他逃离了的国家——只有伟大的作家才能洞察最幽深的内心。他提醒那些试图模仿加缪《局外人》的人，不要只模仿小说写奔丧的第一部分，真正厉害的是第二部分，所有的故事都在第二部分重新讲过，借由审判，文明的基础、人类的知识，都获得了重新审视。1999年库切以《耻》获得布克奖，2002年中文版的《耻》，已经被李洱密密麻麻折角无数。关于这部作品，李洱没有谈及库切显在的关于种族问题的思考，而是深深体味着一个细节的处理，即卢里后来驱车前往（他与其发生性关系的）女学生家中道歉，见到了女学生的妹妹，这个时候，卢里再次被引发的情欲击中。"这就是彻底的小说，是库切远远甩开普通作家的地方。"②

"80后"作家蔡东的一篇文章——《短小说的技艺——从〈河的第三条岸〉谈起》，她说：

> 那天，父亲订的船到了，他对世界没有任何解释，他上了船，从此，漫无目的地漂荡在河流上。
>
> 他始终不再上岸。
>
> 这就是《河的第三条岸》的故事，没有小径分岔，没有多视角叙事，骨感，近于嶙峋，周身无赘肉，通篇无闲笔，每个词语都卡好了位置，每个细节都淋漓地发挥作用，抵达了预定的艺术效果。我钟爱《河的第三条岸》，它是梦想中的短篇小说，空灵又厚重，凝练而繁复，线条极简的高贵感，切近生命终极问题的大格局，不局限于一时一地的超越

① 欧阳江河：《欧阳江河：米沃什是进入我的诗歌创作的源头式的诗人》，《花城》2019年第2期。

② 樊晓哲：《苹果树下的李洱》，《文汇报》2019年3月5日。

性和穿透力。①

《河的第三条岸》是巴西作家罗萨写的短篇小说。蔡东对小说的艺术分析，具体而透彻。这是当下批评家很少注意的视角。这样的例子还有很多，比如对捷克作家的评价或追捧，先是卡夫卡，然后是昆德拉，然后是赫拉巴尔，现在有伊凡·克里玛。从阅读来说，"见异思迁"是一个非常常见的现象，而这种"见异思迁"本身，就是文学"历史化"的一种形式。文学史的"历史化"也相似到了这样的程度。

今年2月的某天，我接到洪老师的一封邮件，洪老师说"附件里是游戏文章一篇，休闲读物，三分钟内可以读完"。邮件是洪老师写的《保尔·艾吕雅的〈宵禁〉及其他》的文章。我们知道保尔·艾吕雅是法国的战斗诗人。他的诗作还被台湾花莲诗人陈义芝模仿过。洪老师还在文章中分析了他们艺术上的得失。当然，我更关心的还不是这些，而是两年前洪老师还沉浸在辛波丝卡的诗情画意之中，甚至将台湾刚刚去世的诗人周梦蝶与辛波丝卡相提并论。1996年辛波丝卡获诺贝尔文学奖，她是第三位获诺奖的女诗人。瑞典文学院给予辛波丝卡的授奖词是，通过精确地嘲讽将生物法则和历史活动展示在人类现实的片段中。她的作品对世界既全力投入，又保持适当距离，清楚地印证了她的基本理念：看似单纯的问题，其实最富有意义。由这样的观点出发，她的诗意往往展现出一种特色——形式上力求琢磨挑剔，视野上却又变化多端，开阔无垠。通过这一评价我们知道，辛波丝卡的诗与保尔·艾吕雅是非常不同的。那么，洪老师的趣味从辛波丝卡到保尔·艾吕雅，这里到底发生了什么，是我特别感兴趣的。

欧阳江河对米沃什的高度评价、李洱对库切的评价、蔡东对罗萨的情有独钟和洪老师对艾吕雅的褒扬，如果孤立地看，是他们个人的兴趣。但是，如果将这些不同代际（洪老师是"30后"，欧阳江河是"50后"，李洱是"60后"，蔡东是"80后"）作家的个人兴趣同中国文学与世界文学的关系联系起来看，事情可能就远不那么简单了。赵汀阳在同一篇文章中说：当代史学……发现了"语境"，使之成为解释事件的新坐标。一个事件所发生的语境决定了这个事件的作用和影响，即语境性的意义，相当于说，每个语境自身都是一本查对意义的辞典。当代史学非常看重语境化的意义，通常认为语境能够如实解释一个事件的意义，因此，要理解一个事件就只能在其发生的语境里去定位。回到语境去，固然是如实理解事件的一个重要条件，可是，如实描述语境却是一个可疑的想象，至今似乎尚无足以忽视克罗齐命

① 蔡东：《短小说的技艺——从〈河的第三条岸〉谈起》，《名作欣赏》2014年第22期。

题的历史知识论。另外，我们也不能忘记还有"时过境迁"的问题。"境迁"不在于质疑是否真的能够如实回到当时的语境去，也不是质疑语境的重要性，而是提醒，每个语境都有着不确定性和非封闭性，或者说，语境总是不稳定或未定型的，总是处于连续变化的状态，因此难以确定一个独立有效的语境，可见，语境并不是一个能够从历史过程中孤立切割出来的一个自足事态，也不是一个已经勘探完毕的历史空间，而是一个无边界的动态连续体，因此不存在任何"封场语境"，而只有"再生语境"。

除了赵汀阳所说的描述"语境是由谁描述的"权力问题外，另一种语境接踵而来。2014年10月24日，北京师范大学国际写作中心主办了"讲述中国与世界对话：莫言与中国当代文学"国际学术研讨会。这个研讨会非常重要，涉及法国汉学家杜特莱、日本汉学家藤井省三、吉田富夫，意大利汉学家李莎，德国汉学家郝穆天，荷兰汉学家马苏菲，韩国汉学家朴宰雨以及还没有莅临会议的葛浩文、马悦然、陈安娜等著名汉学家。我的意思是说，今天中国文学的历史语境发生了重要变化。这个变化就是中国文学历史化国际语境的形成。西方作家对中国作家的影响日益巨大，当然，中国文学对西方的影响也是同样的。我们看到，一个世界性的"文学联合国"已经形成。

作家对自己心仪对象的不断变化，酷似当代文学史的写作。所谓重写文学史，就是将当代文学不断历史化的过程化。我们之所以要重写当代文学史，就是因为对此时的文学史不满意。重写，就是重新历史化，就是我们要不断应对新的问题。在赵汀阳看来："语言、思想和反思三者的起源是同一个创世性的事件，都始于否定词（不，not）的发明。否定词的创世魔法在于它摆脱了必然性而开启了可能性，使人拥有了一个由复数可能性构成的意识世界。发明否定词是一件人类创世纪的大事，在此之前，意识只是服从生物本能以及重复性的经验，却意识不到在此外的可能性，因此没有产生出不同意见，没有不同意见就没有不同的生活。当否定词启动了复数的可能性，使不存在的事情变成意识中的存在，于是意识就共时地拥有了无数可能世界，也使语言成为一个包含多维时间的世界，在理论上包含了所有可能世界，也就包含了所有时间维度，每个人的时间、许多人的时间、古人的时间、今人的时间、未来的时间，都同时存在于语言的时间里，于是古往今来的事件被组织为一个共时的意识对象。"[1]我们知道，这个历史化，有两个重要的参照，就是"时间"和"逻辑"。这两个参照的概念互为表里，与文学史家要描述和构建的文学史

---

① 赵汀阳：《历史之道：意义链和问题链》，《哲学研究》2019年第1期。

诉求有直接关系。时间的起点是描述性的，逻辑的起点是构建性。还有一个问题，就是中国当代文学的历史化与中国当代文学史的历史化，是一个问题的不同表述。我们在试图把当代文学不断历史化的同时，其实就是不断地重写文学史。这时我发现，那些真正被质疑、被批评的文学史，也就是"有问题的文学史"，比如夏志清的《中国现代小说史》、洪子诚的《中国当代文学史》、陈思和的《中国当代文学史教程》等，恰恰是最有参考价值的中国当代文学史。他们的"问题"，是被研究者的不同观念发现的。"观念"不同，又试图在观念层面讨论问题，共识如何能够达成呢？但是，恰恰是因为不同观念对文学史的阐述，构成了文学史的价值。那些被发现的"问题"可能正是文学史价值的一部分。如果是这样的话，那么，历史化就更应该是一种对话关系，试图达成共识的"历史化"，是文学史家永难完成的文学史方案，它或者是一个虚妄的问题，或者是文学史家的理想或想象而已。

原载《文艺争鸣》2019年第5期

经典性是不断再发现的过程

——文学经典潜隐的对话关系

  文学经典的经典性，在不断地认知、对话和阐释的过程中，其价值会不断得到丰富。比如《光明日报》新近发表的对冰心、钱锺书、艾青等的评论，丰富了对这些经典作家作品的评价。因此，文学经典需要在不同的对话过程中得以确立。在不同的场合，我曾多次表达过，评价一个时期、一个时代、一个国家或一个民族的文学成就，应该主要着眼于它的高端文学成就。所谓高端文学成就，就是具有经典性的文学作品。而经典文学作品，是指具有典范性、权威性、经久不衰的传世之作，是经过历史筛选出来的最能表现文学价值，最具代表性的杰出的作品。这一表述应该是没有问题的，但是，落实到具体的经典作品，它的指认是在一定的时间范畴内实现的，于是就产生了经典作品不断确立和颠覆的过程。所谓一个时代有一个时代的文学，不仅指当代人在新的文学实践条件规约下，在新观念的支配下创作的新作品，同时也指不同时代对传统文学经典的再认识和再发现。这正是文学经典的魅力所在，也就是经典文学的经典性。抑或说，即便在不同历史语境中，经典文学也一直具有被再发现、再阐释的可能：过去我们曾经强调的经典作品某些方面的价值和创造性，遮蔽了它们具有的更丰富的内涵，或者说，因时代带来的不同局限、问题或困扰，我们总会以"片面"的方式强调经典的某个方面。这不仅可以理解，而且是难以超越的。

  因此，文学经典一直处在建构的过程中。从某种意义上说，确认和构建文学经典，应该是文学批评或文学研究的核心问题。但是，对于经典的指认，从古代社会就存在着分歧，只是相对还简单些。古人虽然也不可避免地受制于文学作品自身价值的规约，受到时代审美风尚、作家与批评家的阐释、类书和选本选择等的规约，但是，这些规约毕竟还限定在本土版图范围之内，还是"自家对话"的结果。比如，有了以董仲舒为首的汉儒的努力，儒家典籍就可以成为经典；有了萧统主编的

《昭明文选》，先秦至南朝梁代八九百年间的经典诗文作品，基本就没有大的问题了；比如《唐诗三百首》，入选的作品除了伪作之外，其经典地位也日久天长。这种由我们自己指认经典的情况，一直延续到现当代文学。比如中国现代文学的经典作家，在王瑶的《中国新文学史稿》中就已经被确认，"鲁郭茅巴老曹"，不只他们的经典地位难以撼动，就是排名顺序也经久不变；还有，以《子夜》《家》和《骆驼祥子》为代表的作品，一直被新文学史命名为"启蒙经典"，以延安文学为代表的文学被命名为"红色经典"，"三红一创保山青林"是"十七年文学经典"，金庸的武侠小说"飞雪连天射白鹿，笑书神侠倚碧鸳"，是当代大众文学的经典，等等。

经典的建构，不仅和一定的社会历史阶段有关，更与不同时代的文学观、文学史观等有关。比如社会主义初级阶段的文学和社会主义道路一样，有一个"试错"的过程，或者说，刚刚跨进共和国门槛的部分作家，特别是来自"国统区"的作家，并不明确如何书写新的时代，并不了解文学实践条件究竟发生怎样的变化。因此，在"试错"的过程中，制度化地建构起了文学规约和禁忌。规约和禁忌的形成，也无形中树立起了文学界的绝对权威，比如周扬。作为毛泽东文艺思想的权威阐释者，对某些思潮、现象以及作家作品，他的肯定或否定，在当代文学史上的地位或价值就有了基本评价的依据。后来事情起了变化，这个变化发生于1985年黄子平、陈平原和钱理群联袂发表的《论"二十世纪中国文学"》，文章改变了百年中国的文学史观和文学史的编撰方法；1988年，陈思和、王晓明发起的"重写文学史"运动，强化了这一观念并且诉诸批评实践。但是，在这样的批评实践背后，同样有一个重要的国际背景，这就是夏志清的《中国现代小说史》被中国学者接触和接受。1961年由耶鲁大学出版社出版了夏志清的英文著作《中国现代小说史》，这是重写中国现代小说史的一部著作。作者以其融贯中西的学识、宽广的批评视野，探讨了中国新文学小说创作的发展路向，尤其致力于优美作品之发现和评审，发掘并论证了张爱玲、张天翼、钱锺书、沈从文等重要作家的文学史地位，使此书成为西方研究中国现代文学史的经典之作并产生了深远影响。《中国现代小说史》是"重写文学史"运动的最重要的灵感来源和理论资源。尤其是一直被认为是通俗小说家的张爱玲，在批评家眼里她远没有那么重要，但夏志清在小说史中给予张爱玲的篇幅比鲁迅还要多一倍，这给当时的中国文学界极大的震动。《中国现代小说史》英文版两度再版，而由刘绍铭、夏济安、李欧梵、水晶等众多港台学者翻译的中译繁体字本于1979年、1985年和1991年分别在香港和台湾出版，2001年又在香港出版了中译繁体字增订本，由复旦大学推出的中文简体字版是这部文学史著作问世四十多年后。二十世纪八十年代末期已经接触过这部著作的学者闻风而起，要重新确立新文学的经典。这一多少有些冲动的行为并没有取得预想的成果——那"翻烙饼"式的批评方式，只不过是逆向地评价了现当代重要的作家作品，思维方式并没有发生革命性的变化。但是，这一误打误撞的文学行为，也从某一方面鼓舞了中国的批评家——文学的历史是可以重新书写的。于是，关于经典化、历史化的讨论，一时间里此起彼伏。

重写文学史，本质上就是不断地同文学历史讲述的对话关系，这个对话关系就是我们通常所说的"历史化"。这时我发现，那些真正被质疑、被批评的文学史，也就是"有问题的文学史"，比如夏志清的《中国现代小说史》、洪子诚的《中国当代文学史》、陈思和的《中国当代文学史教程》等，恰恰是最有参考价值的中国当代文学史。他们的"问题"，是被研究者的不同观念发现的。"观念"不同，又试图在观念层面讨论问题，是不可能达成文学史共识的。但是，恰恰是因为不同观念对文学史的阐述，构成了文学史的价值。那些被发现的"问题"可能正是文学史价值的一部分。如果是这样的话，那么，历史化就更应该是一种文学史家不断地对话，试图达成共识的"历史化"，是文学史家永难完成的文学史方案。

比如当代美国有世界影响的文学理论家、批评家哈罗德·布鲁姆，他的《西方正典：伟大作家和不朽作品》，旨在寻找并论述西方文学的经典。布鲁姆选择评价了二十六位作家，指出其伟大之处乃"是一种无法同化的原创性，或是一种我们完全认同而不再视为异端的原创性"，并且说"传统不仅是传承或善意的传递过程，它还是过去的天才与今日的雄心之间的冲突，其有利的结局就是文学的延续或经典的扩容"。而卡尔维诺也认为，经典作品是一些产生某种特殊影响的书，它们要么自己以难忘的方式给我们的想象力打下印记，要么乔装成个人或集体的无意识隐藏在深层记忆中；经典作品是这样一些书，它们带着先前解释的气息走向我们，背后拖着它们经过文化或多种文化（或只是多种语言和风俗）时留下的足迹；一部经典作品是这样一个名称，它用于形容任何一本表现整个宇宙的书，一本与古代护身符不相上下的书。

由此可见，西方对文学经典也没有一个一成不变的理解。一般来说，学界讨论什么问题，就是对什么问题感到焦虑或遇到了麻烦。有媒体曾讨论过"伟大的小说意识"。这一问题的提出者是一位美籍华裔作家。他认为中国要写出伟大的小说，必须要有"伟大的小说意识"，就像美国有一个普遍被认同的小说意识一样。他认为美国有这样的伟大的传统，而中国从来就没有这样的传统，从《红楼梦》到鲁迅，都被他否定了。他认为《红楼梦》只是那个时代的好作品，而鲁迅只写了七年小说，七年时间连小说技巧都不可能掌握，怎么会写出文学经典？这个著名小说家，曾经获过美国重要的文学奖项，但他这样评价中国的经典作家作品，我们只能对他的勇气表示惊讶。因此，也不是所有来自西方的文学观念都没有问题，都可以接受。这也正如德国汉学家顾彬对中国当代文学只是"二锅头"的轻慢和蔑视一样。

因此，中国文学经典的建构，还存在着与国际语境的对话关系。西方学者和作家对文学经典的不同观念和阐释，从一个方面表明，文学经典构建的语境已经发生了重要变化，这就是国际语境的形成。在国际化的语境中，不同的视角出现了评价中国文学更多的可能性。或者说，西方的声音或尺度，已经进入了中国文学经典化的过程中。比如莫言获得的"诺奖"，李洱的小说《石榴树上结樱桃》曾荣获2007年"华语图书传媒大奖"，即便如此，小说在图书市场或大众传媒那里并没有成为炙手可热的追捧对象。但是，当德国总理默克尔将这部小说的德译本送给当时的国务院总理温家宝后，出版商在腰封中标示出"德国总理默克尔送给中国总理温家宝的书"，媒体和读者对这部小说燃起的热情就达到了新的高度。类似的情况还有《狼图腾》的作者、获过亚洲"曼·布克奖"的姜戎等，都与文学经典化的国际语境有关。这是一个不能回避的关于文学经典化的新的语境和条件，我们要面对和适应这个新的语境和条件，这不仅与一个依然形成的"文学联合国"有关，更重要的是，文学的价值、功能以及关注人的情感方式的特殊性，超越了种族、民族和国家界限。但是，另一方面我们也必须看到，不同的国家民族，由于历史和现实的原因，其具体的处境还是有巨大差异的，因此文学关注的问题和方式方法也必然多有不同。如果是这样的话，那么，对本土文学经典的指认、强调和传播，也一定要有我们自己的主体性或主体意志。这种坚持，不仅仅是对民族性的强调，更不是什么民族主义，而是由确立当代文学经典的特殊性决定的。我多次表达过，我们的文学史写作，不注意区分文学经典和"文学史经典"的差别，这是不对的。所谓文学经典，就是经过历史化之后，经过时间淘洗经受了时间检验的优秀作品。用佛克马的话来说，文学"经典"是指一个文化所拥有的、我们可以从中进行选择的全部精神宝藏。所谓文学史经典，是指在文学发展过程中产生过重要影响，但本身并不具有经典性的作品。如果不讲述这样的作品，文学经典的建构和文学史的叙述是不能完成的。"文学史经典"在文学发展过程中有标志性的意义，但是，由于文学性的欠缺或其他方面的因素，还不具有文学经典的价值，因此不具有再阐释的可能性。这就是文学经典和"文学史经典"的差别。

原载《光明日报》2020年11月4日

如何面对当下文学批评的困局

当下的文学研究和批评，被一种巨大或莫名的迷茫所笼罩，既没有方向感，也缺乏有力的理论和方法。这种状况已经持续了许多年。虽然文章照样发表，学术刊物照样出刊，但有影响、有力量、有创造性的著述凤毛麟角。维持这种局面的主要"学术杠杆"，是"项目"和各种评估"指标"。这是文学批评和研究界的现状，这种学术体制的问题日益显示出来，但仍然以惯性的方式滑行空转，并且是"学术生产"最强大的控制力量。这是学界没有言说的共同苦衷。文学批评自身存在的问题，在二十世纪八十年代中期就开始被提出，甚至有人用"危机"来概括。几十年过去之后，这种困境不仅没有缓解，甚至愈演愈烈。从批评的角度说，许多年以来，学院批评已经成为主流。另一方面，学院批评经过制度化，也逐渐没落，背离了当初"拒绝庸俗社会学强侵入"的初衷，越来越千篇一律，无论腔调还是文风，枯燥乏味。这样的文章什么都有，有哲学、社会学、历史学、心理学、版本学、文献学等，就是没有文学。因此，我们已经到了非改变批评现状不可的时候。2020年，青年批评家岳雯说："回望这十年，我们的生命被文学批评打上了深深的烙印。我们在不同的文学会议上相遇，或唇枪舌剑，或秉烛夜谈；我们秉笔疾书，是深海采珠，也是为未来的文学史留下一份备忘。通过文学批评，我们想要召唤出更好的自己，更重要的是，我们也在寻找一个时代的根本性难题，并试图与之对话。有的时候，我们雄心勃勃，'会当凌绝顶，一览众山小'；有的时候，我们陷入间歇性虚无，不信任手中的文字能创造更好的世界。"两代批评家，无论是丁帆批评的"学院批评家"的价值混乱，背离了文学批评的真理性原则，还是岳雯感同身受的迷茫与虚无感，都从不同的侧面反映了当下文学批评面临的真实困境。这个困境不只是他们个人的，也是当下文学批评整体性的。我当然也不能例外。

我也试图找到一条能够缓释这一困惑的道路或方向，但一直不得要领。我们知道，从二十世纪八十年代初开始，向西方学习业已成为宏大的时代潮流，西方繁复的文学观念和方法，极大地开阔了我们的文学视野，也以镜像的方式清晰了我们的文学位置。但是，许多年过去之后，源于西方文学基础产生的西方文学理论，也遇到了他们自身的纠结或难题。因此，西方文学理论在阐释文学共通性问题的时候，确有明快和通透的一面，但是，任何国家民族的文学，也总会有其特殊性。面对"特殊性"的时候，仅凭西方文学理论往往捉襟见肘词不达意。早在九十年代，曹顺庆就提出了中国文论"失语症"的问题。曹顺庆对"失语"的解释是：我们根本没有一套自己的话语，一套自己特有的表达、沟通、解读的学术规则。我们一旦离开了西方文论话语，就几乎没有办法说话，活生生一个学术"哑巴"。因此，当下的中国文论不能有效地解决文学批评问题。二十多年过去之后，这个问题不仅没有解决，而且愈演愈烈。于是，从实用性的角度考虑，我经常向古代文学研究者的方向张望，希望能够从他们从事的研究中汲取新的资源和方法。特别是身边一些优秀的古代文学学者的研究成果，常常让我耳目一新深受启发。古典文学研究界的文论研究——尤其是古代诗学研究，取得了诸多重要成果。这些学者的具体研究不是空泛地站在云端说话，而是发掘了相当丰富的、值得当代文学批评实践吸收的本土理论话语资源。

在这方面，我觉得文学创作做得比文学批评好。比如先锋小说家余华、格非等，他们适时地放弃了纯粹的先锋文学立场，重新回到了正面写小说和讲故事的方式。当然，这个"回归"，已经不是原来的现实主义，而是综合了古今中外各种表达手段。如果没有这个过程，他们就不是今天的余华、格非。特别是莫言，一再强调作家是个"讲故事的人"。刚刚出版的《晚熟的人》，表面上他沿用了明清白话小说或世情小说的外壳，将今天热气蒸腾的乡土生活用故事的形式呈现出来。但无须我们辨识，那里已经融汇了诸多现代小说的各种笔法。旧小说大多章回体，多为世情风情，写洞心骇目的男欢女爱家长里短，而且到关节处多是"欲知后事，且听下回分解"的卖关子，为的是勾栏瓦舍的"引车卖浆者流"下次还来，说到底是一个"生意"。读《晚熟的人》，我总会想起京剧《锁麟囊》。这出戏故事很简单，说的是一贫一富两个出嫁的女子，偶然在路上相遇，富家女同情贫家女的身世，解囊相赠。十年之后，贫女致富而富女则陷入贫困之中。贫女耿耿思恩，将所赠的囊供于家中，以志不忘。最后两妇相见，感慨今昔，结为儿女亲家。戏剧界对《锁麟囊》的评价是：文学品位之高在京剧剧目中堪称执牛耳者，难得的是在不与传统技法和程式冲突的情况下，妙词佳句层出不穷，段落结构玲珑别致，情节设置张弛有度。声腔艺术上的成就在程派剧目中独居魁首，在整个京剧界的地位亦为举足轻重。《锁麟囊》由翁偶虹编剧于1937年，当时现代"爱美剧"已经名声大噪，但旧戏新编依然大放异彩。话又说回来，《锁麟囊》在戏剧界还是被认为是"传统"剧目，其原因大概是旧瓶装旧酒，情节不外乎世事无常但好人好报的传奇性。《晚熟的人》看似有"白话小说"或世情小说之路数，但它是"旧瓶装新酒"，小说的观念不是传统的，也不是西方的，它是现代的。

如是我想，如果我们的文学评论，也能够回过头来，向传统文论学习，一定会有新的气象。现在大家经常议论胡河清的评论，就是因为胡河清在熟悉现代西方文论的情况下，能够结合本土的文学理论资源，对文学作品或潮流现象，做出具有本土性的阐释，所以他独树一帜。当然，造成文学评论今天这样的现状，有多重原因。学科间的不对话，是一个重要原因。比如所谓的文学理论、文艺美学，都是高高在上的学科。它们每天谈天上的事情，宏大又神秘。但是，值得怀疑的是，这许多年，这些学科究竟有什么发展？它们为文学批评提供过什么样的新的知识和可能？它们对当代文学的现状有多少了解？如果文学理论不能为阐释当下文学提供新的话语，创造新的范式，那么，这样的理论只能沦为课堂知识学。我们从未企望文学理论一定要切合批评实践，它有其"无用性"，但理论如果只是一味地空转，可能我们就不再需要它。当下的文学世界，早已不是理论家的世界，无论"耶鲁四人帮"还是杰姆逊等，他们都是批评家，他们都有具体的阐释对象，他们没有离开具体的阐释对象说话。这是需要理论研究者注意的。

2020年11月9日，在微信里看到四川大学要在线上讨论金惠敏的"有文学的文学理论"时，我大喜过望——终于有文学理论内部的学者检讨和批评文学理论的问题了。我和金惠敏曾经是文学研究所的同事，于是便要了他尚未出版但都发表过的文章结集。读过之后我才知道自己理解错了，金惠敏不是检讨和反省文学理论存在的问题，而是为没有文学的文学理论辩解，不同的是他变本加厉走得更远。他不仅没有反省、检讨多年来中国文论出现的问题，他甚至雪上加霜——认为"没有文学"的文学理论是正当的。他在2004年第3期的《文艺理论与批评》发表了一篇题为《没有文学的文学理论——一种元文学或者文论"帝国化"的前景》的文章。文章在当年曾引起不大不小的争论，后来不了了之。但是，近二十年过去之后，作者又将文章结集出版，意在表明他仍然坚持这一立场。

结合当下文学批评现场以及文学理论存在的问题，我再次提出讨论就不是可有可无的事情。金惠敏认为——

评骘一种文学理论，其优其劣，其必要性，其合法性，诚然，一个重要的尺度是看它与文学是否相干，进而有无积极的、促进的功能。但是，我想郑重地说，这只是对"文学理论"的一种界定、一种理解，即要求"文学理论"发挥"文学""分"内的功能。此外，——这"此外"或将演变成"主要"，"文学理论"也完全可以越出其"分"而外向地发挥其功能：渊源于文学，却指向文学之外，之外的学科、之外的社会。这绝非什么非"分"之想。沉浸浓郁、含英咀华，对文学作品的阅读和品味会形成一种审美情愫，一种文学意识，最后是一种理论形态，它来自文学，但已然显出为一个独立于文学的思想文本，就像文学源于现实而又不等于现实，它能够不依赖于现实、不依赖于文学作品而是一完整之生命体。也正如文学作品可以反作用于社会一样，文学理论可以不经介入创作而直接地作用于社会。它虽然与现实隔着创作一层，但也间接地反映着现实，它本身堪称一精神现实，这里就不提文论家作为社会人对其理论与社会之连接的根本保证了，也不去说文论家在人性上的天赋美感，它不假外求而自有。文学理论一旦其作为独立的、自组织的和有生命的文本，它就有权力向它之外的现实讲话，并与之对话。文学理论不必单以作家诗人为听众，它也可以作为理论形态的"文学"与文学作品一道向社会发言。这不是僭越，而是其职责，是文学理论作为美学、作为哲学的社会职责。

这是这篇文章的核心观点，也是"文学理论""帝国化"的基本内容。按照金惠敏的理解，要么文学理论已经解体，被分解到或帝国化到其他学科中，如是，文学理论已不复存在；或者，文学理论在"失语"的语境中，一直没有找到自身能够自我确证的位置而无所作为。另一方面，当金惠敏强调文学理论帝国化或扩张的时候，他使用的材料，恰恰不是文学理论著作而是文学评论著作。这一错位，不仅使他的文章内部矛盾百出问题丛生，还从另一方面证实了这是一个批评家的时代，文学的理论和与文学相关思想的提出，是通过文学批评家而不是文学理论家。因此，那个所谓的文学理论帝国化或扩张化，在金惠敏这里已经是空穴来风无源之水。无论哪种情况，可以肯定的是，今天的文学理论已经遭遇了很大的问题。所谓帝国化或理论边界的扩张，是一个永难实现的理论幻觉。一个难以否认的事实是，近二十年过去之后，那种帝国化的、没有文学的文学理论，起码在中国我们还没有见到。真实的情况是，他们仍然处于失语的境界而难以自拔。

文学批评虽然也有很多问题，甚至有短时间里还很难克服的问题，但文学批评面对的还是具体的文学作品，他们的言说还是"及物"的。因此，讨论中还不时地会总结出一些有见识的观点或质疑。诸如"小说是写不可能的事情"、小说的"有意思"和"有意义"的关系、诗歌创作要抵抗"碎片化的生活"等命题,是在文学创作与现实生活关系中提出的,这些鲜活又有时代性的命题,是批评家在文学批评实践中,在考察了大量当下文学作品之后提出的。这是自诩正在"帝国化"的"文学理论"没有能力企及的话题。我所说的当下文学理论的不及物和空转,也正是在这样的意义上被批评的。

我不只是批评文学理论没有方向的不知所措,因为当下文学批评的问题也比比皆是。但是,文学批评还有反省和检讨自己的意愿,而没有像文学理论那样为自己做毫无说服力的辩解。多年来,各个学科各行其是老死不相往来多年,现在到了相互对话、相互补充的时候了。如果还是"山头"心理,我们面临的情况只能更糟糕。任何一个伟大的文学时代,都伴随着激烈的与文学相关的各种论争,论争极大地激发了理论和创作的灵感,从而推动那个时代文学向更积极、更健康的方向发展。反观近二十年来的文学,岁月静好,风平浪静,随波逐流是这个时代文学最看不得的景观。因此,打破沉寂,敢于正视与文学相关的各种问题,才有可能让我们的文学充满生机地参与到伟大的时代变革中来。

2020年11月22日于北京寓所
原载《文艺争鸣》2021年第1期,《新华文摘》2021年第11期

文本细读与文学的经典化：从理论到实践

——以陈晓明《众妙之门——重建文本细读的批评方法》为中心

进入二十一世纪之后，中国的外国文学理论研究专家们在译介西方文学理论的时候，特别提到了在西方受到欢迎的一些大学文学教材。这些教材与我们流行的文学理论教材的区别，表明我们与西方不在同一个学术时间里，我们从事的是与西方非常不同的文学教学实践。当然，我们也可以说，由于我们与西方的价值观、文学观的巨大差异，决定了我们文学教材编写的内容与方法、决定了我们文学教学的理论边界。但是，这样的说法也掩盖了我们一直存在的巨大欠缺：在具体的文学教育上，特别是在具体的文学教研方法上，我们究竟是落后还是先进，是守旧还是进步？一些专家虽然没有在这一敏感的层面讨论问题，但是，他们的译介和研究表明，西方那些受到欢迎的教科书在研究具体文学作品的观念和方法方面，都值得我们借鉴和学习。比如北京大学出版社出版的周启超教授主编的"当代国外文论教材精品系列"，已经出版了多种：俄罗斯瓦·叶·哈利泽夫的《文学学导论》、英国彼得·威德森的《现代西方文学观念简史》、美国迈克尔·莱恩的《文学作品的多重解读》、英国拉曼·塞尔登的《当代文学理论导读》等。值得注意的是，拉曼·塞尔登的《当代文学理论导读》第一章讲解介绍的就是"新批评、道德形式主义与利维斯"。而美国迈克尔·莱恩的《文学作品的多重解读》，本来就与新批评有密切关系。他选择了莎士比亚的剧作《李尔王》、亨利·詹姆斯的《艾斯彭遗稿》、伊丽莎白·毕肖普的诗作和托尼·莫里森的《蓝眼睛》等四种经典文本，做了多角度的细读。细读在西方世界不只是面对具体的文学文本，即便面对宏大的理论世界，细读也是重要的方法之一。比如《当代文学理论导读》《现代西方文学观念史》，或讲当下最重要的文学理论专题，或讲文学的历史或文学观念的演变轨迹，都是从细部讲起又融会贯通了多种批评方法。新批评作为一种潮流可能已经衰落了，但它强调的文本细读的方法，作为文学批评的重要遗产，已经成为文学批评的常态并被接受，这是没有问题的。我们将要讨论的批评家陈晓明的新作《众妙之门——重建文本细读的批评方法》，就是当代中国文学批评运用这一方法的范例和重要收获。

一、文本细读与文学的经典化

新批评、文本分析、文本细读等概念或观念我们已经耳熟能详。艾略特、瑞恰慈、燕卜荪、兰色姆、韦勒克、沃伦、布鲁克斯等新批评的大师，也早已为我们所熟知。作为一种新的批评方法，二十世纪八十年代以来新批评在中国曾经引发过巨大的热潮。新批评的经典著作几乎都有中译本。在五十年代的欧美已经逐渐衰落的一种批评方法，在中国却大行其道，显然有未做宣告的秘密。关于新批评在欧美的衰落，后来新批评的领袖们曾做过如下反思，韦勒克认为原因有三：首先，大家对新批评代表人物的政治和宗教观点深感怀疑；其次，二十世纪中叶后，文学作为艺术审视对象的思想基础遭到了来自结构主义哲学的削弱和颠覆，文学艺术普遍遭到攻击，在允许任意解释存在的无序批评状态下，新批评成了"虚无主义"的牺牲品；最后，也是韦勒克最不能容忍的是，新批评派批评家极端地以英格兰为中心，认识问题常常流于狭隘，他们很少尝试探讨外国文学或者说只偶尔地涉及几个有限的文本，这样的局限使他们完全忽略了世界文学中那取之不尽的宝藏。韦勒克还认为，在与其他理论角力中崛起的过程中，新批评派理论家为了捍卫自己的立场常常矫枉过正，将某些包含着真知灼见的观点推向绝对化，从而招致当时及后来各种批评理论的反对[①]。新批评虽然在五十年代的欧美逐渐衰落，但"新批评"的遗产却被西方批评大师们继承下来。最值得注意的是1943年布鲁克斯和沃伦编著的《小说鉴赏》，2006年在中国出版了中英文对照版；1994年哈罗德·布鲁姆出版了他影响巨大的《西方正典》，2005年江宁康的译本由译林出版社出版；纳博科夫的《文学讲稿》，2005年申慧辉等的译本由上海三联书店出版。这些著作的出版，从观念上阐释了新批评或文本细读的理论，重要的是，它们以文本细读示范的方式对文学经典做了阐释。这些对理论和作品的诠释改变了以往只注重文学观念的批评方式，而对文本的具体解读成为第一要义。这些著作，无一例外地成为大学文学专业的教科书或重要的必读书目。

布鲁克斯、沃伦的《小说鉴赏》，是一部短篇小说鉴赏集，全书选择了五十一篇短篇小说，除了英美之外，还有欧洲、拉美、俄罗斯等不同地区和国家的代表性

---

① 王腊宝、张哲：《〈新批评〉译序》，载兰色姆《新批评》，江苏教育出版社2006年，8页。

短篇作品。布鲁克斯和沃伦坚持把文学作品的本体研究作为文学研究的主要任务，摒弃文学自身之外的一切因素，通过语言分析、细究作品的本意，将文本作为一个独立自足的世界，从而摆脱了着重讨论作家的思想、背景以及作品的思想、历史和社会政治意义。比如，他们是这样分析契诃夫的《万卡》的：

> 这篇小说的重点放在动人哀怜的词句上，很可能产生伤感的气氛。假定用另一种写法，只是大致按年代顺序，历叙万卡一生中所有苦难，直到圣诞节的前夜，他独自一人待在那个阴暗寒冷的小屋里做祷告。要是这样描写，这篇小说根本就毫无小说味道了，充其量只不过是一篇充满感伤气氛的速写。或者假定这封信按照确切地址送到了爷爷手里，无奈爷爷没法违反学徒合同，以致万卡达到的境遇比过去还要糟。那该是一篇多么拙劣的小说啊！
>
> 正是由于不知道确切地址——最后这么一点年幼无知，确实哀婉动人——才使得这篇小说定型。……
>
> ……我们知道这封信根本送不到万卡的爷爷手里。那么，它会送到谁的手里呢？它送到了读者——也就是你们大家的手里。它终究成为来自世界上所有小万卡寄给我们大家的一封信，所以"要花招的结尾"毕竟远远地不只是一个花招了。我们从这里就可以对这篇小说的奇特结构，以及破题中冗长而又不太均衡的组成部分有所理解了。

《万卡》是世界短篇小说中的奇葩名篇。但是，只有布鲁克斯、沃伦的解读分析，才使我们更深切地理解了契诃夫的不同寻常——那封信爷爷没有、也不可能收到，但全世界的读者都收到了。这个细读带来的震撼，使我们进一步理解了《万卡》的经典意义：它让我们感到一种深切的人文关怀。《小说鉴赏》对经典小说文本的"小说的意图与要素""情节""人物性格""主题""新小说""小说与人生经验"等不同方面的分析和解读，都给我们以极大的启示。

哈罗德·布鲁姆，与德曼、哈特曼和米勒并称耶鲁四大批评家。他于1973年出版的《影响的焦虑》，被誉为"一本薄薄的书震动了所有人的神经"，在美国批评界引起巨大反响，译成中文后在我国同样产生了巨大影响。而他的《西方正典——伟大作家和不朽作品》，其影响更为巨大。在这本书的"中文版序言"里，他说：

> 也许你们已经知道，在二十世纪最后三分之一的时间里，我对自己专

业领域内所发生的事一直持否定的看法。因为在现今世界的大学里文学教学已被政治化了：我们不再有大学，只有政治正确的庙堂。文学批评如今已被"文化批评"所取代：这是一种由伪马克思主义、伪女性主义以及各种法国/海德格尔式的时髦东西所组成的奇观。西方经典已被各种诸如此类的十字军运动所代替，诸如后殖民主义、多元文化主义、族裔研究，以及各种关于性倾向的奇谈怪论。如果我是出生在1970年而不是1930年的话，我就不会以文学批评家和大学老师为职业，就算我有十二倍的天赋也不会做此选择。但是，正如我在一些完全乱套的大学中对怀有敌意的听众所说，我的英雄偶像是萨缪尔·约翰逊博士，不过即使是他，在如今大学的道德王国里也难以找到一席之地。

布鲁姆教授毫不掩饰他对包括文学教育在内的大学教育的失望情绪。如果是这样的话，那么，我们也可以把布鲁姆写作《西方正典》理解为他对大学文学教学的一种修正。在这本著作中，布鲁姆同样以文本分析和细读的方式，讨论了他的"伟大作家和不朽作品"。在布鲁姆看来，莎士比亚是迄今为止最伟大的一位文学巨匠，他让我们无论在外地还是异国都有回乡之感。他的感化和浸染能力无人可比，这对世界上的表演和批评构成了一种永久的挑战①。但是，布鲁姆在讨论评价莎士比亚时，并非仅仅下了这些断语。他在"贵族时代"第一个讨论的就是《经典的中心：莎士比亚》，这个讨论，首先是莎士比亚的评价史。布鲁姆对莎士比亚的研究史如数家珍，对不同时代、不同批评家如何评价莎士比亚极其熟悉。但是，布鲁姆并非理论化地阐释作为经典中心的莎翁。他的具体分析才真正显示了作为大批评家的才能和强大的阐释能力：

当我们要分析莎士比亚的现实意识时（或者如果你愿称为戏剧中的现实的话），我们可能会对它感到迷惑。如果你与《神曲》保持一定距离，该诗的陌生性会令你吃惊，但莎剧似乎能让人马上就感到熟悉，而且剧情意蕴丰富，令人难以一下子悟透。但丁为你解说他的人物，如果你不接受他的裁决，他的诗就抛弃你。莎士比亚的人物容纳多种观点，以致他们成为你判断自我的分析工具。如果你是一位道德家，福斯塔夫会惹恼你；如

---

① 哈罗德·布鲁姆：《西方正典——伟大作家和不朽作品·序言与开篇》，译林出版社2005年。

果你变得堕落，罗瑟琳会揭穿你；如果你是老古板，哈姆雷特决不会接近你。假如你是解说者，莎氏笔下的恶棍会使你一筹莫展。伊阿古、爱德蒙和麦克白等人的行为动机过于复杂，其中大多数是他们为自己想象和发明出来的。和福斯塔夫、罗瑟琳及哈姆雷特等大智者一样，这些恶魔式的人物都是自我的艺术家，或如黑格尔所说的是自我的自由艺术家。哈姆雷特是最丰满的人物，莎士比亚赋予他一种创作的意识，而不是莎氏自己的意识。阐释哈姆雷特如同阐释爱默生、尼采和克尔凯郭尔等箴言家一样困难。[1]

布鲁姆的博学、透彻，在他对二十余位经典作家的分析中展现得一览无余，一种贯通的理论和方法闪耀在他的字里行间。读这样的批评，我们才真正有可能领会了大批评家的风采。经典作品只有在这样批评家的解读中才会焕发出固有的光芒和特殊的价值。布鲁姆也许并未从具体的修辞或情节入手，但他的每一个结论和断语，都不会离开背后隐含的细读经历。

在这方面有特殊造诣的，还有小说家纳博科夫。这个自我期许甚高的流亡者，因小说《洛丽塔》而声名远播。当然他绝非浪得虚名，他是一位才华横溢的作家。他一生中创作了十七部长篇小说，四百余首诗歌，五十多篇短篇小说，同时还有诗剧、散文剧以及译著多种。他崇尚艺术，认为艺术高于一切，语言、结构、文体等属于艺术范畴的概念，比作品的思想性和故事性重要。《文学讲稿》是他在二十世纪五十年代在威尔斯利学院和康奈尔大学的讲课稿，成书过程非常复杂。但我们读到的这部充满课堂气息的讲稿，的确与众不同。他不乏语惊四座口无遮拦的偏激甚至狂妄，当然也可以理解为他坦白率真的个人性格。他在康奈尔大学刚刚开始学术生涯的时候，曾给艾德蒙·威尔逊写信："明年我要开一门'欧洲小说'课，我起码得讲两位作家。"威尔逊马上回信说："关于英国小说家，依我之见，两位无可比拟的最伟大的（乔伊斯是爱尔兰人，故不在此列）小说家是狄更斯和简·奥斯丁。如果你没有重读过他们的作品，设法重读一次。读狄更斯的晚期作品《荒凉山庄》和《小杜丽》。简·奥斯丁的作品值得全部重读一遍——即使她的小作品也是出色的。"纳博科夫回信道："谢谢你对我的小说课提出的建议。我不喜欢简，事实上，我对所有的女作家都抱有偏见。他们属于另一类作家。怎么也看不出《傲慢与偏见》有什么意义……我准备用斯蒂文森代替简·奥。"威尔逊不同意纳博科夫的看

---

[1] 哈罗德·布鲁姆：《经典的中心：莎士比亚》，《西方正典——伟大的作家和不朽的作品》，47页。

法，而纳博科夫终于一反常态缴械投降了，他接受了威尔逊的建议。[①]这些通信不仅让我们看到了纳博科夫的个人性格，同时我们也看到了这些西方教授对待讲课是多么认真和用心。纳博科夫对自己精心挑选的七部作品——简·奥斯丁的《曼德菲尔德庄园》、查尔斯·狄更斯的《荒凉山庄》、居斯塔夫·福楼拜的《包法利夫人》、罗伯特·路易斯·斯蒂文森的《化身博士》、马塞尔·普鲁斯特的《斯旺宅边小径》、弗朗茨·卡夫卡的《变形记》、詹姆斯·乔伊斯的《尤利西斯》的分析和解读，也的确独树一帜。他的方法同样是细读。比如他在讲弗朗茨·卡夫卡《变形记》的时候，第一部分专门讲了七个场景和段落，第二部分专门讲了十个场景，第三部分也讲了十个场景。结合这些具体场景，纳博科夫讲主题、人物、细节、反讽、行动、关系等。一部作品在这样的具体分析中，逐渐显露出真相。

这些有教授身份的批评家，对经典的指认和对经典的解读，是西方文学经典化的一部分。你可以不同意他们的看法，但你要反驳他们时，却会感到为难。这也是细读的力量和魅力之一。

二、《众妙之门》：既是方法也是发现

多年来，陈晓明一直站在中国当代文学批评的最前沿。他的《无边的挑战——中国先锋文学的后现代性》《解构的踪迹：历史、话语与主体》《不死的纯文学》《中国当代文学主潮》等，已经成为这个时代重要的文学研究成果而在学界产生了不可替代的影响，从而奠定了陈晓明在中国当代文学界和文学理论界的重要地位。如果说，《无边的挑战》在阐释解读中国先锋文学的同时，更意属于文学观念的辩难、更沉浸于先锋文学席卷了一成不变的传统文学观念的兴奋，那么，《众妙之门——重建文本细读的批评方法》，则改变了他的批评策略：他更执着于文本的解读或细读。他的导言开宗明义："中国当代文学理论与批评一直未能完成文本细读的补课任务，以至于我们今天的理论批评（或推而广之——文学研究）还是观念性的论述占据主导地位。中国传统的鉴赏批评向现代观念性批评转型，完成得彻底而激进，因为现代的历史语境迫切需要解决观念性的问题。"但是，"在当今中国，加强文本细读分析的研究显得尤为重要，甚至可以说迫切需要补上这一课。强调文本细读的呼吁，实际上从二十世纪八十年代以来就不绝于耳，之所以难以扎扎实实

---

① 约翰·厄普代克：《文学讲稿·前言》，载弗拉基米尔·纳博科夫《文学讲稿》，上海三联书店2005年，"前言"19-20页。

在当今的理论批评中稳步推进，也有实际困难"①。这个困难不只是说，观念性的批评经过半个多世纪的浸淫，其惯性强大而难以改变；而且文本细读的批评在西方已经日渐式微，这个源于西方也式微于西方的批评方法，对热衷于追新逐潮的中国批评界来说，也逐渐失去了吸引力。但是，如前所述，作为一种批评方法的重要遗产，文本细读依然受到欧美大学文学教材的信奉，并受到学生的欢迎。也正是因为陈晓明对文学批评和教学前沿状况的了解，他才知难而进地坚持了他的选择。我们发现，陈晓明2003年调到北大工作之后，先后给学生开了八门课程：解构主义导读、现代性理论导读、现代主义与先锋派理论导读、中外文学批评方法、中国当代文学史、当代小说经典文本分析、中国当代先锋文学研究、九十年代以来的长篇小说研究等。这八门课程既有偏重理论性的，也有偏于文本分析的。他有意识地侧重理论批评和创作实践的不同方面，向学生表达他对文学的理解和研究。如果是这样的话，《众妙之门——重建文本细读的批评方法》，就不是心血来潮的即兴之作。这本书陈晓明写了整整八年，这对下笔万言、倚马可待的才子陈晓明来说，不啻为一个例外。这也从另一个方面说明他对这本书的重视。虽然不能说陈晓明试图写一部中国的《小说鉴赏》《西方正典》或《文学讲稿》，但他试图用细读的方法构建中国新时期以来的文学经典的努力，还是有迹可循的。

《众妙之门》，这个来自老庄哲学的书名，一出场就给人不同凡响之感。这里的"妙"，是玄妙、深远，但又不是修辞意义的玄妙、深奥，而是玄妙又玄妙、深远又深远，是宇宙天地万物之奥妙的总门。它于深奥的玄妙之中，包含一切玄秘深奥，又超越一切智慧。而玄妙正是洞悉一切奥妙变化的门径。仅从这个书名，我即可窥探到陈晓明写作此书的勃勃雄心，他未必是老庄哲学的信徒，但他动用了这书名，并用八年多的时间完成此书，他的学术抱负可谓一览无余；另一方面，书的设计者似乎也尽可能地给予了作者绝妙的配合，此书的封面——数层阶梯，从一个幽暗的房间直通那扇"众妙之门"——门外就是那玄妙神秘、久远无尽的辽阔空间和万事万物，于是，这扇具有比喻性的众妙之门就这样打开了。

《众妙之门》全书十五章，除两章讲述文学现象之外，分别选择了马原的《虚构》、格非的《褐色鸟群》、余华的《在细雨中呼喊》、苏童的《罂粟之家》、阿城的《棋王》、王安忆的《新加坡人》、白先勇的《游园惊梦》、铁凝的《永远有多远》、王小波的《我的阴阳两界》、王朔的《我的千岁寒》、贾平凹的《废都》《秦腔》《古

---

① 陈晓明：《众妙之门——重建文本细读的批评方法》，北京大学出版社2015年8月，1、3页。

炉》、刘震云的《一句顶一万句》以及莫言的小说等十三位作家的作品。这是陈晓明根据"当代小说经典文本分析"的讲稿整理而成。事实上，这些内容在学术杂志上都刊登过。成书之后，称作"当代小说经典文本"还勉为其难，因为其作家作品基本属于"新时期"的范畴。但是，这个名单一经开出，其阵容和内容的影响力都毋庸置疑。

看到这本书，我不免想起二十多年前陈晓明出版的《无边的挑战——中国先锋文学的后现代性》。这是国内第一次出版的系统阐释中国先锋文学的著作，初版六千册，迅速销售一空。那时，陈晓明以其个人的理论修养、前瞻视野，以全新的理论和话语，为中国突如其来的先锋文学做了透彻和令人耳目一新的阐释。他孤军奋战，却也实施了一场有声有色的文化挑战。可以说，中国的先锋文学能够在那个时代独领风骚，与陈晓明的批评工作密不可分。1998年我在《英姿勃发的文化挑战》中，曾对陈晓明的这一工作有过详细的评价。那个时代在今天看来真是恍如隔世，现在的年轻人读先锋文学几乎是无师自通，但那个时代，无论是先锋文学还是陈晓明的理论批评，不啻为天外来客。各种评价自然如满天飞雪。因此，那时的陈晓明，除了在文本上努力分析厘清这些作品的话语风格、精神变异和文化断裂的合理性外，他不得不更多地着眼于文学观念革命的阐释。那时，如果不从这个方面入手，先锋文学的合理性甚至合法性将处在危机之中。我这样说，并不意味着是陈晓明一人撑起了先锋文学的大厦，但他确实是那个时代先锋文学批评的中流砥柱。

二十多年过去之后，当年那个翩翩少年也已经两鬓飞雪，他面对文学时的激进与冲动也缓和了许多。特别是在文学革命终结之后，我们如何面对已经成为历史的文学遗产和沉积物，可能是我们面对的更为切实的问题。经过八年的时间，陈晓明为我们呈现了他的这部著作。《众妙之门》虽然是文本细读，但是，作者并不是"执着于某一种流派的观念方法，也不是演绎某一类操作套路，而是回到文本，去接近文本最能激发阅读兴趣和想象力的那些关节，从而打开文本无限丰富广阔的天地"[①]。这一看法同布鲁克斯、沃伦、布鲁姆和纳博科夫在细读西方经典时有异曲同工之处。这些西方大师也不拘泥于某一种方法，只要有益于文本细读，哪种方法都可以兼收并蓄。比如陈晓明在分析格非的《褐色鸟群》时，不厌其烦地分析那个女人目睹丈夫在棺材里的情形——丈夫死了，但棺材里的尸体动了一下。而且是抬起右手解开了上衣领口的一个口子。这个费解的细节，他做了很长的解读，甚至这个细节受到生活中哪个故事的启发都不厌其详。接着他用谱系的方法一直延续到《约

---

① 陈晓明：《众妙之门·导言》，北京大学出版社2015年，10页。

翰预言》，然后告诉我们："小说叙事的本质可能就在于'说出真相'；与之相反，'隐瞒真相'也是（不）说出真相的一种方式。"当然，他旨在通过《褐色鸟群》的细读，在分析这篇小说"真相"的同时，亦告知读者这篇小说与过去一览无余的现实主义小说的巨大区别。当然，对那个黄金时代的先锋文学作家来说，还是带来关于文学语言的变革："这么一个群体，虽然风格各异，但还是可以看出他们鲜明的共同的倾向，极为鲜明的艺术特征。他们取消了文学与现实直接对话这道意识形态轴心，取而代之的轴心是文学自身。"①语言的变革，才是文学真正的变革。那种风格学意义上的变化，都是在承继他们前辈的基础上实现的。只有语言实现了变革，才是"另起一行"的创造。在细读余华的《在细雨中呼喊》时，陈晓明用了一个重要的关键词——弃绝。当然这是沿用的德里达的概念，也是从余华的小说中提炼出来的核心概念。那么余华的《在细雨中呼喊》究竟弃绝了什么，是陈晓明围绕小说本文要讲述的：首先余华改写了"儿童叙事"所掩盖的童年生活。在陈晓明看来："余华一向擅长描写苦难兮兮的生活，我曾说过，他那诡秘的目光从来不屑于注视蔚蓝的天空，却对那些阴暗痛苦的角落沉迷不已。余华对'残酷'一类的感性经验具有异乎寻常的心理承受力，他的职业爱好使他在表达'苦难生活'的时候犹如回归温馨之乡。'苦难'这种说法对余华是根本不存在的，因为它就是生活的本来意义，因而，'我'这个名为'孙光先'的孩子，生活于弃绝中乃是理所当然的。余华冷静、娓娓叙述这段几乎可以说是不幸的童年经历，确实令人震惊。在这里，极度贫困的家庭、不负责任且凶狠无赖的父亲、孤苦的祖父、屈辱的母亲、经常的打骂、被冷落歧视，然后是像猫一样被送走，又像狗一样跑回来……这就是生存的弃绝之境了，也是生存之绝境。在绝境中生存与成长，这是成长残酷而极端的面向。"但是，在陈晓明看来，"余华的特殊之处就在于他并没有简单去罗列那些'弃绝'生活的感性世相，而是去刻画孤立无援的儿童生活更为内在的弃绝感……一个被排斥出家庭生活的儿童，向人们呈示了他奇异而丰富的内心感受，那些生活事件无一不是在童稚奇妙的目光注视下暴露出它们的特殊含义。被家庭成员排斥的孤独感过早地吞噬了天真的儿童心理，强烈地渴望同情的心理与被无情驱逐的现实构成的冲突，使'我'的生存陷入一系列徒劳无益的绝望挣扎之中，而'呼喊'则是生活含义的全部概括或最高象喻：那是孤独无助的弃绝境遇，得不到回应的绝境"②。在我的余华评论的阅读经验里，应该说，这个分析是相当透彻的。

① 陈晓明：《众妙之门》，北京大学出版社2015年，42页。
② 陈晓明：《众妙之门》，北京大学出版社2015年，69–70页。

后来，陈晓明在分析书中提到的所有作品时，几乎都会使用一个乃至几个关键词。比如"重复虚构"与马原、"欲望、暴力与颓废"与苏童、"吃与棋"与阿城、"身份政治"与王安忆、"没落美学"与白先勇、"自我相异性与浪漫主义幽灵"与铁凝、"性、区隔与荒诞"与王小波、"越界""绝境"与王朔、"去历史化"与刘震云、"在地性"与莫言等等。这些关键词是打开这些文本的钥匙。这就是陈晓明通过文本细读对作家作品的发现。在这个意义上，陈晓明与西方那几位大师在具体表述上还是有很大差异的。比如布鲁克斯、沃伦、纳博科夫等，都没有采取这种方式，他们的题目就是他们讲述的对象。倒是布鲁姆的《西方正典》使用了这一"极权主义"的方法。他大胆地断言莎士比亚是"经典中心"，萨缪尔·约翰逊博士是"经典批评家"，歌德《浮士德·第二部》是"反经典的诗篇"。这种敢于在题目中使用断语的批评方式，一方面显示了批评家的自信，一方面当然也面临着风险——因它的醒目或抢眼，极易招致辩难甚至反对。但是，当我们试图挑战他们的看法时，我们确实也深感为难。

还需要指出的，是陈晓明在《众妙之门》中的批评视野。新批评衰落的重要原因之一，是那几位傲慢的英国绅士，主要只关注英格兰作家，而几乎很少涉及其他国家和地区的作家。但是，我发现，陈晓明虽然用的是起源于英伦的批评方法，却没有这一批评的狭隘之气。他在评价分析中国文学黄金时代的才子才女们时，对其谱系关系和承继关系如数家珍。他分析格非的《褐色鸟群》时，明确地指出："《褐色鸟群》无疑受到了博尔赫斯的影响，'棋'与'镜子'就是博尔赫斯小说和诗歌里经常出现的意象，且这种叙述方式和结构也与博尔赫斯不无关系。《褐色鸟群》某种意义上比博尔赫斯更激进，它不只是揭示真相，也是真相的变异。博尔赫斯的真相最终可以大白于天下，但格非的真相却是迷失的，不可确认的。"[1]在格非的其他小说里，陈晓明甚至发现了格非接受的现代作家施蛰存和徐讦的影响；而余华对川端康成、普鲁斯特、曼斯菲尔德的崇拜，以及卡夫卡对余华的影响，都被陈晓明看得一目了然；而对克尔凯郭尔"弃绝"哲学的分析，更显示了陈晓明的理论修养和雄辩风格。在评论王小波的时候，他同时也分析了亨利·米勒的《性》和美国的女权主义者凯特·米利特的《性的政治》。他甚至坦白地指出："苏童、余华、格非、孙甘露、北村等人在那个时期的创作——今天或许看得更清楚，我们不得不承认，他们深受莫言的影响。至少莫言为题目扫清了道路上的障碍。比如苏童在1987年发表的《一九三四年的逃亡》，在当时看来，在今天看来依然是——这是一篇向

---

① 陈晓明：《众妙之门》，北京大学出版社2015年，56页。

莫言致敬的作品。'我祖父''我祖母'与莫言的'我爷爷''我奶奶'有同族之缘。狗崽耸着肩向城市逃亡时走过的那条洒满月光的道路，与莫言《红高粱家族》中的罗大爷到县城去报案走的那条道路，仿佛殊途同归。《一九三四年的逃亡》中的'盛开的野菊花'，与淹没了单家父子的那一池绿水上盛开的野白莲花何其相像。但到了《罂粟之家》中的'罂粟花'，就开出了苏童自己的意味。"①读到这样的批评文字、这样的发现，我不得不由衷地表示钦佩。我想，即便是苏童看过后，也不得不心服口服吧。

李敬泽说："二十多年来，我已经习惯于从晓明先生丰沛的理论思维获得启发。他如果仅仅是天马行空的理论家就好了，但问题是，他竟还是不避庖厨的批评家，把高深的理论锻造成了具有如丝的文本感受力的刀。由此，晓明先生使得以批评为业者——比如我——面对着艰巨的高度和难度。"②我想，这既是敬泽的谦虚，也应该是他的由衷之言。

三、《众妙之门》的超越和可以讨论的问题

我不知道是否可以冒昧地说，《众妙之门》是陈晓明自觉追随或学习哈罗德·布鲁姆《西方正典》的一次写作实践，是试图在中国"重建文本细读的批评方法"的有意示范。不同的是，陈晓明的工作可能还要困难得多。《西方正典》从莎士比亚、但丁、塞万提斯、莫里哀到博尔赫斯、乔伊斯、普鲁斯特，这些作家的经典性几乎无可置疑，关键是如何重新阐释他们、重新发现他们。但是陈晓明面对的是中国新近三十年的作家作品。三十年对于文学史来说实在是太短暂了，短暂的时间使这些作家作品的经典化过程还远远没有，也不可能完成，甚至有的作家还在争议之中，比如王小波。王彬彬曾著文说："在很大程度上，王小波是被制造出来的一个神话。在王小波不幸逝世后，对他的歌颂达到高潮。当时，应南京一家报纸之约，我写了一篇《我看王小波》。那是一家小开版的报纸，一版只能发四千多字。约稿的编辑说，字数控制在一版之内。我于是就只写了四千多字，未能对王小波的作品展开充分的分析。但王小波并非杰出作家的观点是明确表达了的。王小波的那些小说，在当代算不上一流，写得比他好的人并不很少。记得王蒙先生曾经说过，王小波的杂文、随笔比小说好。我完全同意这种看法。但是，那些杂文、随笔，也没有

---

① 陈晓明：《众妙之门》，北京大学出版社2015年，314页。
② 见《众妙之门》封底评语。

好到可以让王小波成为'思想家'的程度。杂文、随笔写得比王小波好的人，在当代也并不难找。"①王小波在《众妙之门》中虽然是一个个别的例子，但已经从一个方面说明了当代文学经典构建过程的道路还很漫长。当然这样的例子不只在中国，在美国也同样有"被高估的十五位作家"②，甚至有人指出整个"美国文学被高估"了。③这是指认当代文学经典的困难，也是当代文学研究者的宿命。但是，"经典是有用的，因为它们可以让我们以别的方式去处理难以处理的历史沉积物。它们这么做靠的是肯定一些作品更有价值，更值得仔细关注。那些作品的价值是否完全取决于它们以这种方式被挑选出来，则是一个有争议的问题。经典与非经典的著作之间无论如何都存在着完全不会弄错的地位差异，虽然它们都进入了经典之中。但是，一旦它们都进入了经典，某些变化就会接踵而至。首先，它们完全被锁定在它们的时代之中，它们的文本几乎被凝固了，因为虔诚的学术使它们变得如此，它们的语言变得越来越隔膜。其次，面对这种现实，它们又自相矛盾地力图摆脱时代的束缚。第三，由于经典被作为一个整体来对待，所以各个独立的部分不仅凭借其自身的价值成为经典作品，而且也成为这个更大的整体的一部分。第四，这个整体以及它的所有相互关联的部分，都可被认为具有无穷无尽的意义"④。这是经典与权力关系带来的必然后果。

需要指出的是，《众妙之门》虽然旨在"重建文本细读的批评方法"，但是，陈晓明在贯彻这一思想的同时，还是难以完全摆脱对"观念"的迷恋。在行文中，面对马原、格非、余华、苏童等先锋小说家，他的这一特点延续了《无边的挑战》的立场和言说方式，这大可理解。但是，即便面对王安忆、铁凝、贾平凹等作家时，他仍然不时展示他雄辩的风采，他在分析铁凝时说："反抗主体同一性的自我相异性。由此可以理解铁凝表现的女性与自我相异性的那种冲动，植根于生命律令这一意义。自我相异性，实际上要摆脱的是社会给予的存在逻辑，女性要成为更具生命本能意义上的自我；那个本己之己是社会规训的自我。"⑤他在分析贾平凹时，不断阐释德里达的"绝境"概念以及德里达对海德格尔的评价。类似的表达在《众妙之门》中几乎随处可见。陈晓明没有像纳博科夫那样对场景、人物、人物关系等不厌

① 王彬彬：《被高估的与被低估的——"再解读"开场白》，《文艺争鸣》2013年第2期。

② 《中华读书报》2010年8月11日。

③ 《郭小橹称美国文学被高估》，《新京报》2014年1月25日。

④ 弗兰克·克莫德：《经典与时代》，阎嘉主编《文学理论精粹读本》，中国人民大学出版社2006年，57页。

⑤ 陈晓明：《众妙之门》，北京大学出版社2015年，207页。

其烦地"细读"。我们究竟应该怎样评价陈晓明理解的文本"细读",也确实颇费踌躇。有研究者评价说:"二十世纪五十年代以后,'新批评'逐渐衰落。其原因除了极端地以英格兰为中心、认识问题过于偏狭外,韦勒克还认为:'新批评'使文学批评的重心从文学的外部因素转移到内部因素,这本来具有革命性的积极意义,人们开始关注文学的审美性,关注文本的形式研究。……但是,外部研究并非没有价值……布鲁克斯也认为,批评在许多情况下都大大需要语言史、思想史和文学史的帮助,批评与正统研究在原则上并非格格不入,而是相辅相成,只不过对作者心理和经历或者读者感受进行研究'虽然很有价值,很有必要,却不能等同于对文学作品本身的研究。'"①新批评的封闭性也在其他研究者那里受到过批评和检讨。如果是这样的话,那么陈晓明经常借助其他理论和方法来阐释分析他的文本,也可以说是在修正新批评的完全忽略外部研究的偏差。或者说,在中国的语境中,关于文学观念的变革,实在是一件艰难的事情。陈晓明的用心在这个意义上可谓"良苦"。

对有些作品的谱系分析,也有遗漏之嫌。比如在分析莫言的《丰乳肥臀》时,他写道:"上官鲁氏生了一对双胞胎,男孩取名上官金童。这个男孩是个混血儿,是上官鲁氏与瑞典籍的神父马洛亚偷情的结果。上官金童作为一个男孩,是一个家族的希望所在,却是母亲与帝国主义神父偷情的产物,这形成一个内涵丰富的暗喻。"②承认莫言的才华没有问题。但问题是,《丰乳肥臀》发表于1995年11月,而此前刘恒的《苍河白日梦》于1993年出版。上官鲁氏与曹家二奶奶郑玉楠和来自法国的技师(后来版本改为来自瑞典)大路通奸,生下了金发碧眼的婴儿如出一辙。后来刘恒将来自法国的技师改为来自瑞典,显然也不是随意为之。还有,对于本书内容的安排,大概还是略有瑕疵——第十章《"动刀"的暴力美学》、第十五章《"逃离"与文本敞开的浪漫主义》,应该是对文学现象的分析和阐释,而不能纳入文本细读的范畴,尽管这些现象在当代文学中是一个了不起的发现,书中有些概念也确实需要讨论商榷。比如"晚郁时期":"我们需要去理解汉语文学所达到的一种境界——汉语文学成熟的晚期风格或'后郁时期'。这就是说随着一批中国作家走向成熟(他们已都人到中年),中国当代文学从二十世纪初期的青春/革命写作,转向了二十世纪后期及二十一世纪初期的中年写作或类似赛义德所言的晚期风格(late style)一类的'晚郁时期'(the belatedmellow period)。"③这一段话里,"晚郁

---

① 玛丽琳·巴特勒:《重新占有过去:一种开放性文学史的个案》,阎嘉主编《文学理论精粹读本》,中国人民大学出版社2006年,105-106页。

② 陈晓明:《众妙之门》,北京大学出版社2015年,319页。

③ 陈晓明:《众妙之门》,北京大学出版社2015年,346页。

时期""后郁时期""晚期风格"等罗列在一起，也确实构成了很大的阅读障碍。其实，后来他解释说"晚郁时期"也就是"迟来的成熟时期"。如果就用"迟来的成熟时期"就不会没有人理解。我记得在海南召开的中国当代文学年会上，当晓明宣读完他的这一论文时，当时就有人指出"晚郁风格"没有一个人懂。这当然是一个极端的例子。还有，本书已经被北京大学列为"精品教材"，而且晓明也从2004年开始，讲了四五轮课，那么，如果能多一些课堂气息可能读起来会更亲切。现在的面貌还是"高头讲章"——严整而无懈可击。

当然，这些都需要讨论的问题。我钦佩的是陈晓明教授通过文本细读的方式，对建构中国近三十年来文学经典孜孜不倦的努力。这个努力也许超越了文学的范畴。我们知道，当代中国的价值观正在发生巨大的变化。在这样的语境中，如何占有过去的文学遗产，如何确立我们的文学经典，就成为一种战斗或争夺。为了我们中国文学的声誉不再沦落，为了我们的文学经典不再受到威胁，我们必须参与其间。如果是这样的话，那么，陈晓明包括《众妙之门》的努力，终将会在更大的范畴内产生它应有的影响，他的重要性将会在未来的时间里进一步得到证实。

2015年9月26日于北京

原载《文艺争鸣》2015年第11期

"鉴往训今"与清代诗学的当代性

——评蒋寅的《清代诗学史》

当下的文学研究和批评，被一种巨大或莫名的迷茫所笼罩，既没有方向感，也缺乏有力的理论和方法。这种状况已经持续了许多年。虽然文章照样发表，学术刊物照样出刊，但有影响、有力量、有创造性的著述凤毛麟角。维持这种局面的主要"学术杠杆"，是"项目"和各种评估"指标"。这是文学批评和研究界的现状，这种学术体制的问题日益显示出来，但仍然以惯性的方式滑行空转，并且是"学术生产"最强大的控制力量。这是学界没有言说的共同苦衷。文学批评自身存在的问题，在二十世纪八十年代中期就开始被提出，甚至有人用"危机"来概括。几十年过去之后，这种困境不仅没有缓解，甚至愈演愈烈。就在今年，作为批评中坚力量一代的丁帆说："在许许多多混杂的批评观念当中，我们的批评者往往会目迷五色，失去了批评主体性的价值判断，徜徉在一种价值无序的批评言说之中，失去了自我价值的定位，这种现象表现在专业性的批评家——说白了就是'学院派批评'已然进入了一个价值体系极为混乱的境地。不是因为批评家所持的批评观念和方法不对（我反倒以为，批评观念和方法是可以多元对立而存在的，唯有批评的冲突，才能更好地建立起正常的文学批评结构体系），而是批评家在观念和方法的阐释之中表现出来的是不能自圆其说的逻辑混乱，严重地背离了批评的真理性原则。这种现象不仅仅存在于大量的博士论文的生产线上，同样存在于许多'学院派批评'教授们的论文制造流水线上。要解决这样的批评难题并非一日之功，因为这个文学批评的体制就决定了这样的批评观念和样式存在的合理性。"[1]青年批评家岳雯说："回望这十年，我们的生命被文学批评打上了深深的烙印。我们在不同的文学会议上相遇，或唇枪舌剑，或秉烛夜谈；我们秉笔疾书，是深海采珠，也是为未来的文学史

---

① 丁帆：《我需要什么样的"新批评"》，《文学报》2020年6月25日。

留下一份备忘。通过文学批评，我们想要召唤出更好的自己，更重要的是，我们也在寻找一个时代的根本性难题，并试图与之对话。有的时候，我们雄心勃勃，'会当凌绝顶，一览众山小'；有的时候，我们陷入间歇性虚无，不信任手中的文字能创造更好的世界。"①两代批评家，无论是丁帆批评的"学院批评家"的价值混乱，背离了文学批评的真理性原则，还是岳雯感同身受的迷茫与虚无感，都从不同的侧面反映了当下文学批评面临的真实困境。这个困境不只是他们个人的，也是当下文学批评整体性的。我当然也不能例外。我也试图找到一条能够缓释这一困惑的道路或方向，但一直不得要领。我们知道，从二十世纪八十年代初开始，向西方学习业已成为宏大的时代潮流，西方繁复的文学观念和方法，极大地开阔了我们的文学视野，也以镜像的方式清晰了我们的文学位置。但是，许多年过去之后，源于西方文学基础产生的西方文学理论，也遇到了他们自身的纠结或难题。因此，西方文学理论在阐释文学共通性问题的时候，确有明快和通透的一面，但是，任何国家民族的文学，也总会有其特殊性。面对"特殊性"的时候，仅凭西方文学理论往往捉襟见肘词不达意。于是，从实用性的角度考虑，我经常向古代文学研究者的方向张望，希望能够从他们从事的研究中汲取新的资源和方法。特别是身边一些优秀的古代文学学者的研究成果，常常让我耳目一新深受启发。

古代文学研究者蒋寅是我在中国社科院文学研究所工作时的同事，也是多年好友。他的古代文学研究——尤其是古代诗学研究，取得了重要成果。在古代文学研究界影响广泛地位甚高。他2012年和2019年先后在中国社会科学出版社出版的《清代诗学史》，就是他中国古代诗学研究的代表性成果。这是一部专业性极强的宏大著述，两卷一千五百多页，一百五十余万字。他从"反思与建构""学问与性情"的角度构建了《清代诗学史》的第一卷和第二卷。第三卷正在研究和撰写中。我不是古代诗学的研究者，没有能力从知识的角度评价这部恢宏的著作。因此，这个"评论"只能是我阅读体会的另一个说法而已。还好蒋寅也曾说："这部《清代诗学史》我更希望是写给不研究清代诗学乃至不研究古代文学的读者看的。希望他们通过书中引述的大量原文，可以约略窥见古典诗学的晚期，诗论家们如何谈论诗学、批评诗歌，不仅了解这些诗论家的想法，甚至能直观地感知他们的批评方法和言说方式。"②这不仅提示了我阅读和关注的视角，同时也是鼓起我"评论"勇气的一个理由。

---

① 岳雯：《批评的况味》，《文学报》2020年6月25日。

② 蒋寅：《回望清代诗学的"史家"视角》，《中国社会科学报》2018年3月23日。

一、知识考古学与对话关系

在我看来，《清代诗学史》（第一、第二卷）的主要贡献和特点有这样几方面：首先是知识考古学的方法。蒋寅曾自述说："从二十世纪九十年代初开始准备写作的，第一卷写了十年，八十多万字，已经出版；第二卷写了六年，七十多万字；现在开始写第三卷。我把世界各地关于清代诗文批评的资料搜集起来，列出书目，慢慢阅读，差不多阅读了六百多种诗话。很多书在过去是很难找到的，最近几年陆续被影印出版了。我想，这部巨大的《清代诗学史》，放在以前，凭借一己之力是不可能完成的。所以我很感谢这个时代，希望以这样一部新的学术作品来致谢这个新的时代。"在另一处他补充说："清代出版了数量众多的诗学理论著作，但我们对此了解得非常之少。过去老辈学者说清诗话有三百多种，而我在1994年编成的目录已经收录了近八百种，另外失传的还有五百多种，现知传世书籍已有一千多种，失传的也有八百多种。也就是说，在清代约二百七十年间，出现了至少一千八百多种诗学理论著作，这是一个非常惊人的数字。为此我萌生了写一部《清代诗学史》的想法。"据我所知，多年来，蒋寅先后出版了《中国诗学的思路与实践》（2001）、《王渔洋事迹征略》（2001）、《王渔洋与康熙诗坛》（2001）、《古典诗学的现代诠释》（2003）、《清诗话考》（2005）等。特别是《清诗话考》，著录存世诗话目录九百六十六种，又另编亡佚诗话目录五百零三种。他"以个人之力，积十多年之功"，如果没有持之以恒的学术追求和宏大的学术抱负，是断难完成的。这些著作，蒋寅曾陆续相赠，是我经常阅读的书籍。作为同事和老朋友，我了解蒋寅始终不渝的读书和写作状态，每每想起，确实非常钦佩和感动。可以说《清代诗学史》确实是"做"出来的，蒋寅从最基础的诗话目录学编撰开始，基础资料了然于心之后再开始做研究性的工作。"知识考古学"不是对书籍和理论的描绘，而是以考古学的方法梳理人类知识的历史，是在寻找散落于时间之外归于沉寂的印迹。或者说就是对话语的描述。因此，在方法论上，《清代诗学史》已经综合了中西不同的方法。这一点与蒋寅的学术训练和准备、自我期待有关。他曾表示，在撰写《清代诗学史》之初，就将目标瞄准了雷纳·韦勒克的《近代文学批评史》，希望能写出一部反映中国十七至二十世纪初诗学发展的历史，目的是展现中国诗学在这三百多年间的极度丰富和长足发展，为学界完整地认识古典诗学的面貌，进而重新审视中国文学理论和批评的传统提供一个新的，更重要的是较为完整的参照。"比照弗·施莱格尔'最好的艺术理论就是艺术历史'的说法，最好的诗学理论也就是诗学历史。的确，'每门科学的完成往往无非是其历史性的哲学成果'，只有建立在诗学史的细致梳理之上的理论反思，才能完整而具体地呈现古典诗学的逻辑展开和层累式的演进过程。因此，我首先坚持展示历史的丰富性第一的原则，并认同圣伯夫的看法，'历史太重逻辑便谈不上真实'。"① 即便如此，任何一种历史著作，一定有史家的逻辑起点。这个逻辑起点，就是历史著作的逻辑构成，也就是他要将清代诗学构建成一个什么样子。我们知道，历史是史家的历史，历史著作犹如一个口袋，口袋里装了什么样的材料，便构成了什么样的历史。就像建设一座大厦，材料是一样的，但蓝图不一样，同样的材料建设起来的就不是同一个建筑。因此《清代诗学史》在对文献材料和清代诗学话语的细致梳理中，将这一时代的诗学观念史、批评史、学术史熔于一炉，在更广阔的学术视野下，对清初诗学的历史进程、时代特征和理论品格做了充分的论述。全书展现的丰富的诗学现象和理论内容，不仅有助于改变学界有关中国诗学的文化特征及理论品格的一些通说，更有助于反思当代文学理论研究遇到的问题和困惑，为建设本土化的文学理论提供了弥足珍贵的参考和借鉴。它确实承担得起学界认为的清代诗学"过程史研究的佳范"② 的赞誉。

第二点，是《清代诗学史》的对话关系。在"导论"中，作者概括了"清代诗学的时代特征"，这就是"清代诗学的两种倾向"——"集前代诗学遗产之大成"和"清代诗学的地域意识"。这个时代特征，是全书逻辑构成的起点和基础。或者说，全书无论钩沉、呈现了多少材料，都是围绕这一时代特征展开的。在作者看来，清代一朝"已是日薄西山。在古典艺术的夕阳时代，作家们不是没有创作伟大的作品，但整体看来，我们感受不到古代文学勃发的生命力，一种暮气伴着垂老的时代笼罩在文学的上空，凄清的残夜，唯有文学批评闪烁着冷峻而睿智的光彩"③。这样的概括，是断语，也是在材料的基础上提炼出的思想知识。这个概括本身，已经隐含了作者的对话诉求。具体表现起码有两种对话对象：一是对诗学的反思。话语讲述的时代，是清代学者对明代诗学的反思；讲述话语的时代，是作者站在当代对清代诗学的反思。第一个方面，清代诗学对明代诗学的"三大流弊"做了清理和批评。这三大流弊就是模拟作风、门户之见和应酬习气。模拟之风是明代诗文创作中最显著也是最为人诟病的特征，自李梦阳倡"文必秦汉，诗必盛唐"之说，举世

① 杨雪：《以新成绩致谢新时代——著名学者蒋寅谈古典文学研究成果》，《人民政协报》2018年10月8日。

② 汪涌豪：《过程史研究的佳范——蒋寅清代诗学研究述评》，《文汇读书周报》2013年3月1日。

③ 蒋寅：《清代诗学史》第一卷"导论"，中国社会科学出版社2012年，3页。

风靡。一代诗文创作笼罩在模仿抄袭为能事的拟古风气中。间有特立独行之士，不甘为风气所左右，也难以扭转举世同趋的潮流。但是，到了清初，顾炎武、黄宗羲、王夫之对明七子创作中的模拟之风都有严厉的批评。钱谦益抨击明代俗学，也归结于模拟之伪。顾炎武在《日知录》中说："近代文章之病，全在模仿，即使逼肖古人，已非极诣，况遗其神理而得其皮毛者乎？"他由此发挥前人"取法乎上，仅得乎其中"的说法，说效《楚辞》者比不如《楚辞》，效《七发》者比不如《七发》。这些激烈甚至愤慨的言辞，从根本上否定了模拟的合法性。但还是，蒋寅又不是彻底地否定明代模拟的"合理性"。他站在今天的立场说："严格地说，模拟是文学创作的一种手段，只要承认文学史是一个文本序列的延续，像艾略特揭示的，任何一个新的文本都处于与旧有文本和既往传统的联系中，模拟就是不可避免的。前人因此也承认拟古是诗家的正当权利，尤其是在创作的初期阶段，模拟是必不可少的步骤。"但是，在模拟与剽窃之间毕竟有个度，超过了限度就成为抄袭剽窃，就沦丧了创作的品格。明诗最让人不能容忍的实际是模拟过度以至到了剽窃的程度；另一方面，学习或模拟，应该是个"转益多师"的过程，如果对象有限，取资范围狭窄，其视野便可想而知。明前后七子的独尊盛唐，唯盛唐是拟，非但有剽窃之嫌，而且取径狭隘。更糟糕的是，这种袭而狭的作风不是源于一种艺术理想，而是出自门户之见，这是明人论诗的一大弊端。因此，清初的许多诗歌评论，都对明人的门户之见做了批判。作者发现，《四库全书总目提要》集部总序曾断言："大抵门户构争之见，莫甚于讲学，而论文次之。"讲学中的门户之争起于书院制度形成的宋代，书院讲学因有别于官学而自成系统，系统不一而有门户之争，至明代遂演成与政治势力相勾结的朋党之争，到清初犹然不熄。对模拟之风有强烈批判的黄宗羲，生平有两点可议之处，其中一点就是"党人之习气未尽，盖少年即入社会，门户之见深入，而不可猝去"。而同为清初三老的王夫之，生平最痛恨论诗文立门户。他不仅列举了明代最主要的门户，而且还考究了诗歌史上的门户源起。王夫之发现，门户之所以举世乐趋者，无非是迎合了才庸学陋者对方便法门的需求而已：入一家门户，便是求得一种活套，就可以按题目需要填砌，门户在这个意义上成了捷径和熟套的代名词，也因此与恒钉、支借、柽楛等缺陷联系起来而与风雅、独创性、才情等艺术的基本理念失去关系。王夫之除了批判明人的门户之见外，还历数了明人"门庭之外，更有数种恶诗"，其中"似乡塾师者""似游食客者"，就是指应酬习气，这也是清初激烈批判的明诗弊端之一。批判模拟与应酬，主要是因为他们本质上的"伪"。作者援引毛际可的话说"故有诗而今则无诗"，当然，"非无诗也，伪也。其病一在于模拟，一在于应酬。模拟者，取昔人之体貌以为诗，而己不与；应酬者，取他人之嚼服名誉以为诗，而己不与"。一个传达情感的优雅形式，随着社会的发展，其交际功能越来越世俗化，成了交际的工具。清代诗学在批评明代诗学三大流弊的同时，也开创了这个时代创造、开放和自律的新诗学。比如钱谦益的"拨乱反正"的诗学，叶燮的"自律性"的文学史观，顾炎武"行己有耻"的伦理要求，王夫之对"抒情性""意象化"的论述，黄宗羲的"创作主体"论，王渔洋的"神韵"说，沈德潜的"新格调论"，纪昀的"试律诗学"，袁枚的"性灵诗学"，姚鼐的"辞章之辨"与"义理之学"，等等，构成了清代诗学博大浩瀚的诗学世界。

清代诗学的发达，与清代学人敢于批判前人，特别是明代诗学的"三大流弊"有直接关系，他们的挑战和批判，是建构自己时代诗学的前提。更重要的是，清代诗学的创造者们，"无论是出仕新朝者还是持志守节者，对汉文化在民族斗争中的失败都是深感悲怆和痛苦的。对汉文化命运的关注超越了个人出处问题上的矛盾和犹疑，甚至克服了心理上的负罪感和屈辱感。在抗清斗争失败后，一种文化的救亡意识成为当时汉族士人的共同理念，亡国的痛苦和亡天下的恐惧化作深刻的历史批判和文化反思，明代的覆亡被归结于游谈心性、空疏不学的士风，学问被推崇到文化救亡的高度"[1]。他们期望通过"明学术，正人心，拨乱世以兴太平之事"。说到底，"鉴往训今"还是与明代学人的家国情怀有关。

二、既是清代的也是当下的

清代学人强调"人的主体建设"，这可以从"情怀"和"操守"两个方面得以证实。在蒋寅看来，清代学术总体上是一个同感汉文化的堕落和对明代学风普遍失望的心态下发轫的，从一开始就带有强烈的经世倾向和反思意识。顾炎武与门人书曰：君子之为学也，非利己而已也。有明道淑人之心，有拨乱反正之事，知天下之势之何以流极而至于此，则思起而有以救之。这种经世倾向不仅造就了清代学术方法的征实精神，而且也培育了崇尚独创、追求完美的学风，其中顾炎武最为典型。他的《日知录》虽然有"率尔未确"的瑕疵而受到钱大昕的纠弹，但是，"亭林学术真髓实际在寓学问思辨于典礼制度的考据之中，在实证性的考据中阐明古今之变，治道之要，他的全部著述都贯通着古今之变的阔通见识和以天下为己任的淑世情怀"[2]。也正是这种见识和胸襟成就了亭林学术的博大气象，才能够在改朝换代、

---

① 蒋寅：《清代诗学史》第一卷"导论"，中国社会科学出版社2012年，9页。
② 蒋寅：《清代诗学史》第一卷，中国社会科学出版社2012年。

汉文化沦亡之际，发出"天下兴亡，匹夫有责"的吁求和呼声。正是这一情怀，顾炎武提出"有益于天下"的文学主张。这个主张，是宋代理学家叶适的"为学而不接统绪，虽博无益也；为文而不关世教，虽工无益也"的清代版。强调关注现实，力求诗文的"有用"，是清代学人情怀最感人的主张，也是他们"主体性"建设的主要方面。

与此有关的另一方面，是对个人"操守"的要求和自律。这个"操守"，既与个人道德要求有关，也与他们的诗学理论有关。其中顾炎武的"行己有耻"作为"性情"的道德底线最为醒目。"行己有耻"语出《论语·子路》："行己有耻，使于四方，不辱君命，可谓士矣。"蒋寅认为，明末清初的诗坛。由于厌倦前后七子辈的泥古不化，诗人们在抨击"假盛唐"之余，都大力提倡"真诗"，对真的推崇和提倡也就成为那个时代的最强音。但仔细分析起来，诗人们对"真诗"的强调，着眼点是不大相同的。明诗批判者一般都主张诗要表达真情实感和个性风貌，重点落在作品上。而顾炎武首先强调的是人要有真性情，重心落在主体上。这与顾炎武对伪的批判的与众不同是一致的。清初诗坛对伪的批判，大都惩于明人在风格上对唐人的模仿，着眼于艺术独创性问题；顾炎武对伪的批判则针对以钱谦益为代表的贰臣诗人人格上的伪饰。他的"真诗"的观念，是从作者人格出发，经作品内容的审核，最后落实到诗歌风格的独创性。因此，对"操守"的维护，是顾炎武对"人的主体建设"的基础。这一点，对当代作家、学者仍具有重要意义。比如，我们为了表示不甘人后，一直在求新求变，表面看起来这是没有问题的。但是我们忘了，旧的、过去的，并不都是应该遗弃的。我在一次关于创造文学"新人物"的场合，曾以二十世纪五十年代王蒙的《组织部新来的青年人》和宗璞的《红豆》为例，表达了我们应该坚持一些不变的事物。我认为《组织部新来的青年人》和《红豆》，未必是当代文学的经典作品，但他们是那个时代有难度的作品。这个难度就在于，王蒙和宗璞作为那个时代的作家，他们真诚地希望自己的作品能够跟上时代的潮流，能够真诚地表达自己对新时代的拥抱和追随；另一方面，他们也真诚地用现实主义的方法表达了他们对文学与生活的理解。他们希望能够处理好这两种关系。但是，这两种关系是难以处理好的。周扬都没有处理好。也正因为如此，那个时代的王蒙和宗璞是让人感动的。他们之所以让人感动，就是因为那个时候的青年还没有学会说谎，没有学会油滑。那个时代的作家的可爱，也是值得我们怀念的就是他们的诚恳和真诚。无论是王蒙笔下林震的"少不更事"，宗璞对爱情的一往情深，还是柳青试图建构社会主义文化空间的努力，浩然试图描绘社会主义"艳阳天"的冲动。就他们创作的心态来说，他们做到了与生活建立的真诚关系。因此，我们在当下要塑造文学新人，创作出新时代的新人物，也要坚持一些不变的东西，这个不变的东西就是面对生活的诚恳和诚实。

在《清代诗学史》中，蒋寅对"清初三老"顾炎武、王夫之、黄宗羲的诗学成就做了充分的论述和肯定。但是，这并不意味着蒋寅对他们全盘地肯定和接受。他说："清初三老之学，虽同样博大精深，多所开辟，但也各有缺陷：梨洲之学不脱门户之见，这是讲学习气未泯，难得平心静气的缘故；亭林之学时有迁执不化之处，这是好古之笃，不切于今的弊病；至于船山之学，则不免有名士的浮夸气，常过于偏激而河汉其言，这大概与他不治考据之学，终欠沉实功夫有关。如果说光看《姜斋诗话》还不易察觉这一点，那么，通读他那三部评选，就会感觉其中大量充斥着明人式的悠谬大言，让我们看到了另外一个王夫之，一个见识疏阔而又很自以为是的王夫之。"这一质疑和批评，不能说不尖锐，但蒋寅言之有据，也是他所坚持的学术操守的一种体现吧。

"鉴往训今"既是顾炎武诗学的方法和旨归，也是蒋寅做《清代诗学史》的方法和目的。当然，从资料做起，然后梳理清代诗学丰富的资源和成果，将一个时代的诗学理论整合并呈现出来，是作者学术成就的具体体现；但是，所有有价值的历史研究，无一不是指向当代的。所谓的以古为鉴、可知兴替，知往鉴今等，说的就是这个意思。因此，蒋寅做《清代诗学史》，背后隐含的用意或意图，显然与当代中国的诗学问题遭遇的困境与问题有关。他是一个古代诗学的研究者，他是以专业的方式，也就是用他提炼和发现的古代诗学的理论和方法，参与当代中国文学理论的建构，寻求建立中国本土文学批评理论的可能性。应该说，建立中国本土特征的文学理论批评，一直困扰着文学理论研究和批评实践，我们也曾试图对实现"古代文论的现代转换"。但是在蒋寅看来，"'古代文论的现代转换'口号的提出，确实在学界产生很大反响，老中青各代学者都发表过不少论文，认为这是激活古代文论的生命力，甚至是建构当代中国文论的必要手段。但我对此不敢苟同，认为它是个伪命题，持同样看法的还有胡明、郭英德等先生。我们都知道，文学乃至艺术理论，都是同一定的创作经验相关的（对某种理想的鼓吹只是主张，不是理论），传统的文学、艺术理论，只要创作维持着传统形态，诸如书画、戏曲等，其理论就自然存活着，无须转换；创作早已枯萎的，像试帖诗、律赋及许多应用文体，其理论也便死亡，转换也激活不了。所以我认为'中国古代文论的现代转换'是个没有意义的命题，而且'转换'一词更是个缺乏规定性、无法讨论的词语，根本就不适合用作学术概念。所以'转换'了二十年，既不清楚该怎么转换，也不知道转换了什么。我把自己研究古代诗学的系列论文命名为《古典诗学的现代诠释》，试图以今天我们对文学的理解来检视古代文论，阐明古人的诗学言说，理解古代文论中概念和命题的一般含义和特定语境下的所指，使古代文论成为可以理解和价值估量的理论遗产，向我们开放，和我们对话。马克思说，只有明白了人体解剖，才能懂得猴体解剖，古代文论也要经过'现代诠释'才能真正被理解。所以我不同意那种反对用西方文论来阐释、衡量中国古代文论或者说西方文学理论不适合中国文学经验的看法。还是老话，中西问题不是地域的问题而是古今的问题，如果硬要说当代文学理论中不包含中国文学经验的话，那就要问二十世纪以来的中国文学有没有自己的独特经验，我们有没有尝试对此加以理论的总结和提炼？"[1]因此，《清代诗学史》的对话关系，除了与古代诗学理论，还有当代文学理论，或者说，更重要的可能还是当代文学理论。

从事当代文学研究和批评的，我可能更多地着眼于"实用性"，或者说，在蒋寅对"清代诗学"的现代阐释中，对当代文学研究有怎样的具体价值，特别是应用价值。实事求是地说，我确实受益匪浅感触颇深。当代人说当代事，总难免各种局限。因此，也更进一步地理解了当年唐弢先生的"当代文学不宜写史"和施蛰存先生的"当代事，不成史"的说法。当年出于对学科偏狭的理解，曾激烈地反对唐先生、施先生的言论，这显然是没有见识的表现。还有，当下关于文学的地域研究、女性文学研究等热门话题，事实上，清代学者都已经接触过。清代诗学的地域意识，"理论上表现为对乡贤代表的地域文学传统的理解和尊崇，创作上体现为对乡先辈作家的接受和模仿，在批评上则呈现为对地域文学特征的自觉意识和强调。以地域文学为对象的文学选本，也许是明清总集类数量最丰富、最引人瞩目的种群。而其中最主要的部分又是诗歌，数量庞大的郡邑诗选和诗话，显示出强烈的以地域为视角和单位来搜集、遴选、编集、批评诗歌的自觉意识。这种意识是诗歌创作观念中区域性视野和创作实践中地域性特征的自然反映，也是我们研究清代诗学必须首先注意的重要问题"[2]。而且对这一问题的关注可以上溯到六朝时代，那时已经注意到气质与风土的关系。还比如，对女性文学的重视，从二十世纪八十年代开始一直至今不衰。而且对女性文学重视的发动性力量，是西方女性主义文学理论的东渐。其实在明代，随着明代社会意识的变革，士大夫阶层对女性的价值观悄然地发生了变化。不仅公然标榜女性美貌的价值，"女子无才便是德"的传统观念已被抛弃，才学和文艺教养作为提升女性品位的重要因素普遍受到重视。到了清代，王渔

---

① 蒋寅、孟繁华：《中国古代文论的当代价值与意义》，《中国当代文学研究丛刊》2019年1期。

② 蒋寅：《清代诗学史》第一卷"导论"，中国社会科学出版社2012年，37页。

洋、袁枚等人对女性诗人的表彰，在诗坛早已是寻常事。甚至美国学者曼素恩也认为，进入康、乾盛世，一度处于女性文学中心位置的青楼文化一去不复返，同时士大夫家族的女性文学却活跃起来。她认为这与当时新的妇女典范的出现有关：朝廷和官僚虽然强调妇女的家庭责任，却并不排斥女性的文学写作。对于许多上层家庭来说，女性的文学才能与成就不仅不与儒家的伦理规范相冲突，甚至成为显示家族文化的标志。从而树立起一个以才、德为中心的新的女性典范。①现在的情况是，女性文学研究者，言必称西方女性文学理论。当然，明清时代对女性文学的倡导，不具有现代意识，其中也不可能隐含现代性的问题。但是，如果能够注意到明清时代对这一问题的重视已经开始，女性文学研究可能会更具历史感，视野也会大不相同。

读《清代诗学史》，我更感慨的是蒋寅的学养。他博士论文做的是唐大历诗歌，开始研究唐代诗人；后转入清代诗学研究，先后出版过《王渔洋与康熙诗坛》《古典诗学的现代诠释》《清诗话考》《清代文学论稿》《金陵生文学史论集》等，其间与傅璇琮先生合作主编《中国古代文学通论》。因做过《中国古代文学通论》，蒋寅了解了古代文学的全貌，这是他的专业基础；而后专攻清代诗学，遂有了《清代诗学史》两卷。更重要的是，蒋寅对古代诗学，尤其是清代诗学术业有专攻，能够以现代的眼光研究和阐释，与他的西学修养有很大的关系。他说，二十世纪八十年代初，"社会科学和人文科学知识进入一个繁荣时期，很多新理论新知识出现。我认为，相比传统文学理论，这不是简单的中国和西方的问题，而是古代和当代的问题。因为每一种新的理论，都是针对旧有理论的不足而提出的新视角或新认知。对于中国学界来说，这些新的理论和方法为我们提供了很多新的视角和研究模式。今天来看，多一种研究视角和模式，就不同程度地给古代文学研究带来一些新变化，我觉得这是有利于学术研究的。以文论研究为例，我是在研读中逐渐发现，中国古代文论中早就有很多后来在西方文论中出现的命题。如清代前期的诗论家就意识到'影响的焦虑'问题，只不过没有正式地归纳为一个命题，形成一套理论。又比如，二十世纪初，研究'文选学'的李审言就写出用杜甫、韩愈诗来证实唐人精熟《文选》的著作《杜诗证选》《韩诗证选》，这是与后来西方文学理论中所谓影响研究、接受研究相通的很超前的一种研究方法"②。他曾经写过一本《镜与灯：古典文学与华夏民族精神》的书，书中说，文学不仅像一面镜子，照亮了民族文化的面

① 蒋寅：《清代诗学史》第二卷，中国社会科学出版社2019年，344页。
② 杨雪：《以新成绩致谢新时代——著名学者蒋寅谈古典文学研究成果》，《人民政协报》2018年10月8日。

影，反映了民族精神的成长；同时也像一盏灯，具有影响和辐射的功能，照亮我们前进的方向。古典文学在华夏民族精神的建构中发挥了重要作用，至今文学仍是塑造一代代人的精神价值、美学趣味的重要载体。古典文学相对于现代文学来说，它更为纯粹。生活是复杂的，价值观的差异是巨大的，但是古典艺术所蕴含的形式之美、道德之善、表达之真，可以说各方面都达到了较高的境界，是很多现代艺术无法比拟的。它给人类提供了一种与永恒的、高级的美感相联系的素质，所以阅读古典作品总会给人们带来精神上的愉悦。这就是鉴往训今。也只有对中国古代诗学有深厚的基础，对清代诗学有数十年的专门研究，并且有西方文学理论的观照比较，他才有可能完成这样一项规模巨大的工作。比如在《清代诗学史》的结构和叙述方面，他就借鉴了韦勒克和沃伦的《文学原理》①，弗·施莱格尔的"最好的艺术理论就是艺术历史"的观念。说到底，一个有成就的大学者一定是学贯中西、融汇古今的。这是蒋寅多年的学术理想和巨大抱负。

清代学人的家国情怀和学术操守，敢于与历史巨匠对话甚至质疑和批评，治清代诗学却着眼于当下中国的文学理论建设，既面对本土传统，也兼顾域外西学，这是蒋寅构建《清代诗学史》给我的深切感受和启发，尤其是面对当下学界的境界和学风，《清代诗学史》的典范意义更是重要无比。清代诗学浩渺无垠，《清代诗学史》亦气象万千，我的个人的点滴感悟体会实在难以表达其万一。未必正确的一点体会也只是向朋友表达我的敬意而已。现在，蒋寅这个宏大的工程已经完成大半，还有《清代诗学史》的第三卷尚未完成，我热切地期待能够早日读到这部曲终奏雅之作。

2020年7月12日于北京

原载《文艺争鸣》2020年第9期

---

① 蒋寅在一次访谈中说："长久以来，韦勒克一直是我十分景仰的学者。多数中文系的学生都知道他是著名的《文学理论》的两个作者之一，但对我来说，他首先是《近代文学批评史》的作者，没有如此渊博的学识，他和沃伦不可能写出《文学理论》来。韦勒克的胸中装着整个欧洲近代文学批评，而我却只能涉猎中国的清代。但这不能成为妄自菲薄的理由，因为在清代的270年间，产生了也许同欧洲一样多甚至更多的诗论著作，现知起码有1800多部，现存逾1000种。"见蒋寅：《清代诗学史》第二卷后记。

"文章"：是追求、是方法也是生命状态

——谢有顺文学批评的新变

　　谢有顺是当下批评家中较为全面的批评家，他研究二十世纪中国文学，发表大量当下文学评论，兼及小说、散文、诗歌等不同文体。他少年成名，年纪轻轻就成为国内著名批评家。2001年，年仅二十九岁的他就获得了"冯牧文学奖"。和他一起获奖的是莫言、乔良等著名作家。授奖词说："谢有顺的朝气、锐气和才气令人欣喜。他的写作保持着文学批评的批判性品格，以鲜明的立论和泼辣的论辩介入纷繁的文学现状，表现了提出问题的眼光和勇气。他以犀利的思想评论见长，直面现代人的灵魂冲突，以批判的立场探讨当下复杂的精神现象和文化矛盾，使批评呈现为一种激越、敏捷、具有冲击力的思想交锋。但同时，他也相对忽视了深入、细致的文本感受和艺术分析。"这个评价是一种巨大的荣誉，也是来自文坛的重要肯定。

　　谢有顺的成名，与著名批评家孙绍振教授有一定的关系。作为文坛宿将，孙绍振的文章炙手可热，约稿不断。据孙老师在谢有顺的《活在真实中》的序言里说，由于他出访不断，无暇写文章，便由谢有顺捉刀代笔，不仅在文学理论重镇《文艺理论研究》发表文章，而且在《小说评论》上连续发表十余篇文章。文章一出文坛震动。孙绍振评价他说：由于他对精神救赎的追求，他"诚惶诚恐、抵制谎言、拒绝游戏、为真实所折磨、为怯懦所折磨、为烦恼所折磨的主题，正是他的信念的真诚而自然的流泻。也正是因为自然、真诚，他的文章中才有了理论文章难能可贵的激情，或者叫作情采。他那种行云流水的气势，纷纭的思绪，像不择而出的奔流，绝不随物赋形，而是充满浩然之气，横空出世，天马行空，行于所当行，止于所不得不止，来不及做学院式的引经据典，好像他自己汹涌的思路已经流布了他整个篇幅，舍不得把有限的空间再让给那些死去了的权威哲人"。其赞赏和钟爱溢于言表。据我所知，孙老师还从未这样毫不掩饰地夸赞一个年轻人。当然，称赞谢有顺的并非只有他的老师，国内众多作家如贾平凹、朱大可、格非、洪治纲等，都不吝

赞美之词。文坛泰斗谢冕先生评价谢有顺说："谢有顺呼唤并恪守的是普遍的人性和写作的尊严。他的文学批评是以人对世界和个人的生存状态的追问为出发点的。文学总是与人、与人的内心有关，因此，我认为他把握了作为文学批评的最基本的精神。他的文字总与我们身边所发生的，当然更与我们所感知的历史有深切的联系，不论他谈论的是什么，在那些文字的背后，我们总可以明显地觉察到我们曾经经历的，甚至现在正在经历的冲突和不安、挤压和苦难。"谢先生的评价中肯又切中要义。

早在2001年，我为中国社会科学出版社主编"先锋写作文丛"时，就曾邀请谢有顺加盟，他的《我们并不孤单》是文丛的一种。书中他引用过这样一段话："假如我能有一颗心免于破碎，我便没有白活一场；假如我能消除一个人的痛苦，或者平息一个人的悲伤，或者帮助一直昏迷的知更鸟重新回到它的巢中，我便没有虚度此生。"那是"短二十世纪"结束的时候，年轻的谢有顺还不到三十岁，我们除了感佩慨叹还能说什么呢？2003年第4期的《当代作家评论》上，我曾以《为了批评的正义和尊严》为题，用近万字的篇幅评论了那个时期谢有顺的文学批评。我认为："重要的并不是他批评文字出现的频率，重要的是他受到作家、批评家乃至读者们的重视和尊重、惊喜和热爱。我们甚至可以毫不夸张地说，谢有顺的出现，为文学批评带来了新的气象和光荣。作为当前最年轻的批评家之一，谢有顺的敏锐、独特、不同凡响的艺术眼光，敢于说出诚实体会的浩然正气和批评品质，以及他的情怀和才华，使他在新生代批评家群体中卓然不群。也正因为如此，谢有顺在批评家同行和作家那里获得了诚恳的掌声。"我至今认为这个评价并非虚妄。谢有顺因文学批评获得了热烈的掌声和许多荣誉。他甚至在2010年被评为"全球青年领袖"。达沃斯论坛"全球青年领袖"的选拔标准是："在各自领域取得非凡成就，具有影响力和领导经验，有服务于社会的强烈意愿，希望用自己的才华解决世界正面临的最具挑战性的问题"，任期五年。因此，谢有顺起码做了五年的"全球青年领袖"。

现在我想回到谢有顺获"冯牧文学奖"的授奖词中。我注意到，授奖词除了褒奖他的成就之外，还有一句"但同时，他也相对忽视了深入、细致的文本感受和艺术分析"。这个不足不是那时谢有顺一个人的问题，这个问题至今可能在很多批评家那里仍然没有解决。但是，我相信谢有顺记住了这句话。在1994年，他的文章这样写："对生存意义的体验与言说，一直是文学的基本任务。虽然，在先锋小说里有技术自娱的倾向，但是，仍旧可以看出先锋作家探求精神深度中心的欲望。不过，由于一些先锋作家缺乏真正的有质量的生命感悟和意识指向，使得他们在操作上像一个野心家，在精神的实际面貌上却像一个满脸迷惘的玄学道士。这种分裂，构成了一些先锋小说作家在意义表达上的匮乏景象。它在吕新的《抚摸》和格非的《边缘》中最为突出。"这是谢有顺在《终止游戏与继续生存——先锋长篇小说论》中的一段话。这段话你不能说没有见解，可以说他道出了先锋小说最致命问题的秘密。难怪被批评的格非夸赞谢有顺说，谢有顺为人的诚挚、文章的才华、道德上的勇气都令人钦佩，"能够成为他的朋友，我颇感荣耀"。因此，批评只要有真知灼见，被批评的作家反而心怀敬意。谢有顺批评的不同，更在于他对文学的客观和善意，他不是那种"憎恨学派"的咬牙切齿排头砍去格杀勿论。文章亦人性，出手便高下立判。但是，我要说的是，这篇发表在1994年第3期《文学评论》上的论文，还是一种常规的论文写法。不是说这种写法不好，只要有真知灼见，论文或文章都未尝不可。多年来，学院教育培育的都是"论文"作者，这一方式，不仅使论文有了"规范性"，同时，在知识层面让受教育者必须接触更多的文献材料，使论文言必有据，据必可稽。这一训练，极大地提高了这个时代文学批评的学术水准，区隔了庸俗社会学对文学批评强侵入。但是，"学院派"发展至今天，已经成为一种不堪忍受的"洋八股"。所有的论文几乎都是美国东亚系论文的中国版。文章僵死而少有活力，引文例证一应俱全，就是没有见解。为了通过考核，"规范"成了第一要义。批评家和他们的学生，写的和看的几乎都是灰头土脸面无人色。这是当下文学批评的"死结"，不打开这个死结，文学批评不能说是死路一条，起码是没什么希望的。

这时我们发现，谢有顺逐渐放弃"论文"的写作方式。他开始从论文向"文章"的方向转移。他后来出版的诸如《成为小说家》《小说中的心事》《诗歌中的心事》《文学及其所创造的》《当代小说十论》等，几乎都是"文章"而非常规的论文。他开始进入"深入、细致的文本感受和艺术分析"了。比如他在《细节的漏洞会瓦解读者对作品的信任，许多作家的写作训练远远不够》中说："很多人没有这方面意识，以为写作就是想象和虚构。我觉得这些年来，尤其在小说写作上，过度强调了想象和虚构的意义。想象和虚构当然是文学写作最为重要的才能和基础，但如果你认为小说写作就单靠想象和虚构，这肯定是不够的。除了想象和虚构，譬如实证，譬如具体的细节雕刻，也很重要。有些东西需要想象，但想象要有一个根基，要有一个基础。也就是说想象要可以被审核，可以被还原。要写好一本历史小说，肯定得对历史有非常具体的理解研究，比如那个时代的人吃什么、穿什么，他们的婚礼、葬礼是什么样，他们的礼仪、风俗如何。不是说你想怎么写就怎么写。如果没有专门的研究和调查，没有对这些东西做实证，你可能就写不好。有些历史小说，动不动就写主人公带一千两银子上路，作者根本不知道一千两银子有多重，主人公背不背得动；他也不知道这样一个职位的人一年收入多少银两；他不知道吃一次饭、买一匹马、买一个丫鬟多少钱。假如他对那个历史时期的用度、银两的交易都没有了解的话，一写到买东西，马上露馅，马上被发现他不了解这段历史。"这虽然是一次口头表达，但从中可以看到谢有顺对文学思考和表达方式的变化，他后来对"艺术分析"下足了功夫。他谈"小说的常道""内在的人""抒情传统"，诗歌中的"乡愁""苦难"以及与叙事有关的诸多问题。当然，作为一个文学批评家，最重要的还是他的文学观念。他在为朋友胡传吉著作写的序言《为批评立心》中说：

> 　　除了告诫，批评还应是一种肯定。中国每一次文学革命，重变化，重形式的创新，但缺少一种大肯定来统摄作家的心志。我现在能明白，何以古人推崇"先读经，后读史"——"经"是常道，是不变的价值；"史"是变道，代表生活的变数。不建立起常道意义上的生命意识、价值精神，一个人的立身、写作就无肯定可言。所谓肯定，就是承认这个世界还有常道，还有不变的精神，吾道一以贯之，天地可变，道不变。"五四"以后，中国人在思想上反传统，在文学上写自然实事，背后的哲学，其实就是只相信变化，不相信这个世界还有一个常道需要守护。所以，小说，诗歌，散文，都着力于描写历史和生活的变化，在生命上，没有人觉得还需要有所守，需要以不变应万变。把常道打掉的代价，就是生命进入了一个大迷茫时期，文学也没有了价值定力，随波逐流，表面热闹，背后其实是一片空无。所以，作家们都在写实事，但不立心；都在写黑暗，但少有温暖；都表达绝望，但看不见希望；都在屈从，拒绝警觉和抗争；都在否定，缺乏肯定。批评也是如此。面对这片狼藉的文学世界，批评中最活跃的精神，也不过是一种"愤"，以否定为能事。由"愤"，而流于尖酸刻薄、耍小聪明者，也不在少数。古人写文章，重典雅，讲体统，现在这些似乎都可以不要了。牟宗三说，"君子存心忠厚，讲是非不可不严，但不可尖酸刻薄。假使骂人弄久了，以为天下的正气都在我这里，那就是自己先已受病"。现在做批评，若心胸坦荡，存肯定之心，张扬一种生命理想，就不伤自己，也不伤文学。

我之所以引了这长长的一段，是因为这不温不火情理之中的话，说得实在太好了。在我看来，谢有顺从论文转为"文章"，即是他有意的追求，也就是"以一种生命的学问，来理解一种生命的存在"的理想批评，不反对知识，但不愿被知识所劫持；不拒绝理性分析，但更看重理解力和想象力，同时秉承"一种穿透性的同情"，倾全灵魂以赴之，经验作者的经验，理解作品的人生；同时也与他的生命状态或曰对生命的理解有一定的关系。他是一个对生活充满了情趣的人，读杂书、读闲书、喝茶、喝酒、写字、交友聚会、闲谈等，家事国事天下事，风声雨声读书声，兴趣广泛兴致盎然。各种与修养和滋养有益的事物他都深怀兴趣。他也曾说过读诗的体会："真正的诗，表达的正是'个体的真理'，它永远是个人对自我的追问、对世界的观察。这也是我多年来一直保持着读诗习惯的原因——在这个时代热爱诗歌其实不过是守护自己内心那点小小的自由和狂野而已。我也乐于和诗人交往，感受他们的自由和无羁，并以此来修正我一个批评家的刻板和无趣。"这种松弛的状态，就是自由的状态，自由是他"文章"面貌的基本背景。如果他一味追求"规范"或别的什么，那无论论文还是"文章"，怎么会是这等风采。所以，无论文章还是生存状态，小谢目前的状况挺好。

原载《当代作家评论》2019年第6期

小说的新变

新世纪文学二十年：长篇小说的基本样貌

　　著名的俄罗斯文学研究专家刘文飞教授，曾有文章描述俄罗斯文学二十年来的状况。他的基本看法是，二十年来的俄罗斯文学"既狂欢又寂寥"，因此，"如何在失重的自由中重启文学的活力"，是俄罗斯文学面对的重要问题。在刘文飞看来，进入二十一世纪后，俄罗斯文化中的文学中心主义传统似乎得到延续，每逢大作家的整数生卒年，俄罗斯都要举行全国性纪念活动，普希金的诞辰6月6日，更是被定为俄罗斯语言文学节，是法定假日。当下俄罗斯的作家崇拜现象和文学造神运动似乎并不亚于苏联时期，笔者近二十年间多次造访莫斯科，每一次都能看到新树立的作家纪念碑。二十年间，当地还为普希金、屠格涅夫、陀思妥耶夫斯基等经典作家新立了纪念碑。莫斯科如今究竟有多少座文学家纪念碑，恐怕很少有人能数清。莫斯科的纪念碑原本就很多，而其中十之七八都是为作家和诗人树立的。莫斯科人似乎铁了心，要让俄罗斯文学史上的每一位大作家都在莫斯科获得一方立足之地，直到作家们的身影占据莫斯科市内的每一处空地。这样的文学偶像崇拜现象，在其他国家是比较罕见的。2014年6月12日，普京总统签署《关于在俄罗斯联邦举办文学年》的第426号总统令，将2015年确定为"文学年"，这在人类文学史上可能尚无先例。2015年的俄国文学年成了一个绵延三百六十五天的文学读书会，一个高潮迭起的文学狂欢节。与这些热热闹闹的文学活动形成对比的，是当下俄罗斯作家并不乐观的生存现状。俄罗斯文学在鲜亮外套下日渐消瘦。在如今的俄罗斯，靠写作为生的严肃作家为数甚少，作家们大多拥有教师、记者、编辑甚至导游、司机、守院人等"第一职业"，他们的作品在报刊上发表，通常是没有稿费的；除少数畅销的严肃作家外，绝大多数作家的作品印数都很少，只有数千册，甚至数百册。创刊于1924年的俄罗斯大型文学杂志《十月》，曾发表过包括法捷耶夫的《毁灭》、马雅可夫斯基的《放开嗓子歌唱》、肖洛霍夫的《静静的顿河》、格罗斯曼的《生活与命运》等在内的大批名著，在苏联解体前后的发行量曾逾百万，如今却难以为继，该刊主编巴尔梅托娃女士需要为每一期杂志的出版呕心沥血，寻找资助。从 2020 年起，这份杂志的纸质版已暂停出刊。《十月》这家俄国百年文学名刊的遭遇，折射出了当下俄罗斯文学的生存困境。[1]

先介绍刘文飞对俄罗斯文学二十年状况的描述，可以得到两个方面的参照：一是历史的参照。俄罗斯文学曾是我们的榜样，在现代文学和"十七年文学"中，我们的文学交流，基本是和苏联/俄罗斯文学的交流，而且是"单向"的交流。我们输入了很多苏联/俄罗斯的文学作品，他们翻译的中国现当代文学是非常有限的。二是现实的参照。"既狂欢又寂寥"，不仅是俄罗斯文学现状的写照，同时也可以说是中国文学现状的写照。文学在今天社会生活结构中的地位，并不令人感到鼓舞。一个令人悲观又无可回避的问题是，包括长篇小说在内的叙事文学的辉煌时代已经过去。在中国文学发展的历史上，每一文体都有它的鼎盛时代，诗、词、曲、赋和散文都曾引领过风骚，都曾显示过一个文体的优越和不能超越。但同样无可避免的是，这些辉煌过的文体也终于与自己的衰落不期而遇。曾辉煌又衰落的文体被作为文学史的知识在大学课堂讲授，被作为一种修养甚至识别民族身份的符号而确认和存在。它们是具体可感的历史，通过这些文体的辉煌和衰落，我们认知了民族文化的源远流长。因此，一个文体的衰落是不可避免的，同时，它的衰落又使得它以另外一种方式获得了新的存活。今天的长篇小说同样遇到了这个问题。也就是说，无论如何评价近百年的中国现代长篇小说创作，无论这一文体取得了怎样的成就，它的辉煌时代已经成为历史。它的经典之作通过文学史的叙事会被反复阅读，就像已经衰落的其他文体一样。新的长篇小说可能还会大量生产，但当我们再谈论这一文体的时候，更多的还是一种情感原因。

二十年的文学，被命名为"新世纪文学"，这个命名不是一个时间概念，而是一种对当下文学形态命名或描述的方式。从 1993 年开始，中国当代文学经历了又一次大的转型，这个转型与二十世纪八十年代各种文学思潮的不断更替有极大的不同。八十年代文学的变化，还是限定在单一的严肃文学写作的范畴之内，还是在诸如价值、意义、形式等精神空间或技术层面思考问题。但 1993 年之后，文学生产或实践环境发生了深刻的变化，其中最大的变化就是以商业利益为目的的市场文化的崛起。市场文化是市场经济的必然产物，这一文化现象在八十年代一出现，就受到了来自主流意识形态和知识分子的双重打击，它被认为是"带菌的"文化。但到九

---

① 刘文飞：《二十一世纪俄罗斯文学二十年：如何在失重的自由中重启文学的活力》，《文艺报》2020 年 8 月 10 日。

十年代之后，对这一文化的接受已不只是普通民众，在知识界，喜欢言情、武侠作品的大有人在。九十年代，北京大学开设了金庸小说的专题课并大受欢迎；在黄金时间，消闲性的影视作品几乎在所有的电视台播出；软性小说是出版社获得经济利益的主要手段……但市场文化有巨大的解构力、浸染力和吞噬力，它是没有立场的文化，它只有在市场规律支配下的利益原则。它使日常生活变得亲近可感，无论什么趣味和爱好的人，都可以在文化市场上找到自己需要的制品。但是，市场文化本身是幻觉文化的一部分，它所有的温情脉脉和刺激，都是以想象的方式向人们提供的。它与人们生存的现实并不发生直接关联，把世俗生活渲染得令人无可抗拒。市场文化既然是市场经济的产物，占有市场并获取商业利润就是它最大和最后的目的。在利益的驱使下，所有的文化资源都有可能被这一文化形态纳入市场，经过新的发掘和包装后，使其变成文化消费品。市场文化的出现极大地改变了文学创作的心态和文学生产的格局。也正是这样的原因，"新世纪文学"从1993年已经开始。市场文化的崛起，使新世纪文学必然有"狂欢化"的特征。为了描述的方便，我将新世纪二十年的长篇小说状况分为前后十年分别描述。

新世纪前十年发表的长篇小说如《白银谷》《笨花》《沧浪之水》《能不忆蜀葵》《丑行或浪漫》《花腔》《石榴树上结樱桃》《兵谣》《桃李》《经典关系》《龙年档案》《抒情年华》《无字》《银城故事》《大漠祭》《张居正》《解密》《作女》《大秦帝国》《漕运码头》《白豆》《水乳大地》《我们的心多么顽固》《狼图腾》《英格力士》《人面桃花》《妇女闲聊录》《天瓢》《上塘书》《秦腔》《暗算》《额尔古纳河右岸》《空山》《生死疲劳》《湖光山色》《蛙》《你在高原》《一句顶一万句》《推拿》等，显示了新世纪初始阶段长篇小说创作的强劲势头。其中一大特征是对文学传统的继承或弘扬，对中国乡村生活变革的描摹和反映。传统文化，是当代中国文化与文学研究的一个巨大"情结"，在不同的历史阶段，"继承"或"弘扬"传统几乎是不变的、永远"政治正确"的口号。因此，对当代中国文化与文学发展来说，它具有"元话语"性质。但是，传统究竟如何继承，或者究竟什么是我们的文化与文学传统，又一直是困扰我们和悬而未决的问题。在新世纪小说创作中，文化传统的"复兴"成为一个令人瞩目的现象，这就是体现在新世纪小说创作中的民间文化、文人趣味和乡村的世风与伦理。

铁凝的《笨花》，是一部书写乡村历史的小说。小说叙述了笨花村从清末民初一直到二十世纪四十年代中期抗战结束的历史演变。但是，值得注意的是，国家和民族的历史演变更像是一个虚拟的背景，而笨花村的历史则是具体可感、鲜活生动的。因此可以说，《笨花》是一部"大叙事"和"小叙事"相互交织融会的小说。

但小说真正给人深刻印象的，还是笨花村的日常生活，是向中和的三次婚姻以及笨花村窝棚里的故事。青年作家李师江的《逍遥游》，是一部表达了现代文人气的小说。小说延续了李师江一贯的语言风格。但表面的"逍遥"隐含了人生深刻的悲凉，它不是"流浪汉小说"，但不确定的人生又呈现出了真正的精神流浪。在漂泊和居无定所的背后，言说的恰恰是一种没有归属感的无辜与无助。活跃在小说中的人物，既不是古代"为万事开太平"的官僚阶层，也不是"以天下为己任"的现代知识分子，他们不明道救世，不启蒙救亡。他们只是社会中的一个边缘群体，既生活于黎民百姓之中，又有自己的趣味和交往群体。他们落拓但不卑微，我行我素但有气节，大有明清之际文人的风采。贾平凹的长篇《高兴》，是贾平凹第一次用人名命名的小说。按照流行的说法，《高兴》是一部属于"底层写作"的作品。刘高兴是小说的主要人物。这个自命不凡、颇有些清高并自视为应该是城里人的农民，也确实有普通农民没有的智慧，但高兴毕竟只是一个来城里拾荒的边缘人，他再有智慧和幽默，也难以解决他城市身份的问题。有趣的是，贾平凹在塑造刘高兴的时候，有意使用了传统小说"才子佳人"的叙事模式，这是小说最具可读性的文字。贾平凹显然继承了中国古代白话小说和戏曲的叙事模式，小说几乎通篇都是白描式的文字，从容练达，在淡定中显出文字的真功夫。范小青的《赤脚医生万泉和》叙述的故事，从"文革"到改革开放，历经几十年。万泉和生活在"文革"和改革开放两个不同的时期。这两个时期对中国的政治生活来说是两个时代。但时代的大变化、大动荡、大事件等，都退居到背景的地位。我们只是在乡村行政单位建制、万泉和的身份、批斗会现场和一些流行的政治术语中，知道小说发生在"文革"背景下。但进入故事后我们发现，后窑村的日常生活并没有发生根本性的变化，传统的风俗风情仍在延续并支配着后窑人的生活方式。那些鲜活生动的乡村人物也没有因为"文革"就改变了性情和面目。从《我叫刘跃进》开始，刘震云已经隐约找到了小说讲述的新路径，这个路径不是西方的，当然也不完全是传统的，它应该是本土的和现代的。他从传统小说那里找到了叙事的"外壳"，在市井百姓、引车卖浆者流那里，在寻常人家的日常生活中，找到了小说叙事的另一个源泉。《一句顶一万句》告知我们的是，除了突发事件如战争、灾害等不可抗拒因素外，普通人的生活就是平淡无奇的，在平淡无奇的生活中发现小说的元素，这是刘震云的能力。但刘震云的小说又不是传统的明清白话小说。他小说的核心部分，是对现代人内心秘密的揭示，这个内心秘密，就是关于孤独、隐痛、不安、焦虑、无处诉说的秘密，就是人与人的"说话"意味着什么的秘密，说话是小说的核心内容。我们每天实践、亲历和不断延续的最平常的行为，被刘震云演绎成惊心动魄的将近百年的难解之谜。对"说话"如此坚韧地追寻，在小说史上还没有第二人。

新世纪对中国文学经验的讨论展开多时。值得注意的是，在都市化进程越来越快，城市人口加速膨胀的今天，我们却没有获得属于中国的城市文化经验。那些时尚或新潮的都市生活，只是在最浅表的层面表达了一种情感狂欢。真正的中国文化或文学经验，还是隐含在传统中国的文化记忆中。文化传统，这个总体性的幽灵，无论我们是否喜欢，它就是这样在不断被重构和建构中"复兴"并支配着我们。二十世纪八十年代末期，当后现代主义文学革命业已完成之后，文学形式革命的道路基本终结。文学在寻找新的可能性的同时，也不断遭遇各种挑战，先是网络文学扑面而来的凄风苦雨，后有 AI 替代创作的风声鹤唳，文学环境似乎风雨飘摇危在旦夕。这种氛围的营造和叙事，对深怀文学情怀的作家并没有构成影响。文学在寻找新可能性，在变化中寻求新发展。另一方面，文学也有不变的东西，不变的是文学与现实密切联系的传统，这个强大的传统与百年中国特殊的历史语境有关，与作家介入现实的情感要求有关，这同样可以看作中国文学经验的一部分。"中国经验"不是一个流行的时尚概念，而是正在构成的无可争辩的事实，不断拓展的巨大的文学空间，不仅喻示了文学无限的可能性，更彰显了它蓬勃强劲的生命力。

新世纪后十年，我们经历过两次茅盾文学奖的评选。格非的《江南三部曲》、王蒙的《这边风景》、李佩甫的《生命册》、金宇澄的《繁花》、苏童的《黄雀记》、梁晓声的《人世间》、徐怀中的《牵风记》、徐则臣的《北上》、陈彦的《主角》、李洱的《应物兄》，先后获得第九届、第十届茅盾文学奖。这些作品，是近十年来文学的高端成果，因此也是具有代表性的文学成就。对这些小说的评价，茅奖授奖词给予了充分肯定，各种评论已经发表很多，这里不再赘述。茅奖每届只评五部长篇小说，数量的限制，使很多优秀的长篇小说不能获奖，好作品的遗漏在所难免。获奖是艺术成就的重要标志，但不是评价作品的唯一尺度。

二十年来的长篇小说，无论思想内容还是艺术水准，都更加纷繁和丰富。长篇小说最有影响力、成就最为突出的，还是乡村题材的小说。《创业史》《芙蓉镇》《许茂和他的女儿们》《白鹿原》等农村题材／新乡土文学，成为当代文学成就最高的、最有代表性的作品。这一传统在近十年来理所当然地得到继承，更为深广的乡村社会生活内容得到了空前广阔的表达。其中引起很大反响的作品如范小青的《我的名字叫王村》、贾平凹的《带灯》《极花》、葛水平的《裸地》《活水》、凡一平的《上岭村的谋杀》、格非的《望春风》、北村的《安慰书》、王兆军的《把兄弟》、付秀莹的《陌上》等，是这一题材的重要作品。《活水》中的山神凹因申姓人家的到来有了人间气息。作为精神飞地的山神庙，为山神凹人注入了天道扬善的价值观，山神凹人便营造了一个有情有义的世界。世风代变，传统观念在现代文明冲击下不断瓦解，农民对土地依附根深蒂固，现代文明不可阻挡。"现代"带来了进步和无限可能性，但也带来了更复杂的未知性。小说以文学的方式表达了对两种"文明的冲突"，人物的生动性和细节的魅力动人心魄。《望春风》的写作，基本是"史传"笔法，以写人物为主，作家又不平均使用笔墨，这也正如《史记》的本纪、世家、列传一样。通过小说的写法和内部结构，我们发现格非也很难将他的乡村结构成一个完整的故事，他的记忆也是碎片化的。他只能片段地书写一个个乡村人物，通过这些人物发现乡村在今天的变化。因此，格非写《望春风》，不是要解决乡村中国变革的"问题"，他是要对他记忆中的乡村做文学化的处理——努力写出他的人物。这样，《望春风》就有别于那些急切处理乡村变革问题的作品。凡一平的《上岭村的谋杀》，把一个本来可以宏大叙事的题材，通过谋杀和侦探的方式表达出来，非常有想象力。作家通过通俗文学的形式表达了一个至关重要的主题：乡村中国的问题，不仅仅是道德化的问题；韦三得也不仅仅是用好人或坏人的判断就可以说清楚的。北村的《安慰书》是一部既有现实关怀，又有审美理想的作品，小说揭露了人性的贪嗔痴，也告知了贪嗔痴的因果报应。在小说讲述方式上，北村延续了先锋小说叙事的复杂和盎然兴致。付秀莹的《陌上》，以静水深流的方式书写了芳村缓慢而深刻的变化，她对乡村生活场景和"风景"的书写，给人留下深刻印象。芳村终究不是过去的芳村，差序格局在芳村完全颠倒了。

抗战曾是一个稀缺题材，后十年的长篇小说弥补了这一重大题材。范稳的《吾血吾土》、何顿的《黄埔四期》、宗璞的《北归记》、胡学文的《血梅花》、邓一光的《人，或所有的士兵》等，重新书写了抗战历史。《北归记》是"野葫芦引"的收官之作，既是自叙传也是大历史。小说写孟樾一家回到北平的生活。多年离乱，盼望的和平生活终于到来，因此，明快的风格是《北归记》的主调。对日常生活的盎然兴致，表达的恰恰是作家对和平生活的向往和热爱。宗璞是重要的知识分子题材作家。特殊的家庭学养和她自己学贯中西的文化根底，使宗璞小说具有的文化内涵和艺术品质有极高的辨识度，无人可代替，宗璞的才情气质则在遣词用语和人物的一招一式间。邓一光《人，或所有的士兵》，无论是观念还是人物，让我们深感新奇和震惊。衡量和评价一部文学作品最重要的尺度就是，它在文学史上为我们提供了哪些新的审美经验，它是否塑造了具有典型意义的人物，是否提供了新的价值观。如果是这样的话，那么，《人，或所有的士兵》就是一部特别值得我们重视的有探索性的作品。

贾平凹的《古炉》、吴亮的《朝霞》、肖亦农的《穹庐》、王安忆的《考工记》、余华的《第七天》、韩少功的《日夜书》等，是对不同社会生活内容的重新考量和书写。余华的《第七天》发表后，褒贬不一。这部小说通过一个魂灵的讲述，表达了作家对现实的态度。小说中有很多非正常死亡的现象，有很多社会新闻的热点，比如强拆事件、贫富差距、社会不公、警民对峙、道德价值沦丧等，与现实的切近关系是作品的一大特点。韩少功是当代中国最具思想能力和最具文体实验意识的作家之一。他的《日夜书》书写的是他同代人——几位"50后"知青的命运。作品的核心内容是一代人性格、情感及价值观的冲突。从知青到"后知青"官员、工人、民营企业家、艺术家、流亡者等各种不同的人物形象，虽然有共同的知青背景，却有不同的选择和命运，与韩少功以前作品相比，显然多了亲和性。吴亮的《朝霞》是一部书写"革命时期"的"历史小说"，是以讲述话语的时代重新照亮话语讲述时代的小说；是一个先锋文学批评家冒险的文体实验，更是一个作家对一个历史难题试图做出个人阐释的文学实践。在《考工记》中，王安忆讲述了另一个上海，人物传奇与时代的风云际会跃然纸上。时代嬗变人物成长，个中况味令人唏嘘不已一言难尽。

　　新世情小说是近年来一个引人瞩目的文学现象。在小说写法日益求新的今天，一些敢于在形式上"回头"，大胆启用旧制，在旧小说的形式中表达作者对世道人心与日常生活和社会大变革的关系的写法，不仅使小说风生水起惊心动魄，而且深刻地表达了社会历史内容。刘震云的《我叫刘跃进》，对明清白话小说的借鉴、戏仿等，使小说有鲜明的"中国性"。这部小说开启了刘震云另一套小说的写法，他探讨了当下经验与传统讲述方式的结合。陈彦的《装台》《主角》、刘震云的《吃瓜时代的儿女们》、王松《爷的荣誉》《烟火》《暖夏》等最有代表性。《装台》是在正剧开戏之前，处在艺术生产最末端的刁顺子们在充满人间烟火的环境中先期上演的人生大戏，这是穷苦人苦辣酸甜的戏。刁顺子是近十年来较为成功的文学人物。《吃瓜时代的儿女们》，讲述的是价值失范，人的欲望喷薄四溢的社会现实中的人与事。通过透视民间、官场等不同生活场景、不同的人群以及不同的人际关系，立体地描绘当下的世风世情，这是一幅丰富复杂和生动的众生相和浮世绘。《爷的荣誉》可以看作是家族小说，也可以看作是历史小说；可以把它当作消遣娱乐的世情小说，也可以当作洞悉人性的严肃文学。"洞心骇目"，在新世情小说中得到了继承并有新的发现。

　　特别值得提及的，是石一枫的《借命而生》、张炜的《艾约堡秘史》、贾平凹的《山本》、肖亦农的《穹庐》、徐则臣的《北上》、阿来的《云中记》等。石一枫的《借命而生》以复杂的情节和耐心的叙述，以警察杜湘东二十年的生命历程，反映和演绎了时代的巨变。在生动刻画主人公性格质朴、坚韧的同时，也深刻地洞察和讲述了社会惯性一统天下的强大及其背景下个人的渺小、无力与无奈。小说写了一个小人物的命运，在喜剧表情的背后，充满了悲悯和悲情，是当下小说创作难得一遇的好作品。张炜的《艾约堡秘史》写道，艾约堡是它的主人狸金集团董事长淳于宝册建立的独立王国。淳于宝册就是这个神秘所在的神秘人物。他是一个私营企业的巨头，一个"荒凉病"患者，一个钟情于三个女人的情种，同时也是一个出身卑微、有巨大创伤记忆的"大创造者"。《艾约堡秘史》是一部忧伤的小说，它艺术上的真实性属于现实主义，而它流淌的五味杂陈的绵长思绪，又具有鲜明的浪漫主义特征。肖亦农的《穹庐》是一部史诗，是一部英雄传奇，是一部宏伟的边地书。《穹庐》有《江格尔》的文学血统，特别是布利亚特部族对祖国向往的章节或段落，动人心魄。它是一部充满着浓郁的英雄主义色彩和爱国主义的篇章。故事发生在西伯利亚蒙古民族的游牧地，其间对西伯利亚风情和布利亚特蒙古风情的描绘色彩斑斓风情万种，地方性知识令人耳目一新。徐则臣的《北上》是青年作家徐则臣潜心四年创作完成的长篇新作。小说讲述了发生在京杭大运河沿岸几个家族之间的百年"秘史"。"北"既是历史也是文脉，既是物理空间也是精神世界。跨越运河历史时空，在北上的壮举中，呈现了一条河流与历史风云以及时代和世道人心的关系，小说波澜壮阔气势宏伟。贾平凹的《山本》，是贾平凹迄今为止最复杂、最丰富的一部小说。它以涡镇为中心，以秦岭为依托，以井宗秀、陆菊人为主要人物构建了一部关于秦岭的乱世图谱，将生命无常的沧海桑田以及鬼怪神灵逛山刀客等，集结在秦岭的巨大空间中，将那一时代的风云际会风起云涌以传奇和原生态的方式呈现在我们的面前。因此，《山本》是正史之余的一段传奇，是从"一堆历史中翻出的""另一个历史"。阿来的《云中记》，小说写作起始于2018年——汶川地震十周年。小说的题记是——献给"5·12"地震中的死难者，献给"5·12"地震中消失的城镇与村庄。这不是"应景之作"，是蕴藏和激荡在阿来心底的"大事"和"要义"。阿来说"大地震动，只是构造地理，并非与人为敌"，这是一种"与人为善""与事为善"的情感态度。《云中记》是一部褪去了知识分子腔调的小说，它冲淡平和地讲述着，没有居高临下的姿态，给我留下深刻印象。

后十年来的小说创作，在总体上对题材的归纳显得非常困难。这也恰恰表达了长篇小说创作题材越来越多样化的趋势。这些作品包括范稳的《水乳大地》、徐则臣的《耶路撒冷》、须一瓜的《太阳黑子》、东西《篡改的命》、王蒙的《笑的风》、张平的《重新生活》《生死守护》、老藤的《刀兵过》等。通过上述简短的描述，我们可以确信，在文学环境并不乐观的时代，长篇小说还是取得了令人鼓舞的成就。

当然，长篇小说创作显然也存在着严重的问题：缺乏历史感，在与历史题材的创作中表现尤为突出。当历史终结之后，历史是否也成为过去，很少有作品能够回答。缺少成功的文学人物，是近十年来长篇小说最大的问题。我们可以记住很多小说、很多作家，但我们很少会记得作品中的人物，而小说就是要塑造文学人物的。缺少时代特征的青春形象，是另一个值得注意的大问题。文学没有青春人物是不可想象的。从新文学肇始的"青年""新青年"开始，百年中国文学一直矗立着青年形象。但近十年来，我们似乎还没有看到有光彩的青春文学人物。重视并解决这样几个问题，我们未来的长篇小说是完全可以期待的。当然，这是一篇"命题作文"，试图在一篇文章中穷尽二十年长篇小说的创作，是完全没有可能性的。这个描述，只是一个角度、一个方面而已。

原载《南方文坛》2021年第1期

这一代人的青春之歌

——知青文学四十年

    1968年，五十年前的中国，发生了一场重大的社会历史事件，这就是大规模的知识青年上山下乡运动。这场运动延续了十多年，有一千六百多万的知青与这场运动有关。十年之后，数量巨大的知青通过招工、参军、高考以及其他途径，又都纷纷返回了不同的城市。上山下乡运动结束了，但是，关于这场运动的文学书写却如火如荼，至今没有终结。被称为"知青文学"的这一现象，已经成为中国当代文学史上重要的篇章。知青作家通过自己的创作，一方面形成了"知青文学"汹涌的大潮，将一个重大的社会历史事件用文学的方式表达；一方面这一现象也造就了日后中国文学强大的后备力量。时至今日，许多重要的知青作家仍站在文学创作的第一线。他们的作品和文学经验，也成为这个时代"中国经验"重要的一部分。

    知青上山下乡，对这代人来说，是一场空前的精神洗礼和思想裂变，对他们的成长和后来的人生有关键性的作用。他们后来成了国家各行各业的栋梁之材。在文学领域，他们引领风骚四十年不衰，至今仍然是文坛的主力阵容而难以被超越。他们的文学创作拥有如此漫长的生命周期，应该是一个奇迹。这个奇迹的发生，与他们的下乡经历一定有关。现实生存的艰难、煎熬或漫长的等待以及情感世界的创伤、欢乐、矛盾等，铸就了他们理想主义情怀和坚忍不拔性格的同时，也为他们提供了持久的文学灵感和生活基础。如何评价这一社会历史事件可能更是历史学家、社会学家的事情，同时也有待于更长时间的沉淀才能看得更清楚。这里编辑的"知青文学代表作"大系，更多的是这代人亲历历史的文学表达，他们是这段历史的见证者，因此这些作品也更具精神和情感价值，也可以称为是这代人的"青春之歌"。知青一代是深受二十世纪五十年代理想主义精神哺育的一代人，他们对毛泽东时期的红色革命思想有着极深的集体记忆，他们相同的经历和教育背景使他们的"代际"特征相当明显；另一方面，"文革"和上山下乡的经历，他们中的先觉者又率先获得了反省、检讨这一历史事件和理想破碎后重新寻找新方向的强烈意愿和能力。尽管如此，这代人浪漫的理想主义精神仍然根深蒂固，印痕鲜明。

知青一代的文学创作始于"文革"期间，但形成文学潮流并为批评界所关注则是二十世纪七十年代末期的事情。知青文学一开始出现就表现出了与"复出"作家，即在五十年代被打成"右派"一代人的差别。"复出"的作家参与了对五十年代浪漫理想精神的构建，他们对那一时代曾经有过的忠诚和信念有深刻的怀念和留恋。因此，当他们"复出"之后，那些具有"自叙传"性质的作品，总是将个人经历与国家命运联系起来，他们所遭受的苦难就是国家民族的苦难，他们个人的不幸就是国家民族的不幸。于是他们的苦难就被涂上了一种悲壮或崇高的诗意色彩，他们的"复出"就意味着重新获得了社会主体地位和话语权力，他们是以社会主体的身份去言说和构建曾经经历的过去的。知青一代无论从心态还是创作实践，都与"复出"的一代大不相同。他们虽然深受父兄一代理想主义的影响并有强烈的情感诉求，但他们年轻的阅历决定了他们不是时代和社会的主角，特别是接受的"理想"在"文革"中幻灭，"接受再教育"的生活孤寂无援，不明和模糊的社会身份决定了他们彷徨的心境和寻找的焦虑。因此，知青文学没有一个统一的方位或价值目标，它们恰如黎明时分的远足者，目光迷乱地在没有边际的旷野茫然奔走，这种精神漂泊激情四溢，却也写出了真实的体会。

知青一代过早地进入社会也使他们在思想上早熟，他们后来表现出的迷茫如同早春的旷野，景观苍凉料峭，春色若隐若现。也许正是这种"不确定性"成就了他们独具一格的文学品格，使那一时代的青春文学呈现出独特的"精神自传"的情感取向。较早出现的长篇小说是竹林的《生活的路》和叶辛的《蹉跎岁月》。小说虽然是在伤痕文学的层面展开，但因其文学的真实性而汇入了思想解放的时代潮流，受到读者的欢迎和文学前辈的肯定。张梁、谭娟娟和柯碧舟、杜见春，也成为改革开放初期最早的知青形象。因此，这两部长篇小说的价值应该大于小说本身，它们引爆的知青文学大潮随之爆发。张承志、史铁生、梁晓声、张抗抗、韩少功、王安忆、肖复兴、吴欢、陆星儿、阿城、乔雪竹、陈村、范小青、陶正、邹静之、张曼菱、陈村、池莉、李晓、邓一光、储福金、王小波、王小妮、徐小斌、潘婧、张梅、老鬼、邓贤、陈可雄、晓剑、严婷婷、肖建国、韩东、郭小东、李晶、李盈、王松等，构成了不同时期知青文学的主力阵容。张承志的《骑手为什么歌唱母亲》《黑骏马》《金牧场》、史铁生的《我的遥远的清平湾》《插队的故事》、梁晓声的

《这是一片神奇的土地》《今夜有暴风雪》、张抗抗的《北极光》《隐性伴侣》、韩少功的《西望茅草地》《归去来》、阿城的《棋王》《孩子王》、王小波的《黄金时代》、张曼菱的《有一个美丽的地方》、王松的《哭麦》《葵花引》等，构成了知青文学具有代表性的作品。

张承志的《黑骏马》是一篇游走于大地的理想主义小说。现在重新阅读这部作品，我惊异的是张承志当时的创作心态，他是如此雍容和从容，一如在草原上散漫踱步。但是，这又是一部"外松内紧"的作品：在一首悠长古老的蒙古族民歌的旋律中，那个忧伤的蒙古族青年踏上了漫漫的寻找长途，他要走遍草原去寻找心爱的妹妹，白音宝力格对爱情的寻找，也是对归宿和理想的寻找。但骑着黑骏马的白音宝力格对历史和现实的认知视野似乎更为宽阔。民族文化的深层积淀在这个蒙古族青年的视野和经历中被展现出来，于是他获得了检讨和反省自己肤浅和轻率的意识和能力。对人民和土地的倚重，对古老传统文化的重新认识，使主人公终于找到了能够安放自己心灵的归宿。梁晓声的《今夜有暴风雪》是当年知青文学社会反响较大的一部作品。小说的背景设定于知青返城前夕，在如何面对"去"与"留"的重大选择中，有三十六个知青毅然决然地选择了留在北大荒。这种悲壮的选择连同牺牲的战友、广袤无垠的土地和风雪交加的自然环境，一起构成了小说肃穆、凝重和崇高的文学气氛。英雄主义、热血青春是响彻小说的高昂主旋律。虽然知青在北大荒历尽了生存苦难和命运挫折，但作品通过自然环境的渲染在展示知青与命运抗争的同时，也转化为审美的快感。这一写作模式与红色经典构建起了历史联系，也是激情岁月理想迸发的最高潮。张抗抗的《北极光》是一部典型的具有知青理想主义色彩的作品。"北极光"这个意象不仅是自然奇观，更重要的是它给人一种超凡脱俗远离尘世的联想。主人公陆岑岑的北极光想象隐喻了她高洁的内心和拒绝与俗世同流合污的精神信念。她的爱情履历并不是寻找爱人的过程，而是寻找精神同道的过程，她与三个男青年的关系就是对"完美"和理想的想象关系。她最后钟情于一个青年管道修理工，预示了她并不在意现实社会的身份地位，管道修理工坎坷的经历、丰富的思想以及对国家民族的深切关怀的形象，既酷似保尔，也类似牛虻。这一选择和意属，既表明了作家在那一时代对理想和完美的理解，同时也表明了她所接受的文化理想和文化认同。这个时代留下的青春文学，应该是最动人的文学景观之一。他们对理想主义和英雄主义以及价值观、人生观的探讨在今天仍然让人怦然心动；那些浪漫、感伤或多少有些戏剧化的悲壮故事，真实地反映了那个既贫瘠又富有的青春时代，它是一代人对生活、对人生以及对社会诚实思考的记录。知青一代在当代中国的思想格局中，具有"中间物"或两面神雅努斯的特征：一方面他们的面孔向着过去，一方面他们的面孔向着未来。在这个意义上说，这代人的思想矛盾酷似列宁对民粹主义者的评价。事实也的确如此。

阿城的《棋王》虽然也是知青题材的小说，但它发表时知青文学的大潮已过，它被文学史家纳入"寻根文学"的范畴。当知青文学经历了悲喜交加之后，阿城从平常人生的角度重新书写了知青生活场景，并在日常生活中衬托了中国传统文化的深厚底色，无论在人生境界还是修辞炼句上，他多从古代传统小说中汲取营养，从而使这部作品一时洛阳纸贵好评如潮。《棋王》对中国传统文化的皈依，也从一个方面终结了知青文学在社会性和文学性上写作的单一。从此，知青文学向四方离散，从题材到书写方式，都发生了重大变化。

知青文学发展至二十世纪九十年代，无论是社会还是作家自身，都意识到了文学的有限性和可能性，这使文学的面貌焕然一新。《黄金时代》无疑是王小波最好的作品，这部作品不只是因获台湾《联合报》文学大奖而使王小波名噪一时，同时也格外为九十年代的大陆读者重视。如火如荼、激情万丈的癫狂年代，在作者的叙事中仅仅成为一种底色和背景，他没有历史了然于心之后的控诉，也没有"青春无悔"式的悲壮。在这个意义上，《黄金时代》同所有的知青文学和"反文革"文学都不同，仅此一点，就足以说明王小波作为一个小说家的地位和价值。《黄金时代》就作品来说，它的内在结构十分简单，一个叫王二的知青，既是主人公又是叙事人，他陈述的故事也只是王二与陈清扬前后多年的恋情及性关系。他的讲述既张扬又从容，既有描述又有体验，这给不明真相的人迅速的误导，使他们很容易产生种种与性相关的联想，更有甚者会指认它是一部"色情"小说。用福柯的话来说，这就是一种"认知的意愿"。一个人的认知意愿受制于他的认知是否符合群体的共识，受制于人们对禁忌的恐惧性记忆和理解。王小波通过对一个禁忌的"触犯"，披露了一个时代文化机制的秘密。每一个时代都有按照自己的意愿构筑起的语词形态，它通过多种机制形成互涉的严密网络，对它所指涉的事物进行明确、简约或调整、强化，并赋予它以合法性，而对那些不曾指涉的事物，在不做宣告中形成禁忌，并实施排拒和压制，在语词系统中它不能进入秩序，因此不具有合法性。性，在王二的时代仅是禁忌之一种，它的被压抑，反而成了人人关注并深怀兴趣的对象。因此，与其说那些阅读陈清扬交代材料的人内心残缺，不如说一个时代的文化机制有了致命的残缺。因此，《黄金时代》对"文革"反人性的揭示，是隐含于文本之外的，却是最为深刻的。王小波的这一贡献只能产生于九十年代而不会是此前的年代。即便是在这一时代，许多人仍不能理解，从而使它在很长一个时期处于暧昧不明的状态，这也从另一个角度证实了语词构筑的认知意愿的巨大威慑性，也从而证实了王小波作为一个小说家超前的先锋性。

王松的"后知青小说",发表于2004年之后。他的小说超越了知青文学经历的不同潮流。在王松的小说中,"文革"或知青下乡只是小说的整体背景,他主要讲述的是知青在乡下的生活状态和心理状态,是一种具有"原生态"意味的知青生活。当知青在乡下度过了短暂的理想主义想象之后,精神与生存的双重贫困,使知青迅速放弃了脆弱的理想主义,精神上陷入极度危机之中,与贫下中农的师生关系也迅速形成对峙关系。民粹主义的想象在现实中坍塌,乡民的质朴、友善、诚恳等也伴随着狡诈、自私以及几乎失控的欲望"压迫"。因此,与乡民在心智上的"较量",就不只是年轻人的恶作剧,同时也潜隐着一种恶意的报复或无意识的叛逆成分。《双驴记》是人与驴的斗争,黑六和黑七两头驴因为"出身"于地主家庭,与当时的"黑五类"排在一个序列,虽然是驴,却遭到知青马杰残酷的虐待。马杰的鞭技很好,他专门抽打驴最脆弱的隐秘处,结果黑六丧失了生育能力,一头气宇轩昂的种驴生生被马杰阉割了。当黑六的头颅被马杰割下的时候,恰被黑七看到了整个过程,于是黑七便不断地报复马杰,马杰虽然也不择手段地整治黑七,最后却险些与黑七在烈火中同归于尽。《葵花引》中的小椿,用蜂蜜涂抹在母牛的鼻子上,母牛为躲避蜜蜂走进池塘,当只剩鼻孔在水面呼吸时,小椿用精准的弹弓打在牛鼻子上,致使母牛溺水而亡。知青们对待牲畜的非人性态度,在《哭麦》中得到了诠释。黄毛被知青们藏起来之后,恶作剧地将一张狼皮粘在了羊的身上,然后给它吃田鼠。这只披着狼皮的羊懵懵懂懂改变了习性,温顺被攻击所替代,食草改为食肉。村民骚动人人自危。知青人性残酷性的改变过程,与羊的性情变化就构成了一种隐喻关系。因此,王松的知青小说在本质上就是知青生活的寓言。

知青文学是这代人历史的证词,是他们心灵的传记。无论如诉如泣、慷慨悲歌还是渡尽劫波、心如止水,如果用诗史互证的方法,通过知青文学,我们也大抵可以了解那段历史的某些方面。因此,知青小说不仅塑造了大批有价值的文学形象,再现了某些历史场景,还原了那一时期社会尤其是青年的普遍的心理状况,并通过知青文学提供的无数历史细节,呈现了一个时代的真实面貌。如果是这样的话,那么,包括知青小说在内的知青文学,就远远超越了它们自身的文学价值而流传久远。还需要指出的是,因着社会历史的发展和巨大变化,知青一代作家后来大多离开了知青题材,不再书写个人知青经历的自叙传,他们拥有了更广阔的视野和书写对象,但知青经历对他们的文学情怀和关注对象的选择仍然影响巨大。

原载《文艺争鸣》2018年第12期

一个传统母题的延续与变异

——"立嗣承祧"及其相关的小说

过继或收养题材在传统戏剧，特别是明清白话小说中非常普遍。比如《三国演义》中刘备过继刘封、关羽过继关平，《水浒传》中高俅过继高衙内，《说岳全传》中周侗过继岳飞等。但是，围绕这一传统母题，由于取资范围和演绎、创作的不同诉求，故事的指向自然也大相径庭。于是便有了"国家叙事"和"民间叙事"的分野，其中"国家叙事"以元杂剧《赵氏孤儿》最为典型。《赵氏孤儿》故事取材于《左传》《史记·赵世家》和刘向《新序·节士》《说苑·复思》等书，剧作家纪君祥进行了提炼、改造和虚构。春秋时晋国上卿赵盾遭到大将军屠岸贾的诬陷，全家三百余口被杀。为斩草除根，屠岸贾下令在全国范围内搜捕赵氏孤儿。赵家门客程婴与老臣公孙杵臼定计，救出孤儿。为救孤先后有晋公主、韩厥、公孙杵臼献出生命。二十年后，赵氏孤儿由程婴抚养长大，尽知冤情，禀明国君，亲自拿住屠岸贾并处以极刑，终于为全家报仇。赵氏孤儿被赐名赵武，救护赵家的众人受到封赏。《赵氏孤儿》影响深远，与《窦娥冤》《汉宫秋》《梧桐雨》被称为元杂剧的"四大悲剧"。这一叙事模式，在《说岳全传》中亦有痕迹。无人能敌的"双枪陆文龙"的身世通过"王佐断臂"得以揭晓，然后反金归宋。《三国演义》中，刘备过继刘封，是"国家叙事"中的另一类型。刘封原本是寇氏的儿子，刘备初到荆州的时候，已近四十岁了还没有子嗣，于是过继了刘封做继承人。后来刘禅出世，刘备依然器重刘封，将其培养成一员勇猛战将。据记载，刘备发动入川之战的时候，年仅二十余岁的刘封随军入蜀，所到之地，攻无不克，战无不胜，屡建战功。《三国志·刘封传》曰："及先主入蜀，自葭萌还攻刘璋，时封年二十余，有武艺，气力过人，将兵俱与诸葛亮、张飞等溯流西上，所在战克。"后来益州平定，刘备又派他与孟达一起攻下了上庸，并让他和孟达一起镇守此地。这个时候，刘备和刘封之间，还是父慈子孝。刘封驻守上庸不久，先是关羽发动襄樊之战，令他发兵相助，他拒绝之后，关羽兵败如山倒；后刘封与孟达不和，孟达恐刘备怪罪不救关羽一事，转投曹魏，并率曹魏兵马拿下了上庸。孟达攻城之前用书信劝说刘封投降，刘封拒绝并回到了成都。刘封没想到回到成都，等待他的是死亡。《三国志》记载："于是赐封死，使自裁。"这个时候，刘封说了八个字："恨不用孟子度之言。"他后悔没有听从孟达的劝告，不是后悔没有降魏，是后悔没有听从孟达的分析。孟达在写给刘封的劝降信中，是想让刘封明白，刘备虽然现在还重用他，但是有刘禅在，刘备很可能听从他人建议除掉他。刘封不相信此言，执意回到了成都。结果刘备果然听从了诸葛亮的建议赐刘封自尽了。刘封的命运反映了刘备"仁义"性格虚伪的一面，同时更反映了帝王时代权力关系的本质。当刘封看透刘备本性为时已晚，只能悔恨交加结束了自己短暂的一生。在"国家叙事"中，过继与民间的"立嗣承祧"没有关系，但与权力更替密切相关，因此可以理解为国家意义上的"立嗣承祧"。

但这种过继、送养并不典型。比较典型的是明清白话世情小说，如《醒世姻缘传》《儒林外史》《醋葫芦》等，都有过继的叙事情节。这类小说既有充满了虚构的可能性，同时，由于社会历史，特别是制度的原因，过继和收养在社会生活中的存在也是事实，其中"立嗣承祧"就是基本母题之一。所谓"立嗣承祧"，就是奉祀告庙，承继奉祀祖先的宗庙，如《儒林外史·第二五回》倪老爹和鲍文卿立下的过继文书是：

> 立过继文书倪霜峰，今将第六子倪廷玺，年方一十六岁，因日食无措，夫妻商议，情愿出继与鲍文卿名下为义子，改名鲍廷玺。此后成人婚娶，俱系鲍文卿抚养。立嗣承祧，两无异说。如有天年不测，各听天命。今欲有凭，立此过继文书，永远存照。嘉靖十六年十月初一日。立过继文书：倪霜峰。凭中邻：张国重、王羽秋。

二是由于财产继承制度使然，"承祧继产"也是这类小说常见题材。由此可见，过继、收养成为小说题材，与社会历史文化有密切关系。另一方面这一题材为文学想象提供了极大的空间，从叙事角度来说，过继作为现实生活中的特殊事件，与之相关人物的各种心理会引发不同的行为方式，从而推动叙事的发展。同时，由于过继中当事人姓氏、身份等的变化，会而形成变幻多姿的叙事可能，使小说的传奇性或悬念有极大的可读性，从而使世情小说达到笑花主人所说的"极摩人情世态之歧，备写悲欢离合之致，可谓钦异拔新，洞心骇目"的文学效果。

另一种类型是明清白话小说的"市场需求"。"大团圆结局"是那一时代读者和听众重要的"心理期待"。于是，"复姓归宗"成为这一题材的另一种结局。《醒世恒言》"卖油郎独占花魁"中的莘瑶琴，出生在汴梁城郊一个小康之家，自小聪明灵秀，十岁便能吟诗作赋，琴棋书画、女红刺绣无所不通。靖康之难，汴梁城破，瑶琴在逃难时与家人失散，被人卖到临安做了妓女，改名称作王美，唤作美娘。王美娘凭着自己的才艺和容貌，成了临安名妓，得到"花魁娘子"的称号，一晚白银十两，仍然慕名者众。王美娘也想过从良嫁人，但是"易求无价宝，难得有情郎"，一直没有见到合适的人选。临安城外卖油店的朱老板，过继了一个小厮。他原来姓秦名重，也是从汴梁逃难过来。秦重母亲早亡，父亲在他十三岁那年将他卖到油店，自己北上做生意去了。秦重过继给朱老板后，改名朱重。一年二月的一天，朱重为昭庆寺送油之后，碰巧看见了住在附近的王美娘，被她的美貌所吸引，心想"若得这等美人搂抱了睡一夜，死也甘心"。于是日积月累，积攒了十两银子，要买王美娘一夜春宵。老鸨嫌弃他是卖油的，再三推托，后来见他心诚，就教他等上几天，扮成个斯文人再来。然而等到美娘之时，后者大醉，又认为朱重"不是有名称的子弟，接了他，被人笑话"。但朱重不以为意，整晚服侍醉酒的美娘。次日美娘酒醒后，感到歉意，觉得"难得这好人，又忠厚，又老实，又且知情识趣"，但"可惜是市井之辈"，"若是衣冠子弟，情愿委身事之"，回赠朱重双倍嫖资以作谢。朱老板不久病亡，朱重接手了店面。这时美娘生身父母来到临安寻访失散的女儿，到朱家油店讨了份事做。一年之后，美娘被福州太守的八公子羞辱，流落街头，寸步难行，恰巧遇见经过的朱重。朱重连忙将美娘接回青楼，美娘为了回报朱重，留他过宿，并许诺要嫁给朱重。美娘动用自己多年储下的钱财为自己赎身，嫁给了朱重，又认出了店里的亲生父母。朱重最后也与父亲相认，复姓归宗皆大欢喜。

过继、送养题材小说的绵延不绝，归根结底还是与社会生活有关系。材料表明，无论是古代还是现代，宰制过继、送养行为的，除了生存条件不得已而为之外，"立嗣承祧""承祧继产"的思想"观念"是重要的因素。档案材料记载证实了这一点。乾隆二十五年（公元1760年）赵守忠过继文书——

> 立过继文约人赵守忠因三门胞弟无子，今情愿将三子小秋过与三门胞弟守和门下继嗣承祧。同本族人等言明，自过继之后，凡三门胞弟一应事体俱系小秋照理，凡三弟所遗一切房产地基财物树木等项俱系小秋为业。各出情愿，并无异说，恐后无凭，立过继文约永远存照。

咸丰七年（公元1857年）潘门王氏取继合同：

> 立取继合同人潘门王氏，为故夫喜元乏嗣无人承祭，合同亲族说合，情愿将胞五兄次子花庭取为己子承先启后，以奉祀告庙，各无异说，立合同为证。①

到了民国十三年（1924年），仍有保留的过继文书。泾县茂林人吴报训同其妻商议将其次子吴桂林过继给本族吴报祥房下，其过继文书如下：

> 立承继字人□□房吴报训同妻□氏商议：方将亲生第二子名唤桂林年四岁，岁次辛酉年九月十一日子时生，情愿过继与本族本分伯元公房吴报祥名下为子。过门以后，教育婚配归继父负担，日后长大成人，顶门当户祭祀坟墓光荣门闾与生父无涉。其子婚配后添生两子，长子归继父传宗接祧，次子归生父。倘生有三子四子，亦这有一子归生父接嗣。继父所有祖遗及自置屋产田房及一切账目什物，继父母身后归继子执业，他人不得争夺。承继以后无灾无害，度门庭之昌盛永远大发大旺。空口无凭，立此承继字为据。
>
> 　　立承继字人　吴报训
>
> 　　　　　　　　　　　　　　　　　　　　　　　　　　妻□氏
>
> 　　介绍人　　吴彭椿
> 　　中华民国十三年六月六日②

如是，过继、送养题材终还是社会生活的反映。鲁迅的《长明灯》《孤独者》等，张爱玲的《小团圆》《郁金香》等，都涉及过这类内容。进入当代之后，由于社会历史环境的变化，关于过继、收养题材日渐稀少，偶然出现也与"立嗣承祧""承祧继产"关系不大或完全无关。

---

① 姜春晖：《继嗣文书：立嗣大事有凭证 社会文化信息丰》，《洛阳日报》2013年7月4日。

② 叶彩霞、吴小元：《民国时期泾县民间的一份过继文书》，《宣城日报皖南晨刊》2017年1月9日。

吴君的《生于东门》①，似乎还是写底层人生活的小说：东门是深圳关内，因此作为父亲的陈雄非常有优越感，他发誓也要把儿子生在东门。但是，陈雄的命运实在是太差了，他即便在东门，也只是一个拉客仔。孩子，甚至阿妈都看不起他。被看不起的陈雄，还有谁会看得起他的孩子。所以儿子陈小根在学校也受尽了欺辱，回到家里再受父亲陈雄的奚落；贫贱夫妻百事哀，夫妻两人口角不断也多为生活琐事。所谓浑浑噩噩的日子，大概就是陈雄过的日子。但是，当儿子陈小根要过继给香港商人、就要留在香港的时候，一切都发生了变化，包括父子、夫妻。陈雄也许第一次体会了亲人的感觉。小说写尽了底层人的生存困境，在一切即将改变的时候，人间的暖意徐缓地升起来了。这是吴君小说的一大变化。事实也的确如此，穷苦人也不是每天都泡在黄连里，他们也有自己的快乐和欢欣。小说在波澜骤起处的设计与构思，大起大落摄人心魄。吴君将父子亲情写得如此真切，但她也必须置换了空间环境。她将父子两人最后的关系一定要设计在香港而不是他们的家乡，这就是人之常情，所谓生离死别——也就是时间和机会不多时，人们才想到珍惜，想到相亲相爱。小说自始至终，一个巨大的焦虑在陈雄那里一直挥之难去，这就是身份的焦虑。他虽然人在东门，儿子也生在东门，但这并没有改变他拉客仔的命运和身份。他的所有遭遇都与他的身份相关。如果要改变这一切，必须改变身份。自己的身份已无从改变，那么只有改变儿子陈小根的身份。改变的唯一途径，就是过继给儿子早夭的香港商人。香港商人虽然没有明确表达"立嗣承祧"的诉求，但言语中隐含了这样的诉求。陈雄要改变儿子身份和命运，香港商人希望有继承者，双方都满足了各自需求，于是一拍即合。

与《生于东门》题材相似的，是东西《篡改的命》②，这是东西距《后悔录》发表十年之后的作品。小说封面介绍这部作品时说："有人篡改历史，有人篡改年龄，有人篡改性别，但汪长尺篡改命。"汪长尺就是小说的主人公，他要篡改的不是自己的命，是他的儿子汪大志的命。篡改历史、年龄、性别，尽管有的合法有的不合法，但都有可能做到。命，如何篡改？小说的题目充满了悲怆和悬念——究竟是什么力量要一个人冒险去篡改自己的命。

汪长尺是一个农家子弟，高考超过录取线二十分不被录取。不被录取的理由是"志愿填歪了"。汪长尺的父亲汪槐决定去找"招生的"理论，经过几天静坐示威抗议，但汪长尺的大学梦还是没有解决。汪槐从招生办的楼上跌落摔成重伤。从此，

---

① 吴君：《生于东门》，《中国作家》2015年第7期。
② 东西：《篡改的命》，上海文艺出版社2015年。

汪长尺为了还债、养家糊口，也为了改变下一代的命运，决定到城里谋生。但他不知道，城里不是为他准备的。生存的艰窘使他的经历远远超出个人的想象：替人坐牢，讨薪受刀伤，与文盲贺小文结婚后，为了生计贺小文去按摩店当按摩师，然后逐渐成了卖淫女。破碎的生活让汪长尺眼看到，汪大志长大后就是又一个自己。于是他铤而走险把儿子汪大志送给了富贵人家。贺小文改了嫁，汪长尺多年后死于非命。这是一出惨烈的悲剧。小说具有鲜明的社会批判性。权力关系和贫富悬殊使底层或边缘群体的生存状态日益恶劣不堪。而底层边缘群体的特征之一就是它的传承性。贫困使这个群体的下一代少有接受良好教育的机会，没有良好的教育，就没有改变命运的可能。这是汪长尺要篡改汪大志的命的最重要的理由。但篡改汪大志的命，只是汪长尺的一厢情愿。且不说汪大志是否从此就改变了命运、是否就能过上汪长尺期待想象的生活，仅就汪长尺、贺小文失去汪大志之后的日子和心境，就是汪长尺想象不到的。不只他失魂落魄魂不守舍，贺小文压根就不同意将汪大志送人。当汪大志被送人之后，贺小文也弃汪长尺而去改嫁他人。

汪长尺是突发奇想地用"篡改命"的方式结束自己家族的命运。汪长尺当然是异想天开。但是，作为底层的边缘群体，还有一个重要的特征是他们缺乏或者没有实现自救的资源和可能性。这一特征决定了他们的传承性。因此，东西设定的汪长尺"篡改命"的合理性就在这里。汪大志的命在汪长尺这里被"篡改"了，但是，汪大志真的能够改变他的命运吗？作为小说，值得一提的是东西对偶然性和戏剧性的掌控。汪长尺高考被人顶替，进城替人坐牢，讨薪身负重伤，被人嫁祸杀人，结婚妻子做了妓女，儿子送的竟是自己的仇家……一系列的情节合情合理，但又充满了偶然性和戏剧性。这是小说充满悬念令人欲罢不能的艺术魅力。这方面足见东西结构小说的艺术才能。李渔在《闲情偶寄》中说："说不出的才是真苦，搔不着的才是真痒。"汪长尺的苦就是说不出的苦。作为小人物的汪长尺既没有话语权，又无处诉说。因此，东西借汪大志"篡改命"的方式，隐含的是他强烈的社会批判意图。是社会的不公平才导致了汪长尺的铤而走险异想天开。在科技和信息如此发达的今天，一个人的出身、履历以及社会关系，如何能够篡改？这当然是小说之外的问题。仅就汪大志被篡改的命而言，他"立嗣承祧"的可能性还是存在的，抑或说，汪大志"被过继"之后，很可能走出了他父亲汪长尺的命运。

葛水平的《养子如虎》①，是一个典型的"过继"故事，也是与传统叙事原型最为接近的小说。故事的主要人物就"父子"俩：呼得福和呼延展。呼得福原本是呼

---

① 葛水平：《养子如虎》，《北京文学》2020年第2期。

延展的亲舅，母亲是呼得福的亲姐。呼得福家徒四壁，人长得很显岁数，没有女人看上他，三十五岁了还是一个光棍。姐姐将自己五岁的长子黄晓波过继给弟弟，更名呼延展。姐姐的想法是"人活一世怎能没有自己的后代"，这想法就是"不孝有三无后为大"的当代白话版。呼延展的故乡在内蒙古伊金霍洛旗，属呼和浩特、包头、鄂尔多斯"金三角"腹地。从地图上寻找，在鄂尔多斯高原东南部，毛乌素沙地东北边缘，故乡东与准格尔旗相邻，西与乌审旗接壤，南与陕西省榆林市神木县交界，北与鄂尔多斯市府所在地康巴什新区隔河相连。地理上是亚洲中部干旱草原向荒漠草原过渡的半干旱、干旱地带。水蚀沟壑和坡梁起伏的故乡，风沙肆虐。纳林希里镇，其根沟二社是呼延展居住的村庄名字。因此，与传统母题接近的故事，大多发生在相对贫困闭塞的落后地区。过继黄晓波虽然没有过继文书，但仪式还是有的——

> 舅舅在土屋的院子里等待很久了，一张八仙桌，桌子上是父母的牌位，舅舅坐在椅子上，比平常日子打扮得干净，双手交叉在胸前，嘴角扯起笑纹，看见姐姐领着"外甥"进来了，紧着坐在椅子上。跟着进了院子的村干部是证人，他们站立一边。姑姑率着呼延展走到八仙桌前面，要他跪下。呼延展跪下，磕头，算是认祖了。

《养子如虎》的题材与"立嗣承祧"关系更近一些，但作为当代小说，其具体叙事有话语的开放性，被过继者灰暗的人生经历不再被遮蔽，特别是他们的心理感受，有了表达的可能。这一点与明清白话小说大不相同。明清白话小说由于讲述方式的单一性，所有的事物包括人物的心理活动，完全由无所不知的讲述者掌控，被宰制的命运一如被过继的命运，是没有主体性的。后来"呼延展看着三岁的自己，感到很尴尬，心里怪怪的，有一种说不出的感觉。他认为从来就没有被女人抱过，哪想这张照片上的自己被亲妈抱着。呼延展突然感觉到自己的身份很复杂，养父不想理清，姑姑不想理清，都有一个道理在里边，这种复杂的亲情关系恐怕自己也无法理清了"。是否进入人物心理，是现代小说与传统小说最大的区别。也只有进入现代，呼延展才有可能表达自己的内心感受。传统小说无论是被过继、被送养、被招婿，因其地位的低下，生活中大多逆来顺受委曲求全。当人的主体性被唤醒之后，特别是作家将更多的同情赋予弱者或小人物的现代意识，作为弱者的过继者的心理得以全面表达。贫穷邋遢的继父呼得福在呼延展的眼里就是"一堆提不起来的淤泥，有点太伤呼延展的自尊了。贫穷带来的羞耻，连带养父搅和一锅难以下咽的感情杂烩，于一个青春年少的人来讲，唯一的是离家出走"。"通往学校的道路上，呼延展突然发现自己一点喜悦也没有，一点期盼也没有，对活着产生了根本性的质疑，甚至觉得人活着的意义，传宗接代的意义，许多问题在心里绞缠着、闹腾着，找不到头绪，看不清走向。这个寒假自己做了什么？自己像土坝上干枯的叶子，没有活力，没有水分，周围没有拦挡，只有风带着走，可是走到哪里才是头啊？"这些心理活动反复表明，呼延展通过对继父的不满，实际表达的是对自己过继的不满。尽管他没有诉诸直接的反抗。

葛水平在创作谈《劳动人的情义》中说："我被民间真实生活所裹挟，生活在底层的人，生存道路艰难，艰难而动荡的前途未卜，正是可以让人性所做的沉潜呈现绝望和反击。现实生活，每时每刻的发生，为写作者提供了永不干涸的创作源泉。也可以说，民间是寻找故事的一个富矿，只有走进他们的生活，才能洞见他们的人生轨迹。"呼延展作为养子确实做到了有情有义。他经历的那么多苦难和委屈，但他对养父呼得福能做的几乎都做了。为养父生了儿子，续上了呼家的香火，养父生病，呼延展带着养父去北京看病，在天安门照了相，逛了故宫和长城，最后养父有尊严地告别了这个世界。小说结束的时候，呼延展和孩子们说："爸爸要建一座伊金霍洛旗纳林希里镇其根沟二社最好的房子。房子里安放咱们祖先的灵魂"。这个结尾终于接续上"立嗣承祧"的古旧主题。呼延展"成虎"前后判若两人，传统与现代的分裂统一在一个现代青年身上确实意味深长。

小说告知的是，民间仍然存在这种前现代的思想，本土的文化传统在民间仍然有顽强的生命力。事实上，一贫如洗的呼得福，既没有财产可以继承，亦没有祠堂可以供奉。但是，"无后为大"无论是对于姐姐还是对呼得福，依然是一种巨大的恐惧和焦虑。而呼延展最后对孩子们的宣示，完美地呼应了前辈的诉求。如果呼得福在天有灵，他该会是怎样的满足。

葛水平的小说创作，最值得称道的，就是对乡村生活的熟悉，对人物心理、思想、情感洞悉的透彻。她的语言行文，都是贴着人物的情感轨迹的，即便是讲述者旁白交代，也是设身处地，其对话对象一直在话语关照的范围之内。呼延展的经历不再带有普遍性，为了延续香火的过继现象也已经不再常见。但是，只要这种方式并未彻底终止，那就是葛水平所说的底层人"生存道路艰难"的一部分。过继现象不具有普遍性，但"生存道路艰难"是普遍的。一个极端的、个别的现象，深刻地表达了一种普遍的生存状态。或者说，千百年来我们的生活发生了翻天覆地的变化，同时，还有潜藏在生活皱褶深处的不变的事物。对这些事物，简单地用好或不好的价值判断没有意义。因为生活之流并不完全流淌在现代理性的河床上，历史巨大的惯性依然有它的合理性，就在于现代性的复杂性和不平衡性。

吉林作家金昌国的《秋分》①，讲述了一个偶然性事件改变了两个家庭的命运：老于携秋分带着已参加工作的大儿子和小祺回关里奔丧，留下大女儿小吉照看家；老相和庄红的女儿小慧陪中学同学小吉看家。晚上两个人煤气中毒同时惨遭不幸。相家除了女儿小慧还有一个智障儿子大头，相家因失去女儿小慧，母亲庄红也精神失常。于是秋分便决定将自己家的小女儿小祺送给相家，以补偿相家失去女儿的痛苦。这是《秋分》的基本情节。

《秋分》与"立嗣承祧"或"承祧继产"，也就是香火和财产都没有关系。与之有关系的是小说"硬核"人物于家母亲秋分。小说两家有九个人物，于家老于、秋分、宝子、小吉、小祺；相家老相、庄红、大头、小慧。但小说用《秋分》做题目，不仅显示了秋分在小说中的权重，更重要的是故事是以秋分的视角和心理展开的。两家的家庭事故出现后，是秋分提出将小女儿小祺送给相家，也就是过继给相家。理由当然不是因为小祺是女儿，和父亲老于更亲，和自己差了一层。这主要是秋分的个人性格使然。秋分是什么人？她是煤矿道清沟的能人，不仅在家里是说一不二主事的人，在矿上作为瓦工，一分钟可以码十几块砖，与男瓦工一起比赛曾获得过矿上第六名。她男性化的性格起码在表面上鲜有儿女情长婆婆妈妈。但是，秋分毕竟是母亲。表面上她波澜不惊，但心里不啻为惊涛骇浪。小祺偷偷跑回家，她将小祺交给来找小祺的老相手里后，眼泪"大颗大颗掉落"下来。相家为了断掉小祺和父母的联系，要搬出矿区到县人参厂打更。搬家路过于家时，秋分和小祺不啻为诀别。秋分"回身朝着自家大门走去，她脚步踉跄地走着一边痛苦地自语：'小吉你为什么要死啊，你让我死了多好啊。'在秋分心里，如果小吉不死，就不会有小祺现在的命运。大头死后相家希望大头和于家的小吉结为冥婚，甚至把小祺还给于家也可以。老于想用死人换活人。可秋分说：'活人死人都是我女儿，我不拿死了的女儿做生意，你们就死了这条心吧！'秋分作为母亲的爱，不仅在小祺身上，同样也在死去的小吉身上。小说最感人的是小祺结婚。老相说：'明天姑爷开车过来。秋分怔住了，如同在寂静的院子突然被一声呐喊唬住了似的，慌在了那里。'"一个细节，将秋分对小女儿的思念写得一览无余——她手忙脚乱全然失了方寸，她要回家为女儿准备吃喝，要杀鸡。然后，她"兀自站在屋子中央，抻了一下衣角，习惯性地往上捋了捋头发，好像他们此刻就站在门外"。无论多少年过去，秋分从

———————

① 金昌国：《秋分》，《民族文学》2020年第4期。

未与女儿分开过。小说对人性，特别是母女骨肉情的书写，令人潸然泪下。

《秋分》与《篡改的命》《养子如虎》的旨意都不相同。无论是于家还是秋分，没有因小祺命运问题过继给相家的诉求。其实于家的家境还要略好于相家。小祺过继给相家，与秋分的性格或东北邻里相处的方式有关。两家男人同在一个矿上，两家女儿是中学同学，两家的关系已远不是"远亲不如近邻"，其亲密性胜过许多沾亲带故。小说关于东北工人家庭日常生活关系处理的书写，其真实性毋庸置疑，特别是在物质生活相对贫乏、人际关系相对简单的岁月。那里确有令人追怀的真情，邻里、同事如亲人般的诚挚。但是，它形成的日常生活的意识形态，也从一个方面控制了秋分，这就是她理解的做人的原则。她决定将小祺送给相家的直接理由是，相家"就这么一个健康孩子还因我家走了"，她说服老于的理由是"咱不能这么做人啊，人家那是唯一的女儿啊。老于说：我们也就剩下一个女儿了。秋分看着在炕上已经睡熟的小祺说：就这么定了"。当小祺几次跑回家里，秋分坚决地将其送回相家，理由也是："既然把女儿给了人家，就得讲信誉，邻居们都看着呢。"这时我们发现，秋分为了同情相家失去唯一健康的孩子，不欠相家的情分，小祺是作为秋分解脱心理歉疚和失衡的筹码付出的。她宁愿自己承受再次失去女儿的痛苦，也不情愿相家承受痛苦。因此，秋分作为母亲有无疆的大爱，但也确实有不能弥合的性格分裂。当然，这个日常生活伦理也有它的不真实性。比如，每年家家都要掏坑洞，秋分不待老相吱声，便到他家后墙，打开一个洞，把坑灰扒出来。当老相要到街里买些酒菜，老于拉住他说，干点活买什么菜呢，晚上还是去他家喝酒，这时秋分说"可真实在，那个庄红我说不吃她真就不做了。老于在厨房里忙着说：他家有个病孩子，平时都拱不拢嘴，哪有闲钱请吃饭。秋分说：就你大方，就你有钱"。当小祺和男朋友回道清沟要看母亲被庄红发现时，"庄红叹了一口气说：这是早晚的事，女儿大了，该回去找母亲了"。这当然不是小祺要"复姓归宗"，她是真想自己的生母了。这些情节从一个方面表达了日常生活意识形态有虚假的成分。另一方面，秋分的愤愤然，并不是一定要吃老相家一顿饭，那里也隐含了她对相家收留女儿的复杂心理。一个人最大的痛苦莫过于内心的纠结、矛盾和难以取舍。即便做出取舍，内心的痛楚依然难以平复。秋分就是在这一心境中度过了十几年。小说人物性格的内在矛盾并无法化解，是《秋分》的一大发现。

但是，小说有明显的戏剧化成分：相家女儿小慧煤烟中毒死去之后，她的大头哥哥也因脑梗死死去；于家的小吉和小慧一起煤烟中毒死去之后，哥哥宝子也因疲劳驾驶冲下栏杆死于非命。这里的问题不在于情节的极端化，而在于人为的痕迹过于明显。接踵而至的不幸，使心理和精神不堪重负的两个家庭更是雪上加霜，死亡事件的不断发生，只是强化了小说的悲情色彩，而对人物塑造或情节推动并没有实际意义。这与东西的《篡改的命》对偶然性和戏剧性设置并不相同。汪长尺高考被人顶替、进城替人坐牢、讨薪身负重伤、被人嫁祸杀人、结婚妻子做了妓女、儿子送给的竟是自己的仇家……一系列的情节在逻辑上合情合理。那里也充满了偶然性和戏剧性，但使小说充满悬念和令人欲罢不能的阅读期待。这方面《秋分》戏剧化合理性的不那么缜密，还是需要讨论的。

"80后"作家马小淘的《骨肉》①，无论是作者的预设构思还是故事本身，都与"立嗣承祧"相去甚远。除了话语方式，小说内容与马小淘的个人经验没有太多关系，因此这是一个纯粹虚构的故事。小说起始于母亲和亲生父亲的私奔。养父张老师直言不讳——"你不是我亲生的""你妈和你亲生爸爸跑了，我被甩了""你也被甩了。还他妈甩给我了"。母亲原本和一个叫刘雨刚的青梅竹马，两人家住得不远，小学、中学都是同学。二十二岁时就出双入对。张老师作为群众艺术馆的画家到工厂体验生活，正好赶上了刘雨刚出事，刘偷车间的配件拿去卖，而且是惯犯，犯案后被工厂开除。时逢"严打"，刘雨刚怕开除后再蹲大狱，于是跑路了。痛不欲生的母亲这时遇到了暗恋自己已久的张老师，于是两人一拍即合。嫁给张老师时，母亲已经怀了刘雨刚的孩子，母亲没有隐瞒，张老师因迷恋母亲美貌并不介意其有孕在身，因此张涵的出生也有了合法性。但是，那个跑路的刘雨刚并没有从人间消失，他幽灵般地又浮出了水面。母亲与前恋人死灰复燃重新建立了联系并果断抛夫弃女私奔了。

《骨肉》中"过继"关系的奇异，就在于这里只有"当事人"，没有一个"过继"主体：母亲是"弃女私奔"，共同私奔的对象是弃女的亲生父亲，这两人与弃女张涵有血缘关系，但父母之间没有合法婚姻关系。因此张涵的真实身份是一个未被宣告的"私生女"。张涵的养父因爱慕张涵生母的美貌，当初没有计较她已经怀有刘雨刚的孩子。但当张涵母亲与前男友私奔时，张老师便不得已被动地接纳了张涵。如果说张涵的母亲还是张老师的妻子，那张涵的身份和家庭地位是没有问题的。但是，当张涵母亲私奔之后，与张老师没有血缘关系的张涵，其身份危机也如期而至。接下来就是张老师和张涵如何处理他们之间的关系了，或者说，在当代的生活环境中，在血缘关系之外，他们是否还能成为一个"家庭共同体"，是否还能父女相依为命。当然，这里的关系主体是张老师。首先，他是受害者，是被旧情复发的妻子抛弃的；其次，妻子在，张涵是女儿，外人不知情，张老师也愿意视为己

---

① 马小淘：《骨肉》，《收获》2019年第6期。

出。但是，妻子私奔后，张涵应该与他没有任何血缘关系。这时的张涵只有十二岁，尚不具备个人生存能力。因此这是一个各方面力量悬殊的关系。马小淘就是要在这一不平衡的关系中考量人性，处理非血缘关系是否能够建立真实的父女情感。

这时的张涵，是地地道道张老师的养女了。小说已经完全脱离了传统的故事原型，这里既没有张老师"立嗣承祧""承祧继产"的诉求，张涵最后也没有"复姓归宗"的要求。这对养父女表面上冷硬荒寒唇枪舌剑，但他们相安无事地继续一起生活的事实没有改变。其中重要的原因是他们可以坦诚地交流、由衷地理解心底的善与爱。这是《骨肉》的当代性，这个当代性是马小淘用她的方式建立起来的。如上所述，当母亲私奔之后，生活虽然"郁郁寡欢"，但父亲张老师每天照常接张涵放学，虽然"别别扭扭"但还算"默契"。张老师等候张涵放学时吃美登高冰激凌，车筐里还给张涵留着一根，这个细节从一个方面反映了张老师对张涵的态度。但是，张涵的处境决定了她的机警和敏感。她首先感觉到的还是"身份危机"。她问父亲，"奶奶知道我的真实身份吗？"张老师的回答是："算了。让她多骂几句窝囊废也没什么不好意思的。她挺喜欢你的，这个让她知道了，比你妈跑了打击大多了。她本来也不喜欢你妈。告诉她对咱俩都没什么好处，不仅你，我也会更艰难。咱俩就忍辱负重吧，别给你奶奶添堵了。"一句"忍辱负重"，透露了张老师的全部心思。父女俩坦诚地交流私奔那一对的情感史，交流张老师的感受。这种交流方式虽然直奔主题，但流淌的还是父女间由衷的体贴和关爱。马小淘说："一个朋友说这个故事不可能发生，没有人愿意给背叛自己的人养孩子。我稍微迟疑了一下，但我想文学不是再现每天都在发生的事情，而是构建看似不可能的人物和情感，并且想办法让读者相信。所以我试图写一对没有血缘关系的父女相依为命，总结起来就很像晚会串词：不是亲人，胜似亲人。我个人不是十分喜欢老实巴交的温情脉脉，我觉得很多深挚的情感其实埋伏在坚硬、淡定的日常里，这也是一种含蓄。"①《骨肉》完成了一个几乎不可能完成的命题，它颠覆了"血浓于水"的固有观念。小说的最后，张涵的生母和张老师去世了，刘雨刚"依然安康"。但是，张涵的自述是："我心里空茫一片，切实感到双亲死去溃不成军的悲恸。从此，我是一个彻头彻尾的孤儿了。"这一独白表达的是，张涵对刘雨刚从未认同过，他们的血缘关系形同虚设。小说让我们思考的是，现代生活情感关系基础的改变早已完成。

在古代社会中，血缘关系是社会的基本关系，也是社会组织的基础，对社会生产及人们的生活起着极其重要的作用。近现代以来，随着社会生产的发展，血缘关

---

① 马小淘：《有一对父女》，《小说选刊》2020年第1期。

系的地位和作用逐渐下降，不断被其他利益关系如地缘关系和业缘关系所替代。传统文化重视血缘关系，主要是家庭在社会上发挥着重要功能。即便今天的乡村中国，血缘关系仍是形成体认亲疏的重要依据。也正是源于这一现实环境，一个时期以来集中出现了与过继相关题材的小说。这一现象既可以看作古代中国的"立嗣承祧""承祧继产""承祧告庙"传统题材在当代的变异后的回响，本土文学传统和谱系关系仍在不同的轨迹向前延续。但是，可以肯定的是，这一传统题材中的"国家叙事"业已终结，现代国家没有世袭制度；另一方面，即便这一题材的"民间叙事"，也发生了极大的变异，或者说，当代生活仍有过继、送养现象的存在，被作家表现理所应当。但作家在表现这一题材时，完全离开了明清白话小说的传奇性或大团圆结局，而着意表现的是当代人际关系和情感关系。如果我们稍加延伸解读的话，也可以将这类题材的小说整体理解为一个巨大的寓言，这就是当代人的身份危机以及对所谓人的主体性自我确认的危机。有学者谈到，当人们在情境中有机会选择执行何种身份时，他们将扮演更突出的或更有价值的身份。这种身份认同具有两种不同的面向：一种是自我展示，即向外界展现自我的优越性或独特性，将自我投射到某种理想的身份之中；另一种是自我保护，为了避免可能受到的惩罚，人们有时会倾向于选择相对劣势的社会身份。而年轻一代作家似乎没有这种实用主义的考量，他们对人际关系和身份的焦虑，以及对小说创作和生活关系的理解及其创作实践并非突如其来。如果是这样的话，他们的不约而同的感受，也许会给我们带来新的思考和启示吧。

2020年3月18日于北京

《南方文坛》2020年第5期、《中国社会科学文摘》2020年第5期

短篇小说中的"情义"危机

——2015年短篇小说情感讲述的同一性

一

刘庆邦是当代小说圣手，我曾命名他是"短篇王"。看过《杏花雨》^①之后，我觉得刘庆邦确实出手不凡。离了婚的两个青年男女，为了男方父亲奔丧。经过男方争取女方妥协终于达成了奔丧协议。至于两人为什么离婚倒无关紧要，这个时代离婚理由总会冠冕堂皇。重要的是刘庆邦在写两人奔丧面对男方死了的父亲时的场景。死了父亲痛哭在所难免，他们也真是哭得撕心裂肺一泻千里。可他们真是为死了的父亲和前公公痛哭吗？男人董云声哭的是，离婚后——

> 他在银川找到的工作是在一家快递公司当快递员，每天骑一辆箱柜式电动三轮车，穿行在大街小巷，给人家送快递。作为一名学经济管理的本科毕业生，当快递员只是他的权宜之计，他的目的是尽快积累一定的资本，办一家自己的快递公司，自己当老板，自己管理公司。为了多挣钱，他每天早出晚归，跑得马不停蹄。就说今年过春节吧，别的快递员都回家过年了，只有他一个人还在奔忙，连除夕和大年初一都不休息。为了省钱，他对自己很是苛刻。饿得不行了，他常常是泡一碗方便面充饥。鞋底子磨穿了，他舍不得买新鞋，就到垃圾堆里拣一双人家丢弃的旧鞋穿。爸爸那一辈是不容易，别人哪里知道，到了他这一辈，过得也很不容易，也有道不完的委屈，连老婆孩子都保不住啊！董云声从没有这样哭过，这一

① 刘庆邦：《杏花雨》，《人民日报》2015年4月1日。

次他是彻底放开了。如果为爸爸而哭只是由外而内，到了为自己而哭，就变成了由内而外。谁都是一样，只有从内心生发，只有为自己而哭，才会哭得这样持久，这样惊天地、泣鬼神。

女方安子君呢——

安子君怎么办？来之前，她没打算下跪，没打算哭，要保持自己的形象。按她的设想，她给董云声一点面子，配合董云声走一下过场，也就完了。她万万没有想到，董云声上来就给她来了这一手。以前，董云声在她面前以硬汉子自居，遇事极少掉眼泪。她看书掉眼泪，看电视剧掉眼泪，董云声还笑话她泪窝子浅，泪水子多。她和董云声办离婚手续的那天，董云声的情绪虽说有些低落，但一滴子眼泪都没掉。看来董云声并不是不会哭，也并不是不会掉眼泪，他一哭竟哭得这般霹雳闪电，一流泪竟流得如此泪水滂沱。安子君见不得别人哭，见董云声哭得这样痛心，她的眼泪呼地就下来了。她特别听不得女儿哭，女儿和她是连心的，女儿是吓坏了，她是心疼坏了。她对董泉说：董泉，董泉，不要害怕，妈妈在这里！这样劝着女儿，她膝盖一酸，不知不觉就跪了下来。一跪下来，她就加入了与董云声、董泉的合哭。他们的合哭是三重，有男声、女声，还有童声。

这里，女儿董泉为董云声哭，董云声和安子君都是为自己哭。这场轰轰烈烈的奔丧和哭丧，都与死了父亲、公公、爷爷没有关系。真是不动声色便有雷霆万钧之力。当然，小说间或处理的世道人心亦有深意，社会险恶人心不古，于是，这对分道扬镳的夫妻还会破镜重圆吗？一场离婚，一场奔丧，让安子君看到了男人世界，让董云声看清了自己，我们看到的则是五色杂陈的世界和众生相。

黄咏梅的《证据》[1]是一篇女性小说还是一篇情感小说并不重要。重要的是她在二人世界里深刻地塑造出了一个不谙世事的单纯女子和一个心机颇深的老到男人。律师和一个相差二十一岁的艺术院校出身的女孩组成了家庭。女孩从此成了家庭"全职太太"，男人在外扬名立万。女孩倒也心甘情愿，但从此也失去了自我甚至自由：女孩说要给一个蓝鲨配一个伴儿，男人说要讲风水，一个月之后才可以；女孩要和同学聚会在外过夜，男人说"你睡熟以后，鼾声如雷，简直不可想象"；女孩

---

① 黄咏梅：《证据》，《回族文学》2015年第3期。

上微博，但男人总是在后面掌控，经常删她的信息；女孩耐不住寂寞也为了秀一下恩爱，她将他们买鱼时让老板娘拍的照片发到了网上——

> 她看到了自己，笑得眼睛只剩一条缝，她也看到了大维，他们头碰着头，各自手上举着两只鱼缸，里边的那几条鱼，现在正安闲地游弋在他们右侧的大鱼缸里。这些鱼顿时消灭了沈笛对这张照片的陌生感，这就是那天他们去水世界让老板娘拍的合影。

就是这张照片引起了轩然大波。几乎就在同一个时间，又有一条关于男人的微博："我在澳洲圣安德鲁大教堂前为此刻抗争的弟兄们祈祷。"于是，缺席一个重要案件的著名律师遭到了网友的诟病和质疑。女孩甚至为男人开脱说自己说了谎。几天后男人真的去了澳洲，他是为那件"要事"去的吗？女孩在临睡之前在自己对面架起了摄像头，她要取下这一夜作为"证据"。她是否打鼾将不证自明，这个男人说的所有的"名人名言"也将不攻自破。著名律师的不可靠告诉女人的是，一个女人不能像婚纱摄影师说的那样："只要傻傻地看着老公就好。"女人的独立性对女人来说大概是最可靠的。这应该是近些年来最令人震动甚至惊悚的女性小说。

张楚的《略知她一二》①，是一篇色调非常抑郁的小说。说抑郁是一种阅读的心理感觉。一个二十岁的在校大学生与一个看楼的女宿管、一个半老徐娘发生了不伦关系，这种本应是浪漫、有情调的男女之事，却无论如何让人难以祝福。表面看这是一篇多少有些"色情"的小说，但"色情"只是这篇小说的外壳，里面包裹的是惨不忍睹的悲惨人生。宿管安秀茹的生活如果没有这表面色情是无法揭开的。小说写得相当沉重，读过之后一点色情感都没有：它不是刻意写色情，而是意在言外。张楚就这样将一个根本不会被人注意的普通女人的善良、隐忍甚至浪漫，写得淋漓尽致跃然纸上，在一个最边缘、最底层的地方，绽放出了一朵茁壮、夺目的文学花朵。

这几篇小说如果单独看，都是非常有特点有想法的好小说。它们对人的心理、行为、肉身的讲述与刻画，都令人深感震撼，它们讲述的经验也并不相同。但是，这里却共同表达了人性无情无义的相似性：无论是试图修好、貌似恩爱还是一时求欢的男女，他们都与爱情无关。一起阅读这些小说，爱情已然是一幅末日的图景。这是同一性造成的必然后果，其背后隐含的是作家对情感生活认知的差异性缺失。时代的情感生活怎样是另一回事，作家如何占有和表达情感生活，挑战的不仅是作

---

① 张楚：《略知她一二》，《江南》2015年第1期。

家对时代情感生活的了解，更具挑战性的是作家如何书写出情感生活的更多面向。当然，这只是有关情感生活书写同一性的一个方面。

葛水平的《望穿秋水》①，是一篇以城乡或等级关系为思想背景的小说，也是一篇写人的情感和心理变化的小说。乡村女孩闫二变长到了十六岁，在二十世纪六十年代的乡村已然是个大姑娘。她"心里确实看中了会计家的晚生儿子李要发"，可无论李家还是李要发，都看不上闫二变。看不上闫二变也就是看不上闫家，闫家太穷也没有地位，糊墙还要到李要发家要账本糊。闫二变的婚事没了着落。响应积肥号召的老爹闫五则要到城里积肥，带上了闫二变。闫二变遭受城里人的白眼和受的气可想而知。但积肥改变了闫二变的命运："闫二变年底时被公社披了红花""二变因为受苦提拔成了李坊村生产小队的队长""闫二变上报纸了，得下的奖状贴满了自己家的墙，县长见了二变都要专程快走几步路来握手"。闫二变早已不是原来的闫二变了。这时的李要发试图主动来找闫二变，可闫二变的态度却变了：她不同意了。可是面对闫二变的各种荣誉，闫五则就是高兴不起来，"叫他心急的是二变还没有成家。二变也老辣得很，见了成家立业的李要发很大方地赶上前握手，甚至问候说：'有苦难找组织。'谁是组织，闫二变是组织。李要发居然低头哈腰说：'怎么好意思给组织添麻烦。不敢不敢！'说完急匆匆走开"。闫二变和李要发的地位是颠倒过来了，当年的屈辱已荣光置换。李要发在她心里确实死了。但是，李要发之死真正的原因是闫二变一次偶然的经历：

> 那是一个向晚的黄昏，瘦高个男生骑了一辆自行车来到闫二变租住的院子里，他围了一条围巾，那围巾是一前一后奔拉着，像电影里的五四青年似的，让闫二变看到了激动的画面，不由得和村庄里的会计儿李要发又悄悄比较起来。人和人是不能比的，其实还没有来得及比，她就发现了自行车后座上还拖着一位女学生，女学生脖子上围了红围脖，两条油黑的大辫子在胸前挂着，一双眼睛不大却水汪汪的，闫二变在她面前显得很不自在。闫二变进屋子里洗了手换了衣裳出来时，看到那女学生两只手不时地在鼻子前扇。瘦高个的男同学显然是想和对方沟通，想让她知道社会上还有闫二变这样的妮子，不能仰仗了自己的小姐脾气不懂得尊重人。看看有理想的人是什么样子吧！男学生指着闫二变。女学生瞪了眼睛看闫二变，一步一步地往后退。瘦高个男学生突然拽了女学生的手要她走近闫二变，

---

① 葛水平：《望穿秋水》，《芙蓉》2015年第4期。

女学生撅着屁股不走，到底还是把她拽到了闫二变身边。女学生干脆用另一只手捂严实了嘴和鼻子，闫二变不知道自己怎么了，好久都没有照过镜子了，想说话说不出来，底气不壮的样子。自己身后可站着李坊村的全体农民呢，怎么就底气不壮了呢。木木地站着有一会儿，女学生憋不住松开手"哇"一声开始呕吐，瘦高个男学生丢开对方的手时，女学生站起来跑了。

瘦高个并没有去追对方，拉住闫二变的手说："你才是我们祖国未来的希望。"讲完后从书包里掏出一本新小人书《山乡巨变》放到闫二变手里扭身走了。

是这一次经历彻底改变了闫二变对男人的想象。"一辈子经见了一件事，就叫人家牵着走了，一辈子真是不长，当年的影子仿佛还在眼前。说这话时劳动模范闫二变六十岁了。"一个姑娘就凭着对男人新的想象一直过到六十岁。这当然是六十年代乡村的情感逻辑。葛水平在书写这一故事的时候已经是二十一世纪了，她在为闫二变遗憾的同时，显然也有挥之难去的痛惜。闫二变固守自己对爱情的想象，她做到了矢志不渝。即便我们不去评价闫二变的爱情观，仅就闫二变坚守爱情乌托邦这一点来说，葛水平如果不将时间挪移到六十年代，这一切仍然是无法实现的。

"80后"作家陈莉莉的短篇小说《幸福链》[1]，无论情感处理还是细节处理，都表达了这一代作家截然不同的情感方式和思想方式。小说的母题原型应该是"王子与灰姑娘"的故事：一个初三的女同学"我"，被初二的王子——校长的儿子万小东看上了。万小东特殊的身份和与众不同的风采迅速俘获了"我"。他不准"我"与别的男同学说话，"我"欣然从命，心也归属了王子。一次返校晚归，被学校宣布为"乱搞男女关系"，声名狼藉的"我"被万小东怀疑处女膜破裂也在情理之中。于是，一个我们难以想象的场景出现了："我"竟然要求万小东亲自检查处女膜。这个懵懂的少年第一次见到女性真实的隐秘处，并按照生理卫生教科书处乱不惊地完成了这一仪式。此后十年过去，"我"以为人生不会再有交集。但十年后的一天，万小东突然不期而至，到"我"与对象独处的宿舍，并扬言"找我老婆"，然后倒在"我"的床上便睡。"我"的对象尴尬得云里雾里：

> 我不知道自己注视了他多久，抬起眼时，只见对象两手哆嗦，惊痛地望着我。他勉强说："要不，我送你朋友去宾馆？"我说："不用。"他问：

---

[1] 陈莉莉：《幸福链》，《西湖》2015年第3期。

"那，我先走？"我说："好。"他放下手头的两本书，拎起一把雨伞（一定是昏了头，因为外面根本没下雨），夺门而出。

十年的时间并没有让青春时节的爱情随风飘散。他们理所当然地走进了婚姻的殿堂。然而，今天的王子对情爱的不确定性以及"我"因病不断膨胀的体型，决定了他们必定面临艰难的以后。万小东又有了朱妮妮并且怀孕生子。"我"虽然可以坦然面对，但内心的焦虑可想而知。朱妮妮居然生下了孩子名曰"小刀"。"我"心怀叵测地驾驶老别克连撞两辆车包括朱妮妮的奔驰。就在警察处理事故的时候，"我"突然发现：

> 在田田旁边，躺着一个襁褓里的婴儿，像鸟窝里的一个蛋。小脸赤红赤红，眼睛紧紧地闭着，两只小拳头举在耳边，酷似"投降"的姿势。田田几个月大时，一睡着就摆出这个姿势，像是婴儿对成人世界的求告，看了让人非常心疼。原来婴儿都会做出这个动作。我小心地将他抱起来，他身上有股浓郁的奶香味，非常好闻。我仔细看了看他的眉眼，很有几分田田的模样，眼线很长，鼻梁挺挺的，嘴唇紧紧抿着，一定是我们的小刀，真是个漂亮的小伙子啊。我将他换在脸颊上亲了亲。可是，他是怎么来到这儿的？万小东呢？我向路那头张望，这条路又恢复了空荡荡的模样，两排械树静默地立在一旁，路上不知什么时候起，已经铺了层薄薄的械树叶，像一条金黄色的地毯，绵延不绝，像要通向未来的世界。

读到这里，我的眼睛湿润了。一个并不新奇的情爱故事，被陈莉莉写得风华绝代气象万千。小说之所以感人，在我看来是陈莉莉以我们不曾经验的"真实"讲述了她的故事。这个真实当然是想象的和艺术的真实。比如"我"为了证实自己的清白竟让万小东亲自检查处女膜的大胆处理，比如"我"对万小东的痴情甚至置相处两年的对象而不顾等，都极端化地书写了一个"灰姑娘"对"王子"矢志不渝的爱情。在一个没有爱情的时代，还有什么能够抵挡这样的情感力量。但是，小说更感人的还是结尾的处理："我"对这个名曰"小刀"的无辜孩子的由衷喜爱，不仅符合一个女性本能的性格，同时也意味着"我"与过去、与仇怨、与现实的和解。小说写得如此有境界，是我多年来不曾见过的。于是，我可能有理由对新一代作家充满了期待和信心：他们年纪轻轻但世事洞明；他们对爱的理解铭心刻骨浪漫至极；而对人心的理解，对情爱的理解，他们又是如此深情款款沧海桑田。但是，这里有一个极大的错位：对一个孩子的爱置换了对万小东的爱，这种爱与我们讨论的爱情已经不是一回事了。因此，葛水平的《望穿秋水》和陈莉莉的《幸福链》，在本质上与刘庆邦的《杏花雨》、黄咏梅的《证据》、张楚的《略知她一二》并没有区别，是对爱情书写同一性的另一种表现形式。或许戴来的《表态》①更尖锐地揭示了当下情感生活同一性的本质。小说情境设置在一个暗夜——看不清任何事物的面目。这时人的交流会发生微妙的心理变化。也就在这样一个暗夜中，小说中人物的心态被呈现出来：一个老者自己贴了一个寻找自己的"寻人启事"。他不为别的，只为能够让自己的老伴儿看见这个"启事"，然后看她是什么态度。于是，"表态"就成为小说所有人物关系的核心枢纽——"我"的前妻要再续前缘等着"我"表态，父母要抱孙子等着"我"表态，女友一夜未归显然是对"我"晚归的报复，也需要"我"表态。那个长者的"寻人启事"与"我"的当下遭遇，几乎构成了同构关系，长者的现在不仅是"我"的未来，也是"我"的现在。人没有皈依的虚空感弥漫在小说每一个人物的心里和那个暗夜的整个空间。在没有信任和爱的时代，大家心里的最高期许，也就是一个"表态"而已。"表态"是否真实并不重要，重要的——那是一个心理需要获得的安神剂或止痛药——而与真实没有关系。

二

情义危机的问题，弋舟的小说或许是一个有趣的个案。这些年，弋舟的小说无论艺术水准还是思想深度，在批评界都备受好评。他在2015年发表的短篇小说《光明面》②看上去相貌平平。一个没落、潦倒和已经破产的老板，坐在自己公司沙发上里做最后的喘息——他在处理后事：那座被抬上楼来的铜牛被安放好之后，这个破产的仪式基本就结束了。他的绝望、沮丧可想而知。这时几个人物相继出现，曾经合作的朋友、前妻、母亲、跟了自己多年的老出纳和一个来应聘的女孩。这些人都在用不同的方式鼓励这个中年老板：朋友说"嗨，你要重拾生活的勇气"；母亲说"没什么了不起，失败了还可以重来"；前妻的越洋电话说"不要这样，你要重新拾起生活的勇气"；老出纳说"你还年轻，你要重新拾起生活的勇气"。但是，这些友善或励志的鼓励并没有给这位老板带来任何触动。倒是一个来"应聘"的女孩改变了老板的沮丧颓唐和绝望。女孩当然不会对老板说"你要重新拾起生活的勇气"之

---

① 戴来：《表态》，《人民文学》2015年第1期。
② 弋舟：《光明面》，《作家》2015年第8期。

类的空洞无力话，但是，她应聘了清洁工之后，生机勃勃地劳作起来的同时，和老板有这样一段对话：

> "跟我说说，"女孩开始翻弄她背着的小包，"最消极的时候是什么感觉？"
>
> "我……觉得自己变成了一张沙发。"他捂着脸说，听得见自己脑袋里的血管怦怦作响。
>
> "哦，沙发。"女孩若有所思地重复着。"想开点，"她说，"就算变成了一张沙发也没什么不好。地球这么大，而我也占了一席之地。心情糟糕的时候，我就会想想这个，然后就开心得不得了——因为这让我显得像是一个地球性的公民。"她从包里翻出了一个褐色的纸袋，扒拉开，里面是半个发蔫的汉堡。
>
> 女孩用胳膊撞撞他，问道："你也吃点？"

只见这时的老板：

> 他不得已放下了自己的双手。但是他的头却扭向一边。他不敢与女孩正视。他担心自己没准儿会流出泪来。白光灼灼，像十一月份的阳光，或者假冒的月光，亮度很高，却没什么热力。这当然不正常。日后岛民们必将如此纪念这个夏季。
>
> 他竭力掩饰着，站起来，迎面走向了那尊铜牛。铜牛已经被女孩擦得锃亮，在白光中熠熠生辉；牛眼瞪得浑圆，好像在考虑自己的处境——究竟是做一头华尔街铜牛，还是做一头漂亮的如同女人一样的奶牛？他也并不知道接下来该做些什么。他只是被这样的念头所打动：此刻，世界在土崩瓦解，而他却身在光明里面。这个念头尽管充满了侥幸，但也显得那么能够抚慰人心。在地球上占有一席之地的女孩有滋有味地吃着她的半个汉堡。同样也占有一席之地的他弯腰捡起了地板上的那串钥匙。这就好像是重新拾起了生活的勇气。

小说讲述的是，流行的空话套话已经浸入我们的日常生活，即便是最亲近的人也难免言不由衷地应付。诚挚和发自内心的关爱几近奢侈。那么，究竟什么样的话才是有力量的，什么样的生活态度才是有感染力的，小姑娘还没有被社会虚假话语污染，她才是生活的"光明面"。另一方面，小说用的是后叙事视角：老板曾何等风光，怎样破产，小说并没有讲述，它讲述的是老板破产之后怎么办。这与流行的讲述富人阶层的小说就这样划开了界限。

弋舟的另一个短篇小说《平行》①，是他只可想象尚未经验的小说，年轻的弋舟与"老去"甚远。因此，这是一篇"不可能"的小说，那是一个虚构的地理学老教授的经验。老教授在已经老去的时候突然产生了追问什么是"老去"的问题，这与人生的终极之问只有一步之遥。老教授经过几个人之后，获得了外部世界的答案。哲学老教授虽然一以贯之地说："这会是一个问题吗？"同时他用勃起和射精次数回答了他，哲学教授的意思是，你不会勃起和射精，"明白了吗？老去就是这么回事！"前妻用旧情未忘回答他；小保姆用弃之不顾回答他；儿子用将他送到养老院回答他。这些直接间接的回答，从不同的方面回答了地理学老教授的追问。"老去"真是一个悲凉的事件，除了前妻在离婚离家时因教授追出来给了她一把老式的黑伞，避免了她被抢劫和毁容的危险而对他念念不忘外，其他所有的人，没有一个人真心关心他或认真对待他的追问。

老教授终于被自己那个冷漠的公务员儿子送进了养老院。面对一个陌生的环境，老教授陡生了一种莫名的恐惧，一如一个孩童进入了幼儿园。于是他决定"出逃"。他从养老院通过大半天的时间，乘公交车几经辗转，居然穿越了大半个城市回到了自己的家里，居然自己煮熟了半袋冰冻饺子，然而，他依旧"老去"到忘记了关好煤气阀门。意外的"出逃"成功，"一次新的重生似乎就在不远的地方等着他。这种感觉不禁令他百感交集，眼里不时地盈满了热泪"。地理学老教授终于找到答案了："老去"，只能用自己的体验找到答案。"老去"就是躺倒，就是与地面平行。"老去"在与地面平行的同时，也就是解脱，就是获得了自由。人生的终极意义付之阙如，当"老去"时，一切是如此现实，"悲凉"几乎是"老去"的另一种解释。但是，当你离开这些"关系"——"如果幸运的话，你终将变成一只候鸟，与大地平行——就像扑克牌经过魔术师的手，变成了鸽子。"这个浪漫主义的虚无结尾，虽然只属于弋舟对"老去"诗意的想象，但是，除此之外，"老去"还能怎么样呢？

近些年来，弋舟一直在追问人生的道路，追问人的终极价值和意义。不同的是，此前弋舟是在社会层面展开的，是外部世界挤压和人的反抗过程，那里多是无奈、屈辱甚至绝望；而这篇小说完全回到了人的自身，是生老病死，是临终关怀。即便如此，弋舟还是抵抗绝望与虚无，即便"老去"也要拒绝绝望和虚无。但是，也许人越是抵抗或突显什么，那个被抵抗的无形之物越如影随形。如果是这样的

---

① 弋舟：《平行》，《收获》2015年第6期。

话，我们是否就可以认为，《平行》仍然是一篇表达与虚无有关的小说呢？

弋舟是近年来涌现出的最优秀的青年小说家之一。他的《所有路的尽头》《等深》《而黑夜已至》等诸多名篇，达到了这个时代中篇小说的极高水准。但是，这两个短篇小说也无可避免地沦入了情义危机的问题。"破落""老去"，都是人生的末路。倒不是说他追究的问题的同一性，而是他在处理小说人物情义问题时陷入了相似的模式。无论是"没落"还是"老去"，情感关系都是最亲的人，比如破落儿子与母亲的关系、"老去"的父亲与儿子的关系，都是淡然和冷漠的。他们对人生的"末路"都没有给过真切的关注，或是千篇一律地劝慰，或是冷漠地将其驱逐。人心在这个时代已冷若冰霜。我们所说的情感，除了爱情，还有亲情、友情等。弋舟在处理亲情友情时，与上述处理爱情的小说的情爱关系基本是相似的。真正的情和义都付之阙如。弋舟也曾经发问："是什么使得我们不再葆有磊落的爱意，是什么使得我们不再具备死生契阔的深情？"这是弋舟的发问，当然也是他需要回答的问题。他在长篇小说《我们的踟蹰》将要讨论和回答这个问题。我们拭目以待。

三

邓一光写深圳的小说，写得虚幻、恍惚、渺茫甚至怪模怪样。一种不确定的、迷离或似有若无的气息一直弥漫在小说的字里行间。因此，如果说邓一光是在写深圳，毋宁说他在写对于深圳的感觉。因此，他的深圳小说与北京作家写北京、上海作家写上海是完全不同的：北京、上海的城市文化经验相对稳定，即便表面有较大变化，但历史和传统的力量一直在"较劲"似的扯住"过去"不放。因此，这些大都市无论跑得多么快，总有一股潜流仿佛在说"事实并非如此"。但深圳不同，这个只有三十多年历史的城市还处在婴儿期，它有那么多的不确定性，你如何能够用"写实"的方法将它一览无余。因此，邓一光的感觉是非常真实的感觉，真实感觉用不那么真实的笔法去写，就是邓一光关于深圳的写作策略。这篇《簕杜鹃气味的猫》①，故事写的是一个即将"弃绝"这座城市的花木师罗限量和他的徒弟一定要找到那个虐猫的女人——在簕杜鹃花丛中丢弃了六只猫的尸体的女人。这个女人幽灵一样地不时在公园出现，于是，"寻找／藏匿"便成了小说的基本线索，那个虐猫女人最终被发现并被簕杜鹃刺伤。这个女人不断搅扰簕杜鹃，也搅扰了自然和社会秩序——

---

① 邓一光：《簕杜鹃气味的猫》，《中国作家》2015年第5期。

花木师罗限量离开虉杜鹃花丛，向高处一点的地方走去，阳光从更高的地方洒落下来，从他渗出微汗的额头上一片片掠过。很多年以前，他在谈唯一一次恋爱的时候，他给那个名字叫作汤云朵的姑娘讲了一个植物气味的故事，他没有告诉姑娘一件事，植物的气味有时候是邀请，但更多的时候是拒绝，它们希望访客不断，带走它们的孢子，去别的地方繁衍生长，但它们不希望访客留下来打扰自己，于是就用气味传递驱离访客的讯息，关于这个，昆虫们接受了，别的动物没有接受。

小说写得像城市上空的云岫：既缠绕在城市上空，又难以落地生根。因此，邓一光写得纯粹是一种关于深圳的感觉，是对生活环境中的语言兴趣，植物语言、人与动物交流语言、人际语言、城市的体制语言、地域交杂语言，它们相互交织，斑驳陆离，构成了主人公的生活，或者说生存环境。

近年来的范小青，一直在书写城市生活的某些片段，这些片段几乎都是城市生活难以整合的"碎片"。这篇《碎片》[①]的环境是城市，但是它的主角是一个"飘儿"——和几个人合租旧公寓房的刚毕业的女大学生包兰。包兰最大的爱好就是在网上买衣服，有的没穿几次就扔了——

包兰处理她不要了的衣服也很干脆利索，她把小区门口收旧货的大婶喊上来，让她把那个脏兮兮的蛇皮袋张开来，她就朝着那个张开的口子，一件一件往里扔，扔一件，那大婶就"哎哟"一声，扔一件，大婶就"哎哟"一声，包兰就笑，和包兰同住的室友也一起笑。

她甚至荒唐地买回了自己曾经卖掉的裙子——

她还在东摸西拉地欣赏她的得意之作，她发现了裙子的口袋，口袋就在线缝中间，真是实用而又隐蔽，设计真的很精巧哎，包兰又赞叹了一回，她的手伸进口袋，触碰到口袋里有什么东西，她掏出来一看，是两张电影票，包兰奇怪地说，咦，怎么会有电影票？室友说，不要是网店老板暗恋你，送你的哦。包兰说，去，谁知道那是男是女，是人是狗呢。大家

---

① 范小青：《碎片》，《作家》2015年第7期。

都笑，包兰又看了一下电影票，是两张过了期的票。

包兰也没多想，就将它们扔掉了。

包兰已经忘记了，这是她和她的男友一起去看的电影，只不过男友现在已经是前男友了。

男友是前男友，裙子是前裙子。形成鲜明对比的是这些在城里混的孩子的老人们，他们靠拾荒给孩子们寄钱，孩子们再毫不心疼地花出去。这是我们司空见惯的现象。这个现象背后隐含的是一种奇怪的心理，这就是人越缺乏什么越要凸显什么：贪官要凸显廉洁，富人要凸显节俭，而出身低微的人一定要凸显阔绰、挥金如土。这种虚荣现象几乎是一种奇怪的通病。因此，从另一个角度说，范小青的这篇《碎片》，仍然是她对城市荒诞生活批判的继续。同时，虚荣的年轻人与贫困中的拾荒老人构成的比较，从一个方面表达了截然不同的价值观，它当然也与情义有关。

吴文君的《立秋之日》①，起笔貌不惊人，在一辆长途汽车上，李生要去扫墓，遇见一个陌生的瘦子，两人虽不相识，但说家常抽香烟，宛如熟人。未想到风波骤起：包括瘦子在内的四个劫匪洗劫了车上所有的人。李生没有被抢躲过一劫，于是成了最大嫌疑人被带进了派出所。所长认识李生，他又躲过一劫被放了出来。李生无论如何也想不起这是为什么——

这一天上午，他又去了车站，等车的时候，忽而眼前晃过那四个人的身影，心里一惊，凝神再看，果真是那几个，绝不会错，都是三十来岁，天冷，都穿上了体体面面的外套。

李生看着他们登上一辆车。那戴细金边眼镜的瘦子清清晰晰也在其中，在一窗边坐下，悠然吸着烟。

李生只觉一个念头呼之欲出，盯着他看着，看着，恍然想起几个月前他在市内坐公交车，前面一个人掏钱带落一枚钥匙，用一根红线拴着。虽然当地响了一下，这个人并没有听见。李生捡起来还给了他。

他放过他，就因为这枚钥匙？

小说写尽了人性的复杂性。细微处见到吴文君处理细节与理解人性的功夫。在这样的细微处，吴文君倒是让我们从劫匪那里看到了与情义相关的一道微光。

---

① 吴文君：《立秋之日》，《青年作家》2015年第1期。

吴君的《生于东门》①，似乎还是写底层人生活的小说：东门是深圳关内，因此陈雄非常有优越感，他发誓也要把儿子生在东门。但是，陈雄的命运实在是太差了，他即便在东门，也只是一个拉客仔。孩子，甚至阿妈都看不起他。被看不起的陈雄，还有谁会看得起他的孩子。所以儿子陈小根在学校也受尽了欺辱，回到家里再受父亲陈雄的奚落；贫贱夫妻百事哀，夫妻俩口角不断也多为生活琐事。所谓浑浑噩噩的日子，大概就是陈雄过的日子。但是，当儿子陈小根要过继给香港商人、就要留在香港的时候，一切都发生了变化，包括父子、夫妻。陈雄也许第一次体会了亲人的感觉。小说写尽了底层人的生存困境，在一切即将改变的时候，人间的暖意徐缓地升起来了。这是吴君小说的一大变化。事实也的确如此，穷苦人也不是每天都泡在黄连里，他们也有自己的快乐和欢欣。小说在波澜骤起处的设计与构思，大起大落摄人心魄。吴君将父子亲情写得如此真切，但她也必须像葛水平置换了时间一样，置换了空间环境。她将父子两人最后的关系一定要设计在香港而不是他们的家乡。显然，吴君在处理父子情义时也遇到了困境。

　　格非在他新近出版的研究《金瓶梅》的著作——《雪隐鹭鸶——〈金瓶梅〉的声色与虚无》的前言中说："当今中国社会状况的刺激以及这种刺激带给我的种种困惑，也是写作此书的动因之一。《金瓶梅》所呈现的十六世纪的人情事态与今天中国现实之间的内在关联，给我带来了极不真实恍惚之感。这种感觉多年来一直耿耿于怀。我甚至有些疑心，我们至今尚未走出《金瓶梅》作者的视线。换句话说，我们今天所经历的一切，或许正是四五百年前就开始发端的社会、历史和文化大转折的一个组成部分。"②《金瓶梅》是写于中国资本主义萌芽阶段的小说，小说写尽了那个转折时代人的情色和利益欲望。"情义"在《金瓶梅》中几乎是不存在的。但是时至今日，通过上述小说加剧了我们对今天情感生活的紧张感和不安全感。一方面，我十分犹疑，小说中表达的无处不在的"情义危机"，是否在我们的叙事中被强化或夸大了？现实生活的映象是，电视上可以香车宝马地谈婚论嫁，郎才女貌是交换婚姻的必备条件。如此等等，那是我们情感生活处境的全部吗。另一方面，文学在某些方面真实地表达生活之外，是否也需要用理想和想象的方式为读者建构另外一种希望和值得过的生活呢？这当然是老生常谈。

原载《文艺争鸣》2016年第1期

---

①　吴君：《生于东门》，《中国作家》2015年第7期。
②　格非：《雪隐鹭鸶——〈金瓶梅〉的声色与虚无》，译林出版社2014年，1—2页。

善是难的，难的才是美的

——当下小说创作状况的一个方面

从加缪《沉默的人们》说起

最初对加缪的了解，始于二十世纪八十年代。那时，中国第二次"欧风东渐"正风起云涌，"现代派文学"有如石破天惊般席卷中国文坛。那时的加缪是"现代派文学"的大师，他的名声虽然没有萨特耀眼，但他的《鼠疫》《局外人》等小说，对那个时代中国作家的影响仍然巨大无比。后来，我在一些材料上还可以感受到加缪在一些作家那里的深刻影响。比如，孙甘露在《此地是故乡》中曾回忆说："我依稀记得那个下午，工间休息时，坐在邮局的折叠椅上读加缪的书……在窗外电车导流杆与电线的摩擦声中，我隐约获得了对上海的认识，一份在声音版图上不断延伸、不断修改的速写。"2003年"非典"期间，孙甘露在《当你咳嗽读什么》一文里，再次提到了加缪："伟大的加缪，通过鼠疫发现世界之荒谬，而时髦的人则通过瘟疫发现时髦。"格非在高度评价鲁迅思想遗产的同时也没有忘记加缪，他说在鲁迅和加缪、卡夫卡之间是有可比性的。一直到二十一世纪，加缪和他的作品还在被不断提到。洪子诚先生在《"幸存者"的证言——我的阅读史之〈鼠疫〉》中曾记述说："在那个天气阴晦的休息日，我为它流下了眼泪，并在十多年中，不止一次想到过它。"

作家和学者的这些记忆，从一个方面反映了加缪与中国文学三十年来的关系。事实也的确如此。在我看来，二十世纪八十年代中国文学发生根本性的变化，或者说文学从现实的功利性向文学性的转变，与卡夫卡、加缪等对中国作家的影响是密切相关的。特别是经历了"文革"的一代作家，对现实的荒谬感、内心的孤独感和对存在的恐惧等，在加缪的作品中被唤醒。于是，像残雪、余华、格非、孙甘露、北村等作家，都从加缪那里获得了程度不同的灵感，尤其是残雪。因此在我看来，加缪、卡夫卡等作家对中国当代文学的影响，要远远超过博尔赫斯、罗伯格里耶等。

《沉默的人们》应该算不上加缪最好的作品，读者耳熟能详的是《鼠疫》《局外人》《西西弗的神话》等。有研究者说，《沉默的人们》是加缪想证明自己也能写一点社会主义现实主义作品的尝试。加缪以直接的、现实主义的笔调写出了工人与老板之间的经济冲突，"沉默"是这些工人因为自身生活处境而不得不表达愤怒、无助、恐惧和焦虑的唯一方式。小说中老板拉萨尔的小女儿生病看似闲笔，但在塑造工人群体的情感和内心方面意义重大。工人们对老板不满，是因为罢工的诉求没有达到，但这并没有妨碍工人们的人道主义思想和情怀，工人的善良和淳朴在对待老板女儿生病的情节中得到了充分的体现。如上所述，加缪反对暴力，尊重生命，因此他不会因为工人与老板的对立，就殃及老板的女儿，工人的善良和同情心是非常感人的。

老板拉萨尔在小说中两次出现，但形象大不相同。拉萨尔第一次出现时，加缪借工人埃斯波西托的口吻说："老板人并不坏……有时候，他请他们在厂里进快餐，大家点着刨花，烤沙丁鱼或猪血肠，乘着酒兴，他还是挺可亲的。过年的时候，他总是送给每个工人五瓶好酒。工人中谁有了病，或有点什么事，结婚或受洗之类，他往往会送一件银器。"这些细节描述都在印证老板拉萨尔"爱自己的工人"。老板有非常人性化的一面。拉萨尔第一次出现时，因第一天复工，劳资矛盾没有解决，因此拉萨尔有些尴尬，他与大家搭讪，自我解嘲，找台阶。但他刚柔相济，见工人"沉默"，他只好说"等这股劲过去了，你们再让巴莱斯泰跟我说"。这也表达了作为老板的拉萨尔的无奈。但是拉萨尔第二次出现时，因小女儿的病情不仅使自己形象有些潦草，而且由于工人的同情和帮助，他对工人的态度显然也发生了变化。他只能对工人说句"晚安"。这里微妙的变化，显示了加缪把握人物心态的高超艺术化：他不是通过大起大落、大开大阖的情节变化来表达人物的变化，而是几乎在不易察觉中就完成了人物内心演变的过程。

加缪去世之后，苏珊·桑塔格在《反对阐释》中说："加缪以外，我想不起还有其他现代作家能唤起爱。"在她看来，加缪是二十世纪文学具有"理想丈夫"般形象的作家，同样描绘自杀、冷漠、罪咎、绝对的恐怖这些现代文学主题，却带着一种如此理智、适度、自如、和蔼而不失冷静的气质，使他与其他人迥然有别。

之所以从加缪的《沉默的人们》说起，是针对当下的文学的某种状况。我曾在不同场合讲过，生活已经有了太多的"细思极恐"，如果文学还要雪上加霜，把被讲述的生活描述得更加惨不忍睹，那么，我们为什么还要文学？文学于我们说来还有什么价值。针对这样的文学状况，我曾批评过文学的"情义危机"，批评作家和作品中充斥的戾气。这一看法曾在批评界引发了一场不大不小的讨论。这种没有约定的情感倾向的同一性，不仅是小说中的"情义危机"，同时也告知了当下小说创作在整体倾向上的危机。加缪虽然一生在创作中致力于对世界荒诞的揭示，但他仍然有人类温情的一面。近一个时期，关于文学的情感问题，重新引起了作家的注意。阿来在《机村史诗》的读书会上说："什么是小说的深度？小说的深度不是思想的深度，中国的评论家都把小说的深度说成是思想的深度，绝对不是。你有哲学家深刻吗？你有历史学家深刻吗？我说小说的深刻是情感的深刻。当我的情感空空荡荡的时候，我自己都没有深度的时候，我是一个干涸的湖底，还能给别人讲故事吗？不可能。很多作家把自己写死了，大概就是这样。"我非常同意阿来的看法。张抗抗《多情却被无情恼》①从元好问《雁丘词》中"问世间，情为何物，直教生死相许"的发问写起，说元好问这惊天一问，问了八百多年，今天我们还在谈论"情为何物"，可见"情"的内涵很难一语界定。人类的理性约束，很少有人能为情"生死相许"，然而我们时时都处于为情所困、为情所惑、为情所扰的情境中。汉语中与"情"有关的成语和语词非常多，比如：情深意长、情意绵绵、情不自禁、情有独钟、情何以堪、情缘、情种、情痴、情圣……但凡那些吸引人感动人的文学作品，总是和情有关。阿来等人重提文学与情的关系，虽然是一般性的讨论，但在今天的文学语境中，就格外值得注意。当下小说多有"戾气"，只要到网上看看，贪官污吏、谋财害命、见死不救、飙车撞人触目惊心。因此格非说："我们这个时代，在人情世故上可能比《金瓶梅》的时代更糟糕。你不得不在一种很悲伤的情绪中去思考，什么原因导致这么多年来，社会的内核依然没变？对法律的悲观，对人情的冷漠，对功利的追求，而且追求功利时对任何东西不管不顾的决绝。"②作家不能改变这一切，但焦虑和忧患也是他们真实的心理状态。但小说终究还是小说，有情有义应该还是文学性的要义。当然，这种情况的发生，与我们经历的文学历史有关。我们的文学曾长久经历过"暴力美学"熏染，对"敌人"充满了仇恨和诛杀之心；曾受过"弑父""弑母"等现代派文学的深刻影响，青年"解放"的呼声响遏行云，"代沟"两边势不两立；商业主义欲望无边的意识形态，将利益的合理性夸大到没有边界的地步；等等。这些观念曾如狂风掠过，至今也没有烟消云散。在文

---

① 张抗抗：《多情却被无情恼》，《上海文学》2019年1期。

② 格非：《我们可能处在人情世故比〈金瓶梅〉更糟的时代》，见《新京报·书评周刊》2016年8月1日。

学表达中，其基因逐渐突变为一个时期普遍的无情无义。当然，这里的情况并不完全一样。有的小说是以批判的态度和立场对待这种没有情义的现实和人物，是通过情义危机呼唤人性和情义，那里有作家不能抑制的痛心疾首，也有启蒙主义的遗风流韵。但更多的作品是以自然主义的方式表达人情冷暖的匮乏，在貌似"客观"的描摹中，将现实的冷漠、无情、阴暗、仇怨、诅咒、幸灾乐祸等戾气，更集中、更典型也更文学化地做了表达。但是，如果小说都是这种情感、情绪甚至气质乃至潮流，那就是问题了。如果小说雪上加霜，在生活的伤口上再撒一把盐，那么，这样的小说对读者有什么意义呢？是加剧我们的失望感还是让我们弃生活而去呢？所幸的是，近年来小说中的"戾气"正逐渐褪去，我们看到了更多有情有义的小说。

善是难的，难的才是美的

马晓丽是军人，约定俗成地被称为军旅作家。她没有大红大紫过，但她仍然是这个时代重要的小说家。她的《楚河汉界》《云端》《杀猪的女兵》《俄罗斯腰带》《阅读父亲》等作品，在读者和批评界有广泛的影响和好评。这些作品之所以重要，就在于它们的精神品质也如"云端"般的意象，在云卷云舒大气磅礴的气象中，有一种高山雪冠般的品格存在。这既与她创作的题材有关，也与她个人的理想和内心期许有关。但是，读到《陈志国的今生》①的时候，我不能说是惊讶也确有些许惊诧。马晓丽的题材经常写到生死，《陈志国的今生》亦如是，小说的开篇是这样的情形——

> 陈志国是在天放亮时咽气的，当时只有我一个人守在身边。
>
> 前半夜，陈志国一直在嚎叫，声音凄厉而惨烈。我不忍卒听又束手无策，只能不停地抚摸他。陈志国趁势抓住我的弱点，以他一以贯之的顽劣秉性，不依不饶地死缠着不让我撒手。只要我的手在他身上，他就安静下来不吭气了，但只要手一离开，他立刻就开始大声哀嚎，连一秒钟都不间隔。这样活活折腾了大半夜，就在我支撑不住眼看要崩溃了的时候，电话铃响了。

---

① 马晓丽：《陈志国的今生》，《北京文学》2018年第6期。

电话是女儿打来的。女儿与陈志国感情最深，听说陈志国不好，决定明天一定回来。然后嘱咐母亲替她把《金刚经》放在陈志国身边，再点上沉香云云。这是《陈志国的今生》开头的文字。初读这段文字，无论是谁，都会对陈志国和守护者的痛苦深感难过或不忍：陈志国就要离开人世还这样折腾自己也折腾别人，哀嚎、撒娇、不依不饶，用各种方式表达了对人间的流连，迟迟不忍离去，待到咽气时已经"天放亮"了；这时的守护者被折腾了大半夜，已几近崩溃。这个生死离别的场景确实惊心动魄。可这个陈志国究竟是谁呢——陈志国是一条抱养的狗，这是一篇关于狗的小说。

作为狗的陈志国长得漂亮。无论人还是狗，漂亮总是讨人喜欢。陈志国有多漂亮——"他是那种醒目亮眼、瞬间吸睛、立刻就能把人拿住的漂亮。我就是这样被他拿住的。我无论带陈志国去哪儿，他都会吸引众多的目光，像明星一样被围观、被赞美，甚至被要求拥抱、抚摸。"人被狗的漂亮"拿住"，也只有真心喜欢狗的人才能体会。于是，陈志国就这样走进了主人的家庭生活。但是陈志国毕竟是狗，它不仅不喜欢被围观、被骚扰，甚至突然翻脸发脾气。进门的第一天，陈志国狗的主体性便彰显出来：它坚决不睡主人特意给它买的小床，一定要睡在主人的大床上。几次拉锯战，陈志国完胜：它不仅获得了睡在大床的特权，而且一定睡在主人夫妇之间；陈志国还经常无缘无故发脾气，甚至抓伤主人皮肤；主人看电视，陈志国也一定要坐在两个主人之间，而且在"第一主人"那里争宠，母女都要让着陈志国。一段时间过去后，主人对陈志国的评价是"除了长得漂亮没第二条优点"。陈志国的"问题"愈演愈烈：主人一出门它就要"同去"，不被允许就在主人走后大哭大闹，然后花样翻新地"报复"，拉屎、撒尿、"打尪尪腻"——每次回来见到的都是一身狗屎满屋臭气，主人的心情可想而知。于是，主人后悔了，后悔把陈志国这尊大神请到家里。终于有了一次"放逐"陈志国的机会：主人一家要去三峡旅行，带陈志国实在不方便，便托一个朋友的亲戚照管。大家都很放心，甚至有了解脱感。但事情远远没有结束。陈志国离开了主人却没有离开主人的生活。就像发生过的历史，虽然已经成为过去，但它并没有结束，仍在影响着当下生活。陈志国就这样像幽灵一样一直在主人的情感生活中。

小说的高潮在主人重新找到陈志国的那一刻。陈志国寄养在朋友的亲戚家，但这位亲戚嫌陈志国毛病太多，于是就送了人，而且是偏远的乡下。找到陈志国并不困难，说几句好话、给些钱也就放了陈志国。主人见到陈志国时，它在一群鸡鸭鹅之间，龟缩在角落里——

我激动地大喊：陈志国！陈志国！陈志国先是愣了一下，然后突然像发炮弹似的弹射过来，咣当一声撞在了门上。紧接着，陈志国就开始疯狂地往门上冲撞，在门上抓挠，拼命想要出来。我们俩隔门相望，我一声一声地叫，他一次一次地冲撞。陈志国见实在撞不开门，又想从门下面的缝隙往外钻。我见那缝隙太小，就拼命想阻止他。但此时，陈志国已经什么都不顾了，他一意孤行使劲从缝隙里往外挤，一下子把自己卡在了门下面，卡得他手脚乱扑腾。我惊叫了一声，冲上去不顾一切地用手扒土。幸亏大门下面是土地，陈志国才有可能钻出来，但他是太急切了，到底还是生生地把后背蹭掉了一层皮。一钻出来，陈志国就扑向我的怀里，我一把抱起陈志国，眼泪哗哗地往下流。陈志国倒没哭，他只是非常非常紧张，两只小手紧紧地抓住我，一副誓死也不会再松手的架势。才半个月不见，陈志国就变得又瘦又脏。我摸着他瘦骨嶙峋的小身子骨，心疼地一个劲地对他说，对不起，对不起，对不起……

这一情形不啻惊雷滚地骇浪滔天——那不只是久别重逢，也不只是挂碍顷刻释然，而是犹如一场冤案终于平反，一场误会终于大白，一只无望的危帆终于到达了港湾——令人喜忧参半的陈志国终于得救了。当然陈志国从此也改变了自己的性格。或者说，陈志国的"创伤记忆"改变了它的性格，它因恐惧而屈从：它不再上大床睡觉；过去走路横冲直撞，现在是蹑手蹑脚地溜着墙根走并且目光惊恐；以前吃饭挑食，现在盆光碗净还私藏食物；做错了事之后，它有知错就改的表现。当然，陈志国变化最大的还是眼神，"过去，陈志国的大黑眼珠子明亮清澈，坦荡放肆，从不回避躲闪。现在陈志国的眼珠子虽然还是那么大，还是那么黑，但目光中显然缺少了生气"。后来陈志国终于双目失明了。失明后的陈志国的生活是不难想象的。陈志国活了十七年，已经是只长寿的狗了。

《陈志国的今生》最感人的，是写到了人心最柔软的地方。马晓丽说："从那以后我才发现我变了，不知道从什么时候起，我对生命的感觉不一样了，陈志国就像是一把为我量身定做的锉刀，一点一点地锉去了我包裹着内心的外壳，锉薄了我的心包膜，让我的心变得格外敏感，格外柔软了。"当然，她还谈到了一些哲学问题，诸如印度哲学家克里希那穆提关于对抗习性等问题。但是这些问题好像陈志国是难以理解的。在我看来，小说的精彩，还是对陈志国——狗的习性、情感等诸多细节的生动书写，以及小说在节奏等方面的掌控。比如陈志国进入家庭带来的烦乱，陈志国离家后家人旅途的默然，陈志国归来的悲喜交加，然后是陈志国黯然的暮年。一波三折的讲述，使陈志国的今生今世风生水起，一如普通人平凡也趣味盎然的一生。这一点，《陈志国的今生》几近小说情节设置的教科书。

我们的文化对狗的态度大概历来不好。这可以从语言中得到证实：鸡鸣狗盗、狗头军师、人模狗样、狼心狗肺、狗嘴里吐不出象牙、狗胆包天、狗仗人势、狐朋狗友，凡是与狗有关的词语，几乎没有褒义的，要想贬损什么，狗倒是大可派上用场。但另一种文明不一样，他们认为狗是人类最忠实的朋友。这一认知，我们在加思·斯坦的《我在雨中等你》、石黑谦吾的《再见了，可鲁》、努阿拉·加德纳的《友如亨利》等作品中可见一斑。我们小说对狗的情感变化，大概是近几十年的事情。比如张贤亮的《邢老汉和狗的故事》、郑义的《远村》、陈应松的《太平狗》、欧阳黔森的《敲狗》、迟子建的《穿过云层的晴朗》《世界上所有的夜晚》、李兰妮《我因思爱成病》等。这些作品对狗的情义、狗的忠诚以及狗的人格化的想象，都做了非常有益的尝试。或者说，对待狗的情感，我们同另一种文明在逐渐接近。但是，在这样的小说环境中，马晓丽的《陈志国的今生》还是不一样。她的陈志国，不是隐喻，不是比附也不是象征。她是实实在在地走进了狗的世界，以无比真实的细节描摹和刻画了作为狗的陈志国的今生今世。如果是这样的话，那么《陈志国的今生》就是一篇关于狗的小说。但是，这又不仅是一篇关于狗的小说，它同时也与我们有关。陈志国除了动物的属性与我们不同之外，在马晓丽的理解中，人性与狗性、我们和陈志国有许多相似之处：我们都有卑微的心理，都有与生俱来的对习性的抗拒——我们缺乏什么就要凸显什么。无论合理与否，我们潜在的诉求是需要体恤和不被冷眼相待，希望远离或没有傲慢和无视。狗性和人性一样都有弱点，这又是多么可以理解的弱点。当然，狗性大多是本能的，我们是通过对狗的认知来理解狗的。因此，《陈志国的今生》大大地提高了小说的思想品性。这篇小说和马晓丽以往的创作比较，在题材上可能大异其趣，但其内在精神仍在一个谱系里。这就是对人类文明基本价值的维护，对自由、平等的恪守，对所有生命的尊重，对弱势生命的悲悯和同情。这种悲悯和同情，没有建立在等级关系中，没有人的优越、施舍和傲慢。在对狗的理解过程中，人却可以进一步认识和理解人本身。这个情感交织过程中蕴含的理性，就是《陈志国的今生》要告诉我们的吧。

几年前，南翔发表了短篇小说《绿皮车》[①]，这应该是一篇怀旧小说。炎热的秋末的一天，茶炉工上了自己一生最后的一个班次，下班他就退休了。茶炉工像往常一样忙碌，我们看不到他的异样，他照例烧水售货。车厢里有他熟悉的面孔：进城

---

① 南翔：《绿皮车》，《人民文学》2012年第2期。

的菜农，读书的毛伢子，跑通勤的铁路职工。这些人占去了乘客的大半，有了这些人，就有了"绿皮车"的故事。这些人是寻常得不能再寻常的普通人，他们演绎的是我们久违的人间故事：读书的"毛伢子"们追打嬉闹，鱼贩子和菜嫂隐秘的私情，那个乞讨的"不图风光图松弛"的矮子等，让一列最慢的列车充满的人间情趣。但是，在这些表面欢快的景象背后，隐含的仍是人间的悲苦。鱼贩子与菜嫂因女儿的障碍，只能过着"地下工作者"式的情感生活；快乐的孩子里面，还有因大人分手而欠着学费的女孩。但是，面对这些困难或问题，人间的温婉弥漫在绿皮车里。茶炉工对鱼贩子和菜嫂的同情，菜嫂对来初潮女孩的照顾等，都让人感到，穷苦的生活并不可怕，那些关切的目光和互助的行为会让一切都成为过去。当大家知晓了女孩的身世和困难后：

> 菜嫂在背后帮她整理的时候，悄悄塞了一张50的钞票在书包一侧。
>
> 茶炉工觑得真切，心里迅速盘算着菜嫂一天的进项。人啊就是这样，有时候会斤斤计较得自己都不认识自己，有时候又会掏心窝子待人处事，全看是不是触动了心肺眢里的那一角柔软。
>
> 他过去抹一把茶几，也无声地贴了一张50的钞票在她书包里。

读到这里，我的眼睛湿润了，我很久没有读到这样温暖的文字和情节。菜嫂的艰辛和茶炉工售货的艰难，小说多有讲述。但此时此刻，金钱在他们那里，真的成了身外之物。这就是普通人的温婉，这温婉的力量无须豪言来做比方。还有那个茶炉工，这是他最后的一个班次，然后他就要离开"绿皮车"退休，他可以有更多的时间陪伴他病中的老婆了。茶炉工离开的时的情形，让我想起了加缪《沉默的人们》中的伊瓦尔。他们的忧伤不是写在脸上而是烙在心里。

人性比名利和荣誉更重要

陈世旭是文坛宿将。1979年发表在《十月》创刊号上的《小镇上的将军》，让陈世旭名满天下。正气凛然的将军和小镇上多情重义的人们，至今仍在我们的记忆中。这是只有那个时代和那个时代的作家才会出现的小说。

将近四十年过去之后，陈世旭写了这篇《老玉戒指》①。主人公危天亮不是那位

---

① 陈世旭：《老玉戒指》，《北京文学》2018年第2期。

落难的将军，将军落难仍有余威，他身躯矮小瘦弱但军人的风范仍一览无余。这个危天亮就不同了。危天亮生性呆板木讷，不善交际不解风情，认死理。在作家讲习班里，他是一个被取笑被轻视的对象。大家都在比情人多少、轻浮地谈论男女关系的时候，他是一个不知发生了什么的局外人。和他唯一发生关系的，是一个热爱自己作品的读者沁沁。这个远在太行山乡的年轻乡村女教师，对他表达了那么多美好的情感，让风流作家陈志羡慕不已。而危天亮不为所动甚至逃之夭夭。危天亮正当地处理男女关系，反而遭到嘲笑甚至人身攻击。陈世旭用一种极端化的方式状写了当下的世风和人心。

逃出讲习班的危天亮从一个困境进入了另一个困境：他们的编辑部正在选聘编辑室主任。知识分子成堆的地方，甚至表面的斯文都荡然无存，为了这个职位大家各显神通暗通款曲。只有危天亮不为所动一如既往。但这还不是小说要说的。小说主要关系还是集中在陈志和危天亮之间。按说危天亮有恩于陈志，是危天亮精打细磨陈志的作品，让陈志一夜之间暴得大名，而陈志平日又是最能打趣和消遣危天亮的。近则不逊远则怨说的就是陈志这种人。而危天亮并不计较。在陈志嫖娼交不出罚款时，还是危天亮遭夫人解了陈志的难堪。危天亮性格最光彩的，一是被社里利用，找父亲在香港的老关系包氏公司大公子捐赠巨额款项盖房子，社里达到了目的，并允诺他可以先选最称心的房间，危天亮果断拒绝了。二是与"老玉戒指"有关。当陈志认为"谍战片"抢手，有利可图的时候，他又想到了危天亮。危天亮的父亲做过特工，危天亮本来也想写一篇这个题材的短篇。这时陈志找到了他要写长篇电视剧。经过半年多的创作，剧本完成了。拿到定稿的时候，危天亮已经住院三个多月了。他醒来后——

示意林慧瑛把剧本凑近他，他一点一点地把手指移到编剧名单三个名字中排在第一位的他的名字上，弓起一个指头，想划拉却控制不了。林慧瑛猛然醒悟，赶紧从包里摸出笔，把"危天亮"三个字划掉，只留下陈志和导演的名字。之前危天亮再三说过，《老玉戒指》只要能开拍播出就行了，他决不署名，他不想让人觉得是儿子给老爸老妈树碑立传。另外，如果有稿费，不管多少，都捐给沁沁那儿的学校。

《老玉戒指》的开拍和播出都很顺利。

编剧只署了加黑框的危天亮的名字。

我感佩的是陈世旭的胆识和艺术功力。在贪腐题材弥漫四方的时代，他反其道而行之，塑造了一个视家庭尊严和高洁为生命的两代人。我们知道，塑造正面人物历来是文学创作的难点，这方面的经验我们还相当稀缺。尽管我们有漫长的正面人物甚至英雄人物的创作历史，但成功的经验并不多。陈世旭从《小镇上的将军》到《老玉戒指》，都是写正面人物或英雄人物的。他的人物真实可爱，有血有肉。他们是英雄也是普通人，他们不是神。另一方面，陈世旭能够用同情的方式处理在价值观或道德方面有严重缺欠的人物。比如陈志，他有那么多的问题。但最后当危天亮去世之后，剧本的署名只有加了黑框的危天亮。陈志显然已经洗心革面重新做人了。

老藤的中篇小说《手械》①，是一篇奇崛和超乎我们想象的作品。小说故事情节的缘起未必惊人：侦察连长出身的狱警司马正被彻底毁了。死缓犯人024外出"打蚊绳"时越狱，而且就在他眼皮底下。这个重大事件让司马正"一切都碎成满地瓦砾"，他被"双开"了。小说开篇未必石破天惊。越狱当然是大事件，但无论小说还是其他资讯我们早已屡见不鲜耳熟能详，越狱手段不同，但结果都大同小异——警察继续追捕逃犯，最后凯旋。但《手械》不同。司马正被双开之后，面临的第一个问题是今后怎么办。他需要寻找新的出路，或重新就业，或设法谋生，但司马正没有。024是在他手里逃跑的，备感耻辱的他对大胡子监狱长发誓：我要给自己一个说法！我要逮住024！大胡子监狱长给了他一副紫铜材质的手铐，名曰"手械"。司马正已经不是警察，他没有资格抓捕犯人，不能用手铐。监狱长给他的"手械"号称是自己的"小制作"。于是，司马正带着这副"手械"上路了。

司马正寻找024——也就是死缓犯人沙亮，应该是为了荣誉而战。沙亮的逃跑，是司马正作为一个狱警的耻辱。犯人逃跑越狱偶有发生。但沙亮不同，沙亮是在自己手里逃跑的。司马正挽回这一耻辱的唯一办法，就是把沙亮追捕回来，让他重新入狱。这是一个正常的逻辑：作为一个狱警和曾经的军人，他的这一选择完全合乎正常的逻辑；另一方面，促使司马正追捕024的，还有一种外在的力量，这就是老监狱长的期待。监狱长即便退休了，但还经常光顾司马正的小石屋，了解追捕情况。退休以后，他那抓不住逃犯不剃的胡须由红变黄由黄变白。苍老的监狱长和他迅速变化的胡须也成为一种无形的压力。这是司马正一定要缉拿024的内部和外部两种环境。但是，这一理由表面上合乎逻辑，却还没有充分揭示司马正信誓旦旦的全部理由。事实上，司马正内心最深刻的原因、或者说被那些表面理由遮蔽的，是他强烈的"报复"心理。司马正追捕024是要还法律一个公道，同时也要还自己

---

① 老藤：《手械》，《长江文艺》2018年第4期。

一个公道。因此，那种未被言说的复仇心理，是小说内在的发动性力量。小说中有这样一个情节："司马正每到农历十四、十五、十六三天，会选一个夜晚带着一瓶高粱烧、一包酱鸡头到草屋来，两人月下对酌。时间一久，石谷发现了问题，问他怎么只爱吃酱鸡头，就不能带点别的？司马正摇摇头：吃酱鸡头，是解我心头之恨，你不知道，那个024就像一只瘦鸡崽！"司马正无意中一句话，道出了他内心最真实的想法。

于是，司马正踏上了追捕024的漫漫长途。作为职业的狱警和曾经的侦察连长，司马正虽然有专业的追捕计划，但过程艰难而复杂：他到024沙亮前女友朴红的家乡红山沟乡找朴红，找到朴红后发现，她与沙亮确实没有联系并且很快嫁人。朴红的线索断了，司马正又判断，024有浓重的口音，他不可能到外地打工。于是他扮成打鱼人到逃犯家乡石门、关门两乡排查。放网打鱼看到了一户人家：男人是个胖子叫石谷，开荒种地兼卖渔具；女人叫苇子，有癫痫病，曾是县剧团演员。远亲不如近邻。司马正常来与石谷喝酒聊天。在与石谷交往过程中，得知这里有一个育婴堂，是中医沙居士沙宝善办的，沙居士乐善好施并许下宏愿重建北山坳里毁弃的慈恩寺。司马正直觉沙居士与024有瓜葛，并试图通过沙居士了解024沙亮的情况，但沙居士就是避而不见。司马正无计可施的时候，想到了024遁水逃跑时也在场的犯人石德成。已经重病的石德成讲了这样一件事情：

居士沙宝善为重建慈恩寺一点点积攒建材，北山坳空地上存放着他辛辛苦苦弄来的木材。这件事村里人都知道，村民有钱出钱，有人出人，这捐献的木材里面有几棵是村民进山偷偷砍伐的杉木，村民是好心却犯了律条，这件事叫村主任石猴子知道了，他起了歹心，想独吞这些木材，便带着公安、木材贩子到山坳里没收木材。沙宝善闻讯赶到时，木材已经装车，石猴子正在数钱，沙宝善怎么解释也不行，石猴子硬是把木材卖给了木材贩子。石德成在场看见了这一切，沙宝善满脸眼泪，就差给石猴子下跪了，公安人员本来要抓人，看沙宝善不是故意犯法，就没有抓。当天晚上，石猴子带着办案人员在食堂吃饭，石德成炖了一锅河豚。他不能伤害包括两名公安在内的其他人，只在石猴子那碗河豚汤里加了一勺河豚子，就把他放倒了。石德成说现在他也不后悔，总算替沙宝善出了一口恶气。河豚子是剧毒，是沙宝善用大白菜捣烂成汁给石猴子洗胃，才救了他一命。石猴子只瞎了眼睛。

石德成讲完这件事后说：沙亮是个好人。不久石德成就死了。经过司马正深入的调查，石谷就是石德成的侄子。当石谷糖尿病多种并发症发病住进医院，护士为他量血压抬起他胳膊时，一条紫褐色蝎子般的胎记出现了。石谷就是024沙亮，他在水库洗澡逃跑前，司马正曾看得清清楚楚。这时的司马正"触电一样戳在那里，手中的豆腐脑'啪嗒'落在水泥地上，脑浆一样溅了一地"。

司马正追捕024沙亮的过程，也是司马正价值观自我搏斗和人性转化的过程：十二年来，他从一个为荣誉而战、为复仇而战的人，从一个愤懑焦虑寝食难安的人，到终于放下了，这个过程中，沙居士起到了关键性的作用，他不计仇怨，以善报恶。石谷——024沙亮，水遁之后心如止水，安贫乐道助人为乐。当他听到司马正复仇的誓言时说："誓言有时候就像一张大网，只能挂那些大鱼，把自己看成小鱼儿，就不会被挂住"，"该放下的就放下，你看苇子，过去心里有锣鼓镲，就容易犯病，住进草屋来，让百虫鸣叫取代锣鼓镲，就好多了"。司马正追捕沙亮过程中遇到的沙居士、石德成、石谷等人，都是恪守善心的人，是善的价值观彻底改变了司马正的复仇心理。最后，司马正"从腰里解下那副紫铜手械，掂了掂，然后用尽全力将它远远抛入水中"，完成了他从荣誉、复仇到释然、放下的个人性格的自我塑造。当然，这里有前提，就是024沙亮不是一个十恶不赦的重犯，如果沙亮确实是重犯，那么司马正的行为在法律面前没有合法性。在这一前提下，司马正十余年来经历的人与事，比如石谷的积德行善、放下的世界观、沙宝善救恶人于生死的宽容大度、石德成临死时将侄子赔偿金捐赠给沙居士等，深刻地改变了司马正的世界观。于是，通过痛苦的自我搏斗，司马正实现了个人性格的完成。如果是这样的话，那么，《手械》无论在思想还是在艺术上，都不仅是一部值得赞许的佳作，更重要的是它在人性转化复杂性的表达上，在人物价值观自我搏斗的心理书写上，确实有突破性的想象和贡献。

边地的至善和大爱

阿来的《蘑菇圈》[①]，是阿来新近获第七届鲁迅文学奖的中篇小说。这部中篇的容量极大，内容充沛又丰富。小说讲述了主人公机村的阿妈斯炯的一生：她是个不知道自己父亲的单亲女儿，被阿妈艰辛养大，她曾被招进工作组"工作"，被刘组长诱骗未婚生子，她同样艰辛地养育了自己的儿子胆巴，熬过困难时期以及"四清运动"和"文革"。接着是商品经济时代对机村的冲击，世道人心的改变。如果这样描述，《蘑菇圈》应该是一部历史小说，阿妈斯炯经历了二十世纪五十年代至今的所有大事件。半个多世纪的时间，足以让阿妈斯炯阅尽沧海桑田。阿妈斯炯重复的是她阿妈的道路，不同的是斯炯看到了"现代"。但"现代"给她带来的是她的

---

① 阿来：《蘑菇圈》，《收获》2015年第3期。

不适应甚至是苦难。如果没有工作组，她就不会见到刘元萱组长，就不会失身成为单身母亲。如果没有工作组，她也不会见到那个女工作组组长，整天喊她"不觉悟的姐妹"。这里"觉悟"这个词由女工作组组长说出来真是意味深长，她和阿妈斯炯在同一个时空里，但她们面对的世界是如此不同，她们对觉悟的理解更是南辕北辙。这个女组长后来咯血再回不到机村了；胆巴的亲生父亲刘元萱临死时终于承认了是胆巴父亲的事实。儿子胆巴进入了父亲生活的权力序列，他前程无量，只是离他母亲越来越远了。机村变了，孩子变了，曾经帮助阿妈斯炯度过饥荒，为她积攒了财富的蘑菇圈，也被胆巴的妹妹、刘元萱的女儿拍成蘑菇养殖基地的广告——那是阿妈斯炯一生的秘密，但现代社会没有秘密，一切都在商业利益谋划之中。只是世风代变，阿妈斯炯没有变。阿妈斯炯对现代之变显然是有异议的，面对丹雅列举的种种新事物，她说——我只想问你，变魔法一样变出这么多新东西，谁能把人变好了？阿妈斯炯说，说能把人变好，那才是时代真的变了。阿妈斯炯有自己的价值观，人变好了才是尺度，才是时代变好了。

蘑菇圈是一个自然的意象，它生生不息地为人类提供着美味甚至生存条件。它的存在或安好，就是人与自然的和谐或相安无事。人生的况味，是对人生的一种体悟，它看不见摸不到，但又真实地存在于每个人的命运中。一言难尽，欲说还休，晴空朗月，踌躇满志，怀才不遇，等等，都是一种人生况味。小说写了阿妈斯炯和小说中所有人的况味，应该说都是一言难尽。阿妈斯炯受尽了人间苦难，但她没有怨恨、没有仇恨；她对人和事永远都是充满了善意，永远是那么善良。她随遇而安。只要有蘑菇圈，有和松茸的关系，有她自己守护的秘密，她就心满意足，但是她的蘑菇圈最终还是没有了。生活于阿妈斯炯来说可有可无了。她最后和儿子胆巴说"我的蘑菇圈没有了"，她说出了她的绝望。刘元萱和女工作组组长会怎样体会他们人生的况味呢？胆巴、丹雅进入了现代并且习以为常，他们人生的况味将会怎样体会呢？人生的况味与人的境遇有关，人的境遇与社会历史变革有关。阿来小说中人的命运与况味，都密切地联系着社会历史的变迁。况味只可意会、体会，它不是虚构的产物，不是想象的产物，它是一种真实的存在。因此，阿来的小说是在一个严密的逻辑中展开的。

阿妈斯炯的生活虽然有不快，有挫折，但她有蘑菇圈，她和万事万物没有争执没有怨恨；但是，下半部中商业行为如凶神恶煞地进入了机村，一切凝固的东西都烟消云散了。是什么改变了人性，是什么让人变得如此贪得无厌和冷硬荒寒，是什么让人如魔鬼恣意横行。前现代的乡村不是文化流通的场所，它的个人性却产生了无边的大美。通过阿来的小说我们发现，美，在前现代，美学在现代；美学重构了前现代的美。美学与现代是一个悖谬的关系。如何理解现代，如何葆有前现代的人性之美，是现代难以回答的。因此，阿妈斯炯遇到的难题显然不是她个人的。阿妈斯炯的困惑，就是我们共同的困惑；阿妈斯炯人生的况味，我们也曾经或正在经历。

中篇小说《奔跑的木头》，讲述的是一个土司时代的故事：一个木头般呆傻、从不知疲倦的青年，被土司的神职人员毕摩看上了，他要用两头牦牛向他的父亲换这个青年——为即将巡视领地下肢残疾的女土司当"背脚"。忠诚于土司的毕摩虽然一波三折，最终还是实现了他的愿望。在木头的陪伴下，毕摩识破了头人阿卓和汉人"小诸葛"设下的"鸿门宴"，而且不知疲倦神勇的木头背负毕摩一起逃出了险境。于是，被信任的木头又背起了年轻漂亮却残疾的女土司阿喜，踏上了巡视领地的路途。因此，"背脚"木头和土司阿喜是小说塑造的两个主要人物。

木头原本是一个机灵无比的少年。他出生在一个医药世家，爷爷是著名的药师，也曾是一个传奇少年。当年，头人为了向土司表达仲家人足够的善良，以求寄人篱下，要求他去医治患病的吉联土司，他眉头都没皱一下就应承了。在吹鼓手吹吹打打的护送下，少年来到了土司的行营中。少年药到病除，不仅医好了土司，还成功说服土司，让仲家人在这河滩地上扎下根来。后来的木头曾被寄予厚望：他也会成为他爷爷一样的人。但是，爷爷黄老药师去世后，他"成天去老药师坟头，默默地坐，有时连家也忘了回，依着坟就睡了。他那爹，人简单粗暴，认为儿子是偷懒不想干活，有天在坟头找到他，就揪了他的头发，往坟头的石头上撞，就撞成了现在的样子"。残暴的父亲就这样毁掉了一个少年，他木讷、呆傻、不知道什么是累。当他被毕摩发现时，也就是两头牦牛的价值。但是，峰回路转，木头遇到了年轻漂亮的女土司阿喜。在木头的背负下，阿喜带着浩浩荡荡的队伍出发巡视了。巡视的路途山高水远苦不堪言。但是，一个奇异的场景出现了——

阿喜的眼前，是一坡盛开的马缨花。这些马缨花，开得喧嚣，自由而放肆。那些怒放的花朵，仿佛要点燃山坡。美得如此放任，美得如此潇洒，让阿喜土司惊叫连连。她甚至振臂惊叫了起来。于是：

木头把阿喜土司从身上放下来，把她抱了坐在山冈的青石上，就朝着那开满马缨花的地方跑去。阿喜土司看到，木头被汗水浸透的后背上，有丝丝缕缕像雾气一样的东西蒸腾了起来。

木头采来了一大抱马缨花，面无表情地朝阿喜土司走过来。他来到阿喜土司身边后，将大朵大朵的马缨花围着阿喜土司铺开来。他不断地重复着采了铺、铺了采的动作，直到把阿喜土司最终置于一片怒放的花海中。

阿喜土司开心极了，她笑得就像这马缨花一样。

木头木讷的脸，像坚冰受了春风，轻融中泛起了一丝浅浅的笑容。这浅浅的一笑，还是被阿喜捕捉到了。

你哪是木头？阿喜大声说，你不是木头！

阿喜手指了木头，咯咯地笑了，她的话语和笑，被风一吹，仿佛就撒满山冈了。

木头忍不住也嘿嘿笑了。他笑得连绷着的腰杆也弯成弓了。

山冈上，两个年轻人的笑声，被山风扬开去。世界，此时似乎也变得美好而年轻了。

阿喜和木头沉浸在自然和人性的美好中，他们忘记了等级和身份，忘记了他们身处的历史语境。人性和自然之美在山冈和山花中绚丽绽放。回到现实，木头遭到了管家的呵斥和辱骂，他又沉默无语。但他那颗对外部世界和个人身体没有感知的心，却在满山马缨花和阿喜的爱意中悄然复活了。

阿喜是土司父亲的继承者。她年少娇弱，下肢瘫痪。在弱肉强食的农奴社会里，她显然也是一个弱者，那些虎视眈眈的土司，已经把自己的猎物锁定为吉联家族了。但是，她受到了现代文明的教育和启蒙。她不仅怀疑毕摩的神灵，而且有勇冠三军的胆气和英豪。她要破除彝人用"打冤家"的方式解决土司之间矛盾的传统。这不仅与阿喜接受的教育有关，同时也与她的切肤之痛有关。阿喜的哥哥，那个长得像一头豹子一样孔武有力的年轻帅气的小伙子，曾经是阿爹振兴吉联家族的希望。但在与目阿土司因山林纠纷打冤家的过程中，被活活劈掉了半边脑袋。当哥哥的尸首被抬回来，看见爱子惨状的阿爹一病不起，自知来日无多的阿爹，才让人接回了瘫痪的阿喜，不情愿地让她成为一个女土司。阿爹至死都没合上双眼。于是，当安日火头人向阿喜讲述金沙江对岸的撒玛土司因仇怨要前来报复时，阿喜果断地说："不能让撒玛土司发出木板令！"如果木板令一发，土司与土司之间打冤家的事就不可避免。为了制止这场打冤家，阿喜不顾自身危险，带上木头，去见比豺狼都狠的约涅木乃头人和撒玛土司。一个势单力薄的弱女子在两个雄壮无比的男人面前，她临危不惧据理力争。而撒玛土司突发奇想要和木头比赛脚力。

比赛消息比江风还快，迅速就传播开去，原本举了火把赶来聚集打冤家的人们，顾不得长路的疲惫，纷纷赶来看稀奇凑热闹。一时间，瞰山坪因要打冤家酿成的恐惧压抑的气氛，又迅速被喧嚣和莫名的兴奋替代了，瞰山坪，似乎在这黑夜里，被一种近似于节日的快乐笼罩了。谁也没有去想它背后的残酷：这是一个土司，在用命去跟另一土司赌输赢。

在木头的奋力争取下，终于赢得了在约涅木乃头人家驯马场的脚力比赛。阿喜和木头胜利，撒玛土司同意讲和，不仅避免了一场非死即伤的打冤家，同时终结了彝人这一前现代的愚昧传统。阿喜的胜利，显然是现代文明的胜利。同时，阿喜的勇武，也极大地感染了木头。小说一波三折，当我们以为事情可以收场的时候，撒玛土司突然又提出——

"都说血债血偿，"撒玛土司看一眼快刀，又看着阿喜土司说，"你们杀死杀伤了我们三个人，我总得给他们的亲人们有个交代吧？就算他们偷了你们的牛，罪不至死嘛。我今天不要你阿喜土司以命抵命，但我得见血！哪怕你在你那没知没觉的腿上刺一刀，我也认。"

就在阿喜土司举起刀，正欲给自己腿上重重地刺一刀时，一直呆立着的木头伸手抓住了阿喜土司握刀的手，并迅速将刀夺到了自己手中。然后一扬手，把刀深深地刺进了自己的腹中。他拔出刀时，鲜血溅了撒玛土司满脸。木头从容地将衣服撕成条状包扎了自己的伤口，背起阿喜土司，走出了约涅木乃头人家重兵把守的大门。

木头本来是一个聪慧机灵的少年，由于父亲的暴力致使他身体和心智受到重挫。他虽然力大无比，但他的呆傻木讷还是被众人取笑或无视，他的忠厚和勇武又使他令人生畏。他不仅在一百圈比赛中战胜了二十四个土司兵，而且在搏斗厮杀中徒手将这些豹子般的土司兵打得一片狼藉。更令人慨叹的是，他因阿喜土司的爱变得无所畏惧大义凛然。为了阿喜的情义他不惜以命相报。阿喜用现代文明，即爱和怜惜唤醒了木头的自我意识。这个从不知疲倦的青年，终于体会到什么是"累"了。木头最后昏了过去，获得的却是自我意识和身体的感知和体悟能力。木头从混沌蒙昧到自我觉醒，是通过阿喜实现的自我比较和幡然醒悟。当然，他的"累"，还有作家潘灵一个后涉的现代想象：一个一文不名的穷小子被一个公主、一个女土司爱上，岂有不累之理。但是，作为刚刚复苏的一个土司的臣民，他是没有能力感知这样的问题的。因此，他的所谓"累"，还是心智复苏后对身体的感知。阿喜形象的完成，同样是一个自我比较过程：一个土司的女儿，一个柔弱无比的残疾青年，她的命运似乎已经注定。但是，因为现代文明的伟力，使这个人物的力量超越了她本身：她不仅解决了领地内部的问题，识破了安日火头人私种罂粟的诡计，而且面对人多势众的撒玛土司敢于单刀赴会舌战群雄，面对烈酒尖刀毫无惧色。更重要的是她对人的平等、悲悯和长空皓月般的大爱。她和木头在山冈上马缨花间的笑声和意犹未尽的短暂相处，是小说中最为感人的段落。如果没有现代文明的养育，阿喜无论如何也不会有这般情思和情怀。从一个柔弱女子到一个女英雄，是阿喜作为成功的文学形象的凯旋。可以说，没有阿喜也就没有后来的木头。阿喜土司和撒玛土司也形成了比较关系，一个是改变土司时代冤冤相报传统，走向民族内部和谐的新型领袖；一个是固守恶习顽冥不化的老土司。人物形象的多种比较，使小说的人物具有了鲜明的性格，不同性格的指向，也预示了前现代旧土司制度的即将瓦解。因此，无论人物关系还是小说的整体氛围，都是现代之光照亮了过去，文明的新思想取代了野蛮的旧时代。

近一两年，书写善和爱的小说逐渐多了起来。因此，我们评论这些作品时就要考虑"不绝如缕"的因素。这也是我们曾经提到的阿来说的文学的"情感的深度"。有了情感的深度才会有思想的深度。"有情"的文学，强调文学书写人间的情义、诚恳和人间大爱，它既不同于对人性恶的盎然兴致，也与流行的"心灵鸡汤"完全不同。写人性的恶是容易的，而"心灵鸡汤"是一种肤浅的大众文化，是画饼充饥虚假抚慰和励志的一种"诗意"形式，那肤浅的抒情和所谓"哲思"也是容易的。而有情有义的文学，是对人的心灵和情感深处的再发现，它深长悠远，是人类情感深处最为深沉也最为日常的善和爱，这就是有情文学的动人之处，对它的发现和书写是难的。

原载《扬子江评论》2019年第3期

情感深度与小说的新主题

——近年长篇小说创作的一个方面

讨论每一年的长篇小说，是一件很困难的事情。一年的时间里，长篇小说——这个特别需要时间的小说文体，究竟能发生多大变化呢。有时甚至在很长一段时间里，没有变化都是正常的。但是，2019年的长篇小说还真是与2018年有很大的不同：2019年要评选第十届茅盾文学奖，2018年无可避免地成为长篇小说生产的"大年"，很多作家将自己多年打造的作品在这一年出版，这是非常可以理解的。因此，2018年的长篇名作云集。比较起来，2019年的长篇小说在出版气势上就略逊一筹。但是，文学生产与物资生产毕竟不同。2019年的长篇数量上引起反响的作品不如2018年多，但有分量、有突破性的作品同样给人留下了深刻印象。阿来的《云中记》、邓一光的《人，或所有的士兵》、王松的《爷的荣誉》、付秀莹的《他乡》、庆山的《夏摩山谷》、冯骥才的《单筒望远镜》、马笑泉的《放养年代》、格非的《月落荒寺》、陈应松的《森林沉默》、蒋韵的《你好，安娜》、徐贵祥的《穿插》、刘庆邦的《家长》、张欣的《千万与春住》、张庆国的《老鹰之歌》等，都是可圈可点值得阅读的长篇小说。

《云中记》与小说的情感深度

阿来在《机村史诗》的读书会上说："什么是小说的深度？小说的深度不是思想的深度，中国的评论家都把小说的深度说成是思想的深度，绝对不是。你有哲学家深刻吗？你有历史学家深刻吗？我说小说的深刻是情感的深刻。当我的情感空空荡荡的时候，我自己都没有深度的时候，我是一个干涸的湖底，还能给别人讲故事吗？不可能。很多作家把自己写死了，大概就是这样。"阿来对情感深度的认知和表达，有着深厚的社会生物学基础，有着他对自然万物的深刻了解与体察。2018年

11月17日在北师大召开的阿来作品国际研讨会，会标就是"边地书、博物志与史诗"。其中的"博物志"，从一个方面提炼出了阿来小说创作的重要特征。博物，不仅指阿来自然知识的渊博，更是指他对所有生命、一草一木、一花一鸟的热爱、敬畏与尊崇。通过阿来的作品我们发现，在阿来的文学世界，生命大于和高于人性的概念。人的生命是指人的血肉之躯，是天赋人权，是人的自然权利。这种权利受到人类理性的指导与规定，他人的自然权利不容侵犯。当然，生命也必须承担一定的义务。人性，是指人类普遍具有的心理属性，是人类的天性，人性蕴含于生命之中，无论性善性恶，生命首先是前提。因此，阿来的小说中的亲生命性，不只是对人类生命的相亲相爱，同时包括自然界所有的生命。

《云中记》的写作起始于2018年——汶川地震十周年。阿来说"大地震动，只是构造地理，并非与人为敌"。这种"与人为善""与事为善"的情感态度，是《云中记》的基调。小说通过阿巴回归云中村，在重现当年大灾难场景的同时，在描摹抢险救灾社会全员行动的同时，更着意书写了祭师阿巴对生命的尊崇、敬畏，回归云中村的决绝、坚忍，无可阻挡。阿巴执意要回到云中村。在他看来："是你们让我当回祭师的。当我穿上祖辈人穿过的法衣，敲了甜蜜敲过的鼓，摇了甜蜜摇过的铃，不管政府有没有让我当这个非物质文化，我就是云中村的祭师了。政府把活人管得很好，但死人埋在土里就没人管了。祭师就是管这个的。"还不仅如此，在阿巴看来，他安抚鬼魂的事，就是安抚人心。就是为了不让村里人再顾影自怜、心志都散了。云中村要灾后重建，首先要凝聚人心。如果是这样的话，阿巴和政府殊途同归，都是为了安抚人心，重聚心志。阿巴多次谈到亡魂有无的问题，他也不能断定。但是，他对亡灵的记挂、对祭师职守发自肺腑的认真履行，感人至深。不放弃亡灵，是对生命敬畏和尊重的另一种方式。作为乡干部的外甥仁钦，同样履行着自己的职守。他领导救灾，日夜操劳，几乎面目皆非，甚至舅舅和乡亲们都没有认出他来。但舅舅阿巴执意回云中村是违反纪律的。他也因此丢了乡干部的职务。仁钦和舅舅阿巴的观念不同，但他们的初心都是仁爱之心，都关乎关爱。这是亲生命性的另一种表达。这里没有谁对谁错的问题，也没有价值观的截然对立，是他们处理同一个问题的方式的差异。后来我们也看到，村主任主动提出要祭山神，过"山神节"，一定要把"山神节"搞得像模像样。这是对藏族地域文化的尊重，是对地方性知识、习俗的尊重，也是对亡者的一种合乎情义的伦理。另一方面，阿来对地方性知识的书写，同时还来自他对这样一种边缘经验的理性认知。地方性知识的意思，正是由于知识总是在特定的情境中生成并得到辩护的，因此我们对知识的考察与其关注普遍的准则，不如着眼于如何形成知识的具体的情境条件。小说就是对这一具体条件最生动和形象的书写。

　　当然，小说中对生命的亲近，不只是对人类生命的亲近，同时也反映在对其他生物的情感关系。阿来用耐心、细微也充满了欣喜的笔触，写了阿巴的深情，写了雄鹿走进院子挑选食物的场景。云中村已是满目疮痍一片废墟，除了阿巴冥想中不散的鬼魂，几乎一无所有。但是，云中村还有生命，还有新生鹿角的雄鹿。对生命的敏感和亲和，在《云中记》中俯拾皆是。《云中记》就是要绝处逢生，就是要在死亡的废墟上歌唱生命的伟力和无限可能。小说中到处有声音响起，到处有不同的气味扑面而来，五颜六色的颜色布满天空和大地。比如马脖子上的铜铃声、飞起的惊鸟、溪水飞溅声、阿巴和亡灵的对话声，还有"这时，他听到了一点声音。像是蝴蝶起飞时扇了一下翅膀，像是一只小鸟从里向外啄破了蛋壳。一朵鸢尾突然绽放"。在阿巴那里，是有如神助，妹妹的亡灵听到了阿巴的声音，阿巴热泪盈眶，他哭了；在阿来那里，是生命无处不在，有生命就有诗篇。那各种味道，有野菜、蘑菇、牦牛肉、藏香猪肉、酸模草茎、酥油、干酪、茶的味道，丁香花等等的味道。这些声音和味道的书写，使小说充满了人间性，声音和味道是有感知主体的，这主体就是人类的生命。因此，《云中村》的人物、情节、细节和场景，无不与生命有关。小说的情感深度，也是因为小说书写了对生命的尊重、敬畏和亲生命性。

　　读《云中记》，很容易联想到汉文化中的志怪灵异，比如韩少功《爸爸爸》中鸡头寨的巫楚文化，《白鹿原》中被灵异化的白鹿意象，陈应松"神农架系列"小说中的诡异环境，以及莫言小说《生死疲劳》中"西门闹"的六道轮回等，其荒诞性强化了小说的表现力。最有代表性的是贾平凹的小说。贾平凹的小说比如《太白山记》《土门》《高老庄》《白夜》等，多有灵异鬼神的讲述。特别是他新近的长篇小说《山本》。小说以秦岭涡镇为中心，以秦岭为依托，以井宗秀、陆菊人为主要人物构建的一部关于秦岭的乱世图谱，将乱世的诸家蜂起、血流成河、杀人如麻、自然永在、生命无常的沧海桑田以及鬼怪神灵逛山刀客等，集结在秦岭的巨大空间中，将那一时代的风云际会、风起云涌以传奇和原生态的方式呈现在我们的面前。鲁迅在《中国小说史略》说：中国本信巫，秦汉以来，神仙之说盛行，汉末又大畅巫风，而鬼道愈炽；会小乘佛教亦入中土，渐见流传。凡此，皆张皇鬼神，称道灵异，故自晋迄隋，特多鬼神志怪之书。其书有出于文人者，有出于教徒者。文人之作，虽非如释道二家，意在自神其教，然亦非有意为小说，盖当时以为幽明虽殊途，而人鬼乃皆实有，故其叙述异事，与记载人间常事，自视固无诚妄之别矣。这是魏晋南北朝志怪小说兴盛的原因，与民间巫风、道教及佛教的刺激大有关联，作者又将怪异传说当作事实来讲述。鲁迅的总结是正确的。但志怪小说的来源和实际情况比较复杂。着重于宣扬神道，还是倾心于怪异事迹，以及小说中表现人生的情趣等，其差别还是很大的。贾平凹在很多作品中都曾写到这些文化，这与贾平凹对传统小说的吸纳有关，通过"现代"的转换，也因此形成了贾氏独特的小说风格。

但是，《云中记》不在这个谱系之中。祭师阿巴不信奉灵异鬼怪，他要安抚的是亡灵。在他看来，活着的人政府在管，云中村的村民已经住进了新村。但亡灵没有人管，他这个祭师就是要管亡灵的。当然，亡灵不能听到来自人间祭师的声音或抚慰。这个声音或抚慰是通过阿来转述的，听到这个声音和抚慰的是活着的人们。因此，祭师要抚慰的还是活着的人们。大地震动，虽然并非与人为敌，但结果给人带来的就是致命创伤。创伤，加于人体的任何外来因素所造成的结构或功能方面的破坏，然后延展到人的精神层面。弗洛伊德认为，一种经验如果在一段很短暂的时期内，使心灵受一种最高度的刺激，以致不能用正常的方法谋求适应，从而使心灵的有效能力的分配受到永久的扰乱，我们便称这种经验为创伤。当然，《云中记》没有书写云中村的创伤后应激障碍，但是，这个创痛并没有消失，它只不过隐含在祭师阿巴的行为之后罢了。亡灵没有这样的创伤后应激障碍，因此，无论祭师阿巴的主观意图怎样，客观上他是在医治活着的人们的心理创痛。

于是，阿巴到云中村后，几乎不放过任何一个可能记忆的细节，一家一户，每一个亡灵，他都拜访探望。他要看望他们曾经生活过的地方，要和他们说几句话。讲述的耐心、舒缓，使哀思与怀念真挚而绵长，这是对生命敬畏的诚恳透彻的倾述。一天又一天，思念如故，亡灵在阿巴的讲述和回忆中逐一复活，那空无一人的云中村，在阿巴的想象中被重新复制：生活如此祥和，生命如此美好。当然，阿巴当然也要想起活着的人在云中村曾经的生活。而最美好、最动人的，就是阿巴曾经与亲人的交往。学会相亲相爱，这是人类的至善至爱，也是小说情感深度的最高表达。阿巴用他的行为践行了他的信念，一如对他的信仰。阿巴至死也不曾记得自己是"人类非物质文化遗产传承人"身份的全称。但是，一如契诃夫《凡卡》中爷爷不可能收到凡卡寄出的信，全世界的读者都收到了这封信一样，我们都记住了祭师阿巴，记住了他对生命的尊崇、敬畏和相亲相爱。相亲相爱，这个朴实无华的形容词，我们习焉不察。然而，一旦经由阿巴对生命的态度的表达，对亲人关系的演绎，竟是如此的感人至深。因此，在我看来，《云中记》是一部杰作，是阿来对生命、对人性、对情感深度不断深入思考的一部杰作。

阿来说，他写《云中记》的时候，一直在播放莫扎特的《安魂曲》。《安魂曲》唱词的首句是"主啊，请赐予他们永恒的安息"。有批评家说祭师阿巴就是阿来，我同意这个说法。不同的是，阿来或祭师阿巴不仅是在安抚亡灵，更重要的是他通过安抚亡灵，唱响的是生命的颂歌，他用诵诗的方式写了一个陨灭的故事。阿巴与亡灵的关系——他的行为方式和情感方式，放射着人性的光辉。另一方面，《云中记》也可以看作是作家阿来的自我心理疗治——他写完了这个故事。"到此，我也只知道，心中埋伏十年的创痛得到了一些抚慰。至少，在未来的生活中，我不会再像以往那么频繁地展开关于灾难的回忆了。"同时，我深切地感到，《云中记》是一部褪去了知识分子腔调的小说。百年中国的小说，一直贯穿着知识分子的气息和腔调。启蒙没有错，但在启蒙思想昭示下的知识分子几乎无所不知，他们的导师角色一直扮演了百年。但是，《云中记》冲淡平和的讲述，不再居高临下的姿态，给我留下深刻印象。

战争文学的新突破

一段时期以来，抗战曾是一个稀缺题材。近年来的长篇小说弥补了这一短板。赵本夫的《天漏邑》《吾血吾土》、何顿的《黄埔四期》、宗璞的《北归记》、胡学文的《血梅花》、邓一光的《人，或所有的士兵》、房伟的《猎舌师》、周建新的《锦西卫》等，重新书写了抗战历史。一个重大的历史事件在"当代"接续了讲述。

邓一光的战争小说，在当代中国文学格局中独树一帜。他的《父亲是个兵》《我是太阳》《我是我的神》等名噪一时。在这些作品中，邓一光的理想主义和英雄主义情怀一览无余。他笔力遒劲，浓墨重彩；人物刚烈伟岸，襟怀坦荡。鲜明的个人风格，使他的战争小说卓然不群。但是，我们也必须承认，尽管他的这些作品有非常高的个人辨识度，其来路和谱系也不难识别——他对当代传统的革命历史文化，甚至传统的古代经典小说，有继承有借鉴当然更有发展，这是邓一光这类小说普遍受到好评的基础和原因。值得注意的是，邓一光没有沿着这条道路轻车熟路地走下去。他要另辟蹊径，他要看到新的文学之光。于是，我们也就有机会看到了这部新的战争小说——《人，或所有的士兵》。

这是一部完全不一样的小说。无论是战争文学观念，还是置身其间的人物，于我们说来完全是陌生的，也就是新鲜的。"香港保卫战"，又称香港攻防战、十八日战事，是指第二次世界大战太平洋战争初期，日军进攻英属香港所发动的战役。1941年11月6日，日本中国派遣军第23军奉命制定攻占香港的计划，并在该月底完成作战准备。12月8日凌晨4时，日军发起攻击，空军轰炸启德机场的英机，夺得制空权。第二遣华舰队在海上封锁香港。9日进攻英军各据点，12日突破守军主要防线。14日占领九龙，并炮击香港。18—19日登陆并占领香港岛东北部。21日切断水源。25日下午7时30分英军投降，日军占领香港。这是小说《人，或所有的士兵》的基本背景。或者说，小说是源于一个真实的历史事件，其背景是绝对真实的。但是，小说是虚构的文学作品，它不是一个历史事件或历史真相的讲述或复原，它要通过这个历史事件塑造作家虚构的人物，表达他的战争观和历史观。他要通过战争讲述"一个人的遭遇"，讲述这场战争给他带来了什么。由是，我们看到了一个名叫郁漱石的战俘，一个有多重身份的战俘，一个被作为实验对象的战俘，一个受到审判的战俘，一个战后滞留香港的战俘。战争改变了郁漱石的命运，他的经历比普通人三生还要五味杂陈一言难尽。

为了讲述这场战争，邓一光不惜借用大量历史材料，使小说陷于真实与虚构之间——这就像汤因比评价《伊利亚特》一样：把它当作历史来读，里面充满了虚构；把它当作文学作品来读，里面充满了历史。为了真实地表达这场战争和塑造文学人物，邓一光有意在历史与虚构之间任意涉渡。也许他有意模糊了作品体裁的样貌而一意孤行。但是，万变不离其宗——他要表达是，所有的战争都是血腥的，人类要远离战争。这是我们不曾接触过的作品，无论是观念还是人物，它让我们深感新奇和震惊。衡量和评价一部文学作品最重要的尺度就是，它在文学史上为我们提供了哪些新的审美经验，它是否塑造了具有典型意义的人物，是否提供了新的价值观。如果是这样的话，那么，《人，或所有的士兵》就是一部在战争文学中表达了新主题的作品。

世情小说的当代回响

新世情小说是近年来一个引人瞩目的文学现象。在小说写法日益求新的今天，一些作家敢于在形式上"回头"，大胆启用旧制，在旧小说的形式中表达他对世道人心与日常生活和社会大变革的关系，不仅使小说风生水起惊心动魄，而且深刻地表达了社会历史内容。陈彦的《装台》、刘震云的《吃瓜时代的儿女们》、王松的《爷的荣誉》等最有代表性。《装台》讲述的是在正剧开戏之前，处在艺术生产最末端的刁顺子们，在充满人间烟火的环境中先期上演的人生大戏，这是穷苦人苦辣酸甜的戏。刁顺子是近十年来较为成功的文学人物。《吃瓜时代的儿女们》，讲述的是价值失范，人的欲望喷薄四溢的社会现实中的人与事。透过民间、官场等不同生活场景、不同的人群以及不同的人际关系，立体地描绘了当下的世风世情，这是一幅丰富复杂和生动的众生相和浮世绘。《爷的荣誉》可以看作是家族小说，也可以看作是历史小说；可以把它当作消遣娱乐的世情小说，也可以当作洞悉人性的严肃文学。"洞心骇目"，在新世情小说中得到了继承并有新的发展。

王松是好小说家，仅就《双驴记》《葵花引》《红汞》《哭麦》等"后知青小说"的成就，就足可以走进当代作家的第一方队，他的这些作品改写了一个时代的"知青文学"。现在我要评论的是他新近的长篇小说《爷的荣誉》。这是与他此前所有的小说都不一样的小说，无论是人物还是故事，无论是讲述方式还是情节设计。实事求是地说，这是近期阅读的最好看的小说，是让人不忍释卷的小说，王松实在是太会讲故事了。小说以"官宅"里王家老太爷的三个儿子长贵、旺福、云财的性格与命运展开，在近百年的时间里，在京津冀鲁阔大的空间演绎的一场惊心动魄的人间大戏。如何界定《爷的荣誉》并不重要，重要的是小说带给我们完全不一样的阅读快感。

小说的讲述起始于"我"太奶的一只青花夜壶的丢失。偷这只青花夜壶的不是别人，正是二爷旺福。旺福十六岁那年勾搭上了一个"卖大炕"的冯寡妇，于是，青花夜壶的失而复得成了一条与旺福有关的小说线索；太爷为了儿子们的前程也为了家业传承，让三个儿子一起去了北京，大爷二爷是去读书，三爷是去打理大栅栏儿的绸缎庄。大爷长贵倒是读书了，三爷也开始学习掌管生意。只是这二爷旺福，到了北京如鱼得水，与天桥"撂地儿"的混在了一起，学得了一些武艺，也助长了"混不吝"的性格。于是自然少不了惹是生非，但也因结交了一些地面朋友，多次摆平了绸缎庄的大事小情。小说最生动的是二爷旺福。他与冯寡妇虽然只是萍水相逢男欢女爱，但他已然走的是情爱路线，不仅不让其他男性接近冯寡妇，而且几乎把冯寡妇养了起来，也因此与冯寡妇的其他男人特别是花秃子结了梁子，这亦成为小说与旺福有关的一条线索。开店做生意打理绸缎庄，免不了与管家掌柜以及各色人等打交道，特别是绸缎庄何掌柜父子用东家的钱赚自己的钱，另开店铺的事，三爷云财斗智斗勇将何家父子所有行径悉数掌握，大获全胜。这一桥段是小说最为精彩的段落之一。大爷长贵读书期间闹革命，走日本，新中国成立后成为文艺干部，但因"历史问题"终未成大器，虽然命运一波三折，但还算有个善终。旺福几经折腾，因冯寡妇和心爱的小伙计祁顺儿都被日本人杀害了，最后加入了解放军，还去过朝鲜参加抗美援朝。但因乖戾性格，拒绝接受军长女儿而返乡务农。三爷虽然精明有心计，但家道破落后只能靠挖自家祖坟陪葬度日，情景不难想象。三个爷三种性格三种命运。但大起大落处无一不与社会巨大变革有关。因此，《爷的荣誉》表面是一部民间大戏，但人物命运无一不蕴含在历史的不确定性之中。小说让人欲罢不能，最要紧的还是其中的细节和生活氛围。王松对历史和生活细节的把握，使小说缜密而少疏漏，生活气氛仿佛让人回到了旧时老北京或老官宅。

有人认为小说不能只是故事，只讲故事那是通俗小说，小说更要讲求"韵味"，讲求"弦外之音"，要有反讽，有寓意，要言有尽意无穷。这些说法都对；但小说从来就没有一定之规，小说是有法又无法。现在的小说是有韵味，有反讽也多有言外之意。但现在很多小说什么都有就是不好看也是事实。因此，小说最终还是一个实践的问题，理论重要，但还是不能一揽子解决小说所有的问题。特别是在小说无所不有的时代，批评还是不能抱残守缺一条道走到黑。

说《爷的荣誉》在新旧与雅俗之间，我觉得是这样：旧小说大多章回体，多为世情风情，写洞心骇目的男欢女爱家长里短，而且到关节处多是"欲知后事，且听下回分解"的卖关子。为的是勾栏瓦舍的"引车卖浆者流"下次还来，说到底是一个"生意"。但《爷的荣誉》就不同了。小说情节是紧锣密鼓密不透风，"又出事了""又出事了"在小说中不时出现，一波未平一波又起。既有人情男女也有宅府大事，但背景皆与社会历史相关，特别是关乎人物命运的紧要处。其次是对女性命运的深切同情。旧小说如《姑妄言》、"三言二拍"等，女性也多为牺牲者，但讲述者往往少有同情。《爷的荣誉》则不然。小说中的冯寡妇虽然迫于生存不得已卖身，但作为女人的她多情重义一诺千金，她不是一个见利忘义水性杨花的女人。梅春、甘草，皆因男女之情被逐出"官宅"，但事出有因皆不在两个女子身上。特别是长生娘甘草，因当年将许配给旺福时，旺福酒后乱性与其发生关系，甘草得了花柳病，显然是旺福在外乱性传染的。但旺福矢口否认自己有病，于是甘草被迫胡乱地嫁了王茂。结果生的长生又确是旺福的儿子。旺福最后还是栽在了自己儿子长生手里。这样的情节设计似乎又回到了"世情小说"的旧制，也就是冤冤相报因果轮回。但讲述者对梅春和甘草的同情几乎溢于言表，这是《爷的荣誉》区别于旧小说的另一特点。

读这部小说，我总会想起京剧《锁麟囊》。这出戏故事很简单，说的是一贫一富两个出嫁的女子，偶然在路上相遇，富家女同情贫家女的身世，解囊相赠。十年之后，贫女致富而富女则陷入贫困之中。贫女耿耿思恩，将所赠的囊供于家中，以志不忘。最后两妇相见，感慨今昔，结为儿女亲家。戏剧界对《锁麟囊》的评价是：文学品位之高在京剧剧目中堪称执牛耳者，难得的是在不与传统技法和程式冲突的情况下，妙词佳句层出不穷，段落结构玲珑别致，情节设置张弛有度。声腔艺术上的成就在程派剧目中独居魁首，在整个京剧界的地位亦为举足轻重。《锁麟囊》由翁偶虹编剧于1937年，当时现代"爱美剧"已经名声大噪。但旧戏新编依然大放异彩。但话又说回来，《锁麟囊》在戏剧界还是被认为是"传统"剧目，其原因大概还是旧瓶装旧酒，情节不外乎世事无常但好人好报的传奇性。《爷的荣誉》

看似是"白话小说"的路数，但它是"旧瓶装新酒"，小说的观念不是传统的，也不是西方的，它是现代的。我非常欣赏王松敢于大胆实践，在小说写法日益求新的今天，他敢于在形式上"回头"，大胆启用旧制，在旧小说的形式中表达他对世道人心与日常生活和社会大变革的关系。不仅使小说风生水起惊心动魄，而且深刻地表达了社会历史内容。应该说，《爷的荣誉》不仅是中国故事，更是中国文学经验的一部分。

成长小说的新收获

当下小说创作最大的问题之一，就是好的青春题材的匮乏。无论百年、七十年还是四十年，青春的形象是文学创作最引人注目的形象。但近年来长篇小说的青春题材，尤其是青春人物日渐稀少。这是一个很大的缺憾。

付秀莹至今已经创作了大量的文学作品，她拥有了许多年轻或不年轻的读者。她清新的笔致，温婉的情感，以及对她经营已久的"芳村"的由衷热爱或一言难尽，都让人流连忘返挥之难去。但是，在我看来，今年她的《他乡》可能是她迄今为止最有文学价值的小说。这是一部具有自叙传性质的小说，是在个人经历基础上经过虚构、想象和提炼创作出的一部小说，它的内容、情感和讲述方式是不可复制的，是其他作家即便有相同的经历，却不可能有相似体会的小说。更重要的是，小说毋庸置疑地隐含了作家个人的生活原型，一个敢于将自己的生活、情感和创伤记忆和盘托出的作家，他的作品一定无可替代。《他乡》独特的文学价值也正在于此。

主人公翟小梨从芳村到S市到京城，是身体的移动，是她的人生的寻梦之旅；婚恋中，她经历了章幼通、管淑人、郑大官人等男性，是她的情感之旅；她从管淑人、郑大官人那里回归章幼通，是一个古老母体的重新书写，是"娜拉出走后怎样"的再解读。这就是《他乡》青春移动的风景，是青春感伤痛楚的梦的全部。一个曾经的乡村女孩，书写的虽然是一己悲欢，却在移动的青春风景中，折射出了一个时代的风起云涌惊涛裂岸。小说的时代性贯穿在翟小梨整个青春岁月中。初见翟小梨，与出身贫苦的农家子女没有多大区别，她是一个女性的高加林或涂自强。为了上大学，父亲第一次开口借钱，然后跟在父亲后面，扛着行李走进了大学校园。翟小梨的出场因司空见惯而貌不惊人。翟小梨青春岁月的一波三折，是她走进大学之后。大学期间她迷上了章幼通，这个确有才华的青年让翟小梨的青春蓬勃起来。但是，章幼通的迷人原本就是在云端的，还原到现实生活，他迷人的才华捉襟见肘百无一用。他虽然体贴、善良也包容，但他拒绝与外部世界的关系，即便翟小梨用下跪的方式祈求他承担起家庭的责任，他仍然无动于衷。于是，翟小梨的旁逸斜出就是再正常不过的事。管淑人是这个时代知识分子身份的典型之一。他风度翩翩长袖善舞，他精明且世故，善解人意又理性实际。只因他和翟小梨的情感诉求难以交汇，这段婚外恋其悲剧结果开始就一览无余。郑大官人曾身居高位，用他自己的话来说，他与翟小梨之间，是这样一种关系："他好像是说过，我实在是，不忍让你做我的情人。可是，我更不舍得，让你做我的妻子。他叹口气。做朋友呢，我又不甘。不甘哪，你懂吗？"郑大官人不愧是一个大人物，他将官场的"太极"也挪移到了红颜知己面前。他既表达了对翟小梨的一往情深，同时也委婉地保护了他自己以及和翟小梨的关系。那里所有的暧昧，除了"官人"还真难有人想得出。郑大官人不肯将自己彻底抛出，时间一久，所谓的精神之恋的结果只能是不了了之。应该说，与翟小梨的求学、生育、求职等生存层面的内容比较起来，情感经历应该是小说的核心内容。"他乡"不只是"梦里不知身是客"，不只是人在他乡的旅途劳顿身心俱疲，更是比比皆是的情感交融的"他者"。付秀莹自述说："我亲眼看着，我亲爱的人物们，在生活的泥淖里无法自拔，在情感的悬崖上辗转难安，在命运的歧途上彷徨不定，在精神的烈焰里重获新生。我一面写，一面流泪，心里对他们充满疼惜、谅解、悲悯，以及热爱。"如此的感同身受，如果没有"个人"的情感加入如何可能。

小说中的其他人物，付秀莹的塑造也极有心得：幼通父亲是一个不得志的知识分子，他对儿子的不屑、轻慢几乎溢于言表毫不掩饰，对幼通曾经的困境甚至幸灾乐祸；姐姐幼宜因婚姻不幸而成为一个"憎恨学派"，她恨父母、恨弟弟弟媳，看不得父母、弟弟成双结对，身体的寂寞带给她的是内心的冷酷；父亲对儿子怀有敌意以及漠然处之，对未来的儿媳却推心置腹；大姑子成为弟媳的"天敌"，母亲只顾丈夫而无暇顾及自己的儿女。这些在生活中虽然不具有普遍性，但它具有文学性。城市的现代病在这样的家庭关系中应有尽有。对城市人与人关系的批判，是《他乡》无所顾忌酣畅淋漓的主题曲。这些人物对翟小梨性格和人生道路的选择，起到了推波助澜的作用。阿尔弗雷德·阿德勒的《自卑与超越》一书，通过大量实例，深入剖析了每个人心中的自卑情结，从家庭、教育、社交、伦理、婚姻等多个方面讲述了人生道路的方向和人生意义，他试图帮助人们克服自卑，理解生活，超越自我，实现人与人、人与社会的和谐发展。这是一本个体心理学的经典著作。但是，理论家的理性表达不能替代每个个体，特别是青年的成长经历。因此，付秀莹在谈创作中曾用"悲喜莫名"表达她写作初始的心情，为什么是"悲喜莫名"，只因为"翟小梨的个体生命经验，与波澜壮阔的时代生活彼此呼应，相互映照。翟小梨不过是千万个中国人中最平凡的那一个，她的个人经验，不过是庞杂丰富的中国经验中微不足道的一部分。然而，她的身上，却闪烁着时代风雷投下的重重光影，隐藏着一代人共通的精神密码。经由这密码，或许可以触摸到山河巨变中的历史表情，可以识破一个时代的苍茫心事。我得承认，翟小梨的眼睛里，满含着的是我自己的热泪啊。我在这涕泪滂沱里获得涤荡和洗礼，获得心灵的安顿和精神的清洁"。却顾所来径，苍苍横翠微。于是，翟小梨的"悲喜莫名"如洪水泄闸喷薄而出。在或是温婉或是戳心的讲述中，亦有彩练气贯长虹。付秀莹还说："迄今为止，《他乡》的写作，是最令人难忘的一次灵魂之旅，可遇而不可求。悲伤而欢欣，苍凉而温暖，孤独而喧哗。万物生长，内心安宁。"翟小梨终于又回到章幼通的身边。这个循环往复，不是娜拉出走之后的回归，也不是《伤逝》的失去了才懂得珍惜，更不是翟小梨穷途末路的别无选择。她经历了，归来仍是她的主体选择，仍是她主体性的体现而与各种性别主义无关。翟小梨的选择，既不是传统的，也不是西方的，她是当代中国的。现代的理性之光照亮了她的乡村经验和来路，是现代文明照亮了她生存和情感经历的懵懂、混沌和迷茫。翟小梨在青春晚期回望了她的青春时节，路途竟是如此斑驳陆离崎岖不平。她踉踉跄跄的身躯几近抽空，但她终于走了过来，尽管一切宛如梦境。《他乡》过滤了青春的世风，深入了青春世界的底部，它要打捞的是这个时代的青年在精神世界经历的疾风暴雨，那是青春痛彻魂灵的无声歌哭。因此，《他乡》是付秀莹迄今为止最有文学价值的一部作品。

2019年长篇小说看似平常，但文学创作的成就应该不只是数量，如果有几部作品有突破，有新的尝试和探索，亦可说是一个好年景。

原载《小说评论》2020年第1期

家国大叙事和情感内宇宙

——近期长篇小说创作状况的几个方面

近期的长篇小说，如果简单概括的话，那就是对两个宇宙的书写：一个是大江大河，对国家民族的书写；一个是涓涓细流，对个人私密情感的书写。这当然是一个比喻。准确的说法是，无论是对外宇宙还是对内宇宙的书写，好的小说都可以写得天崩地裂山摇地动般震撼人心。近期长篇小说在这两方面都有上佳表现，故文章选择在这几个领域展开。除了具体分析的作品外，重要的长篇小说还有王尧的《民谣》、余华的《文城》、止庵的《受命》、朱秀海的《远去的白马》、刘震云的《一日三秋》、梁晓声的《我和我的命》、王安忆的《一把刀，千个字》、邵丽的《金枝》、季宇的《群山呼啸》、王松的《暖夏》、罗伟章的《谁在敲门》、林白的《北流》、杨怡芬的《离殇》等。全面评价这些作品是不可能的，评论几篇我熟悉的小说，也可以大体了解近年长篇小说的大体状况。

一、工业题材有突破

工业题材基本是家国叙事。阿莹的《长安》发表较晚，为了符合本文的叙述，故在前面先说。中国当代文学中的"工业题材"小说创作，总体来说成就不大，文学史上评价不高。我们这一题材的小说创作，底子不厚，积累有限，这不仅仅指数量，更重要的是，我们还没有创作出类似美国作家德莱赛的《珍妮姑娘》，苏联作家阿扎耶夫的《远离莫斯科的地方》、柯切托夫的《茹尔宾一家》《叶尔绍夫兄弟》等那样有影响的"工业题材"小说。工业题材引起读者和文学界广泛瞩目，并成为一个引领时代文学潮流的现象，是1979年第7期《人民文学》发表了蒋子龙的《乔厂长上任记》。一时间，乔光朴成为改革开放的时代英雄，他大刀阔斧刚正不阿的性格成为一个时代的象征。乔光朴受过迫害，妻子惨死在"牛棚"。但平反出山之后，他心怀国家民族大局，勇于担当，在机电厂这个破烂摊子上大胆改革；小说有如一声惊雷，震荡在改革开放初始年代的中国。小说虽然引起过巨大争论，甚至惊动了高层。但是，历史的大趋势站在了蒋子龙和乔光朴一边。"改革文学"成为一股巨大的文学思潮写进了当代文学史。《乔厂长上任记》引发了中国改革开放初期文学的潮汛，在春寒料峭时，他们如惊雷滚地，如春风拂面。怀念那个文学年代，就是怀念那个文学曾经拥有的胆识和荣耀的年代，历史为文学提供了英雄用武之地，那是一个文学的大时代。或者说，那几乎是当代中国唯一一次由"工业题材"领衔主演的文学时代。此后，工业题材的小说风光不再。这个领域文学的不断式微，从一个方面反映了时代生活的变化，或者说，"工业题材"的文学命运与工人的命运，恰是一个事物的两面。但是，"劳者歌其事，乐者舞其功"，无论是传统的力量还是现实的要求，从中心到边缘，这一题材仍在艰难地延续。

现在，我们读到的阿莹的长篇小说《长安》，从秦岭方向逆袭而来，它声势浩大气概不凡。其题材不仅是工业题材，而且是军工题材。这一题材的性质以及创作经验的稀缺，决定了小说创作的难度。在我的印象中，只是在中国的保尔·柯察金——吴运铎的非虚构作品《把一切献给党》中，读到过制造枪榴弹、平射炮等情节。除此之外，还没有读过关于军工题材的文学作品。在这个意义上阿莹的《长安》，在小说题材上有填补空白的意义。作者阿莹说："我从小生活在一个负有盛名的军工大院里，在这座军工厂里参加了工作，又参与过军工企业的管理，后来我尽管离开了难以割舍的军工领域，但我依旧对军工人一往情深，依旧和一帮工友保持着热络的联系，几乎年年都要与他们在一起喝喝酒聊聊天，那些看似乏味的酸甜苦辣，那些听着不很入耳的粗俗玩笑，那些有些夸张的过五关斩六将，让我心里很受用也很过瘾，军工情结已深深地渗透到我的血液里了。"这一自白告诉我们，阿莹曾经生活在军工企业环境中，甚至参与了军工领域的工作，或者说，他对书写的领域不仅熟悉，而且部分地亲历过。

小说的环境是不为人知的隐秘世界。它与我们的联系就是与国家民族命运的联系。因此，作者没有过多地描述专业层面的故事，军工领域只是小说发生和展开的背景，他将笔墨集中在他塑造的人物。在这个意义上，阿莹深得小说之道。

忽大年是贯穿小说始终的人物，也是一个有性格有感染力的人物。他在新中国成立那年转业，成了八号工程的总指挥。这个来自黑家庄、阴差阳错地倒插门娶了黑妞的胶东汉子，因新婚之夜的性无能，无法忍受奇耻大辱，在第三个夜晚出走黑家庄。参加太行游击队的忽大年遇到了勤务兵靳子，靳子是女兵，经上级批准两人成婚。新婚之夜忽大年突然想起自己是个废人，在号啕大哭后突然雄起成就了好事。于是，忽氏家族人丁兴旺，子鹿、子鱼相继出世。但是，黑家庄的黑妞未消失，这一伏笔在忽大年、靳子、黑妞的"三角关系"中再掀波澜。这一情节虽然不免戏剧化，但也有合理性阐释的可能。它的世情小说或"小叙事"元素，使小说具有了人间烟火的可读性。虽然不免让人想到《绿化树》中章永璘男性功能的失而复得，但其社会历史内容的隐喻毕竟有所不同。章永璘作为一个知识分子，最后抛弃了劳动人民马缨花走向红地毯，确有其猥琐和虚伪之处。但忽大年为了纠正个人不公正的处分，为了恢复荣誉，他可以火急火燎地闯省委大院，一切未果他敢直接去总参找老首长成司令，甚至上了战场还想着如果战死了，黄老虎会怎样为他念悼词，谁还敢说他是受过处分的人。这些都从一个方面深刻地塑造了忽大年的性格，使他成为小说的灵魂人物。当然，他不是一个完人，巷道抢险死了人被降职后，心情烦躁的他，和靳子口角甚至不惜挥手打老婆的耳光。这些情节或细节，符合一个农民出身的军人性格，他的可爱就在于他的真诚。小说也写世道人心的变化。比如忽大年没受处分时，他的孩子谁见了都会给块糖给颗枣，玩累了想回家就有人跑过来背起小家伙回家；受了处分之后，大家脸上嘴上客气，真诚善待尽失。

忽大年命运的一波三折，还是在国家民族叙事中展开的。特别是军工企业在社会主义初级阶段艰苦奋斗迎难而上，军工行业乃至整个国家在特殊历史时期的时代风云，是忽大年个人命运的整体背景，或者说，他是那个不平凡年代的参与者。因此，隐秘世界的个人命运一直与国家民族命运联系在一起。当然，忽大年不是一个超人，他的英雄性格的形成，离不开组织的培养和时代的因素，成司令关键时刻对老部下的救助，武文萍以城市停电保长安的决断，钱书记的倾心交谈……也都体现的是党的领导和国家意志，蕴含着那个时代的特征。"政治可以严肃冷峻，也可以春风化雨，我努力将这个特征熔化到事件的肌理里，表现在具体的工作进程中，使作品人物在那个浓郁的时代背景下，一步一步完成人格塑造站立起来。"阿莹的这一体会弥足珍贵。小说的其他人物如黄老虎、忽小月、靳子、黑妞、连福等人物，也都写得好，有个性，有年代感。通过这些人物，阿莹写出了一代人创造的那个时代。忽大年连同这些人物，是今日中国能够崛起的传统力量，也是一个民族复兴繁荣的最大秘密。当然，那是一个有问题、有缺陷、有诸多不完美的时代，那也是一个简单、有梦想、有追求、有魅力的时代。这个时代的魅力是由这些人物构成的——"这个时期的人物有着特定的语境和行为，几乎人人都渴望成为时代的建设者，而我国正是积累了这样一个宏大的基础，才催生了翻天覆地的改革开放。"

另一方面，我们除了希望看到独特的文学人物外，也希望在作品中了解那个时代的更多的信息，这是文学的知识性要求。在《长安》这里，我们还看到了作者对时代重重矛盾和难解困惑的描摹。一张大字报轰毁了忽小月的精神世界，她爬上烟囱扑向了天空；连福入狱，为了忽小月既不写信也不收信；毛豆豆牺牲，黑妞不嫁；等等。这些悲剧因素极大地强化了小说的人性深度和人的精神困境。小说的叙述基调急促而流畅，与那个特定的年代极为合拍。小说基本方法是现实主义的，尤其是对历史的客观态度，显示了一个作家的勇气和探索精神；同时，这也是一个开放的现实主义，其中有诸多现代小说元素，特别是人物心理以及幻觉的摹写，极大地丰富了小说内涵。因此，《长安》的丰富性是多种元素合力构成的结果。它为工业题材小说创作提供了崭新的经验，这是尤其值得我们关注的。

时间到了新世纪的第三个十年，我们可能更清楚地认识了作为一种艺术样式的长篇小说的可能性及其限度。事实是，文学创作不可能年年攀升，它不仅不可预知，而且也不可能每每满足读者的期待。那些具有震动性的大作品是可遇不可求的。即便如此，2021年的长篇小说仍然值得我们满足。不仅名家佳作不断，而且青年也足够努力，小说如果能够保持这个势头，大作家大作品的出现总有一天会到来。

李铁是辽宁"工业题材"小说创作的核心作家，是因为李铁的小说创作一直坚守在工业题材领域。因此，他又是这个时代凤毛麟角的小说家。李铁不是"新锐"，也不"新潮"，更与"异军突起"没有关系。他的"凤毛麟角"是指他坚韧不拔的创作意志。如前所述，工业题材在百年中国一直是最薄弱的创作领域，几经试图突破均路途难寻。即便在当时产生轰动效应的作品或现象，也都昙花一现，事过境迁音信全无。因此，李铁所坚持的创作领地如贫瘠荒漠，能提供的参照或可资借鉴的遗产极为有限，他面对的挑战和难度可想而知。他新近发表的长篇小说《锦绣》，讲述的是锦绣冶炼厂近百年的历史，因此，也可以看作东北工业发展历史的缩影。这里既有政权更迭，国际风云变幻，更有中国社会转型等重大历史事件的演变。小说人物众多，情节复杂，在波澜壮阔地表现国有大型企业求生存谋发展的宏大叙事中，也精雕细刻了从厂长到普通工人以及家属的日常生活，特别是丰富曲折的情感生活，为大工业题材小说创作平添了不同时代的儿女情长，雄浑的"钢铁交响曲"，因情感生活的复杂多变而平添了宣叙和咏叹。

《锦绣》以历史为线索，讲述了锦绣金属冶炼厂近百年的历史。工厂的前身是日本人建的"古河制炼所"，这个时期是锦绣冶炼厂的前史，在小说中权重不大。但有两个人物值得注意：一是赵大河，那时他十七岁，只是一个学徒工。另一个是赵大河的师傅，日本人松本润。松本技术高超，非常傲慢，但对聪明能干的赵大河刮目相看，他不仅请赵大河到家里吃饭，甚至在日本投降时要把女儿嫁给赵大河，赵大河拒绝了。遣返日本人时，松本一家被中国老百姓堵在一条死胡同里打。赵大河过去解围，说他只是工厂里的师傅，没啥罪恶，放过他一家人吧。复仇的老百姓不答应，赵大河就叫他们打他，他们打了他一顿算是出了气，这才放过松本一家。赵大河送他们去码头，登船前松本给他鞠了一躬。赵大河说，你是师傅，不该给徒弟鞠躬。松本说，就算我给中国鞠的躬吧。

这里有两个细节值得注意：一是锦绣冶炼厂的工业基础与侵略者有关；一是赵大河性格中的宽厚和仁义，甚至侵略者也不得不感佩。

新中国成立后，制炼所改为锦绣金属冶炼厂。部队转业的师职干部牛洪波任书记。对于管理大工业，他是一个外行，但是，转业军人作为革命的"酵母"被普遍使用，不仅解决了中国共产党进入城市后干部短缺的问题，同时也将革命时期的思想路线带入了社会主义建设时期，它产生的巨大革命"发酵"作用，开启了一个新的时代。社会主义建设时期，也是实现民族全员动员时期，忘我的革命思想，极大地调动了工人阶级的爱国热忱、献身精神和创造力。一个典型的场景是，当泥浆槽堵塞，疏通机又坏了，上上下下无计可施时，是干部刘英花带头跳进了泥浆槽，实行了人工清淤。这是一种危险性极大的行为，是违反操作规程的，也有在场的厂领导制止，但是，共产党员带头跳了下去。这个场景我们在电影《创业》中曾目睹过。那个时代的激情、理想以及他们的情感和行为方式，今天看来依然给人极大的感动。包括牛洪波、刘英花、张大河这代人，就是怀着这样的理想和精神创造了他们的时代。锦绣冶炼厂张大河这一代人，给我们留下了深刻的印象，那是人民创造历史的形象阐释。改革开放的时代，锦绣金属冶炼厂第二代登上了历史的舞台。张大河的儿子张怀智、张怀勇、张怀双兄弟三人各自选择了经商、管理、当工人三条道路。锦绣金属冶炼厂也终于迎来了市场经济时代，工厂转轨要减员。张怀勇当上人力资源部主任，他是这件最艰难工作的执行者。改革开放不断向纵深发展，张怀勇已经不是改革开放初期《乔厂长上任记》中的乔光朴、《三千万》中的丁猛。他的成长，是中国工人阶级的成长，精神面貌的焕然一新以及与国际接轨思想意识的形成的一个代表，因此也是中国大工业走向现代的重要标记。

小说的劳动主题，不仅是"劳者歌其事"的传统母题，而且是苏联/中国工业题材小说一直秉承的讲述内容。在工人阶级领导一切的思想框架中，劳动创造一切，也终将改变世界。因此，劳动主题的书写有不可怀疑的合法性。一直到李铁的《锦绣》，我们仍然可以看到规模不等的劳动场景。另一方面，我们也看到了在社会主义时代女性的解放，女性地位的不断提高。这也是社会主义工业题材小说必须讲述的主要内容之一，男女同工同酬，女性也参与到领导阶层。《锦绣》中的刘英花、田宇莹等就是这样的人物。但是，《锦绣》不同就在于，它在延续、继承传统主题的同时，创造性地聚焦和书写了新的内容。《锦绣》的最大诉求、最大焦虑，是中国工业由弱到强、独立自主的发展过程，改变一穷二白的落后面貌，中华民族的伟大复兴等时代主题，这是《锦绣》着力要表达的。因此我们看到，锰系列产品的成功生产、钛白粉生产核心技术的掌握等，也是小说的"核心机密"。没有"核心技术"，不要说同西方发达国家竞争，就是在国内市场，比如同南钢的竞争，也不会具有话语权。后工业时代所谓的发达、现代，就是看你在不同的行业有多少领先的核心技术。这一点同"工业化"时代有很大的区别。

小说中的情感生活，是《锦绣》另一个值得注意的特点。比如赵大河与松本润的女儿、与古小闲，古小闲与赵大河、姜连子、吴远山，张怀勇与田宇莹、姜小妮，田宇莹与厂长薛立功，等等，这一错综复杂的关系，对塑造人物起到了重要作用，或者说，对情感生活的态度，也从一个方面反映了一个人的操守和品质。在我们的小说中，公共生活与私人生活的缝合，几乎是普遍的现象。在资本主义世界，个人的生存经验以某种方式同抽象经济科学和政治态度不相关联。而社会主义文化则弥合了这一分裂，尤其是社会生活与爱情不约而同地构成了同构关系。苏联这一题材的小说在这方面表现得尤为明显。我们社会主义时期的文学，无论哪种题材，几乎都借鉴了苏联小说的这一观念和叙事模式。改革开放初期的《乔厂长上任记》最有代表性。《锦绣》也概莫能外。

小说提供的一个新经验，是不同人物的日记。日记是记述个人心理活动最好的方式。而现代小说最重要的特征，就是对人物心理的关注和书写。不同人物日记集中起来，就是锦绣冶炼厂的厂史，个人的成长史。在与厂史的比照中，起到互证的作用。两种叙事共同讲述了一个工厂的历史和现实。日记部分不只是小说中人物的心理活动记录，同时也可以看作是锦绣金属冶炼厂的心灵史，情感和精神的变化史。工厂的主体是工人，工人的心理和精神面貌决定了工厂的精神面貌。因此，不同的人的日记，从不同方面反映或表达了锦绣冶炼厂的精神状况，这是李铁的一大发明。我们要承认工业题材小说的难写，是因为前现代小说基本是围绕土地以及人与人的关系展开的。但现代工业是以科技为核心以及人与人的关系展开的。科学技术特别是核心技术，很难具体地进入小说的叙事中，那么，如何处理人的心理活动就成了这一题材的难题。李铁的发明，对于推动工业题材人物心理活动的开掘，提供了新的处理方法。在建立现代意识、攻克核心技术、刻画心理变化的合力中，《锦绣》立体地塑造了工人阶级的群像：赵大河、牛洪波、刘英花、古小闲、张怀勇、姜小妮等，是这一题材小说不曾出现的有个性的文学人物。

《锦绣》的问题是，如果小说的气魄、格局再大一些，与大工业时代的气氛、理想更契合，会更有震撼力。这方面，与蒋子龙的《乔厂长上任记》、柯云路的《三千万》、水运宪的《祸起萧墙》比较起来，可能还有一些距离。

老藤的《铜行里》，是一部有新意、有探索性的长篇小说。铜行里是沈阳城一条有着三百多年历史的古老胡同，皇太极建盛京城时，将城里城外的铜匠铺迁至故宫北端的城中心，逐渐形成这条铜行胡同，将城中铁匠铺迁至城之四面，呈拱卫之势，取意皇城要有"铜心铁胆"。小说以这条铜行胡同的历史演变为经，以铜行里发生的传奇故事为纬，编织出了沈阳古城百年的清明上河图。铜行里专门生产响器（奉锣）的富化诚，是铜行里的灵魂，有了铜行里就有富化诚，是盛京名副其实的老字号。小说写了富化诚三代铜匠石嘉文、石国卿、石洪祥的不同追求与梦想，从"奉天第一锅"的求温饱，到打造大政殿的江山永固期冀，再到百年浮雕墙的百年献礼之作，世道在变，铜行里铜匠们的追求与梦想不变；世风在变，铜匠的"铜心""铜气""铜缘"不变。

故事从铜匠石洪祥为父亲石国卿准备百岁生日礼物开篇，以时间脉络渐次展开。百岁老铜匠石国卿在抽屉里一直保存着一个黄缎子皮日记本，这个被他称为"软铜册"的小本子，是他出国参战的慰问品，也是他心中的活历史。软铜册上记着九十八人各自不同的故事，这些人都与铜器有关，都是具铜心、辨铜气、结铜缘的"铜行"人。从富发诚的富掌柜、九佬十八匠、老街坊，到抗美援朝的三十一个司号员、支援三线建设的铜器厂十七个职工，再到下海经商不忘初心的民营企业家，这些人物身上或体现出浓厚炽热的家国情怀，或蕴藏着催人奋发的工匠精神，构成了一片铜匠的森林。

故事以主人公石国卿向儿子石洪祥讲述软铜册的倒叙方式来结构，义和团运动、民国兵燹匪乱、民众对日本侵略者的抵抗、辽沈战役、抗美援朝、公私合营、支援三线建设、改革开放等历史重大事件为故事展开的背景。中国古文明的历史就是青铜发展史，但铜匠的形象在文学作品中并不多见。从这个意义上说，这是一部填补空白的小说。从中国工业特点的角度看，中国最大的优势是制造业，大国工匠创造着共和国的工业史。主人公石国卿生于1921年农历五月二十六，这一天在当年正是七月一日建党日，于是，儿子石洪祥献给父亲的生日礼物《百年铜匠浮雕》，就有了双重含义。

青铜器作为中华文明的重要符号，不仅连接着中华文明久远的历史，而且也蕴含着现代科技文明精工细作的工匠精神。因此以"铜行里"作为故事发生的核心场景，表明了作者的匠心所在。小说久远的历史背景是通过具体细节表现的。比如令狐平的女儿令可可讲述母亲唐婉秋的故事,沈阳城解放前把高级青楼叫书馆,唐掌柜死后,永和兴被债主变卖还债,婉秋被顶债卖到了八卦街银红书馆,为唐婉秋三百大洋赎身,是一个令人震惊的故事。唐婉秋被卖到八卦街当夜,石嘉文召集全家商议,说唐家之事无论如何不能袖手旁观,唐掌柜已经死了,婉秋这闺女我们一定要管。石家与唐家两个家族的交往源远流长。还有冰雪之夜,沈阳城的酒肆茶楼,各色人等,特别是主人公石国卿、令狐掌柜次子令狐平、正阳街泰丰洋行胡老板公子胡德林三人与唐婉秋的关系,给黑暗与黎明交替之际的沈阳城,平添了些许浪漫。沈阳市民阶层的情感生活并非死水一潭。特别是令狐平,曾和沈阳"抗日九君子"一起做事,而英雄美人的故事,更为百废待兴的沈阳城平添了烟火与世情。辽宁的城市生活和"工业题材"的小说创作,基本是书写"当下",而老藤的《铜行里》则与历史建立起了联系,一条老街百年史,手工业作坊,见证了一座工业城市的发展历程。因此,这是一篇有历史沧桑感的小说,它的探索性,将为辽宁这一领域的小说创作提供有价值的借鉴意义。

二、"永恒主题"有变化

爱情被称为"永恒主题",这个主题在个人小世界展开,但它密切联系着社会和时代。2021年的"永恒主题"有两部重要的小说:一部是周大新的《洛城花落》,一部是东西的《回响》。两部作品一部是将私密的个人情感公开化,一部是在秘密的"侦破"中。它们喻示的是,这个题材有无限的可能性,因此"永恒"。

周大新是这个时代长篇小说创作的骁将。他的长篇小说如《第二十幕》《21大厦》《战争传说》《曲终人在》等,在读者评论界有非常高的评价。特别是获第七届茅盾文学奖的《湖光山色》,使周大新当之无愧地成为当代"最有价值"作家之一。当年,我曾评论这部作品说:"在这个结构严密充满悲情和暖意的小说,周大新以他对中国乡村生活的独特理解,既书写了乡村表层生活的巨大变迁和当代气息,同时也发现了乡村中国深层结构的坚固和蜕变的艰难。因此,这是一个平民作家对中原乡村如归故里般的一次亲近和拥抱,是一个理想主义者对乡村变革发自内心的渴望和期待,是一个有见识的作家洞穿历史后对今天诗意的祈祷和愿望。"应该说,关于书写乡村变革的长篇小说,《湖光山色》无疑是最优秀的作品之一。此后,周大新陆续有新长篇问世。最近,他写婚姻爱情题材的,也就是个人私密情感的《洛城花落》,叙事一出,读者蜂拥而至。不仅因为题材喜闻乐见,同时也因为周大新宣布,这是他的长篇小说的"封笔之作"。

"封笔"就是告别。告别总是不免感伤。我们见过球星告别赛场，歌星告别演出的场景，观众依依惜别甚至泪水涟涟。大新当然不是告别文坛，他还会有其他新作奉新给读者，因此我们不必为此心怀伤感。

　　《洛城花落》是一部讲述当代青年爱情婚姻的小说，是探讨爱情婚姻形式的小说。女方袁幽岚，男方雄壬慎的父辈，都是"媒人"当年的战友，他们是生死之交或挚爱亲朋。在了解了两个青年的情况下，"我"积极撮合成了袁幽岚和雄壬慎的恋爱。他们最终结为连理。他们的自然条件是，袁幽岚天生丽质，形象、专业和家庭条件都优于男方雄壬慎；雄壬慎出身农村，家境贫寒，相貌平平。但通过接触，袁幽岚接受了雄壬慎。于是，成婚便在情理之中。但出身的差异已经为他们的婚姻埋下了隐患。婚后蜜月般的生活让两个年轻人幸福无比。他们证明着托翁"幸福的家庭是相似的"的名言。但接踵而来的便是托翁的下半句"不幸的家庭各有各的不幸"。先是摩擦，然后冷战，最后对簿公堂。这几乎是所有婚姻破裂的基本程式。但是，《洛城花落》的不同就在于，袁幽岚和雄壬慎情感的破裂，是在公堂上呈现的。袁幽岚先提出离婚，雄壬慎不同意。然后双方聘请了律师对簿公堂。小说的这一设置独具匠心——婚姻状况是个人情感最私密的领域，别人是无从知晓的。除非是叙事方式的全知视角。但周大新用了"后叙事视角"，或者说，读者不了解内情，甚至当事人也不完全理解内情。他们的婚姻状况，是在法庭控辩过程中逐渐呈现出来的。"四次开庭"，两人的婚姻状况逐渐被呈现出来。最关键的是第四次也就是最后一次开庭。这次开庭袁幽岚说出了离婚的致命理由：雄壬慎有婚外恋嫌疑，他同高中同学黄旻懿曾在一个私密空间单独相处四十分钟，因此，雄壬慎二十三个月不履行丈夫义务，袁幽岚近两年时间没有性生活。重要的是雄壬慎对此全都承认，并无辩解。庭审的后果可想而知。就在法庭要宣判结果的时候，雄壬慎借口不舒服去医院，留下了一封信，希望"媒人"代为选读。其大意是：接受宣判离婚，不再上诉。但他有话要说：在一次他们共同旅游途中，他们曾路遇一对自杀的夫妇，救助过程中雄壬慎浑身沾满了鲜血，这是一对患艾滋病的夫妇，他们没有颜面苟活于世。后警方告知，让雄壬慎迅速检查。慌乱不已的雄壬慎只好找做医生的同学黄旻懿商量。他们并无苟且之事。结果雄壬慎被感染了。这是他不敢亲近袁幽岚和孩子的真实原因。最后一次开庭，雄壬慎挽救婚姻无望，留下一纸文字做最后的陈白。袁幽岚如梦方醒，雄壬慎被放逐于小说之外生死未卜。

　　这是一部极具现实感和时代性的小说。大新将长篇小说封笔之作深入人类生活的最深处，也是最隐秘的领域，以奇特的构思走向私密生活和私人情感，不仅使小说具有极大的可读性，同时隐含了现代人在日常生活和情感领域的危机，探讨了这一领域不可穷尽的神秘性和多样性。袁幽岚和雄壬慎的婚姻犹如一面镜子，照出了当下青年婚姻的某种状况。因此，《洛城花落》是一次大胆的实验和探险。它探讨的情感、性爱、婚姻形式、门户、相貌、物质生活与情感生活等，确实是一个"永恒的主题"。小说中作为历史研究学者，也是当事人的雄壬慎，毕业后即确定个人研究题目"离婚史"，在小说中是一个隐喻，也是小说走向的暗示；具有仿真意义的"法庭"，由于不同身份人物的参与，也表达了不同阶层或人群的婚姻价值观。男女的聚合史和分离史是永恒的主题。周大新在长篇小说封笔时，仍对这一主题意犹未尽，显示了他作为一个杰出作家对文学、对小说理解的深度。他对这一领域的时代性、新知识、新困境的发掘，令人耳目一新。另一方面，无论人在情感领域遭遇了怎样的新问题，他都坚信人性的柔软处犹在，人性的善永在。

东西的《回响》，是他最优秀的长篇小说。小说开篇触目惊心：一场命案，青年女子夏冰清被杀，头部被钝器击伤，右手掌被切断，死状惨不忍睹。警察冉咚咚接到报案后介入了侦破过程。最先出现的嫌疑人是徐山川，一个其貌不扬家财万贯的老板，两个孩子的父亲，三个情人——夏冰清、刘玉萌和小尹的情夫。徐山川一定不会承认自己是凶手。于是冉咚咚进入了案情漫长的侦破和推理过程。小说这条线索极端复杂：徐山川让侄子徐海涛搞定夏冰清，目的是不让她"再烦"自己；徐海涛找到策划人吴文超策划"摆平"夏冰清的方案；吴文超找到刘青，试图通过帮助夏冰清办理移民手续或私奔了结；然后刘青偶遇农民工诗人易春阳，以一万元的价格将夏冰清杀死在一个"大坑"里。这个大致情节和冉咚咚的推理基本吻合。但是，推理不是定罪的依据。讲述方式的后叙事的视角，使小说的这条线索更加扑朔迷离真假难辨。案件发生的真实过程，讲述者、当事人都不比读者知道得更多，因此，这条线有推理、侦破、悬疑小说的全部特征。这是《回响》令人着迷难以释卷的重要原因。事实也的确如此，当凶手被捕后，案件侦破负责人冉咚咚还是不能满意。在她看来，与案件相关的所有当事人都可以找到脱罪的理由：徐山川说他只是借钱给徐海涛买房，并不知道徐海涛找吴文超摆平夏冰清；徐海涛会说，他找吴文超策划是不让夏冰清再骚扰徐山川，不是让杀人；吴文超会说他找刘青合作，是让他帮助夏冰清办理移民或爱上夏冰清，没有让他去行凶；刘青会说，他找易春阳是让他搞定夏冰清，而不是谋害；易春阳尽管承认杀人，但精神科莫医生和另外两位权威专家鉴定他患有间歇性精神疾病，律师正在准备为他做无罪辩护。因此，抓到凶手易春阳，并不是案件的彻底侦破。推理、侦破、悬疑要素的介入，血雨腥风机锋暗藏，谜底一直深不可测，使小说具有了极大的阅读吸引力。冉咚咚作为一个职业警察和她个人性格原因，决定了她的穷追不舍。最终，在审问徐山川妻子沈小迎的过程中，真相终于大白。案件真实的情况是：徐山川的合法妻子沈小迎知道丈夫的所有情感劣迹，但表面上并不在意，甚至称互不干涉个人的私生活，沈小迎和健身教练生下了女儿，徐山川不知道女儿不是他亲生的。表面不在乎的沈小迎一直在报复徐山川。她甚至在徐山川的车里和雪茄屋里安装了窃听器，窃听器里是徐山川和徐海涛的对话。导火索是夏冰清企图告徐山川强奸，徐山川找到徐海涛想办法除掉夏冰清。于是，便有了后来的情节。尽管徐山川恨沈小迎恨得咬牙切齿，但一切为时已晚。推理这条线索有通俗小说的元素，一波三折非常好看，因此，我们不能忽略世俗生活和通俗文学的价值。《回响》中如果没有夏冰清命案的侦破情节，可以说，小说的可读性会大打折扣。而那些制造效果的煽情套路，在这里依然还楚楚动人。当然，推理线索的设置不只是为了小说的可读性。更重要的还有形成的人物比较关系。那些涉案的人物都是魂不守舍谎话连篇，试图逃脱罪行；而心理和情感线索的人物，都在检讨和反省自己。这是好人和坏人在人格和认知方式上的巨大差异。

冉咚咚是小说的核心人物。一方面她要侦破以徐山川为中心的杀害夏冰清的命案；一方面，她也要破解和丈夫慕达夫情感上的"重重疑团"。按说，冉咚咚和慕达夫的结合，要么是才子佳人，要么是珠联璧合。他们的恋爱史花团锦簇，结婚十一年亦风调雨顺。但在办案中冉咚咚无意中发现慕达夫在蓝湖大酒店开了两次房，而且两次开房慕达夫都没有叫按摩技师。于是这成了冉咚咚挥之难去的情感疑团。慕达夫想尽办法解释开房缘由，结果都是弄巧成拙雪上加霜。无独有偶，当冉咚咚发现慕达夫的内裤有了洞，便匿名买了几条内裤寄到慕达夫的单位。慕达夫不知是谁寄的，未敢在冉咚咚面前声张，欲盖弥彰的慕教授更留下了无穷后患。两人情感冷战逐渐升级，这个有情感洁癖的冉咚咚便与慕达夫签了离婚协议。随着徐山川案的发展，慕达夫与作家贝贞的关系也渐次浮上水面。

但是，慕达夫教授真的没有出轨。就在他们签署了离婚协议，作家贝贞也已经离婚之后，慕达夫到了贝贞家里，当贝贞一切准备就绪时，慕达夫还是逃之夭夭了。小说对冉咚咚心理的精准描摹，是小说最具难度的。心理活动是一种隐秘的内心活动，几乎是不能转述的，就像我们看到的美轮美奂的景观，越是要描述越是发现词不达意。但是，东西对冉咚咚以及所有人物心理活动的刻画，令人叹为观止，特别是对冉咚咚的心理塑造，一如东西在后记中所说："主人公冉咚咚不仅要追问疑犯、丈夫，最终还要追问自己。认知别人也许不那么难，而最难的是认知自己。小说中的人物在认知自己，作者通过写人物得到自我认知。我们虚构如此多的情节和细节，不就是为了一个崭新的'认知'吗？世界上每天都有奇事发生，和奇事比起来，作家们不仅写得不够快，而且还写得不够稀奇。因此，奇事于我已无太多吸引力，而对心灵的探寻却依然让我着迷。心灵难以琢磨，因为它比天空还要浩瀚。"冉咚咚和慕达夫已经签了离婚协议，夏冰清的命案也已经告破，但冉咚咚对慕达夫的耿耿于怀并未释然。她仍然怀疑慕达夫的"背叛"。这时慕达夫说："别以为你破了几个案件就能勘破人性，就能归类概括总结人类的所有情感，这可能吗？……感情远比案件复杂，就像心灵远比天空宽广。"这时的冉咚咚才意识到，慕达夫在宾馆开房被她发现后，她揪住不放，层层深挖他的心理，从伪装层挖到真实层再挖到创痛层，让他几近崩溃。没有几个人的心理经得起这样的深挖，包括她自己。因此，她觉得对他太狠了。特别是邵天伟吻了她之后，她构建的道理崩塌了。于是她有了对慕达夫深深的愧疚。当然，冉咚咚的心理转变不是空穴来风。此前，她曾请求慕达夫不要将离婚协议的事情告诉女儿，怕女儿受不了这样的刺激，一如她看到吴文超被押走时其母亲的绝望，冉咚咚腿一软坐在了床上。她也是一个母亲。当慕达夫在离婚协议上签字后，她也曾责问他为什么没有坚持拒绝。这些细节从不同的方面反映了冉咚咚矛盾的心态，为后来的"疚爱"做了水到渠成的铺垫。冉咚咚不曾想到的是，这种"疚爱"的力量居然这样强大。最后冉咚咚问慕达夫："你还爱我吗？"回答是"爱"。小说戛然而止，精彩绝伦。小说中徐山川和夏冰清的关系，是欲望关系，徐山川要的是美色，夏冰清要的是金钱。这个钱色交易关系极其简单。但是欲望无边欲壑难填，简单明了的关系因不能满足而骤然酿成惊天大案，最后走向了不可收拾。那是欲望之恶导致的。冉咚咚和慕达夫争论的是爱情和爱的关系，他们几乎也走向了不可收拾，但最终的和解、原谅、宽容，使他们拥有了新的选择的可能。因此，小说血雨腥风机锋暗藏，但是，流淌在小说最深层也最汹涌的暗流，还是情感的纠结和一言难尽。这里不只是说冉咚咚和慕达夫之间，同时也包括慕达夫和贝贞、冉咚咚和邵大伟，刘青和卜之兰，徐山川与沈小迎、夏冰清，吴文超与夏冰清。在人类的情感关系里，谁都可能做过错事，有过不切实际的想法和冲动。但只有对人性的同情、理解和宽容，才有可能使遭遇挫败的情感化险为夷绝处逢生。而不是那种道德化的评价。道德化是最没有力量的虚伪说教。人越缺乏什么越要凸显什么，缺乏道德的人才要凸显道德。

在具体的写作方法上，强大又具体的细节、复式交叉的结构方式以及精准的文学语言，使小说具有了极高的艺术品格。可以说，这是我近期读到的最具文学性的小说。东西以极端化的方式将人的情感和人性最深层的模糊样貌呈现出来，他找到了潜藏在人性情感最深处和最神秘的开关，这也是所有作家最关心和一直在寻找的关键事物。东西在同一篇谈创作的文章中说："三十五岁之后的某个下午，我站在一所校园的走廊，看见一群可爱的女孩从面前走过，内心忽地掠过一丝亨伯特似的邪恶，仅仅一刹那，我就用巨大的道德力量压死了内心的闪电。但是，我的内心毕竟撕开了，哪怕仅有万分之一秒，却让我感到脊背发凉。使我发凉的原因当然不是法律，因为法律不能对我的心理活动判刑。那么，是什么使我如此害怕？是我尊敬的文学大师纳博科夫。他怎么会在那么遥远的地方，提前五十年窥视到我的内心？"如果说纳博科夫五十年前就发现了东西的内心，现在，我们也可以这样说，东西通过冉咚咚、慕达夫等，也看到了我们内心最隐秘的情感，我们似乎已经没有秘密可言。如果是这样，那么，东西已经找到了他希望找到的东西。这个东西是人类的基本困境之一，福楼拜、司汤达、托尔斯泰、菲茨杰拉德、纳博科夫等，都在这个寻找的谱系里。而这些作家作品，是东西内心的"绝密文件"。如果将这些"绝密文件"公之于世，你会发现，那里无论怎样错综复杂深不可测，但最终写满的是人类的同情、悲悯、宽容的大爱，这些"秘密文件"就是人类大爱的回响。东西接续了他前辈的文学传统并创造了新的可能，这是《回响》最大的贡献。

三、新老题材有新意

二十一世纪以来的小说创作，从题材的角度说已经发生了结构性的重要变化，但是，乡村题材仍然占有极大的比重。我曾表达过这样的看法：乡村文明的危机或崩溃，并不意味着乡土文学的终结。对这一危机或崩溃的反映，同样可以成就伟大的作品，就像封建社会大厦将倾却成就了《红楼梦》一样。乡村文明的危机一方面来自新文明的挤压，一方面也为正在构建的都市文明的发展提供了多种可能和空间。乡村文明讲求秩序、平静和诗意，是中国本土文化构建的文明；都市文化凸显欲望、喧嚣和时尚，是现代多种文明杂交的集散地或大卖场。无论我们对乡村文明怀有怎样复杂的情感，它仍然流淌在我们的文化血脉里。于是，我们就看到了仍在蓬勃生长的乡村题材小说。

现在我们讨论的《坪上村传》，是作家彭东明新近出版的一部长篇小说。小说以传记的方式书写一个村庄的人与事，讲述一个村庄的过去和现在，源于作家挥之难去的一个愿望。在封面题记中彭东明说："我想我应该将半个多世纪以来村上的那些人和事记录下来，也算是为这座村庄做一个杂乱无章的传记。我在静静地梳理着那些风干了的岁月。"这是彭东明创作《坪上村传》的初衷。这个初衷隐含了彭东明重新发现坪上村秘密的欲望——生活，即便是亲历的，也同样有一个再发现的过程。这也一如沈从文对湘西的书写。如果沈从文没有城市生活经验，那个诗意的湘西是无从发现的。城市给我们以"挫败感"或创伤记忆，这时，曾经的乡村便被过滤为桃花源般的所在，前现代曾经有过的所有的问题被过滤掉了。另一方面，乡村生活中的纯朴关系、真挚情感等，也确有其感人的一面。即便如此，彭东明也无意以对农耕文明的眷恋乃至重塑的立场，以凭吊的情感方式讲述曾经的过去。他是站在今天的立场，以矛盾或悖论的心情面对正在转型的社会现实，在日常生活和具体的人与事中发现其内在的矛盾和问题——承受这一切的是那些生活在现实中的普通人：村支书老万、村民长贵和他的六个孩子、佬黑、窑匠郑石贵、贺戏子和儿子豆子、陆师傅、彭跛、寡妇水莲、李发、桂花，以及彭家的几辈老小。他们祖辈生活在坪上村，看到了他们，就看见了坪上村的今天，通过他们，也就与坪上村的历史建立了联系。

作为作家和讲述者，彭东明恰如一个希腊神话的"雅努斯"，一面向着过去，一面向着未来。他要做的，是呈现生活的真实面目而不是解决其中的问题——面对过去，他因文化记忆而"诗化"了乡村，乡村在"再结构"中渐行渐远却诗意盎然，这源于他已经有了"现代"的经验，是"现代"照亮了他的乡村记忆。这一点，他与他的湘籍文学前辈有谱系关系；面对未来，"现代"未必都是好的，但它无可阻挡。"现代"是未竟的方案，它还远远没有完成"试错"过程——那是全新的、有待于证实的未完成性。彭东明的诚恳，就在于他没有回避个人身处其间的真实感受。他是一个来自乡村的知识分子，他走出了乡村，但乡村记忆在"现代"的冲击下反而凸显出来——人们总是倚重已有的经验，已有的经验是可以把握的，一如村民长贵的一生，从生下来便可预知命运的最后。而"现代"是无从把握的，一如小六子，如果没有"现代"的洗礼，那"同性"的取向是无从唤醒的。于是，人们对未知的未来总是怀有先在的畏惧。因此，《坪上村传》无意中实现了两种对话关系，一是同历史的对话，一是同现实以及同类题材的对话。同历史的对话，葆有的是作家对传统生活方式的情感，曾经拥有的过去并未渐行渐远随风飘散。同现实和同类题材的对话，是彭东明怀有的理性和诚恳的表述。一个十几岁便离开村庄远行的少年，三十八年的岁月足以可以理解"现代"意味着什么。对乡村中国来说，"现代"就是让奶奶和孙子的距离越来越远，就是孙子帮奶奶菜园浇粪的承诺一再落空。

《坪上村传》的形式在虚构与非虚构之间，作者本人一直在小说之中，他是讲述者，也是当事人。这身置其间的处理方式，强化了小说的"仿真性"，因此也更有真实性的力量。小说没有大开大阖的情节，没有别离的痛苦或归来的欣喜若狂。不经意间，"前现代"逐渐成为历史，"现代"则不期而至——荷香初中毕业辍学到深圳打工，遇到台湾老板，台湾老板为人正派，丧偶，大荷香三十八岁。向荷香求婚，荷香没有犹豫便答应了，接连给老板生了两个儿子。二妹菜香和名叫胖子的厨子谈恋爱，未婚先孕，孩子生下来后，胖子到坪上村开"情席"餐馆大获成功，迅速开出了连锁店。老三梅香来到深圳，先洗碗后陪酒，然后就睡到税务局局长的床上并怀了丁局长的孩子。丁承诺的结婚化为泡影，给梅香一笔钱，梅香将孩子丢给父母自己跑云南去了。老四菊香也来到了深圳，与一个温州小伙子结婚回到了温州，生活平静。老五茶香喜欢读书，父亲长贵阻拦，荷香坚持让茶香读书，一直读到留学美国。老弟老六几次复读没有考上大学，坚决不考了，也随大姐荷香到了深圳。但老六是一个对女孩没兴趣并坚持要求变性的人。固守传统的长贵如五雷轰顶，他根深蒂固的家族"香火"就要断送在老六这一辈。于是，长贵执意要求"我"去做老六的"工作"，希望他幡然悔悟回头是岸，结果是"我"被老六感动，被"工作"了，承认了"同性"的合理性"铩羽而归"。在"前现代"和"现代""遭遇战"中，大概都会莫衷一是进退维谷。通过一件具体的人与事，彭东明真实地表达了处在转型时代的矛盾心态，于是，这个矛盾或悖论就具有了普遍性。

乡村经验或者前现代生活，是自足和封闭的。土地将家族、亲情以及各种利益关系捆绑在一起。家族有几辈人便几辈人生活在一起，其情感关系也因物质和精神的贫困而紧密："记得，那年我离开村庄时，是一个清冷的有零星雪花飘落的早晨，弯弯曲曲的泥泞的村路上积着残雪，我手里提着一个网袋，袋里装着一身蚂蚁子布做成的衬衣。这种布当时是自家在地里种了棉花，自家纺成纱织成黑白相间的棉布。我不知道为什么村里人要将它叫作蚂蚁子布。提着这一身用蚂蚁子布做成的换洗衣衫，我一步三回头地离开了村庄，后面是我的老祖父、老祖母、祖父、祖母、父亲和母亲，还有我家的那条麻狗在为我送行。我走出去好远，回过头来，发现他们还站在坳口上，且不停地朝前招手，意思是要我莫再回头。"这是前现代家族情感关系最生动的写照。彭东明说："我在这座小山村度过了整个童年和少年时光。这是在二十世纪六七十年代，村庄上的人家普遍吃不饱饭，村庄留给我的是一个苦涩的童年，饥饿、寒冷、劳累，充满了我的每一寸记忆。"即便如此，坪上村仍然魂牵梦绕。这就是作家的情感记忆。最后，他还是回到了坪上村的祖屋，当然——那已经是修葺一新、今非昔比的老屋了。

记下那曾经的迷人风情，是彭东明的初衷之一。湖南作家有写风情画的传统，从沈从文到古华、叶蔚林、何立伟等，虽然号称"湘军"，文字却如沅湘之水，温婉秀丽万种风情。描述这迷人的风情，彭东明是通过源远流长的各种器物、婚丧嫁娶风俗等生活方式实现的。一个香包、一条驮带、一个长命锁、一只瓦桶、几块皮影子、一根短棍、一把油纸伞或一曲童谣，坪上村的风情便迷人了。于是，小说的思乡之愁弥漫四方，或哀婉或凄美，或浓或淡，总因其想象的浪漫而充满魅力。但是，这个乡愁之美是只可想象不能经验的。"现代"，并没有证明它有无与伦比的好，但是，现代是历史理性的选择，而乡愁只是个人的情感愿望。在历史理性面前，个人的情感愿望最终将无能为力。大概也正因为如此，彭东明才"风情万种"地书写了他的"坪上村传"，他"害怕失去"的农耕文明的迷人风情，最终还是要消失在那遥远的地平线上。一如彭东明自述的那样：

> 村庄四围的矮山依旧，小溪和田野依旧，那飘荡在田野上空的泥土气息和稻子的清香也依然如故……然而，矮山脚下，那一栋栋土坯房却不见了，现在已经变成了一栋栋贴着瓷片的楼房。人也陌生了，记忆里的老人，都已经不在了。记忆中的青壮年，现在都已经是白发苍苍的老人了。如今的青壮年，我全然不认得了。他们如今的生活，已经不再是原来村庄上那种生活。现在再没人用牛犁田，再无人挑担砍柴，也再无人跋山涉水走长途，再无人纺纱织布。甚至再也看不到屋顶上升起的袅袅炊烟，再也听不到飘荡在田畴上悠悠的山歌……田野上拖拉机、收割机的轰鸣声，代替了往日黄牛和水牛的"哞"叫声，溪边的阡陌早已荒废，水泥公路上"呼"进"呼"出的是汽车和摩托车……水库里的小木船也不见了，取而代之的是轰天轰地的机帆船。

彭东明人回到了老屋，但一切物是人非，他还是回不到那个"从前"了——这是"现代"给我们带来的宿命。彭东明的不同，就在于他面对坪上村诚恳地书写了他在历史理性和情感愿望之间的内心矛盾，是这一矛盾结构了这个貌似松散的长篇小说。也恰是这一矛盾，构成了小说的动人力量。现在，彭东明已经记录下了坪上村的人与事，也记下了他记忆和想象中的"从前"，他在实现了自己内心愿望的同时，也以文学的方式表达了我们面对历史与现实的矛盾处境和心情；他提供了另一种书写乡村中国的文学样式，那散淡如漫水般的文字，也延续了湖湘文学的现代传统。因此，这是一本需要我们重视的长篇小说。

胡学文一直书写他的乡村，他在这方面的成就有目共睹。《有生》的发表，集中体现了他在这方面的积累和与众不同。应该说，这是一部中规中矩的小说，是一部正面讲述百年乡土中国故事的小说。小说写祖奶4月的一个白天和5月的一个夜晚，以她的叙述为线索。她将我们带进了塞外的宋庄，带进了乡土中国文化的内部和深处。从晚清到当下，百年宋庄的历史变迁，也可以看作是北方乡土中国的历史变迁。小说的视角来自一个普通的接生婆，一个普通人讲述的历史，是"正史之余"，是民间的历史。祖奶是传奇式的人物。她一共接生了近一万两千人，小说中其他五个人物都是祖奶接生的。

小说给我留下最深刻印象的，是日常生活的细节和大胆的想象。小说最要紧的是细节，细节不能虚构，它一定要来自生活。比如如花与钱玉的新婚之夜和最后的生死离别以及钱玉死后如花的梦境；比如父亲的撒尿冲蚂蚁，六指的李伯富吃饭后要舔碗，白凤娥烙糖饼不掺面以及与乡村生活中各种饭食和气味的描写等。特别是塞外的"吃"，比如三下鱼、拌葫芦瓜条，别的地方应该没有。但小说不是旅游指南，他通过三下鱼的做法，引出了如花对钱玉的怀念。这是对爱和人心的理解，这一点可能比才华还要重要。小说对乡村各种人物、器物、植物的熟悉，在当下作家中应该说是不多的；作为男性作家，对生育，特别是对接生现场的描述，给人留下深刻印象。胡学文肯定没有这种经验，这种描述，除了文字的间接经验，基本靠作家的想象。它的逼真性和现场感，没有想象力是不能完成的。当然，最典型的是虚构的祖奶这个人物。后记中他还在与祖奶饮酒谈笑，足见这个人物与胡学文的关系。因此，强大的想象力会构成一种无可替代的艺术氛围，如果是准确的，它会比真实的事物更强烈地呼唤作家内心世界。

我非常惊异于胡学文强大的叙事能力，流畅无碍。祖奶一天一夜的讲述，呈现了塞外宋庄的百年历史，没有强大的叙事能力是难以完成的。因此，《有生》的写作是有难度的。讲述百年乡村历史的小说汗牛充栋，一是小说有史传传统，一是作家都有史诗情结。乡村究竟还能有多少可以讲述的故事呢？对胡学文说来当然也是一个难题。他自己在后记说找到了一个所谓的"伞状结构"，然后开启了他的小说灵感。每个作家进入写作状态的方式不同，但他只要找到了，如何命名并不重要。但我觉得对《有生》来说，最重要的还是胡学文深厚的生活积累，他对塞外乡村生活实在是太熟悉了。小说中人物的举手投足，一颦一笑，是其他乡村题材小说中没有出现过的。这些人物是塞外苍生，书写苍生，也就为我们提供了对民族认识的新角度。《有生》的基本样貌是现实主义的。但它的现实主义显然也融汇了现代主义甚至后现代文学的某些技法和元素。比如"蚂蚁"这个意象的一再出现，显然是一个隐喻。蚂蚁与小说情节或故事没有直接关系，但它一直若隐若现挥之不去。类似的文字，改变了小说的传统性，使其既有节奏的变化，有跳跃性，同时又有了不同的意味。

黄怒波的《珠峰海螺》出版时，正值北京八月骄阳，读《珠峰海螺》，将心安放在八千米以上高山雪冠的冰峰上，听那飚风呼啸而过，就是抵御酷暑最好的方式。然而，随着英甫艰苦卓绝的攀登，紧缩的心便也像冻住了一般。我得承认，黄怒波那三次登顶珠峰的传奇，真不是浪得虚名。他的讲述一波三折，让人如临其境欲罢不能。作者黄怒波，是北京大学文学博士，诗人，出版过诗集、散文集十余部，中国诗歌学会会长，是著名企业家，是完成了世界七大洲高峰的攀登者、三次珠峰登顶者。一个拥有如此众多头衔和经历的人，又创作了一部长篇小说，而且它的首发式就在珠峰脚下。在我们读到小说之前，有报道说：小说以主人公英甫攀登珠穆朗玛峰遇险前后三天的经历为基本框架，通过讲述在攀登珠峰前他所经历的故事和他对眼下生死困境的挣扎，构建起一部包含了极峰探险、商海浮沉、情感纠葛等多元素的精彩作品等。作者的身份加上小说出版后的强势攻略，《珠峰海螺》在近年长篇小说的整体格局中，已足够耀眼。或者说，作为"小说生产"的序幕，《珠峰海螺》尚未登场便已经先声夺人。

于是，我们怀着极大的阅读期待走进了《珠峰海螺》。应该说，这是一部情节跌宕起伏、时空交错精彩纷呈的小说。登山和经商，是两个专业性极强的领域，彼此之间没有关系。对于主人公英甫来说，登山是个人爱好、兴趣；经商是立身之本生存之道。因此，能将这两个专业性极强又相互没有关系的领域并置在一部作品里，一定与作者的经历有关。由是我们可以断定，这是一部带有"半自传性质"的小说。郁达夫说小说都是作家的自叙传，更多的还是在思想、情感和精神层面，或者说，无论当事者姓氏名谁，小说流淌的情感和思想脉流，大多是作者自己，这是没有问题的。但是，对于《珠峰海螺》来说，就不只是思想情感与作者有关，而是说，登山和经商以及其中的诸多细节，如果不是亲历，是断难完成的。也正是在这个意义上，《珠峰海螺》既在我们经验之外，也在我们想象之外。这两条线索、两个主题、两个完全不同的时空，也是两个完全不同的世界：山上，是攀登者的相互鼓励，遇到困难时的相互帮助，遇到危险时的接应抢救，登顶时的激情迸发热泪盈眶；山下，是夜晚的灯红酒绿物欲横流，是白日里的机关算尽挖空心思，是权力与金钱的交易，是权力与资本的无限膨胀和扩张。一边是纤尘不染博大纯净，一边是红尘滚滚欲望无边。

小说基本围绕着几个不同的人群展开，塑造了立体的人物群像，几代人集聚在一部小说中，构成了小说最瑰丽的景观。不同的人群大体是：齐延安、吴铁兵、林红武等知青一代群体；英甫、叶娜、牦牦等"东方梦都"群体；施副区长、叶生、亦兵等官商勾结的群体；罗布、旦增等向导群体；然后是西门吹雪、天使投资女孩、泥鳅、阿猫阿狗等新一代群体。小说主人公英甫就这样在"天上""人间"两个世界游弋和挣扎。打造"东方梦都"小区，是英甫的一个梦。这个梦既与古代士人"安得广厦千万间，大庇天下寒士俱欢颜"的想象有关，也与现代知识分子家国情怀和理想主义有关。但是，再美好的梦想，一旦与利益有关，周围便会集聚起各色人等，各种主意、各种手段都会应运而生。可以说，"山下"围绕着"东方梦都"的线索，虽然写得也非常精彩，但大体没有超出我们见过的"官场"或"商场"小说讲述的范畴。小说中郑书记和郭区长的对话，本质地揭示了这一线索的真相——

> "……这么大的项目，本来就不是一个民营企业扛得下来的。项目到手了，这些老板便有奶便是娘，四处融资，不择手段。就是要押上老婆亲娘，也绝不眨上一下眼。问题是，天下无利不起早，投资的，出钱的，哪一个不是瞄着最后要砍下的他的人头？一个比一个狠，一个比一个背景大。政府下了那么大力气把项目扶上马，却变成了人家的资本游戏。"
>
> "……最要命的，是这些民营企业家六亲不认。创业时，讲的是哥们义气，一旦挣着钱了，就撕心裂肺地你死我活。狗咬狗地内斗也就罢了，但又是各找靠山，各显神通地把一个地区的政治生态、社会生态都搞得乌烟瘴气。大家看看'东方梦都'这个项目，又是凶杀案，又是工人闹事，又是诉讼灾区……"

应该说，这一揭示也是小说的一大贡献。但是，在我看来，小说更精彩的还是关于登珠峰的线索。与围绕着"东方梦都"展开的尔虞我诈的"人间""天上"对比，珠峰无疑更纯粹更洁净。主人公英甫迷恋攀登珠峰，一方面是一种象征，是英甫对红尘滚滚欲望无边"人间"的疏离和拒绝；另一方面，现实地说，与登峰有关的人与事，也确实更简单、友好、正大。在这条线索中，以英甫为中心，在与叶娜、罗布参与的故事演绎中，是我们不曾经历也难以想象的人与事：关于珠峰的景观、气候，登山的工具、装备，山难的救助、绝望的心境、登顶的狂喜等，这是没有这样经历的人无论如何也难以体会的。阅读《珠峰海螺》，我们有机会间接地体会了这一切，对于我们来说珍贵无比。当然，登珠峰与"商战"两条线索，并非两条铁轨平行向前并无交集。事实上，"山上"的英甫无时无刻不与"山下"的利欲熏心之徒们在博弈。特别是英甫在珠峰遇险救与不救、如何救等问题，不仅使小说一波三折险象环生，同时也密切联系着小说情节的发展。英甫和"东方梦都"的命运，甚至惊动了中纪委高层。这也是英甫化险为夷最重要的保证。

作为一个企业家，英甫一再攀登珠峰，不只是个人的爱好。这里显然有多重隐喻。他说"天下的事，到了珠峰顶上，就与世不同了"，或者说，那些事都是小事了；另一方面，天下最高处，洁白一片，没有尔虞我诈明争暗斗。谁要存活全凭本事。但是，对小说来说，无论山上山下，书中那枚仅仅出现过两次的海螺至关重要。据说佛陀从龙王那里得到了一只白色的缩尾螺壳，在雨季，他用它代替号角召集人们进行祈祷活动，佛陀的海螺是龙王所赠。英甫怀中的那枚白色海螺，就是英甫在世界最高处对人间的祈祷和祝福。他希望人间没有争斗岁月静好，希望人们能够友善相处而不是相互倾轧。黄怒波历经十年创作了《珠峰海螺》，这是一部传奇，更是一部励志的发奋之作。

原载《文艺争鸣》2021年第10期

在现实与不那么现实之间

——近期中篇小说的新突破

中篇小说创作一直在很高的水平线上稳定地发展。在这方面几乎没有任何文体可以和中篇小说比较。作家在中篇小说创作中积累的丰富经验和他们对这个文体的深刻体会，是中篇小说长盛不衰的最终原因。近一个时期，这个文体在不同地域作家那里都有了新的突破，甚至可以说，这些作品将中篇小说的成就推向了一个新的阶段。这里选评的几部作品，无论题材还是风格都非常不同。但有趣的是，这几篇作品都是在人心的层面展开，所谓世道人心、内心事务、灵魂思想，应该是文学一直处理的辖区或问题。当然，我更感兴趣的是这几位作家具体的讲述方法：董立勃的白描、石一枫的飘逸、荆永鸣的平实、林白的练达等，部分地构成了中篇小说在近一个时期特有的风采。

一、承诺与等待

董立勃的《梅子和恰可拜》[①]，表面看是"一个女人和三个男人的故事"：梅子和镇长、黄成、恰可拜的故事。梅子在乱世来到了新疆，一个十九岁的女知识青年，她的故事可想而知。梅子虽然长得娇小，但她有那个时代的理想，于是成了标兵模范。在一个疲惫至极的凌晨，险些被队长、现在的镇长强奸，这却成为梅子此后生活转机的"资源"：改革开放初期，很多人想利用公路边一个废弃的仓库开酒馆，但镇长都不批。梅子提出后，镇长不仅批了而且还给她贷了两万元的款；当梅子后来有了孩子需要一间房子时，梅子又找到镇长，镇长又给了梅子一间房子。镇长当年的一时失控成了他挥之难去的噩梦。这件事情梅子只和一个叫黄成的大学生

---

① 董立勃：《梅子和恰可拜》，《小说月报》（原创版）2015年第1期。

说过。黄成是一个还没毕业的大学生，在"文革"中因两派"武斗"，失败后从下水道逃跑，一直流落到新疆。他救起了当时因遭到凌辱企图自杀的梅子，于是两人相爱并怀上了孩子。黄成试图与梅子在与世隔绝的边地建构世外桃源，过男耕女织的生活。但黄成还是被发现了，他被几个戴着红袖章的人拖进了一辆大卡车。在荒无人烟的荒野里，恰可拜看到——

> 转过了脸的男人，不但是想让他记住他的长相，更想让恰可拜记住他的话。他听到那个男人朝着他大声喊着，兄弟，请帮个忙，到干沟去，把这些吃的，带给我的女人。你还要告诉她，说我一定会回来，让她等着我，一定等着我，谢谢你了。
>
> 起初恰可拜还以为他是喊给另一个人听的。他朝四下看看，发现空旷的荒野上，除了他再没有别的人了，他这才明白那个男人把一件很重要的事托付给他了。
>
> 不等他做出回答，他们就把那个男人扔进了汽车。不过那个男人被扔进去又爬起来，就在车子开动时，把头伸出了车厢外，对他喊着，拜托你帮我照顾一下她，她有身孕了，兄弟，求你了，兄弟……
>
> 大卡车走出很远了，"兄弟"两个字还在空旷的大戈壁里回荡着。
>
> 走过去，拾起了那个男人扔下的口袋。看到里面装的尽是吃的。
>
> 翻身骑到马上，接着一行猝然中断的脚印，向干沟的方向走去。

这是小说最关键的"核儿"。"承诺与等待"就发生在这一刻。于是，恰可拜"一诺千金"，多年践行着他无言的承诺，他没有任何诉求地完成一个素不相识的人的托付，照顾着同样素不相识的梅子。梅子与黄成短暂美丽的爱情也从此幻化为一个"等待戈多"般的故事。黄成仅在梅子的回忆中出现，此后，黄成便像一个幽灵一样被"放逐"出故事之外；镇长因对梅子强奸未遂而一直在故事"边缘"。于是，小说中真正直接与梅子构成关系的是恰可拜。恰可拜是一个猎人，更像一个骑士，他骑着快马，肩背猎枪、挂着腰刀，一条忠诚的狗不离左右。从他承诺照顾梅子的那一刻起，他就是梅子的守护神。一个细节非常传神地揭示了恰可拜的性格：他每天到酒馆送来猎获的猎物，然后喝酒。但是，他"一杯伊犁大曲牌的烧酒，他每回就喝这些，绝不再多也绝不再少"。恰可拜的自制自律，通过喝酒的细节一览无余。这确实是一个可以而且值得托付的人。

梅子是小说中有谱系的民间人物，她漂亮、有风情，甚至还有点风骚，但她也刚烈、决绝。她是男人的欲望对象，也是女人议论或妒忌的对象。她必然要面对无数的麻烦。但这些对梅子来说都构不成问题，这是人在江湖必须要承受的。重要的是那个永远没有消息的幽灵般的黄成，既是她生活的全部希望又是她的全部隐痛。等待黄成就是梅子生活的全部内容，这漫长的等待，是小说最难书写的部分。但是，董立勃耐心地完成了关于梅子等待的全部内容。当然也包括梅子几乎崩溃的心理和行为。当她迷乱地把恰可拜当作黄成的一段描写，也可以看成是小说最感人的部分之一。因此，黄成在小说中几乎是一个幻影，他与梅子短暂生活的见证就是有了一个女儿；但是，恰可拜与梅子几乎每天接触，人都是这样，就是日久生情。恰可拜后来也结了婚，但很快就离了。无论是那个女人还是恰可拜心里都清楚是什么原因导致他们离异的。因此，后来恰可拜进城找黄成久久不归时，梅子从等一个男人变成了等两个男人。而且小说最后写道：

> 可不知为什么，这个时候，在南方女人梅子的内心深处，如果有人要问她，她更希望走来的这个人是谁时，她一定会说，非要在两个人中选一个的话，她更希望走来的这个人并不是黄成，而是恰可拜……

这里的合理性是不言自明的。当然，如果不是梅子说出这句话，让读者去猜想可能会更好。无论梅子还是恰可拜，等待与承诺的信守都给人一种久违之感。这是一篇充满了"古典意味"的小说。小说写的"承诺与等待"在今天几乎是一个遥远甚至被遗忘的事物。董立勃在这样的时代写了这样一个故事，显然是对不良风气的冷眼或拒绝。在他的讲述中，我们似乎又看到了那曾经的遥远的传说或传奇。

二、习焉不察的发现

如果说董立勃是在追怀一种情怀或操守，追怀一种已经远逝的可以托付的人心，那么，石一枫的《地球之眼》[①]呈现的恰恰是世风日下的道德危机。小说也是在人心的层面展开的。这应该是三个男人的故事：我——庄博益、安小男和李牧光，三人是同学关系。不同的是安小男是理工男，学的是电子信息和自动化。安小男一出场就是一个"异类"：一个学理工的学生，一定要和历史系的庄博弈讨论历史问题，并且异想天开地要转系，要把历史系的课从本科听一遍。转系风波还导致历史

---

① 石一枫：《地球之眼》，《十月》2015年第3期。

系与电子系"杠"上了。这时历史系的"名角"商教授出场了，这个轻佻的教授尽管见多识广，但他在安小男"历史到底有什么用""研究历史是否有助于解决中国的当下问题"的追问下王顾左右时，安小男一字一顿地说："我认为您很无耻。"

接着，安小男便抬起了一只手，手指尖利地指着商教授的鼻子，开始了滔滔不绝的大鸣大放大批判。他质问道，中国社会已经沦落到了怎样的一个地步，难道您没有看到吗？难道您不忧虑吗？如果是一般的人也就罢了，但您作为一个学者，一个在公共领域拥有话语权的知名人士，居然选择了鸵鸟策略甚至是睁着眼睛说瞎话，这是何种用心？安小男还说，他之所以对历史产生了浓厚的兴趣，正是由于认为比起中文、哲学和社会学等其他人文学科，历史最有希望解决他的"核心问题"，但今天看来他错了。中国的历史学家并没有他所希望的那样高大，他们归根结底还是一群"没用"的家伙。

谁能想到，安小男的历史研究之路沿着汤因比、费正清和布罗代尔等等大师绕了一圈儿，又绕回了在那个盛夏之夜和我讨论的领域。他挥斥方遒地发表了十来分钟的演说，直到商教授也面色铁青地溜走了，会场上空无一人，才喘息着停下来。据说此时的他已是满脸热泪，他居然哭了。

这个木讷、羞怯甚至有些自卑的安小男，真诚而天真地希望通过历史来解决他的困惑，而他一直纠缠当下道德问题不是没有原因的，当然这是后话。安小男没有转系，当然他也不可能转了。他虽然在文科同学那里名声大噪，但他的处境和心情可想而知。

李牧光一入学就与众不同，这朵"奇葩"痴迷地热爱睡觉，能够进入名校学习不是因为他嗜睡的天才。历史系一个被灌醉的老师起了底："他父亲是东北一家重工业大厂的一把手，专门在厂里为我们学校设立了一个理工科的'创新基地'，说白了就是赠送一块地皮，供学校在当地开办形形色色的收费班，贩卖注水文凭；而这么做的条件，是学校要给李牧光一个免试入学名额，并且保证他顺利毕业。"李牧光出手阔绰，性情随和，除了嗜睡没有让人不愉快的毛病。于是大家相安无事。他与讲述者庄博益上下铺，真正发生关系是大四快毕业的时候，嗜睡的李牧光终于也有睡不着的时候了：他父亲又如出一辙地通过"慈善款项"安排他去美国继续读书，虽然不用考试但必须交一篇专业论文。李牧光出两万元钱请庄博益帮忙。庄博益利用安小男和自己的前女友郭雨燕，一个写一个翻译，各给五千元，庄博益自己落下一万元。本来就皆大欢喜了，毕业就是各奔东西。但是三人的关系恰恰是毕业之后有了不解之缘：庄博益几经折腾去了一家地方电视台下属的节目制作公司，在拍"校漂"纪录片时，庄博益与安小男又不期而遇。这时的安小男租了挂甲屯破旧的一间房子，身世也逐渐清楚了：安小男十岁出头的时候，父亲去世了，母亲在肉联厂洗猪肠子。天长日久，母亲的手已经被碱水烧坏了，眼睛也被熏得迎风流泪，视力大不如前。庄博益虽然口无遮拦满嘴胡扯，但他有口无心心地很善良，他很想帮助安小男。这时李牧光从天而降——他从美国回来了。从美国回来的李牧光已经是一家玩具批发公司的老板了。几经周转，安小男终于成了李牧光在中国的雇员。他为李牧光监控远在美国的仓库，他的专业和敬业受到李牧光极大的赞赏。安小男自然也改变了落魄的处境。但是，安小男通过监控录像发现了李牧光巨大的问题：李牧光的玩具生意根本不赚钱，他的巨大财产是其父转移到国外贪污的巨款，李牧光是利用国际贸易洗钱。巨大的问题终于暴露了。这时对三个人都是一场巨大的考验：李牧光要庄博益阻止安小男的进一步行动能够实现吗；庄博益偏软的底线是否能守得住；安小男是否一定破釜沉舟？

安小男如此希望解释道德问题是事出有因：安小男的父亲曾是一位土木工程师。他十岁以前，家里的日子很好。父亲很年轻就被提拔成了公司的副总，但厄运从此也来了。进了管理层之后，发现公司的几个领导没有一个不贪的。他们把钢筋的标号降低，用来路不明的劣质水泥代替品牌货，居然连地基的深度也敢改，克扣下来的钱都揣进个人腰包里了。那些人还拉他入伙，他不敢答应，然后成了众矢之的。后来终于出事了，他们公司承建的一个会展中心发生了垮塌，砸死了几个工人。事故的原因是使用了不合格的建筑材料，可那几个领导买通了监察部门，还走了上层关系，硬把责任扣到了这位工程师头上，说是他的设计方案不合理导致的。父亲就地免职，还被公安局的人监控了起来。最后父亲从十九层办公楼跳了下去。父亲临死前和安小男最后的一句话是："他们那些人怎么能这么没有道德呢？"于是，一个巨大的困扰在安小男那里挥之难去：

> "刚开始我和我妈一样，恨的只是我爸生前的那些领导和同事。但后来渐渐就变了，我觉得我爸所说的'他们'并不是那几个具体的人，而是世界上的所有人；我爸讲到的'道德'也不是一件事情上的对与错，而是笼罩着整个儿地球的神秘理念。但道德究竟是什么呢？它既然那么重要，为什么又会被人轻而易举地忘却和抛弃呢？一看到这个词我就想哭，一说到这个词我的心就会发抖，在我看来，我爸不是死于自杀也不是被人害死

的，他是为一个浩浩荡荡的宏大谜团殉葬了……为了解开这个谜，我曾经求助于历史和人文学科，可最后还是失败了。你还记得我写过的那篇文章吗？我在里面说中国人已经没有道德可言了，但那只是在承认失败，是为了让自己认命。其实我不是那么想的，因为那种痛彻骨髓的感觉仍然存在。在没有道德的社会里，怎么会有人为了道德而疼痛呢……"

这是安小男一直追究道德问题的来自内心深处的隐痛和动因。他追究李牧光的问题，还与李牧光投资邯郸的项目要拆迁的民居有关，那恰好是安小男母亲居住的地段，母亲就要居无定所，安小男又没有能力安置母亲。他内心流血的疑问是："怎么有人活得那么容易，有人就活得那么难呢……"因此，安小男追究的道德问题，从一开始就不是一个纯粹的理论问题，它与个人的身世、经历以及生存状况都密切相关。至于安小男能做到哪一步那是另一个问题。但通过安小男的追究和行动，我们不只看到了一个青年知识分子因艰难困苦造就的孤傲倔强性格，而且通过安小男也看到了社会众生相。因此，这篇貌似写青年群体当下截然不同状况的小说，本质上恰恰是一篇社会问题小说：高校教授没有节操的无耻、学校见利忘义的没有原则、社会腐败等。另一方面，事情也诚如庄博益所想的那样：

晚上回到家，躺在床上之后，我却还是不由自主地想着安小男这个人。在我看来，他虽然口口声声地宣称着"道德"，然而他是否能对这个词汇做出一个哪怕是个人主观意义上的定义呢？恐怕是做不到的。他敌视李牧光的"道德"和本科时怒斥商教授的"道德"是一码事吗？这两者是否又和他拒绝银行行长的"道德"一脉相承？安小男想必给不出答案。"道德"让他在二十年来备受煎熬，却又在他的脑海中长久地面目模糊。虽然他曾经用他那理科天才的大脑去剖析研究过它，但归根结底不过是被他爸死前的一句感慨蛊惑了、催眠了。按照我惯有的那种嘲讽性的、自以为世事洞明的思路，安小男的生活可以被定义为一场怪诞的黑色喜剧，而我也可以一如既往地从几声苦涩的冷笑中重新获得轻松。

安小男可以将他监测的"眼睛"安放到地球的任何一个角落，他可以守株待兔地洞悉地球上任何风吹草动。但是，他能够解决他内心真实的困惑吗？安小男不能解决的困惑和问题，也就是我们共同不能解决的困惑和问题。小说当然也不负有这样的功能。我深感震动的是，石一枫能够用如此繁复、复杂的情节、故事，呈现了当下社会生活的复杂性，呈现了我们内心深感不安、纠结万分又无力解决的问题。一个耳熟能详的关乎社会秩序和做人基本尺度的"道德"问题，就这样在《地球之眼》中被表达出来。因此，《地球之眼》是一篇在习焉不察中发现危机的作品。2014年，石一枫发表了中篇小说《世间已无陈金芳》。小说发表后大有一时洛阳纸贵之势。陈金芳大起大落的命运令人唏嘘不已，那里的诗情和人物最后的彻底轰毁，给我们留下了挥之难去的印象。它同《地球之眼》一起，构成了当下中篇小说瑰丽的奇观。

三、疾病的隐喻

荆永鸣一直写外地人在北京，他写的北京比现在有些北京作家还像北京。荆永鸣虽然是"外地人"，但他接受的文学传统显然还是北京的文学传统，比如老舍以降的"京味小说"。他"文如其人"，小说无论是人物、情节还是故事，鲜有怒发冲冠或剑拔弩张。他的小说在行云流水的讲述中，在充满了市民生活的气息里，透着温婉、善意和顺其自然的品性和人生态度。这也是荆永鸣小说备受读者和批评界青睐的原因之一。

但是，读了他新近发表的中篇小说《较量》①，发现荆永鸣笔锋一转，离开了自己一直书写的生活领域，他从北京的市民生活转向了更复杂、更丰富当然也更隐秘的人的心理和灵魂世界。这是一个更加难以把握、难以表达的领域。但是，这使他的小说更吸引人、更有力量、更具社会批判性，当然也更具当下性。值得注意的是，关于这一领域的书写，我们在现代派或后现代小说中经常遭遇，人的心理或灵魂世界的隐秘性、不确定性，可能在多种表达方法那里更适于展现。比如卡夫卡的《变形记》、加缪的《局外人》、萨特的《恶心》等，这类作品在西方文学中和中国二十世纪八十年代的小说中占有很大的比重。但是，荆永鸣的《较量》仍然坚持他的写实主义的方法，他没有用诸如意识流、荒诞、夸张以及变形等手法讲述他的人物和故事。这也使荆永鸣的《较量》实现了在变中有不变、不变中有变的探索性。

《较量》写的是一家市级医院的两个业务骨干——谈生和钟志林从友好到交恶的故事。钟志林希望自己能够成为一个纯粹的技术知识分子，做一个专业意义上的医生。因此，在老院长即将退休的时候，他谢绝了老院长试图提升他当院长的美

---

① 荆永鸣：《较量》，《人民文学》2015年第10期。

意，年届五十依然选择了去美国进修；谈生则顺理成章地当上了院长。矛盾从钟志林回国后逐渐发生并升级。这里当然有谈生的问题，这是个世故老到、心机极深、处事游刃有余的技术官僚。两人的矛盾由他引起，他却坐观风云起，毫发未损。所以《较量》不是官场的较量。小说集中写的是医生钟志林。这是个有知青背景的医生，专攻与心理疾病有关的专业。曾系统地研究过森田正马的理论体系，对"森田疗法"耳熟能详；他有良好的口碑，精湛的医术，良好的道德和职业操守。但他首先是一个人。小说一开始就写了他因各种琐事而迟到的情节。这些琐事是一个强迫症病人的病症：

> 出于职业经验与敏感，从近期发生在自己身上一连串的事情上看，他意识到自己的神经出了问题。虽不能说就是OCD或是强迫症，但至少也是一种神经质了。一个曾经治愈过无数患者的精神科专家，自己却遭遇了神经质。

当然，这只是钟志林患有心理疾病的开始。从美国回来后，他看不惯谈生的颐指气使、见利忘义的个人品行和所谓"改革"，也不能容忍谈生皮里阳秋、不阴不阳对自己的侮辱和歪曲：自己做公益讲座，被谈生认为是以个人名义到社会进行学术交流，帮助其他医院分文不取的会诊，被谈生指认为"走穴"，而且还有"泄露商业秘密，挑拨医患关系，煽动社会情绪"等问题。谈生试图通过自己的权术将书生钟志林湮灭在另一种目光和议论中。起初——

> 钟志林没有抗拒，封杀就封杀。我又不是什么影视明星，我是个医生，没想靠嘴皮子去出名，去捞取外快，更没想用一把手术刀去解剖社会，我没有那个野心，也没有那个能力。我只是出于一个医生的人格与良心说了我应该说的话。此后，钟志林再也没去做过什么学术交流或专题报告。奇怪的是，他也没再接到过任何部门的邀请。

事情爆发于一个穷困潦倒的患者王二甲的"逃单事件"。王二甲住院刚有好转便不辞而别，住院七天花了一万多元钱。谈生不依不饶，一定让责任医生和责任护士追回欠款。但是，当钟志林等终于找到王二甲家里时他们惊呆了。他们从来没有见过如此贫困的家庭。不仅没有追回欠款，反而几人凑了两千多元钱留给了王二甲。作为院长的谈生的态度可想而知。于是矛盾爆发升级。钟志林终于逐渐将个人精力集中在搜集谈生的"材料"上。他屡次状告到有关部门,但因材料"不具体"而没有结果。这更激起了钟志林越挫越勇屡败屡战的决心。小说还有一个艳体插曲:年轻、貌美、风骚的护士苏丽娅毫不掩饰地表达过对钟志林的爱慕。但是,钟志林弃绝了个人的身体欲望——这意味着他的力比多必须找到另一个宣泄渠道。他真的找到了——这就是与谈生的战斗。遗憾的是,慑于院长谈生的权力,没有人愿意向钟志林透露任何情况。当钟志林获得了某些证据后,他找到信访局——

> 钟志林与周围的人越来越格格不入。在许多人眼里,他不再是一位权威的主任医师,而是一个喜欢告状的人。在信访局,他仍然是一个异类。在这里,没有一个上访者像他那样,穿着一身讲究的西装,并优雅地系着领带;没有一个上访者像他那样温文尔雅,甚至像个领导。因此,他一旦出现在上访的人群里,就会立即成为众人瞩目的中心,以致让一个初次上访的老太太闹了个天大的误会,一见到钟志林,竟然抱住他的大腿哇哇大哭。

作为著名医生的钟志林,"最初,信访人员对钟志林也是肃然起敬的,他毕竟是个谁都有可能用得上的医生。可'敬'过几次之后,他还来,总是唠唠叨叨地讲他那点事。他这个医生就不是那么回事了,他贬值了,没多久,信访工作人员谁见到他都烦"。一个被人尊重的权威医生,就这样沦落到了这一地步。而且他终于病得住了医院。住院期间——谈生"不但亲自来看望钟志林,他还背着手,淡定的神态中浮现出亲切的笑容,仿佛他们彼此之间根本就不存在什么矛盾,或者有过矛盾也已经达成了谅解。至此钟志林才发现,他和谈生的摩擦与较量,如同一场旷日持久的马拉松比赛,只是赛场上却只有他一个人在跑——他跑得气喘吁吁,疲惫不堪——而对手却只是站在原点,以微笑的姿态等着他"。

小说以两人的共同退休结束。当钟志林明白了这是无谓争斗的时候,一切都成为过去了。小说似乎是对人生的一声悠长的感慨或叹喟,大有过来人"何必当初"的慨叹。但是,《较量》不是一部宗教小说,既不是劝善惩恶,也不是明清白话小说的喻世明言。它首先是一部社会批判小说,是一部用"越轨的笔致"介入当下社会生活、揭示社会整体病态的小说。他延续的是鲁迅先生"所以我的取材,多采自病态社会的不幸的人们中,意思是在揭出病苦,引起疗救的注意"的传统。如果是这样的话,那么,我认为荆永鸣如果仅写了这一部小说,他就是一个了不起的作家。

四、练达与悲悯

林白是这个时代最具浪漫气质的小说家之一。她早年的《一个人的战争》是女性小说，但说它是浪漫主义小说也未尝不可。近年来，她的《北去来辞》《长江为何如此远》等，其浪漫主义气质仍未褪去，甚至更为鲜明。这篇《西北偏北之二三》①进一步证实了我的看法并非虚妄。在我看来，林白的小说是最"没有章法"的小说，她似乎兴之所至信马由缰，这种表面的"没有章法"，恰恰是她的"章法"。她的那些看似闲笔枝蔓的笔致，犹如神来之笔为她的小说平添了一种妖艳和妩媚，犹如女人不经意的一个手势或回眸一笑。

《西北偏北之二三》写曾经的诗人赖最峰要去内蒙古的额济纳，去寻找失踪的暗恋的女人春河，也乘机出去换一下个人的心境。于是他踏上了漫漫长途。行走，是一个常见的小说讲述方式，浪漫主义小说更是精于此道。但是，重要的是赖最峰在这个过程中遇到了什么。赖最峰是诗人，但他喜欢的都是女性诗人，茨维塔耶娃、阿赫玛托娃、狄金森、普拉斯、毕巧普等，作家也是喜欢女的——麦卡勒斯、弗兰纳里·奥康纳。于是作为男性的他便不再写诗。更有趣的是，赖最峰一路上发生关系的，也都是女性：他寻找的是失踪女友春河，最先认识的是北京驴友兼志愿者齐援疆，在小饭馆吃饭邂逅服务员翘儿。一个孤旅男人的故事从女性开始也结束于女性。小说前半部几乎没有故事，它更像是一篇没有完成的关于旅途的散文：夜晚看星星，白天观赏胡杨林、吃当地食物，西北的自然景观和风情风物尽收眼底。

故事真正开始是赖最峰遇到了小饭馆服务员翘儿。而翘儿才是小说真正的主角：这是一个经历远远超出年龄的女孩，因为年轻，复杂的经历没有在脸上写满沧桑，苦难在她的讲述中亦犹如他人。她笃信赖最峰是好人，把自己的身体也给了赖最峰。女孩唯一的资本只有自己的身体，她报答好人的方式也只能是"以身相许"。赖最峰当然不是坏人，他要帮助翘儿也只能是多付钱给她。这一切结束后可以相安无事，但翘儿一定跟着北京赖最峰去了，去北京是为了找妈妈，她已经九年没见到妈妈了。一辆在暗夜中奔跑的列车上，通过翘儿的讲述，底层生活的状貌点滴地呈现出来。林白善于用"闲聊"（她曾写过《妇女闲聊录》），这一看似漫不经心，但每个细节显然都经过精心设计的叙述方式——

---

① 林白：《西北偏北之二三》，《收获》2015年第4期。

赖最锋说，我要把你卖了怎么办呢？翘儿说，有本事你就卖呗。她又说，又不是没被卖过。这话听得赖最锋心中一震，一个人的黑暗经历，他人无从知晓。拐卖，逃跑，到达遥远的额济纳，来历不明的张哥，叫姑姑的老板娘。赖最锋试图把这些已知的点连成一道稍稍清晰的线，他马上发现，这并不是件容易的事，每个点，你碰到它的时候它都会肿胀成一块巨石，像铁一样沉，它缠着那些飘忽的线飞速坠入深渊。

翘儿小小年纪的经历可能远远超出了人到中年诗人赖最峰的经历。他在感慨自己鲜有"嫖"的经历时候，翘儿十一岁就被人强奸了。他要通过旅行换一下心境，翘儿已经被迫几经辗转，她的人生之旅可能永无终点。但她还没有学会体验和倾述苦难，她有限的记忆资源，每每想起都如节日，她讲到华桂、张哥、爷爷还有多筷。翘儿的妈妈还会见到翘儿吗？但所有的读者都见到了翘儿。林白的这篇小说写得练达又充满了悲悯，生活不过如此，只因见得多了。每个人都有自己的命运，不必大惊小怪。即便如此，心潮仍然未平。小说结束时——

四面黑沉沉的。旅客人人都睡着觉，只有赖最锋一人坐在黑暗中。他在窗玻璃上抹了一把，看见外面下起了雪。大雪落在，我锈迹斑斑的气管和肺叶上，／今夜，我的嗓音是一列被截停的火车，／你的名字是漫长的国境线。是帕斯捷尔纳克写给茨维塔耶娃的诗。诗句猝不及防地冒出来，如同春河的名字和面容。她也浮在黑暗中，浮在雪中。你的名字是漫长的国境线，无论经历的是星空还是肉体，你的名字仍是无法拔除的一根刺。赖最锋在黑暗中费劲地回忆这首诗的其他句子，最终，他想起了结尾的两句：我歌唱了这寒冷的春天，我歌唱了我们的废墟／……然后我又将沉默不语。

小说结束于帕斯捷尔纳克写给茨维塔耶娃的诗。林白没有将底层的苦难写得泪水涟涟痛不欲生。但她通过赖最峰的只身孤旅钩沉出的"西北偏北"那遥远一隅的故事，已将一种悲悯隐含在小说的字里行间，翘儿当然不会理解"你的名字是漫长的国境线"意味着什么，但我们分明深切感到，作家在这个大雪纷飞夜晚的无尽思绪，一如那辆列车，尖厉地划过暗夜呼啸而来。

这几部中篇小说无疑是近一个时期比较优秀的作品，他们讲述的无一不是中国故事——也就是我们的优秀作家都在密切关注的中国现实土地上都在发生着什么，或期待发生什么。这个传统是"五四"以来至今未变的主流传统，这当然很好。而且这几部作品是如此不同。无论写当下、写过去，写的都是看到的或希望看到的。但我要说的是，在更多的作品那里包括中篇小说，它的题材、人物以及关注的问题，都会给我们以巨大震撼或感动；但是，这些作品都与现实胶着得难以分开大概就是问题了。我总觉得小说也应该是飞翔的文体形式，它和现实的关系应该在似与不似之间，它要写可能性，但它更要写不可能性。这一点上述几部小说就显得与众不同，它们写的是不可能性，写了诗性也写了诗性对面的事物，而不是沉浸在极端个人主义的所谓"诗性"里。当然，任何看法的坚持都会导致它的反面，而我要说的是，希望我们已经站在当代中国文学高端的中篇小说，能够更多姿多彩而不是一个面貌。

原载《文艺争鸣》2016年第4期

生活和艺术：总有新发现

——中篇小说的新收获

我多次讲过和论证的中篇小说是百年中国文学高端成就的说法，已经基本被学界所认同。这个高端成就的文体，一直持续向好。近期先后发表的王凯的《星光》、肖勤的《你的名字》、肖江虹的《美学原理》等，无论从写法还是题材，都有新的开拓和发现，特别值得我们给予关注。

王凯是一个极具军人气质的作家。他的所有作品都天然地带有一种军人的气息和气质，那是来自军营连队的气息和气质，表面粗粝、狂野，但更有血性和情深意长如影随形。王凯取得的文学成就，使他成为当下最耀眼的新生代军旅作家。尤其他的中篇小说《沙漠里的叶绿素》《蓝色沙漠》《导弹和向日葵》《换防》《沉默的中士》等，在批评界有非常高的评价。他的产量未必很高，但每一部作品的发表，一定会引起极大的关注和反响。在文学外部环境不尽如人意的时候，王凯仍然能创作出这样的作品，可见其文学抱负和能力的不同凡响。

现在我们讨论的中篇小说《星光》，表面看是一篇波澜不惊"其貌不扬"的小说。说它是"军事"题材颇为勉强，这是一篇和平时期的军营小说。除了军营的日常生活有质的规定性之外，它与军营大院之外的大千世界并无区别。军人首先是人，人的喜怒哀乐七情六欲极为丰富。于是，我们看到了参谋古玉、处长马书南、干事常宁宁和士兵刘宝平等人物表面的平静和背后的心底波澜，他们是普通军官或士兵，表面看，军营生活整齐划一秩序井然，但是，作为现实中的人，他们都有不同的处境和欲望，处境和欲望的矛盾构成了人物的命运和性格。古玉是小说的核心人物，处在一个特殊时期：他陷入了转业和编制竞争之中，如果转业，可以留在地级城市雍城，因为妻子冯诗柔是雍城人。但是，在帮助前女友吕少芬的父亲吕先生因肝癌住院过程中古玉得知，妻子冯诗柔的户口并不在雍城，而是在雍城下面一个小县城，如果是这样，就意味着古玉转业不能就地安排在雍城，而是要到一个偏远的小县城；给古玉发来吕先生病重信息的是那个几乎让他毙命的士兵刘宝平。于是，雍城和肋巴滩是小说故事的基本场景，城与乡，官与兵，公与私，明与暗，荣誉与利益等，在交织纠缠中次第展开。

肋巴滩是一个地名，这是一个基层单位的所在地。王凯的小说大多发生在连队，连队是士兵生活的特殊环境，只有连队才能充分地表现军营和士兵生活。肋巴滩的功能同连队一样，有了肋巴滩，就有了新兵连，就有了军营的根。这是王凯的叙事策略，也是王凯讲述军营故事的出发点和归宿。有了这个根，就如同交响乐队有了根音，无论乐章如何庞大华彩，乐曲都不会虚飘轻薄。于是，刘宝平的出现于小说来说意义非凡。如果小说只有少将李部长、仓库宁主任、马处长和几个参谋，这只能是一个部队机关的故事。这样的故事也有很多，但生动感人的大概说不上来有哪部。军营的故事就是士兵的故事，这是生活对艺术的规约所致。如是，王凯对艺术与生活关系的理解极为透彻。新兵刘宝平第一次出现就在肋巴滩的新兵连，他就像小说中一个"潜伏"的人物，不显山露水，一出场就是一个让人生厌的累赘，他是新兵连体能训练垫底的人物，阴差阳错又被分到了警卫连。这当然只是表面，刘宝平在小说中位置之所以重要，就在于他不仅是其他人物的重要参照，同时他个人性格的丰富性，极大地丰富了小说的文学含义。他表面木讷，一根筋，体能训练成绩不好，但他是一个有情有义的人，刘宝平在一次试弹训练中投弹失手，指挥训练的连长古玉扑在刘宝平的身上救了他的命，以至于古玉至今身体里还有永远取不出的钢珠，一条腿不时又痒又痛。因此，无论古玉怎样讨厌或看不上刘宝平，刘宝平都不在意。在他看来，救命恩人无论做什么，他都应该终生感恩涌泉相报。在肋巴滩的那些年里，刘宝平始终对他忠心耿耿唯命是从，永远都用崇敬的眼光看着他。就像当年分兵时军务股长说的那样，刘宝平崇拜古玉。他希望像一颗卫星似的永远围绕着古玉这颗行星旋转。尽管古玉不需要崇拜。但是，古玉选择历史，也必须被历史选择："从新兵连开始，刘宝平就喊他连长，一直叫到现在，即使他早已不再是连长了。他想起那年秋天，自己重感冒烧到四十度不退，刘宝平在医院守了整整两天两夜，谁来换班他都不让。他整夜都在不停地弄湿毛巾给古玉降温，体温终于下来时，刘宝平居然哭了起来。我他妈又没死！古玉记得自己这么训过刘宝平，而他赶紧拿起手里的湿毛巾，手忙脚乱地擦去脸上的泪。"他曾经恨透了刘宝平，现在他忽然又不那么恨了。他更像个不知轻重的小孩子，见抽屉就拉见门就推，他从不管那里面会藏着些什么。那么还是告诉他吧。打电话当然说得最清楚，可他一时间拿不准该以什么样的口吻对刘宝平说话。他一直认为刘宝平是怕他的，此时这个有于连气息的连长却像是怕起了刘宝平。当古玉有这种感觉时，古玉与刘宝平彻底和解了。

生活中多有意气难平事，从日常生活、工作到恋人身份。王凯在讲述他的故事时，仿佛处处漫不经心随风飘荡，但每个人物，每个情节或细节，都与小说的主旨息息相关如影随形。这就是王凯的厉害。一切都在设计之中，一切又都了无痕迹。如果从生活不尽如人意的角度理解，生活是如此糟糕或令人绝望，一如古玉的"没有意思"。但是，生活中也毕竟有马处长马书南——

> 就你古玉有情绪？别人没有？我马书南没有吗？你加班我也加班，你熬夜我也熬夜，我比你舒服吗？我副团马上满十年，原来人家说我是保障部最年轻的副团，现在呢？现在是最老的——算了，不扯这个。没错，我明年三月就该转业了，那我现在是不是就可以去对领导说我不干了，能吗？不能，因为我说不出口！因为我还有我的原则，我还有我的尊严！尊严，懂吗？我不知道你遇上了啥事，我也不想问你，但是不管遇上什么事，我都不能允许你给我拿出这副半死不活的样子！不允许！什么叫疾风知劲草，一点风就把你吹倒了？以前的你是这个样子吗？你档案里的二等功是怎么来的，你自己不记得了吗？

马书南的"失态"或"发飙"，是人物性格所致，也是人物的性格魅力。马书南的"爆炸"，是小说一直在蓄势的结果，就像修筑工事一样，王凯一直在张弛有度地构筑蓄势待发的"当量"，到了水到渠成时，读者想要的一切便如期而至——所有的都恰到好处，这就是王凯的小说。这时一个抽象的与"星光"有关的问题浮出了水面，古玉想起刘宝平曾问过他的问题："天上这么多亮闪闪的星星，为啥夜还是黑的呢？"这一问，有如"钱学森之问"，即便不是学术禁区，做出回答不仅需要智慧而且格外艰难。古玉救过刘宝平的命，但这次他可能是真没有能力回答刘宝平了。刘宝平之问，科学家是可以做出解释的，但是，刘宝平之问显然不是在科学的维度上——这是文学之问，这是一个巨大的隐喻。古玉难以回答，那是因为世界的全部复杂性永远不在我们的把握之中。有了星光，暗夜才会形成浩渺的宇宙星空。星光不能照亮暗夜，却使星空生动无比，惊艳无比。就像马书南、刘宝平、常宁宁和古玉一样，他们是星光，但他们并非无所不能，就像世界上没有完美无缺的人和事物，星光亦如是。星光璀璨，星空更浩渺。小说的整体构造令人拍案惊奇叹为观止，但最精彩处还在结尾：卑贱者最聪明，比如"刘宝平之问"。

肖勤是当下小说创作的有生力量。她以《丹砂》一举成名并获第十届少数民族文学创作骏马奖。中篇小说《暖》《我叫玛丽莲》《潘朵拉》《亲爱的树》《去巴林找一棵树》以及短篇小说《霜晨月》《丹砂的味道》等，无论题材还是人物，无论故事还是语言，逐渐形成了自己的风格，在评论界有很好的评价。《你的名字》是肖勤新近创作的一部中篇小说。如果只看这"中性"色彩的题目，我们不会知道这是一部怎样的小说。但读过之后，我们为这貌不惊人的题目后面蕴含的巨大欲望和权力内容深感震惊，这是一部通过极小的切口开掘出丰富社会生活内容的小说，是一部敢于正视生活矛盾，敢于正视世道人心的小说，是一部正面展开的人性与社会批判的小说，同时也是一部深怀悲悯和反省、忏悔意识的小说。

冯愉快是最先出场的人物。表面上他很光鲜，穿制服，在审讯砍人的滚月光。但这是假象。这是一生都不得志的人，是一个少年时代就充满了创伤记忆的人。他生性软弱，知子莫如母，他娘曾说："你说他不敢动刀子吧，前天张二娘杀个鸡，他一边哆嗦一边使劲往前凑，一双眼白花花黑森森，死盯着那血和刀子，牙齿还磨得霍霍响。我把他往前掇，想让他多看练胆吧，结果他跟个夛毛鸡似的，呜啦啦地叫着跑了，从巷子这头窜到那头，像啥，像个——奔跑的哨子——这话是百里那孩子说的，百里那孩子有文化，你听听人家这味道。"母亲对人家孩子袁百里的艳羡以及对自家孩子冯愉快的不满溢于言表。自从有了袁百里，冯愉快就没有过好日子。冯愉快在水巷子度过了他的少年时代，"隔壁院子家的袁百里"像巷子墙壁晨昏交替的阴影一样始终笼罩着他，早上上学，阴影从左边压过来，下午放学，阴影从右边压过来。童年的创伤记忆挥之难去。冯愉快有爱好，按说应该是文学青年，他写《众生录》，经常将类似"一碗中药，征服江湖"的句子塞到里面，其志向才能可见一斑。数年后，当冯愉快勉强凭着一首《警察赞歌》，终于"在这凉薄的世界"里找到一份派出所协勤的活儿时，袁百里早已衣锦还乡，在县城最招人红眼的财政局上班了。而此时的冯愉快却"活得像一截猪下水"。

在家里，提到冯愉快，杀猪的爹都"一脸鄙弃"，而老婆黄曼经常在吵架时将一块湿漉漉的抹布摔打过来。冯愉快无论单位还是家里，都比"多余的人"的地位还要低下，他没有尊严不受待见，几乎就是"一桶泔水"。在冯愉快看来，"自己之所以成为一桶泔水，都是因为'隔壁院子的袁百里'，当年以他的语文成绩，亲爱的亲人和老师们再鼓励一下，学文科走个二本，应该不是大问题。可是杀猪匠老把他塞在袁百里的影子下面，让他受潮生霉发馊。若不是袁百里，协警冯愉快至少也是中学语文冯老师"。但命运没有这样安排，于是人生便有了不同的况味——

那年端午节，天漏了个洞，涨端阳水，冯愉快左手撑着一把完全顶不住雨水的尼龙伞，右手提着几大袋菜，全身湿透，手指也勒得发僵，路边站了好半天，一个车也打不到。正淋得打喷嚏，袁百里的车过来了，且从他旁边缓慢掉头。袁百里透过车窗，看了一眼路边这个狼狈不堪的男人，眼神漠然——他已经不记得冯愉快了。

冯愉快本来想和他对上眼神之后骂他一句，就一句——原本我是可以考上大学的，是你他妈莫名其妙冒出来，把老子摔翻，变成今天的猪下水。

可是他没想到，袁百里看过来的眼神完全是无障碍穿透性的——他心心念念天天惦记的人，根本不记得他是谁。

这就是目中无人。难怪冯愉快感到窝囊或憋屈，"明明是两个人的战场，却只有他一个人在辛苦厮杀"。肖勤的锐利，就是在比较中写出了人的巨大差异性："胜利者"，春风得意马蹄疾，一朝看遍长安花；"失意者"，世事一场大梦，人生几度秋凉。小说写到这里，"你的名字"第一次隐约被触及。这个触及是以"忽略"和"抹掉"的方式呈现的。或者说，袁百里对冯愉快这个名字不屑一顾，不值一提，这就是"成功者"的趾高气扬。此时冯愉快的心破碎到怎样的程度可想而知。于是，冯愉快就将千仇万恨集袁百里一身。当新县城晃格里广场舞播放"我爱晃格里，你在蓝天下，你在白云里"时，冯愉快嘴里哼唱的却是"我爱袁百里，一刀捅肩上，一刀捅腰里"。如果冯愉快的命运仅仅如此，他卑微可怜的一生太让人同情了。同样，如果肖勤仅仅写了这样一个弱者的形象，我们也不至于对冯愉快兴致盎然。关键是肖勤写出了冯愉快人性中更复杂的一面，也就是冯愉快人性深处难以察觉或少有机会表现的一面。这既是小说开篇时——冯愉快审问滚月光的场景。当时冯愉快觉得当警察就是好，人进了派出所，管你有事没事，我用什么样的态度跟你说话都可以，但你不能什么都可以。于是，冯愉快今晚的心情不错，"平头哥袁百里被人砍——联想到不可一世的袁百里被人追着砍时惊恐、猥琐或者狼狈的样子，冯愉快的大脑就不可抑制地分泌出一大堆多巴胺，让他忍不住想笑，眼角、嘴角，板着板着就弯上去了，仿佛他并不是在派出所调查一个叫滚月光的男人，而是在某个小巷子里调戏良家妇女"。这时的冯愉快，已然不是那个卑微、猥琐、低人一等的冯愉快了。这是一个小人得志的形象，有了些许权力就百倍放大，然后肆无忌惮地蹂躏没有还手之力的滚月光。其实，这时的冯愉快还只是一个"协警"，他应该没有审问滚月光的权力。但他也穿着一身制服，他是通过"权力寻租"的方式惩戒滚月光的，本质上是违法的。这时的冯愉快，和已经当上局长的趾高气扬的袁百里，对权力的理解有什么区别吗？在日常生活里，他吃早点不付钱，审讯滚月光时，随意地用脚抹死一只蚂蚁，这当然是个隐喻。写出冯愉快人性深处不经意流露的"恶"，才是肖勤的过人之处。

　　滚月光来自枫叶寨。寨里出来的男人个个都蓄着跟滚月光一样的发型，整个脑袋剃得光溜溜的，只剩头顶一撮，蓄得很长，挽成棍状立在头上。哪怕是到了火星水星，这发型没得变。祖宗传下来的规矩。滚月光发型怪异，但他是一个中规中矩的老实人。在寨子女婿黄大嘴的鼓动下，到新县城晃格里打工淘金。黄大嘴像所有进城的农民工隐喻一样，对滚月光说："什么时候，你把自己变成这种树，扎根在县城里，崽，你就成功了！"这几乎成为一个目标，一个信念。"滚月光在工地上先是挑灰浆，然后拌沙，慢慢学会了砖工和瓦工，也学会了扎钢筋，读过高中的滚月光，学什么都快，人又敦实，黄大嘴满意，让他管材料，每天钢筋用多少、水泥用几包，滚月光一笔笔记着，绝不含糊，给黄大嘴节省了不少钱。他本来就是从打下手做起来的，门儿清，骗不了他。日子长了，黄大嘴待看月光就有点当儿子看了。"几年之后滚月光出师当了包工头，说是包工头，其实滚月光还是跟着师傅在干，原因是滚月光拿不到工程单子。尽管黄大嘴对滚月光很好，但滚月光心里终究有个坎，"总觉得要翻过去了，才算了了愿，这个坎就是'乙方'。他想这辈子真正做一回乙方，像师傅那样，在正经八百的仪式上，和甲方签一回合同"。黄大嘴终于给了滚月光一次机会，"滚月光第一次坐在乙方的签约席上签下了自己的名字"。这是小说第二次触及名字。滚月光名字的价值第一次得到了正大的体现。抢险应急路硬化工程设计是五米五，滚月光修成了六米宽。滚月光一战成名，县里有应急工程都找这个"六米宽"。"几年下来，滚月光在县城买起了房子车子。"滚月光的生活发生了变化，心气和欲望也随之膨胀起来。一个偶然机会，滚月光吃饭时遇到了一个叫老包的人，本事极大。他介绍给滚月光一个大工程，也是一个BT工程，就是乙方先垫资建，政府再按约定时间和比例回购。但新县城这些年负债累累，到处都是窟窿眼。搞BT，部门说得好听，但到了约定回购期时部门拿不出钱，你没有任何办法。老包之所以找滚月光，是因为他"人厚道，讲质量，其他的人，我不放心"。老包信誓旦旦地承诺后面的事情。滚月光思忖再三答应了，签约仪式在县政府铺着红牡丹图案地毯的会见厅进行，他和分管副县长喝了签约酒，他不知道所谓签约酒只是表示个意思，昂起头就把大半杯红酒全干了下去——

　　　　副县长抿一口，慢吞吞地说，滚总的确是个老实人。
　　　　滚月光红着脸说，罗县长，您叫我月光吧。

副县长不露声色地微微笑，哦，月总。

却不肯叫月光。

这是小说又一次触及名字。副县长称滚月光"滚总"，滚月光觉得不妥，希望县长称他"月光"，县长却改成"月总"。我们知道，名字，是个体与群体其他成员表达差异的符号。通过这个符号的称谓和变化，可以了解不同的场合以及身份、地位和亲疏关系。因此，"称呼"是生活政治的一种表意形式。在现代人际交往中，选择正确、适当的称呼，反映着自身的教养、对对方尊敬的程度，甚至还体现着双方关系发展所达到的程度和社会风尚。作家须一瓜在小说《智齿阻生》中有这样一个情节：一个人打电话称对方为"老大"，被叫"老大"的人自己也清楚，无论黑道白道他都不是什么"老大"。可是对方这么叫，他从来没有制止过。这个称呼，有一点戏谑又透着一些尊崇，模模糊糊地让人感觉好像有多少马仔供自己驱使。因此，对称呼的选择，隐含了称呼者对对方的态度和情感。就像袁百里的第二任夫人不愿意滚月光叫自己的孩子"小宝贝儿"，要叫大名袁千，是因为她不愿意和滚月光这样的人搞得太亲密。同理，副县长如果叫了"月光"，他会觉得抬高了"月总"而矮化了自己。在权力关系中，"平等"是下对上的可遇不可求，也是上对下的恩赐施舍。因此，称呼作为现代生活政治，本质是等级、身份的表征。换句话说：你要知道你是谁。

选定了日子杀了大红公鸡放了鞭炮搞了开工仪式。滚月光把六十万咨询顾问费打给了老包后，又忙了半个多月，突然想起该请包总吃顿饭，以后和政府谈回购款时还得靠老包呢，于是喜盈盈打过去，结果，那个来自县长湖北老家的手机号关机了。

从此后，滚月光踏上了一条不归路。老包"进去了"，他要不到工程款，险些戴上"合伙骗取政府项目"的帽子，老包的话是假的，可合同是真的，按期完成工程是不能含糊的，借的高利贷是要还的。滚月光没有别的办法，只能一条道走到黑了。这时，县长召集项目经理会，滚月光以为会柳暗花明，结果是任何问题没解决，分文没有。县长冠冕堂皇地说要"审计后"才能付款，滚月光的工程没有审计，滚月光"这才发现，最后一丝希望原来一直就不曾存在过"。审计归袁百里管，袁百里却永远有借口不给审计。袁百里只要滚月光为他接送客人，接送孩子上下学，装修"亲戚家"的毛坯房。"他压根不知道，自己只不过是袁百里玩捏着的

207

一只小鸡，袁百里嘻嘻看着他挣扎，全世界也都嘻嘻嘻笑着看他的挣扎。"可怜的滚月光在袁百里这里什么也没有得到，几乎被逼到绝路的时候，袁百里还要栽赃陷害他砍了自己。如果不是冯愉快有大量证据拿在手里，滚月光的审计不知是何年何月。滚月光的遭遇一波未平一波又起，苦不堪言大概说的就是滚月光的命运了。

在病房门口，袁百里终于咬牙切齿地喊出了冯愉快的名字。他一直认识冯愉快，但他就是佯装不知。小说的逻辑就是"恶有恶报"，袁百里终于败在了"无名小卒"手下，只因为他心有大恶。季羡林先生说过，坏人不能变好只能变老。因为坏人不会反省自己。袁百里从来没有反省过自己，他确实是坏人。但冯愉快不是坏人，他还没有条件成为坏人，他和滚月光说：

> 你恨袁百里是有道理的，袁百里太恶毒，但你一直砍不下去，因为你善良，直到为了小青眼。我也恨袁百里，可我当年恨他其实是没有道理的——那时候大家都在念高中，人家只是比我优秀而已，我恨他完全是因为我他妈心眼狭隘。后来这么多年跟踪他、窥探他，纯属变态——总而言之，我是个卑鄙的人。我拿着他那么多证据，但我实在找不到一个高尚的理由来为人民除害，包括什么反腐——因为我自己心里头清楚，那些只是借口，我心里住的是个猥琐小人冯愉快。直到今天，为了你，我拿出来了，也放下了，他妈的，几十年，不容易啊。堵得慌着呢。

冯愉快的反省和忏悔，表明他只是一个卑微的人，生活中谁没有卑微过呢？但冯愉快有反省自己的愿望和能力。《你的名字》最值得称道的，是写了不同的人物和场域。冯愉快、滚月光、袁百里，三个人物，性格迥异，但过目难忘。通过名字——日常生活的身份政治，将当下的世风、人心写得风生水起活色生香；小说写了底层打工者群体，写了村寨，更写了基层拥有公权力的场域，这个场域几乎就是江湖。这些人总是振振有词信誓旦旦，冠冕堂皇中隐含的是潜规则，打太极、搪塞、推诿，是他们的拿手好戏。滚月光的不幸就是因为他膨胀的欲望与这个场域关系过于密切。人之所以不能控制自己，就是因为膨胀的欲望身不由己，无论权力还是金钱。

这是一篇雅俗共赏、既好看又有力量的小说。它写了社会的不公，生活的沉重，写了权力的傲慢和欲望的膨胀，但它不是深陷绝望无路可走的小说，虽然没有义薄云天，但它是有情有义的小说，特别是普通人的诚恳、质朴。这缘于生活的观念比思想观念更有力量，思想观念如旋转木马不断更新，而生活观念如长江大河亘古不变。人间的情和义，一如那新年绽放的烟花，"只要闪烁过，它就一直在"。

肖江虹现在是名角儿。此时他可能正在贵州某地拍摄根据他的小说改编的电影《傩面》。十万大山凄风苦雨，他以苦为乐，居然写出了如此动人的《美学原理》——这本来是鲍桑葵、黑格尔、朱光潜等大师们要面对的题目，一个前途无量的作家居然也要磨刀霍霍赤膊上阵——当然，肖江虹写的是小说，但这惊艳的题目也确实与美学有关，这就是"原理的美学"与"生活美学"不经意间的博弈。

美学教授陈公望得了胰腺癌，只身住进了敬老院，是一个去日无多的老者。教授有身份感，即便得了绝症仍然带着几十本他要读的书；但教授也有个人癖好——他不喜欢光，喜欢孑然一身在黑暗中赤身裸体。一个有学问有身份的形象，同一个有莫名其妙嗜好的形象矛盾地缝合在一起。因此，陈公望一出现就表现出了性格的两面性。他首先邂逅的是负责照看他的中年妇女王玉芬。王玉芬是个普通的劳动妇女，快人快语，质朴诚恳，性格率真本色，与美学教授形成鲜明反差。美学教授知青出身，先是自学成才，然后登堂入室。当他能够读懂黑格尔的《美学》时，他激动得泪流满面不能自已。按照美学的要求，他将曾经看风水用的"傩村风水峦头布局图"做了"美学"的改动：猪场坝改为"少祖山"，烂泥沟改为"觅龙河"，用"青龙坝、玄武池、朱雀门、白虎山、耀明堂"等命名另外一些地方，陈公望说："这是刚出大学校门时搞的，那时觉得吧，峦山理气，自然天成，一块宝地，为粗鄙者所践踏，实在可惜！"

路品源教授应该是西南方向的"应物兄"。他经常光顾敬老院看望陈公望，有感情的成分，但路教授更关心的是陈公望的美学书稿。在他看来，这部书稿是十多年来最好的美学著作，并且已经和出版社谈好出版，版税是最高的。路教授是副院长，正在抓申请博士点的事。这是学校的头等大事。如果博士点申请下来，学校当有另一番光景。但是，陈公望住进敬老院之后，他改了主意：坚决不出版。他说，真要现世，是给专业添乱。表面上这是自谦之词，事实上这是陈公望真实的想法。改变陈公望的是护理员王玉芬。她照顾陈公望起居，聊天解闷，自然越聊越深，于是就聊到了陈公望知青时代与女知青私奔的事。这是一石二鸟的情节：一方面，小说引出另一条线索，陈公望与涂安妮的爱情；一方面，王玉芬以生活美学的方式，纠正了陈公望知识分子式的叙事方式。

陈公望与涂安妮一见钟情并且私奔。在叙事模式上是典型的落难才子遇佳人。陈公望与涂安妮凄楚而坚韧的爱情，如诗如画。那里有讲述者对浪漫主义的真切想象。但是，讲述中的浪漫主义只能在讲述中才有诗意。如果落实到生活中，所有的浪漫主义都是无尽的艰辛。一如"今宵酒醒何处""它生莫作有情痴，天地无处着相思""贫困虽终老，胸中尚浩然"，这些写醉酒、相思、贫困的诗句，都与浪漫和诗意有染。但现实生活中这些情境是如何折磨人，也只有当事人自己知道。王玉芬平时语言粗鄙但生动无比，她从来都是直奔主题，几乎没有枝蔓。在陈公望讲述爱情史时，她仍然要求删繁就简。这是来自民间的美学，来自人民性的美学。这让陈公望发现生活比观念更长久也更有力量。同时，王玉芬的待人处事唤醒了曾经"底层"的陈公望，两人书卷气和烟火气泾渭分明亦浑然一体，她是陈公望的灵魂救度者，使陈公望对世界的认知有了新的理解，一如他的风水术同样是认知世界的方式之一。因此，在临死之前，他果断地做了两件事：一是焚烧了他的书稿，也否定了路品源的美学著作《无效的讲述》，这部著作的命名也成了美学理论的隐喻，同时也再次证明了理论是灰色的，生命之树长青的至理名言；二是还原了他曾经重新命名的那些地名，在现实生活中，陈公望命名的地方没人知晓，尽管符合"美学原理"，但同样是"无效的"。这些学院教授的命运真是让人唏嘘不已一言难尽。

陈公望和涂安妮从私奔开始，演绎了一场轰轰烈烈的爱情，在那个年代堪称绝唱；但当陈公望患了绝症之后，他们又果决地分开。从生死相恋到相濡以沫不如相忘于江湖，看似完成了从诀别到洒脱的过程。但是，当我们看到在陈公望坟地不远处又有一座新坟出现时，我们突然发现，陈公望一直在那云淡风轻涂安妮的心里，她用另一种方式实现了她的生死恋。涂安妮更优雅，更知识化，更美学。但和王玉芬比较起来，在陈公望的最后时刻，是王玉芬最大限度地帮助并改变了陈公望。一个是理想的爱情，一个是现实的关怀。一个是浪漫主义，一个是现实主义。他们一起构成了小说的结构和复杂性。

小说的问题是有戏剧化和设计感。尤其是涂安妮和陈公望的线索因与爱情有关，很抒情，很好看，但还没有不着痕迹地融汇于小说的整体。陈公望和涂安妮相忘于江湖本来是一种境界，但涂安妮最终还是没有放下，也使这一艺术诉求没有贯彻到底。即便如此，我仍然认为《美学原理》是2020年最好的中篇之一。小说用形象的方式表达了两种不同的美学观。生活美学的胜利不是"政治正确"的要求，而是在人物关系中，在情节的自然演进中完成的。在这个意义上，无论是肖江虹还是王玉芬，他们都站在了车尔尼雪夫斯基"美是生活"一边。对知识分子的批判，特别是在陈公望去世时，学校关心的只是他的书稿，而作为人的陈公望并不在他们的视野里。虽然写得决绝，但也从一个方面表达了这个时代知识分子的人情冷暖。小说对陈公望、王玉芬、涂安妮、路品源等人物的塑造，生动无比，让人经久难忘。

裘山山是著名的军旅作家，她的长篇小说《我在天堂等你》，铁血柔情高山雪冠，一时洛阳纸贵。但裘山山也多写普通人的日常生活，比如长篇小说《到处都是寂寞心》，短篇小说《曹德万出门去找爱情》《大雨倾盆》《腊八粥》《牛肉面》《我的名字我做主》《课间休息》《天不知道地知道》《一条毛毯的阅历》等，都是名篇。这篇《一路平安》是不能再日常生活化的小说了。确切地说，小说只写了一个旅次，也就是一天的经历，这个经历有如一出轻喜剧，一波未平一波又起，几个波澜处是：讲述者早六点乘出租车去机场，出租车司机一夜未睡，但吐槽精力非凡，"路怒症司机"一直咒骂收费站单程收费，乘客成了必然的倾听者，当"我"下车多付了他十元"过路费"，他喜笑颜开，一脸怒气云消雾散，他的目的就是想多要一份过路费；飞机起飞后，遭遇强气流，飞机颠簸如过山车，邻座一个大男人貌似强悍，结果被颠簸的飞机吓得完全崩溃几近瘫痪；到达目的地之后，邀请者两小时前还答应接机，却因故爽约，小小的不快刚刚涌上心头，"一个陌生电话就打了进来：你是不是某某女士？我是来接你的专车，我在停车场，一辆白色奇瑞，车号是……他一口气说完，我得以应了一个好。然后继续回复微信：没关系，我已经和你预约的车联系上了"。这是一个兼职司机，本职工作是厨师。厨师也遇到了麻烦：他的同学李四月初被撞死了，但安葬后的第三天，他突然收到了一条信息"你好，我是李四"，然后几天收到这条微信。他"不像是恶作剧，一脸担惊受怕的表情，偶尔看我的时候，眼神里流露出惊恐和无助。现在，他的身份不只是奶爸厨师司机，还增加了一个恐惧症患者"。厨师平日讨厌李四，原因是他与厨师共同喜欢过一个女生，是情敌关系。"我"的揣测大获成功，厨师佩服得五体投地。就在此时，我又收到了邀请者的信息："你到酒店了吗？非常非常抱歉，我中午也不能过来了。事情很棘手，一时半会搞不定。以后见面再解释。我先让我一个朋友过来陪你好吗？我晚上一定过来。"一再爽约，"我想了一下，一句话没回，默默将他的微信拉黑"。我的不快尚未平息，厨师一再请教如何对付李四的微信。我给厨师的主意是：

　　其实你不用紧张，实在不行就换个手机。活人还能被死人掐住脖子？再有，如果你真的想让自己好过一点，就去给他扫个墓，正儿八经给他送个行。

　　厨师大为高兴满口答应。其实他并没有听懂"我"的话。我要说的话是："其实人生就是不断寻找平衡，平衡了才舒坦。你去扫墓，我原路返回。我们都可以找到平衡。"

　　小说平白如话波澜不惊。但是，这一如裘山山对短篇小说的理解："值得写的短篇小说有两类，一类是有意义的，一类是有意思的。我不太喜欢象征意味很浓的东西，我的个性气质在艺术家和主妇之间，更接近于主妇，比较生活化，所以我喜欢写很贴近现实的故事。对于那种很深邃、很抽象、很哲理的东西，天生有点畏惧，只好敬而远之。很玄幻的题材，穿越什么的，也不会写。同时对那种恶的东西，也有一种本能的排斥。我想我的这种对日常生活的执着关注，可能与生活经历有关。我以为一个作家的创作风格和在选材上的偏好，是和他的生活阅历、情感方式、文化修养乃至价值取向有很大关系的。我一直生活在相对平静的生活秩序中，在今年之前，没有遭遇过重大的人生坎坷，也没有经历过太多的苦难，没有挣扎、痛苦，重大的情感打击，这种平顺可能就造成了我心态的平和，也影响了我对那些非常重大的或者尖锐的事件发生兴趣。"《一路平安》除了没有出场的"邀约者"之外，写了四个人："路怒症司机"、飞机颠簸恐惧症患者、兼职司机厨师和叙述者"我"。这四个人都是这一天的意气难平者，也就是生活中失衡的人。"路怒症司机"绞尽脑汁要多收乘客的过路费，收到了，他平衡了；飞机颠簸恐惧症患者，是因为他的"他的平衡能力特别差"，飞机落地仍未平衡；"我"因为邀约者的爽约失衡，"一句话没回，默默将他的微信拉黑"，找回了平衡；兼职司机厨师兴高采烈地答应"我"为李四扫墓，显然因为他"心里有鬼"，做过对不住李四的事，不然他心理不会失衡。只有扫了墓，他才会找回平衡。这是厨师没有听懂"我"的话的关键。如果是这样，《一路平安》本质上是一篇心理小说。

我赞赏裘山山对生活的发现能力，她的短篇小说几乎都是在日常生活中发现的，通过她的小说我们可以相信，生活不是被创造的，生活是被发现的。因此，只有热爱生活的作家，才会在生活的细微处发现有价值的东西。手机，是现代生活重要的物件，与其说它是一个通信工具，毋宁说它已经是人身体的一个器官。如果手机不在身上，不在自己的掌控之中，不光是生活中的很多事情都遇到问题，造成生活的极大不便，夸张一点说，没有手机就没有安全感。这是现代日常生活最大的特征之一。小说从开篇的预约出租车，飞机起飞前邀请者的微信，兼职司机厨师的电话，邀请者的爽约，一直到李四死后的微信，手机几乎是贯穿小说须臾不可离的核心工具。这个不经意的细节，从一个方面表达了"工具理性"对当代人的控制——我们在使用手机，实则被手机所控制。这是裘山山对"工具理性"的一种反省和检讨，在当下的语境中，这一检讨和警示意义重大。我们在讨论小说时也一再强调，小说反映社会生活，新知识是一个重要的元素。恩格斯在致哈克奈斯的信中说，巴尔扎克的《人间喜剧》，"汇集了法国社会的全部历史，我从这里，甚至在经济细节方面所学到的东西，也要比从当时所有职业的历史学家、经济学家和统计学家那里学到的全部东西还要多"。我们知道，贵族衰亡、资产者发迹、金钱罪恶是巴尔扎克小说的三大主题。但这三大主题里，有充沛的"经济细节"做支撑。经济细节，就是巴尔扎克时代的"核心知识"。地产、房产、金钱甚至票据以及资本的获得与经营，是恩格斯比从当时所有职业的历史学家、经济学家和统计学家那里学到的全部东西还要多的具体内容。因此，没有一个时代的核心知识，小说的时代性和标志性就难以凸显。在当代中国，尤其是都市文学，之所以还没有成功的作品，没有足以表达这个时代本质特征的作品，与作家对这个时代"核心知识"的稀缺有密切关系。诸如金融知识、人工智能、信息知识等的不甚了解，严重阻碍了作家对这个时代都市生活的表达。"核心知识"不仅科幻作家应该了解，传统小说作家也应该了解。另一方面，高科技给现代生活带来了极大的便捷，但潜在的危机几乎无时无处不在。没有危机意识是当下小说创作最大的危机。因此，向巴尔扎克学习将时代的"核心知识"合理地植入小说中，小说的时代特征将有极大的改观。《一路平安》中手机作为现代生活的重要符号，强化了小说的时代性和真实性。生活中的司空见惯的事物，我们习焉不察的事物，对优秀的小说作品无比重要。这也一如裘山山所说："不要小看短篇，一个小切口，一样会有痛感。大喜大悲、大起大落的人物命运值得写，小人物、小场景、小细节也值得写。不以善小而不为，用在写作上也是可以的。生活中最普通的情感、喜悦、哀伤、嫉妒、内疚、思念、郁闷、忐忑不安，都是人性的折射。所以我认为，要写好短篇，第一就是不能轻视它，而是要热爱它，要喜欢它。只有你喜欢，才能沉住气，去发现生活中那些微小的却有价值的事情。"生活难免有意气难平事，比如小说中人物遇到的沟沟坎坎，不如意或小悲情，虽然不至于影响生活，但它真实地影响了情绪。这是我们的寻常经历，它不断地发生，我们不断地遗忘。但在裘山山那里，她没有放过这些生活中的细微波澜。而小说，特别是短篇小说，就是表达生活细枝波澜的文体。《一路平安》是既有意思也有意义的小说。说它有意思，是在生活的细微末节中发现了无处不在的"意气难平"；说它有意义，是指"一路平安"显然不只是对不同旅途、不同行者的祈愿和祝福，它更是对日常生活保持心绪心境平衡的企盼和祝愿。

原载《中国当代文学研究》2021年第5期

变与不变：那个讲故事的人

——评莫言《晚熟的人》

莫言自称是一个讲故事的人。他获诺奖演讲的题目就是"我是一个讲故事的人"，他说："我该干的事情其实很简单，那就是用自己的方式，讲自己的故事。我的方式，就是我所熟知的集市说书人的方式，就是我的爷爷奶奶、村里的老人们讲故事的方式。"小说和故事的关系，并不是一个自明性的问题。有人强调小说不是故事，起码不仅仅是故事。他们强调小说的"意味"，强调小说的"形上性"。这是一个不可争论的问题，如果争论，也是各执一词莫衷一是。

在我看来，小说什么都可以没有，但不能没有故事。小说要塑造人物，要设置环境，要讲社会的历史和现实，要处理世道人心，如果没有故事，这些诉求是不能完成的。小说原初的含义是"正史之余"，是"霸史""别史"或"杂史"，但不是正史。在小说发达的时代，小说逐渐取代了诗词的正统地位之后，是在勾栏瓦舍说给引车卖浆者流听和看的。试想，如果没有故事，那些看官凭什么兴致盎然地挤向勾栏瓦舍。至于小说后来的"意味"，是现代作家为了标新立异对传统小说的起义或造反。他们另起炉灶，在小说中添加了别的东西诸如"意味"，当然也自有道理。因为在中国意识形态的正面强攻是不现实的，于是才有了形式的意识形态。他们改写了小说已有的方式，有文学史的贡献。另一方面，中国的先锋文学实验了小说的"意味"之后，又纷纷回退五十里下寨，又回到了故事，尽管这个故事的讲述方式发生了变化，丰富了现代小说的讲述。莫言也是如此。

莫言获诺奖之后，发表了很多作品。其中有《一斗阁笔记》，还获了第十届茅台杯小说选刊奖。授奖词是我写的——

> 莫言获诺奖之后，其创作备受关注。名满天下的莫言依然故我，我写故我在。《一斗阁笔记》突发奇想，回头接续笔记小说的传统，旧瓶装新

酒，老树发新枝。是民风民俗，是杂录杂感，是传闻随笔，信手拈来，不拘一格，笔之所至信马由缰，想象奇崛，风格传奇，虚虚实实，亦别有深意存焉；从先锋到写实，从魔幻现实主义到本土文学传统，转换自如天马行空。笔端自由是一个作家的心灵自由，《一斗阁笔记》显示了莫言小说创作的无限可能性，亦表达了本土文学的源远流长。

《一斗阁笔记》没有收进《晚熟的人》集子里。但是，我对《一斗阁笔记》的评价，同样也适于对《晚熟的人》的评价。这是莫言获诺奖后出版的第一部小说集。读过之后，我觉得莫言在变与不变之间。说他没变，是说他还是那个从容、淡定，宠辱不惊的莫言，还是按照他的方式讲述他的故事；说他变了，是指这部《晚熟的人》更切近现实生活，以"莫言"或"我"的身份、角度讲述故事，表达了他对生活介入的深度，同时有很强的代入感和仿真性。如果概括《晚熟的人》特点的话，那就是故事的土地性、人物的多变性和现实的批判性。小说集凡十二篇，几乎都是在高密东北乡的土地里成长的。《左镰》写的是典型的乡村生活场景，一个流动的铁匠铺引出了左手使镰的田奎。表面波澜不惊的日常生活场景有暗流涌动。田奎因欺负傻子喜子和妹妹欢子，被他爹砍掉了右手，原来可以左右手写字的田奎，只能用左手使镰了。田奎右手被他爹砍掉，没有具体的场景描写，删除了血腥。但这一极端化的残酷行为，无处不在地弥漫在小说的缝隙处。按说小孩子之间的恶作剧，不至于用剁手的方式惩罚。但只有这样的处理，小说的艺术性和震撼力才会体现出来。这也就是小说是写不可能的事物，也就是高于生活的艺术化。只有一只左手的田奎经历了这一个阵仗，便没有了恐惧感，他敢一个人去坟地看蛇洞中的花蛇，这一段描写有魔幻性。欢子是一个"克夫"的女人，已经"克死了"两任丈夫。当问到田奎是否敢娶寡居的欢子时，他只有一个"敢"字，小说结束了。那个流动铁匠铺的"百炼刚化为绕指柔"也就落到了人物身上，田奎心里的坚硬和柔软被统一起来。小说中爷爷和老三的对话，是农民的智慧和机锋，简洁却生动无比。

《晚熟的人》是一篇令人欲罢不能的小说。虚虚实实真真假假。蒋天下、蒋大、蒋二蒋老总是晚熟的人，莫言是晚熟的人，单雄飞是晚熟的人。他们之间或许有早熟的人，或自以为是早熟的人。但和那两台"推土机"相比，大家都是"晚熟的人"。小说写的是民间的生活场景，前半部写知青和本土青年的"斗争"，后面写武术大赛。两个场景里都有"诈"——前半部知青放电影传出的是假消息，常林等一干人马筋疲力尽狂奔七八里地，结果没有电影。后面的武术比赛，一个渡边陵的孙子渡边一郎的上场，将比赛搞成了民族复仇的角斗。结果是渡边一郎是常林儿子

"五毒"装扮的。两个假消息使小说风生水起，极具可读性。有明清白话小说，特别是《水浒传》的遗风流韵，民风和场景充满了中国情调和经验。同时，小说有尖锐的社会批判性，有鲜明的现代意识。无论是比武还是拆擂台，推毁"滚地龙拳展览馆"在"非法"与"合法"之间，大家无一不是"晚熟的人"。于是，莫言称得起现代知识分子了，他以小说的方式"插手了与己无关的事务"。

《斗士》中的方明德、成功，是滚刀肉式的乡村人物。《水浒传》中的牛二已经被青面兽杨志手刃，但这个绵长的人物谱系就这样延续了下来，他们是凶残的弱者。《贼指花》在小说中非常特别，大概是唯一不是出自土地的小说。故事套着故事，情节复杂，但叙述没有任何障碍，行云流水。尤金、武英杰、法拉利等作家栩栩如生，这些作家的嘴脸远没有那些泥土中生长出来的人物可爱，一个群体的面目一览无余。《等待摩西》中柳卫东失踪三十年还是回来了，等待摩西没有成为等待戈多。不是中国人喜欢大团圆结局，小说本身就有内在的发动性期待。马秀美三十年的等待，与其说是宗教的力量，毋宁说是本土的执念文化使然，所谓感天撼地也就是马秀美了。而诗人"金希普""宁赛叶"，是志大才疏百无一用自以为是的人物，莫言用极端化的方式刻画了他们。还有《地主的眼神》，这是一篇非常有深度的小说。人心和人性与身份没有关系。身份的认定是一个历史的范畴，与世道有关。但孙敬贤不是一个好人，看到他割地时看"我"的眼神，就看到了他的内心。但他因一篇作文吃了很多苦头也与他不是好人没有关系，与世道有关。孙雨来是地主孙敬贤的孙子，他阳光，青春，热爱土地，热爱乡村，要多打粮食，他很像梁生宝的孙子。他不喜欢自己的爷爷和父亲，父亲孙双库重金为爷爷出大殡，是一种耀武扬威的报复，当然也是一种打肿脸充胖子的行为。身份是语言给定的，因此，无论人还是社会，无论身份还是历史，都始于语言，是语言创造的，这也是词与物命名的关系。

《澡堂与红床》写热气蒸腾的世俗生活。生活总有万端感慨。但历史是不以人的意志转移的。棉花加工厂变成了澡堂子，下属石连成成了老板，厂长也只能抚今追昔。但这就是生活。红床把该写的都写了，没写的更多。小说很干净、俏皮，但也很沉重，毕竟又有女孩子去了红床。《天下太平》写人与鳖的对峙，写了发展的悖论。以少年小奥的视角呈现了当下的世相，但小说的主要情节在《食草家族》中出现过。而且小说的叙事语言不那么统一，前半部很西化，多用白描云淡风轻闲笔很多，后半部几乎是写实。

《红唇绿嘴》是一部时间跨度很长的小说。覃桂英小时候就用头发编成鞭子抽打李老师，致使李老师投了井；农业中学毕业后当了工作队员，在病房众目睽睽下与青岛一个科长的儿子苟且行事；结婚后到关外多生了三个孩子，回到村里无地可分，覃桂英便和丈夫在县政府搞了一出卖孩子的闹剧；这个人巧舌如簧，有了网络之后，打表哥莫言的主意，要卖谣言给莫言。覃桂英是一个坏人，她是和孙敬贤一样的坏人。季羡林先生说，坏人不会变好，只能变老。因为坏人没有反省检讨自己的意愿。《火把与口哨》的人物宋老师、杨洁巴、顾双红、三叔、郑华波、邓然、邱开平等人物，都给我们留下深刻印象。

读《晚熟的人》，会想起鲁迅的《呐喊》《彷徨》，一篇一个样式，没有模式化和雷同化。因此，莫言小说的创造力依旧，不愧是我们这个时代伟大的作家。

原载《文艺争鸣》2021年第3期

秦岭传奇与历史的幽灵化

——评贾平凹的长篇小说《山本》

《山本》是贾平凹的第十六部长篇小说，也是迄今为止他最复杂、最丰富的一部小说。按照贾平凹自己的说法，山本的故事，是他的一本秦岭之志。它不是村志，不是县志，村志县志只要写与之相关的人与事即可。但秦岭是一个巨大的存在，在贾平凹看来，它"提携了黄河长江，统领着北方南方。这就是秦岭，中国最伟大的山"①。这是作家写作这部小说的缘起，也是我们理解这部小说的"引言"和向导。在后记中，贾平凹又说："那年月是战乱着，如果中国是瓷器，是一地瓷的碎片年代。大的战争在秦岭之北之南错综复杂地爆发，各种硝烟都吹进了秦岭，秦岭里就有了那么多的飞禽奔兽，那么多的魑魅魍魉，一尽着中国人的世事，完全着中国文化的表演。"我之所以先推出贾平凹的前记后记中的有关说法，是为了让我们先了解贾平凹创作《山本》的初衷，也就是他为什么要写这本书，这本书和什么有关。而不是凭着只言片语或个别的人与事，或夸大或误解。

《山本》是以涡镇为中心，以秦岭为依托，以井宗秀、陆菊人为主要人物构建的一部关于秦岭的乱世图谱，将乱世的诸家蜂起、血流成河、杀人如麻、自然永在、生命无常的沧海桑田以及鬼怪神灵逛山刀客等，集结在秦岭的巨大空间中，将那一时代的风云际会、风起云涌以传奇和原生态的方式呈现在我们的面前。因此，《山本》是正史之余的一段传奇，是从"一堆历史中翻出的""另一个历史"。小说起始于故事讲述时的十三年前：陆菊人她爹有一块地，这块地被两个赶龙脉的人认为是能出官人的好地方。陆菊人十二岁一过，她爹要送她去杨家当童养媳时，她向爹要了这块地，算是爹给她的一块胭脂地。但这块地阴差阳错地埋了井宗秀的爹，

---

① 贾平凹：《山本》，北京，作家出版社 2018 年。本文所引《山本》内容均出自此版本，不再一一列出。

于是"涡镇的世事全变了"。这种风水文化、鬼魂文化以及神秘文化等，是贾平凹中国"魔幻现实主义"的创作实践。而小说历史讲述的废墟化、情节的碎片化和叙事推进的细节化，使《山本》呈现了明显的后现代主义特征；但是，从人物的塑造和场景、景物描写的真实性而言，现实主义创作方法又是它的基础和前提。

现代小说对于历史的书写，最高的奖掖就是"史诗"。这一文学观念，在西方是以从黑格尔到斯宾格勒建构的历史哲学作为依据，然后作家用文学的方式构建起他们认知、理解和想象的历史，比如《战争与和平》；在中国，明清之际的世情小说原本是"极摹人情世态之歧，备写悲欢离合之致，可谓钦异拔新，洞心骇目"（笑花主人《今古奇观序》）。但也因此地位不高，于是便"攀高结贵"。手段之一就是将历史小说化，比如《三国演义》《创业史》等。《创业史》被誉为"经典性的史诗之作"，这个时代文学知识分子的地位几乎达到了最高峰。他们对世界和历史的认知具有指导性和前瞻性，因此他们也是未来的先知，一种价值观的构建者和引领者。但同时也有另外的情况发生，就像《创业史》中梁生宝一样，历史并没有沿着他的道路前进多久，尽管这并不妨碍《创业史》仍然是一部伟大的小说。作家在社会地位最高的时代，只不过是将一种语言学机制构建出来的关于历史发展的认知，将理想主义的想象镶嵌于对未来的组织之中。后来，叙事学揭示了历史／叙事的关系，揭示了这种文学历史观对文学的历史叙述的宰制和压制。《山本》以传奇的方式对秦岭的书写，恰恰是被历史删除的那部分，是没有被讲述过的部分。对历史叙事秘密的揭示，利奥塔在《后现代状况：关于知识的报告》中说了这样一段话："简化到极点，我们可以把对元叙事的怀疑看作是'后现代'。怀疑大概是科学进步的结果，但这种进步也以怀疑为前提。与合法化元叙述机制的衰落相对应，思辨哲学的大学体制出现了危机。叙述功能失去了自己的功能装置：伟大的英雄、伟大的冒险、伟大的航程以及伟大的目标。"元叙事遭遇质疑后，被压抑的处在边缘的历史叙述有了可能。于是，在秦岭深处涡镇的陆菊人、井宗秀等，方有可能登上历史的前台。井宗秀的出现，是他父亲井掌柜去世后。按涡镇的习俗，亡人殁的日子不好，犯着煞星不可及时入土安埋。是陆菊人的公公杨掌柜，将陆菊人陪嫁的三分胭脂地给了井宗秀才使其葬了父。井宗秀知道真相是他乘人之危住进岳家大院之后，路遇井宗秀的陆菊人告诉井宗秀：

> 我就给你说了吧。陆菊人看了看四下，悄声把她当年见到赶龙脉人的事说了，再说了她是如何向娘家要了这三分胭脂地，又说了当得知杨家把地让给了井家做坟地时她又是怎么哀哭过。井宗秀听着听着扑通就跪在了

地上。陆菊人忙拉他，他不起来，陆菊人拧身再要走，井宗秀这才站了起来。陆菊人说：那穴地是不是就灵验，这我不敢把话说满，可谁又能说它就不灵验呢？井宗秀只是点头。

经陆菊人一说，井宗秀说知道自己该怎样做了，待陆菊人要离开时，他一连给陆菊人磕了三个响头，过后便送了铜镜给陆菊人。自此，井宗秀与陆菊人的情感关系，一直是扑面而来的游丝般的不即不离的关系——亲密、亲情、暗恋、暧昧似乎都有，但两人又未越雷池一步。两人的关系一直悬浮于小说之上，即便后来经陆菊人牵线井宗秀娶了花生，两人的关系仍然没有改变，这也是小说中韵味最为悠长的部分。井宗秀后来做了预备旅旅长，但最后还是因阮天宝死于非命。井宗秀是乱世英雄，但他和花生结婚后被爆出了一个惊人的秘密：他是一个"废人"。这个隐喻也从一个方面暗示了作家对井宗秀的评价：他的先天缺陷预示了他终是一个匆匆的过客而已，他不是那种改天换地的大人物。陆菊人是小说中地母般的形象。她是女性，除了善良、坚忍，还深明大义。井宗秀是她人生的寄托，内心也有尚未言说的对井宗秀的爱意。但她恪守传统女人的妇道。她是涡镇和秦岭世事沧桑巨变的见证者，是另一种历史的目击者和当事人，是秦岭民间健康力量的体现者。

《山本》对秦岭历史的讲述，混杂着多种因素。这里有民间的英雄、能人，但更多的是普通民众的参与。在过去的历史叙述中，是演员为公众表演，而秦岭二三十年代的历史剧，民众自己就是演员。因此这里才有"一尽着中国人的世事，完全着中国文化的表演"的可能。比如阮天宝，他不具有对价值观的判断能力，他身份的几经变化非常正常。但他有自己的处世智慧。他杀了史三海后，麻县长因惧怕，给阮天宝十个大洋让他逃跑。阮天宝却说："他是辱骂你我才杀了他，我跑了我就是犯罪，还牵扯了你，我不跑我就是立功，你也是除暴安良。你让我把他取而代之，谁也动不了我，更动不了你。"于是阮天宝就做了保安队长。阮天保后来参加的队伍在正史叙述中充溢着救民众于水火的凛然正气，他们是国家民族的未来。但是，任何一个队伍和族群，从来就不曾固化为一成不变统一体，叛徒、败类乃至汉奸都会滋生。那个并不具有先进革命意识的阮天保，最终也只是一个专注家族恩仇混迹于革命队伍的、带有草头王性质的另一种刀客而已。

风水、鬼魂等神秘文化，构建了国人对外部世界的认知方式和情感方式。《山本》中的神秘文化在贾平凹的创作中并非突如其来，他以往的作品中一直贯穿着对这一文化的书写。虽然"毁誉参半"，但在我看来，这一内容也构成了贾平凹小说"中国性"的一部分。他写完《秦腔》后曾说："当我雄心勃勃在2003年的春天动笔之前，我祭奠了棣花街上近十年二十年的亡人，也为棣花街上未亡的人把一杯酒洒在地上，从此我书房当庭摆放的那一个巨大的汉罐里，日日燃香，香烟袅袅，如一根线端冲上屋顶。我的写作充满了矛盾和痛苦，我不知道该赞歌现实还是诅咒现实，是为棣花街的父老乡亲庆幸还是为他们悲哀。那些亡人，包括我的父亲，当了一辈子村干部的伯父，以及我的三位婶娘，那些未亡人，包括现在又是村干部的堂兄和在乡派出所当警察的族侄，他们总是像抢镜头一样在我眼前涌现，死鬼和活鬼一起向我诉说，诉说时又是那么争争吵吵。我就放下笔盯着汉罐长出来的烟线，烟线在我长长的呼气中突然地散乱，我就感觉到满屋子中幽灵飘浮。"（《秦腔·后记》）包括鬼魂在内的神秘文化，弥漫于《山本》的字里行间。从陆菊人的风水三分胭脂地，到蚰蜒精、花生上坟，猫抓剩剩阻止他去，他去了，回来骑马骨折了。井宗秀要陆菊人帮助经营茶坊，陆菊人心里说，院门口要能走过什么兽她就去。镇上能有什么兽呢？但她偏偏看见了陈皮匠收到的豹猫、狐狸和狼的皮。还有陆菊人"命硬"的说法。游击队第一次进秦岭不懂对山神的敬畏，在山神庙撒尿、在山上乱讲滚字，或跌进山崖摔死或山上乱石砸死，夜行不打草惊蛇被蛇咬死，等等。这些无法解释的事物，在《山本》中占有很大的份额。秦岭的巨大本身就是一个神秘的存在，对未知世界难以做出解释时，神秘文化便应运而生。这一文化的一直延续，也自然有其合理性。但更重要的是，即便这些并不科学、不能证伪的事物，在小说中能够用合理的方式做出表达，也从一个方面强化了小说的想象力，正如拉美魔幻现实主义一样。另一方面，井宗秀的死亡，使陆菊人神秘文化中期待的那个"官人"彻底落了空。在这个意义上，贾平凹对神秘文化灵验的肯定是有很大保留的，这个文化并不是万能的，他甚至是怀疑的。同幽灵、鬼魂的对话是小说或其他艺术形式内在结构方式之一种，它也并非自贾平凹始。在莎士比亚那里，哈姆雷特的行为方式都来自幽灵的驱使，"在德里达看来，鬼魂的出现开启了一个关于复仇和正义的戏剧，如果没有鬼魂的出现，后面的一切事件都不可能，因为正是'闹鬼'带来了指令，而发出指令也就是'闹鬼'的内容，鬼魂与指令，形式与内容，两者的结合，给哈姆雷特的心头压上了沉甸甸的责任，让他认识到，事情没有完结，历史没有终结，希望则在未来，但是行动迫在眉睫，鬼魂将会一直萦绕下去，成为一个永久的精神，敦促和激励自己尽早将指令付诸实施"[1]。

"极大的灾难，一场荒唐，秦岭山脉也没有改变，依然山高水长，苍苍莽莽，

① 郭军：《德里达版本的〈哈姆雷特〉或解构版本的马克思主义》，《外国文学》2007年第5期。

没改变的还有情感，无论在山头或河畔，即便是在石头缝里和牛粪堆上，爱的花朵依然在开"。观念的逻辑与生活的逻辑相比较，当然是生活的逻辑更有力量。无数的观念都曾在秦岭表演过，贯穿过，但时过境迁，生活之流还是按照原来的轨迹前行。观念变了，生活依然故我。因此，小说结尾的这段话应该就是《山本》的主题吧——

又一颗炮弹落在了拐角场子中，火光中，那座临时搭建的戏台子就散开了一地的木头。陆菊人说：这是有多少炮弹啊，全都要打到涡镇，涡镇成了一堆尘土了！陈先生说：一堆尘土也就是秦岭上的一堆尘土。陆菊人看着陈先生，陈先生的身后，屋院之后，城墙之后，远处的山层峦叠嶂，一尽着黛青。

什么是淳于宝册性格

——评张炜的长篇小说《艾约堡秘史》

史传传统是中国小说最重要的传统之一，这源于小说在中国传统文化中的地位。因此，小说依附于历史是小说获得"合法性"地位的一种策略。后来，这种策略性的实践"愈演愈烈"，历史叙事成为小说最重要的写作方式，"史诗"成为作家创作的最高理想、批评家评价小说的最高境界或标准。这一标准或境界现在已经时过境迁，叙事学建立之后，我们了解了历史也是一种叙事，历史就是历史学家的历史，历史叙事的多种方式证实了事实的确如此。既有史家书写的被称为正史的历史，也有民间流行或口传的历史，还有记录闾巷旧闻的史籍类型，其内容、体例等与小说相类似的"稗史"。《艾约堡秘史》也是历史讲述的一种形式，通过一段"秘史"，张炜发现了大变革时代新的人物以及人性的无限丰富性和复杂性，发现和创造了淳于宝册这个堪称"典型人物"的文学形象，用文学的方式重新阐释了偶然性、女性、豪杰与历史发展的关系。另一方面，这是张炜写得最为汪洋恣肆酣畅淋漓的小说，他的自信与欣然为他带来了空前的写作自由。

艾约堡是它的主人狸金集团董事长淳于宝册建立的独立王国。这个神秘的所在，我们通过淳于宝册情人蛹儿的视角大致可以了解：淳于宝册曾带着新来的艾约堡主任蛹儿参观了他的府邸。这个府邸不仅阔大无比——它的主体是一座挖空的山包，而且极尽奢华，既像一个神话，更像一个迷宫，并且隐蔽而私密。室内亮起的是温暖的尊贵的光，回廊里散发的味道是檀香；内勤人员有领班、守门人、保洁人，居然还有两位速记员。在蛹儿看来，即使花上几天时间，也无法将这个领地熟悉过来。"蛹儿任职一个星期之后还要常常迷路。"保洁人员要注意规避主人，"所有人员恪守最严的即是管住嘴巴，不能对外言说堡内任何物事"。这就是艾约堡的内部环境，它的特点是：私密、隐蔽、奢华、高贵、森严、压抑、封闭，其中最重要的是私密和封闭。这是淳于宝册的府邸，他就生活在这样的环境中。这一环境一方面是淳于宝册自己建造的，是他理想或梦想的个人居住环境；一方面，这个环境也进一步塑造了他的性格和膨胀了他的自我想象，这是一个独立、封闭的个人王国，府邸内一切秩序井然，他就是主宰，就是王。艾约堡的环境与淳于宝册的性格构成了同构关系。在小说人物塑造的逻辑上它是如此完美。于小说结构而言，这个神秘的所在和神秘的人物，是一个巨大的悬念，一切都有待被呈现和揭示。

神秘文化，是前现代政治的一大特征。王权的神秘性就在于最大的秘密只掌控在王者的手里。明清题材电视剧之所以大行其道，就在于观众有顽固的窥秘心理。另一方面，家族——特别是大家族，他们的院落是缩小的宫廷，家族统治者是微缩的王权。如果是这样的话，那么艾约堡就是前现代文明的产物，它具备这一文明的所有要素。神秘是一种气氛，它给人以恐惧和无处不在的威慑；但神秘也有它的魔力，被神秘吸引的人络绎不绝，从知书达理的知识分子到乡间纯朴美丽的姑娘，从饱经沧桑的智者到巧舌如簧的天才，前赴后继一如蛹儿初来艾约堡时和欧驼兰进入跛子大院时的心境。神秘的新奇感和巨大的刺激性，使他们如同置身另一个世界，它令人胆怯、蹑手蹑脚、心跳乃至窒息。神秘会改变人对世界的看法，因此也决定了人后来去向的无限可能性。张炜对中国前现代文明以及这一文明向现代转变过程中的"中国人物"、中国故事是如此烂熟于心。这也是张炜这部小说的魅力所在。

淳于宝册就是这个神秘所在的神秘人物。他是一个私营企业的巨头，一个"荒凉病"患者，一个钟情于三个女人的情种，同时也是一个出身卑微、有巨大创伤记忆的"大创造者"。他是一方霸主，在艾约堡不怒自威，他也可以不理"朝政"，大事小情交给孙子"老肚带"打理，他像奥勃罗洛夫每天偎在床上一样泡在浴缸里；他欲望无边，信誓旦旦要"拿下"他垂涎已久的海湾矶滩角，但他真正感兴趣的不是权力也不是金钱，他感兴趣的是那些被称为情种的"特异家伙"；粗俗时他可以脱下员工裤子打屁股，破口大骂那些试图阻止他意愿的人，同时他也是一个慈善家，向社会捐赠很多金钱……他的性格是一个矛盾集合体，在我的阅读记忆中，这是一个从未出现过的人物。对他的判断对我们来说是极大的美学挑战。他将自己的府邸或企业心脏命名为"艾约堡"，既是他的历史记忆，也是他的现实实践。有人问他：你住的地方为什么叫艾约堡？他一概不答。而最切实生动的诠释是：递哎哟"像递上一件东西一样，双手捧上自己痛不欲生的呻吟，那意味着一个人最后的绝望和耻辱，是彻头彻尾的失败，是无路可投的哀求。几乎没有任何一句话能将可怕的人生境遇渲染得如此淋漓尽致，可以说是形容一个人悲苦无告的极致，也是一种屈辱生存的描述"。那是绝望和痛苦之极的呻吟，只去掉了那个"口"字。这是刻骨铭心的记忆，是无自尊无希望的乞求之声。这一创伤就是他惨痛的童年记忆，他曾不断屈辱地向人"递哎哟"。功成名就之后，那些不堪回首的场景还时常浮现在眼前：

  ……有一天宝册刚进校门，一个同学就嬉着脸跟上，然后故意学老奶奶一拐一拐走路和做活。宝册一颗心脏狂跳，一声不吭地躲开很远。那个人学得更起劲，呼叫着，又引来几个同学。他们凑上来，他就缩到了墙角。那个人尖尖的鼻子快要碰到他的脸上。宝册一双手涨得难受，想擦一下眼睛，开始刚刚抬起就握成了拳头，不知怎么就落到了尖鼻子上。一声号叫，尖鼻子流出血来。几个人退开几步，接着一齐拥上。有人搂住他的腰，他无法动弹，尖鼻子就猛踢他的肚子。他倒下，他们就一块踩踏。他双手护住自己的脸，闭紧双眼，听他们喊："打！打！打得他'递哎哟'！"他咬紧牙关躲闪，一声不吭。

  这是淳于宝册的前史，类似的场景在小说中不时出现，"附录"中更是比比皆是。因此，在暴力面前"递哎哟"的屈辱，是他挥之难去的精神暗区，这个创痛几乎伴随了他的一生；但是，这一经历并没有使他成为"递哎哟"的反对者，他痛恨"递哎哟"，同时也是一个"递哎哟"的实践者。当海湾矶滩角的事情遇到一些麻烦时，他说——

  "那是怎么回事？""这一个胃口忒大，把砖头（成捆的现金）扔回来，说要一条船。""什么船？""能出远海那种。妈的，狮子大开口。"淳于宝册大骂，"这个混蛋！""我让保安处的人揍了他一顿，然后装到麻袋里，直接往冰凉的海里扔，他很快'递了哎哟'，第二天就老老实实接过了砖头……"

  让被征服者"递哎哟"也成了淳于宝册的一大快事。在企业的层面，淳于宝册最大的梦想就是吞噬矶滩角海湾，扩张自己的商业帝国。
  但是，日常生活中，他的全部焦虑并不在这里。他关注和焦虑的是男女之事。在他看来：

  人世间的一切奇迹，说到底都由男女间这一对不测的关系转化而来，也因此而显得深奥无比。有些家事国事乍一看远离了儿女情愫，实则内部还是曲折地联系在一起，不过是某种特殊的转移和反射而已。淳于宝册认为狸金全部的、最高的奥秘都可归结于此，即人与人之间不可思议的吸引力和征服力……这几十年来从狸金到个人的所有结局，都是由那个发端一点点衍生出来的，往后的走向也必定与之有关。天地间有一种阴阳转换的伟大定力，它首先是从男女事情上体现出来的。

因此，这个自命不凡的"大创造者"，从来也没有离开他的凡胎肉身："我这一辈子也没干别的，就是建立了一个伟大的集团。不过女人的事把我折磨得死去活来，让我不断地'递了哎哟'，可是没有她们就没有伟大的集团。"这是淳于宝册的女性观，也是他的历史观。当然，就文学而言，男女之事不仅最具文学性，而且也能够最集中、最充分地表达出人性。淳于宝册的原配是一个被他称为"老政委"的女人，这是一个几近传奇般的人物。她年过三十，貌不惊人，肤色黝黑，五短身材，最大的爱好是舞枪弄棒，而且比淳于宝册大六岁。但"老政委"自有她迷人的性情，她豪迈、豪爽、深谋远虑、从容淡定。在淳于宝册看来，这是女人中的"稀缺品种"。这场爱情的结果是，"老政委"帮助淳于宝册打下了财富江山，创建了"艾约堡"帝国。她则功成身退，远赴英伦陪儿子"小四眼"，并在那里度过余生。他时常怀念"老政委"，在情人蛹儿面前也毫不掩饰。蛹儿是淳于宝册的情人兼艾约堡的管家，她对淳于宝册的情感是没有保留的奉献。她容忍主人所有的缺陷包括情感上的放荡不羁。她是淳于宝册生活最实用的那部分。不同的是，她与"艺术家"跛子和"企业家"瘦子的情感前史，一直让淳于宝册兴趣盎然难以释怀。欧驼兰是一个民俗学学者，也是淳于宝册的梦中情人。淳于宝册出身卑微，但人越缺乏什么就一定要凸显或追求什么。他特别聘任了速记员——随时记下他的言论并豪华地装订成册，从一个方面表达了他的内心诉求。因此，与其说吞并矶滩角是一种经济行为，是淳于宝册帝国的扩张行为，毋宁说是淳于宝册为了打压矶滩角的村头——也是他不曾宣告的情敌吴沙原的一次意气用事。征服矶滩角的最大用意更是为了征服欧驼兰。这是小说中最具文学意味的情节之一。试想，为了一个钟情的女人不惜大动干戈，用集团的力量作为抵押并不计后果，这是何等气派，何等诗意。但是，淳于宝册与三个女人的关系，与其说是爱情，毋宁说是男女关系更本质。与小说中其他男女关系比较起来，比如蛹儿与瘦子、跛子的关系，吴沙原与欧驼兰之间的微妙关系，狸金集团的"老肚带"与女副总、矶滩角的老鲇鱼与女店主、吴沙原的前妻与海岛少尉的关系，更有爱情意味。吴沙原与欧驼兰的互相欣赏，吴沙原前妻竟然与海岛少尉私奔等，是何等富有诗意的爱情——或含情脉脉或轰轰烈烈。因此，淳于宝册对男女关系的理解，更像是他的历史观的一种比附。

历史发展的偶然性以及与女人的关系，应该是文学叙事的原型之一。烽火戏诸侯、伊利亚特、凤仪亭吕布戏貂蝉、安史之乱、吴三桂反明等，女人与历史、与战争、与商场官场的关系，从来没有消歇。即便在作家张炜这里，在他过去的作品中，也可以看到这一观念的延续。比如《丑行或浪漫》，小说讲的是一个乡村美丽丰腴的女子刘蜜蜡，经历重重磨难，浪迹天涯，最终与青年时代的情人不期而遇。但这不是一个大团圆的故事。在刘蜜蜡漫长的逃离苦难的经历中，在她以身体推动情节发展的过程中，我们发现了"历史是一个女人的身体"的叙事，刘蜜蜡以自己的身体揭开了"隐藏的历史"。在传统的历史叙事中，当然也包括张炜过去的部分小说，中国乡村和农民都被赋予了强烈的意识形态色彩：乡村是纤尘不染的纯净之地，农民是淳朴善良的天然群体。这一叙事的合法性如上所述，其依据已经隐含在二十世纪激进主义的历史叙事之中。但《丑行或浪漫》对张炜来说大不相同。张炜不再执意赞美或背离过去的乡村乌托邦，而是着意于文学本体，使文学在最大的可能性上展示与人相关的性与情。于是，小说就有了刘蜜蜡、雷丁、铜娃和老刘懒，就有了伍爷大河马、老獾和小油矬父子、"高干女"等人。这些人物用"人民""农民""群众"等复数概念已经难以概括，这些复数概念对这些不同的人物已经失去了阐释效率。他们同为农民，但在和刘蜜蜡的关系上，特别是在与刘蜜蜡的"身体"关系上，产生了本质性的差异。因此，小说超越了阶级和身份的划分方式，而是在乡村文化对女性"身体"欲望的差异上，区分了人性的善与恶。在这个意义上，乡村历史是一个女人的身体。在小说的内部结构上，它不仅以刘蜜蜡的身体叙事推动情节发展，而且在一定程度上敞开了乡村文化难以察觉的隐秘历史。特别是对小油矬父子、伍爷大河马等形象的塑造，显示了张炜对乡村文化的另一种解读。他们同样是乡村文化的产物，但他们因野蛮、愚昧、无知和残暴，成了刘蜜蜡凶残的追杀者。他们的精神和思想状态，仍然停留于蛮荒时代，人最本能又没有道德伦理制约的欲望，就是他们生存的全部依据和理由。张炜没有将刘蜜蜡塑造成一个东方圣母的形象，她不再是一个大地和母亲的载意符号。她只是一个东方善良、多情、美丽的乡村女人。她可以爱两个男人，也可以以施与的方式委身一个破落的光棍汉。这时的张炜自然还是一个理想主义者，但他已不再是一个乌托邦式的理想主义者。他在坚持文学批判性的同时，不仅有对城市和现代性的批判，而且首先批判的是农民阶级自身存在并难以超越的劣根性和因愚昧而与生俱来的人性"恶"。对人性内在问题的关注，对性与情连根拔起式的挖掘，显示了张炜理解乡村文化和创造文学所能达到的深度。张炜在塑造淳于宝册这个文学人物时，延续了他对两性关系与历史发展偶然性的观念。淳于宝册个人史以及狸金集团的发展史，与三个女人密切相关，没有这三个女人，淳于宝册和狸金集团就失去了讲述的可能。

再回到淳于宝册这个人物。淳于宝册营造了艾约堡的神秘，他是一个神秘人物；同时，他对"未知"的人与事也充满了好奇，或者说，未知的事物在他看来就是神秘。打探神秘是他的一大爱好——他有窥秘心理。他对蛹儿的两任男人一直怀有打探的兴趣："我早就有个想法，就是将来有机会把你那个跛子、瘦子，再加上村头和少尉几个人请到一张桌子上，大家好好喝一场，这多么有意思啊！"窥秘心理是普遍的心理；对大人物而言，一切都在掌控之中，他只制造神秘，让所有的人都处在不确定性之中，没有安全感，没有保障，只有随遇而安逆来顺受。淳于宝册只是一个商业巨头，他商业上的巨大成功并没有换取心灵世界需要的东西。他对这些无关紧要事物的情趣证实了这一点。另一方面，他敏感、多疑，他有自我保护的本能需要。他对气味的敏感，是他性格的一大特征："蛹儿仍在熟睡，满屋都是麦黄杏那样的体息，他从来认为这种气味作为一个女人的标识不仅绝妙，而且价抵千金。他曾努力回忆一生中所经历的女子，能够清晰记得的有臭豆腐味、蘑菇的清香、铁锈气；老政委则是劣质烟草混合火药那样的气息，一闻而知属于职业军人。"不仅对女性的气味敏感，对各种气味都一概如此。我们经常看到淳于宝册嗅到的是"浓浓的地瓜味""食物的气味""草垛旁的花斑牛的檀香混合气息""刺鼻的硝味""浓浓的松脂味""土腥气""浓烈的香水味""海腥气""老熊味"等。甚至在两性关系上，他也认为"有的浪子甚至极有可能使用气味，当然也算返祖现象了，他们一见中意的女人就释放出一种气息，那个女人也就被熏晕了，心里飘飘悠悠，再也没法好好过日子了"。在淳于宝册那里，气息是他判断人与事的直觉或尺度。味道、气息，是生活最细微处，能够辨识、洞悉这最细微之处的差异，也就是将生活的细部写到了极致。

正在构建的"气味学"认为，气味是物质最重要的特征之一，最能代表物质的本质，一种物质一种气味，没有相同气味的两种不同物质，物质不变其气味不变，气味改变了物质一定发生了质的改变；没有绝对不挥发的物质，因此任何物质都有气味产生；任何生物都有呼吸，是新陈代谢活动的表征，而呼吸系统与嗅觉系统是相关联的，因而任何生物体都有嗅觉；任何生物的嗅觉都有一定的感知范围，也必有它的盲区。生物嗅觉的感知范围，仅仅与它的生存需要有关，与生存有益的为正相关，与生存有害的为负相关，与生存无关的气味是它的盲区。氧气、水蒸气、二氧化碳、一氧化碳与生存相关，而人对它们无感觉，是因为它们一直存在于空气中，人们不需要刻意寻求或防范它们，所以人的嗅觉中枢删除了它们的气味信号。沙漠之舟的骆驼需要找水源，它就保留了对水蒸气的敏感。气味是生物界的共同语言；嗅觉是生命的守护神。气味对淳于宝册来说，是用来识别人，也用来自我保护的方式之一。他的经验主义未必与科学有关，但作为一个文学人物，他的"气味学"也是他性格的一大特征。

我曾在不同的场合表达过，二十一世纪以来，我们文学已经不再关注人物的塑造。文学史一再证实，任何一个能在文学史上存留下来并对后来的文学产生影响的文学现象，首先是创造了独特的文学人物，特别是那些"共名"的文学人物。比如法国的"局外人"、英国的"漂泊者"、俄国的"当代英雄""床上的废物"、日本的"逃遁者"、中国现代的"零余者"、美国的"遁世少年"等人物，代表了不同时期的文学成就，如果没有这些人物，文学的巨大影响就无从谈起。当代中国"十七年"文学，如果没有梁生宝、萧长春、高大泉这些人物，不仅难以建构起社会主义初期的文化空间，甚至也难以建构起文学中的社会主义价值系统。新时期以来，如果没有知青文学、"右派文学"中的受难者形象，以隋抱扑、白嘉轩为代表的农民形象，现代派文学中的反抗者形象，高加林这样个人冒险家的形象，"新写实文学"中的小人物形象，以庄之蝶为代表的知识分子形象，王朔的"顽主"等，也就没有新时期文学的万千气象。但是，当下文学虽然数量巨大，我们却只见作品不见人物。"底层写作"、"打工文学"、城市文学等，整体上产生了巨大的社会效应，但它的影响基本是文学之外的原因，是现代性过程中产生的社会问题。我们还难以从中发现有代表性的文学人物。因此，如何回到恩格斯的"典型人物"，塑造让读者过目不忘的文学人物，仍然是当下文学创作应该优先考虑的重要问题。

《艾约堡秘史》是"稗史"之一种。张炜在淳于宝册的"秘史"中塑造了他。作为文学人物，他有阐释的无限可能性，他有现实感、当下性、真实性和形上性的普遍性。我们都有淳于宝册性格中的某些方面。他没有安全感，经常无奈无助，心无皈依，前无方向，内心深感"荒凉"而无力自我救赎。他富可敌国，但他就是没有快乐可言。这是淳于宝册吗？这就是淳于宝册。但是，这也是当下我们共同经历的心境和情绪，是我们早已感知却没有道出的那种隐痛。因此，当淳于宝册一出，不啻为惊雷闪电——他是惊雷，唤醒了我们的切肤之痛；他是闪电，照亮我们的难以名状的精神状况——我们都是淳于宝册。秘史一经解密，它是如此触目惊心——艾约堡秘史，竟然也是我们的心灵秘史。如果是这样的话，《艾约堡秘史》就是一部忧伤的小说，它艺术上的真实性属于现实主义，而它流淌的五味杂陈的绵长思绪，又具有鲜明的浪漫主义特征。这是一部大作品。

原载《文艺争鸣》2019年第1期、《新华文摘》2019年第11期

一部绝处逢生的杰作

——评阿来的长篇小说《云中记》

  阿来的作品，无论小说、散文、诗歌还是电影，如果可以概括出一个特征的话，在我看来，那就是"亲生命性"。哈佛大学生物系教授爱德华·威尔森把这种温暖又朦胧的感觉称为"亲生命性"，也就是"人类与生俱来的与其他生物间的情感纽带"。这种亲生命性，首先是对人，也就是对同类的亲善，同时包括人与自然的联系，这一观念深深扎根于人类进化的历史进程中。威尔森从两个基本原理出发，推演出社会生物学的大部分理论：第一，动物的进化不仅是结构的进化，而且也包括行为方面的进化。因此，动物的社会行为也是千百万年来在自然选择的压力下，通过遗传、变异、演化而来的。换言之，动物行为也是进化的产物，也具有自己的进化历史。第二，一切生物进化过程的主角都是复制基因，生物机体只不过是基因的载体，在生物进化的长河中，每个个体都不过昙花一现，唯有基因可以长存不朽。而"亲生命性"，就是人类通过演化的社会基因。

  阿来对人类的社会基因——"亲生命性"，有自己独特的理解，这个理解就是情感深度。我曾经引用过他的一段话，阿来在《机村史诗》的读书会上说："什么是小说的深度？小说的深度不是思想的深度，中国的评论家都把小说的深度说成是思想的深度，绝对不是。你有哲学家深刻吗？你有历史学家深刻吗？我说小说的深刻是情感的深刻。当我的情感空空荡荡的时候，我自己都没有深度的时候，我是一个干涸的湖底，还能给别人讲故事吗？不可能。很多作家把自己写死了，大概就是这样。"阿来对情感深度的认知和表达，有着深厚的社会生物学基础，有着他对自然万物的深刻了解与体察。2018年11月17日在北师大召开的阿来作品国际研讨会，会标就是"边地书、博物志与史诗"。其中的"博物志"，从一个方面提炼出了阿来小说创作的重要特征。博物，不仅指阿来自然知识的渊博，更是指他对所有生命、一草一木、一花一鸟的热爱、敬畏与尊崇。通过阿来的作品我们发现，在阿来的文学世界，生命是大于和高于人性的概念。人的生命是指人的血肉之躯，是天赋人权，是人的自然权利。这种权利受到人类理性的指导与规定，他人的自然权利不容侵犯。当然，生命也必须承担一定的义务。人性，是指人类普遍具有的心理属性，是人类的天性，人性蕴含于生命之中，无论性善性恶，生命首先是前提。因此，阿来的小说中的亲生命性，不只是对人类生命的相亲相爱，同时包括自然界所有的生命。

《云中记》的写作起始于2018年——汶川地震十周年。小说的题记是：献给"5·12"地震中的死难者。献给"5·12"地震中消失的城镇与村庄。这不是"应景之作"，是蕴藏和激荡在阿来心底的"大事"和"要义"。阿来说"大地震动，只是构造地理，并非与人为敌"。这种"与人为善""与事为善"的情感态度，是《云中记》的基调。汶川地震造成了巨大的灾难和损失，但阿来从讲述开始，就不是怨天尤人，因为怨天尤人于事无补。小说通过阿巴回归云中村，在重现当年大灾难场景的同时，在描写抢险救灾社会全员行动的同时，更着意书写了祭师阿巴对生命的尊崇、敬畏和纪念，回归云中村的决绝、坚忍、无可阻挡——

> 阿巴离开那天，整个移民村都出动了。一共十二辆小面包车坐得满满当当。他们一直把他送到汽车站。
>
> 那天，阿巴表情严肃，气度威严。他脱下家具厂的蓝色工装，穿上了藏袍。哔叽呢的灰面料，闪闪发光的云龙纹的锦缎镶边，软皮靴子叽咕作响。
>
> 有人要流泪，阿巴说：不许悲伤。
>
> 有人想说惜别的话，阿巴说：不许舍不得。
>
> 那我们用什么送阿巴回家？
>
> 用歌唱，用祈祷。用祈祷歌唱。让道路笔直，让灵魂清静。

村民们用自己的方式，用他们的歌声，用祈祷。所有的人在汽车站唱起歌来。鸟停在树上，鹿站在山冈。祭师阿巴开启了归乡之旅。祭师阿巴回乡的仪式庄重又深沉。搬到新村的村民，又想起了他们的过去，他们曾经的生活。地震将云中村夷为平地，但云中村并没有，也不可能在村民的记忆中消失，一如历史已经结束，却不可能成为过去一样。记忆就是历史，就是曾经的生活。阿巴的眼前——云中村出现了。这就是离开四年的云中村：残垣断壁参差错落，景象惨不忍睹。

阿巴执意要回到云中村。在他看来："是你们让我当回祭师的。当我穿上祖辈人穿过的法衣，敲了甜蜜敲过的鼓，摇了甜蜜摇过的铃，不管政府有没有让我当这个非物质文化，我就是云中村的祭师了。政府把活人管得很好，但死人埋在土里就没人管了。祭师就是管这个的。"还不仅如此，在阿巴看来，他安抚鬼魂的事，就是安抚人心。就是为了不让村里人再顾影自怜、心志都散了。云中村要灾后重建，首先要凝聚人心。如果是这样的话，阿巴和政府殊途同归，都是为了安抚人心，重聚心志。阿巴似乎也不大相信人有亡魂，他和仁钦曾有这样一段对话：

> 仁钦说：舅舅，这世界上真的有亡灵吗？
> 阿巴摇摇头：我不知道。但你们让我当了祭师不是吗？祭师的工作就是祭神，就是照顾亡魂。我在移民村的时候，就常常想，要是有鬼，那云中村活人都走光了，留下那些亡魂，没人安慰，没有施食怎么办？没有人做法，他们被恶鬼欺负怎么办？孩子，我不能天天问自己这个问题，天天问自己这个问题，而不行动，一个人会疯掉的。

　　阿巴多次谈到对亡魂有无的问题，他也不能断定。但是，他对亡灵的记挂、对祭师职守发自肺腑的认真履行，感人至深。不放弃亡灵，是对生命敬畏和尊重的另一种方式。作为乡干部的外甥仁钦，同样履行着自己的职守。他领导救灾，日夜操劳，几乎面目皆非，甚至舅舅和乡亲们都没有认出他来。但舅舅阿巴执意回云中村是违反纪律的。他也因此丢了乡干部的职务。仁钦和舅舅阿巴的观念不同，但他们的初心都是仁爱之心，都关乎关爱。这是亲生命性的另一种表达。这里没有谁对谁错的问题，也没有价值观的截然对立，是他们处理同一个问题的方式的差异。后来我们也看到，村主任主动提出要祭山神，过"山神节"，一定要把"山神节"搞得像模像样。这是对藏族地域文化的尊重，是对地方性知识、习俗的尊重，也是对亡者的一种合乎情义的伦理。另一方面，阿来对地方性知识的书写，同时还来自他对这样一种边缘经验的理性认知。地方性知识的意思，正是由于知识总是在特定的情境中生成并得到辩护的，因此我们对知识的考察与其关注普遍的准则，不如着眼于如何形成知识的具体的情境条件。小说就是对这一具体条件最生动和形象的书写。
　　当然，小说中对生命的亲近，不只是对人类生命的亲近，同时也反映在对其他生物的情感关系。阿巴回到云中村后，他看到了一头鹿——

> 这回，他看得更清楚了。那是一头雄鹿，近年新生的一对鹿角刚刚开始分叉。阳光从鹿的背后照过来，还没有骨质化的鹿角被照得晶莹剔透。

鹿角里充溢的新血使得那对角像是海中的红珊瑚。阳光正像海水一样汹涌而来。

然后，阿来用耐心、细微也充满了欣喜的笔触，写了阿巴的深情，写了雄鹿走进院子挑选食物的场景。云中村已是满目疮痍一片废墟，除了阿巴冥想中不散的鬼魂，几乎一无所有。但是，云中村还有生命，还有新生鹿角的雄鹿。对生命的敏感和亲和，在《云中记》中俯拾皆是——

杜鹃鸟叫声传来的时候，阿巴刚刚看过了刚开辟的小菜园中冒出的新芽，正穿过荒芜了的庄稼地，召唤他的两匹马。……两匹马沉思般伫立不动，四野一片寂静，只有微风吹动草，吹动着树，吹动着云。马吃草，走动，铃声就叮叮当当响起来。杜鹃树在开花，刺玫果在成熟。阿巴甚至幻想，村后干涸的泉眼又涌出了地表。要是这样，那就是有奇迹发生，村后那个裂缝因为某种神秘的力量又悄然合上了。

《云中记》就是要绝处逢生，就是要在死亡的废墟上歌唱生命的伟力和无限可能。我发现，小说中到处有声音响起，到处有不同的气味扑面而来，五颜六色的颜色布满天空和大地。比如马脖子上的铜铃声、飞起的惊鸟、溪水飞溅声、阿巴和亡灵的对话声，还有"这时，他听到了一点声音。像是蝴蝶起飞时扇了一下翅膀，像是一只小鸟从里向外啄破了蛋壳，一朵鸢尾突然绽放"。在阿巴那里，是有如神助，妹妹的亡灵听到了阿巴的声音，阿巴热泪盈眶，他哭了；在阿来那里，是生命无处不在，有生命就有诗篇。那各种味道，有野菜、蘑菇、牦牛肉、藏香猪肉、酸模草茎、酥油、干酪、茶的味道，丁香花等等的味道。这些声音和味道的书写，使小说充满了人间性，声音和味道是有感知主体的，这主体就是人类的生命。因此，《云中村》的人物、情节、细节和场景，无不与生命有关。小说的情感深度，也盖因为小说书写了对生命的尊重、敬畏和亲生命性。

阿来说：我唯有埋头写我新的小说。唯一的好处是这种灾难给我间接的提醒，人的生命脆弱而短暂，不能用短暂的生命无休止炮制速朽的文字。就这样直到今年，十年前地震发生那一天。我用同样的姿势，坐在同一张桌子前，写作一部新的长篇小说。这回，是一个探险家的故事。下午两点二十八分，那个时刻到来的时候，城里响起致哀的号笛。长长的嘶鸣声中，我突然泪流满面。我一动不动坐在那里。十年间，经历过的一切，看见的一切，一幕幕在眼前重现。半小时后，情绪才稍微平复。我关闭了写了一半的那个文件，新建一个文档，开始书写，一个人，一个村庄。从开始，我就明确地知道，这个人将要消失，这个村庄也将要消失。我要用颂诗的方式来书写一个陨灭的故事，我要让这些文字放射出人性温暖的光芒。我只有这个强烈的心愿。让我歌颂生命，甚至死亡！除此之外，我对这个正在展开的故事一无所求。五月到十月，我写完了这个故事。到此，我也只知道，心中埋伏十年的创痛得到了一些抚慰。至少，在未来的生活中，我不会再像以往那么频繁地展开关于灾难的回忆了。

读《云中记》，很容易联想到汉文化中的志怪灵异，比如韩少功《爸爸爸》中鸡头寨的巫楚文化，《白鹿原》中被灵异化的白鹿意象，陈应松"神农架系列"小说中的诡异环境，以及莫言小说《生死疲劳》中"西门闹"的六道轮回等，其荒诞性强化了小说的表现力。最有代表性的是贾平凹的小说。贾平凹的小说比如《太白山记》《土门》《高老庄》《白夜》等，多有灵异鬼神的讲述。特别是他新近的长篇小说《山本》。小说以秦岭涡镇为中心，以秦岭为依托，以井宗秀、陆菊人为主要人物构建的一部关于秦岭的乱世图谱，将乱世的诸家蜂起、血流成河、杀人如麻、自然永在、生命无常的沧海桑田以及鬼怪神灵逛山刀客等，集结在秦岭的巨大空间中，将那一时代的风云际会、风起云涌以传奇和原生态的方式呈现在我们的面前。因此，《山本》是正史之余的一段传奇，是从"一堆历史中翻出的""另一个历史"，小说起始于故事讲述时的十三年前：陆菊人她爹有一块地，这块地被两个赶龙脉的人认为是能出官人的好地方。陆菊人十二岁一过，她爹要送她去杨家当童养媳时，她向爹要了这块地，算是爹给她的一块胭脂地。但这块地阴差阳错地埋了井宗秀的爹，于是"涡镇的世事全变了"。这种风水文化、鬼魂文化以及神秘文化等，是贾平凹中国"魔幻现实主义"的创作实践。而小说历史讲述的废墟化、情节的碎片化和叙事推进的细节化，又使《山本》呈现了明显的后现代主义特征。但是，从人物的塑造和场景、景物描写的真实性而言，现实主义创作方法又是它的基础和前提。因此，贾平凹的小说与汉文化中的"志怪小说"有谱系关系。志怪小说是中国古典小说形式之一，以记叙神异鬼怪故事传说为主体内容，产生和流行于魏晋南北朝，与当时社会宗教迷信和玄学风气以及佛教的传播有直接的关系。虽然很多志怪小说中表现了宗教迷信思想，但也保存了一些具有积极意义的民间故事和传说。像《搜神记》《太平广记》《西游记》《聊斋志异》等最有代表性。这些作品受世风的影响，以虚构想象的方式创造了一种非常具有本土特征的小说。鲁迅《中国小说史略》说：中国本信巫，秦汉以来，神仙之说盛行，汉末又大畅巫风，而鬼道愈炽；会小乘佛教亦入中土，渐见流传。凡此，皆张皇鬼神，称道灵异，故自晋迄隋，特多鬼神志怪之书。其书有出于文人者，有出于教徒者。文人之作，虽非如释道二家，意在自神其教，然亦非有意为小说，盖当时以为幽明虽殊途，而人鬼乃皆实有，故其叙述异事，与记载人间常事，自视固无诚妄之别矣。这是魏晋南北朝志怪小说兴盛的原因，有民间巫风、道教及佛教的刺激，作者又将怪异传说当作事实来讲述。鲁迅的总结是正确的。但志怪小说的来源和实际情况比较复杂。着重于宣扬神道，还是倾心于怪异事迹，以及小说中表现人生的情趣等，其差别还是很大的。贾平凹在很多作品中都曾写到这些文化，这与贾平凹对传统小说的吸纳有关，通过"现代"的转换，也因此形成了贾氏独特的小说风格。

但是，《云中记》不在这个谱系之中。祭师阿巴不信奉灵异鬼怪，他要安抚的是亡灵。在他看来，活着的人政府在管，云中村的村民已经住进了新村。但亡灵没有人管，他这个祭师就是要管亡灵的。当然，亡灵不能听到来自人间祭师的声音或抚慰。这个声音或抚慰是通过阿来转述的，听到这个声音和抚慰的是活着的人们。因此，祭师要抚慰的还是活着的人们。大地震动，虽然并非与人为敌，但结果给人带来的就是致命创伤。创伤，加于人体的任何外来因素所造成的结构或功能方面的破坏，然后延展到人的精神层面。弗洛伊德认为，一种经验如果在一个很短暂的时期内，使心灵受一种最高度的刺激，以致不能用正常的方法谋求适应，从而使心灵的有效能力的分配受到永久的扰乱，我们便称这种经验为创伤。通过临床研究，弗洛伊德还发现创伤的一个突出特点，即延迟了的效果，或曰潜伏期。在弗洛伊德那里，解决创伤的主要途径是心理治疗，而谈话疗法是重要的手段。病人在有效认知的指导下，开始复述曾经的创伤遭遇，在创伤重现过程中，逐渐克服心理障碍和问题康复起来。祭师阿巴不懂弗洛伊德，但作家阿来耳熟能详。在灾难中饱受创伤的人们，在生活恢复之后，仍然会有无端恐惧或惊吓反应，这个以噩梦、闪回的方式集中于创伤事件，或者创伤事件侵入日常生活；一般的烦躁不安，麻木感使得生活无意义，很难亲近他人。美国精神病学会将此现象界定为创伤后应激障碍。创伤后应激障碍（PTSD）是指个体经历、目睹或遭遇到一个或多个涉及自身或他人的实际死亡，或受到死亡的威胁，或严重的受伤，或躯体完整性受到威胁后，所导致的个体延迟出现和持续存在的精神障碍。其特点还是具有极大的不可预期性，主要表现为思维、记忆或梦中反复、不自主地涌现与创伤有关的情境或内容，也可出现严重的触景生情反应，甚至感觉创伤性事件好像再次发生一样；或者长期或持续性地极力回避与创伤经历有关的事件或情境，回避创伤的地点或与创伤有关的人或事，甚至出现选择性失忆；或者过度警觉、惊跳反应增强，注意力不集中、焦虑情绪以及其他多种症状。当然，《云中记》没有书写云中村的创伤后应激障碍，但是，这个创痛并没有消失，它只不过隐含在祭师阿巴的行为之后罢了。亡灵没有这样的创伤后应激障碍，因此，无论祭师阿巴的主观意图怎样，客观上他是在医治活着的人们的心理创痛。

于是，阿巴回到云中村后，几乎不放过任何一个可能记忆的细节，一家一户，每一个亡灵，他都拜访探望。他要看望他们曾经生活过的地方，要和他们说几句话。耐心、舒缓的讲述，使哀思与怀念真挚而绵长，这是对生命敬畏的诚恳透彻的倾诉。一天又一天，思念如故，亡灵在阿巴的讲述和回忆中逐一复活，那空无一人的云中村，在阿巴的想象中被重新复制：生活如此祥和，生命如此美好。当然，阿巴当然也要想起活着的人在云中村曾经的生活。而最美好、最动人的，就是阿巴曾经与亲人的交往——

> 阿巴记得，自从仁钦上了中学，两个人就没有真正地亲近过了。地震时，仁钦一直和云中村乡亲在一起，没有人认出他来。直到直升机飞来，那个头缠绷带，大半张脸肿得变了形的干部，嘶哑着嗓子叫了他一声舅舅，他才认出这个勇敢忘我的干部是仁钦，是自己的外甥。阿巴把他抱在了胸前，用自己的额头顶着他的额头。解放军医生替仁钦处理了头上的伤口，然后，外甥对舅舅说，我实在撑不住了，我想睡一会儿。于是，两个悲痛和疲劳都到达极限的人就睡过去了。醒来的时候，仁钦的头还扎在阿巴胸前。
>
> 仁钦对舅舅说：你那时候为什么不抱着外婆和妈妈？
>
> 阿巴流泪了，他说：孩子，那时候我们都不会相亲相爱。

学会相亲相爱，这是人类的至善至爱，也是小说情感深度的最高表达。阿巴用他的行为践行了他的信念，一如对他的信仰。阿巴至死也不曾记得自己是"人类非物质文化遗产传承人"身份的全称。但是，一如契诃夫《凡卡》中爷爷不可能收到凡卡寄出的信，全世界的读者都收到了这封信一样，我们都记住了祭师阿巴，记住了他对生命的尊崇、敬畏和相亲相爱。相亲相爱，这个朴实无华的形容词，我们习焉不察。然而，一旦经由阿巴对生命的态度的表达，对亲人关系的演绎，竟是如此感人至深。因此，在我看来，《云中记》是一部杰作，是阿来对生命、对人性、对情感深度不断深入思考的一部杰作。

阿来说，他写《云中记》的时候，一直在播放莫扎特的《安魂曲》。《安魂曲》唱词的首句是"主啊，请赐予他们永恒的安息"。有批评家说祭师阿巴就是阿来，我同意这个说法。不同的是，阿来或祭师阿巴不仅是在安抚亡灵，更重要的是他通过安抚亡灵，唱响的是生命的颂歌，他用诵诗的方式写了一个陨灭的故事。阿巴与亡灵的关系——他的行为方式和情感方式，放射着人性的光辉。另一方面，《云中记》也可以看作是作家阿来的自我心理疗治——他写完了这个故事。"到此，我也只知道，心中埋伏十年的创痛得到了一些抚慰。至少，在未来的生活中，我不会再像以往那么频繁地展开关于灾难的回忆了。"同时，我深切地感到，《云中记》是一部褪去了知识分子腔调的小说。百年中国的小说，一直贯穿着知识分子的气息和腔调。启蒙没有错，但在启蒙思想昭示下的知识分子几乎无所不知，他们的导师角色一直扮演了百年。但是，《云中记》冲淡平和的讲述，不再居高临下的姿态，给我留下深刻印象。当然，这也只有在今天写作方式无限开放的语境下，阿来的姿态和方式才有"合法性"。但它的启示意义仍然巨大无比——这是一部绝处逢生的杰作。

原载《当代文坛》2019年第5期

写人物，就是他的小说之道

——小说家毕飞宇

"新生代"作家的隆重登场，已经有三十年的历史，于作家来说，三十年沧海桑田物是人非。因此，今天重新讨论这代作家的文学价值就有了时间的距离——我们可以在某种程度上客观地评价这代作家。过去难以发现的问题，可能自然地呈现出来。当然，这也是一种假设，再过若干年后，新的问题还会接踵而来，那是后来批评家要面对的。对这代作家的评价，一个可行的办法是选择他们有代表性的作品，并且在文学批评现场和文学史的双重视野中，判断他们的贡献和问题，从而为未来的文学史写作提供来自文学现场的佐证和材料——我要讨论的作家是毕飞宇。

现在，毕飞宇是一个炙手可热的作家，是一个被无数读者，特别是女性读者热爱拥戴的作家，这当然来自毕飞宇的小说创作。另一方面，在日常生活中，毕飞宇是一个有趣的作家，一个有意思的人。比如他喜欢打乒乓球，请专业教练训练，然后告诉朋友，现在已经打到怎样的程度。他还喜欢彻夜长谈，如果身边没有谈话对象，他便径直打电话给朋友谈文学，李敬泽就曾经不止一次地说过："这都三点了，睡吧，明天还要上班呢。"他很好地管理了自己的身体，谈文学一时兴起可以不管别人死活。这是毕飞宇性格的一个方面——率性而为不失天真。但毕飞宇首先是一个作家，是"新生代"最有代表性的作家。他自己说：多年以前，李敬泽老师对人说，毕飞宇的能力很均衡。后来，有人把这句话转告我了。现在回过头来看，我在长、短、中这三者之间的确是能力均衡的，虽然李老师说的并不是这个意思。但是，有一件事李老师并不知道，在这三者的转换之中，我的调整能力是很差的，我要花很长时间去"倒时差"。为了把话说清楚，我只能打比方，长篇是中国，中篇是欧洲，短篇是美国。我在这三个地方都可以生活得很好，但是，一换地方，我要花很长的时间才能把时差倒过来。我不知道为什么会这样。我的写作从来都是一波一波的，一阵子写短篇，然后，停止，一阵子写中篇，然后，再停止，一阵子写长篇。在这个停止之间，我时常一停就是一年，这是我产量偏低的根本原因。这段话看似无关紧要，但内容很丰富：其一，李敬泽老师对毕飞宇很重要。我们知道，作家一般情况下是不谈论批评家的，批评家对他们的创作可有可无，起码表面是这样。但毕飞宇不一样，他非常重视李老师的评价。其二，毕飞宇在小说的长、短、中三种体式上的能力是均衡的。用我的话说，毕飞宇是中国的奈保尔，毕飞宇也没有表示不同意。其三，为什么毕飞宇小说的产量偏低，是因为他经常写一阵子停一阵子。这个停，是因为他要转换文体"倒时差"，所以产量就低了。这是我们从另一方面了解的作家毕飞宇：尊重批评家，小说文体的全能者，创作不靠产量靠质量。从作家的自述中了解作家很重要，但是，评价一个作家更重要的依据是他的作品。通过毕飞宇的小说，我想毕飞宇的如日中天可能与他小说创作的这样两点有关：一是他对人物形象的塑造，特别是女性人物的塑造；一是他出入于小说内外的对小说之道的理解。

了解了女性才了解了这个世界

戏曲行内的"角儿"，是对那些唱念做打俱佳的演员的尊称。古时是针对戏曲界有名气、有影响力的人物，至今仍指不同行当那些出类拔萃的人物。演艺界用得比较普遍，时下也称为"腕儿""大腕儿"。毕飞宇就是当下文坛的"角儿"或"大腕儿"。如果要派一个行当的话，最适合于他的，非青衣莫属，而且是大青衣。大青衣是戏剧中对女角扮相的称呼，或者称之为正旦，是戏剧中的重要角色，青衣扮演的一般都是端庄、严肃、正派的人物，大多数是贤妻良母，或者旧社会的贞节烈女之类的人物，年龄一般都是由青年到中年。青衣表演上的特点是以唱功为主，动作幅度比较小，行动比较稳重。念白都是念韵白不念京白，而且唱功非同寻常。

说毕飞宇是大青衣当然是一个比喻，也是一种印象。所有的读者都知道，毕飞宇小说中的人物，写得最好的是女性。他并不是一个女权主义者，也不是一个对女性有特殊情感或感到神秘的人。女性，是他探寻世界的一个对象，一种方式，也是他表达现实态度和价值观的一种方式。《哺乳期的女人》《青衣》《玉米》《玉秀》《玉秧》《平原》《推拿》《大雨如注》等小说，集中显示了毕飞宇书写女性人物的能力。在我看来，作家只有了解了女性才完整地了解了这个世界，了解了女性才了解了完整的人。这一点与古代社会不同，古代社会无须了解女性，男性掌控世界，除了吕雉、武则天、慈禧等"女狠人"的时代外，男人的世界密不透风。男人就是主宰，就是世界。进入现代社会之后，男女平等之外，还有女性主义甚至女权主义，于是女性还多了性别优势，因为有"政治正确"的制约。这让男人必须有所忌惮并将嚣张的气焰收敛许多，特别在文明社会，不管是否有虚假成分，表面上必须如此。过去，由于权力关系，男性看女性一目了然：女性处在被压抑状态，须唯唯诺诺看男性脸色行事。但女性解放且成为运动之后，女性未被发现的万千世界逐渐敞开——不啻一个新宇宙的被发现。

《哺乳期的女人》发表于《作家》杂志1996年第8期。小说获首届鲁迅文学奖。如果我们把《哺乳期的女人》看作是毕飞宇的成名作的话，那么，1996年的毕飞宇三十二岁，三十出头就名满天下，也可以说是"少年成名"了。少年成名的毕飞宇写惠嫂，他是写女人的安静——

> 惠嫂面如满月，健康，亲切，见了人就笑，笑起来脸很光润，两只细小的酒窝便会在下唇的两侧窝出来，有一种产后的充盈与产后的幸福，通身笼罩了乳汁芬芳，浓郁绵软，鼻头猛吸一下便又似有若无。惠嫂的乳房硕健巨大，在衬衣的背后分外醒目，而乳汁也就源远流长了，给人以取之不尽、用之不竭的印象。惠嫂给孩子喂奶格外动人，她总是坐到铺子的外侧来。惠嫂不解扣子，直接把衬衣撩上去，把儿子的头搁到肘弯里，尔后将身子靠过去。等儿子衔住了才把上身直起来。惠嫂喂奶总是把脖子倾得很长，抚弄儿子的小指甲或小耳垂，弄住了便不放了。有人来买东西，惠嫂就说："自己拿。"要找钱，惠嫂也说："自己拿。"

小说写了七岁的旺旺、旺旺爷等人物，内部有紧张关系。旺旺因将惠嫂的乳头咬出了血，难免遭受皮肉之苦，欲摆脱干系的旺旺爷则神色慌张词不达意。小说可以解读的意味或意思有许多，惠嫂内心也有风暴蓄势。但惠嫂还是静若处子，她举手投足都是在安静中完成的。惠嫂没有产后的不安、焦虑或者抑郁。她产后的幸福，是通过似有若无的芬芳乳汁，给孩子喂奶的姿态以及对吃奶儿子的抚弄传达给我们的。惠嫂是一个端庄、温婉的青衣。

中篇小说《青衣》中筱燕秋一直处在紧张之中，有时外松内紧，有时内外都紧。她的"紧"和时代有关系，她的"争"却是个人性格使然。一个"争"字，让筱燕秋一直处在焦虑之中。筱燕秋在争什么？究竟是什么东西在她欲望深处坚不可摧？不是金钱，不是爱情，当然更不是权力。这些世俗世界放不下的事物，都不在筱燕秋的眼里，更不在她的心里。她的眼里和心里，唯一不肯出让的是舞台。她和当年的当红青衣也是老师的李雪芬争，和自己的学生春来争，争演《奔月》里的嫦娥，争舞台上的中心角色。这是大青衣展示个人的舞台，是个人存在价值的唯一体现。为了这个舞台，筱燕秋尝尽了人间的所有味道，一如那个青衣角色。为了这个角色，在资本主宰市场的时代，筱燕秋不得不付出女人最后的代价，烟厂老板如愿以偿——

筱燕秋终于和老板睡过了。这一步跨出去了，筱燕秋的心思好歹也算了了。这是迟早的事，早一天晚一天罢了。筱燕秋并没有什么特别的感觉，这件事说不上好，也说不上不好，从古到今反正都是这样的。老板是谁？人家可是先有了权后有了钱的人，就算老板是一个令人恶心的男人，就算老板强迫了她，筱燕秋也不会怪老板什么的。更何况还不是。筱燕秋在这个问题上没有半点羞答答的，半推半就还不如一上来就爽快。戏要不就别演，演都演了，就应该让看戏的觉得值。

谁都明白这是一种交易。但是，事情远非这样简单。事到临头时，筱燕秋与其说感到耻辱毋宁说感到了难受："这种难受筱燕秋实在是铭心刻骨。从吃晚饭的那一刻起，到筱燕秋重新穿上衣服，老板从头到尾都扮演着一个救世主。筱燕秋一脱衣服就感觉出来了，老板对她的身体没有一点兴趣。老板是什么？这年头漂亮新鲜的小姑娘就是货架上的日用百货，只要老板喜欢，下巴一指，售货员就会把什么样的现货拿到他们的面前。筱燕秋是自己脱光衣服的，刚一扒光，老板的眼神就不对劲了，它让筱燕秋明白了减肥后的身体是多么不堪入目。老板一点都没有掩饰。在那个刹那里头筱燕秋反而希望老板是一个贪婪的淫棍，一个好色的恶魔，她就是卖给老板一回她也卖了，然而，老板不那样。"这个时候不只筱燕秋，旁观者的我们也明白了，资本宰制的力量或恶，丝毫不逊于政治专制。正因为如此，筱燕秋才痛骂自己"实在是下贱得到家了"。

筱燕秋"争"角色，"争"舞台，她可以不顾一切，不惜一切。但她对丈夫面瓜的冷暖还是发自内心的。当自己不慎摔倒，面瓜的心疼她是实实在在感受到了。

面瓜望着筱燕秋的脚脖子，不敢看筱燕秋的眼睛。后来他到底偷看了一眼筱燕秋，目光立即又避开了。面瓜说："还疼吗？"面瓜的声音很小，但是筱燕秋听见了。筱燕秋不是一块玻璃，而是一块冰。只是一块冰。此时此刻，她可以在冰天雪地之中纹丝不动，然而，最承受不得的恰恰是温暖。即使是巴掌里的那么一丁点余温也足以使她全线崩溃、彻底消融。面瓜木头木脑的，痛心地说："我们还是别谈了吧，我把你摔成这种样子。"筱燕秋冷冷地望着面瓜，面瓜木头木脑的，扯不上边地胡乱自责。可胡乱的自责不是怜香惜玉又是什么？筱燕秋的心潮突然就是一阵起伏，汹涌起来了，所有的伤心一起汪了开来。坚硬的冰块一点一点地，却又是迅猛无比地崩溃了、融化了。收都来不及收，不能自己，不可挽回。她一把拉住面瓜的手，她想叫面瓜的名字，但是没有能够，筱燕秋已经失声痛哭了。她拼了命地哭，声音那么大，那么响，全然不顾了脸面。面瓜吓得想逃，没能逃掉。筱燕秋死死地拽住了面瓜，面瓜没有能够逃掉。

这时的毕飞宇有一句议论："在某种时候，女人为谁而哭，她就为谁而生。"如果没有对女性世事洞明的理解和体悟，如何能说出这样一句话。毕飞宇这句精彩绝伦的话，几乎就是"问世间情为何物，直教人生死相许"的最佳注释。筱燕秋在面瓜面前可以柔情似水，但为了角色，她可以将一大杯开水泼在前辈李雪芬的脸上；为了角色，她可以和自己的学生春来在心里"结成一个大疙瘩"，互相不看对方的眼睛。《青衣》一波三折，就这样写尽了女性的心思、心事和不能出让不可触摸的那个"心气"。如是，筱燕秋就是一个悲情的大青衣，她的悲情如倾盆大雨如银光泻地。毕飞宇无意中说："所谓的浪漫都是艰辛"。这种对浪漫的会心和诠释，贯穿在《青衣》的始终。《奔月》——这个讲述嫦娥奔月的故事虽然险象环生，但也充满了传奇般的浪漫。然而，演绎这个浪漫故事的筱燕秋的经历，是何等的曲折艰辛。

如果说《青衣》因"写什么"和"怎么写"，致使人物和小说的韵味有浓郁的"古意"的话，那么《玉米》则是一部充满了"现代"意味的小说。《玉米》发表之后，莫言给毕飞宇写了一首打油诗："我家高密东北乡，遍野种植红高粱，自从来了毕飞宇，改种玉米一片黄。"莫言对玉米的赞赏，不著一字尽得风流。《玉米》是小说人物玉米情感"疼痛的历史"。王连方的妻子施桂芳生下"小八子"后，有一种"松松垮垮"的自足和"大功告成后的懈怠"，连续生了七个女儿的"疼痛的"历史的终结，"小八子"是疗治施桂芳唯一的"良药"。从此她就从王家和大王庄作为"话题"的处境中解放出来。当然，这不是玉米的切肤之痛。玉米真正的疼痛是关于个人的情感史。彭家庄箍桶匠家的"小三子"是个飞行员，叫彭国梁。在彭家庄彭支书的介绍下，和玉米建立了"恋爱关系"。玉米经历了短暂的爱情幸福。与彭国梁的通信，与彭国梁的见面，使玉米内心焕然一新，爱情改变了玉米眼前的世界，因王连方和那些女人带来的疼痛也得到了缓解。彭国梁的来信，"终于把话挑破了。这门亲事算是定下来了。玉米流出了热泪"。玉米不仅为自己带来了荣耀，也为王家和王家庄带来了荣耀。但爱情的过程仍然伴随着苦痛，这不只有思恋的折磨，还有玉米文化的"病痛"。她只读过小学三年级，"那么多的字不会写，玉米的每一句话甚至每一个词都是词不达意的。又不好随便问人，这太急人了。玉米只有哭泣"。于是，"写信"又成了玉米挥之不去的隐痛。彭国梁终于从天上回到了人间，一瓶墨水、一支钢笔、一扎信封和信笺以及灶台后的亲密接触，玉米幸福得几近昏厥。但玉米还是没有答应彭国梁的最后要求，她要守住自己的底线。彭国梁又回到了天上。幸福是如此短暂。更让玉米难以想象的，这几乎就是玉米一生的全部幸福。

玉米在遇到彭国梁之前，她的思想从来也没有离开大王庄一步。但接触了彭国梁之后一切都发生了变化，就连他们的恋爱都有一种不可企及的色彩："玉米的'那个人'在千里之外，这一来玉米的'恋爱'里头就有了千山万水，不同寻常了。这是玉米的恋爱特别感人至深的地方。他们开始通信。信件的来往和面对面的接触到底不同，既是深入细致的，同时还是授受不亲的。一来一去使他们的关系笼罩了雅致和文化的色彩。不管怎么说，他们的恋爱是白纸黑字，一横一竖、一撇一捺的，这就更令人神往了。在大多数人眼里，玉米的恋爱才更像恋爱，具有了示范性，却又无从模拟。一句话，玉米的恋爱实在是不可企及。"彭国梁给玉米带来了另一个空间，它阔大、绚丽，但似乎也虚无缥缈，就连信中的那些词也飘忽般闪烁。事实上，"天上人"彭国梁的到来，其实对玉米是一个抽离过程，一个昙花一现的幻觉过程。彭国梁把她从大王庄突然间带到了"天上"，遥远的蓝天从此"和玉米捆绑起来了，成了她的一个部分，在她的心里，蓝蓝的，还越拉越长，越拉越远。她玉米都已经和蓝蓝的天空合在一起了"。"天上"美妙，但它不是人间，天上不可能属于玉米。因此在幻觉中晕眩般升上天空的玉米，应该是她一生中最绚丽和幸福的时刻。

彭国梁是飞行员，"飞行员"的身份在小说中有强烈的隐喻性，他是一个"天上人"，他和王家庄的世俗世界是两个不同的空间，他和玉米的男女之情是"天女下凡"的逆向模式。这个来到"人间"的天上人，给王家庄和玉米一家带来的都是人间的奢侈。就连在王家庄"莫非王土"的王连方，也"实在是喜欢彭国梁在他的院子里进进出出的，总觉得这样一来他的院子里就有了威武之气，无上光荣"。但是，这个"天上人"毕竟是"下凡"了。他被破例留宿在玉米家，于是，这个在天堂飞翔的人，却对狭小的厨房流连忘返。此时的厨房远远胜于天堂。

从天上到厨房，这两个空间是两个世界。一个是现代的，可望而不可即；一个是传统的、世俗的。厨房在这里也是一个隐喻，它是属于玉米的。玉米对厨房环境的熟悉使她忘记了彭国梁的天上人身份，她可以从容地和彭国梁独处。在这个狭小但温暖的空间里，玉米体验了一生的幸福：既有恋爱亦真亦幻的感觉，也有遗憾终生的悔恨。那亦真亦幻的感觉被毕飞宇在这个方寸之地写得惊心动魄波澜跌宕。小说的高潮没有发生在天上，却发生在厨房这个方寸之地。但玉米还是没有给彭国梁想要的东西，于是一切便戛然而止。当彭国梁转身离去的瞬间玉米就悔恨交加。但一切已经结束了。

彭国梁是个飞行员，是掌握最高端科学技术的人，他应该是一个"现代人"。但是，彭国梁的人在"天上"，精神世界仍然没有超出彭家庄。现代科学技术难以承担改变、提升人的精神世界的功能和任务，科技神话在彭国梁这里沦陷了。玉秀和玉叶惨遭不幸之后，他首先关心的是玉米"是不是被人睡了"，女性的贞操在彭国梁这里几乎与高科技是同等重要的。

大王庄的空间也是一个权力主宰一切的空间。王连方在任的时候，他敢于为所欲为，想睡谁就睡谁，就因为他是大王庄的"主"。在他这里，性与政治的同一性再次被有力地证明。他不是"帝王"，但他是一个村庄的"主"，也可以"妻妾成群"，于是他就成了"王"。但是，当他肆无忌惮地宣泄身体欲望的时候，他的末日也就到来了。王连方是否意识到与帝王时代毕竟不同已经不重要，重要的是权力是可以让人利令智昏无所顾忌。这应该是一个反面的教训，但这个教训却从另一个方面启示了玉米：无论王连方多么有父性，多么爱他的大女儿，无可挽回的是父亲的失势才导致了家庭的破产，导致了妹妹们的厄运，导致了天上人彭国梁的撕毁婚约。这时玉米认识到了权力意味着什么。这是玉米重新审视人生、婚姻的转折点。大王庄的世俗社会还是权力支配一切的空间。她再找的已经不是"爱人"，而是一个"不管什么样的，只有一条，手里要有权"的人。玉米的"权力的饥饿"不一定就是"残酷的嗜好"，也不是心理被扭曲后萌发的支配欲。她最后委身于一个年过半百的革委会副主任，更多的还是寻求权力的保护。但玉米这一选择所蕴含的悲剧性更震撼人心。因此，从本质上说，玉米还是农耕文化影响下的一个没有主体性的弱者，她向权力的屈服，与历史上所有被侮辱与被损害的女性没有本质差异，她仍然是权力宰制乡村的牺牲品。

长篇小说《平原》中的三丫，更是一个悲剧性的青衣。她喜欢能干又有文化的小伙端方，三丫的喜欢不是暗恋，不是扭扭捏捏难以启齿。三丫直接就约会端方，不仅如此，还把自己的"第一次"献给了端方。但是，一个出身于"地主"家庭的姑娘，在"身份社会"，她自由恋爱的可能性是不存在的。于是，在多方力量的合围下，三丫被迫嫁给腿脚不利索的房成富。出嫁那天，她以喝农药的方式试图让母亲改变主意，却因医疗失误弄假成真，三丫真的死于非命。小说的内容并不新鲜，但小说写出了身份决定命运的荒诞性。三丫的死就超越了性别关系，而是在身份、阶级、权力等层面得以讲述。三丫是一个惨烈的青衣。

《推拿》是获得第八届茅盾文学奖的作品。评委会给《推拿》的授奖词是："《推拿》将人们引向都市生活的偏僻角落，一群盲人在摸索世界，勘探自我。毕飞宇直面这个时代复杂丰盛的经验，举重若轻地克服认识和表现的难度，在日常人伦的基本状态中呈现人心风俗的经络，诚恳而珍重地照亮人心中的隐疾与善好。他有力地回到小说艺术的根本所在，见微知著，以生动的细节刻画鲜明的性格。在他精悍、体贴、富于诗意的讲述中，寻常的日子机锋深藏，狭小的人生波澜壮阔。"授奖词简洁、准确地概括了小说的特征和艺术成就。《推拿》将一个陌生群体的日常生活在小说中展开。毕飞宇曾强调，他写《推拿》，首先想到的是"尊严"："《推拿》是一部特殊的小说，它外表沉默、内心绚烂；它平缓多过激烈，温情多过残酷，却又让无奈与悲凉相伴相生。就像一条静默的河流缓缓流过，有漩涡，也有温度，夹杂着无奈和沧桑。"这是作家表现盲人的想象与自我要求。但是，在小说中，如何"呈现"这个特殊群体"自己"的生活，他就是"盲人"自己。我们看到的是沙复明的沉稳和正直、王泉的勇敢和担当、芒来的犹疑和无奈、孔佳玉的痴情与委屈以及都红、金嫣等，都给人留下深刻强烈的印象。后来，小说改编成了电视剧，濮存昕将推拿院院长沙复明处事的练达和分寸感演绎得恰到好处，与崔云、都红情感关系的处理节制而合理；张国强一改硬朗小生形象，柔弱又羞涩，但在紧要处又大义凛然振聋发聩。如此等等，不见经传的小人物，推拿院里的日常生活，被这个创作群体演绎得风生水起。但是，在我看来，无论小说还是电视剧，《推拿》给人印象最深刻的，还是那几个有青衣色彩的女性形象。

无论毕飞宇对女性有怎样透彻的理解，说穿了，还是他对人性的理解，对人的命运以及与生活、与时代关系的理解。他的那些不同的女性人物，构成了毕飞宇丰富的小说人物世界，特别是对女性心理的刻画，显示了他对人性丰富性的理解和表现能力。如果是这样的话，我们可以说，毕飞宇就是当代文坛的大青衣。他对多样女性人物的书写和创造，使他在当代中国文学格局中独树一帜。他笔下的这些有青衣色彩的女性形象，是毕飞宇对中国当代文学的独特贡献。

入与出：小说的内与外

小说的内与外，一方面是指毕飞宇对小说中女性人物和残疾人群体的理解、体悟和想象，他得如临其境如见其人，甚至就是小说中的人物；另一方面，生活中的毕飞宇气宇轩昂玉树临风，他毕竟是一个男性、一个正常人。他写女性和特殊群体，须入乎其内，要有切实的体验；但他毕竟不是女性或特殊人群的自述。他须转换角色，有时须演绎，有时须对象化，因此还要出乎其外。这一里一外，终将女性和特殊人群拿捏、揣摩得入木三分，不是而胜似。

读毕飞宇与女性有关的小说，常常想起京剧的"四大名旦"，特别是梅兰芳梅老板。梅老板男扮女装，是只此一家的戏剧大师，是世界戏剧三大体系之一。梅兰芳的独特，不仅仅在于他男扮女装供观众猎奇，是一种奇观，更重要的是梅兰芳出神入化地演绎了他所理解的女性。他演的那些角色，几乎都是悲情角色。他对人物和悲剧的双重理解，使他的戏分外妖娆也分外动人。但小说与戏剧毕竟不同。梅兰芳毕竟可以凭借服装、头饰、粉黛、台词、唱腔以及约定俗成的戏剧传承，帮助对女性的演绎和理解。梅兰芳曾提出了"中国戏剧之三要点"，其中一点是，中国戏剧的一切动作和音乐等，完全是姿势化。所谓姿势化，就是一切的动作和音乐等都有固定的方式。例如动作有动作的方式，音乐有音乐的方式，这种种方式，可作为艺术上的字母，将各种不同的字母拼凑一起，就可成为一出戏。而观众也正是从这"姿势化"、固定的方式上欣赏"男扮女装"，演员更多的是对"程式"的熟悉和理解。但小说没有"姿势化"，更没有"程式"。因此，要把女人写得比女人还要女人，那要何等身手。在《青衣》中毕飞宇说——

　　自古到今，唱青衣的成百上千，真正把青衣唱出意思来的，真正领悟了青衣的意蕴的，也就那么几个。唱青衣固然要有上好的嗓音，上好的身段，——可是好嗓音算得了什么？好身段又算得了什么？出色的青衣最大的本钱是你是一个什么样的女人。哪怕你是一个七尺须眉，只要你投了青衣的胎，你的骨头就再也不能是泥捏的，只能是水做的，飘到任何一个码头你都是一朵雨做的云。戏台上的青衣不是一个又一个女性角色，甚至不是性别，而是一种抽象的意味，一种有意味的形式，一种立意，一种方法，一种生命里的上上根器。女人说到底不是长成的，不是岁月的结果，不是婚姻、生育、哺乳的生理阶段。女人就是女人。她学不来也赶不走。青衣是接近于虚无的女人。或者说，青衣是女人中的女人，是女人的极致境界。青衣还是女人的试金石，是女人，即使你站在戏台上，在唱，在运眼，在运手，所谓的"表演""做戏"也不过是日常生活里的基本动态，让你觉得生活就是如此这般的——话就是那样说的，路就是那样走的；不是女人，哪怕你坐在自家的沙发上、床头上，你都是一个拙巴的戏子，你都在"演"，演也演不像，越演越不像人。

　　这是毕飞宇对"青衣"的理解，当然，也是他对女性艺术形象的理解，这就是"入乎其内"。但是，这个"入乎其内"毕竟还显得抽象，还显得有些"形上"。任何具有典型意义的文学形象都是具体的，都是可以感知甚至是可以在想象中触摸的。因此，作为作家的毕飞宇一定还要"出乎其外"。这个"外"就是作家的经历，作家对生活的体会、观察和经验。他曾讲到过他的母亲，一个乡村小学教师对"体面"的理解，讲过他在"特殊学校"的经历、做编辑的经历以及"体育迷"的经历等，而大营乡、中堡乡的生活对他来说，更是价值连城。生活就是一个作家的底色，没有生活和没有对生活认知能力的写作就是空穴来风。

　　当然，"出乎其外"还指作家的阅读范围和质量。毕飞宇广泛的阅读经历，他的阅读质量通过他的《小说课》可见一斑。他选择解读的对象是《聊斋》、莫泊桑、奈保尔、鲁迅、海明威、汪曾祺、哈代等。这是一个经典小说作家作品的名单，或者说，在上"小说课"的时候，毕飞宇显然经过了认真的筛选。这个名单让我想起哈罗德·布鲁姆的《西方正典》。在美国，布鲁姆绝对是一个大牌的学者和批评家。他以其独特的理论建构和批评实践被誉为是"西方传统中最有天赋、最有原创性和最具煽动性的一位文学批评家"。但在《西方正典》中我们看到，布鲁姆选择的作家作品，并不是那些名重一时的"先锋作家"，更多的是乔叟、塞万提斯、蒙田、莫里哀、弥尔顿、歌德、托尔斯泰、狄更斯等传统经典作家，而莎士比亚更是"经典的中心"。这一选择给我们以巨大的启示——经典是"历史化"和"经典化"的结果，是不同时代不断对话的结果。在经典的不断确立和不断颠覆的过程中，他们得以存留才有了"正典"一说。毕飞宇《小说课》对作家作品的选择，显然是他对经典理解的结果，或者说是他对经典理解的一部分。他说过，文学需要面对的是永恒，阅读的才华就是写作的才华。这是毕飞宇的眼光，也是他文学修养的体现。所谓操千曲而后晓声，观千剑而后识器，说的就是这个意思。另一方面，在他对鲁迅"知行合一"的赞美、对张爱玲小说"没有温度"的批评等，都显示了他的阅读水准和见识。而且，他将这些体悟都融汇到了他的小说里。读过《小说课》之后你得承认，毕飞宇是一个好的小说课教授。当然，他也是一个自以为是或者称作自信的人。他说话的方式经常有"听明白了吗"，这是一个"好为人师"的家伙。

　　毕飞宇被认为是"新生代"一代的作家，这代作家登上中国文坛已经有三十年的历史。这三十年，是他们从崭露头角到成为中坚一代的三十年。三十年来对他们的评价，是文学史家和批评家"出入"于他们小说的一种方式。包括毕飞宇在内的这代作家已经被写进了文学史。洪子诚在《中国当代文学史》中说：

> 毕飞宇在二十世纪九十年代主要写中短篇小说，近年才有长篇问世；不过短、中篇还是更能发挥他的才情。短篇小说《哺乳期的女人》得到好评，此后的《是谁在深夜里说话》《飞翔像自由落体》《青衣》《玉米》等，也颇有特色，他的小说大多取材家乡地区城镇生活，对当代人生活意义的探询是作品内在的意蕴。虽然也表现了某种"先锋"姿态，但并不过分；也不避讳传统小说，包括通俗小说的人物、情节元素的加入，但会给予改造，赋予新的色彩。作品有时会弥漫一种江南温润、迷茫的情调。①

这是洪子诚于世纪之交出版的《中国当代文学史》关于毕飞宇评价的全部文字。那时包括毕飞宇在内的"新生代"作家刚刚出道不久，虽然他们的主要作品已经部分地发表，但要描述或评价他们创作的基本面貌还不具备条件；2013年9月北大出版社出版了陈晓明的《中国当代文学主潮》，其中关于毕飞宇，书中做了这样的评价：

> 毕飞宇一直怀有颇为现代的小说意识来寻求个人的突破之路。……毕飞宇的小说似乎过于注重结局的力量，总是带着理性顽强切进那个终点。这似乎是他小说的艺术特点，追求平易，深藏理性，借助理性之力来完成人物命运的结局。这也使他的小说叙事过于依赖线性的情节结构。能否在更为巧妙和隐秘多变的结构关系中来展开小说叙事，可能是毕飞宇需要突破的艺术难题。这也是中国作家普遍面临的难题。但毕飞宇应该有能力独辟蹊径。②

我在《中国当代文学六十年》中，对毕飞宇的创作有如下评价：

> 毕飞宇是新世纪最有影响的中篇小说作家之一。他先后发表的《青衣》《玉米》《玉秀》《玉秧》《家事》等为数不多的中篇小说，使他无可争

---

① 洪子诚：《中国当代文学史》，北京大学出版社2010年，451页。
② 陈晓明：《中国当代文学主潮》，北京大学出版社2013年9月，519-560页。

议地成为当下中国这一文体最优秀的作家。《青衣》《玉米》应该是他最具代表性的作品，在百年中篇小说史上，也堪称经典之作。《玉米》的成就可以从不同的角度评价和认识，但是，它在内在结构和叙事艺术上，在处理时间、空间和民间的关系上，更充分地显示了毕飞宇对中篇小说艺术独特的理解和才华。①

张清华虽然没有写过毕飞宇的"专论"，但他注意在文学史的视野中观察和讨论毕飞宇的文学史意义和价值。他要追问的是：作为新生代的代表人物，毕飞宇的经典化似乎是比较顺利的，他很幸运，也很令人艳羡。我一直在想，究竟是什么原因使他一骑绝尘？他的回答是："在我理解，先锋派当然是厉害的，至今难以超越，他们所标立的文学难度、思想向度，都应该是当代文学的一个标杆，然而在先锋派的实验之后，在九十年代文学的大环境的变化之下，写作应该朝哪个方向走，这是一个很大的问题。所谓新生代的应运而生，便是将先锋派提出的那些'原问题'和'元命题'细化了；将哲学的发问，予以历史性地回答；将概念性的定义，化为活生生的现象。这便是毕飞宇的意义和价值，他当然不是唯一领悟到这一使命的人，但是却贯彻得最自觉，也最精细和到位。事实证明，真正优秀的作家，除了自觉的个人才华之外，还有艾略特所说的，那种与传统之间的敏感而重要的相关性，除了这个之外，还有与现实之间的准确而有效的呼应性。作为新生代作家中的一员，毕飞宇在这方面是非常敏感的，他将先锋派未竟的事业在九十年代的语境下推向了前进。"②

不同的文学史家和批评家对作为新时代作家毕飞宇的评价，显示了他的价值和重要性。这个价值和重要性也只有在文学史的视野中能够被发现和做出合乎实际的评价。1992年余华在《收获》发表了著名的小说《活着》，二十余年来，《活着》一直畅销不衰，它的经典化不仅在文学精英的讨论和对话中逐渐得以确立，同时也在读者几十年居高不下的阅读热情中被确立。余华从"先锋文学"的最前沿猛然转身，重新回到现实主义的文学立场，几乎就是一个标志性的事件，同时也是中国文学在读者中"止冷回暖"的重大信号。但是，此前十年左右的时间里，中国小说一直在西方先锋小说的潮流里，中国作家对先锋小说的崇拜几乎是狂热性的，毕飞宇当然也概莫能外。他说，对他影响最大的是两个西班牙语作家，一个是博尔赫斯，

---

① 孟繁华、程光炜、陈晓明：《中国当代文学六十年》，北京大学出版社2015年，77页。

② 张清华：《人性的刀锋与语言的舞蹈》，《小说评论》2020年第2期。

一个是马尔克斯。"遇到博尔赫斯，你一定是惊为天人。"不仅从毕飞宇的自述，而且从他的阅读我们也可以断定，他是受过现代主义、先锋文学等欧风美雨沐浴的作家，他也曾疯狂地迷恋先锋文学。但是，他适时地反思和调整了自己，并迅速确定了自己的创作方向。可以说，是新生代作家和先锋文学作家一起扭转了中国小说写作的方向，将中国小说适时地转向了更具生命活力的道路。在这个意义上我们可以说，先锋文学和"新生代"在二十世纪九十年代汇合了，作为具有潮流意义的先锋文学，逐渐转化为潜流，其影响力与八十年代相比大大降低。当然，我们必须看到，无论是莫言、余华还是毕飞宇，他们重新选择的现实主义文学道路，是经过改造、不断丰富的现实主义，那里融汇了多种不同的创作方法，那是一种经过整合后的"现实主义"文学。这方面，毕飞宇的代表作《哺乳期的女人》《青衣》《玉米》《平原》《推拿》等可以为证。

如果是这样的话，我们可以说，毕飞宇的小说不在中国抒情传统的谱系里。他对社会现实的关注，使他的小说更多地延续或继承了百年中国的社会问题小说，他的小说结结实实长在中国的大地上。那里有我们的兄弟姐妹，有我们苦难的同胞，有我们男女两性共同面对的实实在在的真问题。这是毕飞宇的情怀，这个情怀决定了毕飞宇小说可能达到的思想和精神高度；他有相对丰富的生活经验，尤其有对生活经验深刻的认知能力；他有广泛的阅读经历，这种经历开阔了他的文学视野，丰富了他的文学技法，于是也丰富了他先天具备的丰沛的想象力。因此，经验、技法和想象力，就是毕飞宇塑造人物的小说之道，这一小说之道就这样成就了一个天才的作家。

2020年12月10日于北京寓所

原载《当代作家评论》2021年第1期

应物象形与伟大的文学传统

——评李洱的长篇小说《应物兄》

这是一部写了十三年的小说，是一部与时代有同构关系的小说，是一部关于知识阶层的小说，是知识阶层人物的博物馆，也是一部具有百科全书意味的小说。小说以儒学院的具体筹建人、儒学大师程济世归国联系人应物兄为主角，将他这一过程中的心理和行为遭遇跃然纸上，将各色人等的心机、算计以及冲突、矛盾或明争暗斗尔虞我诈，汇集于儒学大业的复兴中。知识界与历史、与当下、与利益的各种复杂关系，通过不同的行为和表情一览无余。这是我们期待已久的小说，它的文学价值将在众声喧哗的不同阐释中逐渐得到揭示。

《应物兄》发表之后，首先在上海批评界引起了近乎海啸般的震动，除了郜元宝温和地提出了少许质疑和批评之外，几乎众口一词地给予了极高的评价。应该说，《应物兄》承担得起这样的评价。据统计，小说涉及典籍著作四百余种，真实的历史人物近二百个，植物五十余种，动物近百种，疾病四十余种，小说人物近百个，涉及各种学说和理论五十余种，各种空间场景和自然地理环境二百余处，这种将密集的知识镶嵌于小说中的写法，在当代文学中几乎是空前的。满篇飞扬的知识符号遮天蔽日目不暇接，它新奇又熟悉，绚丽又陌生。这是批评界对这部小说备感亲切的原因之一，于是大家跃跃欲试又莫衷一是，"热议"一词几乎是所有报道这部小说使用频率最高的词汇。作为一部百科全书式的小说，这种效果大概早在作家李洱的预料之中，也应该是李洱最为得意之处。想到这里，耳边就会响起李洱那狡黠又天真的嘿嘿笑声。

小说封面有一句寄语或提示曰"虚己应物，恕而后行"，出自《晋书·外戚传·王濛》，意在说待人接物应有的态度和要求，顺应事物谨慎行事。这是作家对个人叙事和处理人物的自我提示。但我更愿意从创作的方法上理解"应物"的含义。"应物"，原指画家的描绘要与反映的对象形似，就是应物象形。其说法出自南齐谢赫的《画品》，《画品》提出了六法理论，即谢赫六法，包括气韵生动、骨法用笔、应物象形、随类赋彩、经营位置、传移模写。其中应物象形，就是画家在描绘对象时，要顺应事物的本来面貌，用造型手段把它表现出来，描绘事物要有一定的客观事物作为依托，作为凭借，不能随意地主观臆造，也就是客观地反映事物，描绘对象。但是，作为艺术，也可以在尊重客观事物的前提下进行取舍、概括、想象和夸张。这可以说是指一种创作态度和方法，也可以理解为中国最早的朴素的"现实主义"。我理解这是解读《应物兄》的钥匙和入口。或者说，李洱在塑造摹写应物兄等一干人物及其关系的时候，其主观愿望是力求达到应物象形，真实准确。当然，今天对应物象形的理解和文学实践早已超越了谢赫的时代，对各种艺术手法的综合运用已经成为常识。因此，今天"应物象形"显然也具有了它的时代性，是在这样的意义上李洱将小说命名为"应物兄"。而"应物"对小说而言，不只是一个人物，也是他的方法和自我期许。

在"应物象形"的旨归和追求下，他真实、生动、神似地写出当下知识阶层的众生相，写出了这个时代知识阶层总体的精神面貌、心理状况和日常生活。应该说，这是一个文学难题。进入新世纪之后，各种文学潮流和题材如反腐文学、底层写作、乡土文学、城市文学，以及"70后""80后"等风起云涌此起彼伏，但是，知识分子题材还是一个稀缺之物。或者说，如何处理和准确描述当下的知识阶层，作家作为这个阶层组成部分，他们仍然感到困难。这一状况，在与以往经验的比较中会看得更清楚。现代知识阶层文化信念和方向的选择，经历了一个从总体性的认同到文化游击战过程。知识阶层在中国不是一个独立的阶层，他们在社会历史发展过程中，总要面临文化方向和信念的选择。"五四"时期似乎表达了这个阶层的先知先觉，他们振臂一呼，"德""赛"二先生引领了那个时代的思想风尚和文化潮流，展示了这个阶层耀眼的风采。但是，文化革命如割辫、易服、放脚，早已在民间完成，更无须说在西方现代性压力下改制的大势所趋。"没有晚清，何来五四"的被发现，现当代研究界在一个时期里津津乐道就不是空穴来风。但是，通过阅读百年来关于知识分子题材的小说我们会看到，知识分子的文化方向和文化信念的选择，同中国的现代性是一个同构关系，就是不确定性。启蒙、革命、救亡、思想改造、多元文化追求等，是这一题材在不同历史时期的文学回响。其间虽然有激进主义、保守主义以及其他观念旁逸斜出，但是，大体总有一个"总体性"的存在，与社会历史潮流的发展构成了推波助澜的关系，形象地表达或顺应了"总体性"的要求。"狂人"的"呐喊"、"零余者"的彷徨、茅盾的《蚀》三部曲、钱锺书的《围城》、师陀的《结婚》、李劼人的《天魔舞》、路翎的《财主底儿女们》、杨沫的《青春之歌》、张扬的《第二次握手》、靳凡的《公开的情书》、戴厚英的《人啊，人》、谌容的《人到中年》、宗璞的《野葫芦引》、从维熙的《雪落黄河静无声》、张贤亮的《绿化树》、王蒙的《布礼》、鲁彦周的《天云山传奇》、叶楠的《巴山夜雨》、张承志的《黑骏马》《北方的河》等，构成了知识分子小说庞大而激越的交响。二十世纪九十年代以后，情况发生了变化，贾平凹的《废都》、王家达的《所谓教授》、阎真的《沧浪之水》、张者的《桃李》、李晓华的《世纪病人》等，书写了知识阶层令人惊悚的蜕变和分化。知识阶层再也难以找到能够认同的文化总体性。这与"五四"时期一直到八十年代是大不相同的。

《应物兄》诞生的2018年，院校知识阶层百年来所有的冲动"学术人物"已经成为既得利益集团的成员，他们占据了绝大部分学院资源，有庞杂的人脉关系，有巨额研究经费，等等，他们在这个时代如鱼得水游刃有余，他们分布在重要的大学甚至走进掌控学术资本和话语权力的相关部门。其他教授和教员，不仅要受到现行教育制度的挤压，而且也要受到这些超级教授和学阀的挤压。因此，如何描摹这个阶层的精神状况、生存状态和创造具有概括力的文学人物，对作家构成了巨大的挑战。这时应物兄款款走来了，应物兄真是恰逢其时啊！应物兄有多重身份：济州大学的著名学者、教授，济州大学学术权威乔木先生的弟子兼乘龙快婿，济州大学筹备儒学研究院的负责人，还是济州大学欲引进的哈佛大学儒学泰斗程济世的联络人。但是，应物兄一出场，就注定了他是一个与现代知识分子无缘的人物，他自说自话，欲言又止，更多的话是憋在自己的肚子里，这是一种处事方式。这种方式是他的导师兼岳父乔木先生亲授的：不要接话太快，人长大的标志是能憋住尿，成熟的标志是憋住话；孔子最讨厌话多的人，君子讷于言而敏于行。于是，应物兄就有了自己和自己说话、自问自答的习惯，他的内心就是黑格尔意义上的"避难所"。作为一个名教授、学院的学术中坚，他在应对日常工作的同时，也不免与商业利益瓜田李下。他的学术著作《〈论语〉与当代人的精神处境》，出版时被出版人季宗慈改为《孔子是条丧家狗》，应物兄大闹一场无济于事也只好不了了之，但因此他惹上了不小的麻烦。先是师弟费鸣的"隔空打劫"，在"午夜访谈"节目中假借出租车司机"砸场子"，让应物兄节节败退颜面尽失。佯装司机的费鸣步步紧逼，不依不饶；应物兄则已经"满头大汗"了。这是小说最为精彩的场景之一。那位不知深浅的主持人"朗月当空"还说："什么样的听众都有。上次说的那个嘉宾，被听众训得心脏病都犯了。从此我们都不得不准备速效救心丸。但我相信您能够挺住。"听了这不明事理的胡言乱语，应物兄说"人家说得也有道理"。有了这句话，应物兄本质上还不是一个坏人，他还是一个足够机灵、不够精明的人。但这不是坏人的应物兄，却又陷进另一个进退维谷的场景，那就是后来与朗月纠缠不清的风月事。事件的缘起，应该说应物兄是被季宗慈绑架的，但是，在应物兄微弱的反抗中，也表达了他半推半就尔后就随波逐流的内心潜在欲望。

应物兄是小说的主角，小说中的所有人物几乎都与他有关系。

首先是三代知识分子：研究柏拉图的女博导何为，经济系研究亚当·斯密的张子房，文学院的乔木，闻一多的学生考古学教授姚鼐，还有物理学教授双林；第二代即应物兄这一代，包括与应物兄明争暗斗的费鸣，性取向特殊的郏象愚，研究屈原的伯庸，研究鲁迅的郑树森，"三分之一儒学家"的大学校长葛道宏，文学院院长张光斗，教授邬学勤、汪居常、华学明等；第三代，如"儒学天才"小颜等人，其中不乏"精致的利己主义者"。与学院相关的人物在小说中其实不足三分之一。其他人物如险些被老婆抠成肛瘘的栾副省长，黄金海岸集团的董事长，程济世的弟子黄兴，桃都山集团老板铁梳子，戏剧表演艺术家兰菊梅以及电视台主持人朗月等，这些人物都与济州大学、与应物兄有千丝万缕的联系，这是小说被认为是学院知识分子小说的重要原因。如果没有这些学院之外各色人等的关系，学院知识阶层的"应物象形"在艺术上就失去了依托，只有通过与社会各阶层千丝万缕的关系，"知识分子"们的面相才能得以完成塑造。如果从这个方面看，《应物兄》又不只写了大学，而是通过知识阶层写了整个社会。

儒家思想是中国传统文化的核心思想，它绵延不绝两千余年，以主流的形式对后世尤其对传统文人和近现代知识分子产生了根本性的影响。它的博大精深显示了东方的智慧，以其独特性在世界文化总体格局中发出悠长而久远的回响。儒家思想自创立始，便为传统文人设计了理想的人生道路，这一理想的设计成为中国传统文人终生向往与奋斗的目标，它的实现与否标示了人生的成败和自我价值的是否实现。在儒家看来，要有"以天下为己任"的宏大抱负，"修身齐家治国平天下"是最理想的人生选择，也是天经地义的分内事，"如欲平治天下，当今之世，舍我其谁也"。只有治国平天下"应帝王""做宰辅"才是人生正道。而"学稼""学为圃"的樊迟则被孔子斥为没有出息的"小人"。要实现这一理想，通过仕途跻身于官僚集团是唯一的通道，"士之仕也，犹如农夫之耕也"。"学而优则仕"是两千余年传统文人根深蒂固的观念。历代官制经由任命、"辟地"、"胜敌"、"九品中正制"等各种形式逐渐过渡到隋唐以降的"试策"取士和"科举"取士，积极从政的传统文人便纷纷踏上了通往理想的狭窄道路，一个个儒生满怀神圣与建功立业的梦幻、头戴方巾、端庄儒雅地从四面八方向科举圣地走来，终生为此追逐而乐此不疲。因此，中国读书明理的传统文人们便自觉地承担了国家官僚机构整装待命的庞大的预备队。一旦金榜题名，儒生的命运便即刻改变，它不仅光宗耀祖辉映乡里，同时使儒生的心态焕然一新，所谓"春风得意马蹄疾，一日看尽长安花"，正是成功者的心态写照。因此，科举取士聚集了文人焦虑的目光和内心欲望。唐代虽出现过"野无遗贤"奸佞弄权的把戏，在元代也曾废止科举八十年，但这丝毫没有影响后来文人参加科举的热情和终生锲而不舍的努力。

儒家理想的人生道路和唯一实现途径，严格地规约了传统文人的心态模型和行为模式。对现实的态度，儒家倡导积极的入世精神和参与意识，把对公共事务的关心看作是个人义不容辞的责任，把国家、民族的命运与个人命运紧密地联系在一起，自视身负使命，有救世明道的天然义务，因为"士不可以不弘毅，任重而道远。仁以为己任，不亦重乎？死而后已，不亦远乎"。要积极入世，对社会生活发生作用，只有走为官入仕的实用政治道路，通过自己的努力创造出一个太平盛世。这与道家的遁世隐逸、怡然自得的道骨仙风形成鲜明的对比，"为生民立命""为万世开太平"成为历代儒生的共识。这些原始教义始终激荡点燃着历代"士"的内心冲动。儒学创立时代，"士"们便积极投身于社会实践和政治旋涡，或创立学派提出治国平天下的理论，或投入君王怀抱充当幕僚，或投笔从戎参与诸侯征战。孔子仕途受挫才不得不做了中国第一位"教授"。因此"兼济天下"的入世思想是世代儒生的普遍心态，"事事关心"的参与意识一直延续至今不衰，在当代知识分子的心中依然会引起强烈的震荡。

以天下为己任的入世精神面对战乱不断、矛盾丛生、君王昏庸、奸佞当道的现实社会，必然会产生一种深切的忧患情怀，即便是处于安乐之中，也会"居安思危"。它因世代相通而成为中国传统文人或现代知识分子一个普遍的精神特征。范仲淹《岳阳楼记》中的"居庙堂之高，则忧其民；处江湖之远，则忧其君。是进亦忧，退亦忧。然则何时而乐耶？其必曰：先天下之忧而忧，后天下之乐而乐乎！"这一名言集中传达了传统文人宏大抱负中心怀明君庶民的胸怀和操守。两千多年来，传统文人无论从政或治学，他们留传下来的诗文，多为感时忧国之作，自屈原始，司马迁、杜甫、陆游、辛弃疾，一直到近代的龚自珍、梁启超等，无不心忧天下，为民族兴亡忧患不已。

与忧患情怀相连的是传统文人的批判意识。"士志于道"集中体现了传统文人的信念和终极价值关怀。因此，传统文人在封建社会同样也具有"社会良知"的功能。当"士"以"道"的承担者自居时，其客观身份已经不重要，而重要的是其"社会良知监护人"的社会功能。这是入世精神和忧患情怀在价值层面的体现。以正义的捍卫者和基本价值的守护者的身份自我定位，是传统文人理想的道德和人格境界。人生实践中是否都努力实现这一境界另当别论，但古代文学中揭露腐败荒淫、抨击时事政治、同情底层人民、抒发愤懑不平的作品层出不穷却是文学史实。那"知其不可而为之"的刚正顽强心态一直延续至今不衰，也正是传统文人和现代知识分子的最为动人之处。新文化运动之后，儒学受到重创，但在不同的历史时期仍不时有它的回响，作为中国文化的元话语之一，它有巨大而顽强的生命力。

但是，以应物兄为核心的正在筹备的儒学研究院及其周边的"儒生们"，他们的行为方式和情感方式，并没有在与儒家思想有关的层面展开，他们是情怀和理想尽失的一个群体，当然也不是这个时代的清流。他们与红尘滚滚的世风沆瀣一气，甚至有过之而无不及。所以鲁迅说：我觉得文人的性质，是颇不好的。因为他智识思想，都较为复杂，而且处在可以东倒西歪的地位，所以坚定的人是不多的。鲁迅的锐利、深刻和一针见血无人能敌。面对这样的"儒学家"，外来学习儒学的学生们甚至也敢公然地挑战儒学。卡尔文是小说中一个来自坦桑尼亚的黑人留学生。这个人物的设置意味深长：作为一个弱势国家的留学生，他是来中国学习儒学的。但是这又是一个气焰嚣张的学生。他不仅寻花问柳声色犬马，而且可以公然挑战儒学。他曾经问应物兄：《论语》中说，有朋自远方来，不亦乐乎，可随后孔子又提到父母在，不远游。"自远方"来的那个"朋"，是不是已经父母双亡了？一个如此不孝之人，孔子怎么能把他当成志同道合的朋友呢？卡尔文的问题确实刁钻。应物兄回答的是下半句："游必有方。"但是卡尔文毕竟是卡尔文，他不理解的是，这是《论语》开篇的"学而篇"。学是指学习礼乐诗书，那个有朋自远方来的"朋"，不是来游玩的，是来问学、讨论礼乐诗书的。这与孔子并不反对一个人为正当的目标可以外出奋斗是不矛盾的。但是，儒学受到外来文化的挑战，在这里就是一个隐喻性的事件。难怪程济世儿子程刚笃的美国太太珍妮写的儒学论文将题目定为"儒驴"，其嘲讽意味也算是没有辜负济州大学儒学院了。

因此，在我看来，济州大学的"儒生们"虽然没有忧患、没有情怀，但是，作为小说创作，这是全新的经验。李洱面对这一新经验，为他进入创作带来了巨大冲动，但小说总体表达的是李洱苦心经营的一部未名的忧伤之书，一部不着痕迹的充满了忧患意识的小说。小说通过无数具体的细节，呈现了以济州大学为中心的知识阶层在做什么、想什么、关注什么。关于"儒驴"的那堂讨论课，再形象不过地呈现了当代"儒生们"的荒诞和丑陋，他们如果不是"儒驴"，也与他们讨论涉及的"黔之驴"相差无几了。面对"儒生们"的所作所为，李洱不是强颜欢笑，他是强颜苦笑。特别是当他提到的历史，提到西南联大一代人时说"一代人正在撤离现场"，提到二十世纪八十年代时说"求知曾是一个时代的风尚"。这显然不是随意的联系，这是李洱面对应物兄们发出的感伤又不免苍凉的慨叹。他写到李泽厚到大学演讲的场景，不免让我们潸然泪下，我们就是从那个年代走过的一代。当年的我们是何等意气风发，那些历史片段至今仍储存在不同的文化记忆中，只要听听八十年代的校园歌曲，读读八十年代风靡一时的诗歌，我们偶尔还会闪回到那个英姿勃发的青春岁月，一如应物兄在网上看到他多年前的文章：

> 那是关于李泽厚先生的《美的历程》的"读后感"，题目叫《人的觉醒》。那个时候，他刚考上乔木先生的硕士，对儒家文化一点不感兴趣。他感兴趣的是楚文化中的氏族图腾和神话，认为那是华夏艺术想象力的源泉。他感兴趣的还有魏晋风度，它看起来很颓废，其实那是对生命的感喟，蕴藏着对生命的留恋。

时过境迁，我们或许也是应物兄的同道，起码相差无几了吧。大学是一个国家民族的精神堡垒和思想高地，而应物兄们一步步正在走向万劫不复的境地，这是我们时代思想和精神深处最为惨烈和触目惊心的场景。如果是这样的话，那么，《应物兄》就是一部充满了忧患感的大书。作家毕飞宇在写南帆的一篇文章中说：

> 我曾经拜读过保罗·约翰逊的《知识分子》。这本书给我留下了惨痛的记忆，我的小说至今没有留下"知识分子"的记录，足以证明保罗对我的刺激有多大。但是，我热爱知识分子，我指的是社会学意义上的"知识分子"这一概念。我曾经鼓足了勇气说过这样的一句话："我愿意通过写作最终让自己成为一个知识分子。"我说这番话的时候"知识分子"与"公共知识分子"正在臭大街。我有些赌气：我欠抽还不行吗？虽然我配不上知识分子这个称号。我有一个一厢情愿的愿望，"知识分子"这个概念不应该臭大街，我甚至还愿意套用一句伏尔泰的话：没有知识分子也要创造出一个知识分子来。一个好的社会怎么能容不下"知识分子"呢？一个好的社会怎么能离得开"知识分子"呢？有原罪的"知识分子"那也是"知识分子"。

遗憾的是，济大的"儒生们"没有一个人愿意思考自己如何在思想和行为方式上成为一个知识分子，我们时代的精神困境正在肆虐地蔓延。

关于章节命名，大家都注意到每个章节都取自章节的前两三个字，新鲜奇妙。

这种题目的命名方式古已有之。比如《诗经》中的《螽斯》：螽斯羽，诜诜兮。宜尔子孙，振振兮。螽斯羽，薨薨兮。宜尔子孙，绳绳兮。螽斯羽，揖揖兮。宜尔子孙，蛰蛰兮。比如《麟之趾》：麟之趾，振振公子，于嗟麟兮。麟之定，振振公姓，于嗟麟兮。麟之角，振振公族，于嗟麟兮。《诗经》中类似的命题方式比比皆是。当然，最著名的可能还是唐代大诗人李商隐的《锦瑟》诗：锦瑟无端五十弦，一弦一柱思华年。锦瑟，瑟的美称。无端，没来由地。古代诗歌研究专家认为这种命题方式也是一种"没有来由"的"无理"命名，但又有"无理之妙"的美学效果。《应物兄》同样取得了这一效果。小说的结构，是以济州大学成立太和儒学院为中心，通过这一建院过程，各色人物粉墨登场。引进哈佛大学东亚系教授、儒学大师程济世来济州大学儒学研究院任院长，本身就是一件虚妄的事情。研究儒学的这些知识分子的所作所为，或者说他们的职业化，早已不把儒学当回事，儒学只是一个饭碗而已。程济世即便做了济州大学儒学研究院长，又能如何？我们也见到了这位声名显赫的"儒学大师"，他也可以做《儒学与中国的"另一种现代性"》的极具当下性的报告，而且让省长和老教授们听得"血脉偾张"，上了年纪的人甚至往嘴里塞着药丸，预防高血压或冠心病。因为他们事先就预料到自己会激动不已。但是，当程先生举具体例子比如——人的体味、包饺子、价值观之后，将儒学抬到了至高无上甚至无所不能地位时，他可能就剑走偏锋自以为是了。更何况，与其说他来济大是对济州儒学院的情感，毋宁说他更多的还是源于对济哥、仁德丸子的感情。在81《螽斯》一节中，张明亮从程先生录音剪辑出来的关于济哥的言谈，再清楚不过地表达了程世济对螽斯，也就是蝈蝈的一往情深："程先生的声音，在会贤堂回荡。低沉、缓慢、苍老、令人动容。在程先生那里，济哥已经不仅仅是鸣虫了，而是他的乡愁。"在101《仁德丸子》一节中，应物兄记得很清楚——

程先生认为，仁德丸子，天下第一。北京的四喜丸子，别人都说好，他却吃不出个好来。首先名字他就不喜欢。四喜者，一喜金榜题名；二喜成家完婚；三喜做了乘龙快婿；四喜阖家团圆。全是沾沾自喜。儒家、儒学家，何时何地，都不得沾沾自喜。何为沾沾自喜？见贤不思齐，见不贤则讥之，是谓沾沾自喜。五十步笑百步，是谓沾沾自喜。还是仁德丸子好。名字好，味道也好。仁德丸子要放在荷叶上，清香可口。食不厌精，脍不厌细，精细莫过仁德丸子。

程先生说："奔着仁德丸子，老夫也要回到济州。"

程先生对济州的情感具体而温馨，但因螽斯和仁德丸子信誓旦旦的程先生就是迟迟不临，一再延宕，他来研究院成为一个遥遥无期"等待戈多"的事件。这一后叙事视角的设定，恰好契合了小说叙事的需要——这漫长或不可及的等待，既是隐喻，也为了小说叙事赢得了时间和空间：建太和儒学院，风乍起，搅起满天风尘。自第三章起，黄兴的GC集团开始到济州实地调查、投资，工程上马；然后是各色人等向太和研究院拥塞，应物兄的好日子也到头了。但是当研究院终于落成的时候，济大"寻访仁德路课题小组"确定的地址却选错了。而程先生大驾仍然没有踪影。事实是，程济世是否回来一点都不重要，无论对济州大学的儒学研究院，还是对当代中国的儒学研究，一个"出口转内销"的儒学，还能怎么样呢？因此，程济世只是小说叙事的需要，与儒学没什么关系。学，不在有用无用。人文学科如果从实用的角度评价，当然是无用之学。但是，看到应物兄和太和研究院的老爷少爷们，真实的感受不是学得有用无用，而真的是一无是处了。

如果从文学谱系来讨论《应物兄》的话，这个庞然大物几乎是难以厘清的。但是，起码这样几个方面还是看得清楚：小说的章节安排，有"史传传统"的流风余韵。小说虽然每节题目是按照每节第一行前几个字命名，但是，李洱刻意让小说中的主要人物都在每个小节中作为题目出现，使这些人物相对独立、完整而给人留下深刻印象；在描摹这些人物的时候，他们与现实真实人物的语言、行为、名字等多有戏仿，某些著作、言论、行为等，我们大体知道来自哪里，这一挪移嫁接给人亦真亦幻的感觉，更加强化了小说的真实性和当代性。而整体上反讽、荒诞等先锋文学的技法，不仅彰显了作家李洱的文学胎记，同时也与他试图总体性地描绘当下知识阶层面相的期许有关。小说以多种方法艺术地真实塑造了当下知识阶层的诸多形象，但那里也有抑制不住的嘲讽戏谑和荒诞。笔法当然也有《儒林外史》以及《围城》的传统，应物兄、费鸣、伯庸等，几乎就是三闾大学方鸿渐、赵辛楣和李梅亭的同事。就像《围城》中的三闾大学，对原型学校有诸多猜测，《应物兄》发表后，也难怪对济州大学原型也有了诸多猜测。如果再往大了看，从应物兄个人命运来说，他从一个成功的中年教授到一个学术明星，上街都要戴墨镜，街头电视里播映着他的演讲，他出入楼堂馆所，接触各界"上流社会"，但他最后还是遭遇车祸生死未卜。栾庭玉副省长面临着被"双规"，为繁殖济州蝈蝈呕心沥血的华学明疯了，双林院士、何为老太太逝世了，应物兄最尊重的芸娘长病不起……正所谓眼见他起高楼，眼见他宴宾客，眼见他楼塌了。从这个意义上，《应物兄》显然又不只写院校知识阶层，不只写这个阶层的堕落和分崩离析，而是对人生悠长的喟叹和感伤，人生终归是大梦一场。这样，小说无论在细节的铺排上，还是整体的象征意味上，它接续的又是《红楼梦》的传统，是《红楼梦》这部伟大作品的当代回响。儒学的传统在太和研究院化为乌有，但李洱用他的小说实现了对伟大文学传统的继承和弘扬。伟大的文学传统，是一个不断发展、不断构建的传统，它在扬弃中也不断吸纳。它是由中国古代文学、现代文学和西方优秀文学遗产合流形成的一种"守正创新"的、对当下文学具有支配性向心力的文学观念。《应物兄》的创作践行的正是这一传统。

《应物兄》是几十年中国当代文学发展中的一部重要作品，是一部属于中国文学荣誉的高端小说。长久以来，我们祝愿祈祷中国文学能够有一部足以让世人刮目相看的小说，能够有一部不负我们伟大文学传统、不负我们百年来对中外文学经验积累的一部小说，经过如此漫长的等待，现在，它终于如期而至。

原载《当代作家评论》2019年第3期

直面当下中国的精神难题

——石一枫的小说创作与社会问题小说传统

自白话文学发生以后，中国文学从来没像现在这样繁复多样和复杂。因此，对于当下文学的评价之分歧，也从来没有如此意见纷呈各执一词。无论出于哪种考虑，这都是一种全新的文学格局，或者说，"就是我们的文学生活"①。但是，只要我们走进文学内部，就会发现我们的文学依然与现实结合得非常紧密，当下生活的每一个细部被表达得完整而全面。从这个意义上说，文学仍然是时代生活的晴雨表，作家仍然是时代生活的记录者。一个时代有一个时代的文学，但文学传统的巨大力量仍以惯性的方式在传承和延续。诚如贾平凹所说："作为一个作家，做时代的记录者是我的使命。"②这也是文学仍是这个时代高端精神文化生活主要形式的原因。作家记录时代生活，同时也必须表达他对这个时代生活的情感和立场，并且有责任用文学的方式面对和回答这个时代的精神难题，特别是青年的精神难题。比如二十世纪八十年代文学，在今天不仅是一个研究对象，同时也更是一个怀念和不断想象建构的对象，原因就在于八十年代的文学不仅整体上塑造了一个"青年"形象——高加林、返城知青、青年"右派"、青年叛逆者等，一起构成了八十年代文学绵延不绝的青春形象序列。这些青春形象同那个时代的"星星画展"、港台音乐、校园歌曲以及崔健的摇滚、第五代导演的电影等，共同构建了八十年代激越的文化氛围和扑面而来的、充满激情的青春气息。任何一个时代的文化心理、氛围和具有领导意义的潮流，都是由青年担当的。因此，没有青春文化和没有青春形象的文学，对任何时代都是不能想象的。同时，八十年代的文学更揭示和呈现了那个时代青年的精神难题，比如潘晓问题的讨论以及青年经过短

---

① 我曾用这样的表达概括2009年的中篇小说创作状况。见《当代文坛》2010年第1期。

② 王文、刘巍巍：《专访贾平凹：做时代的记录者是我的使命》，《新华每日电讯》2013年6月14日。

暂的亢奋之后的迷茫、颓唐等。正如北岛的《一切》和舒婷《也许》中的诗句："一切都是命运 / 一切都是烟云 / 一切都是没有结局的开始 / 一切都是稍纵即逝的追寻。""也许我们的心事？ / 总是没有读者？ / 也许路开始已错 / 结果还是错 / 也许我们点起一个个灯笼 / 又被大风一个个吹灭/也许燃尽生命烛照别人？ / 身边却没有取暖之火？"那个时代青年的精神难题就这样被诗人提炼出来，于是他们成了八十年代的代言者和精神之塔。

上述与文学有关的现象或作品，几乎都与社会问题有关。社会问题小说，是新文学重要的流脉，也是自1978年以来文学最发达和成就最高的领域。这一状况不仅与中国的社会历史语境有关，同时也与作家对文学与社会关系的认知有关。即便在文学表达最为自由的时代，社会问题小说仍然是最丰富、最多产的，比如八十年代。但是，今天由于新媒体的出现，社会资讯的发达程度远远超出了我们的想象。更严峻的问题是，各种关于社会问题的消息蕴含的信息量或轰动性、爆炸性，是任何社会问题小说都难以比拟的。要了解社会各方面的问题，网络、微信等无所不有。因此，当今时代的各种资讯对社会问题小说提出的挑战几乎是空前的。但是，文学毕竟是一个虚构的领域，它要处理的还是人的心灵、思想和精神世界的问题。从这个意义上说，文学仍然占有巨大的优势，仍然有巨大的空间和可能性。精神难题是社会难题的一个方面，但网络、微信传达的各种信息，还不能抵达文学层面，这也正是文学至今仍然被需要的缘由。如果是这样的话，我认为青年作家石一枫是新文学社会问题小说的继承者，他不仅继承了这个伟大的文学传统，同时就当下文学而言，他极大地提升了新世纪以来社会问题小说的文学品格，极大地强化了这一题材的文学性。在这个无所不有、价值观极度混乱的时代，石一枫和一批重要作家一起，用他们的小说创作，以敢于正面强攻的方式面对当下中国的精神难题，并鲜明地表达了他们的情感立场和价值观。作为一种未做宣告的文学潮流，他们构成了当下中国文学正在隆起的、敢于批判和担当的正确方向。

一、仍在辩难的文学观念

每个作家都有自己不同的文学观念。这是文学创作自主化或曰创作自由在今天的具体体现。不同的文学观念都有它存在的理由，它支配着作家对文学和文学实践的理解。因此，作家创作出具有不同思想内容的文学作品，起决定性作用的，还是作家的文学观念。当下文坛虽然没有形成规模的关于文学观念的冲突，但通过不同的文学作品，我们仍然可以感受到文学观念的辩难并没有终结。从某种意义上说，这是八十年代文学观念搏斗的延续，也是八十年代仍然"活在"当下的一部分。八十年代"先锋文学"以及构建的文学形式的意识形态，彻底改变了当代中国文学"一体化"的格局，以兵不血刃的方式，溶解了政治／文学的难解之谜，从而打破坚冰，迎来了百舸争流的文学大时代。它巨大的历史意义已经写进了不同的当代文学史。但是，今天看这段历史也许更清楚的是，那是一个别无选择的文学策略。文学是以巨大的内容牺牲为代价换取了新的文学格局。后来，当"先锋文学"被当作唯一的"纯文学"推向至高无上圣坛的时候，它也就走向了末路。

时至今日，先锋文学的巨大问题正在被日益深刻地检讨。先锋文学发源地之一的法国，许多重要的理论家对文学的形式主义、虚无主义和唯我主义等做了痛心疾首的批判。托多罗夫认为："应该承认文学是思想。正因为如此，我们还在继续阅读古典作家的书，通过他们讲述的故事看到生存要旨。当代文学，尤其是法国文学，却常常显示这种思想与我们的世界业已中断了联系。当务之急，是要言明文学不是一个世外异域，而属于我们共同的人类社会。"他在《文学的危殆》中声言"二十一世纪伊始，为数众多的作者都在表现文学的形式主义观念……他们的书中展示一种自满的境遇，与外部世界无甚联系。这样，人们很容易陷进虚无主义……琐碎地描述那些个人微不足道的情绪和毫无意思的性欲体验""让文学萎缩到了荒唐的地步"。托多罗夫还说："第三种倾向是唯我独尊，原本始于唯有自己存在的哲学假设。最新的现象为'自体杜撰'，意指作者不受任何拘牵，只顾表现自己的情绪，在随意叙事中自我陶醉。"作者的结论是，从二十世纪到二十一世纪初，形式主义、虚无主义和唯我主义在法国形成了占统治地位的意识形态，从而导致一场空前的文学危机。南茜·哈斯顿也指出："这种精神分裂症在我们中间蔓延开来，造成一种分化局面。一方面，舆论把虚无主义文学吹捧上天；另一方面，庶民的生活意愿则遭冷落……我感到，这是放弃，几乎背叛了文学的圣约。"她列举了伯恩哈特、耶利内克、昂戈、乌埃尔贝克和昆德拉等当今走红的欧洲作家，表示无法赞同他们的创作倾向。因为，对他们来说，"唯一可能的认同，是读者应赞同作家傲慢地否定一切，再加上对文学体裁和文体神圣意念的超值估价，读者唯一合乎时宜的应和，就是赏识作家的风格和清醒的绝望，而后者则过细地肆意描绘，从而唾弃眼下这个不公平的世界"。针对这种现象，南茜·哈斯顿写了《绝望向导》一书，指斥虚无主义派作家，"面对着一些绝望向导，一些狂妄自大而又绝顶孤僻之辈，一些憎恨儿童和生育，认为爱情愚蠢之至的人，怎么还能来构思一种大体还过得去的日常生活呢?"托多罗夫更一针见血："这种虚无主义的思潮，不过是对世界前景极端的偏见。"①这种情况不仅发生在法国，第二次世界大战后，德国文学很快与文学现代派接上了轨。到了八十年代，德语文学已滑到了世界文坛的边缘。人们责备德语小说的艰涩、思辨以及象牙塔味十足。②德国作家说："德国人不欣赏他们的当代文学，是因为他们不欣赏他们的当代。"德国文学和读者缓慢地重新建立联系，也是因为德国作家面对社会，"碰到了那根神经，抓住了时代的脉搏，找到了正确的声音"③。因此，注重文学与时代的关系，不仅在中国，西方文学世界同样有这样的要求。

在中国文学界，对这种所谓"纯文学"的反省、检讨甚至抵抗也由来已久。早在2003年，著名作家吴玄也在《告别文学恐龙》中说"二十世纪的八十年代，在中国，大约可以算是先锋文学的时代。那时，我刚刚开始喜欢文学，对先锋文学自然是充满敬意了，书架上摆满了卡夫卡、普鲁斯特、乔伊斯、加缪、福克纳、博尔赫斯……二十世纪而又没有标上先锋称号的作家，对不起，他们基本上不在我的阅读范围之内"。"我也算是一个相当纯正的先锋文学爱好者了。爱好先锋文学，确实也是很不错的，它在相当长的一段时间内，给我带来了很好的自我感觉，那感觉就是总以为自己高人一等，常有睥睨天下的派头。因为阅读先锋文学实在是不那么容易的，不好看通常是先锋文学的标准，它一般可以在五分钟之内把大部分读者吓跑。最经典的先锋文学，往往是最不好看的，它代表的据说是人类精神的高度，或者是心灵探寻的深度，很是高不可攀又深不可测。这样的经典被生产出来，其实不是供人阅读的，而是让人崇拜的。譬如《尤利西斯》，这样的小说无疑是文学史上的奇迹，阅读几乎是不可能的，不过，没关系，你只要购买一套供奉在书架上，然后定期掸拭一下蒙在上面的灰尘，你也就算得上精神贵族了"。他还讲了一个真实的故事，这个故事很有普遍性：他参加过《尤利西斯》的研讨课。《尤利西斯》的故事不算复杂，只是乔伊斯采用了一种空前的手段，叫作"时空切割"，企图在线性的语言里做到在同一时间再现不同空间的不同人物。此种手段针对语言艺术，显然是疯狂的，不可能的。不过，后来的电视倒轻而易举做到了，电视屏幕可以随便切割

---

① 沈大力：《敲响西方文论的警钟——当前法国文坛上发生的一场激烈讨论》，《文艺报》2007年12月1日。

② 德国慕尼黑作家格奥尔格·M.奥斯瓦尔德（Georg M.Oswald）语，见乌尔里希·吕德瑙尔《文学与速度——从20世纪90年代至今日的德语文学——〈红桃J——德语新小说选〉跋语》，上海译文出版社2007年。

③ 德国慕尼黑作家格奥尔格·M.奥斯瓦尔德（Georg M.Oswald）语，见乌尔里希·吕德瑙尔《文学与速度——从20世纪90年代至今日的德语文学——〈红桃J——德语新小说选〉跋语》，上海译文出版社2007年。

成九块、十六块或二十四块，同时再现九个、十六个或更多的频道。这是一项简单的技术，这项技术用在小说上，却是把小说彻底粉碎了，《尤利西斯》也就成了天书。在研讨课上，似乎没人敢对《尤利西斯》发言，大家的表情不同程度地都有点白痴。事实上，所谓研讨课，发言的只是教授一人。后来，吴玄和教授成了朋友，他们又研讨起《尤利西斯》来，吴玄说不想再装了，《尤利西斯》他根本没看完。教授高兴地说，是啊，是啊，老实说，我也没看完。教授的回答很是出乎吴玄的意料，他说不会吧。教授说，就是这样，我估计，全世界真看完《尤利西斯》的读者不会超过一百个。吴玄说，可是，你没看完，却阐释得那么好。教授笑笑说，这就对了，《尤利西斯》就是专门为我们这些文学教授写的，拿它当教材再好不过了，反正学生不会去看，我可以随便说，即使有学生看了，也不知所云，我还是可以随便说，而且显得高深莫测，很有水平。①这些现象本来不足为外人道，但它更真实地反映了教授、批评家对所谓"纯文学"的态度。即便在八十年代，批评家和教授们会上大谈先锋文学，腋下夹着金庸小说的也大有人在。"纯文学"背后隐藏着那么多不真实的面孔早已是公开的秘密。

文学批评家邵燕君说："自恋的'纯文学'写作纯粹是一种任性的写作。有钱才能任性。有人买账才能任性。难看不是你的错，但逼人看就是你的错了。在一个'注意力'经济的时代，真正有权任性的是读者，没钱都可以任性。作为一个职业批评者，我已被逼多年。如今我也任性起来了——有本事你就把我勾引起来，不管是'高雅欲'还是'世俗心'、专业兴趣还是非专业兴趣。要么你帮我认识这个世界，要么你帮我对付这个世界。否则，你的文学世界与我无关，就像你的存折与我无关一样。"②实事求是地说，后来以"纯文学"名世的"先锋文学"，有巨大的历史功绩。我们甚至可以这样说，是否受过先锋文学的洗礼，其作品的文学性是大不相同的，而且，客观地说，先锋文学已经作为文学遗产存活于我们今天的小说创作中。当它成为常识的一部分的时候，它已不再高傲或放下身段的时候，它的价值仍然活在"当下"。但是，先锋文学或"纯文学"必须放弃自以为是或为所欲为，必须放弃"不好看"的标准。后来，我们在余华的《活着》《许三观卖血记》《兄弟》，格非的"江南三部曲"、《望春风》、《紧身衣》等作品中，看到了这一巨大变化。我们甚至可以说，如果没有余华、格非等当年先锋文学的宿将，自觉放下"先锋"身段并写出上述作品，他们就不会是今天的余华和格非。当然，我们也看到，

① 吴玄：《告别文学恐龙》，《当代作家评论》2003年第3期。
② 邵燕君：《你的任性与我何干——一个文学职业批评者对作者与读者关系的思考》，2015年1月1日与笔者文学通信。

当年有些先锋作家后来试图进入正面写小说的时候，他的捉襟见肘和力不从心使得他们的文学能力与先前相比判若两人。这时的"不好看"与当年的"不好看"不是一回事，当年的"不好看"是看不懂，现在的"不好看"是真的不好看，因为那是可以看懂的"不好看"。因此，我们可以说，"先锋文学"是可以模仿的，但是，正面强攻式的小说创作是不能模仿的。

这个整体背景，对正在成长的青年作家不能不产生巨大的影响。石一枫文学观念转变的经历证实了这一点。石一枫1996年十几岁就在《北京文学》发表小说，2009年起，先后发表了长篇小说《红旗下的果儿》《恋恋北京》《我妹》等，翻译了外国小说《猜火车》。他和同代作家一样，进入文学创作时，大多是从个人经验开始，石一枫也大抵如此。但他后来检讨说"现在回头看，这段时间的写作状态比较懵懂，老想说点什么而不知道自己应该说什么"①。几年之后，他修正了自己的文学观念："我文学的观念这几年变得越来越传统了，好小说的标准对于我而言就是：一，能不能把人物写好？二，能不能对时代发言？这都是老掉牙的论调了，但我逐渐发现，这两条要做到位真是太难了，不是僵化地执行教条那么简单，而是需要才华、眼界、刻苦和世界观。"②应该说，多部长篇的发表，让读者认识了青年作家石一枫，但并没有为他带来文学荣誉。而恰恰是他为数不多中、短篇小说——尤其是中篇小说《世间已无陈金芳》《地球之眼》《特别能战斗》《营救麦克黄》等，使他声名鹊起，成为这个时代青年作家中的翘楚。在谈到个人经验的时候，石一枫说："最大的经验就是能把个人叙述的风格与作家的社会责任统一起来，算是手段与目的的统一吧。小说写作是比较个人化的艺术，需要具有鲜明的辨识度，需要腔调、气质、语言有特点，但小说又是一个社会化的文学形式，不能仅限于为了艺术而艺术，为了风格而风格地玩技巧。过去我一直困扰于这个问题，就是如何既写自己能写的、擅长写的东西，又写身处于这个时代所应该写、必须写的东西。用套话说，怎么才能既写出人人笔下无，又写出人人心中有。这篇小说似乎在一定程度上做到了。"③石一枫能够取得今天的成就，除了他个人的才华、禀赋，与他逐渐形成的文学观有直接关系。

---

① 石一枫给笔者的文学自传。
② 李云雷、石一枫：《"文学的总结"应是千人千面的》，《创作与评论》2015年第10期。
③ 李云雷、石一枫：《"文学的总结"应是千人千面的》，《创作与评论》2015年第10期。

二、直面当下中国的精神难题

二十一世纪以后，虽然有很多青春文学，但是文学中的青春形象逐渐模糊起来，我们很难在这样的文学中识别当下的青春形象。即便偶然看到校园或社会青年的形象，他们也不再是二十世纪八十年代偶像式的人物，当然也不是曾经风行一时的叛逆的、个人英雄式的形象。这个时代的青春形象，酷似法国的"局外人"、英国的"漂泊者"、俄国的"当代英雄""床上的废物"、日本的"逃遁者"、中国现代的"零余者"、美国的"遁世少年"等，他们都在这个青年家族谱系中。"多余人"或"零余者"是一个世界性的文学现象。但是我不认为这只是一个文学形象谱系的承继问题，而是与当下中国现实以及当代作家对现实的感知有关。这些形象，与没有方向感和皈依感的时代密切相关。在这一文学背景下，我们读到了石一枫的"青春三部曲"。这三部作品分别是《红旗下的果儿》《节节只爱声光电》和《恋恋北京》。三部作品没有情节故事的连续关系，它们各自成篇。但是，它们的内在情绪、外在姿态和所表达的与现实的关系有内在的同一性，因此我将其称为"青春三部曲"。

三部作品都与成长有关，与"80后"的精神状况有关。《红旗下的果儿》写了四个青年的成长，他们的成长不是"50后""60后"的成长，这几个年代的青年都有"导师"，除了家长还有老师，除了老师还有流行的时代英雄偶像。因此，这几个时代的青春大多是循规蹈矩亦步亦趋的。"80后"这代青春的不同，在于他们生长在价值完全失范的时代，精神生活几乎完全溃败的时代。他们几乎是生活在一个价值真空中。生活留给陈星们的更多的是孤独、无聊和无所事事，因此，他们内心迷茫走向颓废是另一种"别无选择"。《节节最爱声光电》是写出生在元旦和春节之间的"节节"的成长史。这个有着天使般模样的北京小妞，成长史却极为坎坷，父母失和家庭破碎，父亲外遇母亲重病。节节是一个十足的普通女孩，一个普通孩子在这个时代的经历才是这个时代真实的感觉。《恋恋北京》虽然也是话语的狂欢，但隐匿其间的故事还是清晰的。赵小提的父母希望他成为一个小提琴家，他还是让父母彻底失望成为一个"一辈子都干不成什么事"混日子的人。与妻子茉莉的离异，与北漂女孩姚睫的邂逅，与姚睫的误会和三年后的重逢，是小说的基本线索。这个大致情节并无特别之处，但在石一枫若即若离不经意的讲述中，便成了一个浪漫感伤并非常感人的情爱故事。看似漫不经心的赵小提，心中毕竟还有江山。他对人世间真情的眷顾，使这部小说有了鲜明的浪漫主义文学色彩。因此，石一枫的

"青春三部曲"不仅让我们有机会看到了"80后"内心涌动的另一种情怀和情感方式，同时也让我们看到了这代青年作家对浪漫主义文学资源的发掘和发展。浪漫主义文学在本质上是感伤的文学，从青年德意志到法国浪漫派，从司汤达到乔治·桑，诗意的感伤是浪漫主义文学的核心美学。石一枫小说中感伤的青春，从一个方面显示了他从生活中提炼美学的能力，显示了他的历史感和文学史修养。这是一个多变的时代，无论是流行的时尚还是社会风貌，"变"是这个时代的神话，它的另一个表述是"创新"。但我还是希望我们能够经常看到有一些不变的存在，比如对人类基本价值的维护。有些时候，坚持一些观念更需要勇气和远见卓识。"青春三部曲"的主人公对爱情的一往情深，就是不变的和敢于坚持的表征，当然也是小说感人至深最后的原因。

石一枫不是王朔，也不是朱文和韩东。应该说，这三位作家对石一枫都有一些影响，但这些影响都是外在的，是姿态性的，比如语言。但在文学气质和价值观上，石一枫远没有上述三位作家决绝。应该说石一枫在这一层面上要宽厚得多，当然也有些软弱，这是石一枫的性格使然。他没有刻意解构什么，也不执意反对什么。他只是讲述了他所感知的现实生活。在他狂欢的语言世界里，那弥漫四方灿烂逼人的调侃，只是玩笑而已，只是"八旗后裔"的磨嘴皮抖机灵，并无微言大义。因此，我们看到的也只是难以融入这个时代的"零余者"。如果是这样的话，石一枫的小说可以在吴玄、李师江这个流脉中展开讨论。当然，将石一枫归属到"哪门哪派"并不重要，重要的是，石一枫在小说中重新"组织"了他所感知的生活，而他"组织"起来的生活竟然比我们身处的生活更"真实"，更有穿透性。他让我们看到，生活远不那么光鲜，但也不至于让人彻底绝望。他的人物是这个时代"多余的人"，但是恰恰是这些"多余的人"的眼光，为我们提供了理解或认识这个时代最犀利的视角。他们感到或看到的生活，也是生活的一部分，而且是重要的一部分。因此，石一枫的小说对我们来说，也是"关己"的，在这个时代我们依然困惑，这使他的小说表达的问题超越了年龄界限。当然，石一枫的几部长篇小说有鲜明的小资产阶级情调，好处是有温情，坏处是它遮蔽了生活中更值得揭示和批判的东西。这也诚如石一枫自己所说，这时的"写作状态比较懵懂，老想说点什么而不知道自己应该说什么"。因此，这几部长篇小说可以视为石一枫初登文坛的试笔之作。

石一枫引起文学界广泛注意，是他近年来创作的中、短篇小说，尤其是几部中篇小说。这几部作品，从不同的角度深刻揭示了当下中国社会巨变背景下的道德困境，用现实主义的方法，塑造了这个时代真实生动的典型人物。我们知道，道德问题，应该是文学作品主要表达的对象。同时，历史的道德化、社会批判的道德化、人物评价的道德化等，是经常引起诟病的思想方法。当然，那也确实是靠不住的思想方法。那么，文学如何进入思想道德领域，如何让我们面对的道德困境能够在文学范畴内得到有效表达，就使这一问题从时代的精神难题变成了一道文学难题。因此我们说，石一枫的小说是敢于正面强攻的小说。陈金芳出场的时候，已然是一个"成功人士"：她三十上下，"妆化得相当浓艳，耳朵上挂着亮闪闪的耳坠，围着一条色泽斑斓的卡地亚丝巾""两手交叉在浅色西服套装的前襟，胳膊肘上挂着一只小号古驰坤包，显得端庄极了"。这是叙述者讲述的与陈金芳十年后邂逅时的形象。陈金芳不仅在装扮上焕然一新，而且谈吐得体不疾不徐，对不那么友善的"我"的挖苦戏谑并不还以牙眼，而是亲切、豁达、舒展地面对这场意外相逢。

陈金芳今非昔比。十多年前，初中二年级的她从乡下转学来到北京住进了部队大院，她借住在部队当厨师的姐夫和当服务员的姐姐家里。刚到学校时，陈金芳的形象可以想象：个头一米六，穿件老气横秋的格子夹克，脸上一边一块农村红。老师让她进行一下自我介绍，她只是发愣，三缄其口。在学校她备受冷落无人理睬，在家里她寄人篱下小心谨慎。这一出身，奠定了陈金芳一定要出人头地的性格基础；城里乱花迷眼无奇不有的生活，对她不仅是好奇心的满足，而且更是一场关于"现代人生"的启蒙。果然，当家里发生变故，父亲去世母亲卧床不起，希望她回家侍弄田地，她却"坚决要求留在北京"，家里威逼利诱甚至轰她离家，她即便"窝在院儿里墙角睡觉"也"宁死不走"。陈金芳的这一性格注定了她要干一番"大事"。初中毕业后她步入社会，同一个名曰"豁子"的社会人混生活，而且和"公主坟往西一带大大小小的流氓都有过一腿"，"被谁'带着'，就大大方方地跟谁住到一起"。一个一文不名的女孩子，要在京城站住脚，除了身体资本她还能靠什么呢？果然，当"我"再听到人们谈论陈金芳的时候，她不仅神态自若游刃有余地出入各种高级消费场所，而且汽车的档次也不断攀升。多年后，陈金芳已然成了一个艺术品的投资商，人也变得"不再是一个内向的人了，而是变得很热衷于自我表达，并且对自己的生活相当满意""给人们留下的印象。她与任何人都能自来熟，盘旋之间挥洒自如，俨然'摆开八仙桌，招待十六方'社交名媛。三言两语涉及'业务'的时候，她嘴里蹦出来的不是百八十万的数目，就是那些如雷贯耳的名号"。陈金芳穿梭于各种社交场合，她在建立人脉寻找机会。折腾不止的陈金芳屡败屡战，最后，在生死一搏的投机生意中被骗而彻底崩盘。但事情并没有结束——陈金芳的资金，是从家乡乡亲们那里骗来的。不仅姐姐姐夫找上门来，警察也找上门来——从非法集资到诈骗，陈金芳被带走了。

陈金芳在乡下利用了"熟人社会"，就是所谓的"杀熟"。她彻底破坏了乡土社会人际关系的伦理，因坑害最熟悉、最亲近的人使自己陷于不义。在这个意义上，《世间已无陈金芳》，甫一发表，震动文坛。在没有人物的时代，小说塑造了陈金芳这个典型人物，在没有青春的时代，小说讲述了青春的故事，在浪漫主义凋零的时代，它将微茫的诗意幻化为一股潜流在小说中涓涓流淌。这是一篇直面当下中国精神困境和难题的小说，是一篇耳熟能详险象环生又绝处逢生的小说。小说中的陈金芳，是这个时代的"女高加林"，是这个时代的青年女性个人冒险家。

我在《在现实与不那么现实之间》一文中曾介绍过，《地球之眼》的故事，是在人的心理的层面展开。这是三个男人的故事：我——庄博益、安小男和李牧光，三人是同学关系。不同的是安小男是理工男，学的是电子信息和自动化。安小男一出场就是一个"异类"：一个学理工的学生，一定要和历史系的庄博弈讨论历史问题，并且异想天开地要转系，要把历史系的课从本科听一遍。转系风波还导致了历史系与电子系"杠"上了。这时历史系的"名角"商教授出场了，这个轻佻的教授尽管见多识广，但他在安小男"历史到底有什么用""研究历史是否有助于解决中国的当下问题"的追问下王顾左右时，安小男一字一顿地说："我认为您很无耻。"这个木讷、羞怯甚至有些自卑的安小男，真诚而天真地希望通过历史来解决他的困惑，而他一直纠缠当下道德问题不是没有原因的，当然这是后话。安小男没有转系当然他也不可能转了。他虽然在文科同学那里名声大噪，但他的处境和心情可想而知。

李牧光一入学就与众不同，这朵"奇葩"痴迷地热爱睡觉，能够进入名校学习不是因为他嗜睡的天才。历史系一个被灌醉的老师起了底："他父亲是东北一家重工业大厂的一把手，专门在厂里为我们学校设立了一个理工科的'创新基地'，说白了就是赠送一块地皮，供学校在当地开办形形色色的收费班，贩卖注水文凭；而这么做的条件，是学校要给李牧光一个免试入学名额，并且保证他顺利毕业。"李牧光出手阔绰，性情随和，除了嗜睡没有让人不愉快的毛病。于是大家相安无事。他与讲述者庄博益上下铺，真正发生关系是大四快毕业的时候，嗜睡的李牧光终于也有睡不着的时候了：他父亲又如出一辙地通过"慈善款项"安排他去美国继续读书，虽然不用考试但必须交一篇专业论文。李牧光出两万元钱请庄博益帮忙。庄博益利用安小男和自己的前女友郭雨燕，一个写一个翻译，各给五千元，庄博益自己落下一万元。本来就皆大欢喜了，毕业就是各奔东西。但是三人的关系恰恰是毕业之后又有了不解之缘：庄博益几经折腾去了一家地方电视台下属的节目制作公司，在拍"校漂"纪录片时，庄博益与安小男又不期而遇。这时的安小男租了挂甲屯破旧的一间房子，身世也逐渐清楚了：安小男十岁出头的时候，父亲去世了，母亲在肉联厂洗猪肠子。天长日久，母亲的手已经被碱水烧坏了，眼睛也被熏得迎风流泪，视力大不如前。庄博益虽然口无遮拦满嘴胡扯，但他有口无心心地很善良，他很想帮助安小男。这时李牧光从天而降——他从美国回来了。从美国回来的李牧光已经是一家玩具批发公司的老板了。几经周转，安小男终于成了李牧光在中国的雇员。他为李牧光监控远在美国的仓库，他的专业和敬业受到李牧光极大的赞赏。安小男自然也改变了落魄的处境。但是，安小男通过监控录像发现了李牧光巨大的问题：李牧光的玩具生意根本不赚钱，他的巨大财产是其父转移到国外贪污的巨款，李牧光是利用国际贸易洗钱。巨大的问题终于暴露了。这时对三个人都是一场巨大的考验：李牧光要庄博益阻止安小男的进一步行动能够实现吗；庄博益偏软的底线是否能守得住；安小男是否一定破釜沉舟？

安小男如此希望解释道德问题是事出有因：安小男的父亲曾是一位土木工程师。他十岁以前，家里的日子很好。父亲很年轻就被提拔成了公司的副总，但厄运从此也来了。进了管理层之后，发现公司的几个领导没有一个不贪的。他们把钢筋的标号降低，用来路不明的劣质水泥代替品牌货，居然连地基的深度也敢改，克扣下来的钱都揣进个人腰包里了。那些人拉他入伙，他不敢答应，然后成了众矢之的。后来终于出事了，他们公司承建的一个会展中心发生了垮塌，砸死了几个工人。事故的原因是使用了不合格的建筑材料，可那几个领导买通了监察部门，还走了上层关系，硬把责任扣到了这位工程师头上，说是他的设计方案不合理导致的。父亲就地免职，还被公安局的人监控了起来。最后父亲从十九层办公楼跳了下去。父亲临死前和安小男最后的一句话是："他们那些人怎么能这么没有道德呢？"于是，一个巨大的困扰在安小男那里挥之难去：

"刚开始我和我妈一样，恨的只是我爸生前的那些领导和同事。但后来渐渐就变了，我觉得我爸所说的'他们'并不是那几个具体的人，而是世界上的所有人；我爸讲到的'道德'也不是一件事情上的对与错，而是笼罩着整个儿地球的神秘理念。但道德究竟是什么呢？它既然那么重要，为什么又会被人轻而易举地忘却和抛弃呢？一看到这个词我就想哭，一说到这个词我的心就会发料，在我看来，我爸不是死于自杀也不是被人害死的，他是为一个浩浩荡荡的宏大谜团殉葬了……为了解开这个谜，我曾经求助于历史和人文学科，可最后还是失败了。你还记得我写过的那篇文章吗？我在里面说中国人已经没有道德可言了，但那只是在承认失败，是为了让自己认命。其实我不是那么想的，因为那种痛彻骨髓的感觉仍然存在。在没有道德的社会里，怎么会有人为了道德而疼痛呢……"

这是安小男一直追究道德问题的来自内心深处的隐痛和动因。他追究李牧光的问题，还与李牧光投资邯郸的项目要拆迁的民居有关，那恰好是安小男母亲居住的地段，母亲就要居无定所，安小男又没有能力安置母亲。他内心流血的疑问是："怎么有人活得那么容易，有人就活得那么难呢……"因此，安小男追究的道德问题，从一开始就不是一个纯粹的理论问题，它与个人的身世、经历以及生存状况都密切相关。至于安小男能做到哪一步那是另一个问题。但通过安小男的追究和行动，我们不仅看到了一个青年知识分子因艰难困苦造就的孤傲倔强性格，而且通过安小男也看到了社会众生相。因此，这篇貌似写青年群体当下截然不同状况的小说，本质上恰恰是一篇社会问题小说：高校教授没有节操的无耻、学校见利忘义的没有原则、社会腐败等等。安小男可以将他监测的"眼睛"安放到地球的任何一个角落，他可以守株待兔地洞悉地球上任何风吹草动。但是，他能够解决他内心真实的困惑吗？安小男不能解决的困惑和问题，也就是我们共同不能解决的困惑和问题。小说当然也不负有这样的功能。我深感震动的是，石一枫能够用如此繁复、复杂的情节、故事，呈现了当下社会生活的复杂性，呈现了我们内心深感不安、纠结万分又无力解决的问题。一个耳熟能详的，也是没有人在意的关乎社会秩序和做人基本尺度的"道德"问题，就这在《地球之眼》中被表达出来。因此，《地球之眼》是一篇在习焉不察中发现道德危机的作品。

《营救麦克黄》同样是一篇令人感到震惊的作品：麦克黄是一条随主人黄蔚妮姓的狗。主人黄蔚妮是广告公司的销售副总，典型的中产阶层。在黄蔚妮看来，"这个世界上，大部分的狗狗都生活在水深火热之中""主荣狗贵"，麦克黄因为跟了黄蔚妮生活，因此它不属于"大部分狗"。但黄蔚妮的闺密颜小莉，一个广告公司的前台雇员，看到的是，"在这个世界上，大部分人还都生活在水深火热之中呢"。两人属于不同阶层，但起码表面上她们是莫逆之交。一个突发事件——麦克黄丢了。麦克黄的失踪使小说波澜骤起。寻找营救麦克黄成为黄蔚妮的头等要事，黄蔚妮的两个追求者——某知名报社社会新闻部主任尹珂东和富二代徐耀斌，虽然各怀心腹事，但"营救麦克黄"的行动使他们达成了一致。在逼停一辆载狗的大货车时，惊慌失措的卡车司机夺路而逃。逼停了卡车，可是车上没有麦克黄。在追车过程中，颜小莉却恍惚间看到卡车在急拐弯时撞到了一个小女孩。这时小说才进入主题——营救麦克黄转变为营救郁彩彩。救或不救、如何救成为小说不同人物的核心问题。新闻部主任尹珂东驾车重走了一遍当时的路线，其目的却是为了验证沿途有没有摄像头，并自欺欺人地认为："一件事如果没有确凿的证据支持，那么就相当于没发生过。"颜小莉在向黄蔚妮求助未果后，别出心裁地联合于刚策划了对黄蔚妮的"要挟"——他们利用技术手段把以假乱真的虐待麦克黄的视频发到网上，以"勒索"的方式迫使黄蔚妮拿出三万元赎金作为彩彩的手术费。这一方式在生活中属于"敲诈"，但在小说中合乎人物的情感逻辑——为了救助一个弱者，颜小莉可以"不择手段"。当然，石一枫并不是站在弱者立场为了赢得道德的掌声，而是通过麦克黄和郁彩彩的不同境遇，以及黄蔚妮、颜小莉、于刚、尹珂东、徐耀斌等对得人与狗的态度，表达了当下的道德困境。小说是这样结尾的：

> 颜小莉清楚地看到，那辆卡车的车斗也被改造成了铁笼，笼子里面装的都是狗。那是一些毫无品种可言的菜狗，一个个蔫头耷脑的，却也不声不响，仿佛对即将到来的命运毫无怨色。这种狗就算被送到狗肉馆里去，八成也不会有人来救它们吧。
>
> 颜小莉凝神与其中一只黄白相间的狗遥相对望，竟感到那狗有些许言语想对她说。

这些菜狗，就是"底层狗"，它隐喻的当然是那些人间的"沉默的大多数"。因此它也是关于人的阶层划分、等级划分的隐喻。

石一枫近期的创作，几乎一直在"道德领域"展开，一直关注当下中国的这一精神难题。他的另一篇小说《老人》，讲述的是一个老知识分子的故事。小说的环境是校园，人物也只有周老师、保姆刘芬芬和研究生覃栗。三个人物集聚在周老先生家里，发生了一段难以说清的关系纠葛。周老先生虽然年过七旬，但仍对女性跃跃欲试；保姆刘芬芬要保住自己的位置一定要和比自己年轻漂亮的覃栗较力；覃栗的青春和研究生身份虽然优越，但还要表现得更加抢眼。于是，爆发了"三个人的战争"。这场战争首先是心理暗战，继而转换为两个女性的真刀真枪。小说通过书房、厨房以及各自的利益诉求，逼真地表达了三个不同年龄、身份、性别的人物性格和心理。特别是对知识分子的心理刻画和描述，既趣味盎然又入木三分。周老先生的形象虽然有些夸张或脸谱化，但戏谑中这个道貌岸然和卑微猥琐的形象跃然纸上。

我之所以把石一枫的创作称作"当下中国文学的新方向"，是因为当下许多作家都在积极面对当下中国的这一精神难题。道德困境已经成为我们这个时代最大的困境。

　　比如黄咏梅的《证据》，写了夫妻之间的瞒与骗，深刻地塑造出了一个不谙世事的单纯女子和一个心机颇深的老到男人的形象。律师和一个相差二十一岁的艺术院校出身的女孩组成了家庭。女孩从此成了家庭"全职太太"，男人在外扬名立万。女孩倒也心甘情愿，但从此也失去了自我甚至自由：女孩说要给一个蓝鲨配一个伴儿，男人说要讲风水，一个月之后才可以；女孩要和同学聚会在外过夜，男人说你"睡熟以后，鼾声如雷，简直，简直不可想象"；女孩上微博，但男人总是在后面掌控，经常删她的信息；女孩耐不住寂寞也为了秀一下恩爱，她将他们买鱼时让老板娘拍的照片发到了网上——

　　　　她看到了自己，笑得眼睛只剩一条缝，她也看到了大维，他们头碰着头，各自手上举着两只鱼缸，里边的那几条鱼，现在正安闲地游弋在他们右侧的大鱼缸里。这些鱼顿时消灭了沈笛对这张照片的陌生感，这就是那天他们去水世界让老板娘拍的合影。

　　就是这张照片引起了轩然大波。几乎就在同一个时间，又有一条关于男人的微博："我在澳洲圣安德鲁大教堂前为此刻抗争的弟兄们祈祷。"于是，缺席一个重要案件的著名律师遭到了网友的诟病和质疑。女孩甚至为男人开脱说自己说了谎。几天后男人真的去了澳洲，他是为那件"要事"去的吗？女孩在临睡之前在自己对面架起了摄像头，她要取下这一夜作为"证据"。她是否打鼾将不证自明，这个男人说的所有的"名人名言"也将不攻自破。著名律师的不可靠告诉女人的是，一个女人不能像婚纱摄影师说的那样："只要傻傻地看着老公就好"。女人的独立性对女人来说大概是最可靠的。这应该是近些年来最令人震动甚至惊悚的写夫妻之间关系的小说。

　　祁媛的《脉》，是一个失眠者的心理自白。因为失眠便要求医，于是就认识了文医生。医患关系熟了以后，就有一个单独接触的机会：文医生请吃饭，然后到他工作室喝茶，然后是推心置腹的交谈。文医生先谈到了自己生活的无聊，逐渐谈到了"脉"。这个"脉"是文医生每天都要把的，也是所有中医都要把的那个脉。但文医生对这个"脉"并不相信。春脉如弦、夏脉如钩、秋脉如浮……在文医生看来是见仁见智的，那是"无法量化，无法理论化，因此也无法科学化的东西"。文医生的理论正确与否对一个首饰售货员来说并不重要，重要的是文医生的坦率和诚恳。一个普通患者听到一个医生如此谈论自己的专业，那他不把自己当作知己还会当作什么。但是，这个文医生真的是一个坦率、诚恳的男人吗？他的办公室里就挂着全家福的照片，但他还是约一个心仪的女患者在一个私密空间约会，甚至已经把手放到了售货员的大腿上。而那女售货员患者穿的竟是超短牛仔短裤。就在险象环生的时候，是这个女孩主动站起身来——事情化险为夷、绝处逢生。"脉"的理论是文医生的夫子自道：他每天操持的事务未必是他的文化信念，一如他高调宣喻家庭幸福，私下却背叛着它。祁媛在波澜不惊处发现了时代巨大的隐秘：生活中的不堪和俗不可耐，未必只在那些买首饰却偷窥售货员纤细手指的贱民身上，即便在这些体面的知识分子那里，一样弥漫四方。

戴来的《表态》更尖锐地揭示了当下情感生活同一性的本质。小说情境设置在一个暗夜——看不清任何事物的面目。这时人的交流会发生微妙的心理变化。也就在这样一个暗夜中，小说中人物的心态被呈现出来：一个老者自己贴了一个寻找自己的"寻人启事"。他不为别的，只为能够让自己的老伴儿看见这个"启事"，然后看她是什么态度。于是，"表态"就成为小说所有人物关系的核心枢纽——"我"的前妻要再续前缘等着"我"表态，父母要抱孙子等着"我"表态，女友一夜未归显然是对"我"晚归的报复，也需要"我"表态。那个长者的"寻人启事"与"我"的当下遭遇，几乎构成了同构关系，长者的现在不仅是"我"的未来，也是"我"的现在。人没有皈依的虚空感弥漫在小说每一个人物的心里和那个暗夜的整个空间。这是一个没有信任和爱的时代，大家心里的最高期许，也就是一个"表态"而已。"表态"是否真实并不重要，重要的——那是一个心理需要获得的安神剂或止痛药——而与真实没有关系。

张楚的《略知她一二》是一篇色调非常抑郁的小说。说抑郁是一种阅读的心理感觉：一个二十岁的在校大学生与一个看楼的女宿管、一个半老徐娘发生了不伦关系，这种本应是浪漫、有情调的男女之事，却无论如何让人难以祝福。表面看这是一篇多少有些"色情"的小说，但"色情"只是这篇小说的外壳，里面包裹的是惨不忍睹的悲惨人生。宿管安秀茹的生活如果没有这表面色情是无法揭开的。小说写得相当沉重，读过之后一点色情感都没有：它不是刻意写色情，而是意在言外。张楚就这样将一个根本不会被人注意的普通女人的善良、隐忍甚至浪漫，写得淋漓尽致跃然纸上，在一个最边缘、最底层的地方，绽放出了一朵茁壮和夺目的文学花朵。这"花朵"背后的故事，是如此的令人触目惊心。

关于道德或情义危机，弋舟的小说或许是一个有趣的个案。他的短篇小说《平行》，是他只可想象尚未经验的小说，年轻的弋舟与"老去"甚远。因此，这是一篇"不可能"的小说，那是一个虚构的地理学老教授的经验。老教授在已经老去的时候突然产生了追问什么是"老去"的问题，这与人生的终极之问只有一步之遥。

老教授经过几个人之后，获得了外部世界的答案。哲学老教授虽然一以贯之地说："这会是一个问题吗？"同时他用勃起和射精次数回答了他，哲学教授的意思是，你不会勃起和射精，"明白了吗？老去就是这么回事"。前妻用旧情未忘回答他；小保姆用弃之不顾回答他；儿子用将他送到养老院回答他。这些直接间接的回答，从不同的方面回答了地理学老教授的追问。"老去"真是一个悲凉的事件，除了前妻在离婚离家时，因教授追出来给了她一把老式的黑伞，避免了她被抢劫和毁容的危险而对他念念不忘外，其他所有的人，没有一个人真心关心他或认真对待他的追问。老教授终于被自己那个冷漠的公务员儿子送进了养老院。面对一个陌生的环境，老教授陡生了一种莫名的恐惧，一如一个孩童进入了幼儿园。于是他决定"出逃"。他从养老院通过大半天的时间，乘公交车几经辗转，居然穿越了大半个城市回到了自己的家里，居然自己煮熟了半袋冰冻饺子，然而，他依旧"老去"到忘记了关好煤气阀门。意外的"出逃"成功，"一次新的重生似乎就在不远的地方等着他。这种感觉不禁令他百感交集，眼里不时地盈满了热泪"。地理学老教授终于找到答案了："老去"，只能用自己的体验找到答案。"老去"就是躺倒，就是与地面平行。"老去"在与地面平行的同时，也就是解脱，就是获得了自由。人生的终极意义付之阙如，当"老去"时，一切是如此现实，"悲凉"几乎是"老去"的另一种解释。情义危机说到底是道德危机的另一种形式。这些作品构成了当下小说创作的新方向，也就是敢于直面当下中国精神难题的努力。石一枫的不同之处就在于，他关注的精神难题不仅限于男女情感或亲情伦理，而是在更广阔的背景下，通过他的主要人物呈现了我们耳熟能详又习以为常的社会疾患——它既弥散于世道人心，又落地于人们的行为实践。更重要的是，他并不是站在道德制高点，以道德的优越表达他的发现。他深刻地触及了这个时代的神经和脉搏，因此他更有气象和格局。

三、精神难题如何成为"文学"

当下中国的精神难题或道德危机，表现在"公德"与"私德"两个方面的全面陷落。"公德"是指在公共利益、公共秩序、公共安全、公共卫生等"公共"领域，发生在作为社会公共道德、社会性道德的"公德"领域。在传统中国"公德"历来缺乏。梁启超曾指出："我国民所最缺者，公德其一端也。"[1]但在前现代社会，百分之九十的人生活在乡土社会，"公德"的问题并没有凸显出来；而"私德"领

---

[1] 夏晓虹：《梁启超文集》，中国广播电视出版社1997年，109页。

域又有相对完备的规范。费孝通先生在《乡土中国》中分析了传统中国的社会生活与西方的差异，就在于乡土中国是"差序格局"。"差序格局"的概念虽然没有严密的理论论证，是在一种类似于随笔的表达中提出的。但是，这一概念准确地概括了中国传统社会以宗法群体为本位的社会结构和人际关系的特点。在差序格局中，社会关系是私人联系的增加，社会范围是一根根私人联系所构成的网络，因此，传统社会里所有的社会道德也只在私人联系中发生意义。费孝通先生明确地讲到是以家庭为核心的血缘关系，而"血缘关系的投影"又形成地缘关系，中国传统社会以这两种关系为基础，形成"差序格局"模式。或者说，"差序格局"本质上是以"己"为中心的："以己为中心，像石头一般投入水中，和别人所联系成的社会关系，不是团体中的一分子立在一个平面上，而是像水的波纹一般，一圈圈推出去，愈推愈远，也愈推愈薄。""在这种富于伸缩性的网络里，随时随地是有一个'己'作为中心的，这并不是个人主义，而是自我主义。"①在中国传统社会中，"己"不是独立的个体、个人或自己，而是被"家族和血缘"统治着，他是从属于家庭的个体。二是，"己"作为心理意义上的符号，它是人格自我；但在中国传统社会，"己"不具有独立的性格，它被"人伦关系"制约着，"己"是一种关系体，因此，它也是乡土中国"熟人社会"的基础。进入现代后，"熟人社会"处在不断解体的过程中，但"熟人社会"的观念依然故我。这种变化的博弈的过程或缝隙，就是文学生长的所在。

陈金芳从"熟人社会"的乡村走进城市，而城市人际关系的最大特征是"陌生人社会"。但她的处事方式仍然在"熟人社会"的逻辑中展开。她不断建立或扩大自己的交际圈子，不断将陌生人转换为"熟人"，就是还试图将乡村社会的处事方式置换到她不熟悉的城市生活中。但城市的"陌生人"在本质上是不可能转换为"熟人"的。城市之庞大不同于乡村，乡村的邻里在咫尺之间，而城市在相互利用基础上临时建立的"熟人"关系，一旦利用已经实现，他人的消失，就如同一滴水融进了大海。即便再"熟悉"，也不能改变来无影去无踪的可能。因此？费孝通先生认为，只有在现代社会中，由于社会变迁，在越来越大的社会空间里，人们成为陌生人，由此法律才有产生的必要。因为只有当一个社会成为一个"陌生人社会"的时候，社会的发展才能依赖于契约和制度，人与人之间的交往才能通过制度和规则，建立起彼此的关系与信任。契约、制度和规则的逐步发育，法律就自然地成长起来。所以，陈金芳用前现代的人际关系，在现代城市做投机生意，她失败的命运

---

① 费孝通：《乡土中国》，北京大学出版社1998年，27-28页。

已先于她而存在了。

但是，在我看来，《世间已无陈金芳》之所以成为一部获得普遍好评的小说，不只是说石一枫通过陈金芳提出了当下中国的精神难题，是一部难得的社会问题批判小说，更重要的是他在处理这一问题时的文学方法。石一枫清楚地认识到："作家贯穿在写作中的对时代的总体认识，应该是一种'文学的总结'，而不是'社会学的总结'或者'经济学的总结'，这种总结是灵活多变的，千人千面的，而非单一地用某种理论对社会进行图解分析。没有理念思想的作家比较低矮，但理念思想如果缺乏原创性，可能也是一种虚弱的高大。"①陈金芳为了"只是想活得有点人样"，不惜在"公德"和"私德"两个方面洞穿底线，但并没有引起我们对她彻底的厌恶或憎恨。小说明显高于同类题材的作品，重要的一点就是石一枫写出了陈金芳的多面性或复杂性——一方面，她是一个于连、索黑尔、盖茨比式的人物，为了目的她不择手段；一方面，她又是一个向往美好，性格上甚至还有些浪漫主义的色彩，这与石一枫在小说总体构思中设置的一条情感线索有极大的关系。"我"与陈金芳就是一个同学关系，两人在学校时过从并不密切，即便多年后再度邂逅，也没有情感方面的瓜葛。但是，两人的关系又是一种若即若离、似有还无的关系。在两人的关系中，陈金芳是态度积极的一方。这缘于中学时代陈金芳对"我""提琴生涯"的好奇或迷恋。一天晚上"我"练琴时——

> 我在窗外一株杨树下看到了一个人影。那人背手靠在树干上，因为身材单薄，在黑夜里好像贴上去的一层胶皮。但我仍然辨别出那是陈金芳。借着一辆顿挫着驶过的汽车灯光，我甚至能看清她脸上的"农村红"。她静立着，纹丝不动，下巴上扬，用貌似倔强的姿势听我拉琴。
>
> 也不知是怎么想的，我推开了紧闭的窗子，也没跟她说话，继续拉起琴来。地上的青草味迎面扑了进来，给我的幻觉，那味道就像从陈金芳的身上飘散出来的一样。在此后的一个多小时中，她始终一动不动。

这一场景从第一天开始，演奏者和倾听者的身份就"固定下来"，陈金芳每晚八点左右会准时出现在"我"的窗下，而"我"在拿琴试音之前也会情不自禁地看看有没有那个人影；而且"我"发现，陈金芳在发生着变化，她个头高了，身体的轮廓也发生了变化，"如果仅看剪影，任谁都会认为那是一个美好的、皎洁如月光

---

① 李云雷、石一枫：《"文学的总结"应是千人千面的》，《创作与评论》2015年第10期。

的少女。不知何时开始，我的演奏开始有了倾诉的意味，而那也是我拉琴拉得最有'人味儿'的一个时期"。这一讲述的态度或口吻，我们会明显体会到，那里有一种隐约流淌的涓涓细流，它与情感有关，同时也为后来两人进一步接触埋下了伏笔。对陈金芳而言，这几乎是她少年时代唯一的美好记忆，这个记忆不仅是同学年少的怀旧，同时那里也有微茫的、还没有被她认识的"诗意"。台湾学者黄文倩认为音乐在陈金芳内在自我形成中起到了重要作用，并讨论了"底层的精神幻象及其生产"，她认为，小说中的我"对中国资本主义化与现代性的虚幻性，仍未能找到更有效地质疑与克服的法门，'我'的各式主体困境，跟陈金芳的上升困境，在这个意义上，共同作用出中国目前的底层的'精神'幻象"①。这一看法是一个角度，但离小说过于遥远。事实是，音乐或小提琴的声音一直弥漫在小说中，它几乎是陈金芳少年时代唯一值得珍视的"高级文化"记忆，她仰望并且神往，正是这一"声音"，构成了陈金芳与"我"的情感线索。"我"也曾经感慨"面对着现在的她，我已经无法想起十来年前站在我窗外听琴的那个女孩了。当年的她仍然在我的记忆里存在"。因此，音乐在小说中作用，不仅为情节发展穿针引线，同时也是一个与人物有关的"情感线索"。这一线索看似不经意，但恰恰是小说的神来之笔和高明之处。

当然与其说陈金芳喜欢音乐，毋宁说陈金芳更喜欢"我"。当她听说"我"早已不再练琴时，流露出的是倍加惋惜；她在自己的生日晚上，甚至请来了世界顶级室内乐团来"唱堂会"。陈金芳真实的想法是希望"我"能在这样乐团的伴奏下露一手，定下的曲目都是"我"最熟悉的柴可夫斯基的《D大调弦乐四重奏》。却极大地伤害了"我"那脆弱的自尊心，同时也将"我"惯于任性撒娇的性格推向了顶点。当然，一个人的生活并不完全是由他的爱好或精神向往决定的。陈金芳虽然向往高级文化生活，喜欢与音乐有关的"我"，但这些并没有改变她追求物质生活的终极目标。那对高级文化生活的向往，也最终沦为她极度虚荣、装点身份"等级"的一部分。

小说中的"我"，貌似无关紧要，但他从另一个方面"映照"了陈金芳。或者说，如果没有"我"的游手好闲、漫不经心，陈金芳膨胀的野心就不会凸显得这样彻底或抢眼。"我"代表这个时代另一种精神样貌：既不像陈金芳那样没见过世面急于出人头地，也不像那些心怀发财梦的专业投机客。他心无大志，更无大恶，酷似先锋文学或后现代小说中走出的人物。他为陈金芳介绍各色人等，也混迹其间，

---

① 黄文倩：《底层的"精神"幻象及其生产——论石一枫〈世间已无陈金芳〉》，《雨花》2016年第14期。

看似热闹，内心却茫然不知所终。"我"的精神状况，是这个时代精神状况的一部分。"我"的虚无主义同样是当下的精神难题。如果从更广阔的意义上说，石一枫的小说不仅接续了十九世纪文学的批判现实主义的传统，同时也吸纳了二十世纪现代主义、后现代主义文学的元素。在关于"我"的讲述中，尤其体现了石一枫的语言才华。石一枫的小说语言有极高的辨识度，流畅无碍中机智生动、趣味无穷又有不可置换的时代色彩，他文学语言的个人性一览无余。

石一枫还有一篇专门写与音乐有关的小说《合奏》，小说只有两个人物。读过《合奏》，我内心惊诧不已。这篇小说应该不是这个时代的小说，它酷似我在八十年代读过的礼平的《晚霞消逝的时候》、胡小胡的《阿玛蒂的故事》或者是郑义的《枫》等。《合奏》里流淌的是八十年代的情感和处理方式。如果是这样的话，我更加坚信我的判断，石一枫是这个时代为数不多的还怀有理想主义情怀的青年作家。《地球之眼》是通过庄博益、安小男和李牧光三个同学不同的生活道路和内心追求来结构小说的。但是，小说又非常写实地铺设了一条安小男的身世——他十岁时父亲蒙冤跳楼去世，母亲在肉联厂洗猪肠子。不公平是安小男追问道德问题的生活依据。他的事出有因，不是建立在虚无缥缈的想象基础上的。《营救麦克黄》本来是寻找营救一条狗，但小说峰回路转变换为营救一个乡村小女孩。不同的线索，构成了小说对话、互动和隐喻关系，使小说的内涵更为丰富而避免了简单和直白。

二十世纪八十年代以来，中国文学经历过欧风美雨的沐浴。但是现实主义一直是文学的主潮。值得注意的是，现实主义并不是一个保守的、一成不变的文学观念。甚至可以说，包括先锋文学在内，有价值的因素都被吸纳到现实主义的文学创作中，构成了现实主义全新的、具有极大包容性的一个文学观念和系统。当然，创作方法部分地涵盖了作家对生活与文学关系的认知，但还不是全部。更重要的还是在于作家的价值观。石一枫也认为："我认为小说是一门关于价值观的艺术。所谓和价值观有关，分为三个方面，一是抒发自己的价值观，二是影响别人的价值观，三是在复杂的互动过程中形成新的价值观。在文学兴盛的时代，前两个方面比较突出，比如古人'教化'的传统，还有二十世纪八十年代的思想解放运动。然而到了今天，文学尤其是纯文学式微了，影响不了那么广大的人群了，也让很多人认为过去坚守的东西都失效了。但我觉得，恰恰是因为今天这个时代，对价值观的探讨和书写才成为文学写作最独特的价值所在。"[1]这是新一代作家关于文学价值观的宣

---

[1] 石一枫：《我所怀疑和坚持的文学观念》，《文艺报》2014年5月21日。

言，他是在向传统致敬。他在回到传统、回到人间，让我们在文学中驻足的同时，也体味了我们置身的这个时代的悲痛与欢娱、沉重与希望。也正是对文学有了这样的认识，石一枫才有了敢于直面当下中国精神难题的勇气。而他充分的文学准备，为他们的文学腾飞、继承一个伟大的文学传统，提供了坚实的专业基础。因此我们有理由对他怀有更大的期待。

2017年2月于北京

原载《文学评论》2017年第4期、《新华文摘》2017年第24期

革命飞地游荡的幽灵

——评吴亮的长篇小说《朝霞》

这是一部书写"革命时期"的"历史小说"，是以讲述话语的时代重新照亮话语讲述时代的小说；是一个先锋文学批评家冒险的文体实验，更是一个作家对一个历史难题试图做出个人阐释的文学实践。小说发表至今已经两年，批评界微弱的反应从另一个方面折射了面对这部小说的为难。这种为难，与吴亮经意或不经意的文体探索与尝试有关。或者说，他创作的文本与我们习惯阅读的小说方式相去甚远，更与他要处理对象的复杂、混乱甚至至今仍然一言难尽有关。作为一个著名文学批评家，吴亮对古今中外经典著作阅读之广泛，对讲述历史复杂性的理解，以及对个人曾经经历历史的梳理和分析，都决定了这不可能是一部一览无余、晓畅无碍的小说。毋庸讳言的是，文体形式的选择当然也隐含了吴亮的叙事策略的考虑。

对革命时期的思考和重述，曾是一个时代世界性的文学潮流。米兰·昆德拉的《不能承受的生命之轻》、帕斯捷尔纳克的《日瓦戈医生》、索尔仁尼琴的《古拉格群岛》、阿·雷巴科夫的《阿尔巴特街的儿女们》以及"乌托邦三部曲"等，对不同国度的革命时期做了不同的表达和呈现。这些作品为我们重新认识二十世纪无产阶级革命提供了另外一种有别于正史的讲述，对我国文学界产生过重要影响。莫言说他看过《不能承受的生命之轻》和《为了告别的聚会》，很喜欢。跟拉美、美国作家不太一样，昆德拉生活在奉行极左体制的国家。他的小说是政治讽刺小说，充满了对极左体制的嘲讽。小说中的讽刺有一点像黑色幽默，又不完全是，形成了一种独特的味道。昆德拉的小说在结构上也很有特点，除了情节故事还穿插了大量议论，可以说没有议论就没有昆德拉。其中很多议论精辟、深刻，表现出昆德拉与众不同的思考。帕斯捷尔纳克是一个在主流意识形态之下坚持个性写作的作家，其精神的独立性首先表现在创作的主题上。早在二十世纪二十年代，帕斯捷尔纳克的诗作就蜚声文坛，但由于他的诗歌多以知识分子的内心世界为描摹对象，与轰轰烈烈的外部世界形成巨大反差。他创作于二十世纪四十年代末的长篇小说《日瓦戈医生》同样有这样的特点。他在小说中通过主人公日瓦戈医生短短四十年的人生中所遭遇的一切来展示俄国知识分子在二十世纪的命运。这部小说是作者用自己的笔与心灵发出的对现实社会理智而动情的思考，这也如作家所说："《日瓦戈医生》是我第一部真正的作品，我想在其中刻画出俄罗斯近四十五年的历史"。帕斯捷尔纳克追求的是心灵与情感倾诉的艺术，拒绝为了应时和实用而创作。在创作中，他始终坚守着独立的个性和主体意识，拒绝随波逐流；凡是他所描写的事物通常都是他本人直接看到、听到、接触到、思考到的。他很少受世俗的干扰，不会人云亦云，在从众和媚俗成为时尚的年月里，他拒绝随波逐流，他坚守着独立的自我个性，保持着卓然不群的主体意识。

当然，吴亮的《朝霞》无论是创作的初衷还是小说表达的具体内容，都与上述作家作品不尽相同。但是，就小说的内在气质来说，它显然在这个尚未成为过去的思想和文学的谱系之中。不同的是，在《朝霞》中作家有意略去了红旗猎猎血雨腥风，正面的革命只是小说的红色背景。小说中的人与事并没有和革命发生直接联系——但又很难不发生关系。邦斯舅舅、朱莉、马立克、牛皮筋、阿诺、沈灏、李致行、纤纤、林林、东东、孙继中、致行爸爸、沈灏妈妈、殷老师以及马戤伦、何乃谦、浦卓运等。这些人物是被革命遗忘的人物，他们幽灵般地游荡在革命的夹缝和飞地中。他们是法国的"局外人"、英国的"漂泊者"、俄国的"当代英雄""床上的废物"、日本的"逃遁者"、现代中国的"零余者"、美国的"遁世者"。或一言蔽之，他们酷似圣彼得堡的"多余人"。朝霞满天，但朝霞没有照耀到他们。于是，他们便有了类似于幽灵，在革命的夹缝中游荡，在革命的飞地无所事事的可能。

小说的形式上可以称作"吴亮体"——它没有完整的故事情节，没有核心故事，也不是线性的讲述方式。这是"吴亮话语"的另一种形式。在这种松散的讲述方式中，吴亮为自己设定了广阔而自由的巨大空间。小说不再受惯常形式的制约，东方西方人文地理，他可以自由驰骋。这是吴亮的创造，也是吴亮过人的聪明之处。他用现代派的意识流和后现代主义的碎片化构成了一个"支离破碎"的小说形体，这是《朝霞》文本形式最重要的特征，片段化的叙事一览无余；但在意识流和后现代形式的后面，是严格的、完全经得起推敲的生活细节。而这些细节，并不是随意设置的，它们都无一遗漏地呈现了那个时代的所有秘密。第八节，邦斯舅舅出现了——

忽有一天，邦斯舅舅说他有个念想，年底回上海探亲想吃陆稿荐酱汁肉。父亲对母亲嘀咕，意思是老四一身毛病，都是从外公遗传来的，要么说大话，要么吃吃吃，还挑剔，指定酱汁肉，红烧肉我们也舍不得吃。他在旁边听了不响，他有点不满意父亲的刻薄，觉得邦斯舅舅十几年蹲在青海劳改，想吃一块酱汁肉不能算过分。母亲打圆场，回邦斯舅舅说熟食店卖酱汁肉红肠要收二分之一肉票，划不来，建议邦斯舅舅去金陵路洪长兴清真馆吃涮羊肉，羊肉膻，南方人不习惯，并且又不收肉票。邦斯舅舅当即接受了这个建议，年底邦斯舅舅坐了两天两夜火车，马不停蹄，到溧阳路行李一扔，直奔洪长兴。那个晚上邦斯舅舅胃口特别好，他和母亲作陪，目睹了邦斯舅舅的狼吞虎咽，最后还用一块脏兮兮的手帕包走了两块剩下的馕，他被邦斯舅舅十根手指的运动迷住了。邦斯舅舅从裤兜掏出一团揉皱的布，打开，将平，他才看清这是一方手帕，这方手帕包了一副老花镜和一把小洋刀，他眼尖，发现这把小刀柄刻了几个古怪的文字。邦斯舅舅将他的随身装备交予母亲，开始用这方叫作手帕的布，认真仔细地包两块馕。他被眼前的景象打动了，回家路上他一直心不在焉。邦斯舅舅吹起了口哨，他无缘无故想起了青海湖的夜晚。

这是一个有过城市记忆，从青海回上海探亲的男人。他对上海的记忆首先是酱汁肉，一个人越缺乏什么就一定要凸显什么。青海劳改农场的伙食或生存环境，在邦斯舅舅对上海的念想中得以表达。革命为邦斯舅舅带来的不仅是远离都市背井离乡，同时更有肠胃和味蕾的危机。当生存成为问题的时候，他称为"装备"的稀罕之物远不如两块馕重要。《朝霞》虽然由无数个片段构成，但是，在这些片段中，这些细节构成的生活场景比比皆是。细节的真实是《朝霞》的命脉，是最重要也是最具文学性的部分。如果是这样的话，那么《朝霞》在本质上还是现实主义的小说。

《朝霞》中庞杂的人物群体，游离于革命之外，因此，革命的景观和话语方式不可能通过这个群体得以呈现或传达。革命的夹缝处或边缘处是如此僻静或恰到好处。于是，日常生活的气息就在这个人群中被营造出来。阿诺母亲在楼上让阿诺回家吃饭的呼喊，替代了革命洪流和激进的口号；马戤伦、何乃谦、浦卓运等知识分子的形上讨论虽然迂腐却相当顽固，探讨真理的潜流替代了"两报一刊"言之凿凿的社论；一九七一年九月某日夜饭后，孙继中、艾菲搭档，江楚天、李致行联手，他们在路灯下打扑克；革命狂潮消退，娱乐活动悄悄复辟。而不同写作方法的并用，使革命时期的日常生活在作者的讲述中更加兴致盎然。邦斯舅舅提供的治疗"飞蚊症"的食疗偏方，讲述者不厌其详，一如《红楼梦》宴宾客的菜单。海明威讲戒烟一千次，意在告诉人们，语文就是陷阱，它会把一个问题偷换成另一个问题；甚至在告诫马立克不要爱宋老师时，用的几乎是先知的口吻：去爱一个与你年纪相仿的女孩吧，不管你们的初恋是否失败，当然，初恋总是要失败的，你不同意，说分手也行，反正年纪相仿的年轻男女必须要有同代人话题，你怎么可能懂得大你二十岁的宋老师！你必须爱上新的人哪怕寻找另外一个能使你沉醉的爱之幻影，这取决于你的依恋模式，如果还不是恋爱模式的话。你和宋老师不能算分手，记住，等等。这些没有进入情节的闲言碎语，并不是作者的东拉西扯，这些情境和话语构建了另外一种气息或氛围。它是阿诺们的日常生活——革命在远处规约着他们的边界，他们的游荡、徘徊或无所事事，不可能为所欲为；另一方面，他们尽可能扩展他们的边界甚至越轨。

比如读书。读书是小说中重要的内容。除了那三个迂腐无用的老知识分子不断地论道追问外，阿诺们也在读书。他们读的是《少年维特之烦恼》《茶花女》《高龙巴》《初恋》《叶甫盖尼·奥涅金》《圣经》《意志自由论》《巨人传》等，这些书在革命时期应该是禁书，属于"封资修"的范畴。但是，即便老知识分子如马馘伦在给儿子马立克的信中也说：多读经典是对的，经典来自"船队"的意思，丰富、庞大、有条有理，另外，一部经典作品乃同类书中十分突出的书，后世人对它崇拜得无以复加……老老少少不同的人们，将他们的生活区域构成了一片革命时期的飞地，他们彼此也并不相连，与革命更是相去甚远。需要说明的是，《朝霞》开列的那些书单，并非完全是虚构。那个时代的青年应该知道他们当时在读什么书。否则，八十年代一旦来临，他们便如日中天气若长虹就是空穴来风，就是不真实的。革命时期如幽灵般的游荡，也为他们日后的以求一逞埋下了伏笔或奠定了基础。因此，就其有关读书的书目和情境而言，《朝霞》又可以看作是吴亮先生的自叙传。游荡在革命的飞地，他用一个革命的"他者"的眼光，目睹也洞悉了革命带来的一切。读书——是他们身置其间却无能为力的一个表征——所谓百无一用是书生，此之谓也。但是，无用之用，恰恰是吴亮对文学、对小说理解的重要部分。所以说《朝霞》是吴亮的自叙传，是他在革命时期的精神史和成长史，是他蕴藏心中已久的心灵秘史。

如果说读书、论道等，还是精神层面、属于形上范畴的事物，那么，生活中不变的事物对革命来说，则是最有力的比照。革命时期是道德化日益高涨的时期，革命的道德体验将人升华到至高无上的境界，它让人彻底泯灭个人欲望，从物欲到身体。但是，在冠冕堂皇的话语背后，隐藏的恰恰是它的反面。正当的欲望、特别是身体欲望，是一个巨大的表征——禁欲越是严酷，欲望越是横流。《朝霞》中，革命还在继续，欲望仍然无边。沈灏妈妈和致行爸爸，宋老师与马利克，阿诺和殷老师，这些革命的局外人，并没有因革命的兴起而熄灭身体的欲望之火。他们或行鱼水之欢欲罢不能，或"第一次见面就一个暗送秋波，另一个含情脉脉"。在《朝霞》的叙事中，这些最私密的场景和蠢蠢欲动的人性，得到了不同程度的揭示。它之所以有力，就在于它与真实的人性有关。革命没有能力制止欲望，因此，革命高调的道德化一脚踏空了。同时，性活动的私密进行，不能改变的还是凄楚的绝望感："江楚天说，多少插队同学梦里都想回上海，即便真的回到上海没有工作，日子不知道哪能过，阿诺说，不好多想，再多想下去，觉得无啥地方有前途"。革命时期真实的心境，就这样零碎地镶嵌在他并不连贯的讲述中。批评家程德培先生说："《朝霞》记录了什么样的人与事？一群被称为寄生虫、社会闲杂人员、多余的人、卑微者、罪犯与贱民、资产阶级的遗老遗少，他们像废品一样被遗弃，或者像'丧家之犬'无处藏身。他们都是革命之后的残余之物，能察觉的只是一丝无可名状的不安，露出的是一种惊惶般的恐惧面容，做着隐藏在'旧道具'中的梦，过的是紧张不安的日常生活。"（《一个黎明时分的拾荒者》）这个描述是正确的。吴亮先生自己说："我不知道年轻人是否会对《朝霞》的形式和里面各种人物、景观产生好奇心，《朝霞》对一般读者而言的确有一点障碍，他们可能读不出什么意思，其实我很清楚其中内容的含义，我不是故意要设置这个门槛，而是这里面人物的出现预示着这里面必须要有这种形式和内容。确切说，我这个作品是一个批评家中的批评家写给作家中的作家看。"我们不能把这些话当作吴亮的叫板或任性。实事求是地说，解读《朝霞》确实是一件很困难的事情。除了形式上的乱花迷眼，同时还有"我希望里面大部分信息对读者有用。一小部分信息他们看不懂，你必须要舍弃一些东西，不要求你们全部看明白。这里面有一些东西我故意扭曲了，是为了故弄玄虚，怕有人以为讽刺当下的政治，我故意把一些不相干的东西置入，随便加进去一个词，让语法变得不通，让有些人看不清楚"的人为因素。因此，历史的和人为的双重障碍，必定使《朝霞》如雾里看花。但是，《朝霞》毕竟不是一部天书。作为一部"当代艺术"或者"装置艺术"（吴亮语），是吴亮站在今天的视角，用想象的方式重新构建了他曾经的历史。所谓"装置艺术"，是指艺术家在特定的时空环境里，将人类日常生活中的已消费或未消费过的物质文化实体，进行艺术性地有效选择、利用、改造、组合，以令其演绎出新的展示个体或群体丰富的精神文化意蕴的艺术形态。简单地讲，装置艺术，就是场地、材料、情感叠加的综合展示艺术。

《朝霞》就是用文字构建的"文学装置",他略去的部分是他这一"装置"重要的组成部分,作为背景它不再呈现出来,也正因为《朝霞》是小说而不是正史——于是,我们看到了过去不曾看到的革命飞地和那些游荡的幽灵。

2018年8月27日于北京
原载《书城》2018年第10期

她小说的现代气质是因为有了光

——评蔡东的小说集《星辰书》

蔡东的小说不是关乎信仰、彼岸、正义、终极关怀等宏大内容的小说。当然，我们需要这类小说，那些具有宏大话语操控能力的作家作品，曾经令我们血脉偾张，甚至影响了我们的性格和价值观。但是，当唯一的讲述方式渐次消退之后，无数种讲述方式大面积复活。被宏大话语覆盖的生活细小浪花逐渐形成了另一种潮流——我们身边流淌的就是这些细小浪花构成的生活潮流。于是我们发现，关于生活，关于人的情感、情绪等内宇宙是如此浩瀚丰富。蔡东的小说更多的就是面对人的内宇宙展开的。这部命名为《星辰书》的小说集，一如它的讲述者，内敛、低调、虚怀若谷、大智若愚。但是，小说中的那些人物、情感以及与人的精神领域有关的问题，读过之后竟如惊涛拍岸卷起千堆雪。因此，于蔡东和《星辰书》来说，无须高声语，亦可摘星辰。见微知著是蔡东《星辰书》的一大特点，她以丰富的直觉或魔幻、或荒诞、或洞心骇目般地讲述了她的人物的情感危机或内在焦虑，让我们感知的是这个时代普遍的精神困境和难题。因此《星辰书》可以看作是这个时代精神状况的报告；另一方面，蔡东又以她的方式处理或化解那些貌似无关紧要的幽微处。因此，她的小说是有光的小说，这个光，就是心有大爱。

荒寒冷漠处更有春暖花开

十多年来，小说对背叛与真情这一情感领域的书写仍如火如荼居高不下。当然，没有什么题材比情感更适于小说。但我们发现，当下对情爱的书写发生了巨大变化：只有薄情、背叛、算计、欺骗、冷漠而没有爱情。小说写的都与情和爱有关，但都是同床异梦危机四伏。这种没有约定的情感倾向的同一性，不仅是小说中的"情义危机"，同时也告知了当下小说创作在整体倾向上的危机。生活总有不如意甚至不堪忍受的苦楚或难处，蔡东同样也在面对。但蔡东讲述这些背面生活时，没有写得血肉横飞惨不忍睹。那些不忍处她节制且体恤。那是了然于心后的体悟，是对生活光景的善意修复，就像德高的医生发现了病变，并不是一惊一乍而是得体或无声地疗治。蔡东对生活的理解，就像加缪一样：我们所受的最残酷的折磨总有一天将结束。一天早晨，在经历了如此多的绝望之后，一种不可压抑的求生的渴望将宣告一切已结束，痛苦并不比幸福具有更多的意义。

《伶仃》中被抛弃的妻子卫巧蓉，一直怀疑丈夫有外遇，丈夫出走后，她便跟踪丈夫，但丈夫确实洁身自好，事情不是她想象的样子。小说以极端的方式写了丈夫出走后卫巧蓉的"伶仃"况味。当一切大白，卫巧蓉与生活和解了："他们至今没有碰过面。她设想过面对面遇上的情景，这辈子该说的话已经说完了，她不知道该对他说点什么，但她还会迎上去，向他问声好。"然后我们看到的是，山峦连绵，白云飘过，青山依旧在，万事万物都没有改变。但对卫巧蓉来说"身边的黑暗变轻了"。经历过了，从容不迫才会成为人生一场真正的幽默，她无须安眠药也可以轻松入眠。放弃怨恨和猜忌，与生活和解，就是作家赋予《伶仃》的一缕阳光。中篇小说《来访者》是《星辰书》中权重较大的一篇作品。小说讲述者庄玉茹是一个心理咨询师或治疗者，她的来访对象名曰江恺。对这个患有心理疾病的人，庄玉茹并不比我们知道得更多，在帮助江恺认识自己的过程中，江恺的问题才呈现出来。因此这是一篇平行视角讲述的小说。江恺患病的根源以及疗治过程非常缓慢，一如石子投入湖中，层层波纹渐次荡漾。作为心理咨询师的庄玉茹，虽然专业但也未免紧张，但她就是江恺的阳光，她终要照耀到江恺内心的黑暗处。她不是抽象地理解和同情，这与具体疗治没有关系。有关系的是她如何通过具体的细节和办法让这个貌似"活得不错的人"走出黑暗。当然这是心理咨询师庄玉茹的工作。对于作家来说，在注意技术层面循规蹈矩的同时，她更要关心怎样塑造他的人物，怎样让事件具有文学性。这时我们看到，庄玉茹居然陪着江恺去了一趟洛阳——江恺的老家。这个事件是小说最重要的情节。时间回溯了，江恺重新经历了过去，然后那些美好与不快逐一重临。那扇关闭心灵的大门终于重启。但我更注意的是这样一个细节：他们来到白马寺，寺门已关，游荡中他们发现了一家小酒馆，于是他们走了进去——

　　我们商量着点菜，芹菜烩花生、小酥肉、焦炸丸子、蒸槐花，主食要了半打锅贴。菜单翻过来有糯米酒，我问他："喝点酒吗?"他笑笑："度数不高可以。"

很快，店家温了一壶酒上来，酒壶旁是一个小瓷碟，放着干桂花。我先把酒倒在杯子里，再撒上厚厚一层桂花。乳白色叠着金黄色，米酒的酒香托着桂花的甜香，在不大的屋子里漫溢着。

这是一个寻常的生活场景，我们曾无数次地亲历，因此一点也不陌生。但这个场景弥漫的温暖、温馨和讲述出的那种精致，却让我们怦然心动——谁还会对这生活不再热爱。充满爱意的生活是患者最好的疗治，也就是庄玉茹走出小酒馆才意识到的"一次艺术疗治"。庄玉茹是江恺走出黑暗的阳光，这缕阳光与其说是专业，毋宁说是她对生活的爱意置换了江恺过去的创伤记忆。在一次访谈中蔡东说："对日常持久的热情和对人生意义的不断发现，才是小说家真正的家底。人生的意义何在，毛姆用《刀锋》这样一部很啰唆的长篇来追问，小说里几个人物分别代表了几种活法，伊格尔顿用学术的方式来探讨，答案不重要，他的逻辑和推进方式让人着迷。而我写下的人物用他们的经历做出回答：意义不在重大的事项里，而在日复一日的平淡庸常中。就像我在《来访者》里写下的一句话：在最高的层面上接受万物本空，具体的生活中却眷恋人间烟火并深知这是最珍贵的养分。"这不仅是她的宣言，更是她在小说中践行的生活信念。因此，当江恺的妻子于小雪说庄玉茹救了一个患者时，庄玉茹摇头说："救了他的是流逝的时间，是男欢女爱一日三餐，是贪生和恋世的好品质。日复一日的生活是最有魔力的。"作家的健康赋予了人物的健康。谁都会面临无常，但对健康的人来说，一切过去便消失不在。于是，小说结束时庄玉茹的"这世界真好，生而为人真好"，就不是一种空泛抽象的感慨，而是发自内心的由衷感恩，犹如爱的七色彩练横空高挂。

"现代气质"与小说的难度

蔡东的小说有鲜明的现代气质。这个现代气质不只是说她小说具有的时代性或辨识度。我指的是她小说人物的性格。《天元》应该是一部寓言小说，一部具有鲜明"现代派"气质的小说。陈飞白是个人才，但她入职每次都折戟在面试上，她不得不从事一般性的工作而难以介入中心。所谓"天元"，就是围棋盘正中央的星位，也是众星托衬的"北极星"，是最耀眼的一颗星，天元也意指那些出神入化的人物。而陈飞白应该是一个"此辈不可理喻，亦不足深诘也"的人物。她不想成为"天元"，不想成为那个世俗意义上于贝贝式的成功人物。她更像是来自彼得堡时代的"多余的人"，现代中国的"零余者"或二十世纪六十年代的美国、八十年代中国"现代派"的反抗者。不同的是，陈飞白并不狰狞铁血，她表面略有棱角内心坚不可摧。在她的观念里：

> 我终于不是少年也不是青年了，
> 不再因年龄被强行划入一场场比赛
> 回望这些年，我会从心底笑出来
> 我记得
> 我活得特别有兴致在每一次能瞄准的时候我没有瞄准
> 我往左边或右边偏了一下
> 因为这不瞄准
> 因为这不瞄准
> 我觉得，我是一颗星我是一个人才
> 我活着最有意思的，就是这一次次的不瞄准

这就是陈飞白的诗。她值得炫耀或自我确认的就是一次次的不瞄准，她就是要特立独行。甚至她的这一节诗歌，也只用了一种标点。当然，决绝的是陈飞白而不是蔡东。蔡东开篇不久即写到一条抹香鲸的死亡。离开了大海，离开了具体的生存环境，即便你是一个庞然大物，也难逃厄运。

《照夜白》中的谢梦锦，是一个一心要"逃离"的人。"逃离"是加拿大诺奖获奖作家爱丽丝·门罗的小说。距门罗更为久远的时代，女性就早已准备好了"逃离"，因此"逃离"是女性文学屡试不爽的主题。面对旷日持久言不由衷的课堂，谢梦锦几乎忍无可忍。于是她"失声"了，她可以不上课了。"喜从天降"的"失声"让谢梦锦自由了。自由太让人神往了——歌德说"为生活和自由而奋斗的人，才享有生活和自由"，斯宾诺莎说"只有自由才能造成巨人和英雄"。谢梦锦不想奋斗也不想当巨人和英雄，"在没有英雄的年代，我只想做一个人"。于是，做一个人的幻想便出现了：

> 我一直有个愿望，或者说幻想。有一天我到了教室，坐下来，不说话，学生也不说话，大家就这样一起沉默，一分钟，两分钟，四十分钟，四十五分钟，铃响了，所有的人一言不发，寂然散去。

但是，谢梦锦并不是一个彻底反抗的"现代主义者"。她马上说："想想罢了，

怎么可能，一大群人呢。说不说话，从来不是自己能决定的事。"与其说谢梦锦不是一个彻底的"现代主义者"，毋宁说蔡东不是一个彻底的"现代主义者"。那个时代毕竟只可想象难再重临。一个普通人能做的就是"适可而止"。陈飞白、谢梦锦都生活在既定的生活环境中，她们具有"现代气质"已实属不易。利奥塔在《后现代性与公正游戏——利奥塔访谈、书信录》中说："从历史的观点来看，文化是身处根本处境的一种特殊方式：它们是出生，死亡，爱情，工作，生孩子，被实体化衰老，言谈。人们必须出生、死亡、等等。于是一个民族对这些人物，这些召唤，以及它对它们的理解，做出了回应。这种理解，这种倾听，还有赋予它的回声，是一个民族的存在方式，它对它自身的理解，它的凝聚力。文化不是归属于根本处境的习俗，计划或契约为基础的意义系统；它是民族的存在。"因此，讨论陈飞白、谢梦锦的"现代气质"，离开了利奥塔的民族的文化处境或布迪厄的"场域"理论，是说不清楚的。蔡东的"现代气质"就蕴含在这一文化处境和场域中。

有难度的小说，就是用爱化解人的无尽苦难和痛楚。痛苦是人类永恒面对的景况，用想象的方式解除人的痛苦并走出这一境遇，是有爱的作家选择的春冰虎尾的道路，也是一条难以为继的道路。它极易形成模式或同质化，即便确乎不拔也险象环生。但小说就是冒险的艺术，绝处逢生也就成就了一个作家的伟力。我们发现，生活中的问题包括那些内心深层的问题，从来就不只是自身的问题，这些问题是通过与别人别处的生活比较呈现的。因此，那些理论金句尽管必要，却不具有实践的意义。但作家对具体生活场景和人物内心细微的描摹，一切竟一目了然一览无余。我们知道了自己那些幽微隐秘的痛楚究竟在何处作祟，找不到的那些痛点就在这些人物的身上转移到了我们的身上，切肤之痛就这样如期而至。读蔡东小说的致命感受就在这里。

之所以说发现、捕捉人的情感或感觉的幽微处是小说的难度，因为那是一闪即逝却又挥之难去的感觉，似有若无又无处不在，它几乎成了一个人的魔咒或幽灵，游荡在人的内心深处又不时泛起。那种只为别人观看的"盆景"式生活在传染般地蔓延。《出入》中的梅杨一直生活在朋友李卫红的阴影下，鄙视她愤恨她，却又受虐癖般地不能停止接近她。林君梅杨夫妇话不投机，旅游计划搁浅，不谋而合的竟是源于两个人均难以启齿的对分开的渴望。也许这时我们才会理解纳兰容若的"人生若只如初见，何事秋风悲画扇"背后的一言难尽。夫妇均有对"分开的渴望"，就是人物内心的幽微处。这是生活中几乎人人都有又难以启齿的心理活动，如果诉诸实践，也不啻为医治夫妻矛盾的一剂良药。这里有存在主义的意味，但这里的存在主义是人道主义。不然就不能解释《出入》中的林君的"临时出家"，以及"出家班成员"们相互间亦有"咫尺天涯"的美妙感了。那个混乱的所在，基督教、道教、佛教一应俱全，国人女翻译、洋人牧师悉数在场。这个反讽的荒诞场景将精神世界的无序混乱和盘托出。更具讽刺意味的是，梅杨居然对林君说"我可是修成正果了"。出与入、居与处，是传统士阶层难以处理和选择的矛盾，但历史发展至今日，这个曾经犹疑不决的矛盾终于幻化为一个后现代的闹剧。

《布衣之诗》中有这样一个细节：孟九渊和妻子赵婵分居前曾宴请大学读书时的同学，席间大家言谈举止得体周正。但结账时——

> 赵婵提出打包。孟九渊用眼神质疑她，你这是怎么了？拿回家你吃吗？吃吗？赵婵避开他的目光，起身去柜台付钱，很快就有服务员来桌旁收湿纸巾。孟九渊按住湿纸巾，问：干吗？服务员缩回手去，解释道："女士说了，没用的都退掉。"同学们赶紧拿起来，说："不习惯用这个，退了吧。"孟九渊动作很大地扯开包装，说："我用。"

但回家的路上两个人并没有争吵，默默不语沮丧茫然。这最后一刻让宴请毫无颜面。这个细微处，赵婵的性格和两人的关系，不着一字尽得风流。生活自有迷人的魅力。但生活中总要遭遇它的背面，就是那些琐屑、无聊甚至构成"敌对性"的阵势。它让生活变成煎熬、无望甚至绝望。生活中某些细小的缠绕、纠结、不快等，直接作用于人的精神和情感，处理的过程并不亚于面对"大事件"时的犹豫或举棋不定。在大的生活内容面前，我们有那些高明的向导或潜在向导，他们代替了我们思考；我们还可以选择从众——或者有人先于我们选择，他们可以提供某种参照。但面对个人生活的百态千姿，你必须自己拿主意。这时你拥有了自由，也因为自由你拥有了麻烦——无所适从的麻烦。这个麻烦与生活丧失了方向感有关，但是，生活中不是所有的事情都与方向感有关，其间的不确定性如影随形挥之难去。蔡东的小说要处理的大都是在这样的背景中发生的，这就是蔡东小说的当下性。

《天元》中的陈飞白虽然桀骜不驯我行我素，但她非常在乎和丈夫何知微的情感。她是太爱何知微了。两人的关系即便如此，仍有需要小心翼翼的缝隙。陈飞白曾经问何知微："喜欢你现在的工作？足以安身立命？"他们的价值观显然并不严丝合缝。何知微也爱惜和陈飞白有关的一切，他突然有些担心，"万一，他和她，把话都说完了怎么办？会有没话说的那一天吗？不敢深想，只能珍视此刻，想着既有此刻，也不算白活了"。彼此情感甚笃相爱甚深的人，也未必相知。所谓"心心相印"不过是句堂皇的修辞而已。蔡东对人心内部秘密或细微处的大胆敞开或剖析，是她小说最具力量的一部分。温文尔雅是小说的表面，犀利就在其间。

对"不中用的东西"的发现

但是，《星辰书》终是一部心有大爱的书。这个爱，不只是对人物的处理，亦隐含在诸多细节之中。除了人物关系之外，那些鸟语花香的细节更是楚楚动人。《照夜白》中的谢梦锦，"按照今天的设置，她不能发出声音，这番话只是在心里默默说了一遍。她想起家里的柜子抽屉里，放满了杯壶碗碟，几年也用不上一回的，就是为了看看，看着喜欢。她从小喜欢的，好像都是些中看不中用的东西"。"一路上她车开得很快，急切地想把刚才的夜晚甩到身后。再转一个弯就到小区了，每次先看到的都是裙楼的鲜花店，她把车速降下来。店里的灯还亮着，她停下车，看着店员把摆放在门口的花盆一一搬进店内，透过落地玻璃，能看到不大的空间里布满鲜花。当初花店刚开的时候，她担心花店生意清淡，万一哪天关门就可惜了，她是第一批办储值卡的人。毕竟，楼下开间花店，住户的日常里就有了点高于生活的东西。"中看不中用的东西就是美的东西，就是"高于生活的东西"。谢梦锦因对生活的这些感知和认识，人物就有了站位，她的"失声"和对日复一日机械生活的反抗就有了意味——她抗拒的是被生活的"异化"，却坚决站在了"美"的一边，一个理想主义者的形象在"不中用的东西"中腾空而起，一如画中的骏马"照夜白"。蔡东小说中那"不中用的东西""高于生活的东西"比比皆是。无论是人物趣味还是讲述者趣味大抵如是。《伶仃》的开篇——

> 黄昏的时候，卫巧蓉走进一片水杉林。通往树林深处的小路逐渐变细，青苔从树下蔓延到路边，她快步走过时，脚步带起了风，缕缕青色的烟从地面上升起，蜿蜒而上，越来越淡，越来越清瘦。她停下来，等烟散尽了才俯低身子凑近看。这些日子阳光好，苔藓干透了，粉末般松散地铺展着，细看起来如一层毛毛碎碎的绿雪，她小心喘着气，担心用力呼出一口气就会把它们吹扬起来。

然后卫巧蓉走出了树林，天空、小径、街道、楼房、海岸线、山丘和翻过山头的一朵云，伸向天空几个角的剧院才渐次出现。这些貌似闲笔的文字，让小说松弛冲淡。但小说内在的紧张就蕴含在从容的文字中。被"窥视"的丈夫一无所知，窥视者卫巧蓉则一览无余。那些"不中用"的闲笔便具有了"张力"的意义。《天元》中何知微一直期待将地铁六号线上印有"一步制胜"的广告牌摘走。女友陈飞白曾经做过这件事并且成功地把广告牌取走了。轮到何知微却遇到了麻烦。事情不在于何知微是否能够摘走广告牌，即便摘走"一步制胜"的广告牌，陈飞白的命运能够改变吗？但是有了这个情节，小说便飞翔了起来，小说有了诗意。那是一种对"天元"的反抗，对"现代"价值观和格式化生活"理想"的反抗。

"不中用的东西"，一如加缪旅途中将风景化为内心的背景，一道微光，一首乐曲或一群拔地而起的飞鸽，让他心中充满了莫名的欢乐。如是，我们就理解了为什么梭罗会守着一潭湖水，凡·高会画一双农鞋或几支向日葵，诗人要吟唱长河落日大漠孤烟。对"不中用的东西"的迷恋，只因为那是"高于生活"的美，是精神需求的要义。无论人的自然属性是否被满足，是那些"不中用的东西"改变了我们。有人曾打比方说，家里最有用的东西是厨房和厕所，但是有客人来了，你让客人看的或者是一幅画，或者是进书房，这画和书是没用的。但你不会领着客人去看你的厨房和厕所。

我还注意到，蔡东的小说对日常性生活的兴致盎然。他的小说，几乎每篇都会写到花花草草，写到日常生活的必需，写各种菜蔬或餐桌：

> 吃过早饭，她忙着给女儿检查行李、钥匙、证件。女儿呢，忙着检阅冰箱，里面满满当当的是蔬菜、鱼虾和水果，冷冻层里也塞满水饺、猪肉包和带鱼段。

> 早市海鲜区堆满了刚从海里捞上来的梭子蟹、海虹、毛蛤、爬虾，地面上水淋淋的，空气里弥漫着一股清鲜的味道。

> 两人一路引我来到小区，小区的建筑物很疏朗，花园开阔，种着些合欢、夹竹桃、石榴、垂丝海棠，地上除了草坪还有大片的毛牡丹和矮牵牛，水系景观也愉人眼目，防腐木的平台，曲水游廊连起几座小巧的六角凉亭，岸边随意散落着几块景观石，流水潺潺，红红白白的锦鲤在硬币大小的绿萍间游弋。

> 我早早来到咨询室，把洛阳买的牡丹绢花插在藤筐里。花朵绣球般大，颜色是渐变的粉，只有一瓣显得各色，近于深红，像湿了的胭脂，红色冷不丁一大步跳到粉白，倒是一点也不呆。

这些笔墨，既是闲笔，是"不中用的东西"，也是生活的情怀也是个人趣味，一个女性作家的性别区隔亦在这情怀和趣味之中，或曰对生命的体验之中。小说考量的最终还是作家对生命理解的深度。蔡东自己曾说："说到'我想要的一天'，在非常不确定的世界里，有闲暇的一天大概便是最好的一天了。没有什么事是必须要做的，可以收拾收拾屋子，可以去菜市场逛上两个小时，买好菜回家做顿饭，可以拿起一本读过很多遍的书，从随便翻到的那一页开始看，毫无功利性地散漫地看。这就足够了。"正是有了这等平常心，蔡东才有了她和小说的低调内敛。但蔡东的内敛或低调，不是张爱玲见到胡兰成的那种变得很低很低，低到尘埃里，从尘埃里开出花来的卑微甚至不惜失了主体性。蔡东是《照夜白》中的谢梦锦喜欢的铃兰花，在盛年时便向下绽放，不似那些仰着头向上开的花，残败了才无奈地低下头。铃兰是主动、自愿地低头俯视，把花开向地面。开向地面的绽放也可以大放异彩，只不过那需不同的看客或听众罢了，一如"峨峨兮若泰山""洋洋兮若江河"的高山流水。

原载《扬子江文学评论》2020年第1期

第三辑

公器的风采

风雨七十载　风流大道行

——纪念《北京文学》创刊七十年

北京是当代中国的政治、文化中心，当然也无可非议地是中国当代文学的中心。北京是五四新文化运动的发祥地，这个伟大的传统一直深刻地影响着百年来的北京作家，他们内心强烈的国家民族情怀，对社会公共事务参与的热情和积极态度，使北京的文学气象宏大而高远。共和国成立初始，散居全国各地的大批优秀作家聚集北京，或从事专业创作或担任文学领导职务，丰厚的文学人才资源在北京构筑起了独特的文学气氛。所谓"文坛"，在北京是一个真实的存在。在这个专业领域内，竞争构成了一种危机，也同时构成了一种真正的动力。特别是在当下的文化环境中，这是一个随处可以找到文学朋友的城市，这是北京的优越和骄傲。独特的地理位置以及开放的国内国际环境，使北京作家有了一种得天独厚的文学条件，各种文学信息在北京汇集，不同身份的文学家以文学的名义在北京相会，国内外的文学消息和文学家的彼此往来，使北京文坛具有了不同于其他地方的视野和气氛。因此，在不同的历史时期，北京的文学创作和批评，都因其对社会和现实世界的敏锐感知和宽广视野，因其不同凡响的万千气象而备受瞩目。它引领着中国文学的发展，它制造潮流也反击潮流，它产生大师也颠覆大师，它造就文化英雄也批判文化英雄……北京是当代中国影响最大的文学发动机和实验场，从某种意义上说，北京就是中国文学和文化的缩影。需要指出的是，七十年来北京文学取得的成就和营建的文学气氛，离不开《北京文学》的努力和贡献。作为北京的文学刊物，它已经成为北京和中国文学的重镇，成为北京和中国文学积极健康的文学力量，有力参与和推动了北京和中国文学的发展。

一、新时代的新文艺

1949年7月，来自解放区和国统区的文学艺术工作者，在北平举行了第一次中华全国文学艺术工作者代表大会，753位代表参加了这次大会。大会被认为是解放区和国统区文艺工作者的"大会师"。毛泽东、朱德、周恩来、董必武、陆定一等中国共产党的领导人参加了会议并发表了讲话。毛泽东简短的讲话，主要是以主人的身份表达对代表的欢迎。他说：你们对于革命有好处，对于人民有好处。因为人民需要你们，我们就有理由欢迎你们。毛泽东、朱德、周恩来的讲话，受到了与会代表的热烈欢迎，他们长时间热烈鼓掌和欢呼。大会的重要目的，是共同确定今后全国文艺工作的方针与任务。几个重要报告，不仅共同体现了这一基本精神，而且高度评价和重申了毛泽东《在延安文艺座谈会上的讲话》的文艺思想。这些报告是结合《讲话》精神和延安文艺经验来阐发今后全国文艺工作的方针和任务的。全国各大区和部队有十个代表团参加了大会，每个代表团都由团长、副团长和团委构成。大会设立了主席团，郭沫若任总主席，茅盾、周扬任副总主席。会议通过了《中华全国文学艺术界联合会章程》，选举了中华全国文学艺术界联合会全国委员会以及各协会负责人。从这个时代起，当代中国文学的发展有了全国性的统一组织，有了明确的章程和制度，为中华人民共和国成立后，执政党和国家管理文学艺术奠定了组织和机构的保证。会议期间演出了丰富的文艺节目。从节目目录和演出单位看，节目基本是解放区和部队创作的"人民文艺"，演出单位是来自军队、北平院校的艺术团体以及进步的艺术家。在当代文学的历史叙述中，普遍认为第一次文代会是当代文学的起点。在这样的时代背景下，1950年9月10日，《北京文学》的前身《北京文艺》创刊了，主编是老舍。

　　《北京文艺》照例发表了发刊词。这份发刊词主要表达了办刊或者说组稿的四点要求：一、工人阶级已经成了新国家的主人翁，所以，要"尊重""工人们在业余创作的文艺作品"；二、新中国成立后，北京"逐渐由消费城市转变到生产城市"，北京已经由"国民党统治时期的乌烟瘴气，变成了严肃勤朴，表现出新中国的新气象与精神，描画、报导、歌颂这些史无前例的事情，理应成为本刊的重点之一"；三、北京解放了，广大的知识分子迎着新时代，展开了思想改造运动，青年们更爱人民、爱国家了，于是也就由热烈的学习而想创作，我们应当鼓励、帮助他们去学习；四、旧戏曲的改革，在当前是件极重大的事，北京是京戏的发源地，又是曲艺人才荟萃的所在，理当在这件大事上负起较多的责任。有了上述的四个重点，这个刊物就不至于编得杂乱无章，而是短小精悍的（每期只容纳五六万字），有重点的，能尽到结合实际，反映出首都人民新生活的责任。我们希望本刊的作品，在文字上，一律能做到朴实通俗，深入浅出，以免因文字上的困难与晦涩而减低了普及作用。末了，《北京文艺》重视批评，所以也欢迎批评《北京文艺》。

这是《北京文艺》发刊词的要点。无论内容还是文字表述，确实是一种要办出新时代新文艺的气象。在这方面，主编老舍率先垂范，在1950年9月第1卷第1期，也就是创刊号上，头题发表的就是歌颂北京翻天覆地变化的三幕话剧《龙须沟》，毛泽东、周恩来等党和国家领导人都观看过这部话剧的演出，老舍也因此于1951年12月21日被北京市人民政府授予"人民艺术家"称号。从创刊到停刊一年多的时间里，老舍陆续发表了相声《家庭会议》、太平歌词《庆祝"七一"》、剧本连载《一家代表》，以及普及通俗文艺的文章《怎么写快板》《散文并不"散"》《怎样写通俗文艺》《对于观摩演出的节目的意见》等；同时，在《北京文艺》和《说说唱唱》工作的李伯钊、赵树理等，也几乎竭尽全力发表了即时应景的作品或文章。比如李伯钊的《群众文艺的创造》、赵树理的《文艺作品怎样反映美帝侵略的本质》等。回到具体的历史语境，我们对这些作品和文章，不能一笑了之或不屑一顾；也不能简单地理解为那是主编们的职业行为。事实上，在社会主义初期的文学实验中，这里包含着许多复杂的因素。一方面，来自解放区的李伯钊、赵树理，他们有丰富的延安文艺实践经验，第一次文代会后，延安文艺的经验已经放大到了全国，是唯一有合法性的文艺道路，"人民文艺"的经验必须在新的实践条件下进一步巩固和发展；一方面，老舍虽然不是来自延安的文艺家，但是，他追随、认同延安文艺道路，也是诚恳地发自内心的。

从现实的层面看，1950年，中华人民共和国刚刚成立一年，百废待兴。有人回忆说，老舍、赵树理曾穿街过巷，在熙熙攘攘的人群中实地考察了天桥群众文艺活动情况。天桥是一个杂耍场，说书的、说相声的、卖唱的、拉洋片的、顶缸的、要飞叉的、变戏法的……无奇不有。在这里，赵树理见到了《响马传》《丁香割肉》《王华卖父》《莘说素猜》等在解放区早已遭禁的海淫海盗的旧东西。后来他多次到天桥走访调查，一个改造北平旧文艺，特别是天桥群众文艺活动的想法逐步形成。[①]但是，想法是想法，想法变成现实并不是一件容易的事情。工农兵作家的来稿，要经过认真修改。林斤澜说："修理稿件原有'择菜'一词，俗云'择到篮里都是菜'。编辑部里有位才女编辑，她说是'择草'。工农兵作家捧来一抱乱草，知识分子编辑在里边择出野菜，红烧清炒，以工农兵名字上席。"[②]但这"野菜"也经常是供不应求。汪曾祺在《北京文艺》创刊时曾做过"集稿人"，他回忆说：我们那时真是"惨淡经营"，人手少，可用的稿件不多，每月快到发稿的时候，就像穷

---

① 刘长安：《赵树理与〈北京文艺〉》，北京文学月刊社主编《记忆与足迹》，同心出版社2010年。

② 林斤澜：《灭顶故事》，《北京文学》2000年第9期。

人家过年一样，一点抓挠没有。到了这个节骨眼，赵树理同志便从编辑部抱了一堆初选的稿子，回到屋里，关起门来，一目十行地翻阅一遍。偶尔沙里淘金，发现一两篇好稿，则大喜过望。这一期又能对付过去了！赵树理同志把这种编辑方法叫作"绝处逢生法"。有时实在选不出好稿，就由主编、编委赶写应急。赵树理同志的《登记》就是这样赶出来的。编委们说："实在没有像样的东西了，老赵，你来一篇吧！"老赵喝了一点酒，吃了一碗馄饨，在纸上画了一些符号（表示人物），画了一些纵横交错的线（人物关系和事件发展），笔不停挥，一气呵成，写出了一篇杰作。① 后来林斤澜在同一篇文章中说：这时的汪曾祺，"冬日羊羔长袍长及脚面，小步踢踏，背微驼，一杯绿茶，一支纸烟。年方三十，不够遗老足够遗少"。1950年汪曾祺的形象跃然纸上。

从理论层面看，通俗文艺是大众文化最具代表性的一种形式。通过通俗文艺满足大众的文化消费要求，并且实现对人民大众的教育，是初期社会主义文艺实践最重要的目的。当然，这一目的的背后隐含了延安经验由局部放大到整体的成功实践。值得注意的是，新中国成立后对文学艺术的具体指导，已不像延安时期必须由毛泽东事必躬亲，当他在延安时代确定的关于文学艺术的思想路线在战时得以贯彻实行，并取得了极大的成功之后，这一思想路线的执行者理所当然地认为仍然适用于共和国。1949年9月5日，中华人民共和国尚未宣布成立，但文艺界"争取小市民读者"的工作已经先期展开。这一天，刚刚组建不久的《文艺报》邀请了平津地区过去常写长篇小说的部分作者开座谈会。会议主席陈企霞说会议的意义就在于研究通俗小说形式的写作经验和读者情况，讨论怎样改革这种形式。"不管哪一种形式，当其被很多人所欢迎和注意上时，我们就不能置之不问。"对通俗文艺的关注，不仅与延安经验相关，而且同时注意到了"在敌伪和国民党统治时代，这种小说盛极一时。各个报纸副刊抢着登这一类小说。印刷厂排字工人也抢着排这一类稿子。好多店员一翻开报纸首先看昨天没有读完的小说"。因此与会的赵树理说："哪一种形式为群众所欢迎并能被接受，我们就采用哪种形式。我们在政治上提高以后，再来研究一下过去的东西，把旧东西的好处保持下来，创造出新的形式，使每一主题都反映现实，教育群众，不再无的放矢。"但如何才能在政治上提高呢？他"希望大家详读每天的《人民日报》的社论和新的文艺理论书籍"。因此，大众文艺或通俗文学成为共和国时代的主要文艺形式，不仅这一形式是大众喜闻乐见的，重要的是它对于进一步巩固社会主义文化领导权，建构社会主义的文化空间所具有的

---

① 汪曾祺：《祝愿》，北京文学月刊社主编《记忆与足迹》，同心出版社2010年。

功能性价值。

但是，初期社会主义的文艺实践确实是一条风雨不平路。1951年上映了一部孙瑜编剧和导演的影片《武训传》，《武训传》公映后，文艺界和知识界对其评价不一，但还是好评者多，认为武训是中国历史上"伟大的劳动人民，企图本阶级从文化上翻身的一面旗帜"[①]；孙瑜认为武训是"甘做无产阶级和人民大众的牛"，具有"全心全意为人民服务的崇高精神"[②]。杨雨明、端木蕻良在《北京文艺》1951年第2卷第1期上发表的《论〈武训传〉》中也指出："劳动出身的武训是充满了聪明和智慧的，他会唱歌，会讲故事，会耍把戏，会做菜，记性好，有韧性，心眼深，能说能行。"也有人认为"武训精神"不足为训。这都是可以正常讨论的。但毛泽东调看了影片后，特为《人民日报》写了社论，他指出，《武训传》所提出的问题带有根本性质，像武训这样的人，处在清朝末年中国人民反对外国侵略和反对国内的反动封建统治者的伟大的斗争的时代，根本不去触动封建经济基础及其上层建筑的一根毫毛，反而狂热地宣传封建文化，并为了取得自己所没有的宣传封建文化的地位，就对反动的封建统治者竭尽奴颜婢膝之能事，这种丑恶行为，难道是我们应当歌颂的吗？向着人民群众歌颂这种丑恶的行为，甚至打出"为人民服务"的革命旗号来歌颂，甚至用革命的农民斗争的失败作为反衬来歌颂，这难道是我们能够容忍的吗？承认或者容忍这种歌颂，就是承认或者容忍污蔑农民革命斗争，污蔑中国历史，污蔑中国民族的反动宣传为正当宣传。……毛泽东提到政治高度来认识分析《武训传》，文联和作协的领导人迅速做出反应，郭沫若、周扬分别撰写了文章，表达了他们鲜明的立场。对《武训传》进行全国性的批判，对《北京文艺》的直接后果，就是1951年11月20日中华全国文学艺术界联合会常务委员会通过的《关于调整北京文艺刊物的决定》。要求"加强《说说唱唱》，原有的《北京文艺》停止出版，其编辑人员与《说说唱唱》合并，另组新的编辑委员会。《说说唱唱》应当成为发表优秀通俗文学作品和指导全国通俗文艺工作的刊物"[③]。这个决定，不能说与杨雨明、端木蕻良在《北京文艺》发表的肯定《武训传》的文章完全没有关系。至此，1950年9月第一次创刊的《北京文艺》，历经一年多的时间停刊了。

1955年5月20日，《北京文艺》重新创刊，主编还是老舍。重新创刊的《北京文艺》由老舍亲自撰写了发刊词，其要点是：

①　董谓川：《由教育观点评〈武训传〉》，《光明日报》1951年2月26日。
②　孙瑜：《论导〈武训传〉记》，同上。
③　张大海：《移动的风景》，北京月刊社主编《记忆与足迹》，同心出版社2010年，2—3页。

《北京文艺》将是什么样的刊物呢，这须在此说明一下：在文字上，《北京文艺》将力求通俗；对于以说唱形式写成的作品，我们也愿意刊登，因为这种形式的作品在宣传教育上还能起很大作用。

在内容方面，我们首要的任务是反映在总路线的照耀下，首都的经济建设、文化建设以及各方面的现实生活与斗争，歌颂这斗争中的新人新事，批判保守落后。

我们的主要读者对象是工人。但是，工人也关切着农业、国防和文化教育等等现实生活。所以，我们所选用的作品，在内容上注重描写工人，而不只限于描写工人。我们重视文艺批评，切盼能够得到短小精悍的批评文字。

对培养文艺队伍的新生力量，我们只能就力所能及，尽到责任。①

从这份发刊词中我们可以看到，无论是文体形式、作品内容还是服务对象，与1950年的发刊词几乎如出一辙。重新创刊后的《北京文艺》，发表的作品大多相貌平平乏善可陈。但偶尔也有好作品发表，比如浩然，这是一位有巨大争议的作家，但浩然肯定是一位书写当代中国农村生活成就卓著的作家。《艳阳天》《金光大道》等对阶级斗争夸大的书写，确实存有问题，文学史和批评家对此有大量评价，但责任是否都应作家浩然来负，或者浩然应该负有怎样的责任，还需更深入地研究。对历史的情感记忆不能替代对历史合理的评价。《北京文艺》1956年11月号发表的小说处女作《喜鹊登枝》，是浩然发表的第一个成功的短篇小说，为此他曾努力过七年。当时新婚姻法已经颁布，文艺界出现了一批配合宣传新婚姻法的作品。这些作品基本是青年男女恋爱，父母反对，领导支持，最后终成眷属的"小二黑"套式。浩然却根据自己对生活的认识和对文学的理解，写出了一个老人拥护新婚姻法，支持和帮助女儿自由恋爱，建立美满婚姻的新鲜故事。在那个时代，《喜鹊登枝》的清新之风令人耳目一新。后来，浩然曾经有十年的时间担任《北京文学》主编。2008年他去世的时候，李敬泽称其为"最后的农民和僧侣"，这个"僧侣"当然是文学的僧侣。

这期间还有两篇文章"名动天下"。一篇是从维熙的《对社会主义现实主义的

---

① 《北京文艺》1955年4、5月号创刊号。

几点质疑》，一篇是刘绍棠的《现实主义在社会主义时代的发展》，①这是那个时代"引蛇出洞"的代表性事件。后来从维熙在《走向混沌：从维熙回忆录》中记述了这件事情的真相。他说：

> 当时文坛正热衷于讨论作品"公式化概念化"根源，对"社会主义现实主义"这个创作信条，我疑惑的支撑点是：本来我们就生活在社会主义的现实生活中，用现实主义的名称就挺恰当，为什么在"现实主义"前面还要冠以"社会主义"的帽子呢？这会使作品政治大于形象，是导致公式化、概念化的总体外因。因而，当《北京文艺》的编辑来我家里，让我对文艺问题鸣放时，我提笔写了一篇十分肤浅的论文《对社会主义现实主义的几点质疑》，以讨论这个创作方法是否科学为轴心，发表了自己的看法。
>
> 是命运安排，还是天意撮合？刘绍棠也在该刊4月号上发表了《现实主义在社会主义时代的发展》，一个质疑，一个变相否定，真是珠联璧合。白纸黑字印在了刊物上，是抹不掉抠不去的。其实，我写这篇文章时，既没有和绍棠打过招呼，他也没有告诉过我。当时，正处在鸣放期间，每天报纸上的鸣放新闻以及各种小道消息已使人目不暇接。其间，唯一的一次电话联系，是我受《北京日报》文艺组之托，约绍棠写一篇鸣放的短文。这两篇文章刊在同期，纯属一种巧合。直到"反右"的锣鼓敲响之后，在《北京文艺》刊出的批判我俩文章的编前话中，我才管窥到这是编者有意导演的戏剧。编前话大意如下：我们是有意让这两株毒草出土的。只有让毒草出土，才易于辨别，继而除之云云。对于批判我的端木蕻良同志，我并不十分介意；对于引蛇出洞的阴谋，我非常恼火。稿子是你们来人约的，原来是为了张网捕雀。

大势所趋，《北京文艺》也概莫能外。这是1957年发生的事情。也正是在这一年，上海的《收获》创刊。创刊号上，刊登了靳以执笔、与巴金共同署名的发刊词，第一句话是："收获"的诞生，具体实现了"百花齐放"的政策。"'收获'应该团结更多的作家，尤其是老作家们……我们也盼望有生气勃勃、新鲜活泼的新人的作品。"发刊词里已然明确了收获的"使命"。《收获》的这本创刊号推出了鲁迅未发表过的作品《中国小说的历史变迁》、艾芜的《百炼成钢》、康濯的《水滴石

---

① 从维熙、刘绍棠两人的文章发表在《北京文艺》1957年4月号。

穿》、老舍的话剧《茶馆》等。巴金后来回忆说：

> 《收获》本来没有发刊词，第1期已编好，纸型由上海寄到北京，我当时在北京开会，忽然收到靳以寄来他写的发刊词，他征求编委的意见。我一看便知道是为了"六大标准"。"六大标准"的发表无疑是一件好事。可是我却感到一点紧张，我似乎看到了一项悬在空中的"反党反社会主义"的帽子。我想他不会比我轻松。他接着在第2期又发表了《写在〈收获〉创刊的时候》，文章给我看过，我了解他保护刊物的苦心，我自己也想多找机会表态，不加考虑便在原稿上署了名。今天翻看三十年前的表态文章，我还仿佛接触到两颗战栗的心和两只颤抖的手。我们就是这样熬过来的。不管有多少干扰，他坚持着把全部心血花费在刊物上。勤奋的工作促使他过早接近死亡，但是他亲手浇灌的花开放了。我不像他，我东奔西跑花了好几年的工夫写成一部废品，我只想避开头上达摩克利斯的宝剑，结果，蜘蛛网越收越紧，悬在空中的帽子还是落到我的头上，我过了十年的地狱生活。①

同样是发生在1957年的事情，《收获》和《北京文艺》确实表现了非常不同的文学姿态和立场。《收获》虽然在上海，但当时隶属中国作家协会，是中国作家协会领导下的刊物。《收获》发刊词中"应该团结更多的作家，尤其是老作家们"，格外引人瞩目。当《北京文艺》主要发表工人和青年作者稿子的时候，《收获》则尤其注意发表"老作家们"的作品，包括《北京文艺》主编老舍的《茶馆》。《茶馆》是那个时代影响最大、艺术成就最高的话剧作品。这出三幕话剧，写了半封建半殖民地的三个黑暗时代，前后五十多年的历史，舞台上有大小七十多个人物。生动地展示了旧社会的腐朽和行将灭亡的历史。剧本没有常见的说教，它的艺术魅力完全来自剧情的真实性和客观性。剧本没有正面书写革命运动和时代潮流，而是在一个社会缩影——裕泰茶馆里展开全部剧情的。各种人物在茶馆中的表演，集中反映了那三个时代的市井风情和自我埋葬的历史趋势。《茶馆》取得的艺术成就使其成为一个常演不衰的经典剧目。即便在新世纪，北京人艺每年的开年大戏，仍然是《茶馆》，而且一票难求。值得我们思考的是，主持《北京文艺》的老舍，在《北京文艺》主张发表的作品，与他在《收获》发表的《茶馆》并不在同一个思想和艺术范

---

① 巴金：《收获》创刊三十年，见《收获》60周年纪念专刊。

畴中。这时我们会发现，老舍一方面坚持他对新时代新文艺的探索、实践和追随；一方面，作为作家的老舍，并没有终止他试图通过文学与历史、与现实对话的探索和实践。他内心仍然洋溢着对文学的执着和激情。

当然，《北京文艺》二次创刊也发表了一些重要的作品。比如1960年1月号连载了曲波的长篇小说《山呼海啸》、汝龙译的《契诃夫小说两篇》，1962年4月号黄秋耘的《杜子美还家》，1962年10月号发表了郭小川的著名诗歌《甘蔗林——青纱帐》，1964年2月号发表了毛泽东诗词十首等。而影响最大，甚至改变了那个时代中国社会历史命运的作品，是1961年第1期的吴晗的历史剧本《海瑞罢官》。作者吴晗是著名的历史学家，时任北京市副市长。1961年1月，《海瑞罢官》由北京市京剧团公演，毛泽东观看后接见了北京京剧团团长马连良，祝贺他演出成功。但随后《海瑞罢官》的命运急转直下。我们在《胡乔木传》中看到了这样的叙述：

> 上海《文汇报》发表的一篇文章搅乱了胡乔木的心绪。这就是1965年11月10日登了两个整版的姚文元的《评新编历史剧〈海瑞罢官〉》。这篇文章断定《海瑞罢官》"是一株毒草"，把《海瑞罢官》中写到的明朝正德至万历年间的"退田""平冤狱"等内容与二十世纪六十年代初的所谓"单干风""翻案风"等联系起来，认为"是当时资产阶级反对无产阶级专政和社会主义革命的斗争焦点"，"《海瑞罢官》就是这种阶级斗争的一种形式的反映"。文章指责剧作者吴晗的用心是为帝国主义者和地富反坏右"翻案"。
>
> 胡乔木一眼看出，这不是一篇学术批评和文艺批评的文章。文章把问题提到非同一般的政治高度，涉及当时中央最高领导层在整个国内形势的估计和重大问题的决策上存在的分歧，后面必有深刻背景。至于扣到吴晗头上的那些大帽子，完全是无中生有。吴晗之所以写海瑞，缘自毛泽东提倡学习海瑞。这点，胡乔木最清楚。因为向吴晗传达毛泽东提倡学习海瑞的精神，请吴晗写海瑞的，就是胡乔木。
>
> 1959年4月5日上午，毛泽东在上海召开的中共八届七中全会上作关于工作方法问题的讲话。毛泽东要求头脑不要发热，要互通情报，解除封锁。针对当时干部中普遍存在的浮夸不实、弄虚作假、不说真话等不良风气，毛泽东提倡学习海瑞精神，说要学海瑞，"舍得一身剐，敢把皇帝拉下马"，要敢于讲话，不怕警告，不怕降级，不怕撤职，不怕开除党籍，不怕离婚，不怕坐班房，不怕杀头。毛泽东还指示胡乔木，要"宣传海瑞

刚正不阿的精神"。会后，胡乔木回到北京，找了时任北京市副市长的吴晗。吴晗是明史专家，他写的《朱元璋传》，曾得到毛泽东的好评和鼓励。胡乔木把毛泽东提倡学习海瑞的讲话告诉吴晗，并请他为《人民日报》写有关海瑞的文章。吴晗积极响应，6月16日就在《人民日报》上以刘勉之的笔名发表了《海瑞骂皇帝》一文。意犹未尽，接着，他又写了《论海瑞》。此文于8月31日完稿，吴晗亲笔工楷抄清，送胡乔木。胡乔木从内容、结构到文字都做了精心修改。文章开头两段导语，由胡乔木重新写过。文章的结语部分，大大加重了对右倾机会主义批判的内容，说"他们同海瑞相反，不站在人民方面，不站在今天的人民事业——社会主义事业方面"，说这样的人"和历史上的海瑞毫无共同之点"，说要"反对对于海瑞的歪曲"，要让人民看清他们"右倾机会主义"的本来面目。这些话都是胡乔木加写的。这时庐山会议刚刚开过，加上这些话，正是为了配合中共八届八中全会批判所谓右倾机会主义的政治形势。《论海瑞》经胡乔木修改后于9月6日定稿，在9月21日的《人民日报》上发表。其后，北京京剧团团长马连良又约吴晗写以海瑞为主角的戏。吴晗在北京京剧团同志的协助下，经过七次修改，于1960年底写成新编历史京剧《海瑞》。1961年初上演，剧名根据友人蔡希陶的意见改为《海瑞罢官》。该剧颂扬了海瑞刚直不阿、不畏强暴、敢于斗争的精神，同时也揭示了海瑞这样的官吏在封建社会必然的悲剧命运。

从《海瑞罢官》的创作过程可见，它是以海瑞的生平事迹为题材，突出表现毛泽东当时提倡的刚正不阿、直言敢谏的精神，同姚文元文章中所指责的那些东西完全风马牛不相及。可是，为什么竟要如此曲意构陷、大张挞伐呢？那时身在杭州的胡乔木，无从得知江青利用其特殊身份，和康生勾结，与张春桥、姚文元策划批判《海瑞罢官》的经过，更想不到"文化大革命"动乱的邪火正由此点燃起来。

由于《海瑞罢官》，作者吴晗1969年在狱中自杀，家破人亡。后来我们读到了毛泽东于1966年6月创作的七律《有所思》：

> 正值神州有事时，又来南国踏芳枝。
> 青松怒向苍天发，败叶纷随碧水驰。
> 一阵风雷惊世界，满街红绿走旌旗。

凭阑静听潇潇雨，故国人民有所思。

那时的时局是"正值神州有事时"。在革命洪流排天巨浪的冲击下，发表过《海瑞罢官》的《北京文艺》于1966年5月再次停刊。

1971年12月，在"文革"中停刊的《北京文艺》复刊，并更名为《北京新文艺》，共试刊五期，成为"文革"中全国复刊最早的文学刊物。1973年1月，刊物恢复《北京文艺》刊名。1972年至1976年，刊物先后刊登了剧本《海港》、浩然的小说《金光大道》、张永枚的诗报告《西沙之战》、张天民的电影文学剧本《创业》。这些作品是二十世纪七十年代最重要作品的一部分。当然，这些作品具体内容和书写倾向也并不完全一致，特别是电影文学剧本《创业》，是那一时期难得的好作品。但是，电影放映后，随即引发了一场政治事件。

《创业》讲述的是1949年秋天，裕明油矿工人英勇护矿，迎接新中国，十斤娃的父亲周老大在护矿中英勇牺牲。新中国成立后，党的领导者华程开始正式称呼十斤娃的大名——周挺杉。在华程的教育下，青年工人周挺杉一直怀抱着甩掉"中国贫油"帽子的理想。十年后，周挺杉钻井队以革命加拼命的精神，创造了新的纪录。在石油会战中，周挺杉带领钻井队由大西北赶来参加会战。在北国的冰天雪地中，工人们不等不靠，凭人拉肩扛将第一口油井的钻机竖了起来。最终他们为国家拿下了面积大、产量高的创业油田，实现了原油自给，谱写出一首中国工人阶级战天斗地的正气歌。

1974年这部电影拍完之后，曾经在第四届人大会议的闭幕式上放映，受到了代表们的好评，随后《人民日报》刊出了关于电影《创业》的整版介绍，标题和其他样板戏一样，都是"毛主席文艺路线胜利万岁"，但是公映不到半个月，《创业》就遭遇到了一场麻烦。江青认为这部电影在政治上、艺术上都有严重错误，随后的三条禁令更是将这部电影打入冷宫，一不许继续印制拷贝，二不许发表评介文章，停止播放，三不许向国外发行。与此同时，文化部核心组也下发了关于电影《创业》的十条"罪状"，尽管江青当时的政治地位正如日中天，但是她关于这部电影的指示还是遭遇了强烈反弹，编剧张天民上书毛泽东，反映相关问题，接信后的毛泽东在1975年7月25日做了如下批示：此片无大错，建议通过发行，不要求全责备，而且罪名有十条之多，太过分了，不利调整党的文艺政策。由此该片得以解禁，不过电影并未因此公映。1976年"四人帮"倒台后，《创业》才得以重见天日。

从1950年9月创刊到1978年10月的《北京文艺》，二十八年几度沉浮，走过的的确是一条风雨不平路。尽管主编们谨慎行事，努力追随时代的潮流，但是，大江大河波澜处,《北京文艺》无可避免地处在"漩涡"中心。如果从七十年历史的角度看,这二十八年可以看作是《北京文学》的前史,它与初期社会主义文艺政策不断试错、不断调整和不确定性的历史背景密切地联系在一起。

二、大时代的文学重镇和风向标

1978年5月10日中央党校《理论动态》发表了经胡耀邦审定的《实践是检验真理的唯一标准》一文,5月11日《光明日报》以"特约评论员"的署名公开发表。9月10日《理论动态》发表了经胡耀邦审定的《一切主观世界的东西都要经受实践检验》一文,《人民日报》9月25日作为特约评论员文章公开发表,《光明日报》《解放军报》9月26日转载。这一系列的文章直指"两个凡是"的要害,从哲学层面上讨论解决党内的路线分歧,在全国形成了前所未有的大讨论。这场大讨论,实质上是一场呼唤社会主义新时期伟大变革的思想解放运动,是改革开放这一历史性巨变的先导。它标志着中国共产党历史使命意识和执政意识的新觉醒,为党和国家进行拨乱反正、实现伟大的历史转折,开辟中国特色社会主义的道路,创立中国特色社会主义理论体系奠定了坚实的思想基础。1978年5月,中共中央批准中国文联和全国各文艺家协会恢复工作。1979年10月30日,召开了第四次全国文代会,邓小平同志与会并发表了讲话。邓小平的讲话给文学艺术工作者带来了极大的鼓舞。一个新的文艺时代到来了。

在这样的历史背景下,1978年10月,李清泉调《北京文艺》任主要负责人。李清泉,江西萍乡人,中共党员。1940年毕业于延安鲁迅艺术学院文学系。1937年参加革命工作,历任晋察冀抗日根据地边区政府干部,鲁迅艺术大学研究室创作员,总政部队艺术学校教师,延安大学教师,哈尔滨第三、第七中学及师范学校校长,冶金部工业设计院专科学校校长,《人民文学》编辑部主任,《北京文学》主编,《人民文学》执行副主编,文学讲习所所长,改称鲁迅文学院时任院长。北京市作协理事。战争年代开始发表作品。1954年加入中国作家协会。著有小说、散文、评论等一百余篇。这是李清泉的资历和地位。李清泉在《北京文学》的口碑,与他的资历和地位有一定的关系,但更有关系的是他的编辑眼光、胆识和担当。他上任伊始,就提出编发稿件要注重"真实性、思想性、艺术性",对有潜力的作者实行"集束手榴弹"的办法重点培养。他着力推出的作者有张洁、陈建功、陈祖芬、理由、王安忆、张宇、张辛欣等。这个时期的《北京文学》被文学界公认为文学期刊的翘楚,发表的中、短篇小说,如张洁的《爱,是不能忘记的》、王蒙的

《风筝飘带》、方之的《内奸》、汪曾祺的《受戒》等传诵一时。

张洁，1978年开始文学创作。《北京文艺》1978年第7期发表了她《从森林里来的孩子》。小说讲述的故事发生在"文革"期间，这是一个才华横溢、执着坚定、忠于理想的音乐家被埋葬的故事，也是一个关于学生为完成老师的遗愿千里赴考的故事。其理想主义和浪漫主义的风格和气息，在时代交替之际如星光闪烁在天际。小说获得了1978年全国优秀短篇小说奖。但是，张洁影响更大的作品是1979年第11期《北京文艺》发表的《爱，是不能忘记的》。这是一部理想主义的爱情颂歌和挽歌，是对理想爱情的无声言说和向往。张洁以极大的勇气探寻并揭示了人在情感领域的隐痛，将那隐秘的角落公之于世，开启了对人的关怀诉诸个人情感领域的先河。《爱，是不能忘记的》没有获奖，但它给张洁带来的声誉已经写进了中国当代文学史。后来张洁说："每个人的一生中，都有一些难忘的人和事。《北京文学》和我的关系，便属于这难忘之列，恐怕还要写进我的档案里。我的第一篇小说是在这里发表的，并且获得了第一届全国优秀短篇小说奖。"张洁诚恳地谈到了李清泉主编。她曾经去找李清泉主编聊天："他放下正在终审的稿件，耐心地听我语无伦次、头脚颠倒地讲我那已经写完或尚在酝酿中的故事。不时地与我辩论、讨论，并提出宝贵的意见。他曾写信给我，也曾当面向我提出作家对社会的责任和义务，《沉重的翅膀》最早的创作动机，也可以说是从这里来的。他是一个尊重艺术规律的编者，也是一个勇于承担责任的领导。在《爱，是不能忘记的》引起争议之后，有人开始追究、抱怨的时候，他从未往任何人身上推卸过一丝一毫责任，那个时候，还没有'文责自负'这一说。"①作为主编的李清泉的衡文眼光和正直人品可见一斑。

1980年第10期起，《北京文艺》改名为《北京文学》。这一期的《北京文学》发表了汪曾祺的《受戒》。《受戒》一出文坛震动，各种不同的议论充斥文坛。二十世纪八十年代初期，当汪曾祺重新以小说家身份面世时，他那股清新飘逸、隽永空灵之风，让文学界耳目一新。小说的用意显然不在于表达作者对佛门佛事的探讨，重要的是，他传达出了东方日常生活的情调，传达出了普通人对生活的乐观态度。那白描的笔致和简约的语言，也教科书般地影响了当代小说的创作。更重要的是，通过《受戒》，当代小说接续了"京派小说"，特别是沈从文的传统，现代文学的遗风余韵在当代有了回响。由于当时文学界对《受戒》评价的犹豫不决，1980年的全国优秀短篇小说奖没有授予《受戒》。1981年的全国优秀短篇小说奖授予了汪曾祺

---

① 张洁：《我与〈北京文学〉》，《北京文学》1985年第5期。

的《大淖记事》。《大淖记事》当然也是一篇优秀的小说，是带有明确的汪氏风格的小说。但实事求是地说，《大淖记事》在艺术性上不如《受戒》更浑然天成。将全国优秀短篇小说奖授予《大淖记事》，可以看作是对《受戒》和汪氏风格的追认。

《受戒》的发表并非顺风顺水。李清泉后来回忆说："我不仅面对着《受戒》，还面对着作者的一纸短简，其中说，发表它是需要胆量的。这话由作者说和由别人说，作用迥异。但我还是心地平静毫不犹豫地签发了。我手里拿着《受戒》也不是不认真端详，无奈正面看，反面看，斜侧着看，倒过来看，怎么也产生不出政治联想，看不出政治冒犯，反而觉得这次就是鼓足了胆量也白扯。当然，我们心里还存在着一个心照不宣的体验，那便是对于'左'的演绎法的恐惧，但那完全不在于你的作品有无毛病和毛病的性质是什么，它的厉害在于它可以任意解释、随时找出所需要的罪名。它的另一个厉害还在于你只能匍匐在地、候旨、不容分说。因此这又与胆量大小无干，与求一条万全之策，来个事先防备是无济的。当时依我看来，产生这种情况的条件，虽不能说完全消失，却也消失了不少，它不仅不该再有，也不很可能再有，万一再有自然又是一场大灾难，又何惜一身。"[1]每每读到这里，内心总会涌起极大的感动和激动。李清泉是著名编辑，著名的文学工作组织者，但他更是一个沐浴着现代霞光的知识分子。他的勇气、见识和胆量，今天看来竟恍如隔世。对于《受戒》获《北京文学》年度优秀作品奖，他说："我无意说这是十分权威的认定，倒是说如果不是反映甚佳，没有这样一个舆论基础，平白无故也是摆不上去的。"[2]二十年之后，李清泉说"一个人需要在温煦晴和中生存，对于多灾多难的文艺来说，评奖之兴起也是有一点化戾气为祥和的意思在内"，真是用心良苦。

与汪曾祺齐名的短篇小说大师是林斤澜先生。1981年第7期的《北京文学》发表林斤澜的《头像》，在当时也是振聋发聩之作。如果说汪曾祺的小说是抒情的，那么，林斤澜的小说就是象征的。那时的青年新锐批评家黄子平说："林斤澜是为现时代写作的作家。他的小说不仅取材于当代现实生活，贴近着现实生活，而且熔铸了与同时代人相通的真情实感。说到底，他那独特的艺术风格，也不完全是由作家本人的主观体验决定的，仍然是此时此地现实生活的产物。对于真正的作家，新形式只能是新的生活内容的必然结果。因此，一个扎根于现实生活的作家，他的艺术独特性是不容漠视的。如果同时代人不能阐明这一独特性，那就不仅表明，某种理解生活的角度、方式被忽略，同时也说明，进入作家独特的艺术视野的这一部分

---

① 李清泉：《关于〈受戒〉种种》，《北京文学》2000年第3期。
② 李清泉：《关于〈受戒〉种种》，《北京文学》2000年第3期。

现实，却是我们的盲点。时间会给有生命力的艺术品以应有的报偿，时间却不会原谅买椟还珠，错失良机的人，他们不善于及时地珍视寂寞的探索者的劳动，把成败得失的点滴经验吸收到同时代人的文学发展中来。"①汪曾祺的《受戒》和林斤澜的《头像》这两篇小说的重要，就在于它在那个时代改变了小说创作的整体格局，不同风格、不同写法的小说，都获得了合法性的地位。《北京文学》率先发表了这样的小说，开一代先河，功莫大焉。这样的文学行为，与中国改革开放的历史大趋势，是完全一致的。

许多年之后，新老作家们对李清泉主编还是念念不忘。王蒙说："李清泉同志任主编那段拨乱反正时期也是文学刊物的黄金时代，方之的《内奸》、张洁的《从森林里来的孩子》……都是被其他刊物退稿，被《北京文学》发表，然后成为脍炙人口的名篇的。"②陈建功说："在《北京文学》的发展史上，李清泉是一个举足轻重的总编辑，他的文学精神和主张，奠定了《北京文学》作为我国当代文学名刊的风骨。它不趋风、不阿世，怀抱纯正的人文理想，关注着变幻的时代风云。既崇高，又朴实；既厚重，又灵动；既有一以贯之的操守，又有千姿百态的风格。"③李清泉主编虽然只在《北京文学》工作了两年左右的时间，但无论《北京文学》的同仁还是作家们，都对他感佩有加称赞不已。

一份文学刊物，某种意义上就是主编的刊物。1978年以后的《北京文学》，除了李清泉之外，谭谊、张志民、杨沫、王蒙、苏辛群、周雁如、林斤澜、李陀、陈世崇、浩然、赵金九、傅用霖、章德宁、杨晓升等主要负责人，前赴后继，是《北京文学》一直处于文学前沿的关键性人物。当然，无论谁任主编，衡定刊物的大小或影响力，无外乎发表了什么样的作品、团结了哪些作家、培养了哪些作家，以及在怎样的程度上参与了社会公共事务。如果是这样的话，那么，二十世纪八十年代以来的《北京文学》可以说占尽风光。从1978年张洁的《从森林里来的孩子》获全国优秀短篇小说奖以来，又有邓友梅的《话说陶然亭》《那五》，方之的《内奸》，母国政的《我们家的炊事员》，理由的《中年颂》，锦云、王毅的《笨人王老大》，陈建功的《丹凤眼》《飘逝的花头巾》，汪曾祺的《大淖记事》，林斤澜的《头像》，柯岩的《癌症不等于死亡》，刘恒的《天知地知》，陶正的《逍遥之乐》，李杭育的《沙灶遗风》，张洁的《条件尚未成熟》，邹志安的《哦，小公马》《支书下台唱大

① 黄子平：《"沉思的老树的精灵"——林斤澜近年小说初探》，《文学评论》1983年第2期。

② 王蒙：《刊物比人更久长》，《北京文学》2000年第9期。

③ 陈建功：《与〈北京文学〉同行37年》，《北京文学》2010年第9期。

戏》，阿成的《年关六赋》，董保存的《毛泽东和蒙哥马利》，李鸣生的《中国863》，刘庆邦的《鞋》，朱晓军的《天使在作战》，蒋韵的《心爱的树》，等等，先后获全国优秀中、短篇小说奖、报告文学奖或鲁迅文学奖。获其他各种奖项的不计其数；没有获全国大奖但产生全国影响的作品如王蒙的《风筝飘带》、汪曾祺的《受戒》、陈建功的《辘轳把胡同9号》、徐小斌的《对一个精神病患者的调查》、宗璞的《我是谁》、王安忆的《雨，沙沙沙》、余华的《现实一种》《十八岁出门远行》、李佩甫的《无边无际的早晨》、曹乃谦的《到黑夜想你没办法》、乔典运的《问天》、刘庆邦的《走窑汉》、毕淑敏的《预约死亡》、苏童的《桑园留念》、王小波的《万寿寺》、莫言的《枯河》、刘恒的《伏羲伏羲》《贫嘴张大民的幸福生活》、刘震云的《单位》、谈歌的《天下荒年》等。这些作品无论对作者还是对当代文坛，都意义深远重大。一个刊物能发表这样多的优秀作品，不能不令人肃然起敬。

林斤澜和李陀主持《北京文学》（1986年3月—1989年10月）的时候，《北京文学》经历了它的又一次发展高峰。林斤澜很开明，而李陀是一个非常敏锐的人，他敏锐地接受和吸纳很多新观念、新思潮，而且他和青年作家建立了广泛的联系。他们二人任正副主编，给杂志带来了新的气象。

1988年第2期的《北京文学》，发起了"伪现代派"的讨论。这个讨论可以看作是1982年徐迟发表的《现代化与"现代派"》以及冯骥才、李陀、刘心武在《上海文学》发表的史称"小风筝"的关于现代派争论的继续。不同的是黄子平的《关于"伪现代派"及其批评》，更深入也更学术化地讨论了这一问题。"伪现代派"的说法最早是文学界私下交谈和座谈会上提出的，使用者以某种现代派作为参照，指责中国的现代派并不是真正的现代派。黄子平从"伪现代派"的由来和所指谈起，认为这是一个充满了歧义的术语，背后蕴含着某种根深蒂固的僵化观念，"命名"本身有明确的"施暴"性，"一方面或多或少地歪曲了作品，另一方面则显示自身执着的价值标准"。最后黄子平指出："伪现代派"不是一个经过深思熟虑的理论概念，而是处于开放和急剧变动的文学过程中产生的，被许多"权力意愿"认为是顺手、便利的一个批评术语。[1]二十年之后的2008年，洪子诚非常赞赏地说："这个缠绕不清的问题，经他在中西、古今等关系的层面上讲得这么清楚，也揭示了论争中问题的症结"。[2]黄子平作品发表后，李陀在《北京文学》第4期发表了《也谈"伪现代派"及其批评》。文章从一个"声明"开始："我过去和现在都不赞成中国

---

① 黄子平：《关于"伪现代派"及其批评》，《北京文学》1988年第2期。

② 洪子诚：《有生命热度的学术——"我的阅读史"之乐黛云》，《文艺争鸣》2008年第10期。

人搞什么'现代派'或'现代主义'，理由很简单，跟在人家屁股后面跑没意思，没劲。"李陀强调的是"'现代小说'不等于'现代派'：中国文学应该以'现代小说'为建设目标……现代小说和西方现代派小说有某种联系，或者应该有某种联系。就我们中国现代小说来说，就是注意吸收、借鉴西方现代派小说中有益的技巧因素或美学因素"。这场关于"现代派小说"的争论，经过这次发酵，再次引起了新一轮讨论。1988年第6期《北京文学》发表了张首映的《"伪现代派"与"西体中用"驳议》，第8期发表了贺绍俊、潘凯雄的《关于"剥离"的"剥离"》等文章。这是《北京文学》在二十世纪八十年代发起的有较大学术影响的一次讨论。

后来，《北京文学》又陆续发起了"新体验小说"的创作大联展；推出"中国知青专号"，以纪念知青上山下乡三十周年；发表过"断裂"问卷和五十六位青年作家评论家的答卷，成为震动文坛和思想界的"断裂"事件；1999年4月16日，《北京文学》连同《诗探索》、中国社会科学院文学研究所、北京作协等单位共同主办的"世纪之交：中国诗歌创作态势与理论建设研讨会"在北京市平谷县盘峰宾馆召开，来自北京和全国各地的近四十位重要诗人、诗歌理论家和批评家与会，就一系列诗学问题展开了热烈的对话与研讨，这次诗歌研讨会后来被称为"盘峰诗会"，也被称为"盘峰论剑"，成为中国当代诗歌史上具有重大意义的事件。即便是进入新世纪，《北京文学》依然保持办刊之外关注并参与文学公共话题探讨与引领的传统。2002年5月20日至21日，《北京文学》编辑部与《北京日报》联合发起并举办"她世纪与当代女性写作研讨会"，包括林白、裘山山、戴来等一批有才华的女作家参加会议。2006年4月18日至19日，《北京文学·中篇小说月报》举办"文学与底层"研讨会；2010年第6期开展了"如何评价当代中国文学的成就"等的讨论。这些讨论，表明《北京文学》积极参与了当代中国文学的核心话题，对文学界普遍关心的问题，组织作家和批评家及时地发表了看法。这是刊物能够一直站在文学前沿重要的条件。

说《北京文学》是中国当代文学的重镇，是指它的敏锐性和包容性。《受戒》是他们闻风而动势在必得的一个典型事例。八十年代开始，《北京文学》未必是最先锋的文学刊物，但是《北京文学》是最早发现并发表余华作品的刊物，是《北京文学》发现了二十三岁的余华。1984年，《北京文学》先后三期发表他的作品：短篇小说处女作《星星》发表于《北京文学》1984年第1期；短篇小说《竹女》发表于《北京文学》1984年第3期；短篇小说《月亮照着你月亮照着我》发表于《北京文学》1984年第4期。此后，余华的重要作品如《十八岁出门远行》《现实一种》《古典爱情》《往事与刑罚》等，都是发表在《北京文学》。后来余华在《回忆十七年前》中，深情地回忆了他与《北京文学》的交往，他的感激之情溢于言表。[①]
1998年的夏天，魏微还是一个刚出道的青年作家。就在这时一个朋友打电话跟她说
《北京文学》正在找你。结果是章德宁在找魏微，要发魏微的一篇小说。魏微说：
"就为了一篇小说，他们找了我近半年的时间。这件事情让我特别感动。后来我
想，他们其实可以不发我的小说。那时候，我刚开始写小说，也不太有人知道我，
完全是个新人。"[②]章德宁，是1976年就在《北京文学》工作的资深编辑，她责编的
作家从王蒙到魏微到更年轻的作家，她一直做到《北京文学》杂志社的社长。其他
作家像甘铁生、潘军、阿成、张辛欣、王小波、何申、谈歌、徐小斌、周梅森、徐
坤、王芫、丁天等，他们的成长，都与《北京文学》有千丝万缕的关系。还有一个
特别值得提及的作家是刘恒。刘恒原是《北京文学》的编辑，后来是中国作协副主
席、北京作协主席和《北京文学》的主编。他从《北京文学》起步，以卓越的才华
和勤奋的写作跃上文坛，并成为一位跨越多界的文学家。他1986年发表小说《狗日
的粮食》获1985—1986全国优秀短篇小说奖，中篇小说《天知地知》获首届鲁迅文
学奖，此后，陆续发表的《狼窝》《力气》《白涡》《虚证》《伏羲伏羲》《苍河白日
梦》《贫嘴张大民的幸福生活》等中长篇小说，是当代小说的翘楚之作。一份刊物
能够和这样多有影响力作家的名字联系在一起，还有什么能够比这份荣耀更值得骄
傲。这些作家，就是《北京文学》最重要的资本。

三、新世纪的守正创新

1992年，改革开放总设计师邓小平同志到南方视察。当时的国内，针对改革的
诸多争论、质疑声不断，邓小平以他独有的睿智和眼光，在视察过程中，发表了许
多振聋发聩的谈话，勇敢地为改革开放大业护航。南方谈话对于社会主义的本质和
判断标准、计划和市场的关系等重大问题做了改革开放以来最全面明确的阐述。小
平同志在他的暮年，对二十世纪九十年代之后的中国政治经济大局进行了精确的定
位。"胆子更大一点，步子更快一点"，南方谈话精神已成为引领一代改革人前进的
号角。

但是，我们不得不承认，市场经济大潮同时也带来了文学期刊生存的困难。在
新时期文学鼎盛时期，刊物发行量几十万并不罕见。二十世纪九十年代以后，已成

---

① 余华：《回忆十七年前》，《北京文学》2000年第9期。

② 魏微：《1998年夏天》，《北京文学》2000年第9期。

如烟往事。有统计说，在全国的文学刊物中，发行量过万份的约十家，能够超过十万份的只有几家。报刊数量增多，电视日趋强势，互联网迅速发展，媒体多元时代的到来，使读者不断分流，发行量在萎缩，文学期刊开始面对市场化的严峻挑战。为了生存，《北京文学》也必须审时度势。他们"改版转型，整容变身，投靠入伙，改弦更张"，这些举措背后都有一只隐形之手。1992年《北京文学》出版了一期《大纪实》增刊，这是刊物走向市场的一次探索和实践。1994年，《北京文学》创建董事会，后改称理事会，每年一届，一直到2002年，成为国内较早成立董事会的文学刊物。此后，举办了京郊旅游杯、企业之星、九牧王杯、神华杯、新星杯等多个文学评奖活动。企业搭台，文学唱戏，跟老板握手、与企业联姻，这是二十世纪九十年代文学期刊的真实景况。文学屈尊拉低身段，这在百年历史上还是第一次。于是，"保持文学性，寻找生长点，这是文学期刊的庄严使命"的呼声再次响起。

办刊思路、栏目与内容的拓展与探索，也从这个时期开始的。

比如，1996年，《北京文学》增设了《世纪观察》和《百家铮言》栏目；1998年，又增设《思想者访谈》；1999年和2000年增设的栏目更多更杂。这些努力试图矫正和改变传统文学刊物的按文体几大块分的栏目组合方式，尤其值得注意的是话题性的当下性和公共性、对话性很强的《世纪观察》和《百家铮言》栏目，凿通了文学界、知识界和大众读者之间的壁垒。最具代表性的是1997年第11期，《世纪观察》栏目以"忧思中国语文教育"为题，发表了邹静之的《女儿的作业》、王丽的《中学语文教学手记》、薛毅的《文学教育的悲哀》三篇文章，在社会上开展了一场有关中国语文教育的大讨论，引起很大反响。

1997年，《北京文学》又推出国内首个文学排行榜——当代中国文学最新作品排行榜，评选对象包括中篇小说、短篇小说、报告文学、散文随笔四种体裁，最初是每半年评选一次，2007年起改为每年一次并延续至今。此排行榜的宗旨是把一定时间段里全国最新的文学作品，精选荟萃，奉献给文学的忠实读者，这也是迄今国内创办最早、评选门类最多的唯一一个综合性文学排行榜。

在那些艰难的日子里，《北京文学》的几届编辑们千方百计、不断探索寻求突破，虽然步履维艰，但他们不改初心，付出的不仅仅涉及心血和汗水。于是，面对新的历史条件和文学背景，需要文学界更深入地思考，更需要文学期刊进一步地探索与突破。

2001年，时任执行主编杨晓升在《中华读书报》发表了一篇《市场经济时代，文学期刊向何处去》的文章。文章深入分析了文学刊物的处境，认为十几年来，文学杂志普遍陷入窘境，发行量严重萎缩，究其原因，一方面与当今信息社会媒体的高度发达、读者阅读的可选择性大大增加有关；另一方面则是因为传统文学杂志面对业已形成的市场经济局面，未能很好地从内容设置、管理运营等方面顺应市场发展的要求。社会上有一种普遍的观点，认为文学已逐渐丧失其往昔的魅力。这种观点如果是针对文学艺术的魅力本身，显然站不住脚，理由显而易见：少数老牌大型文学期刊一直能保持相对稳定的较高的发行量；选刊类文学期刊争先恐后争夺市场，其中《小说月报》发行量高达四十万份；图书市场的文学图书（尤其是长篇小说）这些年来也一直红红火火，贾平凹、余秋雨、池莉、陆天明、张平、海岩、周梅森、毕淑敏、刘震云，以及近年图书市场走红的李可（《杜拉拉升职记》作者）、六六（《蜗居》作者）、崔曼莉（《浮沉》作者）等作家的作品也能一直热销……那么，是什么原因造成大多数文学杂志陷入十多年来的窘迫局面？这大概有如下两方面的原因：

其一，刊物宗旨与市场脱节。传统的文学杂志大都由各省、区、市的文联或作协主办并且由主办单位拨款，办刊宗旨也大都是为培植本地作家或为本地作协会员提供发表作品园地，口头上也说是为"繁荣文学创作"，这种宗旨在计划经济时代显然是没有问题的，反正有国家拨款养着，但养着的作家和刊物自然而然地慢慢形成了惰性，文学成了没有压力没有竞争、感受不到大众疾苦的悠闲品奢侈品。而随着市场经济的到来，所谓的"繁荣文学创作"如果无视读者需要而一味孤芳自赏，"繁荣"从何而来？

其二，许多作家的创作远离现实、与读者（市场）脱节。我们正处在一个大变革时代，在计划经济向市场经济全面转轨的时代，中国民众所感受到的从肉体到心灵的阵痛是极其巨大的，每一个人都要经历角色的转换，每一个人都要为生存而拼搏、奔波，新的社会分配公平机制尚未完全建立，存在教育、医疗、下岗、民工潮、腐败、治安等社会热点难点，读者却很难看到作家深切关注现实、与民众同呼吸共患难的真正用情感与心血凝结的振聋发聩的作品。相反，许多作家热衷于个人化写作，热衷于自己关起门来进行自己所谓的艺术探索。然而在大众读者看来，你精心构筑的文学作品如果只纯粹为了艺术而艺术，我们去读古今中外的文学经典好了，干吗要读你的作品？①

进入新世纪之后，文学的轰动效应已经成为过去，但是，百年来文学的自我期许以及读者对文学怀有的期待，并没有成为过去。这时《北京文学》进一步调整了

---

① 杨晓升：《市场经济时代，文学期刊向何处去》，《中华读书报》2001年9月26日。

自我定位，他们希望刊物能够"热切关注现实、敏锐紧跟时代、真诚贴近读者、精心策划组织作品，它显示了一份文学杂志更大的关怀和更广阔的视野"①。因此，守正创新是新世纪《北京文学》最重要的特点。

与此思路相呼应的是，2003年1月，时任社长章德宁亲手策划并创办了《北京文学》选刊版——《北京文学·中篇小说月报》，定位为"精选·好看·典藏""撷千种报刊精华，创独家选刊气象"，该刊以"第一时间精选全国最优秀的中篇小说"为办刊宗旨。选刊的创办，意图寻求杂志社旧格局的突破，寻找《北京文学》新的经济增长点，这也是全国原创文学期刊最早办选刊的先例，而后几年，《当代》《长江文艺》争相效仿《北京文学》创刊选刊版。

与此同时，由执行主编杨晓升具体担纲负责的原创版《北京文学》（精彩阅读），则沿着他的思路开始了大刀阔斧的改版与创新。

《现实中国》是新版《北京文学》中的一个重头栏目。自2001年改版以来，这个栏目每期必发一篇报告文学作品，且内容切入当今普遍关注的热点问题或潜在的热点问题。这个栏目既最大限度地强化了这本文学杂志的现实感和社会性，丰富了传统文学杂志相对单一的形式和内容，又进一步地体现了这本文学杂志的大众性，更多地吸引了社会各界的关注和普通读者的阅读。《北京文学》每期的报告文学作品一经刊发，常常受到全国各地报纸的争相转载。其中有广泛影响的《从分数重压下救出的少年英才》《老年悲歌》《天使在作战》《天堂上的云朵》《留守北大荒的知青》等，就是有代表性的作品。

女作家曲兰分别发表在《北京文学》的两篇报告文学——2002年第5期的《从分数重压下救出的少年英才》，2003年第6期的《老年悲歌》，奇迹般先后促成上述两期杂志的脱销，同时分别被全国十几家报刊广泛转载，这是在伤痕文学引发的轰动效应沉寂二十余年之后的奇迹。这两篇报告文学，前者描写一位令人头痛的"差生"如何被互联网时代激活了兴趣和智力，最终成为当时亚洲最年轻的数据库专家、北京中关村某高科技公司的青年才俊，对饱受诟病、久治不愈的应试教育给了一记响亮耳光；后者描写城市空巢家庭独居老人的悲凉窘境，读来令人唏嘘泪奔，《老年悲歌》也成为最早关注城市日益普遍的空巢家庭和独居老人悲凉境况的文学作品。两篇报告文学发表后所引起的巨大反响，让《北京文学》编辑部更坚定了让文学杂志关注现实、贴近生活、贴近读者的信心，同时也坚持每期策划、组织并发表关注社会、直面现实与人生的报告文学作品，并逐渐培养起了各界读者对刊物的

---

① 电视片《〈北京文学〉：风雨六十年》解说词。

阅读期待，《现实中国》于是很快成为《北京文学》的《焦点访谈》式品牌栏目。

朱晓军的《天使在作战》，是《现实中国》板块报告文学中影响很广泛的作品——

> 当医疗腐败的雪球从高山上滚下，越来越大，呼啸着砸向病人时，一位女医生挺身而出。她一次次勇敢地向有关部门举报。为了取证，她让自己柔弱的身体遭受一次次戕害。九年来，她一次次陷入极度被动的境地，两次被迫离开挚爱的医疗岗位，至今享受着"工人编制，农民待遇"，没有经济收入和养老保险、医疗保险等。"医疗器械企业制假，医院用假，医生为病人进行假治疗，这已成为一种潜规则。在医疗系统中，这个过程几乎就是各方牟取利益的流程图。"她说。她知道自己的对手是一个强大的利益联盟——有钱的造假厂商、有权力的官员、有名望的专家，还有那些谋财害命的医务人员。有人说她打的是一个人的战争，有人说她就是中国的"堂吉诃德"，也有人说她是啄木鸟，在啄害虫。她家的保姆却说："陈医生是在拿石头砸天。"几乎没有几个人相信她会赢得这场战争，可是她却顽强地坚守阵地，对医疗腐败的死穴，发起一次次猛烈的进攻……①

作品以强烈的现实感和忧患意识，塑造了上海女医生陈晓兰的形象，描写了她为揭露个别医院的医疗腐败、医德沦丧所做的努力与牺牲。有评论说陈晓兰打的是"一个人的战争"，是"中国式的堂吉诃德"。《天使在作战》令人读来惊心动魄，也令人忧心和愤怒，又为之震撼不已。作品在《北京文学》（精彩阅读）一经发表，即引起社会的广泛关注。《天使在作战》和蒋韵的中篇小说《心爱的树》共同获第四届鲁迅文学奖。这篇发表于《北京文学》的报告文学作品仅有三万余字，勉强算得上"中篇"，而其他四部作品无一例外为长篇。作者朱晓军是大学教师，也是五位获奖作家中唯一的业余作家。全票获得鲁迅文学奖的《天使在作战》，使朱晓军迅速成为报告文学的重要作家而备受关注。

有资料说，朱晓军最初将《天使在作战》的想法告诉了《北京文学》的执行主编杨晓升，出乎意料的是，杨晓升对这个选题比他还要兴奋。调任《北京文学》杂志社之后，曾供职于《中国青年》杂志的杨晓升一直重视抓报告文学，他觉得报告文学远没有展示出应有的生命力。接受《南方周末》记者采访时，杨晓升说他一直

---

① 朱晓军：《天使在作战》，《北京文学》2006年第6期。

关注医疗问题，这样公众关心的热点领域最适合产生优秀的报告文学作品，但一直苦于没有好的线索。这次是朱晓军送上门来。朱晓军不无担忧地提到风险——因为这篇稿件的矛头直接对准了国家药监局。杨晓升说，只要事实准确、经得起推敲和检验，不怕。《天使在作战》在《北京文学》2006年第6期刊出之后，马上有二十余家大众媒体转载，这在《北京文学》和整个严肃文学界都极为罕见。作品的主人公、上海医生陈晓兰因此也引起央视的关注，并且成为当年央视评选的"感动中国"人物。而第四届的鲁迅文学奖评选中，专门提到要重视作品的"社会影响力"。广泛的影响力，使转载率迅速上升，由原先的每年五六十篇次上升到平均每年的百余篇次。《北京文学》的报告文学，成为国内几种权威报告文学年选入选篇目居全国之首的文学期刊，因此被誉为"新世纪中国报告文学新重镇"。

改刊后的《北京文学》还设置了《文化观察》栏目，接连推出了大众文化话题讨论，更是开国内文学期刊持续与公众互动的先河。二十一世纪以来《北京文学》讨论题目先后有"寻找文学存在的理由""我们这个时代需要什么样的文学青年""向当代文坛进言""中国高考向何处去""中国医疗改革向何处去""我们今天怎样做父母""韩寒们与传统文坛为何势不两立""如何评价中国当代文学的成就""中国职称评聘制度向何处去"等。《现实中国》和《文化观察》栏目讨论和表达的问题，既有与文学相关的问题，更有广大读者关系的重大社会问题，比如教育问题、职称评聘问题等。

革新版面和创新内容的同时，编辑部还狠抓内部管理。

首先是确立了刊物为读者办、为读者着想的大方向，围绕这个大方向，他们建立了严格的管理考核制度，调动全体编辑员工，兢兢业业、扎扎实实抓质量，比如强化每期杂志重点内容、重点作品的策划与组织，坚持稿件三审制度；比如要求编辑可以有自己的审美倾向，但绝不能以个人好恶选择稿件，选稿要服从刊物的大局和读者的需要，要善待每一位作者，质量面前人人平等，最大限度杜绝关系稿人情稿；比如规定本社员工一律不准在自己刊物上发表或转载作品（工作需要的评论除外）；比如编辑必须审读自然来稿，审稿和发稿的情况每月纳入编辑考核（内容包括审读来稿数量、稿件刊发后的反响等），同时刊物设立《新人自荐》栏目，每期专门发表编辑从来稿中发现的优秀小说处女作；比如加强与读者互动，开设《作家热线》《纸上交流》《文化观察》等读者参与的栏目，征集读者的评论、意见与建议；比如每期新刊出版，都调动编辑在本社的网页、官方微博、微信公众号和一些报纸宣传推介新刊内容要目。在电子阅读方面，《北京文学》是全国文学期刊中最早与新浪文化合作推出专题专版的文学杂志，也是最早与龙源期刊网、中国知网

（中国电子期刊）、万方数据网等电子平台合作推广电子阅读的文学杂志。除了保持传统的邮局发行、二渠道等方面的销售，2017年始，《北京文学》又开办了北京文学微店，同时与全国最大的网上杂志订阅平台杂志铺合作，开展网上订阅和销售刊物……

所有这些举措，使《北京文学》在大浪淘沙的市场经济严峻条件下，依然能够保持激流勇进的姿态和立场。当然，北京财政对《北京文学》的支持力度，在国内也是领先的。首善之区的气概和风度也为成就《北京文学》奠定了重要基础。新世纪的《北京文学》继续扬帆远航。我们看到，2003年新世纪第一届"《北京文学》奖"有苏童、阿来、陆文夫、牛汉、蔡其矫等三十六人分获不同奖项；后来，在历届评奖中，王蒙、铁凝、潘军、叶广芩、王安忆、池莉、毕淑敏、陈应松、蒋韵、毕飞宇、朱晓军、刘庆邦、何建明、朱玉、韩少功、乔叶、迟子建、范小青、李唯、荆永鸣、石钟山、张欣、张炜、杨少衡、党益民、阎纲、郭文斌、季栋梁、邵丽、梁晓声、陈世旭、葛水平、须一瓜、裘山山、尤凤伟、孙春平、黄蓓佳、马晓丽、尹学芸、南翔、黄咏梅、阿袁、吴君、老藤等先后获奖。这些获奖的作家作品，就是《北京文学》新世纪的"硬核"作家和作品。这个奖项一直坚持到现在，作家们为获得这个奖项而深感自豪。当然，有了这些作家和作品，《北京文学》就胜券在握遍地风流了。

现在的《北京文学》，由于刊物地位和优厚的稿酬标准，团结了越来越多的不同代际的作家。近年来，仅小说而言我看到的就有荆永鸣的《北京房东》、蒋韵的《朗霞的西街》《青梅》、尤凤伟的《水墨》《排异》、铁凝的《火锅子》、迟子建的《空色林澡屋》、张欣的《狐步杀》、田耳的《附体》、范小青的《我们聚会吧》《买方在左卖方在右》、黄蓓佳的《心是用来碎的》、吴君的《蔡屋围》、邵丽的《大河》、杨少衡的《清澈之水》《暗自颤抖》、陈世旭的《欢笑夏侯》《老玉戒指》、孙春平的《松涛呼啸》、尹学芸的《天堂向左》《灰鸽子》、马晓丽的《陈志国的今生》、阿袁的《苏黎红小姐》、陈谦的《虎妹孟加拉》、梁晓声的《梁晓声小说两篇》、乔叶的《头条故事》、冯骥才的《木佛》、莫言的《饺子歌》、陈应松的《白狐》等。这些中、短篇小说也是近年来当代中国小说高端艺术的一部分。

发现和扶持文学新人，是《北京文学》自创刊以来的优秀传统。浩然、张洁、王安忆、刘恒、张辛欣、余华、徐小斌、石一枫等知名作家，他们的小说处女作无一例外发表在《北京文学》。新版的《北京文学》也继承了杂志重视文学新人、致力于发现和扶持文学新人的传统，《新人自荐》这个栏目就是专门为作者发表小说处女作设立的。小说处女作从何而来？当然主要是从大量的自然来稿中披沙拣金挑出来的。看自然来稿一如大海捞针，艰难而辛苦，但他们坚持不懈、乐此不疲。自2001年改版至今的近二十年来，《新人自荐》栏目几乎每期都发表小说处女作，同时配发编辑或评论家对作品的点评。周美兰、王秀云、毛银鹏、蔚然、常芳、秦锦屏、钟正林、毛建军、冯俊科、王海霞、刘紫剑、翘楚、张奇、彭敏、李菁、宋凯琳、赵依、王军等曾在《北京文学》发表处女作的新人，如今都逐步走向文坛。而虽非发表处女作，但在新世纪以来的《北京文学》发表作品后逐渐引起关注的作家，小说有荆永鸣、季栋梁、尹学芸、老藤、周建新、丁力、王昕朋、海桀、陈纸、谭岩、潘绍东、胡雪梅、郑局廷、宋小词、吴君、袁亚鸣、孙喦、陈斌先、曾瓶、周建强（周诠）、梅驿、古宇、方如、郝炜华、陈玺、蔡伟璇、赵文辉，报告文学有曲兰、朱晓军、朱玉、李青松、刘元举、刘国强、关庚寅、吴苾雯、李林、泽津、胡传永、阮梅、向思宇、司雪、陈芳、陈新、李琭璐、贺小晴、叶多多、李英、丁燕、方格子、王海霞、周芳、李燕燕、林遥，散文有陈启文、金翠华、胡念邦、江子、安然、浇洁、李雪峰、冯小涓、陈奕纯、周振华、林渊液、马语、凌仕江、张亚丽、杜怀超、杨文丰、张金凤、厉彦林等。用"名家荟萃，新人辈出"形容新世纪以来《北京文学》的作家阵容，应该恰如其分。

由于《北京文学》办刊成就巨大，新世纪以来，刊物获得了无数的荣誉和奖项。由中国新闻出版科学研究院、期刊数字传播研究院、龙源数字传媒集团等单位联合发布的历年"中文电子数字阅读影响力期刊TOP100排行"数据分析报告显示，据迄今已经发布的报告，总共四千余份期刊网络阅读排行中，《北京文学》2005—2018连续十四次进入龙源数字阅读影响力期刊国内排行100强，十次进入龙源阅读海外排行100强，多年来有数十家媒体关注并报道了《北京文学》的创新与改革。多年来《北京文学》作品在《小说选刊》优秀小说奖、《小说月刊》百花奖、年度中国报告文学大奖、中国传记学会优秀传记文学奖等各种文学排行榜中屡屡获奖。

2009年，在由中国期刊协会联合北方十一个省市举办的第三届中国北方优秀期刊奖评选中，《北京文学》荣获"中国北方十佳期刊"称号；2016年，《北京文学》进入中国国际图书贸易集团公司发布的"中国期刊海外发行百强"榜；2018年，《北京文学》被中国期刊协会和中国期刊交易博览会评为"2018年中国最美期刊"和"2018期刊数字影响力100强"；2019年，《北京文学》荣获"新中国七十年精品期刊"称号。

《北京文学》七十年的历史，在某种意义上就是北京文学七十年的发展史，也是当代中国文学发展史的一部分。七十年来，《北京文学》形成了自己鲜明稳定的特点和风格，这就是：形象正大、引领风潮、扶持新人、锐意创新。

一、形象正大。作为北京的文学刊物，是这座城市的文学和文化符号，形象正大是《北京文学》最重要的特点。这一如北京的方正、堂皇、阔大又气象万千的城市结构一样，既有天坛、故宫"中轴线"这样具有国家象征意义的"主流叙事"，同时也有四合院、小胡同百姓温情的"民间修辞"。但是，无论是"国家叙事"还是"民间修辞"，北京的气象格局终还在正大的表述中。《北京文学》因隶属关系，是"地方性"或区域性的杂志。但北京作为首都的特殊性，其文学在某种意义上也同时具有了"国家"文学的含义。另一方面，文学的北京不是一个"户籍"概念，而是一个"大北京"的概念，"大北京"极大地拓展了北京的文学疆域，它让那些在京的外省作家同样有归属感和依托感。这些作家的题材、体裁、人物和故事，其丰富性超越了北京的地域性。因此，包容性是《北京文学》正大形象的一部分。

二、引领风潮。独特的地理位置以及开放的国内国际环境，使北京作家有了得天独厚的文学条件，各种文学信息在北京汇集，不同身份的文学家以文学的名义在北京相会，国内外的文学消息和文学家的彼此往来，使《北京文学》具有了不同于其他地方的视野和气氛。因此，在不同的历史时期，《北京文学》创作和批评，都因其对社会和现实世界的敏锐感知和宽广视野，因其不同凡响的万千气象而备受瞩目。它引领着中国文学的发展，它制造潮流也反击潮流，它产生大师也颠覆大师，它造就文化英雄也批判文化英雄……北京是当代中国影响最大的文学发动机和实验场，从某种意义上说，北京就是中国文学和文化的缩影，而《北京文学》就是引领风潮的载体。

三、扶持新人。北京文学创作和批评人才辈出，与《北京文学》对新人的扶持密切相关。二十世纪八十年代的北京文坛群星璀璨，各种文学潮流都有领军人物和代表性作品，《北京文学》在国内的地位可见一斑。九十年代，文学的语境发生了变化，但这个变化并没有影响《北京文学》对文学的重新理解和关注的努力，因此它作为文学生产、传播以及评论的中心地位稳定又坚固。不同的是，那种单一的社会历史叙事，被代之以具体的、个性的、丰富的、复杂的以及宏大和边缘等共同构成的多样文学景观。多样化或多元化的文学格局，不仅仅是一种理想而且已经成为一种现实。这与《北京文学》新人的不断涌现，共同面对当下中国的生活，发现更年轻的文学资源，尊重更年轻的个人阅历和知识背景有关，这使《北京文学》发表的作品呈现出更年轻的风采。新人是文学新面貌的创造者，只有不断发现、扶持文学新人，文学杂志才有可以期待的未来。

四、锐意创新。创新不只是一个时尚的潮流，一个流行的口号。它是由一个个可实施操作的、具体的方案构成的。我们常说文学有永恒的主题，但文学没有永恒的杂志。从二十世纪八十年代到现在，消失的文学杂志难以计数。因此，在新的历史条件下，新的文学实践环境中，文学杂志如何在坚持文学性的情况下生存，是所有文学杂志面对的最大问题，《北京文学》当然也不能例外。当然，创新主要的还是文学作品的创新，这是文学杂志的根本命脉。没有好的作品，有再多好主意，都与文学杂志无关。因此，抓好作品一直是《北京文学》不变的办刊思想。另一方面，审时度势，不断调整栏目，加大对社会公共事务的参与力度，是《北京文学》创新的最大看点。许多年以来，《北京文学》探索出了一条适合于自己刊物发展的道路。上述四点就是其中的一部分。

《北京文学》七十年的历史，是中国当代文学七十年历史的一部分。如果简约概括《北京文学》七十年历史的话，那就是——风雨七十载，风流大道行。祝愿《北京文学》风采依然，风流依旧。

2020年3月1日于北京

原载《北京文学》2020年第8期

《当代》：现实主义文学的旗帜

——纪念《当代》杂志三十五周年

　　《当代》杂志是三十多年来中国文学的重镇。从创刊那天起，《当代》就以其鲜明的现实关注度和批判精神，成为当代中国现实主义文学的旗帜。三十五年过去之后，《当代》已经成为中国文坛不可或缺的存在。它日渐成熟和正大的品格和风采，在文学界和读者那里赢得了崇高的声誉。而这一切，都与《当代》对现实主义文学原则的坚持密不可分。

　　《当代》创刊于1979年7月（因为当时为季刊，发刊时间定为6月）。当时的发刊词《发刊的几句话》据说是韦君宜写的。一本雄踞京城的文学大刊，用这样漫不经心的题目做发刊词，可见其编者的雍容和自信。发刊词的全文是：

　　　　春光明媚，百花吐艳，在一年中最好的这个季节，我们开始创办文学杂志《当代》。

　　　　粉碎"四人帮"后的文苑，犹如严冬过后的春天，一派勃勃生机。但愿从今以后，在文艺的百花园中，永远不再重现北风凛冽的寒冬。

　　　　两年半以来，全国的文艺刊物有如雨后春笋，复刊和新创者已达百余种。我们现在创办这个刊物，如果能做到锦上添花，那就如愿以偿了。

　　　　我们是文学书籍出版社，收到的稿件越来越多，其中够水平的好作品可谓不少。但由于印装条件差，周期长，出书慢，远不能满足读者要求。哪个作家不愿自己的辛勤劳作早日问世？哪个读者不希望多读到一些新作品？因此，为了满足广大读者的愿望，繁荣我国社会主义文学，我们想办个刊物，把一些亟应出来而不能很快出来的好作品发表，为广大的作家开辟发表作品的新园地。这就是我们想办刊物的最初一个动机。

　　　　我们的国家这么大，人口这么多，文艺刊物再增加几种也不嫌多。读者的兴趣是广泛的，应当让大家有个选择余地。也许，人们关心我们这刊物究竟有什么特点，这是需要做出交代的。我们可以这么回答：

第一，我们的刊物是大型的，每期有五十万字左右。篇幅大一点，好处是可以容纳中型以上的作品。

第二，是综合的，举凡文学作品的各门类——小说、诗歌、戏剧、散文、小品、评论兼收并蓄，无所不容。但是我们将着重发表长篇小说，中篇小说和一部分戏剧文学。创作要发表，翻译作品也刊登，特别是当代国外的著名作品更要努力介绍，要让我们的读者通过艺术形象了解今日之世界。搞四个现代化，科学技术要积极引进，文学艺术也一样，外国的好东西应当借鉴。

第三，我们希望多发表新作家的新作品。还在三十年代，鲁迅就大力提倡办文艺刊物要着重培养新作家，每期都要有新作家的名字出现，这才是文艺兴旺的现象。在我国实行四个现代化的这个伟大时代，文艺上执行百花齐放，培养新作家，扶植新作家，意义更加重大。不言而喻，培养新作家，扶植新作家，一点也不排斥老作家，我们同样非常欢迎老作家给我们撰稿。

我们这个刊物选稿的标准从宽不从严，特别要打破条条框框，如"四人帮"的什么"三突出"那一套，我们毫不讳言就是要与之针锋相对。希望题材多样化，主题思想也多样化。凡有积极意义，艺术技巧又有一定成就，各种风格的作品我们都采纳。文艺作品第一要求思想性，这是毫无疑义的，但绝不能忽视艺术性，艺术作品总要求有艺术；标语口号式的作品，即使思想上站得住，而艺术上很差，那样的作品，我们一定不取。

文学事业是党的事业，是人民的事业。当这个刊物同读者见面之时，春雷已经响过，盛夏已经到来。我们最诚恳地希望得到广大作者和读者的支持，并热烈欢迎大家批评指导。

1979年，能写出这样的发刊词，应该说是一大风景。不温不火的修辞，海纳百川的宽容，显示了办刊者自信的风范。但是，刊物的追求和原则尽在其中。无论一个团体还是一份杂志，纵有它的灵魂人物。《当代》的灵魂人物就是自创刊一直担任了十几年主编的秦兆阳先生。1956年9月号的《人民文学》，秦兆阳先生以何直笔名发表了《现实主义——广阔的道路》的著名文章。文章强调反对教条主义的清规戒律，提倡现实主义的创作原则，促进社会主义文学的发展。它首先对现实主义做出了明确的界说，认为"文学的现实主义"是在文学艺术实践中所形成、所遵循的一种法则。它以严格地忠实于现实，艺术地真实地反映现实，并反转来影响现实为自己的任务，并认为"这是现实主义的一个基本大前提"。文章对苏联作家协会章程上关于社会主义现实主义的定义的不合理性也提出了修正性的看法，认为"社会主义精神"不应是艺术的真实之外的东西，如果让血肉生动的客观真实去服从硬加到作品上的抽象的主观的东西，"就很可能使得文学作品脱离客观真实，甚至成为某种政治概念的传声筒"。文章发表后在文坛引起轩然大波，并引发了中国的关于现实主义的大讨论。文章发表至今近六十年了。无论当代中国文学界对现实主义的理解、认识达到了怎样的水平，可以肯定的是，当我们书写现实主义在中国遭遇的时候，秦兆阳先生的这篇文章无论如何是难以逾越的。

因此，无论是创作还是办刊，秦兆阳先生一直坚持现实主义原则。《当代》首发的小说《将军吟》《芙蓉镇》《古船》《秋天的愤怒》《钟鼓楼》《活动变人形》《白鹿原》《尘埃落定》《沧浪之水》《蒙面之城》《超越自我》《新星》《故土》《老井》《赤橙黄绿青蓝紫》《代价》《麦客》《大国之魂》《中国知青梦》《国画》《梅次故事》《家族》《点点记忆》《商界》《流浪金三角》《经典关系》《白豆》《蓝衣社碎片》《中国知青终结》《那儿》等优秀作品，都是遵循现实主义创作原则的名篇力作，同时也是这个时代标志性的小说之一。杂志严谨的编辑态度和开放的编辑方针，使编辑与作家结下了深厚的友谊。尤凤伟说："《当代》是中国文学诸刊的兄长。厚重、深沉或许还包括些许刻板，这都能体现出一种兄长风范。"赵德发说："《当代》的辉煌是如何取得的？是编辑们把刊物办出了特色。'直面人生，贴近现实'是他们的追求，也是广大读者的期待。文学刊物的订户到哪里争夺？关键是要到文学圈子之外去争夺。我所认识的文学圈之外的《当代》订户称，他们就是要通过《当代》了解当代。所以说，《当代》的当代，造成了当代的《当代》。然而我们要看到，《当代》的特色是靠品位来支撑的。"《当代》杂志"简直就是半部中国新时期文学史！可以肯定地说，在这里发表的某些作品，以后是要进入中国文学史的"。陈忠实说："我的第一部中篇小说《初夏》发表于《当代》。我的第一部长篇小说《白鹿原》最早通过《当代》和读者见面、交流。《当代》在我从事写作的阶段性探索中成就了我。"（见《当代》1999年第4期）

在杂志的努力下，获奖作品，包括获鲁迅文学奖、茅盾文学奖的作品不计其数。当然，评奖只是评价一个杂志、一个作家的一种形式。在我看来，《当代》发表的一些没有获奖的作品，同样具有重要的价值和意义。比如阎真的《沧浪之水》、莫怀戚的《经典关系》、董立波的《白豆》、曹征路的《那儿》等，就是这个时代最优秀小说的一部分。

　　阎真的长篇小说《沧浪之水》，可以从许多角度进行解读，比如知识分子与文化传统的关系、特权阶层对社会生活和精神生活以及心理结构的支配性影响、在商品社会人的欲望与价值的关系、他者的影响或平民的心理恐慌等，这足以证实《沧浪之水》的丰富性和它所具有的极大的文学价值。但在我看来，这部小说最值得重视或谈论的，是它对市场经济条件下世道人心的透视和关注，是它对人在外力挤压下潜在欲望被调动后的恶性喷涌，是人与人在对话中的被左右与强迫认同，并因此反映出的当下社会承认的政治与尊严的危机。

　　小说的主人公池大为，从一个清高的旧式知识分子演变为一个现代官僚，其故事并没有超出于连式的奋斗模型，渴望上流社会的于连与对权力中心心向往之的池大为，人物在心理结构上并没有本质区别。不同的是，池大为的向往并不像于连一样出于原初的谋划。池大为虽然出身低微，但淳朴的文化血缘和独善其身的自我设定，是他希望固守的"中式"的精神园林。这一情怀从本质上说不仅与现代社会格格不入，与现代知识分子对社会公共事务的参与热情相去甚远，而且这种试图保持内心幽静的士大夫式的心态，本身是否健康是值得讨论的，因为它仍然是一种对旧文化的依附关系。如果说这是池大为个人的选择，社会应该给予应有的尊重，但是，池大为坚持的困难并不仅来自他自己，而是来自他与"他者"的对话过程。

　　现代文化研究表明，每个人的自我界定以及生活方式，不是来自个人的愿望独立完成的，而是通过和其他人"对话"实现的。在"对话"的过程中，那些给予我们健康语言和影响的人，被称为"有意义的他者"，他们的爱和关切影响并深刻地造就了我们。池大为的父亲就是一个这样的"他者"。但是，池大为毕业七年后，仍然是一个普通科员，这时，不仅池大为的内心产生了严重的失衡和坚持的困难，更重要的是他和妻子董柳、厅长马垂章、退休科员晏之鹤以及潜在的对话者儿子池一波已经经历的漫长的对话过程。这些不同的社会、家庭关系再造了池大为。特别是经过"现代隐士"晏之鹤的人生忏悔和对他的点拨，池大为迅速地时来运转，他不仅在短时间里连升三级，而且连续搬了两次家换了两次房子。这时的池大为因社会、家庭评价的变化，才真正获得了自我确认和"尊严感"。这一确认是在社会、家庭"承认"的前提下产生的，其"尊严感"同样来源于这里。

　　于是，小说提出的问题就不仅仅限于作为符号的池大为的心路历程和生存观念的改变，事实上，它的尖锐性和严峻性，在于概括了已经被我们感知却无从体验的社会普遍存在的生活政治，也就是"承认的政治"。加拿大学者查尔斯·泰勒在他的研究中指出：一个群体或个人如果得不到他人的承认或只得到扭曲的承认，就会遭受伤害或歪曲，就会成为一种压迫形式，它能够把人囚禁在虚假的、被扭曲和被贬损的存在方式之中。而扭曲的承认不仅对对象造成可怕的创伤，并且会使受害者背负着致命的自我仇恨。拒绝"承认"的现象在任何社会里都不同程度地存在，但在池大为的环境里已经成为一种普遍的存在。被拒绝者如前期池大为，他人为他设计的那种低劣和卑贱的形象，曾被他自己内在化，在他与妻子董柳的耳熟能详的日常生活中，在与不学无术浅薄低能的丁小槐丁处长、与专横跋扈的马厅长的关系中，甚至在下一代孩子的关系中，这种"卑贱"的形象进一步得到了证实。不被承认就没有尊严可言。池大为的"觉醒"就是在这种关系中因尊严的丧失被唤起的。现代生活似乎具有了平等的尊严，具有了可以分享社会平等关注的可能。就像泰勒举出的例证那样，每个人都可以被称为先生、小姐，而不是只有部分人被称为老爷、太太。但是这种虚假的平等从来也没有深入生活内部，更没有成为日常生活支配性的文明。尤其在我们的社会生活中，等级的划分或根据社会身份获得的尊严感，几乎是未做宣告，但又是根深蒂固深入人心的观念或未写出的条文。

现代文明的诞生也是等级社会衰败的开始。现代文明所强调和追求的是赫尔德所称的"本真性"理想，或者说我们每一个人都有一种独特的作为人的存在方式，每个人都有他或她自己的尺度。自己内心发出的召唤要求自己按照这种方式生活，而不是模仿别人的生活，如果我不这样做我的生活就会失去意义。这种生活实现了真正属于我的潜能，这种实现，也就是个人尊严的实现。但是，在池大为面对的环境中，他的"本真性"理想不啻为天方夜谭。如果他要葆有自己的"士大夫"情怀和生活方式，若干年后他就是"师爷"晏之鹤，这不仅妻子不答应，他自己最终也不会选择这条道路。如果是这样，他就不可能改变自己低劣或卑贱的形象，他就不可能获得尊严，不可能从"贱民"阶层被分离出来。于是，"承认的政治"就这样在日常生活中弥漫开来。它是特权阶级制造的，也是平民阶级渴望并强化的。在池大为的生活中，马垂章和董柳是这两个阶级的典型，然后池大为重新成为下一代人艳羡的对象或某种"尺度"。读过小说之后，我内心充满了恐慌感，在今天的社会生活中，一个人将怎样被"承认"，一个人尊严的危机怎样才能得到缓解？阎真的发现是此前知识分子文学不曾涉及的。

《白豆》的人物和故事，重新激活了发生在"下野地"那段已经终结的历史。但是，作家董立勃复活白豆和它周边的人物，显然不是出于怀旧的诉求，或者说，任何历史的书写都直接或间接地与现实有关。"下野地"这个虚构的边陲故地和它发生的一切，并没有从历史的记忆中抹去，当它被重新书写之后，起码有两方面的意义值得我们注意：一是对当下时尚化写作的某种反驳；一是对人的欲望、暴力、权力的揭露与申控。因此，《白豆》是在都市白领文化覆盖文化市场，成功人士招摇过市时代的一曲边塞悲歌，是维护弱势群体尊严和正当人性要求的悲凉证词，是重新张扬人本主义的当代绝唱。

《白豆》的场景是在空旷贫瘠的"下野地"，那里远离都市，没有灯红酒绿甚至没有任何消费场所；人物是农工和被干部挑了几遍剩下的年轻女人。男人粗陋女人平常，精神和物质一无所有是"下野地"人物的普遍特征。无论在任何时代，他们都是地道的边缘和弱势的人群。主人公白豆因为不出众、不漂亮，便宿命般地被安排在这个群体中。男女比例失调，不出众的白豆也有追逐者。白豆的命运就在追逐者的搏斗中一波三折。值得注意的是，白豆在个人婚恋过程中，始终是个被动者，一方面与她的经历、出身、文化背景有关，一方面与男性强势力量的控制有关。白豆有了自主要求，是在她经历了几个不同的男人之后才觉醒的。但是，白豆的婚恋和恋人胡铁的悲剧，始终处在一种权力关系之中：吴大姐虽然是个媒婆的角色，但她总是以"组织"的名义给年轻女性以胁迫和压力，她以最简单，也是最不负责任的方式处理了白豆和胡铁、杨来顺的关系之后，马营长死了老婆，马营长看上了白豆，就意味着白豆必须嫁给他。但当白豆遭到"匿名"的强暴之后，他就可以不再娶白豆而娶了另一个女性。

胡铁不是白豆的强暴者，但当他找到了真正的强暴者杨来顺之后，本来可以洗清冤屈还以清白，但一只眼的罗"首长"却宣布了他新的罪名。也就是说，在权力拥有者那里，是否真的犯罪并不重要，重要的是权力对"犯罪"的命名。胡铁在绝望中复仇，也象征性地自我消失了。在《白豆》里，权力／支配关系是决定人的命运的本质关系。小说揭示的这种关系，在现实社会中并没有消失或者缓解。

但是，如果把白豆、胡铁的悲剧仅仅理解为权力／支配关系是不够的。事实上，民间暴力是权力的合谋者。如果没有杨来顺图谋已久的"匿名"强奸，如果没有杨来顺欲擒故纵富于心计的阴谋，白豆和胡铁的悲剧同样不能发生，或者不至于这样惨烈。因此，在《白豆》的故事里，无论权力还是暴力，都是人性"恶"的表现形式。权力、暴力如果联结着人的欲望，它就会以支配和毁灭的形式诉诸同样的目的：为了满足个体"恶"的欲望，就会制造善和美的悲剧。

《白豆》的写作，使我们有机会重新想起了十八九世纪批判现实主义的文学传统，想起了文学是人学的古老命题。事实上，无论社会、时代发生怎样的变化，人性的本质是不会变化的。我们在反对本质主义判断的同时，对人性不能没有价值判断。《白豆》在延续了关怀人性这一传统的同时，也对文学的悲剧力量给予了新的肯定。我们在很长一段时间里总是感到文学缺乏力量，这与悲剧文学的缺失是有关的。作家董立勃在这一方面的努力，将会唤起文学对悲剧新的理解和认识，旧的美学原则仍然会焕发出新的活力。

莫怀戚的《经典关系》主要叙述的还是"知识阶层"群体——它的主要人物都是有高等教育背景的人。在以往的舆论或意识形态的表达中，"知识阶层"和他们坚守的领域，一直有一层神秘的面纱，他们在不同的叙述中似乎仍然是中国最后的精神和道德堡垒，他们仍然怀有和民众不同的生活信念或道德要求，他们仍然生活在心造的幻影当中。但事实上，在二十世纪八十年代中期，知识分子内部的变化就已经开始发生。不同的是，那时知识分子的"动摇"或变化还不是堂而皇之的，他们是怀着复杂的心情离开校园或书房的。进入九十年代之后，曾经有过关于知识分子经商的大讨论。一些有识之士对知识分子经商给予了坚决的支持。现在看来，这场讨论本身就是知识分子问题的反映：这个惯于坐而论道的阶层总是讷于行动而敏于言辞。但对于勇敢的年轻人来说，他们没有顾忌地实现了自我解放，他们随心所欲地选择了自己喜欢的职业，同时也选择了新的价值观念。如果说，1905年科举制度终结以前士大夫阶层死抱着从政做官不放是那个时代的价值观念问题的话，那么，今天的知识阶层死抱着书本不放，其内在的问题并没有本质的不同。当社会提供了身份革命条件的时候，这个犹豫不决的群体总会首先选择观望，然后是指手画脚。

《经典关系》中的人物不是坐而论道的人物。他们无论是主动选择还是被动裹挟，都顺应了时代潮流，在他们新的选择中，重建了新的"经典关系"。经典关系，事实上是日常生活中最常见的关系，它是夫妻、父子、翁婿、师生、情人等血缘和非血缘关系。但人在社会生活结构中的位置发生变化之后，这些关系也就不再是传统的亲情或友情关系，每种关系里都隐含着新的内容，也隐含着利害和危机。

在作者构造的"经典关系"中，那位地质工程师的岳父东方云海处于中心的位置，但这个"中心"是虚设的。在脆弱的家庭伦理关系中，他的中心地位只是个符号而已，在实际生活中他真实的地位是相当边缘的，他难以参与其间。虽然儿女们还恪守着传统的孝道，但他已经不可能再以权威的方式左右他们的生活。他选择了自尽的方式结束自己的生命，与王国维结束自己的生命没有区别，他意识到了这个时代与他已经格格不入。茅草根、南月一以及东方兰、东方红、摩托甚至茅头，他们仿佛在故事中是叙述中心，但他们都不是中心。在故事中每个人都是以自我为中心，那个十岁的毛孩子，为和父亲争夺"姨妈"，甚至不惜开枪射杀他的父亲，使英俊父亲的眼睛只剩下了"一目半"。这个以"自我"为中心的"经典关系"一经被发现，它的戏剧性、残酷性使我们在惊讶之余也不寒而栗。

这时，我们就不得不再一次谈论已经沦为陈词滥调的"现代性"。因为除此之外我们很难做出其他解释。现代性就是复杂性，就是一切都不在我们把握控制之中的历史情境。我们试图构造的历史也同时在构造着我们。谁也不曾想到，自以为是随遇而安的茅草根会被学生兼情人"裹胁"进商海，谁也不会想到东方红会那样有城府地算计她的姐姐，当然也不会想到茅草根的欲望会是那样的无边，最后竟"栽"在自己儿子的手中。"经典关系"是复杂的，但又是简单的。说它复杂，是他们必须生活在诸种关系中，没有这些关系也就失去了利益，欲望也无从实现；说它简单，是因为每个人都是以自我为中心。他们虽然良心未泯热情洋溢生机勃勃，但在这种危机四伏的关系中，谁还有可能把握自己的命运呢？茅草根以排演《川江号子》为由逃离了"经典关系"的网络，他似乎对艺术还情有独钟，但事实上这同样是一种出走方式。唯利是图的经济"主战场"并非是他的用武之地，他只能以出走退回到他应该去的地方。

2004 年第 5 期的《当代》杂志发表了曹征路的《那儿》，一时石破天惊。在《那儿》那里，曹征路在鲜明地表达自己的情感立场的同时，也不经意间流露了他的矛盾和犹疑。我当时评论这部作品时说：《那儿》的"主旨不是歌颂国企改革的伟大成就，而是意在检讨改革过程中出现的严重问题。国有资产的流失、工人生活的艰窘，工人为捍卫工厂的大义凛然和对社会主义企业的热爱与担忧构成了这部作品的主旋律。当然，小说没有固守在'阶级'的观念上一味地为传统工人辩护。而是通过工会主席为拯救工厂上访告状、集资受骗、最后无法向工人交代而用气锤砸碎自己的头颅，表达了一个时代的终结。朱主席站在两个时代的夹缝中，一方面他向着过去，试图挽留已经远去的那个时代，以朴素的情感为工人群体代言并身体力行；一方面，他没有能力面对日趋复杂的当下生活和'潜规则'。传统的工人在这个时代已经力不从心无所作为。小说中那只被命名为'罗蒂'的狗，是一个重要的隐喻，它的无限忠诚并没有换来朱主席的爱怜，它的被驱赶和千里寻家的故事，感人至深，但它仍然不能逃脱自我毁灭的命运。'罗蒂'预示着朱主席的命运，可能这是当下书写这类题材最具文学性和思想深刻性的手笔"。事实上，朱主席的处境也是作家曹征路的处境：任何个人在强大的社会变革面前都显得进退维谷莫衷一是，你可以不随波逐流，但要改变它几乎是不可能的。《那儿》引领了中国文学至今仍在持续的"底层文学"的创作，使这一文学现象，使淡出公共视野已久的"底层文学"，又和读者缓慢地建立起了关系。

1999 年以来，《当代》杂志举办《当代》文学拉力赛，坚持公开评委名单，公开评委评语，公开评委投票的原则，使之成为透明度和公信度最高的文学奖项。

2004年起，《当代》杂志社增出长篇小说选刊《当代长篇小说选刊》，双月出版，成为那个时代中国唯一的长篇小说选刊。同年，《当代》杂志启动了"长篇小说年度奖"的评选工作。这一奖项因"全透明、零奖金"而受到文学界和媒体的广泛瞩目。《当代》杂志副主编周昌义介绍，这一评奖将分别设立专家奖和读者奖，专家和读者分别推选出年度最佳长篇小说。记者在评奖章程中看到，专家奖的评选实行的是"全透明"评选，专家奖评委是在公开场合，当着媒体、读者与作家的面投票，而且是实名投票。周昌义说："聘请任何专家做评委我们也不敢保证他们没私心，不受干扰。但我们将创造有利于发挥他们才能、表现他们职业良心和水平的环境。实行有记名投票，现场投票现场唱票，是我们能够想出来的最有力的约束。"周昌义还强调，获奖者没有一分钱奖金："《当代》以前曾经设十万元大奖，以为奖金越高，就越能引起关注。后来发现读者和作家真正关心的是奖项的口碑，关心评奖过程是否透明公正。"他还表示，不设奖金就不需要拉赞助，就有了不受金钱影响的可能。

　　《当代》杂志建构了自己健康正大、根基牢固的办刊传统，同时也造就一批名满天下的编辑队伍。传统是有力量的。相信《当代》在一个伟大传统的影响和昭示下，一定会有更美好的下一个三十五年。

2014年8月22日于北京寓所

原载《当代》2015年第1期

《十月》：改革开放四十年文学的缩影

1978年创刊的《十月》，到2018年整整走过了四十年。

《十月》这个刊名，鲜明地体现了那个时代的精神气质——它蕴含了一目了然又丰富无比的时代信息。在一个金色的季节，中国人民和中国文学一起告别了过去，迎接一个与这个季节一样辉煌的新时代。因此，"十月"是庄严和正大，是浪漫和激情，是鲜花和泪水，是飘扬的文学旗帜和火炬。它在北京的金秋迎风招展，吸引的却是全国文学家和读者的目光。就这样，《十月》不仅成了一个时代文学的见证者、推动者，更是一个参与者和建造者。因此，《十月》的四十年，某种意义上也可以说是改革开放四十年文学的缩影。

2003年，《十月》创刊二十周年之际，当时的主编王占君先生嘱我组织一个编委会，编选"《十月》典藏丛书"，我请谢冕先生担任主编。丛书出版时，谢先生写下了受到广泛赞誉的序言《一份刊物和一个时代》。谢先生说：

> 《十月》创刊的时候，文学圈中正是满目疮痍、一派萧瑟的景象。人们面对的是一片精神废墟。从昨日的阴影走出来，人们已不习惯满眼明媚的阳光，长久的精神囚禁，人们仿佛是久居笼中的鸟，已不习惯自由地飞翔。文学的重新起步是艰难的，它要面对长期形成的思想戒律与艺术戒律，它们的跋涉需要跨越冰冷的教条所设置的重重障碍。也许更为严重的事实是，因为长久的荒芜和禁锢在读者和批评者中所形成的欣赏与批评的惰性，文学每前进一步，都要穿越那严阵以待的"左"倾思维的弹雨和雷阵，都要面对如马克思所说的"对于非音乐的耳朵，最美的音乐也没有意义"的欣赏惰性的自我折磨。

这是那个年代文学的基本处境。因此，1978年创刊的《十月》和中国文学一样，面临的首要问题就是如何重建我们的文学。我们发现，《十月》初创时期的编者们是非常有眼光的。在创刊号上，他们专门设立了一个栏目《学习与借鉴》，刊出了鲁迅的《药》、茅盾的《春蚕》、屠格涅夫的《木木》和都德的《最后一课》，并有赏析文章一并刊出。这些传统的经典作品，在那个时代远离作家和读者已久。编者的良苦用心就是要修复文学与中国现代传统和西方经典的关系。同时，创刊号刊出了刘心武轰动一时的《爱情的位置》等标示新时代文学气象和症候的作品，和其他刊物发表的同类作品一起吹响了文学新时代启航的号角。

在文学重建初期，《十月》在坚持兼容并蓄和现实主义精神的同时，也勇于承担了社会批判的职责。创刊不久的1979年，反特权、反官僚主义的文学作品从一个方面体现了那一时代活跃、自由的文学环境和作家的责任意识和使命感。但是，文学试图参与社会批判，必然要受到另一方面的干预。就在这一年，发生了围绕着《苦恋》《在社会档案里》《调动》《女贼》《假如我是真的》《飞天》《将军，不能这样做》等作品的讨论及评价，并引发了1980年"剧本座谈会"的召开。这些备受争议的作品中，有两部发表在《十月》上，这就是刘克的中篇小说《飞天》和白桦的电影剧本《苦恋》。这一情况表明，在新时期文学重建初期，《十月》就处在风口浪尖上，它的重要性由此可见一斑。

靳凡的《公开的情书》和礼平的《晚霞消失的时候》，"文革"中曾以手抄本的形式在青年中广泛流传，它们成书的年代，正是当代中国严重内乱的时代，它们的作者都是"文革"中的老红卫兵，经历了狂热和幻灭的精神历程之后，他们在更深广的意义上省察了这一历程。他们都生活于中心都市北京，在幻灭的日子里他们阅读了许多经典性作品，从黑格尔、费尔巴哈到马克思、恩格斯以及许多西方文学名著。这一情况我们不仅可以从礼平与王若水的论辩中明确地做出判断，而且丁东的《黄皮书 灰皮书》一文对此做了更详尽的介绍。这些并不是面向青年而是"供领导机关和高级研究部门批判之用"的书籍，"青年却成了最热心的读者"。黄皮书为文艺，灰皮书为政治。据介绍，这些书有美国小说《在路上》，苏联小说《带星星的火车票》、爱伦堡回忆录《自然、岁月、人》、剧本《愤怒的回顾》，德热拉斯的《新阶级》，托洛茨基的《斯大林评传》以及《格瓦拉日记》等。作者认为："黄皮书和灰皮书影响了一代人。"他们从这些书中获得了有别于流行思想的营养，并使自己初步获得了自我反省和思考的能力。

《公开的情书》成书于1972年3月，定稿于1979年9月。小说没有人们熟悉和习惯的故事线索，没有具体细致的场景描写，它通过四个主人公真真、老久、老嘎、老邪门半年时间的四十三封书信，反映了"文革"中成长的一代人不同的生活道路和命运，抒发了那代青年对理想、事业、爱情和祖国命运的思考。书信体的形式与作者追求的精神探寻相吻合，作品深沉而浪漫。作者也选择了主人公"流浪"于路上的形式，在青春想象中营建了向往的浪漫情调，他们谈论艺术和爱情，真诚向友人宣泄失意的苦恼和迷惘的困惑，以理想的方式塑造自己的主人公。但这一"流浪"当然也含有象征的意味。这也正像真真在描绘老久时所说的那样：纵然两旁是冷漠严峻的悬崖，地上铺满刀尖般的怪石，他总是背起画夹顽强地前进着。路是多么长、多么长，多么难、多么难啊！自然，《公开的情书》也难免有对"自怜"的钟情，特别是真真，在第六封信"真真致老久"中，亦将自己心灵的创伤做了过分的渲染，不厌其详地复述着自己的"艰难时世"和"悲惨世界"，甚至直截了当地说出："我不得不对你诉说我经历的坎坷。当你了解到我这些经历在我心上留下的创伤以后，你就会明白我现在感情上的缄默。"但真真终于还是没有"缄默"，她倾诉的欲望同样没有超越那代人对感伤的夸大。但是，这仍然是一部气质不凡的小说，老久的勤奋和庸常心理，老邪门的自信和恃才傲物以及所有人时常发出的议论，都相当真实准确地揭示了那代青年知识分子的心态。更为与众不同的是，在那样的时代作者通过人物而发出的怀疑。

《晚霞消失的时候》则更多地限定于对红卫兵运动的反省。这是一部文字优美、有鲜明抒情风格和浪漫气息的作品，是一部充满了理性思考又有独立品格的作品。它体现了作者的文学才能和艺术想象力，在某种程度上体现了那一时代文学创作的水准。小说创作于1976年，此后四年四易其稿，最后定稿于1980年。

这虽然是一部充满了理性思考的作品，但也是以人物和故事作为小说基本结构的小说。在一个春意盎然的清晨，主人公李淮平和南珊在树林晨读中不期邂逅，他们都是十六七岁的中学生，南珊"聪明而清秀"，她的举止言谈温文尔雅，友善平和，这些内在气质都表达了她所具有的教养；而李淮平则出语粗俗、野蛮霸道，流露出干部子弟常见的优越感和顽劣之气。一场恶作剧之后，他们却讨论了一场远非是他们有能力把握的"文明与野蛮"关系的问题。不久"文明与野蛮的冲突"终于发生，李淮平作为红卫兵的领袖，带领红卫兵抄了国民党起义军官楚轩吾的家，原来南珊竟是楚轩吾的外孙女。在对楚轩吾的审讯中，李淮平又得知了楚轩吾原来是自己父亲李聚兴手下的降将。此后，李淮平成了海军军官，南珊则成了一名知青而后当了翻译。十几年过后，世风大变，李淮平依然如故，虽心存苦痛但仍自信无比；南珊则历尽沧桑，不再有"坦率的谈吐和响亮的笑声"。这显然是一个感伤的故事，一个极具悲剧意味的故事。一场动乱改变了南珊的命运，使她原本可以预知的未来变得千疮百孔，心灵犹如千年古潭；那位"淳厚正直"的原国民党将领楚轩吾，曾深深忏悔过个人的人生选择，而动乱又将他的痛苦雪上加霜；李淮平虽然是历史的宠儿，但他同样因此付出了代价。

二十世纪七八十年代之交，也是中国文学观念发生大裂变的时代。潜伏已久的现代主义文学潮流在这时浮出历史地表。各种文体在现代主义文学潮流的鼓动下汹涌澎湃。王蒙的中篇小说《蝴蝶》、谭甫成的小说《高原》以及高行健的戏剧《绝对信号》《车站》《野人》等，都发表在《十月》上。这些作品同其他具有现代主义文学倾向的作品一起构成了百年中国文学地震学的最大震级。应该说"文革"的历史是中国现代主义倾向文学产生的现实基础，千奇百怪的非正常性事件导致了一代青年的怀疑和反抗意识，他们精神的春天正是在现实的严冬中孕育的；另一方面，非主流的文化接受使他们找到了相应的表达形式。塞林格的《麦田的守望者》、贝克特的《椅子》、萨特的《厌恶及其他》等现代主义文学经典，已在部分青年中流行，这一文化传播改变了他们的思考形式，它如同催化剂，迅速地调动了他们的现实感受，东方化的现代主义文学正是在这样的现实和文化处境中发生的。现代主义在中国的二次崛起，是一次极富悲剧意味的文学运动，它冒着"叛逆"的指责和失去读者的双重危险，担负起社会批判的使命，并与人道主义一起重新构建了人的神话。那一时代的许多作家几乎都经历了现代主义文学的沐浴，并以切实的文学实践显示了它不凡的实绩。但在中国，传统的巨大影响使其仍然成为百年梦幻的一部分，是近代以降现代性追求在二十世纪八十年代的变奏。现代主义文学虽然也无可避免地落潮了，却以自己悲壮的努力争取了文学的自由。可以说，没有这一努力，多元并存、众声喧哗的文学环境大概要延缓许多年。今天我们才有可能看到，是否受过现代主义文学的洗礼，对一个作家而言是非常不同的。应该说，现代主义文学极大地提高了当代中国文学的文学性。

八十年代初期，当汪曾祺重新以小说家身份面世时，他那股清新飘逸、隽永空灵之风，并非突如其来。不同的是，与现实关系习惯性紧张的心态，才对这种风格因无以表达而保持了短暂的缄默。八十年代最初两年，汪曾祺连续写作了《黄油烙饼》《异秉》《受戒》《岁寒三友》《天鹅之死》《大淖记事》《七里茶坊》《鸡毛》《故里杂记》《徙》《皮凤之楦房子》等小说。这些故事连同它的叙事态度，仿佛是一位鹤发童颜的天外来客，他并不参与人们对"当下"问题不依不饶的纠缠，而是兴致盎然地独自叙说起他的日常生活往事。《十月》发表了汪曾祺的《岁寒三友》《晚饭花》《露水》《兽医》等小说，参与了推动中国抒情小说的发展。

古华的《爬满青藤的木屋》，是一篇非常重要的小说。故事发生在与世隔绝的深山老林，它像是一个原始的酋长国，远离现实，显示着神秘而遥远的设定。它的人物也相对单纯，只有王木通、盘青青、李幸福三人，他们分别被赋予暴力、美和文明三种不同的表意内涵。因此，这貌似与世隔绝的环境，却并非仅仅是一处流光溢彩的天外之地，它的诗性和风情仍不能掩埋现实的人性冲突。于是，这个"爬满青藤的木屋"就不再是个孤立的存在，它所发生的一切冲突，都相当完整地表达了山外的整个世界。渴望文明洗礼的盘青青始终处于被争夺的位置。她对李幸福的生活方式和状态心向往之，并在潜意识中把他当作"拯救者"，她不失时机地靠近"文明"，她的温柔与笑声传达的是她对"文明"的亲近。但这一亲近由于"契约"关系的规定，使盘青青的向往和行为具有了叛逆性质。这样，就使李幸福和盘青青在与王木通的冲突中，先在地潜含了危机，他们的悲剧从一开始就已经孕育。作家对启蒙话语的被压抑和知识分子的地位深怀同情，但它在现实中的地位已无可挽回，作家只能感伤地寄予幻想，它从另一侧面表述了知识分子话语的无力和无奈。

从创刊至今，《十月》对中篇小说发展做出的贡献尤其值得提及。刊物创办人之一的资深老编辑、散文家张守仁说："当时那些月刊一期就十几万字，所以发一个中篇就了不得了，而我们一期就发三四个。从'五四'以来，还从来没有刊物这样做。可以说，《十月》引发了中篇小说的第一个高潮。同时，我们抓紧时机，召开了一个中篇小说座谈会，把很多作家都请来参加，推动中篇小说这个体裁的发展。"事实的确如此。可以说，在中篇小说领域，能够与《十月》杂志抗衡的刊物几乎没有。《十月》的中篇小说获得的全国性奖项（"鲁奖"和全国优秀中篇小说奖）有十七部之多。更重要的不是数量，而是这些作品的巨大影响力。比如王蒙的《蝴蝶》、邓友梅的《追赶队伍的女兵们》、刘绍棠的《蒲柳人家》、宗璞的《三生石》、张承志的《黑骏马》《北方的河》、铁凝的《没有纽扣的红衬衫》《永远有多远》、张贤亮的《绿化树》、贾平凹的《腊月·正月》、张一弓的《张铁匠的罗曼史》、叶广芩的《梦也何曾到谢桥》等，都是三十多年来中篇小说最重要的作品。

张承志在"新时期"文学中，既在文学前沿，成为人们关注的焦点，同时又在任何文学潮流之外。他桀骜不驯和自视甚高的个性使他很难认同流行的潮流。因此，即便是在"知青小说"的范畴内来谈论他也显得相当勉强。他在自己的第一本小说集《老桥》的后记中，流露过自己真实的心态和写作的原则："无论我们曾有过怎样触目惊心的创伤，怎样被打乱了生活的步伐和秩序，怎样不得不时至今日还感叹青春，我仍然认为，我们是得天独厚的一代，我们是幸福的人。在逆境里，在劳动中，在穷乡僻壤和社会底层，在思索、痛苦、比较和扬弃的过程中，在历史推移的启示里，我们也找到过真知灼见，找到过至今仍感动着甚至温柔着自己的东西。"在这样认识的支配下，他确定了自己"为人民"写作的原则。在他看来，"这根本不是一种空洞的概念或说教。这更不是一条将汲即干的枯水的浅河。它背后闪烁着那么多生动的脸孔和眼神，注释着那么丰满的感受和真实的人情，它是理论而不是什么过时的田园诗。在必要时我想它会引导真正的勇敢。哪怕这一套被人鄙夷地讥笑吧，我也不准备放弃"。张承志贯彻了自己最初的创作动机。《十月》发表了他最重要的两部中篇小说《黑骏马》和《北方的河》。后来他的《金牧场》《黄泥小屋》《心灵史》《神示的诗篇》，其精神向度虽然有某些变化，但理想主义始终是他固守的精神气质。他的这些作品与"新潮"无缘，但又"超越了许多同时代人"。

张贤亮是他那代作家中最有才华的一个。虽然他的作品经常引起争议，那是因为值得争议。《十月》发表的《绿化树》，应该是张贤亮最重要的作品甚至是代表作。主人公章永璘的观念正确与否并不重要，重要的是作品通过人物的忏悔、自省等内心活动的描写，对饥饿、性饥渴和精神世界的困顿等问题进行的思考，生动展现了那一年代知识分子的"苦难的历程"。小说塑造的马缨花、谢队长、海喜喜等人物，给人留下了深刻的印象；尤其马缨花，是那个年代最有文学成就的人物之一。

二十一世纪以来，《十月》仍是中篇小说的主要阵地，中篇名篇有刘庆邦的《神木》《卧底》、邓一光的《怀念一个没有去过的地方》、荆永鸣的《白水羊头葫芦丝》《出京记》、叶广芩的《豆汁记》、东君的《阿拙仙传》《苏教授，我能跟你谈谈吗？》、吕新的《白杨木的春天》、蒋韵的《朗霞的西街》、涂自强的《个人悲伤》、弋舟的《而黑夜已至》、石一枫的《世间已无陈金芳》《地球之眼》《借命而生》、陈应松的《滚钩》、罗伟章的《声音史》、刘建东的《卡斯特罗》、荆永鸣的《出京记》、晓航的《霾永远在我们心中》、张楚的《风中事》、严歌苓的《你触碰了我》、胡性能的《生死课》等；同时发表了张承志、李敬泽、南帆、周晓枫等一大批当代散文圣手的绝妙好文。另一方面，《十月》重视中、短篇小说青年作家的培养。1999年，《十月》开辟了《小说新干线》栏目，意在推出"富有潜力又未引起广泛关注的青年作家"。近二十年来，推出了八十余位青年作家。晓航、叶舟、陈继明、鲁敏、津子围、乔叶、马叙、徐迅、王秀梅、东君、郑小驴、付秀莹、李云雷、朱个、吴文君、张寒、王威廉、祁媛、小昌、于一爽、西维、谢尚发、蒋在等青年作家，通过《十月》的举荐，逐渐成为当下一线的小说作家。而蔡东、文珍、陈再见、孟小书、郑小驴、李清源、毕亮、刘汀等"80后"作家，也日渐成为《十月》的主要作者。

二十世纪九十年代以后，无数的高加林涌进了城市，他们会遇到高加林的问题，但他们很难再回到农村。"现代性"有问题，但也有它不可抵御的巨大魅力。

另一方面，高加林虽然是个"失败者"，但我们可以明确地感觉到高加林未做宣告的巨大"野心"。他虽然被取消公职，被重新打发回到农村，恋人黄亚萍也与其分手，被他抛弃的巧珍早已嫁人，高加林失去了一切，独自一人回到农村，扑倒在家乡的黄土地上。但是，我们总是觉得高加林身上有一股"气"，这股气相当混杂，既有草莽气也有英雄气，既有小农气息也有当代青年的勃勃生机。因此，路遥在讲述高加林这个人物的时候，他怀着抑制不住的欣赏和激情。高加林给人的感觉是总有一天会东山再起卷土重来。但是涂自强不是这样。涂自强一出场就是一个温和谨慎的山村青年。这不只是涂自强个人性格使然，他更是一个时代青春面貌的表征。这个时代，高加林的性格早已终结。高加林没有读过大学，但他有自己的目标和信念：他就是要进城，而且不只是做一个普通的市民，他就是要娶城里的姑娘，为了这些甚至不惜抛弃柔美多情的乡下姑娘巧珍。高加林内心有一种不达目的不罢休的"狠劲"，这种性格在乡村中国的人物形象塑造中多有出现。但是，到涂自强的时代，不要说高加林的"狠劲"，就是合理的自我期许和打算，已经显得太过奢侈。涂自强最后悲惨地死去了，他像游丝扑面，令我们挥之难去。

近些年，特别值得提及的是青年作家石一枫的小说创作。石一枫引起文学界广泛注意，是他近年来创作的中、短篇小说，尤其是几部中篇小说。这几部作品，从不同的角度深刻揭示了当下中国社会巨变背景下的道德困境，用现实主义的方法，塑造了这个时代真实生动的典型人物。我们知道，道德问题，应该是文学作品主要表达的对象。同时，历史的道德化、社会批判的道德化、人物评价的道德化等，是经常引起诟病的思想方法。当然，那也确实是靠不住的思想方法。那么，文学如何进入思想道德领域，如何让我们面对的道德困境能够在文学范畴内得到有效表达，就使这一问题从时代的精神难题变成了一道文学难题。因此我们说，石一枫的小说是敢于正面强攻的小说。《世间已无陈金芳》，甫一发表文坛震动。在没有人物的时代，小说塑造了陈金芳这个典型人物，在没有青春的时代，小说讲述了青春的故事，在浪漫主义凋零的时代，它将微茫的诗意幻化为一股潜流在小说中涓涓流淌。这是一篇直面当下中国精神困境和难题的小说，是一篇耳熟能详险象环生又绝处逢生的小说。小说中的陈金芳，是这个时代的"女高加林"，是这个时代的青年女性个人冒险家。此后，石一枫一发不可收。他的《地球之眼》《特别能战斗》《营救麦克黄》《心灵外史》《借命而生》等，每一部中、长篇小说的发表，都会在文坛引起反响。北大中文系举办的"五大文学期刊主编对话石一枫"活动，就是他影响力的一个表征。

长篇小说是《十月》2013年开始经营的一个新品种。但是，发表长篇小说也是

《十月》的一个传统。1981年的第4、5两期，连载了张洁的长篇小说《沉重的翅膀》。这是改革开放以来第一部以改革为题材的长篇小说。小说发表后虽然引起各方面的争议甚至非常尖锐，但通过修订后，小说获得了第二届茅盾文学奖。1983年第4期的《十月》，发表了李国文的长篇小说《花园街五号》。小说通过一座特殊建筑里发生的故事，深刻而生动地讲述了政治文化与社会历史变革的关系。那里既有刀光剑影铁血交锋，亦有英雄气短儿女情长。它实现了作家通过小说"是想为在这场变革中，披荆斩棘，冲锋陷阵的勇士、斗士唱一支赞歌"，"是替他们呐喊：大家来关心这场改革，支持这场改革，并且投身到这场改革洪流中来"（李国文语）的情怀和期许。1991年第4期《十月》发表了曹桂林的《北京人在纽约》。小说开启了另外一种风尚，这种风尚可以概括为中国人在美国的成功想象。那个时代，文学界有一种强烈的"走向世界"的渴望，有一种强烈的被强势文化承认的心理要求。这种欲望或诉求本身，同样隐含着一种"悲情"历史的文化背景：越是缺乏什么就越是要突显什么。因此它是"承认的政治"的文化心理在文学上的表达。小说表现的是中国男人或女人在美国的成功，尤其是他们商业的成功。"中国式的智慧"在异域是否能够畅行无阻并不重要，重要的是这些作品使中国的大众文化市场上喜出望外。一时间里，权威传媒响彻"千万里我追寻着你，可是你却并不在意"，来自纽约的神话几乎家喻户晓。作品的文学价值虽然并不高，但它在文化市场的成功，为中国大众文化的兴起临时性地添加了异国情调以及中国人的"美国想象"。

近年来，《十月·长篇小说》又先后刊发了范稳的《吾血吾土》、宋唯唯的《朱尘引》、刘庆邦的《黄泥地》、季栋梁的《上庄记》、红柯的《少女萨吾尔登》《太阳深处的火焰》、付秀莹的《陌上》、董立勃的《那年在西域的一场血战》、任晓雯的《好人宋没用》、晓航的《游戏是不能忘记的》、乔叶的《藏珠记》等，在当下中国长篇小说创作的整体格局中，都是上乘之作。

范稳的长篇小说《吾血吾土》，开篇就奠定了赵迅此后一生的命运：他一直处在审查、询问、坐牢、改造的过程中。但是，赵迅只是这个主人公的一个名字；关于赵迅的历史，也只是主人公全部历史的一部分。于是，小说变得复杂起来。赵迅还叫赵鲁班、赵广陵、廖志弘等。每一个名字背后，都有与主人公相关的秘史。那真是一个乱世，赵迅就如一个人乘坐着船帆，在历史的大海上没有方向地闯荡。大海喜怒无常，更糟糕的是，赵迅乘船的这个历史时段，大海一直没有风平浪静的时候，他一直处在波峰浪谷之间。因此赵迅的命运从未掌握在个人手里过。小说结束于赵广陵送廖志弘的尸骨还乡，那曾经"死去"的赵广陵的真实身份是廖志弘。赵迅、赵广陵的另一段不明的历史也由此发生。但是，这个结尾意味深长的是，说不清道不明个人历史的岂止是赵迅一个人，还有多少人的历史和个人命运默默无闻以致阴差阳错。因此，《吾血吾土》讲述的不只是赵迅、赵广陵、廖志弘乃至李旷田的个人悲剧。

宁肯的非虚构文学《中关村笔记》，以陈康、柳传志、王志东、王选、王永民等科技各领域的先行者为主角，展现了中关村锐意求新，解放思想，创造历史，重塑价值的进程，书写了一个时代的伟大精神。他将小说创作的经验移植到非虚构写作中，为非虚构人物和中国故事的书写积累了新的经验。

《十月》不断发掘不同代际有创作实力的作家作品，使刊物无论作家队伍还是刊发的作品，都给人以人脉储备雄厚，作品资源充盈的大刊气象。李敬泽的《会饮记》陆续发表后已结集出版。《会饮记》是李敬泽继《青鸟故事集》《咏而归》之后的又一新作。作为文学批评家的李敬泽，用亲历者的眼光，通过历史观照当代文学现场，试图寻找那些隐没在历史的皱褶和边缘的人与事。发现边缘是《会饮记》的一大特征，那些我们熟悉或不大熟知的人以及久未翻动的书籍，他却从中发现了新的要义和文学之美，通古今贯中西，信手拈来旁征博引汪洋恣肆，显示了李敬泽的学养、文风、视野和趣味。

周晓枫五万字的长篇散文《离歌》，以寒门子弟屠苏为讲述对象，讲了一个曾经就读北京大学，身怀理想并想毕业后留京谋生的青年知识分子的悲苦经历。现实没有青睐也没有选择他，最终导致了这个知识分子人生的彻底失败。从某种意义上说，周晓枫是以屠苏为个案，深入当代中国知识分子的心灵深处，在关怀他们生存和精神困境的同时，也检讨和反省了他们的某些问题。现在有些散文家离开历史没有办法进行创作，离开历史人物没有办法进行书写，而周晓枫没有写作模式或轨道，她所写的都和自己的生命体验、生命经验有关。文学作品包括散文在内要处理的是人的精神和情感世界，而敢于直面当下精神困境的作家就是好作家。

2018年，《十月》陆续推出的莫言短篇《等待摩西》、张翎中篇《胭脂》、李宏伟中篇科幻《现实顾问》、肖亦农的长篇《穹庐》、韩东话剧剧本《妖言惑众》等，不仅显示了刊物巨大的号召力，同时给读者带来了可以预期的阅读想象。而《世界文学期刊概览》栏目，约请刘文飞、树才等研究者撰文介绍世界各大语种纯文学期刊历史和现状，则表达了刊物宽阔的文学视野和勃勃雄心。

《十月》不断发表的高品质作品，得到了读者的认可，它的发行量曾达到过六十余万册。对于一家大型文学期刊来说，这不啻为天文数字；另一方面，《十月》的办刊思想和整体形象，也得到了中国一流作家的认同和肯定。《十月》造就或举荐了许多功成名就的著名作家，同时仍在培养当下年轻的作家。当然，二十世纪八十年代的文学辉煌已经成为往事，它只可想象而难再经历。但是，通过刊物发表的作品和刊物主持者的表达，我们看到的是《十月》的传统在文学举步维艰的今天，仍然坚守在文学的精神高地。主编陈东捷说："未来的《十月》会继续做文学精品，刊登既关注现实人生，又具有成熟叙事技巧的作品……也许我们的影响和八十年代没法比了，但我们依然可以做出有价值的作品。"

四十年的时间并不长，但是，在当下中国处在现代性的不确定性的过程中的时候，一份文学刊物能够在波涛汹涌中巍然屹立，既能够引领文学潮流，又葆有自己独特的文学风貌，当然不是一件容易的事情。从这个意义上说，《十月》，就是中国改革开放四十年文学的一个缩影。

祝愿《十月》青春永驻，为中国当代文学推出更多更好的作品，培养更多更好的文学新人。

原载《十月》2018年第5期

一本杂志与一个学术时代

——我与《文艺研究》

　　1979年，在中国当代文学艺术的历史上，是意义重大的一年。这一年，中国文学艺术工作者第四次代表大会在北京举行，周扬做了题为《继往开来，繁荣社会主义新时期的文艺》的报告。这个报告发表在《文艺报》的第11—12合期上。这是改革开放文学艺术界具有标志性的事件。就在这一年，《收获》杂志复刊，《剧本》杂志复刊，《花城》创刊，《当代》创刊，《清明》创刊，《外国文学评论》创刊，《星星》诗刊复刊，《中国现代文学研究丛刊》创刊，同时创刊的还有《文艺研究》。这些后来著名的文学艺术和研究刊物的创刊，成为一个引人瞩目的现象，它表明：一个全新的文艺时代到来了。那是一个充满了希望和无限可能的岁月，是一个充满了理想和意气风发的岁月。

　　《文艺研究》杂志，起点高，从创刊那天起，刊物密切联系中国文学艺术创作和理论实际，陆续发表了许多高质量的文学艺术理论批评文章。从"拨乱反正"开始，逐渐过渡到构建中国文学理论学术话语，其学术水准一直为学界称道。四十年来，《文艺研究》坚持其"该刊始终坚持以马克思主义文艺思想为指导，贯彻百花齐放、百家争鸣方针，以推动中国文艺理论建设和文艺创作的繁荣"的宗旨，逐渐将刊物打造成当代中国文学艺术理论研究与批评的重镇，说它是这一领域最重要的理论学术刊物也当之无愧。四十年来，作为中国学界积极、正大和守正创新的学术刊物，它见证并参与推动了中国文艺理论的发展，团结了国内该领域重要的学者。可以说，几乎所有的学者都以自己在《文艺研究》发表文章引以为荣。在我看来，更重要的是通过《文艺研究》，我们可以清楚看到一本杂志与一个时代的学术关系。

　　1979年，我还是一个大二学生。从那时起我就是《文艺研究》忠实的读者，它是我从事文学批评的启蒙刊物之一。它发表的许多文章，讨论的许多重要问题，为我后来从事文学研究和文学批评奠定了重要的基础，甚至在文章具体的写作方面也让我受益匪浅。我清楚地记得刊物曾经讨论过的问题。比如关于"形象思维"的讨论，文艺与政治的讨论，特别是二十世纪八十年代关于人道主义的讨论，对我理解那个时代的文学艺术和最初的思想理论武装，起到了关键性的作用。这些文章在改革开放的文学艺术历史上留下了应有的地位。后来冯牧先生在《文艺研究》创刊十周年的时候说，《文艺研究》始终坚持了在创刊伊始时为作家所确立的方针。它从不曾给人一种在激荡的社会思潮中惶惑不定和随波逐流的感觉。它所展开的许多艺术理论和创作规律的讨论和争鸣，多是在一种正常的学术氛围中进行的。这些讨论，或众议纷纭，或热烈和谐，却大都具有我们希望的那种平等待人、尊重真理的科学的实事求是的精神。有相当数量的包括了多种艺术门类的文章，是具有经得起时间检验的学术价值的；有些文章，由于历史条件的影响而带有难以避免的思想艺术上的局限性，却仍然具有使人获得启发和教益的史料价值。那种只有短暂生命的带有明显"运动"色彩的文字，在《文艺研究》上刊登得并不多，这一点，也是使人感到欣幸的。现在，四十年已经过去，我想，冯牧先生的这一评价，仍然适用于今天对《文艺研究》的评价。

四十年来，作为大型文艺理论刊物，一直以相对稳健和严谨的姿态面对当下中国的文学艺术问题。八十年代的"观念搏斗"过去之后，从九十年代初到新世纪初，《文艺研究》曾经围绕着"意识形态与文艺""当代审美文化论""后现代主义文化研究""'现代性'研究""美学、文艺学、艺术学学科建设""艺术与市场经济"以及"美学研究"等问题，进行了专门的讨论。这些讨论在深入、具体地介绍西方文艺理论的同时，也逐渐将学者的视野引向了更为广阔、博大的学术领域。当代学术从九十年代开始发生了转型。这个转型过程，《文艺研究》作为权威学术媒体，起到了重要的作用。2000年以后，《文艺研究》对西方文化研究理论和方法的介绍、讨论等，极大地激发了那个年代文化研究在中国的研究实践。也就是在这一背景下，2005年初，《文艺研究》希望能够展开对"大众文化"的讨论，并安排我和陈剑澜做栏目的学术主持。同年第3期这个栏目开始创办。我们在"主持人语"中说，我们生活在一个文化"符号"大规模生产和再生产的时代。由于"符号"携带着复杂的意识形态内容，如物质主义、消费主义等，因而能够不断地改写我们的经验。它在制造"惊奇"的同时，悄然改变、置换着我们熟悉的东西，用难以抵制的方式塑造我们的"习惯"。从道德或审美的角度来谈论这些现象，从精英主义或平民主义立场臧否之，都是相对容易的。而批评的任务在于：它不仅要表明立场，而且必须把对象的细微意义合理地呈现出来。关于我们的意识、经验、行为在"符号"的挤压之下究竟发生了什么，批评活动应当提供一种有效的知识。栏目发表了贺绍俊、张柠等人的文章。这个开头很好。可惜的是我因各种事务缠身，分身乏术，这个开头也就是结束。栏目没有再继续办下去，非常可惜和遗憾。但是，《文艺研究》诸位朋友的友谊和信任，至今仍然鼓舞和感动着我。

说到《文艺研究》取得的成果，不能不提到2009年出版的、由方宁主编的"阐释与创造文艺研究书系"。书系收录了近十年来在《文艺研究》上发表的重要学术理论文章。从某种意义上也可以说，这些文章代表那个时代中国文学艺术理论批评的水平。书系有三卷：《批评的力量》《理论的声音》和《学者之镜》。其中，《批评的力量》是从《文艺研究》自2003年设立的《书评》栏目、2005年设立的《当代批评》栏目中选出的文章。栏目旨在加强当代学术批评建设。编者认为《书与批评》《当代批评》是刊物的重点栏目。按照方宁的说法，是"举学界之力重点建设的栏目""在学界享有盛誉"。这本书的特点是，《文艺研究》向以"基础理论研究的重镇"称誉学界，但在2003年之后，刊物做了适当的调整，针对学术界某些问题及现状展开了批评，在学界有良好的反应。有幸的是，我发表在《文艺研究》2008年第2期上的文章《怎样评价这个时代的文艺批评》，作为头题入选本书。

建构中国文学理论话语，离不开中国文学创作的经验。四十年来中国文学理论的发展证实了这一点。当然，我们必须承认，改革开放以来，国门洞开，我们经历了第二次西风东渐。西方文学理论让我们了解了西方世界在理论上对文学的理解和见识，对发展我们中国的文学理论起到了巨大的推动作用。现代派文学、先锋文学以及后现代主义文学，让我们看到了文学创作无限的可能性，我们不仅在创作上做了全面的回应和实践，同时在理论上也做出了相应的总结。创作和理论的巨大发展，极大地推动和丰富了中国当代文学。我们可以这样说，如果没有经历二十世纪八十年代以来的现代派文学、先锋文学和后现代主义文学的洗礼，没有向西方文学学习的经历，中国当代文学发展到今天的状况是没有可能的。但是，几十年过去之后，中国作家和批评家、理论家发现，如果一味地跟着西方文学及其理论，中国文学和理论只能成为西方文学的附庸。西方文学理论构建的基础，来自西方文学的经验，它可以给我们以启发甚至灵感。我们曾毫不犹豫地加入了世界的"文学联合国"，参与了与世界文学的交流和对话。但是，在多元化、多样化文学创作日益得到尊重和关注的今天，中国文学作为西方的"他者"，作为世界的"地方性"经验，必须做出我们独特的表达。也只有做出独特性的表达，中国文学才能在世界文学的总体格局中占有一席之地。莫言获得诺贝尔文学奖证明了这一点。因此，适时地开设当代文学批评栏目并作为重点栏目建设，显示了《文艺研究》的学术眼光和视野。当代文学研究栏目甫一开设，应者云集，充分显示了刊物的巨大号召力和影响力。我是这个栏目的积极响应者和作者。十多年来，我陆续在这个栏目发表了十篇文章：

1.《九十年代：先锋文学的终结》，2000年第6期

2.《重新发现的乡村历史——本世纪初长篇小说中乡村文化的多重性》，2004年第4期

3.《21世纪初长篇小说中的知识分子形象》，2005年第2期

4.《大众文化批评》，2005年第3期

5.《怎样评价这个时代的文艺批评》，2008年第2期

6.《乡土文学传统的当代变迁——"农村题材"转向"新乡土文学"之后》，2009年第10期

7.《文学革命终结之后——近年中篇小说的"中国经验"与讲述方式》，2011年第8期

8.《乡村文明的变异与"50后"的境遇——当下中国文学状况的一个方面》，2012年第6期

9.《建构时期的中国城市文学——当下中国文学状况的一个方面》，2014年第2期

10.《中国当代文学经典化的国际化语境——以莫言为例》，2015年第4期

这十篇文章有四篇——《九十年代：先锋文学的终结》《怎样评价这个时代的文艺批评》《建构时期的中国城市文学》《中国当代文学经典化的国际语境》，被《新华文摘》全文转载。《建构时期的中国城市文学》被评为辽宁省哲学社会科学一等奖。我用这种方式来表达，并不是说自己的研究和文章有多么重要，而是说《文艺研究》杂志对我来说是多么重要。

2004年，我和贺绍俊等刚到沈阳师范大学工作，我们希望能够通过和名刊的合作，提高我们学科的知名度和影响力。现在的很多会议都是这样的"模式"，名刊的号召力远远大于大学，哪怕是著名大学。我们没有别的办法，只能亦步亦趋地学习。我们首先想到的还是《文艺研究》。这个想法表达之后，立即得到了方宁主编和陈剑澜、金宁等朋友的全力支持。2004年9月11日至13日，由沈阳师范大学中国文学与文化研究所、《文艺研究》杂志社共同主办的"二十一世纪：理论建设与批评实践国际学术研讨会"在沈阳师范大学召开。国内外这一领域的专家、学者五十多人参加了本次研讨会。会后国内很多重要媒体报道了会议的召开和盛况。因此，无论是我个人还是我们学科，与《文艺研究》的友谊，《文艺研究》对我们学科工作的扶持、支持和帮助，都是不能忘记的。每当想起与刊物诸朋友交往的经

历，都有许多美好涌上心头。我甚至可以说，沈阳师范大学的中国现当代文学学科，就是从那时开始被学界了解和熟悉的。这份情谊，让人永远难忘。

四十年弹指一挥间。《文艺研究》已经取得了有目共睹的成就，在学界奠定了举足轻重的地位。我相信，作为中国学术重镇的《文艺研究》，在未来的岁月里，一定会取得更辉煌的成就，发表更多有学术见解的文章，培养更多的学术青年才俊。这正是——古来青史谁不见，今见功名胜古人。

祝《文艺研究》鹏程万里，一览众山小。

原载《〈文艺研究〉与我的学术写作》

（金宁主编，文化艺术出版社2019年版）

学术生产与当代中国文学现场

——《文艺争鸣》获奖作品及文选序

　　1986年，是"新时期文学"的第十个年头。这一年注定要发生许多重要的文学事件。后来的中国当代文学史记录了这些事件，比如：王蒙发表了重要的长篇小说《活动变人形》，莫言发表了重要的中篇小说《红高粱》，张炜发表了重要的长篇小说《古船》，路遥发表了长篇小说《平凡的世界》，中国社会科学院文学研究所在北京召开了"新时期文学十年学术讨论会"，等等。如火如荼的时代高潮迭起。同年1月，还有一个重大的文学事件就是《文艺争鸣》杂志的创刊。在二十世纪八十年代气势磅礴的时代大潮中，一个地方性学术刊物的诞生没有引起特别关注是完全可以理解的——八十年代的大事件此起彼伏实在太多了。但是，后来的历史证明，这份杂志对于推动中国当代文学创作和批评的发展，对于推动和建构这个时代的学术营垒和格局，其无可替代的地位和重要影响日益深远。二十多年的时间，《文艺争鸣》以其前沿性、学术性和开放性树立了自己健康和积极的学术刊物形象，它在理论、史论和文学评论等方面推出的大量文章和作者，使其成为名副其实的当代学术重镇。可以说，当代中国从事文学理论、现当代文学研究和文学批评的重要学者，几乎无一例外地在《文艺争鸣》上发表过文章，《文艺争鸣》的显赫地位由此可见一斑。

　　经过多年的努力，《文艺争鸣》终于将自己打造成为学术名刊。它在学术期刊中的地位是：全国中文核心期刊，中国人文社会科学核心期刊，《中文社会科学引文索引》（CSSCI）来源期刊，《中国期刊全文数据库》（CJFD）全文收录期刊。在全国主要社会科学期刊的评价体系的评估中，多年位居文学艺术类期刊影响力排名前列。每年都有多篇文章被《新华文摘》《人大报刊复印资料》《中国社会科学文摘》转载。因其广泛影响，成为各高校文学艺术院系、各社会科学研究机构，以及专家、学者、本科生、研究生的重要专业读物。这些数据和情况，从一个方面反映了当下学术体制对刊物的评价。但是，更重要的可能是来自学者的认同和评价。在《文艺争鸣》百期华诞时，著名学者钱理群为其写下了这样的贺语："她总是在喧嚣中大胆地发出自己独立、清醒、真诚的声音，希望她永远这样走下去，不管前面等待自己的是什么。"①这既是对《文艺争鸣》过去的肯定，也是对其未来的期许。许多年过去之后，我们看到的是《文艺争鸣》不变的学术风骨和不断求新求变的学术抱负，是大批团结在《文艺争鸣》周围的优秀学者和青年才俊诚恳的友谊以及他们最好的文章。这种相互吸引构建了《文艺争鸣》稳定和良性的学术环境。

在权力和等级无处不在的时代，作为一个地方刊物，要想脱颖而出实现自己的学术理想和抱负，其艰难可想而知。无论是学术资本还是金融资本，《文艺争鸣》都不像国家级刊物那样具有先天优势。它的优势是后天逐步创建起来的。创刊以来，《文艺争鸣》因坚持前沿性、学术性、包容性而形成了自己鲜明的风格和特征。所谓前沿性，就是引领学术风潮，以敏锐的学术视野发现新问题或及时地参与当下最重要的学术话题。这也是《文艺争鸣》一贯的特色。翻开刊物，扑面而来的诸如《当代文学研究的危机》《当代文化现象批判》《二十世纪中国文艺纵横》《近百年来中国文学史研究反思》《新世纪文学研究》《新世纪文艺学的前沿反思》等栏目或话题的提出，以及对"人文精神"大讨论、底层写作、打工文学等重要文学话题的提出和参与，显示了编者宏阔的学术眼光的同时，也显示了他们深切的国家民族关怀。人文学科领域里的任何学术话题，都隐含着学者、编者的价值立场和现实关怀。这也正是人文学科的终极功能和意义。

所谓的"学术性"，是指研究、探讨的内容具有专门性和系统性，也就是以学科领域里某一专业性问题作为研究对象，用科学的方法、创造性思维发现问题和解决问题。多年来，学术性是《文艺争鸣》赖以存在和不断发展的基础，也是吸引、凝聚和团结学者队伍的保证。在不同时期，我们既可以读到诸如"日常生活审美化""文学的祛魅""先锋与常态"等问题的讨论，同时可以看到长期设置的栏目如《当代文学论坛》《新世纪文学研究》《新时期文学研究》《文学史视野》《史料与纪事》等。这些问题的提出及栏目设置，显示了编者对本学科学术性的理解所能达到的深度。事实上，这些问题不仅一直为学界所关注，而且，与文学相关学科的学术研究，几乎就是围绕这些问题展开的。因此，《文艺争鸣》因其学术性在理论学术类期刊的阅读点击率排在前十名，进入了期刊TOP10。

所谓包容性，一是指刊物能够容纳不同的观点和看法——"文艺争鸣"如果没

---

① 钱理群：《文艺争鸣》百期华诞贺语，《文艺争鸣》2002年第3期。

有不同的观点和看法，其"争鸣"不啻为空谈。因此，《文艺争鸣》不仅发表原创的，有新发现、新观点的文章，同时也发表意见不同甚至观点截然相反的文章，有的文章甚至相当激进，但是，只要言之成理持之有据，编者都能容纳。海纳百川是《文艺争鸣》的一大特点。另一方面，编者能够团结、容纳不同性格、风格的作者，这一点在今天尤为重要。我们知道，当下的学术体制，刊物是一个"权力机构"。从大的方面说，它引导或制约学术生产和传播；小的方面，它可以因个人趣味和偏好，决定某个学术群体或个人与刊物的关系。我们见过一些刊物的编者，由于修养或价值观问题，他们将自己拥有的学术权力迅速地转换成了"权势"，特别是在年轻学者面前。他们更感兴趣的不是发现作者和文章，而是到各高校做"座上宾"，坐"主席台"，把学术权力变为个人资本，把刊物变成了个人的"卡拉OK包房"。这种现象，与这个时代不断突现的权力意识、等级观念处在一个结构里面。因此，这是非常不堪的现象和腐朽的价值观。一位批评家在一次演说中说："多年前，罗朗·巴特在法兰西学院就职演说中，没有花多少篇幅去表达他的学术观点，而是大谈文学和权势的关系。这个人终其一生都痛恨权势，在他后来名满巴黎的年月，他本来可以利用权势，但他没有这么做。远离权势，作为一个自由的、依靠自己的话语力量生存的批评家，巴特始终保持着批评应有的自尊。"[1]真正的学者当然不会理会这种权势，尽管它还会以不同的方式存在。可以肯定的是，《文艺争鸣》的包容性使刊物和作者一直保持着一种健康正常的关系。这实在是太难能可贵了。

现在《文艺争鸣》杂志将1995—2002年间获奖的文章汇编成书，并编选了2002—2012年间发表的优秀论文。汇编这些文章，对杂志来说，既是一种回顾和检视，也是一种收获和总结；对读者来说，能够用一种简便的方式集中阅读《文艺争鸣》多年积累的优秀文章，自然有意外的惊喜。应该说，这些文章从一个方面代表了《文艺争鸣》在近二十年的时间里的办刊水准，也从一个方面表达了《文艺争鸣》的学术理念和价值观。集中阅读这些文章，我心中也不免感慨。这些文章从某个方面构成了这个时段的文学历史，其中很多重要文章联系着中国文学的重要时刻。因此，阅读这些文章似乎又回到了这一时期文学史的现场，它帮助我们复原了不同时期的历史语境，也帮助我们认识知识分子这一群体在当下的环境里的变化和选择。其中，我感受尤深的是《文艺争鸣》对青年学者的提携和培养。打开获奖文章目录，我们发现有许多"60后"学者的名字，比如张新颖、倪伟、李震声、葛红兵、摩罗、扬帆、王世诚、李继凯、王彬彬、敬文东以及"70后"的黄发有、蒋泥

---

① 陈晓明：《2002年度批评家获奖演说》，见华语传媒文学大奖网站，2003年4月21日。

等。二十世纪九十年代，"60后"学者大多三十出头，他们风华正茂锐气十足，面对八十年代激情万丈烽烟四起的文坛，他们还难以成为主角，"看客"的身份于他们说来也许太久了，因此，九十年代正是他们一展身手的好时机。果然，他们怀珠握玉出手不凡。当然，他们也同时遇到了《文艺争鸣》有眼光和胸襟的编者们。杂志不仅为他们提供发表文章的阵地，同时也在评奖中极力地举荐了他们。

我记忆犹新的是《文艺争鸣》对年轻学者摩罗的推举。打开获奖篇目，摩罗曾三届获奖，这不仅在《文艺争鸣》评奖中是唯一的一个，我想其他评奖连中三元大概也是凤毛麟角。杂志的编者对摩罗的厚爱可见一斑。应该说，摩罗那个年代写下的文章不是用新意可以形容的，他的锐气、勇气和他的见解，有如空谷足音一鸣惊人。他获奖的三篇文章分别是：《论当代中国作家的精神资源》（1996）、《虚妄的献祭：启蒙情结与英雄原型》（1998）、《论中国文学的悲剧缺失》（1999）。我仅以《论当代中国作家的精神资源》为例，试图说明摩罗当年的思想风华。在"人文精神"大讨论尚未落幕的年代，摩罗文章的主旨或要解决的问题是："站在二十世纪的末端，我们究竟该怎样认同自己的精神资源？在这个问题上，我们曾经有过什么样的迷失？今天应该有怎样的反思？我们的笔应该伸向哪里？我们用以烛照生活的精神之光应该是什么？它能够从何产生？这是些颇为复杂同时也颇为重大的问题，不是一本书或一篇文章能说清楚的，甚至也不是几年间就能明朗的。本文只能表现出关注这些问题，触及这些问题的愿望。"①他的话语方式和关注的问题，延续了百年中国知识分子的忧患传统，同时也对知识分子自身提出了严厉的质疑和批判。也只有在1996年的语境中，才能产生这样的文章。即便今天看来，文章提出的问题虽然语焉不详，仍然是有重要价值的。因此这篇文章列为1996年获奖文章之首。当时的评委们给文章极高的评价，认为"这篇论文有一种给人当头棒喝的感觉，从学术角度说，也反映了研究者对知识分子传统和现实处境的严肃反思"，"这是我一年来最喜欢的论文之一，作者的精神态度令人感动。他是抓住了当代文学的病根的，像这样去分析当代作家的创作，探索中国文学未来的道路，才是体现了文学批评的价值和意义"；论文提出的问题，"都是本世纪中国知识分子精神史上的最具尖锐性的问题，作者敢于正视这些问题，表现了难能可贵的科学态度与理论勇气。而作者对这些问题的展开与分析，都具有创造性与启发性，并有一定的理论深度"②。这些资料不仅反映了那个年代知识界的情感态度和问题意识，同时也从一个方面表达了

---

① 摩罗：《论当代中国作家的精神资源》，《文艺争鸣》1996年第5期。
② 《1996年"文艺争鸣奖"评选揭晓》，《文艺争鸣》1997年第2期。

《文艺争鸣》举荐青年学者的不遗余力。但后来摩罗离开了他九十年代的立场，当然也离开了《耻辱者手记》《自由的歌谣》等作品的立场。他认同了另外一种观念，他当然有自己选择的自由。

评奖和文选见仁见智，总难免有遗珠之憾。但是，就目前看到的获奖和文选篇目而言，应该说即便放到全国的范围内评价，也都是好文章，这是没有问题的。通过这些文章，我们也看到了《文艺争鸣》的编者们，践行了创刊时老一代学者公木先生的嘱托与期许，这就是"真正的争鸣在于追求"①。当然，《文艺争鸣》的追求，不是唯新是举，不是新的就是好的。它是在"守正创新"的基础上实现的。或者说，中国的现代性一味追新逐潮，并没有得到全部希望得到的，某些新事物也是带着它负面的东西一起来到我们面前的。因此，有时对"新"的警觉也未必是一件坏事。如果是这样的话，那么，我期待《文艺争鸣》在不断探索、不断追求的道路上走得更远，为当代中国文学做出更重要的贡献。

原载《文艺争鸣》2013年第9期

---

① 公木：《真正的争鸣在于追求》，《文艺争鸣》1986年创刊号。

后　记

这本文集，除了个别文章出于体例的需要外，大多写于2015至2021年六年间。涉及文学理论、文学史、小说评论以及对重要文学期刊的评论。因此将其命名为《我们的思想、情感和艺术——2015—2021的文学状况》。这是我2018年出版了十卷文集后的第二本文学评论集，此前那本是《文学的草场与星空》。

我从二十世纪七八十年代之交开始从事当代文学研究和批评，至今已有四十余年。四十余年间，我几乎没有离开过当代文学的现场，可能因为这份"一根筋"的执着，被洪子诚老师说成是"我的"当代文学。这里有洪老师的幽默，也一定有他的不以为然。时至今日，我对专业的心情已经有些变化。在人民文学出版社出版文集的序言中，我曾说："我们不必圣化文学批评的重要性，同时也不必妄自菲薄。世事沉浮万物消长，在一切未果的时代，我们不妨将眼光稍稍放远一点，历史自会显示出事物应有的价值。"其中还是有自我安慰的无奈。其实那些话没有什么力量。我现在更真实的感受是，这个行当越来越成为一种"煎熬"，每天的读或写，确实有"强迫症"式的不由自主。老师谢冕先生曾多次劝我，少写那些没有意思的文章，少开那些没有价值的会，那是浪费生命。老师一方面为我的身体担忧，一方面也是他的真实感受。他曾说过，他"最不愿意做的事情就是写评论文章"。可我终还是迟迟下不了决心，犹犹豫豫地在"进与退"的边缘上欲罢不能。因此，我非常羡慕那些"跨界""转型"成功的朋友。他们因有了杀伐决断，终于可以不受"当代文学"之累了。我却只能看着他们的身影渐行渐远。

感谢洪老师同意用《"我的"当代文学》做序言。这是2018年10月25日，在谢老师、洪老师的坚持下，在北大为我的文集召开的研讨会上洪老师的发言，我感谢洪老师的用心良苦。但时至今日，我非常清楚这个世界上没有什么事物是属于"我的"，当代文学更是不属于"我的"，很多人在不做宣告中已经认领了某些事物是"他们的"。而我是两手空空一无所有。我所拥有的可能是作为良师益友的两位老师：他们一个激情澎湃如唐诗，一个温婉沉稳如宋词。他们感染着我也激励着我，时间越久，越觉得两位先生的可敬可爱和可亲，像他们这样的学者、老师，是越来越少见了。此时，我要感谢春风文艺出版社的单瑛琪社长，她欣然同意这部文集的出版，其格局胸襟和对当代文学研究的默默支持感人肺腑。当然文集的规模、规格也一定让她承受了巨大的经济压力。每每念及深怀愧疚，更深怀感激。

2021年10月10日于北京寓所